Swonild Ilenia

Le avventure di

Roland

Piume di corvo

© 2019 Swonild Ilenia Genovese.
Tutti i diritti sono riservati.
ISBN 9798378835065

Opera di Swonild Ilenia Genovese. Disegni e fotografie di Swonild Ilenia Genovese. Ogni riferimento a fatti, persone o luoghi reali è puramente casuale. Nomi, personaggi, posti ed avvenimenti sono il frutto della fantasia dell'autrice ed ogni somiglianza ad eventi, luoghi o persone, vive o morte realmente esistenti è assolutamente casuale.

**Ai sognatori,
anime sole
in un mondo buio.**

Prologo

Si dice che la fantasia sia il rifugio dei disperati.
Forse è vero.
Lei è disperata.
Lei è sola in un mondo buio.

Si dice che rifugiarsi in un mondo fantastico sia il puerile tentativo di rifiutare la realtà.
Forse è vero.
Lei non sa dirlo.
Lei detesta la realtà.

Si dice che abbiamo una sola vita e che si debba essere felici in questa poiché è l'unica realtà che esiste.
Forse è vero.
Lei non ne è convinta.
La sua realtà è triste, squallida.
Sa che sarà sola sino al suo ultimo respiro, ma non ha paura.
Chi ha una sola vita ha paura.
Non può essere altrimenti.

Parte prima
Divisa tra due mondi

La sua realtà

Lei aveva da sempre avuto un'idea chiara di come dovesse essere un uomo.
Erano gli uomini che la circondavano a non avere un'idea chiara delle potenzialità che avessero, di quello che sarebbero potuti essere. Non l'avevano e basta.
Quella mattina, i suoi occhi erano fissi su delle scritte scarabocchiate sulla porta del cubicolo lurido e puzzolente nel quale si era rintanata per restare da sola con i suoi pensieri, per sfuggire, almeno per un momento, ai suoi simili.
Ma loro erano ovunque, anche dentro il cubicolo lercio.
I loro pensieri la inseguivano, molesti, raggiungendola inesorabilmente anche quando non avrebbe voluto, ed ora il suo sguardo non poteva fare altro che domandarsi con apprensione chi fosse l'autore di quelle romantiche scritte traboccanti delicata poesia, poste all'altezza del suo sguardo, fresche di giornata, che era costretta a leggere suo malgrado.
"Ti sfondo."
Quale essere poteva avere espresso con così tanta sublime perfezione la sua natura violenta e prevaricatrice?
"Sei una troia e ti scopo a sangue"
"Succhiamelo fino a vomitare"
I suoi occhi continuavano a fissare le scritte. Accanto a malriusciti tentativi di narrare al mondo le proprie pene d'amore con un "chiamami" o un tragico quanto falso "ti penso a tutte le ore", quelle parole davano ancora più fastidio, imprimendosi con prepotenza nella sua mente, distruggendo il suo misero tentativo di voler vedere qualcosa di bello nell'umanità che la circondava.
L'autore era uno soltanto o ce n'era più d'uno? Il disprezzo di chi aveva scritto quelle parole era rivolto a una sola persona o a tutto il genere femminile?
Chi poteva dirlo?

La diversa grafia faceva pensare a più di un audace e moderno poeta ma poteva anche trattarsi di un diversivo. Gli uomini erano perversi e complicati. Lei lo sapeva bene.
Eppure, mentre i suoi occhi si attardavano su quei segni indelebilmente marchiati nei suoi pensieri, una strana angoscia strisciava dentro di lei al pensiero di chi fosse il suo nemico lì, in quella scuola dove le regole del vivere civile la costringevano a trascorrere sei interminabili ore della propria esistenza in forzata compagnia dei suoi simili.
Chi aveva scritto parole tanto brutte non poteva essere che ignobile come la manifestazione dei suoi pensieri.
Non esistevano scherzi innocui, lei lo sapeva bene.
Certe parole erano solo lo specchio dell'interiorità di una persona.
Se di interiorità si poteva parlare...
Se solo fosse riuscita a capire chi si era divertito a scrivere quelle oscenità, forse si sarebbe sentita meglio. Conoscere il volto del proprio nemico sarebbe già stato qualcosa, ma lei brancolava nel buio. Era impossibile risalire all'autore o agli autori.
Poteva essere chiunque, persino una ragazza perversa a cui piaceva inquietare le sue simili lasciando un segno nei bagni, il luogo in cui si cercava intimità e un momento di serenità per dare ascolto alle proprie necessità fisiologiche.
Lei non aveva mai fatto distinzione tra uomini e donne, e mai lo avrebbe fatto.
Lei disprezzava entrambi allo stesso identico modo.
Proprio quella mattina, mentre si lasciava trasportare dalla ressa di studenti che sciamavano verso l'entrata della scuola, aveva udito la conversazione di un gruppo di ragazze che malignavano perfidamente su una delle loro compagne, tessendone le lodi di perfetta meretrice con una cattiveria quasi degna di perfezione.
Uomini e donne non erano diversi. Erano uguali, e sempre lo sarebbero stati.
La loro capacità di offendere e fare del male al proprio prossimo era identica, così come la violenza che albergava nei loro pensieri.
Bastava un nonnulla perché un'amicizia si distruggesse, perché un

cosiddetto amore si tramutasse in odio, perché l'ammirazione divenisse disprezzo...
Quante volte aveva visto un'amica qualche giorno addietro considerata perfetta dalle sue compagne, improvvisamente venire additata ed essere definita poco più di una prostituta? Quante volte aveva sentito di ragazze che popolavano i sogni dei ragazzi, tramutarsi improvvisamente nell'oggetto di un puro odio, divenire solo potenziali vittime da volere torturare a sangue?
Lei lo aveva capito da molto tempo ormai: i pensieri degli uomini erano mutevoli, il più delle volte comandati dai più bassi istinti e dai peggiori sentimenti, dalla rabbia, dall'invidia, dalla gelosia, dal desiderio di prevaricare...
"Ti sfondo"
La scritta bianca spiccava lugubre sulla porta marrone.
«Non posso e non devo fidarmi di nessuno, a meno che qualcuno tra loro non si dimostri davvero degno della mia fiducia.»
Così lei pensava, armandosi di tutto il suo coraggio.
Dopotutto, lei voleva sopravvivere. Non era una persona che si piegava facilmente.
«Non devono essere le parole ad intimorirmi, non è da quelle che dovrò difendermi, ma dalle azioni. Non saranno le parole a convincermi, ma i fatti.» si ripeteva, ripensando con sgomento a quella sua compagna di classe, aggredita appena la scorsa settimana da quello che doveva essere il suo ragazzo, a prima vista un ragazzo come tanti altri, che era invece stato capace di spingerla con rabbia contro il muro facendole molto male, e l'aveva ridotta così per un semplice diniego.
Quante storie come quella conosceva? A quante altre aveva assistito? Ragazze che usavano i compagni per ottenere quello che volevano e poi li gettavano in un angolo come un vecchio paio di ciabatte consumate dal tempo. Ragazzi che trattavano le ragazze come oggetti per trarne il più animalesco piacere. Insegnanti il cui sguardo lascivo si posava impunito sui corpi giovani delle proprie alunne. Insegnanti inacidite dal tempo che provavano verso i loro studenti il più malsano disgusto ed il più velenoso odio. C'erano

poi incessanti lotte di potere di ogni genere, tra studenti, tra insegnanti, tra genitori...
Non è così che dovrebbe essere un uomo.
Paga del suo rimuginare dentro il cubicolo silenzioso dove si udiva il solo rumore di un'invisibile stilla d'acqua che con insistenza continuava a gocciolare a dispetto del tentativo di arginare la perdita con del nastro adesivo, lei infine si decide ad uscire.
La porta scricchiolò stancamente.
Quanto tempo era rimasta lì a ragionare sulla natura umana? Chi poteva dirlo? Comunque era ora di tornare in classe.
Mentre percorreva a ritroso la strada verso la sua aula, gli studenti iniziarono ad uscire dalle classi al fastidioso strillare della campana che annunciava l'ora della ricreazione. Era già metà mattina e tutti si riversavano fuori nei corridoi come un torrente in piena, ansiosi di andare a mangiare e di lasciarsi alle spalle lo studio.
Un ragazzo più grande di lei, che da giorni ormai l'aveva presa di mira e tentava di infastidirla con battute poco gentili, la riconobbe tra la folla poiché era la sola ad andare contro corrente.
Mentre gli altri uscivano per la ricreazione, lei preferiva restare da sola in classe. Lei ed i suoi pensieri, quale migliore compagnia?
La lontananza dei compagni di classe la faceva sentire meglio. In quel momento non desiderava altro che restare da sola, lontana da quel fiume umano urlante. Lui continuava a seguirla con lo sguardo.
Lei se ne accorse e si maledisse per avergli dato la scusa per infastidirla ancora, ma cercò di ignorare comunque i suoi amichevoli tentativi di farla voltare verso di lui:
«Dove te ne vai, stronza? Stai sbagliando direzione! Te ne torni di nuovo in classe? Guardate! C'è la stronza dalla figa d'oro, quella che non la dà a nessuno! Sei pure sorda, o sei solo sfigata?»
Ignoralo. Lui non è un uomo. Non è così che dovrebbe essere un uomo.
Lei non si voltò. Continuava a camminare per il corridoio, determinata a raggiungere l'aula senza rispondere alle loro inutili provocazioni. Il cuore però iniziò a batterle rabbiosamente nel petto

nell'istante in cui si rese conto che gruppetti di compagne ridacchiavano di lei scambiandosi sguardi divertiti.
Con delusione lei pensò che non c'era nessuno che le riservasse uno sguardo amico. Poco importava. Non aveva mai alimentato troppo le sue speranze. Questa era l'ennesima conferma che non doveva cedere al desiderio di farlo.
Lei era troppo intenta a non dar peso alle parole di scherno che continuavano ad inseguirla per accorgersi che un altro ragazzo, in combutta con chi la stava offendendo, si trovava pericolosamente ad un passo da lei. Aveva improvvisamente allungato una gamba nell'intento di farle lo sgambetto, riuscendoci perfettamente.
Lei non l'aveva previsto. Aveva abbassato la guardia.
L'impatto con il pavimento fu inatteso, umiliante e doloroso. Lei cadde rovinosamente sbattendo il mento ed il petto e benché cercò di rimettersi subito in piedi, le risa scomposte dei suoi simili inondarono il corridoio raggiungendola senza sconti.
Il dolore iniziò a salire dalla mascella fino alle tempie facendole lacrimare gli occhi.
Ci furono fischi, risa, battute persino più umilianti delle precedenti, ma lei non si voltò. Ricacciò indietro il dolore e la voglia di piangere ed iniziò a camminare verso l'aula, ferma nel suo proposito di raggiungerla.
Benché volesse urlare, benché volesse scomparire, non fece altro che andare dritta per la sua strada.
Troppe volte aveva sentito ripetere:
"Questa è l'unica realtà che esista, l'unica vita che hai, non ce n'è un'altra. Devi fartela piacere. La vita è bella."
Non è così che dovrebbe essere un uomo.
Quel giorno era un giorno d'autunno. Fuori la pioggia gocciolava grigia e sporca come l'acqua nel cubicolo lercio dei bagni della scuola.
Lei andò in aula e prese l'ombrello.
Era un ombrello grande, con il manico di legno, un bel manico dritto, non di quelli ricurvi che si possono usare per appoggiare l'ombrello sul braccio.

Lei uscì dall'aula reggendo in mano l'ombrello.
Le nocche sbiancarono per la forza con la quale stringeva il manico nella sua mano.
«Hai cambiato idea? Dove te ne vai ora, figa d'oro?» ridevano le voci intorno a lei mentre i risolini divertiti delle ragazze rendevano quelle domande ancora più squallide di quanto già non fossero.
«Non puoi scappare, vieni qua che ti faccio divertire io e ti levo quella faccia triste!» propose una delle voci, mentre una lingua mimava l'atto di leccare il vuoto.
Non è così che dovrebbe essere un uomo.
Lei sollevò l'ombrello.
Nessuno se lo sarebbe mai aspettato, ma lei lo fece.
Lei non aveva paura.
Chi ha una sola vita ha paura.
Il manico di legno si andò a schiantare sulla testa del ragazzo che le aveva fatto lo sgambetto facendola cadere rovinosamente a terra. La sua fronte si aprì ed un fiotto di sangue scuro iniziò a sgorgare tra le grida dei presenti.
«Stronza!» urlò il ragazzo, tra lo sgomento dei suoi compagni subito accorsi accanto a lui, eppure lei ora sentiva la paura nella sua voce. C'era timore nel suo sguardo mentre lei lo fissava con rabbia ed i suoi occhi promettevano molto altro se si fosse permesso di farla cadere ancora.
Le risa si tramutarono in voci sconcertate che ripetevano una sola cosa:
«È pazza.»
Lei pensò che forse era vero, ma era anche vero che nessuno di loro doveva più permettersi di toccarla.
Quando arrivarono trafelati gli insegnanti, il ragazzo disse che era caduto a terra inciampando.
Disse che aveva sbattuto la testa, non che Lei gliel'aveva spaccata.
Lo fece per paura, nient'altro che questo.
Nei suoi occhi risentiti lei vide traboccare l'odio, un odio talmente denso ed appiccicoso che chiunque ne avrebbe avuto paura, ma lei

sapeva che molto più grande era ora il timore che lui provava nei suoi riguardi.
Lei era capace di tutto e lui lo sapeva.
Lui non disse la verità, anche se lei sapeva che se lo avesse fatto sarebbe stata lei a pagarne le conseguenze. Ma lui tacque. Mentì sull'accaduto e gli altri insieme a lui.
Sei un vigliacco. Un vile essere. Non è così che dovrebbe essere un uomo.
Da quel giorno nessuno più le fece lo sgambetto o provò ad avvicinarla anche se le parole crudeli e le maldicenze continuarono a tormentarla a lungo, inseguendola insistenti per i corridoi e dentro le aule. Ma delle parole non le importava. Erano i fatti ad interessarla, ed i fatti erano semplici: doveva trascorrere parte della sua vita in quella che le appariva la più grigia e squallida delle galere, in compagnia di gente inutile, priva delle caratteristiche che lei sapeva pochi uomini possedessero, ma che sapeva esistere perché lei ne aveva due.
Lei aveva il coraggio. Lei aveva la perseveranza.
Si alzava ogni giorno ed ogni giorno tornava lì, in quella prigione, tra di loro, svolgendo il compito assegnatole senza lamentarsi mai, al meglio delle sue possibilità. Non avrebbe ceduto mai all'allettante desiderio di non tornare. Se lo avesse fatto, si sarebbe resa un vile essere, proprio come loro erano.
Avrebbe finito ciò che aveva iniziato. Sarebbe uscita vittoriosa da quella scuola, a testa alta. Avrebbe lottato, non si sarebbe piegata mai.
C'era solo un modo per non soccombere, schiacciata da quel mondo opprimente, fatto di esseri così dissimili da lei: vivere un'altra vita.
Una vita diversa, una vita ch'era un'altra occasione, un'esistenza che nella realtà non sarebbe mai potuta esistere.
Chi ha una sola vita ha paura.
Lei non ne aveva.

Capitolo 1
Roland

Capitolo
1

Forse era stato un errore lasciare la foresta e i suoi cari fratelli, lo sapeva, ma aveva fatto una scelta e intendeva perseguirla.
Roland era fatto così.
Non era solo una questione di orgoglio, anche se ne aveva parecchio, ma era piuttosto il desiderio di mettersi alla prova, di osare, che lo aveva spinto a divenire un elfo ramingo.
Roland amava la solitudine. Lui era fatto così.
Forse avrebbe vissuto da elfo ramingo tutta l'eternità oppure un giorno sarebbe tornato sui suoi passi ammettendo di aver fatto un errore e sarebbe tornato nell'unica foresta che potesse considerare la sua dimora, dai suoi fratelli. Ma non adesso.
Adesso era il momento della scoperta.
Roland non aveva idea di cosa sarebbe accaduto in futuro. Il futuro era un meraviglioso luogo inesplorato denso di possibilità e questo lo entusiasmava.
Ogni salto nell'ignoto lo entusiasmava. Se così non fosse stato, ora non si sarebbe trovato in questo mondo.
Una parte di lui se n'era pentita, ma un'altra, la più allegra ed audace, preferiva considerare la strana prigionia in questo mondo come un'inattesa opportunità. E lui voleva sfruttarla.
Certo, avere accanto i suoi simili gli avrebbe facilitato le cose, ma ormai aveva preso la sua decisione. Avrebbe esplorato da solo il nuovo mondo.
Roland era un elfo ramingo e c'era un motivo per cui aveva deciso di esserlo: non si era unito né agli elfi e alle fate che avevano creato AcquaBosco, un regno fantastico in terra, né a coloro i quali avevano deciso di vivere tra i mortali e condividerne il destino.
Innanzi a questa scelta, lui ne aveva presa una terza. Era andato via da solo. Avrebbe vagato da solo per un mondo sconosciuto. E solo sarebbe rimasto.

Roland non aveva paura. Perché mai ne avrebbe dovuta avere? Lui era un essere immortale, troppo diverso da quelli che vivevano nel mondo che tutti loro venuti dai confini con l'universo avevano ribattezzato "il Reale".
Mortali e Reale lo affascinavano e lo incuriosivano. Sicuramente avrebbe vissuto mille avventure alla scoperta di entrambi e non esisteva nulla di più entusiasmante per lui che non fosse proprio l'avventurarsi in questo luogo inesplorato alla scoperta di questi esseri così dissimili da ciò che lui era.
Il suo nome era Roland ma da quando era giunto in questo nuovo mondo, prima di andare per la sua strada, tutti i suoi fratelli e le fate avevano iniziato a chiamarlo "piume di corvo" per via del colore dei suoi capelli, così simile a quello dei fieri animali neri che volavano nei cieli sopra i campi, liberi e solitari.
Non che non avrebbe potuto cambiare il colore dei suoi capelli o qualunque altra parte di se stesso se solo lo avesse voluto, del resto lui era fatto di sola fantasia e la fantasia era mutabile e plasmabile a proprio piacimento, ma a lui il suo aspetto piaceva esattamente così com'era, e i suoi capelli, lunghi sino alle spalle, gli piacevano neri, dello stesso colore delle piume di un corvo.
Avrebbe potuto aumentare le sue piccole dimensioni, per esplorare più velocemente il mondo che gli si apriva innanzi, ma Roland amava le sue ridotte dimensioni e i suoi piccoli occhi con i quali la foresta gli appariva immensa e gli alberi gli si mostravano come possenti esseri che si allungavano fin quasi a toccare il cielo.
E poi, con la sua dimensione originaria, poteva persino salire in groppa ai corvi e cavalcarli facendosi portare in alto nel cielo come fosse uno di loro.
Roland era certo di volere mantenere l'aspetto che aveva al suo arrivo in quel mondo, a quanto sembrava molto simile a quello di esseri chiamati umani, solo più piccolo e, a quanto dicevano gli animali, di un'impareggiabile beltà.
A Roland non importava essere considerato bello o attraente dagli abitanti del nuovo mondo perché era convinto di due cose. La prima era che tutto ciò che non apparteneva al Reale era bello in un

modo inarrivabile per i mortali e che quindi qualunque cosa avesse potuto fare per somigliare a loro non sarebbe comunque servita a nulla. I mortali lo avrebbero sempre riconosciuto per ciò che era. Lui era diverso. Inutile far finta del contrario.
La sua bellezza non era in alcun modo camuffabile quindi tanto valeva non curarsene. Lui era fatto così, non poteva farci niente. Proprio come i corvi erano neri, lui era bello. Doveva farsene una ragione. Ogni qualvolta un mortale avesse incrociato la sua strada sarebbe rimasto affascinato a rimirarlo. Pazienza, anche se Roland odiava essere al centro dell'attenzione. A volte però bisognava rassegnarsi e con la sua diversa natura Roland aveva già fatto i conti.
La seconda cosa di cui Roland era convinto era che, data la sua natura fantastica, egli considerava l'esteriorità mutevole ed instabile, quasi trascurabile, e per questo motivo era oltre il mero aspetto che il suo attento sguardo si posava.
A Roland importava ascoltare la Voce di un vivente, sempre che si riuscisse ad udire, poiché essa era ciò che rendeva un essere, mortale o meno, degno di esistere.
La Voce era tante cose, alcune luminose e ammalianti, altre tetre e terrificanti. La Voce era il coraggio, la forza interiore, la volontà, il rispetto, l'onore, la lealtà, la tenerezza, la sensibilità, la compassione, l'empatia e molto altro ancora. Una Voce era persino solitudine, tristezza, dolore e perdita, e nessuno meglio di lui poteva saperlo.
Roland amava ascoltare una Voce quando la incontrava, sentirla, farla sua, comprenderla come fosse stata la propria.
E fu nel nuovo mondo che Roland scoprì aspetti delle Voci della cui esistenza nel mondo dal quale proveniva non aveva mai sospettato.
Oltre il dolore, Roland scoprì l'odio, il risentimento, il disprezzo, l'invidia e la gelosia.
Era affascinante e terrificante allo stesso tempo come il mondo Reale fosse riuscito a mostrargli aspetti delle Voci che non avrebbe mai immaginato, ma Roland accettò questa nuova scoperta come

una nuova sfida e si lanciò nell'esplorazione delle tante sfaccettature che si celavano in essa.
Una Voce era tante, troppe cose, e Roland lo sapeva.
Il Reale e i suoi abitanti erano lì, innanzi a lui, e Roland non vedeva l'ora di iniziare questa grande avventura. Il suo salto nel vuoto, nell'ignoto più buio, lo aveva condotto in una landa inesplorata. Adesso che si era staccato dai suoi simili, adesso che era rimasto da solo, gli erano rimaste solo due cose: il mondo e se stesso.
Non chiedeva di meglio.
Il suo viaggio era appena iniziato.

Il suo mondo

Lei aveva da sempre avuto un'idea chiara di come dovesse essere il suo mondo. Era il mondo attorno a lei che veniva deturpato, svilito ed umiliato in continuo, morendo nello squallore. Non era colpa della natura, lei lo sapeva bene. La natura combatteva per vivere, sempre. Era lo squallore a vincere, lo squallore creato dagli uomini che non avevano un'idea chiara di come dovesse essere il loro mondo. Non l'avevano e basta.

Il quartiere dove Lei abitava era un grigio susseguirsi d'imponenti palazzi a sei o più piani.

Le loro facciate uniformi si paravano con prepotenza innanzi a lei come invalicàbili muri, impedendo allo sguardo di andare oltre.

A volte, quando anche il cielo era grigio, tutto attorno a lei era un immenso muro soffocante che sembrava circondarla imprigionandola inesorabilmente.

Nell'aria stantia, sporca, si sollevava un lezzo di rifiuti decomposti e di carburante. I marciapiedi erano dissestati e nessuno li puliva da mesi così ai loro bordi si era accumulato di tutto: rifiuti, sterco di cane, cartacce.

Ogni mattina lei percorreva la stessa strada, stupendosi di quanto potesse apparire squallida e lercia ogni giorno di più. Neanche il sole e il cielo azzurro a volte riuscivano a renderla ai suoi occhi meno desolata e triste di quanto non fosse.

Tempo addietro, nel viale vicino casa, un gruppo di uomini armati di sega elettrica aveva potato senza alcuna ragione e senza alcun criterio i bei pini che crescevano al bordo della strada ed ora i resti degli alberi si ergevano stancamente mostrando al mondo i pochi moncherini rimasti quasi fossero guerrieri mutilati al ritorno dalla battaglia. Peccato che i pini non avrebbero messo nuovi germogli, ma lei era certa che di questo nessuno oltre lei ne fosse al corrente.

Ogni primavera i rami troncati restavano così, spogli, immoti, morti, ma a nessuno sembrava importare. Ad ogni primavera i resti dei pini sembravano gridare al cielo il loro dolore nell'indifferenza

e nel grigiore. Solo le facciate tetre sembravano guardare, indifferenti e mute spettatrici di uno scempio a cui nessuno sembrava volere fare caso.
Non è così che dovrebbe essere il mio mondo.
I suoi simili avanzavano per la stessa strada che lei percorreva senza però mostrare il suo stesso sdegno. Aggiravano con eleganza lo sterco di cane, passavano oltre i cassoni stracolmi di rifiuti maleodoranti, alzavano lo sguardo verso gli alberi deturpati senza indignarsi, senza mostrare nessun altro sentimento che non fosse una grigia e piatta indifferenza.
Lei si sentiva sola in tutto quel grigiore, come i piccoli fiori selvatici che con coraggio e disperazione crescevano vicino alle crepe dei muri e dei marciapiedi sfidando il cemento, la sporcizia e l'indifferenza. Ogni tanto la strada veniva ripulita ed i primi a morire erano proprio loro: quei fiori molesti, quelle erbacce a bordo strada, evidentemente molto più fastidiose dei rifiuti e dello sterco.
Lei si addolorava sempre vedendo con quanta tenacia e con quanta forza la vita cercasse comunque di resistere alla bruttura, lottando strenuamente per continuare, nonostante tutto.
Lei sapeva cosa significasse lottare, continuare a trascinarsi nel grigiore, cercare di sopravvivere, nonostante tutto.
Lei non si voleva arrendere.
Quella mattina il cielo era dello stesso colore del marciapiede e persino i piccoli fiori tra le crepe dei muri sembravano infine essersi arresi, sfiorendo e seccandosi.
Nonostante il cielo fosse coperto, c'era caldo, ed una cappa pesante sembrava avvolgere tutto rendendo l'avanzare nella vita ancora più arduo.
Lei era scesa presto, come d'usuale, e come suo solito stava percorrendo la strada incolore quando d'improvviso si sentì chiamare.
Era un essere insignificante come la desolata strada che stava percorrendo ad averla chiamata, un giovane uomo che per sopravvivere vendeva ortaggi a fianco della strada, lercio come le carte che si affastellavano ai suoi bordi.

Lei aveva comprato da lui delle verdure talvolta, più per pietà che per necessità, ma non aveva tollerato a lungo il suo lerciume e i suoi modi maldestri, così aveva lasciato che lui facesse il suo corso come le erbacce nelle crepe dei muri.
Perché mai adesso la stava chiamando con voce supplichevole? Cosa mai poteva volere da lei? Forse non aveva venduto molto quella mattina, e ora voleva proporle i suoi fasci di verdure avvizzite dalla calura?
Lei disprezzava i suoi simili ma era sempre gentile.
Se non lo fosse stata, si sarebbe resa simile a loro ed era l'ultima cosa che desiderava.
Così l'ascoltò e con sgomento scoprì che uno dei gatti randagi che cercavano di sopravvivere rovistando tra i cassoni dell'immondizia in cerca di cibo, era stato investito poco prima innanzi alla sua bancarella di ortaggi e ora giaceva ancora vivo ma moribondo sull'asfalto, miagolando flebilmente.
Un'ondata d'ira la percorse quando con orrore gli domandò:
«Perché non l'ha soccorso e non l'ha tolto subito dalla strada?»
L'uomo però non rispose. Piagnucolando, con voce lamentevole, disse soltanto:
«È ancora vivo. Chiede aiuto.»
Lei si precipitò, troppo furiosa per rispondergli.
Non è così che dovrebbe essere un uomo.
Non è così che dovrebbe essere il mio mondo.
L'animale giaceva riverso sull'asfalto e le auto lo evitavano quasi fosse un rifiuto.
Lei si lanciò per strada e armandosi di tutto il coraggio che aveva lo raccolse, sollevando il corpicino morente dall'asfalto. Lo prese tra le braccia tremanti, imbrattandosi di sangue.
L'animale emetteva un miagolio soffocato.
«Vai a chiamare il veterinario in fondo alla strada!» lei urlò disperata.
L'uomo degli ortaggi, piccolo e miserabile, strinse le spalle e chiese:
«Chi paga?»

Lei si voltò. Il suo viso doveva essere una maschera furiosa, carica d'odio, perché lui fece un passo indietro, intimorito.
Non è così che dovrebbe essere un uomo.
«Chiamalo e basta!» lei ruggì, cercando un posto all'ombra sotto uno dei pini.
Tra le sue braccia, l'animale sembrava soffrire immensamente e si agitava come se volesse scendere, così lei lo adagiò sulla stenta erba che cresceva sotto il pino allontanando le cartacce. Riverso su di un fianco, l'animale respirava freneticamente cercando di sopravvivere.
La sua mano percorse con affetto il corpo ansimante dell'animale, cercando di dargli coraggio e fiducia, cercando di confortarlo in quei momenti atroci.
Lei si era attesa che l'animale la mordesse, che potesse graffiarla, invece, con le ultime forze rimaste, la bestiola iniziò a emettere fusa soffuse, regolari.
«Mi stai ringraziando?» lei disse commossa.
Gli occhi di lei si riempirono di lacrime.
Poco dopo l'animale iniziò ad essere scosso da spasmi e a rantolare. In un ultimo soffio la sua agonia infine cessò.
Lei pianse in silenzio, pianse per quella piccola vita che aveva dovuto affrontare una morte tremenda ma quando si voltò e vide che il miserabile uomo degli ortaggi non si era mosso, che non era andato a chiamare il veterinario come lei gli aveva chiesto, un odio smisurato le crebbe dentro e desiderò che potesse esserci lui riverso per terra sull'asfalto e che nessuno chiamasse aiuto e che infine morisse da solo, rantolando nell'indifferenza, perché era così che un essere del genere avrebbe meritato di finire la sua inutile e ignobile esistenza.
«Perché non sei andato a chiamare il veterinario?» la sua domanda si dissolse nel silenzio. Sgomenta, lei rimase a fissarlo, incredula.
Lui alzò le spalle e disse:
«Non hai detto chi pagava.»
Con il petto stretto in una morsa, lei si guardò intorno. Nessuno si era fermato ad aiutarla. Nessuno si era curato di lei. Nessuno si era

accostato un momento per aiutare la povera bestiola riversa nell'asfalto quando ancora era viva.
L'avevano evitata, ignorandola, come facevano con i rifiuti a bordo strada. Solo i palazzi, grigi e uniformi, avevano osservato silenti, stringendosi opprimenti intorno a lei, come sempre, indifferenti al suo dolore, ignari dell'amarezza di vivere.
Il miserabile uomo degli ortaggi infine si era voltato e l'aveva anch'egli ignorata, indifferente persino al suo disgusto, al suo acre disprezzo, ed era placidamente tornato a vendere la sua merce.
Come se nulla fosse accaduto, ora stava servendo una cliente.
Non è così che dovrebbe essere un uomo.
Non è così che dovrebbe essere il mio mondo.
Lei raccolse alcuni dei fiori selvatici che crescevano nel cemento e che non erano ancora seccati e li pose sul corpo morto dell'animale. Un piccolo gesto per rendere meno orrenda la morte.
Lo lasciò ai piedi del pino, vegliato dalla sua ombra, ricoperto dai fiori che aveva raccolto. Mai lo avrebbe deposto in uno dei cassoni che vomitavano rifiuti decomposti.
Lo avrebbe lasciato lì, in quel rado letto d'erba ai piedi dell'albero. Nessuno lo avrebbe notato, solo qualcuno forse, nei giorni a venire, avrebbe cambiato strada risentito del lezzo di morte.
Quando lei trovò il coraggio per andarsene e ricacciare indietro le lacrime che le scuotevano il petto, il miserabile uomo degli ortaggi ebbe l'ardire di chiedere:
«È morto?»
Lei lo guardò con odio. Con disprezzo disse soltanto:
«Come te.»
Non era certa che lui avesse compreso le sue dure parole perché lui le sorrise, ebete.
Lei disprezzava i suoi simili ma fino a quel momento non aveva mai provato tanto odio nei loro riguardi, tanto genuino disgusto.
L'odiò ogni giorno della sua vita, disprezzando la sua stessa esistenza. Odiò la sua viltà, la sua indifferenza, la sua mancanza di compassione, la sua assoluta assenza di coraggio, la cui parola per lui non avrebbe mai potuto avere un significato.

La delusione che lei provò nei riguardi dei suoi simili quel giorno fu troppo grande, così pesante che a fatica riuscì a scrollarsela di dosso. Solo dopo che il tempo fece il suo corso, e delle spoglie del gatto non restarono che ossa e pelo, e quando poi anche quelle si dispersero all'ombra del pino, dissolvendosi lentamente, allora il suo cuore trovò un momento di pace.
Il tempo aveva cancellato l'orrore a cui era stata costretta ad assistere ma nella sua memoria purtroppo era indelebilmente marchiato.
A volte lei si sentiva immensamente sola in quella sofferenza, in quel doloroso ricordo. Avrebbe voluto avere accanto a sé qualcuno in grado di capirla, di comprenderla, di farsi carico almeno un poco di quel dolore, ma non c'era. Era sola.
Solo alla morte non c'è rimedio, soleva dire sua nonna.
Era vero. Almeno, lo era in quest'amara vita.
Ma lei non aveva paura di morire, perché solo chi ha una vita può aver paura e la sua vita non era questa.
E se c'era una cosa che aveva imparato, era che chi ha un'altra vita non può mai essere solo.

Capitolo 2
Almarath

**Capitolo
2**

In una delle sue tante peregrinazioni alla scoperta del mondo, molti e molti secoli, forse persino millenni dopo il suo arrivo nel Reale, Roland stava attraversando un'ampia distesa erbosa all'interno di un bosco abbastanza fitto quando le sue orecchie avevano colto in modo distinto un lamento.
Fino a quel momento, tra l'erba alta, resa rigogliosa dalla primavera, aveva incontrato ogni genere d'insetto e anche un paio di lepri ma il gemito che ora udiva non era nulla che potesse aspettarsi in una radura solitaria in mezzo ad un magnifico bosco di pini.
Nei suoi lunghi viaggi Roland aveva avuto modo di conoscere tanti tipi di animali, molti selvatici, altri addomesticati dall'uomo, e di alcuni di essi si era profondamente innamorato come ad esempio delle fiere volpi o dei coraggiosi lupi. I suoi animali preferiti però sarebbero rimasti sempre gli uccelli, gli unici capaci di librarsi in volo, e tra questi senza alcun dubbio i corvi.
Roland amava i corvi, le cui piume rilucevano nere dello stesso colore della sua chioma.
Mentre si avvicinava alla fonte del lamento, Roland sperò che non si trattasse di ciò che pensava.
«Speriamo che non sia uno di loro.» pensò preoccupato.
Erano animali difficili, quelli. Diffidenti, orgogliosi e molto indipendenti, animali forse troppo simili a lui e per questo non era sicuro di riuscire a conquistare la loro fiducia né di riuscire a creare un legame duraturo con uno di loro.
Non che avesse mai voluto creare dei legami...
Fino a quel momento Roland aveva avuto un solo compagno ed un unico amico, il più fedele e fidato confidente che egli potesse desiderare: se stesso.
Roland era fatto così, e conosceva i propri limiti. Lui era libero ed indipendente e credeva di non aver bisogno di nessuno eccetto che

di se stesso. I corvi che tanto amava, erano al contrario animali fedeli, abitudinari. Lui li ammirava per questo, restando ore seduto nei campi a rimirarne il comportamento. Erano legati alla loro terra, alla loro casa e alla loro compagna con la quale trascorrevano tutta la loro esistenza. Per questo Roland sentiva di ammirarli e di amarli così profondamente. Loro erano come lui avrebbe forse desiderato essere.
Mentre rifletteva su tutto questo, era quasi giunto alla fonte del lamento ed ora tra l'erba alta e verde iniziava a delinearsi una sagoma rossiccia.
Il suo aspetto inerme ed abbandonato era inequivocabile: era un animale sofferente riverso a terra, forse persino morente.
Roland trasalì. Che si trattasse di un cucciolo di volpe?
Lentamente iniziò a farsi più vicino a piccoli passi per non spaventarlo.
Guardando con più attenzione però vide con chiarezza che il pelo era troppo sottile e serico per essere quello di un cucciolo di volpe e che la sua tinta rossiccia non era di un caldo fulvo bensì di un color miele tendente all'arancio.
Quando un minuscolo rametto scricchiolò sotto il suo piede, l'animale, riverso su un fianco, si voltò di scatto, mostrando due penetranti e ferini occhi color ambra.
Roland trasalì nuovamente questa volta inchiodato da quello sguardo così magnetico.
L'animale, benché sofferente, ora lo fissava con una luce così intensa e tagliente nello sguardo che si sarebbe potuta definire solamente disprezzo. I suoi occhi gelidi sembravano chiedere:
«Che cosa vuoi da me, inutile essere?»
Roland non si mosse da dov'era, affascinato da quel viso che gli incuteva un reverenziale timore dove grandi si aprivano quei due occhi dorati che sembravano averlo quasi pietrificato.
In quel momento pensò di non avere mai visto nulla di così bello.
Il suo cuore, sebbene fosse intimidito, rimase affascinato innanzi a tanta fiera bellezza. Neanche i lupi con i loro occhi gialli riuscivano ad eguagliare l'indescrivibile intensità di quello sguardo.

C'era un'assoluta sicurezza in esso, orgoglio e forse anche superbia. E oltre questo, c'era qualcosa che finora Roland non aveva mai visto in nessun animale che avesse incontrato: una regale ed impassibile compostezza anche in un momento di profonda sofferenza.
Perché, Roland ne era certo, quell'animale stava soffrendo davvero tanto pur cercando di mascherarlo.
Eppure, nonostante fosse quasi morente, non lo dava a vedere, altero ed elegante anche nel dolore.
Il suo sguardo orgoglioso e fiero, ora quasi risentito dell'insistenza di Roland, del suo restare lì a guardarlo senza accennare ad andarsene, sembrava intimare:
«Vattene!»
Roland si riscosse. Con eleganza si piegò in un inchino, facendo spiovere sulla fronte i suoi lucidi e neri capelli, quasi avesse innanzi una creatura di ineguagliabile grandezza e potere, e con gentilezza disse:
«Perdona la mia intrusione, amico mio. Se me lo permetti, vorrei aiutarti. Il mio nome è Roland.»
Quando Roland si alzò e sollevò la testa scostando le ciocche corvine dagli occhi, trovò lo sguardo d'oro dell'animale ancora severamente fisso su di lui, immoto come lo aveva lasciato, quasi fosse divenuto una strana statua animata intenta a giudicarlo implacabilmente.
L'animale, che Roland adesso era certo essere un gatto, non tradì alcuna emozione. La sua voce uscì dubbiosa quando chiese con disprezzo:
«Come vorresti aiutarmi? Dimmi! Sembri solo una copia malriuscita di un essere umano! Loro però non sono così piccoli. Potrei mangiarti in un paio di bocconi se solo lo volessi. Che cosa saresti dunque?»
Roland non si lasciò intimidire. Con voce ferma e determinata disse con orgoglio:
«Sono un elfo. Un elfo ramingo.»

Un lieve, quasi impercettibile tremito dei lunghi baffi bianchi del gatto tradì la sua ignoranza. L'animale sconosceva quella parola. Non aveva idea di che cosa fosse un elfo, forse era la prima volta che ne sentiva parlare.
Roland sapeva meglio di chiunque altro che il gatto era un animale troppo orgoglioso per tollerare l'umiliazione di lasciarsi scoprire impreparato, così continuò a parlare con disinvoltura spiegandogli la sua diversa natura:
«Un elfo è una creatura fantastica non appartenente a questo mondo. Siamo molto pochi e quelli di noi che se ne stanno in giro per il mondo senza nascondersi sono ancora di meno.»
Il gatto continuò a scrutarlo intensamente, studiando ogni particolare del suo piccolo corpo dall'aspetto umano, soppesando ogni sua parola. Infine disse:
«Sembri proprio un uomo ma non ho mai visto un uomo così minuscolo, devo quindi supporre che tu non stia mentendo e che tu sia veramente qualcos'altro come sostieni di essere. Gli uomini non sono così perfetti come te e soprattutto non ho mai visto sulle loro teste dei capelli tanto neri e lucidi. Sembrano quasi piume di corvo.» aggiunse infine, stupendosi del loro colore così particolare.
Un immenso sorriso illuminò il viso gentile di Roland. Allegramente si premurò a dire:
«"Piume di corvo" è proprio il soprannome con il quale erano soliti chiamarmi i miei fratelli. Non mi chiamavano quasi mai per nome, solo le Fate lo facevano, ma dicevano sempre "piume di corvo".»
Sagace, senza smettere di fissarlo, il gatto si premurò a dire:
«Un modo originale per deridere qualcuno. I pennuti sono gli animali più stupidi che io conosca. Sono solo buoni da spiumare e da mangiare.» aggiunse in tono intimidatorio beffandosi di lui.
Roland però non si lasciò offendere e, al contrario, sorrise beffardo insieme a lui, divertito da quelle parole. Infine rispose:
«Sono certo che purtroppo per te non mi troveresti affatto gustoso, inoltre sono abbastanza intelligente da non farmi mangiare da te, almeno spero.» aggiunse poi, riuscendo a strappare al gatto un battito di palpebre che quasi equivaleva a un sorriso.

«Bene furbacchione, prima che io cambi idea e decida di assaporare la carne di elfo, dimmi, perché mai una creatura che non appartiene a questo mondo si trova dove non dovrebbe trovarsi?»
«Che ci faccio nel mondo reale? -chiese Roland spensierato con aria sbarazzina, facendo una smorfia- Beh, mi diverto. Lo esploro. Lo studio. C'è molto da scoprire per me. La curiosità mi ha condotto qui. Ho viaggiato tra le stelle, sai?»
A quest'affermazione, il gatto non sembrò convinto e sprezzante arricciò il naso. Freddamente constatò:
«Gli unici animali in grado di volare sono gli uccelli e tu non hai ali, ma solo uno sciocco nomignolo che ti paragona ad uno di loro per via del colore dei tuoi capelli. Inoltre non conosco nessun volatile in grado di sollevarsi più in alto delle nuvole. Come puoi pensare che adesso io creda a ciò che dici? Sarai anche un elfo, piccoletto, ma non cercare di prenderti gioco di me. Non si può viaggiare tra le stelle, se non forse da morti. Così si dice.» concluse categorico, alzando il muso con superbia.
In quel momento un'ondata di sofferenza improvvisa investì l'animale il cui corpo si contrasse in uno spasmo incontrollabile.
Roland rifletté preoccupato sul fatto che il bel gatto forse sarebbe anche potuto morire se lui non l'avesse aiutato subito. Aveva perso fin troppo tempo in inutili chiacchiere.
«Parleremo dopo del mio viaggio, delle stelle e di cosa sono. Sei ferito! Lascia che ti aiuti!» disse Roland con urgenza.
Il gatto chiuse gli occhi, adesso troppo sofferente per replicare.
Roland lo prese per un cenno di assenso e corse in cerca dei medicamenti opportuni. In tutto quel tempo trascorso nel nuovo mondo, aveva imparato a usare ciò che la natura gli offriva per prestare aiuto ai viventi che incrociavano la sua strada. Roland odiava la sofferenza di cui questo mondo sembrava intriso e a modo suo cercava di combatterla in ogni modo.
Mentre Roland correva per la radura in cerca di ciò che gli occorreva per aiutare il suo nuovo amico, sentì la sprezzante voce del gatto che lo inseguiva, minacciando:

«Se mi hai mentito, piccolo elfo, quando mi sarò ripreso farò di te un sol boccone, o forse due, piume di corvo!»
Roland sorrise divertito e si diede da fare a trovare le erbe medicinali che gli occorrevano nel minor tempo possibile. La radura era ricca di piante di ogni genere e fu facile per lui trovare ciò che gli serviva. Quando ebbe raccolto il necessario, tornò dal gatto.
Lo trovò di nuovo riverso su di un fianco, ora ansimante.
Per un momento Roland temette di essere arrivato troppo tardi ma fortunatamente si sbagliava.
Se di una cosa era certo, era proprio che i gatti erano animali ammirevoli che affrontavano la sofferenza con un coraggio e una resistenza che raramente si trovavano nei mortali. La forza con cui quel giorno l'animale lottò per non morire e poi affrontò la convalescenza stupì persino Roland.
Ci vollero parecchi giorni e altrettante notti perché l'animale si ristabilisse ma alla fine a poco a poco tornò in perfetta salute.
Roland pensò a tutto: a curarlo, a nutrirlo, a narrargli storie che lo distraessero dalla sofferenza e che lo accompagnassero nelle ore di riposo e di sonno. In cambio, il gatto faceva risuonare nel silenzio della radura attraversata dalla brezza primaverile le sue dolci fusa e si lasciava accarezzare. Le piccole mani di Roland affondavano nella sua soffice e folta pelliccia color arancio, mai paghe di quel profumato e piacevole contatto mentre le sue orecchie si deliziavano con quel suo verso inimitabile. In quel suono confortante, Roland trovava parole di ringraziamento, fiducia e affetto. Nel caldo e soffice pelo dell'animale, Roland trovava uno strano conforto, come se il suo cuore potesse risollevarsi dalla disperazione di sentirsi prigioniero che ogni tanto lo tormentava, lui per sempre intrappolato in quel mondo. Stare accanto al gatto ad ascoltare le sue fusa, immerso nel profumato pelo rossiccio, era quanto di più simile alla sensazione di sentirsi finalmente a casa che fosse mai riuscito a provare nel nuovo mondo dal giorno in cui vi era arrivato.

Giorno dopo giorno, sebbene in silenzio, il legame che si andò creando tra lui e il gatto divenne sempre più profondo, sempre più sincero.
Alla fine la diffidenza del gatto si tramutò in riconoscenza e nei suoi occhi d'oro, dove prima Roland aveva visto solo una grande resistenza ed una radicata sfiducia nel prossimo, adesso riusciva a vedere con chiarezza solamente una sincera fiducia.
Fu quando il gatto rosso una mattina si erse in tutto il suo splendore, altero e regale, e con fierezza confidò a Roland il suo nome, che l'elfo capì di avere conquistato il cuore di colui il quale sarebbe divenuto il suo più grande e leale amico.
Mentre il sole faceva risplendere di un bel color miele il pelo dell'animale e i suoi penetranti occhi dorati fissavano Roland, il gatto annunciò:
«Il mio nome è Almarath.»
Roland sostenne il suo sguardo e per la prima volta, incerto su quali fossero i suoi veri sentimenti, confessò:
«Sono felice che adesso tu stia bene, amico mio, Almarath. Le nostre strade oggi però si dividono. Sei guarito, sei libero di andare dove ti aggrada. Non hai più bisogno del mio aiuto. Io tornerò al mio viaggio esplorativo alla scoperta del mondo. Io sono abituato ad essere solo, solo con me stesso. Continuerò il mio viaggio da dove l'avevo interrotto per venirti in aiuto, e tu... non so cosa farai, ma sono certo che andrai anche tu per la tua strada.»
Il gatto lo scrutò in modo così intenso e penetrante che, anche se durante i tanti racconti di Roland narrati ogni notte, aveva detto di non sapere nulla delle Voci, Roland in quel momento fu sicuro che Almarath stesse guardando proprio dentro la sua, in un modo in cui nessuno prima d'ora aveva osato fare.
Roland si sentì nudo, come se il suo cuore non avesse più segreti, come se tutta la sua Voce fosse divenuta una melodia udibile, chiara e distinta come il canto degli uccelli sulle fronde degli alberi ed Almarath la stesse ascoltando ed assaporando sino all'ultima nota.

Quando ebbe finito di fissarlo, il gatto assunse un'espressione divertita, quasi sorniona.
Prendendolo in giro, il gatto disse:
«Bene, elfo solitario, ramingo viaggiatore. Ti seguirò per un po', solo perché non ho al momento nulla di meglio da fare. La mia preziosa e insostituibile compagnia sarà il giusto compenso per avermi salvato la vita.»
Un'espressione divertita si disegnò sul viso di Roland quando gli rispose beffardo:
«Oh, la ringrazio, sua magnificenza, grande e sommo Almarath, di tanta grazia e bontà! Sarò felice di godere della sua inestimabile compagnia! Non avrei potuto sperare in un dono tanto grande!»
Mostrando come sempre indifferenza e superiorità ma ridacchiando sotto i baffi, Almarath si leccò distrattamente il pelo, quasi fosse noncurante alla risposta di Roland e con eleganza iniziò a precederlo addentrandosi elegantemente tra l'erba della radura dove si erano incontrati la prima volta e dove avevano trascorso tutto il tempo della sua convalescenza.
«Andiamo, piume di corvo! -annunciò risoluto- Sono rimasto troppo a lungo in questa radura, tra quest'erba. Mi è venuta a noia. Portami in uno dei tuoi viaggi. Ti seguirò nelle tue esplorazioni. Vediamo se le storie che racconti sono solo fantasia o se sei davvero l'impavido esploratore che dici di essere!»
Roland sorrise, felice. Una strana e inattesa euforia gli riempì il petto. Per la prima volta dopo tanto tempo, Roland non sarebbe più stato solo con se stesso.
Trattenendo a stento la sua impazienza, raggiunse Almarath, camminandogli a fianco, con il cuore gonfio di felicità e di aspettative. Come sarebbe stato avere un compagno di avventure per lui abituato a non avere accanto nessuno? Che cosa sarebbe accaduto da quel momento in poi?
Chi poteva dirlo? Eppure era proprio quell'imprevedibilità a rendere quell'esperienza così incredibilmente entusiasmante.
Era forse un azzardo troppo grande lasciare che un mortale lo seguisse, lasciare che il suo eterno cuore fatto di fantasia si legasse

a un essere caduco destinato un giorno a morire? Forse sì, eppure Roland non si tirò indietro innanzi all'amicizia che gli veniva offerta dal gatto Almarath, alla promessa di vivere insieme una parte di quell'eterna esistenza che lo attendeva.
Se di una cosa poteva essere sicuro, era che la sua vita nel nuovo mondo da quel momento avrebbe preso una piega davvero imprevedibile.

La cattiveria

Lei aveva sempre saputo che i suoi simili potevano essere crudeli, ma quel giorno sentì sulla sua pelle quanto davvero potessero esserlo, e capì che forse non avrebbe avuto scampo.

Guardando l'uniforme tappeto di nuvole spesse e grigie ed annusando l'aria umida, non appena uscita da casa Lei capì subito a cosa stesse andando incontro, ma era troppo orgogliosa per tirarsi indietro. Il suo capo non avrebbe avuto la soddisfazione di vederla tornare indietro a mani vuote.

Quel giorno il fiume sembrava una lastra di acciaio, tagliente e pericolosa. Era mattina presto e tutto ancora dormiva. La strada che la conduceva dal tugurio dove abitava al tugurio ben peggiore dove lavorava era silente e incombeva su di lei come sempre. Un presentimento nefasto l'avvertiva del pericolo imminente ma Lei non voleva e non poteva tirarsi indietro. Lei non sopportava l'idea di essere sconfitta da un miserabile, piccolo ed arrogante uomo che solo per una favorevole coincidenza del caso si trovava ad essere il suo capo, a darle degli ordini, ad usarla come uno dei tanti strumenti del laboratorio dell'istituto in cui lavorava, inanimati e sacrificabili. Lei avrebbe eseguito i suoi ordini e sarebbe tornata con ciò che lui aveva chiesto. Nessuno mai avrebbe potuto permettersi di mettere in dubbio il suo valore. Lei aveva sempre svolto al meglio ogni compito affidatole, persino il più difficile. Anche questa volta non sarebbe stato diverso.

Camminando a passo svelto, l'aria gelida le fece lacrimare gli occhi. Quanto rimpiangeva l'aria mite e profumata di casa sua, quella vera. Lì, in quel paese, tutto sembrava arcigno e scostante, persino il vento che s'insinuava fin sotto i vestiti spogliandola di quel poco tepore che gli abiti che lei possedeva, poco adatti a quel clima, riuscivano a produrre.

Sulla strada per giungere a destinazione, nella fioca luce dell'alba, gruppi di prostitute rientravano dalla notte di veglia. Qualche ubriaco dormiva ancora, appoggiato al muro vicino alla fermata dell'autobus, e qua e là si udiva il verso malinconico dei gabbiani che scivolavano lenti sul molo lasciandosi trasportare dal vento. Passando vicino ai muretti che costeggiavano le stradine, a volte arrivava odore di vomito fresco, altre volte quello della salsedine del mare, altre ancora l'odore della pioggia che sicuramente avrebbe presto iniziato a scendere, sottile e costante. Avrebbe piovuto, Lei ne era certa. In quel luogo pioveva sempre e l'erba era sempre verde. Non si poteva sperare che non fosse così, soprattutto in autunno.

Quella era una città difficile per chi vi era giunto da straniero in cerca di lavoro. Durante le ore del giorno mostrava il suo volto ridente, l'ammaliante faccia che attirava i turisti, il fresco fascino delle verdi distese erbose e del grigio mare in tempesta, gli scorci da paesino di pescatori ed i paesaggi verdeggianti della brughiera vicina. Ma Lei aveva imparato a conoscere il suo vero volto, il marcio sotto la buccia splendente, i vermi dentro la polpa all'apparenza gustosa.

Era giunta lì carica di aspettative, col cuore pieno di speranze e di sogni ma già dopo le prime settimane dal trasferimento, nonostante i sacrifici ed il duro lavoro, si era subito resa conto di non essere la benvenuta. Lei non poteva restare. Loro non la volevano. Ciò che desideravano era che finisse presto i suoi mesi di lavoro nel loro paese e tornasse da dov'era venuta. Lei era una comoda lavoratrice a basso costo, illusa dalla promessa di un mondo migliore e mandata solo a svolgere il suo compito: ingrassare quel luogo ed i suoi abitanti senza averne alcun ritorno.

Una collega di lavoro, anche lei una schiava sottopagata giunta lì con le stesse illusioni ma molti mesi prima di Lei, aveva cercato di avvertirla. Lei l'aveva ascoltata incredula, dubbiosa se credere o meno alle sue parole, ma alla fine aveva dovuto darle ragione: per quelli come loro in quel luogo non c'era nessuna opportunità, non ci sarebbe mai potuto essere alcun futuro. Tutti i loro sacrifici sarebbero stati vani, inutili, fini a loro stessi. Una volta finito il periodo di tirocinio sarebbero stati mandati tutti via, rispediti nei paesi di origine con un grazie ed un bravi, e non importava quanto fossero preparati e competenti, quanto duramente avessero studiato e con quanto impegno lavorassero. A nessuno sarebbe importato.

Erano solo manovalanza gratuita e a basso costo. Una volta finito il periodo finanziato dall'università sarebbero dovuti tornare a casa. Non c'era e mai ci sarebbe stato un differente epilogo.

Mentre si avvicinava all'edificio grigio e squallido che si ergeva lugubre vicino al mare, Lei si sentì schiacciata dalla consapevolezza. Nei giorni precedenti aveva osato sfidare il capo, chiedendo spiegazioni. Aveva preteso di conoscere cosa le riservava il futuro e lui, in risposta, per dimostrarle il suo poco valore e la sua inutilità, le aveva affidato con perfida soddisfazione un compito che non sarebbe stato alla sua altezza, e Lei ne era dolorosamente consapevole.

Lui voleva piegarla, scoraggiarla. Voleva poterle ridere in faccia e dirle in tono di scherno che non era riuscita a portargli un semplice campione. Lei non si poteva permettere di chiedere un posto di lavoro stabile.

Lei però non si era tirata indietro. Aveva detto che avrebbe campionato il fiume, che non ci sarebbero stati problemi. Lo avrebbe fatto, anche se non lo aveva mai fatto prima d'allora. Quello non era di sua competenza, eppure non avrebbe mostrato debolezze. Come aveva detto il capo, un membro ideale per il gruppo di lavoro era qualcuno capace di svolgere qualsivoglia mansione.

Bisognava partire presto, all'alba, prima che la marea s'innalzasse. Avrebbe dovuto guadare nel fango e raccogliere melma appiccicosa da analizzare nei giorni seguenti. Sarebbe stata accompagnata da uno di loro, uno esperto, aveva detto il capo, uno che faceva questo lavoro da tanto.

Quando quella mattina ancora avvolta dal sapore della notte Lei arrivò, l'istituto era vuoto, spettrale e silenzioso. Quando entrò, le sembrò quasi di trovarsi in un luogo abbandonato dopo un disastro naturale. Non sembrava esserci ancora nessuno ma del resto non era neanche l'alba. Quel giorno aveva dovuto svegliarsi alle cinque del mattino e ora non erano ancora le sei. Il fiume sarebbe stato campionabile solo per poche ore.

L'istituto era deserto eccetto il custode ancora addormentato. La segretaria sarebbe arrivata non prima delle otto. Il disagio la colmò così come la consapevolezza di essere da sola, inerme in un luogo che non le era amico, tra persone che nei suoi riguardi mostravano solo una fredda indifferenza. Persino il custode, se non fosse stato un grasso uomo sonnolento e pigro, in quelle circostanze avrebbe potuto rappresentare un pericolo per lei. Il silenzio di quel luogo incombeva, pesante. Per un momento Lei soppesò la possibilità di andarsene. Era giunta in perfetto orario all'appuntamento ma non aveva trovato nessuno. Avrebbe potuto dire così al capo, se avesse preteso una spiegazione del fallimento della missione affidatale.

Una persona però la stava aspettando in un angolo, non vista. Era colui il quale avrebbe dovuto guidarla in quell'impresa azzardata. Quando Lei lo vide, il suo cuore saltò un battito e l'angoscia si impossessò di lei. Un uomo ormai anziano, uno dei vecchi ricercatori che sarebbe presto andato in pensione, la stava aspettando seduto stancamente in un angolo, scuro in viso, con già indosso l'attrezzatura necessaria.

Giorni addietro, quando si era saputo chi avrebbe campionato il fiume, la sua collega l'aveva avvertita. Preoccupata, le aveva detto:

«Il fiume è insidioso. La melma è pericolosa. Cerca di non caderci dentro. Se cadi, risollevarsi è difficile. Se non sei esperto, rischi di restare impantanato e non uscirne più. Ci vuole molta forza per tirare fuori qualcuno cadutovi dentro. Il fango di quel fiume è come una colla, ricordalo. C'è gente che è morta in dieci centimetri di fondale.»

Lei aveva cercato di non pensarci. Si era aggrappata al pensiero che non sarebbe stata da sola, che qualcuno più esperto di lei l'avrebbe accompagnata, qualcuno che conosceva il fiume e che aveva già guadato e raccolto campioni. Avrebbe dovuto solo seguirlo, farsi guidare da lui e tutto sarebbe andato bene. Il capo avrebbe avuto i suoi preziosi campioni e non avrebbe potuto far altro che restare in silenzio.

Adesso però, fissando colui il quale avrebbe dovuto affiancarla in quell'impresa, colui il quale avrebbe dovuto guidare i suoi passi, il suo sguardo si era riempito di terrore. Quell'uomo anziano poteva essere esperto, questo non lo metteva in dubbio, ma di certo non avrebbe avuto mai la forza necessaria per aiutarla se fosse accidentalmente caduta dentro la melma. In caso d'incidente, Lei sarebbe stata spacciata.

Prima ancora che Lei potesse dire qualunque cosa, l'uomo, con sguardo stanco e rassegnato, disse soltanto:

«L'alba è vicina. La marea salirà se non ci sbrighiamo. Prima finiamo il lavoro e prima ritorniamo. Non voglio che il capo sia di malumore. Cerchiamo di dargli quello che vuole.»

Lei non disse niente. Si limitò ad annuire e corse a prepararsi. Indossò la tuta, gli stivali impermeabili ed i guanti ed infine prese le provette che avrebbero protetto i campioni che avrebbe dovuto prelevare dal fondo melmoso del fiume, con lo stesso umore di un condannato a morte. La tuta giallo limone stonava con il suo viso pallido, esangue. Si guardò nello specchio del bagno. Non poteva mentire a sé stessa. Aveva paura. Qualcosa dentro di lei la ammoniva, avvertendola del terribile pericolo a cui stava andando incontro, eppure il sentimento d'orgoglio ed amor proprio che provava non le permetteva di rifiutarsi, di tornare sui suoi passi.

«Il capo avrà i suoi campioni. Non gli permetterò di dire nulla di male sul mio operato. Non gli permetterò di mettere in dubbio il mio valore.» pensò determinata cercando di scuotersi di dosso il gelido terrore che le imperlava il viso di sudore freddo.

Quando andò incontro al collega anziano, con angoscia vide che l'uomo sembrava persino più spaventato di lei. Le sorrise debolmente, quasi in imbarazzo, e senza dire altro si avviò verso la rimessa dove un veicolo fuoristrada li attendeva. Quando la vide, quella macchina le comunicò un po' di coraggio. Era solida e sembrava pronta ad affrontare qualunque condizione meteorologica e ad avanzare in qualunque tipo di terreno.

«Quanto meno l'auto è adatta allo scopo.» pensò Lei mentre saliva a bordo.

Il poco buon umore che il veicolo le aveva donato svanì all'istante quando il collega anziano sospirando ammise:

«È la prima volta che lo guido, solitamente non è compito mio. Io sono un analista, non faccio missioni all'aperto. Sono il classico topo di biblioteca.»

Lei lo fissò sbigottita. Le linee del viso dell'uomo erano tese e preoccupate quando con riluttanza ammise:

«Io non faccio campionamenti da almeno vent'anni, e in quei pochi a cui ho partecipato, mi sono limitato a guardare. -confessò a disagio- Di solito mi portano i campioni da analizzare, ma mi è stato detto che questo sarebbe stato il mio ultimo compito prima della pensione, e non sono mai stato particolarmente simpatico al capo, così...» la frase rimase sospesa in aria, lugubre.

Lei la finì mentalmente:

«Così il capo ti ha mandato con me per punirti di chissà quale parola di troppo che hai osato dire. Due sassi tolti dalla scarpa contemporaneamente. Bene.»

L'uomo mise in moto il veicolo con qualche difficoltà ma dopo un paio di chilometri di strada iniziò ad abituarsi alla guida del fuoristrada. Per colmare il silenzio che li divideva le raccontò di ciò che avrebbe fatto una volta in pensione. Mentre il fiume si avvicinava sempre di più, Lei pensò con angoscia che i pensieri dell'uomo accanto a lei che la stava conducendo verso un'impresa per lei difficile e nuova, sembravano davvero gli ultimi desideri di un condannato a morte. L'agitazione del vecchio collega era palese e la sua tensione andava crescendo man mano che il fiume si avvicinava sempre di più.

«Se siamo fortunati non pioverà.» aggiunse infine con un sospiro speranzoso, guardando con ansia crescente il cielo, divenuto sempre più cupo.

«Certo che pioverà -pensò Lei rassegnata- Qui piove sempre.»

Lei non riusciva a dire nulla. L'unica cosa che riusciva a fare in quel momento era raccogliere tutto il suo coraggio. L'uomo era esile ed anziano. Se fosse successo qualcosa, anche un banale intoppo, non avrebbe avuto la forza di aiutarla, lei ne era certa.

Inspirò ed espirò rumorosamente. Quando infine giunsero a destinazione, il veicolo accostò alla sponda nera del fiume. La fanghiglia si estendeva minacciosa per un lungo tratto e poi si scorgeva l'acqua, un'uniforme lastra di acciaio. Una volta spento il motore dell'auto si udiva soltanto lo scorrere delle acque e il verso sporadico di qualche uccello selvatico che si perdeva nell'alba imminente.

Lei scese dall'abitacolo tiepido con riluttanza. Quando poggiò a terra il piede, un rumore vischioso l'accolse. Lo scarpone scivolò raccogliendo fanghiglia ai lati della scarpa nonostante la suola fosse adatta allo scopo di camminare in suoli accidentati. Quando poggiò a terra anche l'altro piede, si rese conto di quanto fosse difficile mantenere l'equilibrio su quel terreno così viscido e scivoloso.

Il collega, restando seduto al posto guida, le disse con voce piatta ed inanimata, come se stesse recitando senza alcun sentimento una parte che si era ripetuto in mente più e più volte:

«Muoviti molto lentamente. Fai un passo dopo l'altro con calma, senza fretta. Muovi un piede solo quando l'altro è piantato bene a terra. Non importa se affonda un poco nel fango, la cosa importante è che tu alzi il tallone lentamente e non ti fai prendere dal panico se la scarpa sembra restare incollata al suolo. Ricorda: un passo dopo l'altro, e se il letto del fiume diventa troppo alto, se il fango supera la metà della tibia, torna subito indietro.»

Lei lo guardò, aspettando che scendesse dal veicolo, ma lui non si mosse. Abbassò lo sguardo, forse vergognandosi, ma non accennò a guardarla neanche una volta.

«Ora vai -ordinò- altrimenti la marea inizierà a salire e coprirà il letto scoperto del fiume, e non potrai più campionare. Lui non sarà contento se tornerai a mani vuote. Non sarà affatto contento...» ribadì cupamente.

Lei rimase immota a fissarlo, con una domanda incastrata in gola:

«Tu non vieni con me?»

L'uomo infine sembrò raccogliere quel poco coraggio che aveva e la guardò con un misto di senso di colpa e pietà, ed infine ammise:

«Sono troppo malfermo per accompagnarti, ma ti ho detto tutto quello che ti serve per potere campionare. Ora vai.» la esortò.

Lei lo guardò incredula, poi guardò il letto scuro e melmoso del fiume che sembrava aspettarla, lugubre come un sudario nero.

«Sono sola. Ancora una volta.» pensò tristemente.

In quel momento la rabbia scacciò la tristezza e le diede l'energia necessaria per muoversi.

«Mi ha mandata da sola. Pensa che io abbia paura di essere sola, ma si sbaglia!» pensò furente, consapevole però di non essere all'altezza del compito che le era stato affidato, certa che il capo lo avesse fatto solo per dimostrarle la sua inutilità, il fatto che fosse scontato che dovesse tornarsene a casa, povera e senza lavoro per com'era arrivata. E dopo di lei sarebbe giunta un'altra schiava che avrebbe continuato il lavoro svolto fino a quel momento, dal punto in cui lei lo aveva lasciato.

L'aria era umida attorno a lei. Dapprima credette di stare piangendo, ma poi si rese conto che minute goccioline di pioggia avevano iniziato a cadere dal cielo.

Dall'interno dell'abitacolo, il suo anziano collega gesticolava, intimandole di sbrigarsi.

Lei controllò la tuta, assicurandosi che le provette fossero nelle tasche, al sicuro.

Si guardò intorno un'ultima volta prima di affrontare l'impresa che sembrava più grande delle sue possibilità, implorando il fiume di non essere crudele con lei come era stato quell'uomo che veniva chiamato capo ma che non era altro che un essere immondo, ben peggiore delle piccole creature che strisciavano silenti nella fanghiglia melmosa sotto i suoi piedi.

Il cuore le martellava nel petto, nelle tempie, nei polsi. Tutta l'aria attorno a lei sembrava pulsare come il suo petto ansimante mentre avanzava a fatica sul suolo scivoloso.

«Sono ancora a riva ed è già così difficile avanzare!» pensò con sconforto.

Lei seguì le istruzioni che le erano state date ma camminare nel fango del letto melmoso si rivelò la cosa più ardua che avesse mai fatto. Aveva mosso appena una decina di passi da quando si era lasciata alle spalle la riva, forse dodici, combattendo contro quelle mani melmose e viscide che sembravano volerla far cadere in continuo, quando infine decise di fermarsi. Non era molto distante dalla riva, era vero, ma era certa di non potere avanzare oltre senza rischiare di finire rovinosamente a terra, invischiata nello strato scuro che sembrava bloccarla ad ogni passo. Il fango superava già di molto le caviglie. Stava finalmente chinandosi a raccogliere i campioni quando la voce del collega che frattanto aveva aperto lo sportello dell'auto la raggiunse:

«Sei ancora troppo vicina alla sponda! Devi campionare più in fondo, altrimenti è inutile!»

«Maledizione!» imprecò lei, riponendo la provetta nella tuta.

«D'accordo -si disse- ancora qualche passo come hai fatto finora. Puoi riuscirci.»

Con determinazione guardò il letto del fiume innanzi a lei che appariva più profondo e più denso. Si mosse.

Era però rimasta ferma troppo a lungo e i piedi si erano come cementificati nel suolo. Con grande fatica staccò il primo piede muovendo un primo passo. Il secondo piede le diede molti più problemi e per un attimo il panico s'impossessò di lei quando fu sul punto di sbilanciarsi. Fortunatamente riuscì a riprendere l'equilibrio in tempo per non cadere e con molta fatica riuscì a muovere altri sei passi e poi, dopo una piccola pausa, altri sei. Quando si voltò, la riva sembrò così distante che la paura la sommerse e le mani iniziarono a tremare pericolosamente. La pioggia iniziò a cadere più insistente bagnandole i capelli. La tuta era impermeabile ma la sua testa era scoperta. Adesso non sapeva più dire se l'acqua che le offuscava la vista fosse la pioggia o un misto di lacrime rabbiose e gocce cadute dal cielo.

«Perché mai mi trovo in quest'assurda situazione?» si chiese piena di rabbia.

Una vocina dentro il suo cuore le rispose con amarezza:

«Perché hai sperato che qui, in quest'altro paese, le cose potessero essere diverse. Ma non lo sono. Non esiste un mondo migliore. La realtà è la stessa, ovunque.»

Il fango ora le arrivava a più di metà tibia, quasi al ginocchio, ma la paura aveva superato il suo coraggio. Aprì le provette e le riempì tutte, il più velocemente possibile, custodendole dentro le tasche della tuta. Non le importava se era ancora troppo vicina alla riva. Non le importava più di nulla, né della sua reputazione, né di ciò che avrebbe detto il capo. Voleva tornare dentro l'abitacolo sicuro, tiepido. Quello era il massimo che poteva fare. Almeno non avrebbe dovuto subire di vedere il ghigno soddisfatto del capo che la vedeva tornare sconfitta dal compito affidatole. Lei aveva raccolto i campioni. Era tutto ciò che di più importante potesse esserci. O almeno, era quello che in quel momento credeva.

Adesso doveva tornare indietro. Cercò di muovere il primo passo senza però riuscirci. Il fango qui, più distante dalla riva dov'era più alto, sembrava vivo, denso, un mostro che desiderava solo intrappolarla nella sua morsa mortale.

Lei si rese conto di aver messo troppa forza per muovere il primo piede quando ormai era troppo tardi. Si sbilanciò rovinosamente in avanti e cadde sul ginocchio di una gamba sbattendo con forza il palmo della mano e il polso sulle pietre del fondale mentre l'altra gamba restava tesa nell'inutile sforzo di non piegarsi anch'essa nel fango. Entrambe le mani però affondarono nella melma restando immerse fin sopra le braccia. Nel tentativo disperato di rialzarsi in piedi e staccarsi da terra Lei si sbilanciò ancora di più e senza sapere come ci fosse riuscita, si ritrovò ben presto caduta a faccia in giù, avvolta dal fango, improvvisamente impossibilitata a sollevare il viso e a respirare.

La gomma della tuta impermeabile sembrava frattanto essere divenuta un tutt'uno con il fango e adesso l'impresa di tirarsi fuori da lì appariva impossibile.

Lei annaspò, forse ingoiò della melma. Non seppe dirlo. Lottò vanamente per un tempo incalcolabile peggiorando inconsapevolmente la sua situazione. Più lottava, più il fango sembrava ingoiarla ed avvolgerla. La consapevolezza di non avere scampo la colmò finché un oggetto duro e freddo contro il suo petto non riuscì a sollevare il suo torace tirandola fuori dall'abbraccio del fango.

Il collega era giunto in suo aiuto portandosi dietro una vanga. Doveva averla trovata nel bagagliaio dell'auto. L'aveva infilata sotto il suo torace e aveva fatto leva, affidandosi alla fortuna, alla sua unica possibilità di tirarla fuori da lì. Per fortuna la leva riuscì. Lei tornò a respirare, annaspando convulsamente. L'uomo usò tutte le sue forze per aiutarla a rimettersi in piedi e molto presto iniziò ad ansimare senza più fiato ma infine riuscì a salvarla dal mostro di melma che voleva renderla parte del suo mondo scuro. L'uomo si aggrappò a Lei, e lei a lui. Entrambi ansimanti e provati iniziarono a camminare verso la riva, verso la promessa dell'abitacolo sicuro e tiepido.

Lei arrancò verso la riva, sconvolta come se fosse uscita da un incubo, mentre l'anziano collega respirava a fatica quasi stesse rantolando. Sicuramente era al limite delle sue possibilità fisiche, così si ressero l'uno all'altra mentre la pioggia continuava a cadere, regolare e sempre più fitta, come se fossero divenuti l'uno il bastone dell'altra.

Quando finalmente riuscirono a ritornare a riva erano entrambi stremati, ricoperti di fango e fradici di pioggia. Lei era certa che il fango fosse penetrato ovunque sin sotto la tuta, intridendo ogni cosa. I capelli erano incollati ai loro visi, sulla fronte, sulle loro teste sconvolte.

Indicando l'acqua del fiume con una mano tremebonda, quella lastra color acciaio che era ora increspata dalla pioggia e sembrava vibrare, la voce disperata dell'uomo gridò:

«La marea sta salendo!»

Con le ultime forze che sentiva di avere, riprese a camminare e fu così che a lenti passi barcollarono l'uno accanto all'altra fino al veicolo. Le gambe erano malferme, ogni sua fibra tremava come un filo di paglia spezzato dal vento. Presto l'acqua ricoprì il letto nero del fiume rendendolo un'uniforme lastra di acciaio picchiettata dalla pioggia. L'auto li accolse come una madre protettiva. Si lasciarono entrambi cadere mollemente sui sedili, esausti. Dall'interno dell'abitacolo Lei ed il vecchio collega restarono inebetiti a fissare la scena della marea che saliva.

Guardarono insieme il manico di legno della vanga battuto dalla pioggia che spuntava spettrale dall'acqua dove prima non c'era stato altro che fango, abbandonato dove lo avevano piantato, vicino alla sponda dove non era loro servito più.

Quando l'acqua iniziò a lambire la riva, l'uomo si riebbe. Mise in moto ed accelerò.

Veloce, il veicolo sfrecciò lontano schizzando fango, lasciandosi alle spalle il fiume che iniziava a gonfiarsi. Dopo che la strada ebbe iniziato a scorrere regolare ed il fiume si fu allontanato abbastanza, nel silenzio assoluto interrotto dal ticchettare della pioggia sui vetri dell'auto, il vecchio ricercatore perse quell'alone di ebete sbigottimento che sembrava averlo fatto agire come una bambola inanimata.

Iniziò a piangere istericamente in preda ad una sorta di angoscia ora incontrollabile. Tutto il coraggio che lo aveva spinto a scendere dal veicolo per aiutarla e soccorrerla, tutta la forza che lo aveva sostenuto fino all'auto, sembrava di colpo essere svanita.

L'unica cosa sensata e piena di risentimento che riuscì a dire tra i lamenti fu:

«Non mi ha fatto portare neanche il telefono satellitare! Me l'ha proibito! Non potevo neanche chiamare aiuti!»

Lei fissò le mani ossute e anziane del suo collega, nere di fango rappreso, piccole e tremanti, e la tuta completamente sporca, provando pena per quell'uomo che si era suo malgrado trovato in una situazione al di sopra delle sue possibilità. Poi guardò le proprie e tremò. Erano completamente nere di fango, come se solo un miracolo l'avesse sottratta al mostro di melma. Decise che la prima cosa che si sarebbe tolta di dosso una volta arrivata in istituto sarebbero stati gli stivali completamente incrostati che sembravano ancora tirarla giù nelle profondità del letto nero del fiume.

Adesso la pioggia cadeva fitta e regolare. Lei avrebbe voluto uscire dall'auto e farsi lavare via quello strato appiccicoso che la ricopriva e che odorava di marcio, che le incrostava i capelli ed il volto, ma l'uomo corse come se avesse ancora il mostro di melma alle sue spalle e rallentò solo quando vide la sagoma grigia dell'istituto di ricerca pararsi indifferente ed austero innanzi a lui.

Per tutto il viaggio di ritorno, solo il rumore forte e possente del veicolo era riuscito a confortare il cuore di Lei, ferito e sconfitto. Quando il suo rombare rassicurante si spense nella rimessa, Lei fu consapevole di essere stata ad un passo da una morte orrenda, gratuita ed evitabile.

Per che cosa sarebbe potuta morire?

Lei aveva la risposta, non doveva cercarla né interrogarsi a lungo.

Lei sarebbe potuta morire per la cattiveria. La cattiveria di quell'uomo che chiamavano capo l'aveva spinta tra le braccia di fango del letto del fiume facendo leva sul suo orgoglio, sul suo desiderio di non essere schernita e derisa, sulla sua determinazione a portare bene a termine il suo lavoro. Quel letto scuro sarebbe potuto essere la sua tomba. Il cielo l'avrebbe forse pianta ma nessuno sarebbe stato incolpato per ciò che le era accaduto. Avrebbero di certo detto che era stato un tragico incidente, quando invece il capo l'aveva mandata di proposito laggiù, da sola, inesperta, accompagnata da un uomo troppo stanco e troppo anziano a cui non aveva dato neanche il conforto e l'appiglio di un telefono a cui potersi affidare in caso di bisogno.

Il vecchio collega barcollò pericolosamente quando scese dal veicolo. Era sgomento, stravolto. Lei temette per la sua salute. Il suo volto era grigio, teso, e sembrava ancora più vecchio di quanto era in realtà. Senza dire niente andò via, lasciandola lì da sola. Ma lei non aveva paura della solitudine. Erano altre cose a spaventarla, e la cattiveria dell'uomo che chiamavano capo era una di queste, tangibile, imprevedibile, implacabile. Quell'uomo avrebbe di certo trovato un modo per girare a suo favore ciò che era accaduto. La cattiveria umana non aveva limiti. Lei tremò, consapevole di questo.

Quando andò a cambiarsi ed i colleghi si resero conto di ciò che era accaduto, le voci concitate la inseguirono per i corridoi ma lei non sembrò riuscire a sentirle. Erano distanti, ovattate come tutto attorno a lei, come se stesse ancora vivendo un incubo.

Si spogliò, cambiandosi con gli abiti puliti che aveva lasciato nel suo armadietto. Poi raccolse i campioni dalle tasche della tuta. Pulì le provette dal fango che le incrostava, osservando il loro prezioso contenuto. Altro fango. Viscido, scuro. Il suo letto di morte.

Il ricordo di quel fango che la soffocava la sopraffece. Sentì le gambe vacillare ma non si piegò. Portò le provette al capo. Questi la guardò sgomento, incredulo di ciò che lei gli stava porgendo. I suoi occhi cattivi, pieni di astio, la fissarono colmi di un misto di disprezzo e di sbigottimento. Sembravano solo dire:

«Come diavolo ci sei riuscita?»

Lei non disse niente. Lasciò i campioni sul suo tavolo e si voltò, guardandolo per l'ultima volta con profondo disprezzo.

Andò via, verso il tugurio che l'attendeva, verso quella casa provvisoria che era l'unico rifugio al quale potesse tornare. Andò via sconfitta. Quel giorno Lei perse l'illusione di potere vivere una vita migliore. Quell'illusione era morta lì, nel letto del fiume, soffocata dal fango scuro, sepolta dalla melma e dall'acqua tagliente come acciaio.

Gli uomini erano crudeli. Non c'era una vita migliore. Non esisteva. Non poteva esistere. Non in questo mondo, non nella realtà. Nei sogni, forse.

In quelli voleva rifugiarsi, per non finire di morire. Forse una parte di lei era rimasta lì, nel letto del fiume, era già morta, intrappolata nella melma, per sempre, ma ancora Lei non ne era consapevole. Forse il tempo le avrebbe chiarito ogni cosa, mostrandole il suo sepolcro scuro, pianto dal cielo.

Di una cosa era certa: non avrebbe mai dimenticato quel fiume e la cattiveria di quell'uomo.

Capitolo 3
La palude Densamelma

Capitolo 3

Non gli era bastato spingersi dentro buie grotte che sembravano budelli che non dovessero mai avere fine, popolati da oscuri incubi ed esseri striscianti, né di avere raggiunto i fianchi incandescenti di un vulcano, o il bordo a picco sul mare di un'impervia scogliera.

No. Non gli era bastato. Roland era fatto così e Almarath ormai lo sapeva. Lui osava sempre troppo. La curiosità era ciò che lo aveva tradito, imprigionandolo in quello che l'elfo chiamava il Nuovo Mondo. Almarath era convinto che, se non fosse stato per la sua natura fantastica e immortale, Roland sarebbe già morto molto tempo addietro, proprio a causa di quell'insaziabile e incontenibile curiosità capace di metterlo nei guai più impensabili.

Ed infatti, eccoli lì.

Gli animali la chiamavano la palude Densamelma ed il perché era chiaro, o almeno lo era stato ad Almarath. Roland invece se n'era infischiato del pericolo e dei suoi avvertimenti. Lui non sembrava volerne sapere di essere prudente. Ed ora erano finiti nei guai. Ancora una volta. Guai belli grossi...

Si erano addentrati spavaldi nella parte più silente della palude, dove si narra si ergesse un antichissimo albero-ombra con cui Roland voleva a tutti i costi parlare, ma dopo pochi metri si erano già trovati invischiati nel terreno appiccicoso e scuro, e poco dopo era stato chiaro che fossero finiti dentro un fango insidioso e molto più pericoloso di come era loro apparso ad un primo sguardo. Dentro quella melma si affondava inesorabilmente senza riuscire ad uscirne.

Non appena le sue zampe avevano iniziato ad impastarsi col fango che gli aveva bloccato i movimenti, Almarath aveva cercato un rifugio ed era subito saltato agilmente su di un tronco marcescente che sembrava riuscire ancora a galleggiare su quello strato scuro, ma Roland, molto più piccolo di lui, era rimasto da subito bloccato, abbracciato dalle strane mani vischiose di quella nera colla che sembrava quasi vivere di vita propria.

Roland era un gran testardo, Almarath lo sapeva. Avrebbe lottato affidandosi alle sue sole forze fino all'ultimo per riuscire a liberarsi da quel guaio in cui si era cacciato con le proprie mani. Non avrebbe fatto quella "cosa" a cuor leggero...

Dall'alto del suo precario rifugio, il gatto osservava il suo amico combattere strenuamente contro quella che però, purtroppo, sembrava una forza più grande di lui, inarrestabile. Come il ramo sul quale si era rifugiato, anche Roland affondava a poco a poco senza riuscire a trovare un modo per tirarsi fuori.

«Avrei dovuto fare di te un sol boccone quando ne avevo l'occasione, piume di corvo!» sibilò Almarath, soffiando risentito mentre il fango avanzava ingoiando con lenta goduria il ramo sul quale si era rifugiato, mentre il gatto si abbarbicava con i suoi affilati artigli come se quel tronco mangiato dalle termiti fosse la sua sola ed ultima speranza di salvezza.

Scherzando, Roland, che peraltro si trovava in frangenti peggiori di quelli del suo amico gatto, invischiato fino alla vita nella fanghiglia densa e appiccicosa, rispose beffardo:

«Uno solo? Hai sempre detto che almeno ti ci sarebbero voluti due bocconi per potermi mangiare tutto intero!»

Il gatto scoppiettò, irritato, Roland non seppe dire se per la sua battuta o per il fango che aveva osato sporcargli le zampe ed il bel pelo color miele.

«Questa volta te la faccio pagare, piume di corvo!» minacciò.

Adesso Roland era sicuro che Almarath ce l'avesse più con lui che con la melma che sembrava volerli ingoiare entrambi da un momento all'altro.

«Ci troviamo in queste situazioni sempre e solamente per colpa della tua inguaribile curiosità, piume di corvo.» constatò, disgustato dagli schizzi di melma e dal fango che gli incrostava le zampe, terrorizzato all'idea di finirci dentro come il suo amico che di

55

momento in momento era affondato sempre di più ed ora sembrava stare per essere ricoperto del tutto.

Roland ridacchiò e replicò serenamente:

«Non ti ho obbligato a seguirmi, Almarath. Non l'ho mai fatto e mai lo farò. Hai scelto tu di venire con me. Dì pure che sei curioso... come un gatto!»

Almarath arricciò il muso e i baffi si tesero. Si limitò a fare un gesto schizzinoso con la zampa, colpito dall'ennesimo ed intollerabile schizzo di fango.

«La verità -aggiunse Roland cercando di muoversi ed avanzare in quello che sembrava un guaio molto più grande di quello che si era aspettato- È che morivi anche tu dalla curiosità di esplorare queste leggendarie paludi avvolte dal mistero. Volevi anche tu incontrare e vedere con i tuoi occhi il mitico albero-ombra di cui si narra nelle storie raccontate da merli e corvi, protetto dall'impenetrabile palude Densamelma. E così... eccoci qua.»

«Questa è l'ultima volta che ti accompagno!» sibilò Almarath con una nota esasperata nel miagolio, ora visibilmente in panico alla vista del suo unico appiglio avvolto quasi per intero dalle braccia nere della fanghiglia, mentre Roland continuava a sorridere divertito. Roland non ricordava più ormai quante volte gli aveva sentito dire quella frase, e la volta successiva, immancabilmente, ecco che Almarath lo seguiva in una nuova avventura.

«Sai che non permetterei mai che tu ti facessi del male, vero amico mio?» gli ricordò, improvvisamente serio, cercando di fissarlo dritto nei suoi occhi d'oro.

Il gatto non rispose e si limitò a ricambiare lo sguardo. Dopo un po' gli fece notare:

«Mi sa che questa volta non potrai tirarti indietro dal fare... quella... cosa.»

Roland sospirò, ormai quasi sommerso dal fango che gli arrivava pericolosamente alla gola.

L'elfo si guardò intorno e vide solo una distesa uniforme di fango che continuava a salire insieme alla marea portata dal vicino fiume. Presto la palude sarebbe stata inondata anche dall'acqua e lui, impossibilitato a muoversi dalla melma nella quale si trovava ormai impantanato senza riuscire a tirarsene fuori, sarebbe stato ricoperto. Se fosse stato un mortale, acqua e melma lo avrebbero fatto annegare. In realtà lui non poteva smettere di vivere, almeno non in quel modo, però il suo amico Almarath sì, e questo era sufficiente a fargli fare quella "cosa".

Roland si era imposto di mantenere la sua forma e le sue dimensioni originarie e di affrontare il nuovo mondo e le avventure che esso gli offriva sfruttando al meglio il suo aspetto, un po' come facevano i mortali, obbligati dalla loro natura ad avere uno ed un solo corpo, ma d'altro canto non avrebbe messo in pericolo Almarath per nulla al mondo.

«Un ultimo tentativo -si disse- e poi lo faccio.»

Cercò di fare movimenti lenti, di tirarsi fuori dal fango aggrappandosi al ramo dove si era appollaiato Almarath, ma anche questa volta fallì. Nonostante con una mano si fosse afferrato alla corteccia, questa si sgretolò sotto la sua presa, ormai fradicia, e lui scivolò miseramente ingoiato dalla densa melma. Il fango sembrava un mostro vivo che ormai lo stringeva nella sua morsa poderosa. Un placido rumore gorgogliante l'avvertì che ormai era affondato in modo irrimediabile. Il lezzo di marciume e decomposizione era forte e adesso che il fango gli arrivava più vicino alle narici anche Roland lo trovò nauseabondo.

Il gatto scrutò l'orizzonte e annusando l'aria disse risentito:

«Non era già abbastanza che dovessimo inzupparci di questa poltiglia schifosa che puzza di marcio? No! Non era sufficiente! Tra poco inizierà pure a piovere! Giuro che se mi fai bagnare, io e te abbiamo chiuso, piume di corvo! Posso sopportare tutto, ma l'acqua giammai!»

Roland sogghignò divertito e cercò di sollevare il viso dalla fanghiglia per guardarsi intorno.

Il fiume che alimentava la palude si stava ingrossando e dall'orizzonte si udivano già i cupi brontolii di un temporale che si stava avvicinando.

Tra pochi momenti non avrebbe neanche più potuto rispondere ad Almarath poiché il fango gli avrebbe sommerso anche la testa. Il gatto si era frattanto gonfiato tutto per il disgusto ed ora sembrava un'indifesa e soffice palla di pelo minacciata dall'essere ingoiata dalla palude. Così decise di fare quella cosa che odiava tanto.

Il suo fastidio per ciò che stava per fare era però nulla al confronto della preoccupazione di sapere Almarath in pericolo.

In un attimo Roland non era più il piccolo elfo che arrivava a stento al muso del gatto. In un tempo che ad Almarath parve rapido come un battito di palpebre, Roland aveva mutato il suo aspetto, cambiandolo completamente, stravolgendolo quasi potesse creare da se stesso tutto ciò che voleva, e adesso un enorme e fiero corvo, nero come la tenebra, era schizzato fuori dalla fanghiglia librandosi in volo. L'uccello, di dimensioni spropositate per essere un corvo appartenente a questo mondo, planò vicino al gatto che con un balzo rapido gli saltò in groppa aggrappandosi con gli artigli alle lucide penne giusto in tempo per non finire sommerso dal fango. Con orrore, Almarath vide il ramo marcio sul quale si era rifugiato scomparire nel nero abbraccio accompagnato da un sinistro e sgradevole gorgoglio.

La voce di Roland arrivò alla mente di Almarath, chiara e limpida come se gli stesse parlando anche se il grosso e innaturale uccello non faceva altro che gracchiare:

«Ho pensato che volare fosse la soluzione migliore in questa situazione. Che ne pensi?»

Il gatto imprecò soffiandogli sulle piume:

«Io odio volare! Maledizione a te, piume di corvo!»

Ma Roland sapeva che tutto sommato ad Almarath quel brivido inatteso non dispiaceva affatto. Poco dopo infatti il gatto si accomodò meglio sulla sua groppa piumata e sollevando il muso, fiero, iniziò a scrutare la palude che si apriva sotto di loro godendosi il meraviglioso panorama.

Roland lo stuzzicò:

«Sua magnificenza Almarath, è soddisfatto della soluzione che il suo fedele amico ha trovato? Così facendo potremo sorvolare tutta la palude alla ricerca del mitico albero-ombra e non rischierà più di inzaccherare di fango il suo nobile e rispettabile pelo. Direi che sua eccellenza il sommo Almarath non potrebbe chiedere di meglio!»

Il gatto socchiuse gli occhi, soddisfatto. Nonostante il disagio del non trovarsi con le zampe sul solido terreno, non avrebbe mai ammesso di essere felice di librarsi nel cielo e di guardare la palude da lassù, e men che mai avrebbe ammesso di gradire quel modo beffardo con cui Roland faceva finta di idolatrarlo, così si limitò a godersi lo spettacolo senza dire niente.

Intanto gli occhi attenti di Roland osservavano i cambiamenti della rada vegetazione che spuntava dal fango, alla ricerca del grande albero che si narrava si ergesse al centro della palude.

All'orizzonte le nuvole si erano addensate e presto avrebbe iniziato a piovere. I cupi brontolii dei tuoni erano sempre più frequenti. Librandosi in aria già si avvertivano i primi cambiamenti e l'umidità era tangibile. Almarath starnutì, infastidito dalle impercettibili goccioline che arrivavano trasportate dalla brezza.

Ad un tratto sia Roland che il gatto scorsero un isolotto più grande che si apriva in mezzo alla fanghiglia scura, contornato da acque più profonde dello stesso colore di quelle del fiume. L'isolotto sembrava avvolto da una vegetazione più fitta e scendendo di quota Roland vide chiaramente che si trattava della chioma di un grande albero.

Almarath annunciò:

«Spero che quella fronda sia fitta abbastanza da non fare passare la pioggia. Mi è già arrivata addosso qualche goccia.»

«Reggiti!» l'avvertì Roland e in un paio di battiti delle grandi ed ampie ali nere scese ancora di quota planando verso l'isolotto che ora appariva come una piccola oasi in una distesa di scura fanghiglia e di chiazze di acqua più chiara.

Una volta giunti a terra, Roland saggiò il terreno con le sue zampe prima di far scendere dalla sua groppa il gatto. Quando fu certo che lì il terreno era solido e calpestabile, Roland annunciò:

«Il suo fedele destriero l'ha condotta alla meta, sua magnificenza.»

E detto questo, dopo che il gatto ebbe poggiato le sue felpate zampe sul terreno, Roland tornò ad essere se stesso con la stessa rapidità con la quale si era tramutato in un immenso corvo.

Almarath fissò il volto sorridente dell'elfo con i suoi occhi indagatori e sagaci capaci di inchiodare anche la più spavalda delle creature:

«Non capisco perché ti ostini tanto a non farlo più spesso. Se io potessi, penso che sarei gatto solo una volta ogni tanto.»

Quello era un discorso che avevano preso innumerevoli volte, ma che Roland non aveva mai davvero voluto affrontare.

«Te l'ho detto -rispose evasivo con un'alzata di spalle ed un sorriso- non mi piace fare questa... cosa. Odio mutare. Voglio essere me stesso.»

Con calma, Almarath rispose:

«È la tua natura, elfo. Se mi hai raccontato la verità, tu sei fatto di fantasia. Tu puoi mutare. È per te naturale come per me vomitare boli di pelo.» concluse ironicamente.

«Posso, ma non voglio.» rispose Roland seccamente, voltandosi a guardare il possente tronco dell'albero, ed Almarath capì che, ancora una volta, il suo amico rifiutava di parlarne. Socchiuse gli occhi, sornione, e disse:

«Non roviniamo questo momento con inutili malumori, piume di corvo! Eccoci giunti al centro della palude, e quello deve essere l'albero secolare di cui parlano le leggende, il grande albero-ombra che desideravi tanto vedere. Goditi questo momento.»

Tornato nelle sue dimensioni originarie che lo rendevano alto poco meno del muso di Almarath, Roland rimase in silenzio a rimirare con sguardo estatico l'immensa enormità dell'albero che svettava scuro innanzi a loro al centro dell'isolotto. Doveva essere una creatura in vita da almeno seicento anni a giudicare dall'aspetto della corteccia, della grandezza del tronco e dei possenti rami ritorti. Roland aveva spesso incontrato in passato alberi antichi, in vita da secoli, e la loro compagnia era stata eccezionalmente piacevole, ma quell'albero si narrava essere diverso dagli altri. Non era solo un albero, era molto di più. Roland credeva di capire cosa lo rendesse così speciale ma per esserne certo avrebbe dovuto parlare con lui. Non vedeva l'ora di farlo.

Il silenzio sull'isolotto era profondo, interrotto solo dal lieve ticchettare della pioggia sulla fronda dell'albero e sull'acqua che circondava quella zattera di terreno e che sembrava quasi una lastra di metallo liquido increspata dal costante gocciolio. Gli unici colori in quei luoghi erano il grigio uniforme dell'acqua, il nero del fango e del tronco dell'albero, ed il profondo e scuro verde della grande fronda ad ombrello che occupava la quasi totalità dello spazio.

Almarath si sporse vicino al bordo della zattera di terra sulla quale sorgeva l'albero e vide che era costituita da un'enorme zolla su cui erano abbarbicate come in un intricato groviglio le antiche e spesse radici dell'albero che si approfondavano forse fin sotto la terra, sin dentro il fango della palude.

«Posto inusuale per un albero così bello per mettere le radici. Forse un tempo non doveva essere così... putrido.» constatò Almarath scrutando con occhio indagatore ogni particolare di quel luogo silente, puzzolente di decomposizione.

«Io lo trovo affascinante!» rispose di rimando Roland che affascinato da quel luogo non si era fermato un momento dal guardare con stupore l'immenso albero e la palude che lo circondava. Gli occhi gli brillavano, entusiasti, come ogni volta in cui l'avventura lo conduceva in luoghi nuovi ed inesplorati.

Frattanto la pioggia aveva iniziato a cadere con più insistenza ed il ticchettare era divenuto uno scoscio regolare, quasi una musica nel silenzio della palude. L'odore di marciume era più forte lì nel centro della palude ed Almarath non lo gradiva affatto. Si leccò nervosamente una zampa sulla quale era caduta una goccia di pioggia ed iniziò suo malgrado ad avvicinarsi al fusto dell'albero nella parte più protetta mentre Roland continuava estasiato a guardare la tenue luce filtrare attraverso la fronda insieme a qualche goccia d'acqua.

Dopo avere soppesato la sua decisione, il gatto decise di acciambellarsi sul tappeto di foglie cadute e muschio che si era formato tra le radici dell'albero sperando di non essere raggiunto dall'acqua che continuava a cadere. I brontolii dei tuoni gli dicevano che non avrebbe smesso presto. Era tutto molto silenzioso e desolato se non fosse stato per il tuonare che proveniva dal cielo, ed Almarath si sentì improvvisamente triste.

Il gatto odiava sentirsi in quel modo ma purtroppo gli accadeva molto più spesso di quanto avrebbe voluto. Molte delle cose che stupivano il suo amico elfo per lui non erano altro che un motivo in più per alimentare la sua tristezza. Roland non poteva capire davvero come potesse sentirsi una creatura mortale come un gatto, ma Almarath non riusciva a rimproverarlo per questo. Anche in quel momento Roland non avrebbe compreso il perché dei suoi sentimenti, di quella mesta morsa che gli stringeva il cuore, ed Almarath non era intenzionato a far scomparire l'entusiasmo del suo amico coinvolgendolo nei suoi cupi pensieri. Meglio accoccolarsi sul soffice tappeto e riposarsi un po' mentre l'elfo saziava la sua curiosità ed esplorava divertendosi quel posto per lui così squallido. Doveva essere un bel luogo visto con gli occhi di un immortale, pensò Almarath. Affascinante, misterioso. Eppure a lui sembrava solo un luogo triste, zuppo di malinconia. Non riusciva proprio a vederlo come lo vedeva Roland. Sicuramente era l'odore di marciume a scatenargli quei sentimenti, un odore che al suo amico non faceva lo stesso effetto. Come avrebbe potuto, del resto?

Il gatto sospirò nascondendo il muso nella folta pelliccia della coda rassicurandosi col proprio tiepido aroma di vita.

Che cosa poteva saperne Roland della morte, lui che era immortale, lui che altri non era che un essere alieno proveniente da un mondo al di là delle stelle, come lui stesso gli aveva raccontato?

Che cosa poteva saperne un elfo del pungente dolore che quell'aroma di marciume e decomposizione provocava al suo caduco cuore di gatto? Un giorno anche lui sarebbe finito in quel modo, decomposto e viscido, divenendo poco più che poltiglia marcescente impastata al terreno e battuta dalla pioggia. Il suo corpo si sarebbe disfatto aggiungendosi alle zolle, tornando ad essere parte del ciclo della vita. Roland non poteva capire quanta tristezza quella palude battuta dalla pioggia poteva trasmettere al suo amico.

«Sarebbe meglio finire arrosto nel ventre di fuoco di un vulcano che morire qui, in silenzio, avvolto dal fango e pianto dalla palude.» pensò Almarath con un altro lungo e sofferto sospiro.

Roland si voltò a guardare con affetto l'amico gatto tutto acciambellato e ancora una volta si interrogò sul significato di quei lunghi e pensierosi sospiri che spesso interrompevano il suo riposo ma non disse nulla, troppo entusiasta di essere riuscito a raggiungere il centro della palude e l'albero delle leggende.

Ad un tratto, con disgusto, Almarath si riscosse e scostò una zampa da uno strisciante esserino che stava percorrendo il terreno vicino a lui. Roland sorrise.

«Sei proprio schizzinoso, mio re!» disse beffardo ma Almarath si limitò a ignorarlo rimettendosi nella sua posizione acciambellata e guardandolo di soppiatto.

«Uno Spazzino. Qui ce ne sono a bizzeffe.» pensò il gatto riluttante guardando lo strisciante essere allontanarsi dal suo giaciglio di foglie, cercando di scacciare dalla mente l'idea che un giorno anche lui sarebbe divenuto cibo per piccoli esseri come quello.

A pensarci bene, quell'enorme palude poteva essere benissimo un'immensa tomba, il sepolcro di milioni di esseri un tempo vivi, che ora non erano divenuti altro che melma scura, cibo per le piccole creature che vi abitavano e nutrimento per le grandi radici dell'albero-ombra.

Almarath sospirò ancora, mentre Roland andava in giro esplorando l'isolotto, euforico, con un enorme e luminoso sorriso stampato sul viso. Dopo averne scrutato ogni angolo, l'elfo si avvicinò al tronco e lo percorse affettuosamente, come se lo stesse accarezzando. Per un po' rimase con gli occhi chiusi e le mani poggiate sul tronco dell'albero, quasi stesse ascoltando qualcosa che Almarath non riusciva a udire. Quando riaprì gli occhi, Roland aveva un'espressione felice e soddisfatta. Ad un tratto l'elfo tornò da lui con occhi luccicanti di emozione e disse trionfante:

«Hai visto, Almarath? Siamo nel cuore della palude, ai piedi di quello che le leggende chiamano l'albero-ombra! È un essere incredibile, che vive da secoli e che ha visto il mondo mutare intorno a sé! Ce l'abbiamo fatta! Non è fantastico? Non vedo l'ora di parlare con questo antico essere! È in pace con sé stesso e chiuso nel silenzio ma chissà, magari vorrà concedermi la possibilità di porgli qualche domanda! Guarda com'è poderoso e possente! Non è meraviglioso?»

Il gatto aprì un occhio dorato e lo squadrò.

«Hai già pensato a dove andremo, dopo?» chiese piattamente ignorando di proposito le sue domande.

Tutto l'entusiasmo di Roland vacillò e si sbriciolò innanzi alla fredda e compassata indifferenza del suo amico. Almarath non si era mai comportato così prima d'ora, neanche quando avevano costeggiato un torrente di magma...

Roland aprì le braccia, indicando l'isolotto e l'albero:

«Almarath! Non ti riconosco più! -esordì deluso- Hai visto dove siamo, amico mio? Non c'è nessuno qui, eccetto noi! Siamo gli unici ad avere osato spingerci sin quaggiù, ad avere visto questo leggendario luogo! Che cosa ti succede? Non sarai arrabbiato per qualche goccia di pioggia? Oppure è colpa del fango che ti ha incrostato le zampe? Ho fatto in modo che non ti sporcassi più, ma non potevo evitare che ti imbrattassi le zampe. Non ce l'avrai con me per questo, vero?» chiese infine preoccupato.

Il gatto lo studiò, stupendosi di quanto Roland riuscisse a volte ad essere insensibile nei suoi riguardi ma anche questa volta non lo rimproverò per questo. Se non glielo avesse spiegato, lui non avrebbe mai potuto capire la morsa in cui sentiva stretto il suo cuore ad ogni alito di marciume che gli arrivava alle narici. Dopo un po' sollevò la testa e inchiodandolo col suo sguardo ferino e orgoglioso decise di dirgli la verità anche a costo di rovinare il suo entusiasmo:

«Odio il fango e l'acqua ancora di più, ma... no. Non è questo. È solo che... la morte non mi piace. Tutto qui. Questo posto puzza di morte. Voglio andarmene.» disse infine continuando a fissarlo.

Roland ci pensò su per un po' e poi fece una smorfia poco convinta. Non era certo di aver compreso davvero i sentimenti del suo amico, anche se lui gli aveva aperto il suo cuore rivelandogli parte del significato nascosto nei suoi lunghi e sofferti sospiri.

Si stava ancora domandando quali fossero le emozioni di Almarath quando una voce mesta e addolorata fece sobbalzare entrambi facendo rizzare tutto il pelo sulla schiena del gatto:

«Il tuo amico ha ragione, sai. Questo è un luogo di morte. Una tomba antica, sepolcro di tanti altri come me. Io sono l'unico sopravvissuto, l'unico rimasto.»

Roland si guardò intorno certo che la voce che aveva appena udito fosse quella di un'ombra ma incerto su dove puntare il suo sguardo. La tenue luce che filtrava attraverso le spesse nubi e che infine riusciva ad arrivare sull'isolotto filtrando attraverso la fronda del grande albero era debole, fioca, troppo ovattata per dare la forza necessaria ad un'ombra per parlare in modo così chiaro, eppure Roland era quasi certo che la voce provenisse dalla flebile ombra che l'albero proiettava.

La voce parlò ancora, paziente. Roland era certo di non avere mai visto il pelo della coda di Almarath talmente gonfio ed i suoi occhi d'oro tanto sgranati.

«Vi starete chiedendo chi vi stia parlando, vero?» la voce sembrava aver conservato un pizzico di piacere nel vederli così inquieti, forse il ricordo di un passato lontano, come se un tempo l'essere a cui era appartenuta fosse stato una creatura incline a farsi beffe del prossimo, a giocare scherzi e forse persino dall'animo dispettoso.

Roland azzardò:

«Sei un'ombra, non è vero? È un'ombra che ci parla!»

Un'idea balenò veloce nella mente dell'elfo. Ora gli era chiaro perché l'albero leggendario al centro della palude si chiamasse albero-ombra. Lo aveva sospettato fin da quando aveva ascoltato per la prima volta raccontare dai merli e da qualche corvo la leggenda di quello strano albero che continuava a vivere da secoli al centro di una letale palude, solitario, ma ora ne era sicuro, soprattutto dopo aver percorso la sua corteccia e percepito la vita scorrere ancora forte in lui. Quella che ora stava udendo era di certo la voce di un'ombra eremita che per qualche strana ragione aveva deciso di isolarsi dal mondo. Le ombre erano creature volubili e raramente inclini al restare ferme in uno stesso luogo troppo a lungo. Perché mai quell'ombra aveva scelto di restare con l'albero? Sperava di scoprirlo. Roland era certo che fosse legata a quel possente e poderoso essere che svettava al centro della palude ma voleva avere una conferma. Rivolgendosi a lei, Roland chiese:

«Perché mai sei rimasta qui? Non sarai intrappolata? Se vuoi, possiamo portarti via da qui.»

La voce sembrò quasi sorridere e poi disse gentilmente:

«Un tempo forse, quando non ero che sola ombra, avrei anche potuto accettare la tua allettante proposta ed andar via con te, ma ora no. Ora non sono più solo ombra.»

Mentre Almarath continuava ad assistere con inquietudine a quella conversazione senza comprendere bene chi fosse l'essere che si stava rivolgendo a loro, Roland comprese:

«Ora ne ho la conferma: la voce che stiamo udendo non è quella di un'ombra né quella dell'albero, bensì è un tutt'uno, per questo ti chiamano albero-ombra! Non è così? Voi siete legati.»

La voce disse soltanto:

«Sei perspicace, giovane esploratore. La solitudine mi ha reso intorpidita, stanca. Avrei dovuto farti penare di più prima di giungere a questa conclusione. Almeno avrei riassaporato il gusto del divertimento, ma forse tu eri già a conoscenza di troppe cose perché potessi anche pensare di farmi beffe di te. Tu conosci le ombre, sai cosa sono. Non penso avrei potuto incuterti alcun timore. Il tuo compagno di viaggio invece mi sembra parecchio allarmato.» notò quietamente.

Lo sguardo di Roland incontrò gli occhi preoccupati di Almarath. Aveva ragione: il gatto era teso come non mai ed ogni muscolo del suo corpo era pronto a scattare per fuggire. L'inquietudine era palese nel suo sguardo sgranato e allerta. Non lo aveva visto così neanche sul ciglio di un precipizio. Del resto, si disse Roland, Almarath sapeva molto poco sulle ombre e nel corso del loro viaggiare insieme non ne avevano incontrate che poche, molto giovani e sfuggenti. Non aveva mai avuto modo di parlargliene con calma. Si ripromise di farlo.

«È tutto morto qui, piume di corvo! Andiamo via, prima di farne parte anche noi!» disse il gatto con urgenza.

Prima che Roland potesse dire qualcosa, la voce disse saggiamente:

«Tutto muore, eccetto la fantasia. Quella è immortale. Per questo io vivo, ancora.»

Quelle parole stuzzicarono la curiosità del gatto che, fattosi vicino a Roland, iniziò anch'egli a studiare l'albero e le ombre sbiadite che il suo fusto e la sua fronda proiettavano al suolo.

La voce parlò ancora:

«Un tempo c'erano una giovane ombra ed un albero altrettanto giovane. Entrambi possedevano una Voce, ciò che l'uomo chiama anima e ciò che gli animali che la posseggono chiamano soffio di vita. Erano affini, così col tempo e dopo tante peripezie si legarono l'uno all'altra. Capirono di non potere esistere l'uno senza l'aiuto ed il sostegno dell'altra. Col tempo, divennero una sola cosa. Il confine tra ombra e albero si perse ed essi divennero un'unica entità. L'ombra dava forza all'albero e questi dava sostegno all'ombra. L'una era eterna, l'altro caduco. Insieme sfidarono il destino, il tempo, il ciclo della natura. Mentre tutto morì attorno a loro, divenendo una scura tomba, mentre gli altri tronchi infradiciavano e morivano divenendo fango e melma, loro continuavano ad esistere.»

Roland ed Almarath avevano ascoltato rapiti quelle parole, la storia di quell'antico albero sopravvissuto alla palude grazie ad un legame con un'ombra, più forte della morte stessa.

La voce di Roland tremò lasciando trasparire le sue emozioni quando chiese:

«Ora che tutto il bosco attorno a te è morto, non ti senti... solo? O forse dovrei dire... non vi sentite soli, albero ed ombra?»
La voce della creatura che la leggenda chiamava albero-ombra rispose quieta, avvolta da una serenità tangibile:
«Nessuno è mai solo, se sa ascoltare le stelle. Tutte le Voci provengono da lassù, anche le nostre. Nessuno meglio di te dovrebbe saperlo, esploratore.»
Per la prima volta dopo tanto tempo, Almarath vide il dolore dipingersi sul volto del suo amico elfo. L'albero-ombra sembrò percepire distintamente quel dolore quasi come se lo potesse provare lui stesso, e con voce partecipe chiese:
«Ti sei lasciato alle spalle qualcosa che amavi molto, non è vero, elfo?»
Almarath sobbalzò. Quella creatura, qualunque cosa fosse, albero, ombra o entrambi, sapeva che Roland era un elfo e questo era davvero inusuale. Pochissimi animali avevano saputo cosa fosse un elfo e ancora di meno ne avevano visto uno. Persino quello che Roland aveva detto essere il cuore di lava del vulcano, alle cui pendici si erano spinti, aveva mai incontrato un elfo prima di allora benché ne avesse sentito parlare e ne conoscesse tutte le leggende. Adesso questo strano albero-ombra parlava al suo amico quasi lo conoscesse da più tempo di lui. Almarath provò un'incontrollabile fitta di gelosia.
Come sempre faceva per mascherare il suo dolore, Roland sorrise. Gentilmente disse:
«Qualunque cosa io abbia amato, adesso è troppo lontana da me perché io possa raggiungerla. Me la sono lasciata alle spalle, e questo è tutto. È in questo mondo che mi trovo a vivere, e intendo farlo pienamente, esplorandone ogni parte. Intendo dare un senso alla mia perdita.»
I suoi occhi brillavano ed Almarath fu certo di leggervi un pensiero, chiaro e distinto, a cui Roland si abbarbicava con tenacia:
«Non avrò sofferto per nulla. Il mio dolore per la perdita sarà ripagato dalla conoscenza.»
L'albero ombra rimase silente a lungo ma infine disse:

«Sei venuto sin qui per conoscere la mia storia?»
Roland annuì. L'albero ombra continuò:
«Quegli sciocchi uccelli che riescono ad arrivare fin quaggiù volando sono degli inguaribili chiacchieroni. Sono certo che avrai udito da loro la mia leggenda -Roland annuì e la voce continuò- Un tempo esistevano una saccente e irrequieta ombra ed un giovane virgulto dal cuore tenero. Insieme scoprirono di essere molto più che un'insulsa e inconsistente ombra e un semplice e mortale albero. L'ombra giurò e si legò all'albero. È così che diventarono quello che gli animali chiamarono l'albero-ombra. È tutto. Potrei raccontarti di come il bosco è divenuto palude nel corso dei secoli, delle vicende che hanno trasformato il paesaggio e stravolto questi luoghi, di come la vita si è tramutata in morte creando la palude che ora vedi nell'incessante ciclo di rinnovamento e trasformazione a cui tutto è soggetto, ma non credo che il tuo amico ne sarebbe felice. Quindi la mia storia finisce qui. Hai saziato la tua curiosità sul leggendario albero che continua a vivere al centro della palude o c'è qualcos'altro che vuoi chiedermi prima di andar via? Il tuo amico non gradisce il lezzo di palude.» constatò, e Almarath finse indifferenza mentre soffiava forte col naso nel tentativo di allontanare l'odore di fanghiglia decomposta che gli provocava un profondo disgusto.

Roland rifletté per un po' ed infine chiese:
«Non deve essere stato facile per un'ombra rinunciare alla libertà per legarsi ad un essere statico come un albero. Le ombre sono esseri volubili e troppo desiderosi di libertà. Come hai fatto a capire che l'albero era la creatura a cui volevi davvero legarti?»

Una sorta di fruscio sembrò attraversare tutta la fronda. Qualche goccia di pioggia riuscì a filtrare attraverso lo strato di foglie raggiungendoli e facendo arricciare il pelo di Almarath. Nulla rendeva il gatto furibondo e maldisposto come gli schizzi d'acqua.

Albero-ombra parlò ancora:
«L'ombra ha vissuto la sua esistenza. Ha conosciuto il distacco. Ha provato a vivere la sua vita senza l'albero. È andata

via da qui più e più volte. Alla fine però è tornata. Se non si prova la mancanza non si può davvero conoscere il significato di unione. La nostra unione era necessaria affinché entrambi potessimo essere in pace ma lo abbiamo compreso solo conoscendo la mancanza e l'assenza l'uno dell'altra. Abbiamo visto ridenti colline popolate da centinaia di alberi trasformarsi in questa grande palude. Abbiamo assistito alla morte, al disfacimento, ma noi siamo rimasti saldi e incrollabili poiché siamo l'uno la forza dell'altra. Se un giorno ascenderemo alle stelle, lo faremo insieme. Ormai siamo un'unica entità.»

Quasi senza riflettere, cosa che di rado faceva, Almarath chiese, stupendosi della sua stessa domanda:

«Non hai paura di morire?»

Roland non poté fare a meno di notare come la pelliccia del suo amico fosse ora nuovamente gonfia. Almarath era inquieto, persino spaventato, solo i suoi penetranti occhi dorati continuavano a sfidare l'antico essere con cui stavano parlando.

Con serenità, l'albero-ombra rispose:

«Un tempo, sì, entrambi avevamo paura, ombra ed albero. Tutti i mortali, persino le ombre che muoiono ad ogni tramonto ma rinascono ad ogni successiva alba temono la morte. Adesso però, dopo avere ascoltato per secoli le Voci che notte dopo notte giungono a noi attraverso le stelle, abbiamo imparato a vedere in essa qualcosa di più, forse la nostra più grande possibilità.»

Roland rimase stupito quando soffiando e scoppiettando, con rabbia Almarath obiettò:

«Dopo la morte non c'è niente di niente! Il corpo si disfa e dopo un po' di noi non restan neanche le ossa! Queste sono solo storie per non far spaventare i cuccioli nuovi alla vita, i romantici desideri di chi spera esista qualcosa dopo la fine per non essere strozzato dal terrore della morte! Si dice che solo da morti si possa viaggiare tra le stelle ma io non ci credo. Non ci ho mai creduto. Dopo la morte c'è solo melma puzzolente, putrida fanghiglia nella quale fanno festa gli Spazzini. Ecco ciò che tutti noi siamo quando moriamo: una poltiglia putrida come il letto di questa maleodorante palude. E questo è tutto!» concluse con fierezza e coraggio alzando il muso, cercando di fissare il suo sguardo tagliente su un punto imprecisato della grande chiazza d'ombra ai suoi piedi. Non potere inchiodare qualcuno col suo sguardo tagliente lo metteva parecchio a disagio ma non lo diede a vedere.

Roland fissò il suo amico costernato. In tante avventure che avevano vissuto insieme, quella era la prima volta che Almarath aveva dato voce con chiarezza ai suoi profondi e sofferti sospiri.

L'elfo stava per parlare quando l'albero-ombra lo precedette:

«Puoi crederci o meno, sognare o meno che sia così, che dopo la morte ci sia qualcos'altro. Una cosa è certa: quando morirai, saprai tu stesso se le storie sulle stelle e le Voci sono vere o meno. Non ti resta che aspettare di scoprirlo.»

Almarath rabbrividì ma il suo sguardo rimase fiero ed altero.

Mentre parlavano, la pioggia aveva smesso di scendere dal cielo. La palude ora era silente più che mai. L'acqua sembrava una lastra uniforme e lucida, pericolosa come una grande lama.

Timidamente, per spezzare il silenzio in cui tutto era piombato, Roland azzardò:

«Grazie per averci raccontato la tua storia, albero-ombra. Non ho altre domande. Ho saziato la mia curiosità. Grazie per averci ascoltato e dato le risposte che volevamo conoscere. Credo che adesso sia venuto per noi il tempo di andare. Nuove avventure ci aspettano. Spero meno... fangose.» concluse scherzosamente.

Almarath diede le spalle all'albero con quel suo fare risentito e sprezzante, e salutandolo con un rapido cenno del capo si incamminò verso il bordo dell'isolotto. Roland disse a bassa voce:

«Almarath ha un caratteraccio ma ha il cuore d'oro proprio come i suoi occhi, credimi.»

La voce dell'albero-ombra non risuonò per la palude silente ma giunse direttamente alla mente di Roland quando preoccupata lo ammonì:

«Permettimi di dirti che stai rischiando molto, elfo, legando il tuo immortale cuore ad un essere destinato alla morte, un essere col quale non potrai mai legarti e la cui vita scorre veloce, troppo breve per il lungo tempo a cui tu invece sei destinato. Ho visto tante, troppe storie come la tua nella mia lunga esistenza, e nessuna ha avuto un lieto fine. Tu non sei un'ombra in grado di giurare prolungando l'esistenza del tuo amico. Non riuscirai a strapparlo alla morte come l'ombra ha fatto finora con l'albero. La vita del tuo amico è troppo breve e tu dovrai fartene una ragione. Fa' almeno in modo che lui muoia con la speranza nel cuore, sognando di viaggiare tra le stelle ed oltre ancora. Tu puoi riuscirci. Solo quelli come te possono farlo. Nessuno meglio di te sa cosa si nasconde al di là delle stelle.»

Le parole di albero-ombra gravarono sulla coscienza di Roland come un macigno. Per un po' l'elfo non riuscì a dire o fare nulla. I suoi occhi si attardarono sulla fanghiglia vischiosa, ciò che un tempo erano stati centinaia di possenti alberi, ed il suo cuore tremò. Il dorso di una sua mano sfiorò la propria guancia e la sentì umida ma non era la pioggia ad averla percorsa piuttosto era stata una lacrima uscita dai suoi occhi al pensiero insostenibile che un giorno, presto o tardi, anche il suo caro amico, il suo gatto Almarath, sarebbe divenuto tal quale quella melma vischiosa.

«Adesso vedo la palude come la vedevi tu, amico mio -pensò sconsolato Roland- Questa non è altro che un'immensa tomba, il silente sepolcro di esseri un tempo vivi, ingoiati dal ciclo della vita, dal rinnovamento che tutto muta e trasforma, inesorabilmente. Forse un giorno non resterà nulla di tutto questo, solo roccia battuta dal sole.»

Roland trattenne a stento un'altra lacrima. Guardò l'acqua del fiume che grigia si stendeva piatta tutto intorno a loro come lacrime versate troppi anni addietro per avere ancora il colore del dolore vivo. L'elfo vide il gatto andare avanti e indietro vicino al limitare dell'isolotto, impaziente di volare via, e seppe che anche quell'avventura era volta al termine.

«Addio, albero-ombra. Grazie per le tue storie e per i tuoi saggi consigli.» disse infine Roland a voce alta, congedandosi.

«Addio, elfo. Sogna e fai sognare. Tu puoi.» disse la saggia voce dell'albero-ombra e Roland annuì. Non sapeva come fare ma ci avrebbe provato. Lui sapeva cose che Almarath non avrebbe mai immaginato.

Veloce, l'elfo si mutò nuovamente nel grande corvo nero. Almarath salì sulla sua groppa ed insieme, senza dire niente, volarono lontano dalla palude e dall'antico essere che vi dimorava e che avrebbe continuato ad esistere fin quando l'ombra sarebbe riuscita a tenere attaccata alla vita la Voce dell'albero. Il calore del corpo vivo del gatto fu l'unica cosa in quel momento capace di rassicurare il cuore sofferente di Roland.

«Potrò un giorno fare a meno della tua presenza, Almarath?» si chiese l'elfo senza neanche provare a darsi una risposta.

Quel giorno Roland lasciò alle sue spalle la palude con lo stesso sentimento di sollievo che provava il suo amico Almarath, volando lontano dalla morte e da tutto ciò che essa rappresentava.

Per la prima volta la caducità del nuovo mondo, l'ineluttabile presenza della morte che tutto mutava e rinnovava gravò sul suo cuore facendolo contorcere dolorosamente.

Man mano che le possenti ali lo portavano lontano e la spessa coltre scura del fango diventava sempre più distante, senza rendersene conto Roland sospirò.

Il suo fu un sospiro lungo e sofferto.

Da quel giorno, Roland non avrebbe più guardato una palude con gli occhi di un immortale.

La malattia

Era iniziata in silenzio, senza alcun preavviso.

Si era lasciata scorgere in un giorno di Giugno, all'inizio delle vacanze estive.

Lei non era una ragazza che amava farsi notare, vanitosa. Tutt'altro. Quel giorno però volle provare ad esserlo. Volle assaggiare la frivola spensieratezza delle ragazze della sua età. Prese il bel cappellino di cotone a bande colorate che le era stato regalato per il suo compleanno e lo indossò. Prendendosi di coraggio, mise il vestitino più scollato che aveva, il più provocante, quello che avrebbe di certo attirato l'attenzione dei ragazzi.

Quando giunsero al mare e la sua immagine ridente si specchiò in una vetrina dei negozi vicino al lido, l'euforia per quel breve e fuggevole attimo di vanità la colmò, facendola sentire bella e piacente. Tutto poteva essere possibile.

Colse un fiore da una delle aiuole e lo mise tra gli intrecci di cotone del cappellino. Quel giorno lei sorrise con la speranza nel cuore a tutti i ragazzi che la guardavano. Il sole splendeva, il mare era di un profondo color turchese e lei aveva un cappellino colorato, un morbido vestito scollato e un grande sorriso fiducioso. L'odore di pannocchie bollite e fette di anguria si spandeva nell'aria accompagnato dall'aroma di sabbia e salsedine. Il lido era un vociare continuo di gente festante.

Il cuore di Lei era colmo di aspettative e gioia. La speranza che quell'estate avrebbe potuto incontrare un ragazzo che le piacesse era quasi vera, tangibile, proprio come la gialla margherita che salutava i sorrisi dei ragazzi che la incrociavano, solare ed accattivante.

«Troverò qualcuno diverso. Troverò qualcuno come me.» ripeté a se stessa con fiducia.

Quella mattina passò presto. Il mare brillò e il sole risplendette e Lei fu felice di fare lunghi bagni e di scambiare sorrisi ma nulla accadde.

Di ritorno a casa, la gialla margherita cominciava a perdere il suo turgore. I bei petali serici si erano afflosciati miseramente. Solo il cappellino era ancora sgargiante e colorato, pronto ad un nuovo giorno.

L'entusiasmo era andato scemando ed ora, nel caldo e pigro pomeriggio, era divenuto sonnolento come tutto intorno a lei. La casa era afosa, soffocante. Lo squallore della sua realtà la circondava, incombente e presente.

Lei si buttò sul letto in cerca di frescura e rimase a rigirarsi tra le dita il bel cappellino colorato. Tutto era molto silenzioso e il vociare di quella mattina al lido, il ricordo del sole, delle risa e del mare la colmò risuonandole nelle orecchie come un eco lontano.

Aveva studiato tanto quell'inverno, forse troppo. Aveva studiato tanto che non era esistito altro per lei. Adesso voleva una ricompensa a quei sacrifici. Voleva incontrare qualcuno. Anche lei meritava la gioia di non essere sola.

Qualcuno come me, qualcuno capace di sognare. Qualcuno che riesca a capirmi...

Ad un tratto il suono della porta di casa che si apriva la fece trasalire. Era suo padre di ritorno dal lavoro, ma lui, sempre gentile, non aveva mai l'abitudine di sbattere la porta con tanta foga. Allarmata, Lei si alzò dal letto e gli andò incontro anche se sapeva già che sua madre l'aveva certamente preceduta.

Quando giunse in cucina, trovò suo padre sudato e pallido seduto al tavolo mentre la mamma preoccupata gli porgeva un bicchiere d'acqua fresca.

Suo padre arrivava sempre molto stanco dal lavoro ma quel giorno il suo volto non aveva solo l'aspetto teso di chi ha troppo lavorato, quel giorno il volto di suo padre le apparve grigio, smorto.

Lei ebbe paura. Prima di tutti gli altri, prima ancora forse di suo padre, Lei seppe che qualcosa non andava, Lei sentì la malattia strisciare aleggiando intorno a loro.

Tutta la frivola euforia di quel mattino le apparve improvvisamente fuori luogo. Si sentì una stupida ad essersi comportata in quel modo spensierato, ad aver sfoggiato il sorriso di chi non può avere altro pensiero che l'essere egoisticamente felice.

Forse era sbagliato sperare, si disse. Forse era inutile. Perché lo aveva fatto? La vita non era fatta di gialle e turgide margherite, ridenti e solari. La vita era così solo all'apparenza. I suoi occhi si posarono sul fiore morente, floscio e ormai appassito.

Non posso permettermi di essere spensierata, si disse. Solo gli sciocchi possono esserlo.

Il volto di suo padre da quel giorno non cambiò. Rimase grigio, smorto.

Il sudore non era dovuto al caldo ma alla febbre che lo stava divorando, alla malattia che era iniziata in silenzio, senza alcun preavviso, lasciandosi scorgere solo in quella solare giornata di Giugno.

I giorni passarono tra lo sbigottimento e l'incredulità, da una sala d'aspetto di un medico, poi di un altro e di un altro ancora, ed infine a quella di un ospedale.

Suo padre non migliorava, al contrario sembrava peggiorare di giorno in giorno. La febbre saliva, i dolori aumentavano. Ogni giorno lo sottoponevano ad una nuova, inutile tortura. Il suo volto diveniva bianco come le lenzuola che lo coprivano.

L'ospedale in estate era un luogo atroce. La sporcizia sembrava incrostare ogni cosa così come la disperazione. I medici non si pronunciavano, i giorni passavano, ed il volto di suo padre iniziava ad appassire come i petali della margherita che quel giorno Lei aveva osato cogliere.

Ogni giorno Lei andava a trovarlo, ed ogni giorno le notizie erano sempre peggiori. La speranza sembrava un concetto troppo astratto e distante per potere avere un senso in quel luogo di morte.

Alla fine, suo padre venne dimesso, non perché stesse meglio o perché fosse guarito ma perché non c'era nulla da fare se non morire a casa propria piuttosto che in una squallida ed affollata stanza d'ospedale.

Suo padre tornò a casa. Oltre all'afa estiva, adesso la casa maleodorava di malattia.

A volte, nei pomeriggi intrisi d'angoscia in cui Lei cercava di parlare e sorridere per distrarre suo padre dal dolore e dalla preoccupazione che lo stavano uccidendo forse più rapidamente della stessa malattia, le arrivava l'eco distante di quella ora lontana mattina di Giugno, con il sapore salmastro del mare mescolato al vociare dei bagnanti e all'odore delle pannocchie bollite e pronte per essere vendute in spiaggia. Quell'eco era doloroso così come il ricordo della sua immagine riflessa nel vetro del negozio vicino al lido. Adesso quella frivola ragazzina vestita col suo abito leggero ed il suo allegro cappellino, che sorrideva speranzosa credendo di potere incontrare un ragazzo che le piacesse e a cui lei potesse piacere, le appariva ridicola. Il suo cuore spietato la giudicava con crudeltà e a volte desiderava strapparle di dosso quel suo colorato cappello e prenderla a schiaffi sino a ridurla in lacrime.

«Perché eri così felice? Non c'era un motivo valido perché tu potessi esserlo! Perché mai hai sperato di diventare ciò che non puoi essere?» urlava con rabbia nel silenzio della sua mente prima di addormentarsi in cerca di un momento di pace.

La mamma non si dava per vinta. I medici si susseguivano uno dopo l'altro e ognuno di loro scuoteva la testa, lugubre, confermando il funesto epilogo a cui la sua famiglia sarebbe dovuta andare incontro, finché un giorno, quando la febbre sembrava non poter mai scendere ed ormai sembrava che suo padre fosse destinato alla tomba, un dottore azzardò l'impossibile: partire, portare suo padre nell'unico posto dove sembrava poter esistere ancora quella parola che si chiamava speranza.

Suo fratello era troppo piccolo per affrontare quell'esperienza e la mamma non parlava la lingua di quel luogo così fui Lei ad accompagnare suo padre. Aveva studiato tanto, forse troppo, ma adesso i suoi sacrifici sarebbero serviti. Lei era l'unica in grado di accompagnarlo.

Prima di partire, Lei seppellì il bel cappellino colorato in fondo ad un armadio. Forse, se quella ridicola ragazzina del ricordo di quella mattina di Giugno fosse finita nella tomba al posto di suo padre, lui si sarebbe salvato. Lei pensò così mentre nascondeva sotto cumuli di abiti i colori del suo ridente cappello e giurava a se stessa che non si sarebbe mai più comportata in quel mondo.

Spensierata, solare, egoista, frivola. Mai più. Solo gli sciocchi possono permettersi questo lusso.

Lei partì con suo padre, da sola.

Il pensiero che lui potesse morire sembrava strangolarla ma Lei lo affrontò ugualmente.

A volte, quando nessuno la poteva vedere, Lei piangeva, terrorizzata da quella possibilità crudele, dall'idea di poter perdere suo padre, eppure nascondeva le lacrime e andava avanti con coraggio.

Non c'è posto per colorati cappellini e frivoli abiti. Non c'è posto per l'egoistico desiderio di essere spensierata.

Era una mattina gelida quando lui fu visitato dal medico della speranza. Lei sentiva freddo. Guardò il suo riflesso nel finestrino di un'auto, una ragazzina spaurita con un maglione prestato, troppo grande per lei. Grigia, invisibile. Nessuno l'avrebbe mai notata.

Il suo cuore iniziò a sperare. Il medico della speranza disse che avrebbe operato suo padre.

Nella grande sala d'aspetto, dove i divani sembravano lindi e puliti ma il loro odore tradiva lo stesso lezzo d'ospedale del suo paese, Lei attese paziente. Interminabili, le ore passarono. Aveva solo una tazza di tè preso ad una macchinetta automatica a rincuorarla col suo tepore ed il suo sapore amaro. Era sola ma non aveva paura. Senza il suo ridente cappellino, senza quel suo sorriso sciocco sul viso, Lei era imbattibile. Suo padre si salvò.

Lei lo vegliò, notte dopo notte, mentre la pioggia batteva sui vetri della camera d'ospedale di quel paese lontano e i tetti di tegole rosse si rincorrevano fino all'orizzonte nuvoloso.

Una volta tornata a casa, avrebbe studiato. Niente distrazioni. Niente frivoli pensieri. Avrebbe seppellito ancora più in profondità quel cappellino colorato e le aspettative di quella mattina di Giugno.

Non posso permettermi di essere spensierata, si ripeté. Questa vita non è fatta per essere spensierati. Solo gli sciocchi possono esserlo.

A volte, durante la notte, mentre dormiva e la sua mente era libera da ogni legame, il suo cuore riprendeva a sperare.

Qualcuno come me, qualcuno capace di sognare. Qualcuno che riesca a capirmi...

Ma era solo un sogno, Lei lo sapeva. E ora come non mai sapeva che non doveva avere paura. Solo chi poteva vivere una sola vita poteva avere paura. Lei non ne aveva.

Quella non sarebbe stata la sua unica vita. Ce n'era un'altra diversa, una entusiasmante, piena di avventura, una dove le era concesso anche sorridere e sperare.

Un volto emerse dai suoi pensieri a farle compagnia, ancora una volta. Aveva gli occhi ridenti ed il sorriso sicuro, beffardo. Aveva il volto di chi poteva sognare e far sognare, e Lei era pronta ad accompagnarlo nelle sue avventure, ancora e ancora. Il suo sorriso era eterno come il suo cuore. Ed i suoi capelli erano neri, neri e lucidi come piume di corvo.

Capitolo
4

Grindelia

Capitolo
4

Finalmente, dopo tante ore passate in volo, Almarath scese dal dorso del grande corvo in cui Roland si era trasformato per allontanarsi dalla palude, e posò le sue felpate zampe sull'erba. Il contatto con il suolo lo rincuorò immediatamente. Il gatto espirò forte, grato di essere nuovamente sulla terra ferma e dopo un po' si guardò intorno stupito.

Il piccolo elfo scapestrato lo aveva infine condotto in una radura erbosa, fiorita e quieta, niente di simile agli impervi e pericolosi luoghi nei quali si erano recati nell'ultimo periodo in cerca di avventure. Almarath era più che colpito da questa insolita scelta. Erano mesi ormai che non facevano altro che passare da un luogo sperduto ed insidioso ad un altro, e proprio per questo il bel prato attraversato dalla placida e tiepida brezza lo lasciò davvero perplesso.

Almarath rimase a fissare il suo amico a lungo con il suo sguardo indagatore e penetrante. A Roland era bastato un istante per tramutarsi nuovamente in elfo. Il gatto aveva volato sulla groppa dell'enorme e innaturale corvo in cui il suo amico si era mutato per interminabili ore ma adesso sembrava che Roland fosse impaziente di tornare ad essere ciò che era, o ciò che voleva essere, visto che solo la sua volontà gli vietava di divenire in continuo tutto ciò che desiderava.

Almarath lo inchiodò con il suo sguardo d'oro.

«Una bella radura fiorita! Scelta curiosa, amico mio! Niente di meglio per trascorrere un po' di tempo a rilassarsi e a parlare in tranquillità! Non penso che qui troveremo, pronte ad aggredirci, creature abitanti delle grotte, né che fiotti di lava minacceranno di arrostirci sbucando dal terreno quando meno ce l'aspettiamo! Un po' di pace, finalmente! Qui troveremo la serenità necessaria per rispondere a delle domande e per farne di nuove. Conosci quel modo di dire, piume di corvo? Quello che recita così: "inutile come un mangia-erba con gli artigli". -il gatto fece una lunga pausa, studiando la reazione di Roland, poi continuò- Se io avessi la tua capacità, non vivrei di certo in questa pelle da gatto.»

Roland gli lanciò uno sguardo diffidente. Era certo di sapere dove il sagace gatto volesse arrivare con quel suo lungo discorso ma in quel momento lui aveva voglia solo di godersi l'aroma fiorito di quel placido campo, affondando nel tappeto erboso.

«Penso di avere sentito quel modo dire una sola volta. Senti piuttosto che meraviglioso odore d'erba!» rispose Roland distrattamente facendo finta di non aver colto il tentativo di Almarath di farlo parlare del suo rifiuto di mutare forma, desideroso di cambiare argomento, ma il gatto sembrava irremovibile. Ora che Almarath si era accomodato sul tappeto di erba soffice e si godeva il tepore del sole, lontano dalle turbolenze e dagli imprevedibili vuoti d'aria che aveva dovuto subire durante il lungo tragitto in volo sulla groppa del grosso corvo, nulla lo avrebbe fatto desistere dall'intavolare una lunga e rilassata chiacchierata con il suo amico e compagno di viaggio. Finalmente avevano un po' di tempo da passare insieme senza il pericolo di finire carbonizzati da un fiotto di lava o annegati nella fanghiglia di una palude.

Almarath era certo che anche Roland avesse bisogno di un periodo di tranquillità in un posto sereno, dopo tutto quel viaggiare e quelle avventure, altrimenti perché scegliere proprio quel quieto campo? Di certo si sarebbero fermati lì per riposare almeno per un paio di giorni prima che il suo amico avesse ritrovato le energie e la voglia per lanciarsi in una nuova e spericolata impresa.

Come se riuscisse a leggere nei pensieri di Almarath, Roland sbuffò e disse:

«Avrei dovuto fare rotta verso una nuova scogliera o un picco impervio da esplorare piuttosto che portarti in un bel prato come questo. Mi sono rovinato con le mie stesse mani. Non ti godrai semplicemente il tepore del sole e l'odore dei fiori... Non mi lascerai in pace finché non ti avrò risposto, non è vero?»

Il gatto soffiò dal naso noncurante dell'esasperazione che traspariva dalle parole del suo amico ed arricciò i baffi:
«Oh, come la fai lunga per due chiacchiere, piume di corvo! Sembra quasi che io abbia intenzione di rigirarti tra i miei artigli spolpandoti lentamente!»
Roland sostenne il suo sguardo e sorridendo beffardo rispose:
«Beh, non che sia molto diverso, Almarath. È la mia anima che vuoi spolpare con le tue argute ed insistenti domande!»
Il gatto socchiuse gli occhi, sornione, colto in flagrante. Roland sospirò, rassegnato al fatto che avrebbero trascorso i giorni a venire in lunghe chiacchierate immersi nella pace di quel prato ridente.
Rimasero per un bel po' in silenzio, Roland seduto tra i lunghi fili d'erba, ad occhi chiusi, lasciando che la dolce brezza gli accarezzasse il viso, ed Almarath acciambellato su di essi, pago del tepore del sole sul suo manto dopo tanta pioggia, melma ed insopportabile umidità.
I due amici erano felici. Tutto sembrava sereno, come entrambi avevano desiderato, e si stavano godendo il giusto riposo dopo tante spericolate avventure, ma proprio quando Almarath aveva infine deciso fosse giunto il momento giusto per porgere al suo amico elfo la stessa domanda alla quale in più occasioni lui non aveva mai voluto veramente rispondere, il gatto fu colto improvvisamente da uno strano malore. Inizialmente Almarath rimase immobile come una statua di pietra, stupito dal fastidio che stava provando, poi sgranò gli occhi e infine sotto lo sguardo allarmato di Roland iniziò a essere scosso da conati di vomito.
Con i begli occhi dorati sbarrati per la sorpresa, il gatto iniziò ad emettere un suono roco, gutturale, fuori luogo in quell'ameno prato dove l'estate era nel suo tripudio e dove si udiva solo il dolce suono della brezza tra l'erba ed il pigro ronzare di qualche insetto in cerca di polline. Persino Roland fu colto alla sprovvista da quell'inatteso imprevisto. Almarath non stava bene per nulla. Poco dopo, infatti, vomitò quel poco che aveva mangiato prima di addentrarsi nella palude, una poltiglia grigiastra e maleodorante.

Preoccupato, scrutando i resti dall'aspetto inquietante usciti dallo stomaco del suo amico, Roland chiese:

«Hai vomitato per colpa del mal d'aria o forse a causa del pelo che hai ingoiato leccandoti e ripulendoti dal fango, Almarath?» ma guardando con attenzione Roland si rese subito conto che non c'era traccia di pelo nella massa grigia e molliccia sparsa sull'erba. Inoltre Almarath non sembrava aver sofferto il mal d'aria. Non aveva mai dato segni di nausea neanche quando Roland era sceso giù in picchiata per divertirsi un po' cavalcando le correnti d'aria.

Il gatto forse avrebbe voluto rispondere ma fu colto da nuovi e incontrollabili spasmi. Cercò di vomitare nuovamente ma questa volta dal suo stomaco uscì solo un succo verdognolo dall'odore acre che fece storcere il naso persino all'elfo. Tutti i fiori del campo sembrarono quasi protestare per quel lezzo che ammorbava la bella radura fresca d'erba e profumata di polline.

Roland fissò il liquido puzzolente che ora si era aggiunto alla poltiglia molliccia e grigiastra, e si rispose da solo:

«Mi sa che questa volta non è colpa di un bolo di pelo né del fango che hai ingerito ripulendoti le zampe. Avrai mangiato qualcosa che ti ha avvelenato.»

«Avvelenato?» sibilò risentito Almarath, ora preoccupato.

Roland scrutò il vomito che insozzava l'erba con il suo raccapricciante colore e constatò amaramente:

«Beh, dall'aspetto di quello che ti è uscito dalla pancia, direi che non è stata la più saggia delle scelte mangiare nei pressi della palude quel topo così sudicio che hai voluto per forza cacciare. Non l'hai digerito e sembrerebbe averti persino intossicato.»

Almarath arricciò il naso disgustato.

«Era tutto ciò che c'era di commestibile in quel posto morente, ed io avevo fame, non sono come te che puoi anche fare a meno di nutrirti, piume di corvo! -protestò risentito- Non mi dire che per colpa di quel fetido roditore potrei essere di nuovo ad un passo dalla morte! È una mattina di prima estate troppo bella per morire! Guarda in che posto meraviglioso siamo! Non vedevo una valle così bella da mesi ormai, trascinato dalla tua voglia di esplorare in caverne, vulcani e paludi! Non posso morire proprio adesso! E poi sarebbe davvero umiliante finire la mia vita per colpa di una polpetta di topo andata a male!» protestò il gatto sconsolato, irritato a mai finire all'idea di venire ammazzato dalla sua preda preferita.

Roland iniziò a perlustrare il luogo con sguardo attento mentre diceva:

«Stai tranquillo Almarath, sei solo intossicato. Se non facciamo niente potresti anche morire ma non sarà così. Con le giuste erbe vedrai che riuscirò a guarirti. Per prima cosa -annunciò risoluto- cerchiamo dell'acqua fresca. Devi bere. Dopo di ciò penseremo a trovare le piante più adatte per preparare la medicina che fa al caso tuo.»

Il gatto assunse un'espressione contrariata. Soffiando risentito miagolò:

«Non vorrai farmi ingoiare un altro di quegli orrendi pastoni a base di erbe che mi rifilavi quando ero morente, vero? Sono un carnivoro io, forse ti sfugge?»

Roland rise e beffardo gli rispose col tono riverente che usava sempre per rabbonirlo:

«Sua maestà Almarath, le medicine saranno purtroppo fatte di erbe ma quando si sarà ristabilito potrà mangiare tutta la carne che desidera, anche se io d'ora in poi le consiglierei di evitare luridi topi di palude, sua magnificenza. Oltre ad essere fetidi e non idonei al suo illustre rango, sono anche pericolosi per la sua salute. Meglio soffrire un po' i morsi della fame che rischiare di essere stroncati da un pasto andato a male! La prossima volta le consiglierò un bel coniglio, sua grandiosità.»

Almarath gli riservò uno sguardo tagliente e lo seguì a testa alta, tutto impettito, senza dire altro.

Mentre esploravano il bel prato alla ricerca di acqua, Almarath si sentì male nuovamente e fu colto da nuovi spasmi. Roland oramai sapeva che il suo amico resisteva bene al dolore e alle malattie e che si sarebbe accasciato solo in condizioni critiche ma sapeva anche che non voleva più vederlo agonizzare come quando lo aveva incontrato mesi addietro, così accelerò il passo.

Con arguzia, Almarath gli fece notare:

«Se mutassi le tue ridicole dimensioni di elfo in quelle di un essere umano, percorreresti la radura in minor tempo. Le tue gambette da elfo non ti porteranno molto lontano, piume di corvo.»

Senza dargli tempo per infierire, Roland replicò:

«È vero ma devo trovare delle erbe e queste dimensioni ridotte mi permettono di perlustrare questo campo molto meglio delle dimensioni umane che vorresti ch'io assumessi.»

Almarath stava sbuffando innervosito dalle sciocche scuse dell'amico quando Roland vittorioso annunciò:

«Guarda là, una pozza di acqua fresca! In dimensioni umane sicuramente non l'avrei vista.»

Almarath voleva obiettare ma la sete vinse sul desiderio di parlare. Si sentiva bruciare la bocca fin giù nella gola come se avesse ingoiato acido. Bevve a sazietà, trovando molto più ristoro e conforto nel dissetarsi di quanto avesse creduto mentre il suo amico continuava a cercare tra i fili d'erba e gli steli dei fiori gli ingredienti necessari per la medicina che avrebbe preparato.

Camminarono a lungo immersi nel verde e tra una pausa per raccogliere ciò che serviva e una sosta per vomitare, Roland aveva già trovato parecchi ingredienti quando il ventre di Almarath improvvisamente iniziò a contorcersi e a dolere come se il povero gatto avesse ingoiato un nido di serpi ancora vive. Il gatto si fermò e senza spiegare nulla si accasciò su di un fianco. Sapeva che Roland avrebbe capito. Socchiudendo gli occhi infine annunciò:

«Forse è meglio se ora ti aspetto qui e mi riposo un po', piume di corvo. Il mio pasto a base di topo inizia a farsi sentire e abbiamo già trovato parecchie erbacce per il tuo intruglio. Sono certo che non ti dispiacerà trovare le ultime da solo.»

Roland lo guardò ora sempre più preoccupato, consapevole di avere meno tempo di quello che credeva, e risoluto disse:

«Farò presto. Manca solo un ultimo ingrediente. Sono certo di potere trovare dei fiori di grindelia in questo campo. Vedrai, ti curerò anche questa volta.»

Il gatto brontolò cupamente:

«Ucciso da un lurido sorcio, questa poi! Non ci posso credere!»

Roland lasciò Almarath a brontolare sconsolato e si precipitò alla ricerca del fiore che avrebbe completato gli ingredienti necessari. Finalmente, dopo un po' che cercava, vide un gruppo di piante di grindelia che crescevano rigogliose tra denti di leone, camomilla e fili d'erba.

«Eccoti, gialla grindelia! Ti ho trovata!» esclamò soddisfatto avvicinandosi allo stelo della pianta tanto sospirata ma il suo stupore fu immenso quando da dietro il lungo gambo e da dietro una delle grandi foglie della grindelia vide comparire inatteso il volto femminile di una creatura delle sue stesse dimensioni.

Roland trasalì, esterrefatto. Per lo stupore fece persino un passo indietro.

Il leggiadro volto faceva capolino da dietro lo stelo facendosi scudo con la foglia, timidamente. Gli occhi innocenti e delicati di quella creatura, di un'incredibile tonalità di verde, lo guardavano studiandolo forse con altrettanto stupore di come i suoi, grigi e sgranati, la stavano fissando.

La creatura mosse qualche passo, incerta forse su come comportarsi, ed infine si mostrò nella sua interezza.

Due meravigliose e sgargianti ali dalle tante sfumature gialle si aprirono sulla sua esile schiena mentre il suo bel viso, delicato e dai tratti morbidi, contornato da soffici boccoli di un caldo castano continuava a restare lievemente inclinato da un lato come se stesse studiando Roland senza capire chi o cosa fosse. Il suo corpo era slanciato, dalle proporzioni perfette, e le sue accattivanti forme erano coperte da un vestito che sembrava essere stato realizzato proprio con i gialli e solari petali della grindelia.

L'elfo era senza parole e immoto fissava una scena per lui davvero incredibile.

La creatura che gli stava innanzi era inequivocabilmente una fata ma... lui non aveva fino ad allora mai visto una fata con ali colorate simili a quelle delle farfalle che vivevano nel nuovo mondo.

La sorpresa nel vedere una fata con ali di farfalla gli fece dimenticare il motivo per il quale aveva tanto cercato la grindelia.

Le ali delle fate che lui conosceva erano trasparenti come cristallo e il loro aspetto era innaturale, palesemente non appartenente a quel mondo. Quella creatura invece, pur sembrando una fata in tutto e per tutto, appariva quasi uno strano ibrido tra una comune farfalla di campo ed una creatura fantastica.

Forse aveva mutato lei stessa le sue ali in modo che apparissero così? Se era stata lei, perché mai lo aveva fatto? Forse per mimetizzarsi tra i mortali?

Eppure qualcosa gli diceva che quelle ali non fossero il risultato di un mutare spontaneo, deciso da lei. Quelle ali erano fin troppo reali... sembravano identiche a quelle delle farfalle di campo, e Roland sapeva che, anche se una creatura fantastica decideva di assumere l'aspetto di una creatura del nuovo mondo, non riusciva mai davvero ad apparire identica ad essa anche emulandola perché manteneva sempre una strana aura di irrealtà.

Invece quelle ali.... erano così naturali, così... vere.

Sembrava quasi come se quella strana fata le avesse rubate ad una farfalla del campo e se le fosse messe sulla schiena, stanca delle sue ali cristalline.

Roland la guardava, affascinato. Solo il viso della fata sembrava spaurito e pieno di dubbi come se non sapesse bene come comportarsi, cosa fare e allo stesso tempo avesse visto in Roland una sorta di ancora di salvezza. I suoi occhi verdi non facevano che seguire fiduciosi ogni seppur minimo movimento dell'elfo come se da lui potesse dipendere tutta la sua vita.

Roland, superato quel primo momento di sbigottimento nel ritrovarsi innanzi ad una fata nel luogo più improbabile al mondo, sfoderò il suo più bel sorriso ed esordì dicendo:

«Sei ben lontana dalla nostra foresta! Sei andata via da lì per tua scelta? Dunque sei anche tu una raminga come me?»

La fata ascoltò Roland con la stessa espressione di chi non ha compreso nulla. I suoi occhi divennero tristi e il suo bel viso roseo si rabbuiò ma Roland non ebbe il tempo per chiedersi il perché. La tristezza nello sguardo della fata infatti lo fece improvvisamente riscuotere dallo stupore. Almarath stava male! Lui era lì per prendere un fiore di grindelia e completare la medicina, non per perdere tempo a chiacchierare con una fata!

«Scusami, ma ora sono di fretta. Possiamo incontrarci più tardi se sarai ancora qui.» le disse sorridendole di nuovo cercando di apparire disinvolto mentre lottava inconsapevolmente contro il suo cuore che invece avrebbe voluto tanto trattenersi lì con lei e che sembrava urlargli con risentimento, rimproverandolo aspramente:

«Che stai facendo? Non vedi che è sola e spaventata? Non vorrai abbandonarla senza neanche sincerarti che stia bene? Non ti ha neanche risposto! Potrebbe essere in pericolo, avere qualche problema! Non puoi andartene così! Che razza di elfo sei?»

Il pensiero del suo amico Almarath in pericolo di vita gli fece però allontanare dalla mente l'eco dolorosa di quelle urla.

Roland saltò veloce sul gambo del fiore dietro il quale lei si era nascosta, arrampicandosi sino alla corolla finché non la spezzò e la colse reggendola con entrambe le mani. Un intenso odore di polline ed erba tagliata inondò l'aria tutto intorno a loro mordendo dolorosamente il cuore dell'elfo. Perché si sentiva improvvisamente così malinconico?

Adesso il viso di Roland emergeva dalla grande corolla gialla che lui reggeva tra le braccia mentre la fata lo guardava con sguardo interrogativo, dubbiosa su cosa stesse facendo ma pur sempre speranzosa che lui potesse aiutarla.

«Non mi piace cogliere i fiori ma questa corolla mi serve per curare il mio amico -si giustificò Roland- Adesso devo proprio salutarti! Sta molto male e devo sbrigarmi. Questo era l'ultimo ingrediente che stavo cercando!» e detto questo le voltò a malincuore le spalle senza mai girarsi. Corse veloce fendendo l'erba e scomparendo tra la vegetazione, passando tra i gambi dei fiori e gli steli delle piante con il cuore che gli martellava nel petto e l'immagine di quel viso roseo e spaurito che continuava a fare capolino nei suoi pensieri con insistenza cercando di riportarlo indietro da lei.

Ogni passo che l'allontanava dalla fata sembrava acuire quella sensazione fastidiosa di nostalgia che gli aveva invaso il petto ed improvvisamente ogni azione che stava compiendo gli sembrò sbagliata come se l'unica cosa giusta da fare dovesse essere tornare indietro e restare lì con lei. Roland cercò di distrarsi concentrandosi sulla missione che doveva portare a termine ma la sua mente ritornava ossessivamente a quel viso, a quelle grandi e sgargianti ali gialle. Il profumo della grindelia che stringeva tra le braccia gli stordiva la mente. Era certo che anche la pelle di quella fata emanasse un aroma simile a quello dei serici petali che gli carezzavano il viso...

«Possibile mai che io abbia trovato una fata come me, una raminga che ha deciso di vivere per il mondo lontano dai nostri fratelli e dalle nostre sorelle?» questa domanda lo tormentava man mano che si allontanava dal luogo di quello strano e inatteso incontro, affondando il viso nella grande corolla che reggeva tra le braccia, inebriato dal profumo del fiore e dei suoi serici, gialli petali. Gialli come le ali di lei...

Per un attimo desiderò percorrere con le dita la pelle della fata, morbida e profumata come quei petali, ed il suo cuore sembrò fare una strana capriola nel suo petto.

Quando ebbe raggiunto Almarath, istintivamente Roland si voltò indietro. Per un momento sperò che lei lo avesse seguito ma tra l'erba alta non scorse nessuno se non qualche insetto che ronzava vicino ad un gruppo di fiori di camomilla.

Ogni particolare di lei continuò a tornargli in mente anche quando s'impegnò con tutto se stesso per preparare la medicina per Almarath.

Il gatto, sebbene sofferente, notò subito che Roland aveva un atteggiamento insolito e lo scrutò con attenzione chiedendogli di tanto in tanto:

«Mi sembri strano, piume di corvo, non è che hai colto il fiore sbagliato e ora sei stordito dal suo profumo? Mi sembri intontito e distratto, non è da te!»

Roland scuoteva la testa e rispondeva inespressivo, con sguardo assente e vacuo:

«No, sul serio. Va tutto bene.» ma anche lui sapeva che non era la verità. Non si sentiva così da... da quando? In realtà non ricordava di essersi mai sentito in quel modo prima di allora, come se quella fata lo avesse colpito dritto al cuore infliggendogli una ferita strana, una ferita che non era una vera ferita ma che nonostante tutto gli faceva male e gli provocava un malessere davvero fastidioso, quasi intollerabile.

Quando Roland ebbe aggiunto la sgargiante corolla al pastone di erbe che aveva preparato con cura nonostante gli strani pensieri che gli affollavano la mente, e si fu assicurato che Almarath avesse ingoiato tutta la medicina nonostante i soffi e le lamentele, annunciò risoluto:

«Almarath, io devo sincerarmi di una cosa... mi allontanerò per poco ma tornerò presto, te lo prometto. La medicina intanto farà il suo effetto.»

Il gatto lo guardò con occhi luccicanti e vittoriosi e constatò:

«Lo sapevo che non me la raccontavi giusta, piume di corvo! Allora, sputa il rospo, che sta succedendo? Cos'è che mi vuoi tenete nascosto? Che cosa ti è capitato in mia assenza?»

Improvvisamente Roland si sentì in imbarazzo. Che cosa stava succedendo? Perché si sentiva così strano? Non lo sapeva neanche lui...

Alzò il viso riluttante. Non aveva voglia di lasciare che Almarath scavasse dentro la sua coscienza con il suo sguardo implacabile, eppure non aveva scelta. Lui era l'unico amico che aveva, l'essere al quale teneva di più al mondo. Non poteva tacere.

«Va bene. Ecco cosa è successo. Ti racconto tutto.» confessò infine, ed il gatto ascoltò curioso senza interromperlo fin quando non ebbe finito.

Fissandolo con sguardo divertito, infine Almarath chiese:

«Non sarà per caso il tuo periodo degli amori, vero, piume di corvo? È inusuale che sia in estate, di solito è in primavera che succede!»

Roland batté più volte le palpebre nervosamente. Era sbigottito.

«Periodo... degli... amori?» biascicò incredulo, mentre Almarath se la rideva sotto i lunghi baffi. La medicina che Roland gli aveva dato lo aveva fin da subito fatto sentire meglio così era più pungente che mai:

«Se non erro e se non mi hai mentito -disse- il corrispettivo femminile di voi elfi sono proprio le fate. Tu hai incontrato una fata e ora ti senti stordito come se avessi ingoiato un intero campo di papaveri. Non fai che pensare a lei e vuoi tornare da lei. Secondo me sei entrato nel periodo degli amori. Il suo odore ti ha risvegliato l'istinto!»

Nonostante lo sbigottimento, Roland scoppiò a ridere di cuore. Dopo un po' riuscì a dire:

«Gli elfi e le creature fantastiche non hanno... il periodo degli amori. Noi non siamo animali, Almarath!»

Il gatto, sebbene non convinto appieno da questa affermazione, continuò:

«Sì che mi sembrava strano fossi entrato in calore in estate piuttosto che in primavera! Eppure, credimi quando ti dico che hai gli stessi comportamenti di un animale che cerca la propria compagna per la stagione degli amori!»

Roland continuò a ridere ed Almarath, contagiato da quelle risate genuine, iniziò a ridere insieme a lui. Alla fine Roland disse:

«Senti Almarath, io non ne so nulla di amore e di stagioni degli amori. Quello che io so per certo è che... devo tornare da lei. Da quando l'ho vista, ho iniziato a provare un sentimento che provo solo la notte guardando le stelle quando ripenso a ciò che mi sono lasciato alle spalle decidendo di abbandonare il mio mondo per esplorare il vostro. Non mi era mai capitato di sentirmi così, dal giorno in cui giunsi qui tanto tempo fa.»

Almarath lo guardò dubbioso ed obiettò:

«Forse le stagioni degli amori esistevano nel tuo mondo e sei tu che non te lo ricordi più, dato che mi hai detto che con il tempo hai iniziato a dimenticare tutto di laggiù, che i tuoi ricordi hanno iniziato a sbiadire sino a diventare labili come sogni notturni... Io credo che non avrebbe senso l'esistenza delle fate se non esistesse l'amore anche per voi. Non pensi anche tu, piume di corvo?»

Il ragionamento di Almarath era elementare eppure aveva un senso. Anche lui lo aveva pensato, soprattutto vedendo molti dei suoi fratelli elfi felici insieme alla propria fata. Roland sospirò. Togliendosi di dosso quella maschera scherzosa che indossava sempre e che lo faceva apparire come una creatura spensierata, con tristezza confessò:

«Quando ho deciso di abbandonare il mio mondo io ho lasciato il mio... tutto. Lì ero completo. Appagato. Non mi mancava niente. Da quando sono arrivato qui, ho iniziato a provare la mancanza ed il dolore per la perdita. So per certo di avere perso tanto e... stranamente quella fata mi fa provare la stessa nostalgia che sento per il mio mondo. E poi... sembra quasi che mi chiami, che mi attiri a sé. Per questo devo ritrovarla. Non le ho neanche dato il tempo per dirmi il suo nome.» concluse con amarezza.

Almarath odiava i rimpianti e sembrava proprio che l'incontro con quella fata potesse diventare il più grande rimpianto del suo amico se lui non fosse riuscito a ritrovarla e a parlarle. Il gatto lo fissò più intensamente del solito.

Alla fine disse:

«Non sei la frivola creaturina che vuoi apparire, piume di corvo. Nascondi molti più pensieri e misteri di una notte buia.»

Roland rimase in silenzio. Non riusciva a dire niente. Lui sapeva molte cose ed una di queste era quanto buio fosse stato l'universo prima della nascita delle stelle. Lui lo aveva visto con i propri occhi, anche se ora ne conservava un ricordo sbiadito.

Dopo essersi allungato tutto ed essersi sgranchito le zampe, il gatto annunciò:

«Quella sbobba di erbe che mi hai costretto a trangugiare ha fatto il suo lavoro. Mi sento molto meglio. I crampi sono passati e non ho più vomitato. Anche le zampe sono salde. Credo che ti accompagnerò. Voglio vedere con i miei occhi un elfo ed una fata in amore. Potrebbe essere uno spettacolo davvero raro da queste parti! Sappi che, anche se tu sei convinto del contrario, io penso che l'estate sia il vostro periodo degli amori, elfo!» ridacchiò infine stuzzicando scherzosamente il suo amico.

Roland sorrise ed indossando nuovamente la sua maschera spensierata e lieta, disse beffardo:

«Non sono certo che tu abbia ragione ma... andiamo a scoprirlo!»

Mentre si avviavano insieme per cercare la strana fata dalle ali di farfalla dirigendosi verso la zona del prato dove era avvenuto quello strano incontro del destino, il cuore di Roland ricominciò a battere emozionato e la sua mente fu invasa nuovamente dal ricordo del profumo inebriante e del giallo sgargiante del fiore di grindelia, lo stesso colore delle ali di quella strana fata, come se non potesse esistere nessun altro pensiero oltre quello.

La dimenticanza

«Chi sei?» chiese la placida voce dell'anziana donna, ancora una volta.

Lei sospirò sconfitta. Da quando era arrivata, la nonna non aveva fatto altro che rivolgerle quella semplice domanda più e più volte, con un'espressione così candida sul volto e con voce talmente gentile che Lei non aveva potuto non risponderle. Anche adesso lo avrebbe fatto. Non poteva deluderla. Non aveva importanza se ormai aveva perso il conto di quante volte aveva risposto alla stessa identica domanda. Avrebbe risposto nuovamente. Come poteva non farlo? La nonna la guardava con quel suo sorriso mite e gli occhi dolci, e mentre attendeva una sua risposta le accarezzava dolcemente la mano, seduta di fronte a lei su una delle sedie della cucina.

Dalla stanza adiacente, giunse la voce preoccupata di sua zia che si rivolgeva ai suoi genitori:

«Ormai la malattia è in fase avanzata.»

Lei sospirò, si fece coraggio e scandì a chiare parole:

«Sono tua nipote, nonna.»

A questa semplice verità, la nonna sgranò gli occhi, così azzurri nonostante fossero infossati tra le pesanti palpebre e le rughe d'espressione, e per un attimo sembrò che in essi balenasse la consapevolezza. Sorrise rincuorante e mormorò placidamente:

«Ah... certo. Sì. Nipote mia...»

E poi si perse nei suoi pensieri. Quel rapido baleno di consapevolezza scomparve, rapido com'era apparso, ed i suoi occhi divennero nuovamente distanti e stinti come un'alba invernale.

Lei avrebbe potuto approfittare di quel momento, di quella pausa tra una domanda e la successiva, identica alla prima, e scappare lontano, magari andare nell'altra stanza insieme ai suoi genitori, ma l'espressione sul volto della nonna le impediva di lasciarla lì da sola in quell'ovatta spessa in cui i suoi pensieri finivano immancabilmente per affondare, impossibilitati ad emergere.

Lei voleva bene alla nonna, le aveva sempre voluto bene anche quando da bambina era stata costretta a passare in sua compagnia interminabili domeniche annoiandosi in quella casa silenziosa quando avrebbe preferito trascorrere il tempo a giocare con le sue amiche. Ora non rimpiangeva di essersi annoiata. Era felice di averle fatto compagnia quando ancora la nonna sapeva chi lei fosse. Spesso avrebbe preferito trovarsi altrove, era vero, soprattutto quando era diventata un'adolescente desiderosa di libertà, ma aveva anche tanti bei ricordi del tempo trascorso con la nonna.

La nonna era stata colei la quale le aveva insegnato a cucire e a fare la maglia. Paziente e premurosa, aveva trascorso ore intere a spiegarle come intrecciare la lana o come cucire i lembi di stoffa colorata. Grazie a lei aveva imparato a creare gli abitini per le sue bambole quando i suoi genitori non potevano permettersi di spendere soldi per comprare giocattoli troppo cari per le loro possibilità. Non avrebbe mai smesso di ringraziarla per averle cucito le decorazioni in feltro per il suo costume di carnevale, piccole e curate roselline di panno che avevano adornato il corpetto e le maniche del vestito donandogli un aspetto completamente diverso dal semplice e dozzinale abito fatto in casa con quel poco che c'era a disposizione. Lei aveva sempre amato la salsa di pomodoro e le tagliatelle di pasta fresca fatta in casa, e la nonna le preparava per lei ogni domenica, solo per vederla sorridere e saltellare entusiasta ripetendo "che buone, nonna!". Stendeva la pasta fresca ad asciugare sul tavolo della cucina e quando ogni domenica Lei arrivava, già entrando dall'uscio di casa sentiva l'aroma di pasta rallegrare l'aria, accompagnato da quello della salsa che sobbolliva lentamente sul fuoco. La cucina ora era spoglia, inutilizzata, ed un vago odore di disinfettante trasudava dal piano di lavoro dove un tempo la pasta stava allegramente distesa a seccare. Nessuno più avrebbe preparato le tagliatelle o cucinato la salsa su quel piano dimenticato.

Adesso il ricordo di quell'odore così unico e familiare le mordeva il cuore, lontano come solo un ricordo poteva essere. Lei custodiva quel ricordo, per quanto doloroso potesse essere, ma nella mente della nonna esso non esisteva più. Al suo posto c'era un candore uniforme e piatto che impediva ad ogni immagine di emergere dalla nebbia della dimenticanza.

«Chi sei?» chiese nuovamente la nonna sorridendole, guardandola come si guarda qualcuno per la prima volta. Non c'era nulla di Lei nella mente dell'anziana donna. Tutto era stato ingoiato dalla bianca ovatta, ancora una volta.

Lei la guardò, soffermandosi ancora sull'azzurro di quei vecchi occhi che la fissavano speranzosi in attesa di sapere chi ella fosse. Erano stati così vivi quegli occhi, un tempo. Quante volte aveva pensato a quanto il loro colore fosse simile a quello dell'acqua di mare vicino alla riva, trasparente e limpida! Quante volte si era rammaricata del fatto di non avere ereditato da lei quel meraviglioso celeste! Adesso quegli occhi azzurri erano velati da una forza più potente della volontà di ricordare.

Lei sorrise anche se in cuor suo tremava. La nonna non l'avrebbe riconosciuta mai più. Lo sapeva, ormai ne era consapevole. Non era necessario sentire la voce della zia che le arrivava alle orecchie dalla stanza adiacente e che ribadiva ai suoi genitori che non c'era nulla da fare. Era inutile illudersi che così non fosse. Per quante volte Lei le rammentasse chi era, la nonna non riusciva più a fissare nella sua mente quella semplice informazione. Eppure Lei sperava sempre in quel rapido e fuggevole barlume di consapevolezza che le vedeva comparire nello sguardo quando pronunciava la parola "nipote", quel lampo repentino capace di illuminare lo sguardo annebbiato e riportarlo per un breve momento al lucido, antico splendore.

Lei sorrise. Fingendo un'allegria che non possedeva, con voce argentina disse:

«Sono la tua nipotina, nonna.»

Anche questa volta, veloce, Lei vide comparire quel lampo di consapevolezza. Questa volta però gli occhi azzurri della nonna divennero tristi. La mano rugosa, troppo fredda nonostante il caldo dell'estate, strinse più forte quella di Lei, come se avesse paura.

Per la prima volta da quella mattina, da quell'infinita serie di domande tutte identiche le une alle altre, la nonna con voce preoccupata le domandò:

«Perché sei triste?»

Lei trasalì. Era certa di avere usato il tono più allegro di cui fosse capace, di aver messo sul volto la maschera più sbarazzina che riuscisse ad indossare, ed ora quella domanda sembrava trafiggerla come un chiodo arroventato mettendola a nudo completamente.

Lei annaspò in cerca di qualcosa a cui appendersi per non crollare ma la nonna ripeté placida la sua domanda continuando a fissarla con sguardo preoccupato:

«Perché sei triste?»

Lei ebbe un momento d'indecisione. Doveva mentirle o far finta di nulla? Doveva continuare a sorridere come la più spensierata delle ragazzine o poteva osare e dire la verità? Doveva fingere una gaia allegria che non possedeva o poteva per un momento lasciarsi andare, confidarle il suo dolore più grande e la paura che le attanagliava il cuore? La nonna le avrebbe risposto oppure l'avrebbe guardata da un luogo distante in cui ella non esisteva più, dove nulla esisteva, dove c'era solo un candido ed abbacinante biancore ad avvolgere tutto?

La nonna continuava ad attendere una sua parola. Ora sembrava quasi impaziente. La stretta della sua rugosa e fredda mano contro la pelle liscia e giovane, tiepida e trepidante della mano di Lei divenne più salda. Lei decise di tentare l'impossibile. Le avrebbe detto la verità.

Lasciò che le lacrime le inumidissero gli occhi e che la maschera da allegra e spensierata ragazzina si sbriciolasse inesorabilmente mostrando il suo vero io.

La voce di Lei tremò terribilmente quando confessò:

«Sono triste perché non ti ricordi più di me, nonna! Non sai più chi sono, non ricordi più niente!»

Questa volta Lei non vide neanche quel rapido e fuggevole barlume di consapevolezza attraversare lo sguardo dell'anziana donna. Gli occhi della nonna la guardarono con tenerezza ma in essi ora c'era solo uno spettrale vuoto. La nonna non sapeva chi Lei fosse.

L'anziana donna allentò la presa sulla sua mano e non disse nulla. Lei scoppiò in lacrime. I suoi singhiozzi accorati riempirono la stanza silenziosa dove da tempo ormai non aleggiava più l'aroma di pasta fresca che si asciugava lentamente, seccandosi sul tavolo della cucina mentre in un grande pentolone ribolliva la salsa di pomodoro.

La voce gentile e premurosa della nonna infine disse:

«Non piangere. Una ragazza giovane come te non dovrebbe piangere così. Non è giusto. A questa età si deve sorridere. Mi rendi triste se piangi. Fammi un bel sorriso.»

La nonna le sollevò teneramente il viso con una mano. Percorse la sua guancia calda con le dite fredde e rugose fin quando Lei non trovò la forza per smettere di piangere.

Guardò quegli occhi celesti come l'acqua della riva ed in essi vide la bianca ovatta della dimenticanza intorbidare il cristallo del suo sguardo. Cercando tutta la forza che le restava, Lei sfoderò il sorriso più grande e sincero che riuscisse a fare.

"Devi essere convincente! Non renderla triste!" si ripeté, mentre continuava a tendere gli angoli della bocca, rendendo quella smorfia sempre più reale, sempre più vera.

La preoccupazione abbandonò il volto placido della nonna. Adesso l'anziana donna la guardava come sempre, con quel suo fare gentile e premuroso. La mano rugosa prese teneramente quella di Lei, ancora tremante, carezzandola con affetto.

Sembrava una vecchina così serena, così in pace, eppure Lei sapeva che una domanda adesso aveva ricominciato a tormentarla, una domanda a cui non riusciva a dare una risposta e che ossessivamente le tornava alla mente. Un ricciolo di capelli bianchi dondolò sul volto della nonna quando sporgendosi verso di lei con gentilezza, non lasciando trapelare l'urgenza e la curiosità che l'animava, rinnovò la domanda che l'angustiava:

«Chi sei?»

Bianca, abbacinante, avvolgente, Lei vide l'ovatta sommergere il mare cristallino degli occhi della nonna. Lei non c'era più nei suoi ricordi e mai più ci sarebbe stata. Ingoiando il nodo di dolore che le bruciava in gola come un tizzone ardente, rassegnata le mormorò:

«Sono tua nipote, nonna. Non ti ricordi più ma... sono tua nipote e... ti voglio bene. Tanto... tanto bene.» la sua voce aveva tremato sulle ultime parole caricandole di tutto il sentimento che provava. Se c'era una cosa di cui era certa, era che avrebbe voluto bene alla nonna per sempre, che il suo bene sarebbe stato più forte della bianca ovatta che avvolgeva la sua coscienza.

Le rughe sul volto dell'anziana donna si distesero, i suoi occhi si addolcirono e nonostante l'azzurro fosse intorbidito dalla dimenticanza in cui tutti i suoi pensieri erano per sempre affondati, la sua voce, ora serena, quasi paga, mormorò dolcemente l'unica verità per cui valesse la pena esistere in quella vita maledetta:

«Anch'io ti voglio bene, sai. Anche se non so chi sei, so che ti voglio tanto bene.»

Capitolo 5
La fata immemore

Capitolo 5

Quando Roland ed Almarath giunsero nel luogo dell'incontro con la fata, trovarono ad attenderli una delle scene più tristi che avessero mai visto.

All'ombra del gambo spezzato del fiore di Grindelia che era stato colto da Roland e che ora pendeva mutilato, stava accovacciata la strana fata con le ali di farfalla di cui aveva parlato l'elfo.

Almarath non poté vedere il suo volto perché lei lo teneva nascosto tra le braccia, affondato in un groviglio di boccoli castani che le erano ricaduti sulla fronte e che avevano finito per celarne quel poco che poggiava sulle sue gambe rannicchiate contro il petto.

Solo le grandi e sgargianti ali, gialle come i petali del fiore che Roland aveva raccolto, ma di un tono più chiaro e molto più luminoso, spiccavano sottili e delicate sulla sua esile schiena, dandole un aspetto ancora più fragile e disperato di quanto già non apparisse.

Il gatto si fermò a pochi passi da lei senza fare alcun rumore, poggiando con delicatezza le felpate zampe sul terreno. Si sentiva turbato perché era chiaro che quell'inusuale creatura stesse soffrendo e lui, curioso per com'era, quando aveva seguito il suo amico attraverso la radura, non aveva considerato la possibilità che potesse essere ferita o bisognosa di cure. Si era aspettato di trovare un essere simile a Roland ma di sesso opposto, magari con lo stesso sorriso beffardo dipinto sul viso, desideroso di amoreggiare con l'elfo, invece aveva trovato un essere sofferente, chiuso in sé stesso come un riccio appallottolato.

Roland sembrava persino più turbato di quanto lui non fosse. Non appena i suoi occhi grigio-azzurri si erano posati su quella scena, il volto dell'elfo si era trasformato divenendo l'espressione stessa della preoccupazione e dello sgomento.

Roland era in pena per quella creatura, qualunque cosa ella fosse. Era evidente. Almarath poteva sentire il dolore trasudare dall'elfo e raggiungere il suo fine ed empatico senso di gatto che gli permetteva di percepire immediatamente lo stato d'animo di chi gli stava vicino. Sembrava quasi che Roland conoscesse già da tempo la fata e provasse nei suoi riguardi la stessa pena e la stessa preoccupazione che si prova per chi tanto si ama, eppure l'elfo era stato onesto: era la prima volta che l'aveva incontrata. Il sesto senso di Almarath gli confermava che il suo amico non gli aveva mentito.

Rimasero entrambi immoti a fissare quella penosa scena fin quando la fata non emise un debole lamento, quasi un singhiozzo, soffocato dalla posizione in cui si era raggomitolata. A quel punto un istinto irrefrenabile fece scattare l'elfo verso di lei. Almarath non ebbe quasi il tempo per capire cosa Roland stesse facendo che lui già si trovava in ginocchio ai piedi della fata e con premura allungava una mano verso di lei nel tentativo forse di accarezzarle la testa.

Avvertendo la presenza di qualcuno così vicino a lei, la fata sembrò ridestarsi all'improvviso da quello stato di smarrimento e disperazione. Sollevò il viso arrossato dal pianto e rigato di lacrime e sgranò i grandi ed espressivi occhi dal verde intenso restando immobile a fissare Roland con stupore, allo stesso modo in cui un gatto di notte resti abbagliato da una luce inattesa e troppo forte. Ad Almarath sembrò quasi che la fata fosse incredula di ritrovare lì Roland accanto a lei, come se avesse perso ogni speranza di poterlo rivedere e poi improvvisamente lui fosse apparso lasciandola senza parole.

L'elfo sembrò incoraggiato da quello sguardo stupefatto, che sembrava chiedere "sei davvero ritornato da me?", e finì ciò che aveva iniziato, affondando la mano che aveva allungato verso di lei tra i boccoli castani, carezzandole dolcemente il capo.

La fata dapprima rimase impietrita ma non appena Roland la toccò, la tensione sembrò scomparire dal suo cuore afflitto e si lasciò andare con fiducia a quel tenero contatto, abbandonando la testa sulla sua mano ed infine afflosciandosi completamente tra le braccia dell'elfo. Roland l'accolse sul suo petto e l'avvicinò a sé stringendosela contro.

Almarath non poté fare a meno di notare l'espressione fiera e felice sul volto del suo amico nel momento in cui la fata si era abbandonata con fiducia al suo abbraccio come un cucciolo sperduto che avesse ritrovato la sua calda tana.

La fata stava ancora in posizione accoccolata ma adesso si era rannicchiata contro il petto di Roland, cinta dalle sue braccia, e la sua testa si era accomodata nell'incavo tiepido tra il collo e la spalla dell'elfo come se fosse il gesto più usuale e naturale tra tutti, come se lo avesse fatto mille altre volte prima di allora.

Almarath rimase stupito nel guardare l'elfo e la fata stretti in quello strano e troppo intimo abbraccio. Roland aveva detto di non averla mai incontrata prima d'allora ma ai suoi occhi di gatto, imparziali ed attenti, quei due sembravano stranamente conoscersi da sempre.

Come ci si poteva infatti affidare completamente ad uno sconosciuto? Persino il gatto, quando si era trovato in punto di morte, era stato diffidente nei confronti dell'elfo che desiderava palesemente aiutarlo. Invece quella creatura si era abbandonata con totale e assoluta fiducia a Roland senza mostrare il minimo dubbio sulle sue intenzioni come se la certezza che lui l'avrebbe protetta ed aiutata fosse inattaccabile.

Al sicuro, cinta dalle braccia di Roland, la fata sembrò rasserenarsi immediatamente. Il suo viso spaurito si distese e benché rigato di lacrime assunse un'espressione pacifica come se avesse ritrovato una sorta di equilibrio interiore, un appiglio per non sprofondare nei tormenti che l'angustiavano.

Mentre Roland sembrava ubriacarsi dell'odore dei boccoli castani di quella strana e fragile creatura, affondando il viso nei suoi capelli, la fata chiuse i verdi occhi e per un momento Almarath fu quasi certo che si fosse addormentata, troppo stanca e troppo sfinita per non cedere alla rassicurante certezza che Roland l'avrebbe protetta dal mondo intero.

Almarath rimase a guardarli, ammirando la tenerezza indiscutibile con la quale quei due si tenevano stretti l'uno all'altra. Il gatto aveva spesso visto qua e là nel mondo scene come quella, soprattutto tra gli uccellini che allestivano i nidi, tra le lepri che si rincorrevano nei campi e persino tra i suoi simili, ma immagini come quella, in un mondo troppo spesso dominato dalla sofferenza e dalla morte, erano sempre degne di essere osservate in partecipe ed ammirato silenzio. Il gatto constatò che la premura che Roland stava mettendo nell'accudire quella creatura sconosciuta era molto simile alle cure che i fedeli corvi prestavano alle loro compagne in difficoltà. Forse, si disse il gatto, il suo amico somigliava sul serio ad uno di quei fieri, neri volatili. Per la prima volta da quando lo aveva conosciuto, Almarath pensò che il nomignolo che i fratelli di Roland gli avevano dato non fosse poi così fuori luogo.

Passò un bel po' di tempo prima che Roland si decidesse a fare qualcosa che non fosse respirare l'odore della fata e stringerla tra le sue braccia. Fu proprio un sospiro di Almarath, forse un po' troppo pronunciato e chiaramente esasperato dall'attesa, a convincerlo che fosse infine arrivato il momento di parlarle.

Con delicatezza l'elfo mosse la testa discostandola da quella della fata e costringendola a lasciare la calda e confortevole posizione in cui si era accomodata. Dolcemente Roland sciolse l'abbraccio e l'allontanò dal suo petto in modo che potessero guardarsi bene in viso, occhi negli occhi.

Non appena il contatto rassicurante con il corpo dell'elfo si sciolse, sul viso della fata comparve nuovamente quell'espressione triste e smarrita che faceva stringere dolorosamente il petto di Roland. L'elfo però non si fece scoraggiare e con voce allegra che cercava di mascherare le sue preoccupazioni, le disse:

«Mi chiamo Roland e qualunque cosa ti sia accaduta stai certa che ti aiuterò. Come vedi, sono tornato da te.»

La fata lo fissò sbigottita e per un momento ad Almarath sorse il dubbio che non avesse capito neanche una parola di ciò che Roland le aveva detto perché il suo sguardo verde come il prato sembrava perso, troppo distante in pensieri inafferrabili.

Roland fece una di quelle smorfie sbarazzine e beffarde che facevano talmente innervosire Almarath da fargli venire voglia di affettarlo in strisce sottili e mangiarlo se non fosse stato che ormai gli voleva eccessivamente bene, e facendo finta di essere la più frivola e spensierata delle creature ribatté scherzoso:

«Prometto di non farti mangiare dal mio gatto!»

A queste parole il gatto perse la sua compostezza e riservò al suo amico uno sguardo veramente indignato ma Roland era troppo intento a guardare la fata negli occhi per potersene accorgere.

Ancora una volta la fata lo fissò, anche se adesso sembrava essere solo confusa dalle parole che aveva udito piuttosto che essere smarrita come poco prima. Il suo sguardo si staccò lentamente dal volto di Roland per guardarsi intorno e si posò su Almarath che fino a quel momento era rimasto immobile e silente come una statua. Nel momento in cui la fata sembrò rendersi conto della presenza del gatto e del pericolo che rappresentava, cacciò fuori un grido di terrore e si fiondò nuovamente tra le braccia dell'elfo nascondendo il viso contro il suo petto.

Roland le carezzò premurosamente la schiena e ridacchiando disse:

«Non temere, Almarath è innocuo e anche se non lo fosse, non gli permetterei mai di farti alcun male. È solo una soffice e tenera palla di pelo rossiccio. Stai serena.» aggiunse poi addolcendo la voce mentre il gatto, ora davvero infuriato per essere stato prima considerato di proprietà di Roland e poi paragonato ad una tenera palla di morbido pelo, soppesava seriamente l'idea di fare di entrambi un sol boccone.

Almarath avrebbe voluto tanto dire a Roland di smetterla con tutte quelle inutili smancerie e andare dritto al punto, ovvero sapere chi ella fosse, cosa le fosse accaduto e se avesse un reale bisogno del loro aiuto, ma i due si erano nuovamente stretti nell'intimo abbraccio di poc'anzi e se ne stavano raccolti in silenzio, lui ubriacato dall'odore dei boccoli castani della fata e lei affondata nel suo petto.

Almarath sbuffò indispettito, meditando su come far notare tutto il suo risentimento al suo amico, iniziando a domandarsi se tutto ciò facesse in qualche modo parte di un complicato rituale di accoppiamento. Al terzo sbuffare spazientito del gatto, Roland finalmente si decise a scostare la fata dal suo petto e a porle una domanda, anche se non era quella che Almarath riteneva la più importante:

«Come ti chiami?» chiese dolcemente l'elfo.

A questa domanda, gli occhi della fata dapprima si sgranarono, poi divennero immensamente tristi ed infine iniziarono a brancolare in una landa sperduta in cui sembrava non esserci altro che un biancore abbacinante.

Roland attese paziente ma guardando i suoi occhi persi e distanti capì subito che la fata non sapeva rispondere alla sua domanda. Sembrava quasi che stesse cercando qualcosa nella sua mente, perlustrando i suoi ricordi, senza però trovare nulla.

L'elfo azzardò:

«Non te lo ricordi?»

La fata rimase persa nei suoi pensieri per un po', forse continuando a cercare quel nome che era evidente non riuscisse a ricordare. Quando rivolse nuovamente lo sguardo verso l'elfo, i suoi occhi erano umidi di pianto e spaventati. Le sue labbra tremanti si mossero e mentre i suoi occhi verdi si riempivano di consapevolezza, Roland ed Almarath udirono per la prima volta la sua voce incerta e cristallina ammettere con sgomento:

«Io non so chi sono. Io non ho un nome. Io non so niente.»

A queste parole seguì un silenzio spettrale in cui Roland iniziò a soppesare tante possibilità. Dopo un po' però decise fosse meglio allentare la tensione e la paura che anch'egli provava e con sicurezza le disse:

«Una cosa io la so per certo. Tu sei una fata. E scommetto che sei una raminga a cui piace star lontana dalle sue sorelle. Forse hai avuto un incidente ed hai un'amnesia momentanea.»

Questa era una delle tante possibilità a cui Roland aveva pensato e che sperava in cuor suo potesse corrispondere alla verità. Le altre idee che gli erano venute in mente erano tropo strane ed inquietanti per essere condivise e lui stesso cercò di relegarle in fondo alla sua coscienza.

Frattanto, sentendosi chiamare fata, la creatura sembrò rasserenarsi un poco. Alzò il viso speranzoso verso l'elfo, abbarbicandosi al suo sguardo sicuro e leale, e chiese timidamente:

«Come fai a sapere ch'io sono ciò che chiami fata? Come fai a esserne certo?»

Roland le sorrise fiducioso, e anche se nascose in fondo al suo cuore la consapevolezza che quella fosse la prima volta in assoluto che incontrava una fata con le ali identiche a quelle di una farfalla, rispose in tono sicuro:

«Perché conosco molte fate. Tu sei una di loro, non posso sbagliarmi.»

L'idea che esistessero altre creature come lei forse tranquillizzò un poco il cuore di quella fragile creatura perché sembrò appendersi a quelle parole e sebbene con voce incerta chiese conferma:

«Ne sei sicuro? Davvero ci sono altre... come me?»

Un grande sorriso illuminò il volto di Roland mentre il suo sguardo vivido e sicuro si posava con affetto su di lei:

«Non potrei esserne più certo. Tu sei una fata. E ci sono altre tue sorelle in questo mondo.» ribadì.

Mentre Roland e la fata continuavano a guardarsi occhi negli occhi in quella muta conversazione in cui sembravano scambiarsi confidenze pur senza parlare, Almarath iniziò nuovamente a sbuffare risentito. Era la prima volta che il suo amico lo ignorava completamente, escludendolo dalla conversazione quasi come se non fosse presente, e questo lo innervosiva parecchio.

Il gatto si avvicinò ad un dente di leone ormai divenuto un soffione ed espirando forte dal naso fece volare la lanugine bianca in cui si trovavano tutti i piccoli semi che iniziarono a galleggiare nell'aria tutt'intorno attirando l'attenzione dei due.

Roland si voltò a guardarlo e con imbarazzo si rese finalmente conto di avere escluso troppo a lungo Almarath da tutto ciò che era accaduto sino a quel momento. A disagio, cercò di rimediare a quell'imperdonabile comportamento e si premurò a presentare il gatto alla fata:

«Sono sicuro che tu sia una fata -disse impacciato- tanto quanto sono sicuro che il mio amico dal pelo rosso sia un gatto. A proposito -aggiunse sentendosi in colpa nei suoi riguardi- quello che poco fa ti ha spaventato è il mio caro amico e compagno di viaggi. Il suo nome è Almarath.»

Il gatto lo guardò con il suo pungente sguardo, ferito nuovamente nell'orgoglio. Come aveva osato l'elfo definirlo "amico dal pelo rosso"? Dopo l'infelice espressione "il mio gatto", adesso veniva anche definito "pelo rosso"! Questo era veramente insopportabile! Roland vide la furia in un bagliore repentino e dorato dello sguardo di Almarath e si premurò subito a correggersi:

«È con immenso onore che ti presento Sua magnificenza, il grande e maestoso gatto Almarath...»

Il gatto gli lanciò uno sguardo tagliente ed offeso che sembrava dire "non pensare di cavartela rimediando così, ruffiano!" e si limitò a fissare la fata con i suoi penetranti occhi dorati restando tutto impettito, ancora una volta immobile tra l'erba come una statua.

La fata l'osservò, soffermandosi su ogni suo particolare, curiosa come qualcuno che veda qualcosa per la prima volta nella sua vita.

Almarath notò con stupore che non v'era più alcun timore in lei, come se si fidasse ciecamente del giudizio di Roland senza mettere in dubbio il fatto che il gatto fosse un amico e che non avesse alcuna cattiva intenzione.

Quando la fata finì di osservarlo e gli sorrise gentilmente, Almarath non riuscì ad ignorare quanto bello e delicato fosse quel sorriso che si delineava morbidamente sul suo volto perfetto. Il gatto amava le cose belle e quella creatura era indubbiamente una cosa molto bella ed affascinante. Soprattutto il suo viso era di un'impareggiabile beltà così come il placido ed accattivante verde dei suoi occhi. E che dire delle delicate ali che portava sul corpo dalle perfette proporzioni? Erano di un tenue color giallo, luminoso e brillante. Lasciavano passare la luce ed intravedere le forme dietro di esse, come se fossero delle vere ali di farfalla, anche se Almarath era certo che lei non fosse una creatura appartenente al suo mondo. Lui non aveva mai visto nulla di simile prima d'allora, e le analogie con il suo amico Roland erano tante, prima tra tutte il suo accattivante aspetto. Veniva quasi voglia di restare lì ad ammirarla come si rimira un tramonto.

Almarath pensò che Roland non avesse avuto tutti i torti ad aver da subito perso la testa per lei dimenticandosi della sua presenza. Se quella creatura fosse stata una gatta, sicuramente lui si sarebbe comportato come il suo amico, ed ora sarebbe rimasto lì a struciarsi contro di lei e a farle le fusa ignorando tutto il resto del mondo.

Nonostante fosse molto permaloso ed ancora indispettito per come Roland lo aveva trattato, il gatto non poteva biasimare del tutto il suo amico per averlo escluso. Anche se il suo orgoglio bruciava, decise di passarci sopra e di acciambellarsi quietamente tra l'erba per lasciare che quei due continuassero a conoscersi senza che lui s'intromettesse tra loro. Avrebbe continuato, com'era suo solito fare, a sbirciare di sottecchi quel curioso rituale di conquista, aprendo di tanto in tanto un occhio, fingendo di sonnecchiare.

Vedendolo distendersi nel prato, la fata preoccupata domandò:
«Il tuo amico gatto è forse stanco?»

Roland sorrise, ringraziando in cuor suo Almarath per quel nobile gesto, e rispose:

«Forse un poco. Non è stato molto bene. Ho colto il fiore per lui, per preparargli una medicina e curarlo. Adesso va meglio, ma suppongo abbia ancora bisogno di riposare.»

Lo sguardo della fata si fece di nuovo distante. Forse stava ripensando al loro primo incontro avvenuto poche ore prima, quando Roland si era arrampicato sul gambo dello sgargiante fiore giallo per coglierlo. La fata guardò il gambo spezzato che ora pendeva tristemente privato della sua corolla di petali e mormorò:

«Era un fiore molto bello ma anche il gatto è molto bello. L'uno ha salvato l'altro.» constatò dopo, come se stesse ragionando a voce alta.

Distratta dai suoi stessi pensieri, la fata non poté accorgersi di come Roland la stesse osservando pieno di dubbi. Ora che la guardava da così vicino, Roland era sicuro che quelle ali non fossero il risultato di un mutare spontaneo. Quelle ali erano... vere! Appartenevano a quel mondo, non erano fatte della stessa materia fantastica di cui lui e tutti i suoi simili erano costituiti, nonostante ella apparisse in tutto e per tutto una fata! Gli occhi dell'elfo continuavano a soffermarsi sulle ali di farfalla che le spiccavano sulla schiena studiandole e domandandosi come fosse possibile che un essere proveniente da un mondo fatto di sola fantasia potesse avere un paio d'ali uguali a quelle delle farfalle reali. Per un momento pensò di allungare una mano e toccarle per saggiarne la consistenza ma ci ripensò immediatamente quando la fata si voltò verso di lui e cercò nuovamente il suo sguardo per domandargli:

«Sai dirmi da dove vengono le fate?»

Quello sguardo carico di aspettativa lo disorientò. Roland incespicò nelle sue stesse parole quando rispose:

«Le fate vengono dal Nulla, come tutte le creature fantastiche. Anche io... anch'io vengo da laggiù. -poi scherzosamente aggiunse- Tutti noi non apparteniamo a questo mondo, siamo solo dei curiosi esploratori!»

La reazione che seguì alla sua risposta lasciò Roland senza parole. Benché avesse usato un tono allegro, il suo tentativo di essere rassicurante fallì miseramente. Gli occhi della fata si riempirono di lacrime e lei scoppiò in un pianto dirotto ed inconsolabile. Almarath aprì un occhio e scrutò la scena con un po' di compassione vedendo il suo amico Roland preoccupato, ignaro del perché le sue parole avessero causato così tanto dolore. Era la prima volta che Almarath vedeva Roland così incerto sul come comportarsi, su cosa poter dire o fare.

L'elfo cercò di avvicinarsi per abbracciarla ma la fata abbassò il capo, si cinse il busto con le braccia e non gli permise di farlo. Sul volto di Roland si disegnò un'espressione di puro dolore.

«Non piangere così, ti prego. Dimmi cosa c'è che non va. Lascia che io ti aiuti.» supplicò Roland.

La fata sollevò il viso nuovamente arrossato e percorso da rivoli di lacrime e con occhi disperati disse:

«Ti sei sbagliato! Io non sono una fata! Non sono chi credi io sia e non vengo affatto da dove dici!»

Un'espressione interrogativa e costernata rabbuiò le linee gentili del volto dell'elfo. La sua voce vacillò, tradendo i suoi dubbi, quando le domandò:

«Perché lo stai dicendo? Hai forse ricordato chi sei?»

La voce scossa della fata rispose:

«No, non ricordo nulla ma so per certo di non arrivare da dove tu dici vengano le fate! Ne sono sicura! È l'unica certezza che ho!» e così dicendo iniziò a camminare a rapidi passi, tremando e cingendosi il busto, dirigendosi verso un gruppo di arbusti selvatici dai gambi scuri sui quali tra foglie spesse spiccavano delle bacche dal color rosso intenso. Roland la seguì mentre Almarath fece lo stesso con il suo sguardo dorato e indagatore.

Ai piedi dell'arbusto più vicino giacevano i resti di quello che sembrava essere stato il grosso bozzolo di una farfalla, ormai aperto e disfatto. La fata s'inginocchiò vicino al serico filo che giaceva sul suolo tutto aggrovigliato e lercio, simile a bianca bambagia sporca di terra, e lo percorse con le dita tremanti. Poi si voltò e in tono afflitto disse:

«Era tutto bianco qui dentro. Il bianco è tutto ciò ch'io ricordo. Io vengo da qui, e prima di questo per me non c'era nient'altro.» e poco dopo ricominciò a piangere, ora sommessamente, stringendosi al petto un pezzo di bozzolo, soffice come un batuffolo di cotone.

Roland guardò costernato prima i candidi resti e poi l'arbusto sul quale notò subito tracce di quello che doveva essere stato l'ancoraggio di un grosso bozzolo d'insetto.

Mentre la fata continuava a stringere quella bianca bambagia, Roland azzardò stupefatto:

«Sei nata da un bozzolo?»

La fata scosse mestamente il capo e mormorò disperata:

«Non lo so. Non so chi sono. Non so cosa sia un bozzolo. Non so chi sei tu, cosa è tutto ciò che mi circonda. Non so dove sono, dove io mi trovi, non so nulla... ricordo solo il bianco, come se non esistesse altro prima di esso... Questo è tutto ciò che ricordo: un candore avvolgente in cui fluttuavano i miei pensieri e poi la luce che mi richiamava, che mi invitava ad uscire dal biancore.»

Roland rimase ad ascoltare senza riuscire a dire nulla. Adesso era davvero costernato. Una fata nata da un bozzolo come una farfalla reale era qualcosa di davvero unico e sconvolgente, qualcosa mai visto prima! I suoi occhi continuavano a fissare increduli i resti di quello che era stato inequivocabilmente un bozzolo e che ora giacevano sparpagliati sul terreno, pronti ad essere ingoiati dalla natura e trasformati in qualcosa di diverso.

Roland si piegò per toccare quella bianca bambagia e affondando in essa le dita trasalì. Era proprio... vera. Il suo aspetto, la sua consistenza, persino il suo odore... tutto di essa apparteneva a quel mondo, non era affatto costituita da materia fantastica! Com'era possibile? Il suo cuore immortale iniziò ad accelerare preoccupato. Le tante altre possibilità a cui aveva pensato e che aveva celato nella sua coscienza cominciavano ora ad emergere da essa, una più inquietante dell'altra. Un nome si delineò nei suoi pensieri, la più pericolosa delle spiegazioni possibili, ma Roland scacciò via quel nome. Prima di lasciare che divenisse l'unica spiegazione, Roland voleva considerare tutte le altre.

Il silenzio dell'elfo e l'espressione sgomenta che Roland involontariamente aveva lasciato trapelare sul suo viso fecero addolorare terribilmente la fata che si strinse alla sua unica certezza portandosi contro il petto un batuffolo della serica bambagia, ciò che aveva accolto il suo corpo prima che la luce l'attirasse nel mondo costringendola ad abbandonare il candido sudario che l'aveva protetta.

Intanto la mente di Roland correva veloce cercando di soppesare ogni spiegazione per ciò che sembrava impossibile. Una sola parola che non implicasse quella che aveva scacciato dai suoi pensieri sembrava l'unica soluzione alla strana nascita di quella creatura: ibrido.

Nel mondo esistevano creature che gli immortali definivano ibridi, esseri a metà tra realtà e fantasia, una sorta di anello di connessione tra i due mondi, una specie di ponte in grado di congiungere il mondo fantastico con quello reale. Le ombre e il fuoco erano esseri ibridi. Possedevano una parte materiale e reale ed una Voce proveniente dalle lande del Nulla.

Era forse possibile che quella creatura fosse un ibrido proprio come una fiamma o un'ombra? Era possibile che si fosse generata spontaneamente, proprio come era accaduto a fuoco ed ombra durante la nascita dell'universo?

Gli occhi di Roland si soffermarono ancora una volta su quelle ali di farfalla così vere, così diverse da quelle trasparenti e cristalline delle fate ch'egli tanto bene conosceva e che come lui erano giunte in quel nuovo mondo dai confini con l'universo, spinte dal desiderio di esplorare la realtà. Quella creatura sembrava davvero un ibrido, un essere a metà tra realtà e fantasia, ma come era potuto succedere? Com'era stato possibile che un simile evento fosse accaduto spontaneamente?

Se solo la fata avesse ricordato qualcosa, forse Roland sarebbe riuscito a capire qualcosa di più...

Eppure sembrava proprio che nella mente della fata non ci fosse alcun ricordo, che fosse vuota, priva di memoria. Roland rabbrividì. Doveva essere una sensazione davvero terrificante quella di essere consapevoli di non avere memoria di nulla. Sebbene distanti e ormai sbiaditi, lui conservava ancora i ricordi di ciò che era stato prima di giungere nel mondo reale. Lei invece non aveva neanche uno straccio di memoria. Questo pensiero lo fece reagire. La sua priorità doveva essere aiutare la fata, proteggerla da un mondo che ella sconosceva, aiutarla a capire e a sopravvivere in esso perché, Roland lo sapeva, non c'era cosa più difficile per una creatura immortale ed irreale che non fosse proprio quella di imparare a sopravvivere in un mondo caduco, dominato dalla morte e dal rinnovamento. La spiegazione del perché della sua nascita e della sua natura ibrida sarebbe venuta dopo, con il tempo. Se di una cosa Roland era certo, era proprio che con il tempo ogni cosa diveniva chiara. Solo il tempo riusciva a dipanare la sua strana trama, a mostrare ogni sua parte con chiarezza.

L'elfo inspirò forte e raccolse tutto il suo coraggio. Finché saremo insieme, si disse, potremo affrontare qualunque avversità. Finché ci sarò io insieme a lei, non le accadrà niente di male.

Roland le si fece vicino e con tenerezza le mise una mano sulle fragili spalle. Con affetto mormorò:

«Lascia andare quel pezzo di bozzolo, ormai non ti serve più. Non potresti tornarci dentro neanche se lo volessi. Una volta disfatto, il serico filo si decompone e torna a far parte della natura. Tra un paio di giorni di esso non sarà rimasto più niente.»

A queste parole la fata sollevò il viso affranto. Nei suoi occhi Roland vide solo un immenso terrore. La fata strinse convulsamente il resto di bozzolo, temendo di perdere quell'unico appiglio certo. Tremando tutta domandò:

«Come farò allora a tornare al... prima? Quello era l'unico luogo sicuro di cui avevo certezza... Io vengo da quel biancore... sono esistita da sempre lì... Lì si trovava tutto ciò che sono... non c'è un altro luogo dove io sia mai esistita prima di quello!»

Roland usò tutta la sua volontà per apparire saldo ed incrollabile quando con serenità le spiegò:

«È così per tutte le farfalle, sai. Prima non erano che bruchi, poi il tempo è giunto ed hanno filato un bozzolo nel quale dormire e trasformarsi. Tutti loro si sono tramutati dentro un bozzolo per poi rinascere a nuova vita sotto forma di farfalle. Tu sei rinata in questo nuovo mondo allo stesso modo. Dimentica il bozzolo. Ora è questa la tua nuova dimora. È qui che vivrai ed esisterai d'ora in poi. Esiste l'ora e l'adesso. Non pensare più a ciò che è stato, pensa a ciò che è.»

Mentre la fata lo ascoltava attentamente, pur tremando in cuor suo all'idea di non potere più tornare indietro, una farfalla di campo passò tra gli arbusti volando veloce, venendo a posarsi su di una margherita poco distante. Roland l'indicò e disse:

«Guarda! Quella bella farfalla bianca un tempo era un bruco verde. Ha condotto un'esistenza pigra, mangiando foglie per tutto il tempo. Poi è arrivato il momento di mutare. Il bruco ha intessuto un bozzolo e si è avvolto strettamente in esso. Dentro la bianca bambagia è avvenuta la trasformazione in farfalla. Quando si è conclusa, la farfalla ha aperto il bozzolo e ha dischiuso le sue belle ali iniziando a volare nel cielo azzurro. Adesso è come la vedi. La sua vita precedente non ha più alcuna importanza adesso. Ora è una farfalla, non un bruco. È rinata a nuova vita. Ora l'aspetta la sua nuova esistenza. Sono certo che sia stato lo stesso anche per te.»

La fata lo fissò dubbiosa ed infine trovò il coraggio per domandare:

«Quindi pensi che io fossi un bruco, prima? Perché però non ho un corpo di insetto? Perché ti somiglio?»

Roland cecò di mantenere un'espressione fiduciosa e sicura quando le confidò l'idea meno angosciante che si era fatto:

«Non credo tu fossi un bruco, prima. Questo no. Piuttosto penso che tu fossi una creatura fantastica che abbia preso la decisione di esplorare questo mondo e che tu sia arrivata quaggiù in un modo nuovo, diverso da quello col quale sono arrivato io e le altre fate. Penso che tu sia una fata nuova, diversa, una fata molto più simile alle farfalle di campo, una creatura molto più legata al mondo in cui ora siamo. Questo è ciò che credo.»

La fata allentò la presa sui resti bianchi che stringeva ancora tra le mani. Il suo sguardo cercò risposte nel biancore latteo ed evanescente di quei pochi ricordi che possedeva. Preoccupata mormorò:

«Quindi tu pensi ch'io sia... diversa?»
Roland annuì. Con onestà la creatura ammise:
«Sono così confusa!»
Roland finalmente pose alla fata una delle domande che Almarath da tempo le avrebbe già posto se fosse stato nei suoi panni:
«Da quanto tempo sei uscita dal bozzolo?»
La fata lo guardò smarrita.
«Tempo? Che cosa è il tempo?»
Roland fece un grande sforzo per non apparire stupito dall'idea che la creatura non avesse neanche idea dello scorrere del tempo. Con pazienza riformulò la sua domanda:
«Quante volte hai visto il cielo diventare scuro e la luce svanire per lasciare il posto alla tenebra?»
Sul viso della fata comparve un'espressione stupita. Con paura chiese:
«La luce... andrà via? Tutto sarà buio? Davvero?»
In quel momento Roland capì che quella creatura doveva essere nata quello stesso giorno. Lei non aveva mai visto la notte alternarsi al giorno, forse non viveva che da poche ore!
Il pensiero di avere incontrato un essere neonato, nuovo ad ogni aspetto del mondo reale e persino immemore di tutto il suo passato e della sua natura lo disorientò facendogli sentire tutto il peso della responsabilità che ora gravava su di lui: quella fata dipendeva da ogni sua azione e dalle sue future scelte, lui sarebbe dovuto essere la sua guida in quel mondo inesplorato, lui avrebbe dovuto insegnarle e spiegarle ogni cosa!
Sorridendole debolmente, schiacciato da quella consapevolezza, Roland azzardò:
«Raccontami ogni cosa che ricordi. Non tralasciare nulla. Ho bisogno di ogni tuo ricordo per poterti aiutare.»
La fata lo guardò con una totale fiducia e raccogliendo le poche immagini che conservava nella sua memoria disse:
«Ricordo il bianco, un avvolgente e rassicurante bianco, dove i miei pensieri galleggiavano. Sapevo di esistere ma non c'era altro

che il candore, la sua luce. Poi la luce è diventata sempre più forte, così intensa che mi attirava, sempre di più, con sempre più forza... Così mi sono allungata verso di essa e... il bianco si è squarciato e attraverso quello squarcio ho intravisto un colore nuovo, bellissimo -la fata indicò il cielo azzurro- che mi attirava e mi richiamava, così ho allargato la fessura e sono caduta giù. Quando mi sono rialzata c'era tutto questo intorno a me -la fata allargò le braccia come a descrivere il mondo che li circondava- Era così colorato e vivido, solo che io... non sapevo niente, non ricordavo niente. Ero solo stupefatta e piena di ammirazione, ma anche tanto spaventata! Era tutto così nuovo! Ad alcune cose sapevo dare un nome, come al cielo, alla luce, ma per altre... era strano, perché intuivo cosa fossero ma non sapevo dar loro un nome, come se fosse la prima volta che le vedevo pur avendo coscienza di esse. Sono rimasta a lungo a terra tra i resti di quello che hai chiamato bozzolo a guardare i colori, a sentire gli odori e le sensazioni, finché non mi sono alzata e ho iniziato a camminare. Ogni cosa che incontrava il mio sguardo mi riempiva di meraviglia. Quando ho visto i grandi fiori gialli, il loro aspetto ha colpito il mio cuore. Li amavo, o meglio, sapevo di amarli, come tutto quello che mi circondava, solo che non ricordavo ch'io fossi e l'angoscia prese il sopravvento su ogni altra sensazione facendomi piangere. Penso di essere rimasta vicino ai fiori gialli a lungo a cercare di ricordare qualcosa, ma ogni volta che cercavo di pensare a cosa potesse esserci stato prima di quello che i miei occhi vedevano, tornava sempre il biancore. Il bianco era tutti i miei ricordi. Esisteva solo quello prima di ciò in cui ora mi trovavo. Questo mi spaventava. Ero terrorizzata... Poi sei arrivato tu. Mi hai parlato. Io capivo ciò che mi dicevi ma... ero così confusa. Non credevo neanche di poter parlare, di riuscire a risponderti. Sapevo però una cosa -gli occhi della fata divennero grandi e sinceri- sapevo che tu mi avresti aiutato, che tu eri importante. Così quando sei andato via mi sono sentita sprofondare di nuovo nella paura e nell'incertezza. Avrei dovuto seguirti forse, ma non sapevo dove andare. La mia unica certezza era ciò da dove ero venuta così sono rimasta qui, continuando a pormi sempre la stessa domanda... continuando a chiedermi ch'io fossi, senza però riuscire a rispondere. E poi... mentre continuavo a cercare nel biancore, a domandarmi "chi sono io?", tu sei tornato.»

La fata sorrise continuando a guardare Roland come se fosse un faro nell'oscurità. Il senso di responsabilità ritornò, più incombente che mai, e fece sentire nuovamente tutto il suo peso schiacciando Roland. Mai come in quel momento all'elfo fu chiaro che la vita stessa di quella creatura dipendesse da lui in tutto e per tutto.

Dopo un lungo silenzio, Roland mormorò:

«Oggi sei nata nel mondo reale. Questo è il tuo primo giorno di vita qui.»

La fata lo guardò speranzosa. L'elfo continuò a parlare ricambiando il sorriso fiducioso ch'ella gli stava rivolgendo:

«Ti spiegherò io ogni cosa. Ti insegnerò tutto quello che so. Da oggi verrai con me.»

A queste parole Almarath, che fino a quel momento si era limitato ad ascoltare e a seguirli con lo sguardo, sollevò di scatto la testa e fissò il suo amico con fare interrogativo ed espressione stupita. Roland si corresse, lanciando al gatto uno sguardo che implorava il suo perdono:

«Da oggi verrai con noi, con me ed Almarath. Noi saremo le tue guide nel mondo.»

Il gatto soffiò con forza l'aria dal naso, indispettito ed irritato a mai finire all'idea di dover dividere il suo amico con qualcun altro ma il suo sesto senso già da un po' lo aveva avvertito che quell'epilogo potesse presentarsi. Gli era bastato osservare il modo con cui quei due si guardavano per capire come sarebbe andata a finire: l'elfo e la fata sarebbero rimasti insieme. C'era stata tutta una serie di cose che avevano fatto innervosire il gatto e lo avevano indisposto, non ultimo il modo con cui Roland lo aveva escluso da quell'importante decisione, ma alla fine se ne face una ragione, del resto nessuno meglio di lui sapeva quanto difficile fosse rinunciare ad una compagna una volta trovatala. Sapeva essere molto ragionevole, anche se questo non significava che non avrebbe fatto pesare al suo amico ogni sua irriverente azione! Il gatto così sospirò e richiuse gli occhi dorati affondando il muso nel pelo della sua stessa coda ripromettendosi di parlare a quattr'occhi con Roland al più presto per porgergli le sue offese rimostranze per la poca considerazione in cui lo aveva tenuto.

Anche se Almarath non poteva saperlo, anche Roland in quel momento si ripromise di chiedergli scusa. Sapeva di essersi comportato davvero male con lui. Aveva preso la più importante tra tutte le decisioni, quella di portare la fata con loro, senza neanche consultarsi con lui, e di questo se ne dispiaceva tanto. Eppure, nascondendo nel suo cuore quella strana e spaventosa verità, Roland sapeva che avrebbe fatto qualunque cosa pur di avere accanto la fata.

Cercando di scacciare quel pensiero dalla mente, Roland disse alla fata:

«Chissà, forse il tempo ti aiuterà a ricordare qualcosa di ciò che esisteva prima del biancore del filo che ti avvolgeva. Il tempo è una forza molto, molto potente. La più potente e inviolabile tra tutte.»

Ancora una volta la fata ascoltò le parole di Roland con molta attenzione, poi gli si fece vicina e lasciò che lui la stringesse nuovamente in un caldo abbraccio.

Stretta tra le braccia dell'elfo, la fata immemore sussurrò:

«Ci sono tante cose che non so, non ricordo nulla, ma di una cosa sono certa. Anche se non so chi sei, io ti voglio tanto bene.»

A queste parole, Roland sentì una stretta al petto che non aveva mai provato prima d'allora. Era un dolore sordo, costante e insopportabile che gli faceva quasi venire le lacrime agli occhi e che sembrava stritolare il suo cuore facendogli mancare il respiro. Con stupore seppe di provare lo stesso, identico sentimento che la fata stava provando per lui.

Forse esisteva una forza potente quanto il tempo solo che Roland non lo aveva ancora compreso.

L'amicizia

C'era stato un tempo lontano in cui Lei aveva creduto nell'amicizia.

Era stato un tempo spensierato, relegato ormai nei suoi ricordi di quando era stata bambina, un tempo che a volte affiorava sotto forma d'immagini e sorrisi facendola rattristare ma ricordandole il potere e la forza con cui i sentimenti sopravvivevano a tutto, anche allo squallore della vita.

C'era stato un tempo lontano in cui Lei non aveva creduto possibile che un amico potesse essere falso, che potesse mentire, un tempo gioioso fatto di fiducia.

Tutto era cambiato quando la scuola l'aveva divisa dai suoi amici del cuore facendola finire in una classe in cui non conosceva nessuno. Lei non si era persa d'animo perché la sua certezza era stata incrollabile: resteremo sempre amici, non importa se ci hanno separato, il nostro legame è per sempre.

Sempre... una parola in cui Lei aveva creduto, in cui aveva riposto le sue speranze e che avrebbe custodito tutti i suoi sentimenti. Il suo bene non poteva mutare, non esisteva un motivo perché ciò potesse accadere. Lei credeva nella forza di quel bene.

All'inizio tutto era stato come sempre. Nonostante lei e i suoi amici non si vedessero più durante le ore scolastiche, Lei li chiamava per telefono sempre, ogni pomeriggio, chiedendo di potersi vedere, di uscire, di stare insieme. La solitudine delle ore trascorse in quella nuova classe piena di estranei non le pesava perché il pensiero dei pomeriggi che avrebbe trascorso insieme ai suoi amici le riempiva l'animo di aspettative e di speranza.

Quanto tempo aveva trascorso insieme a loro! Quanti pomeriggi pieni di risate, abbracci, giochi e corse!

"Sorella mia, per te qualsiasi cosa." Così le era stato detto, tra un abbraccio ed un sorriso, innumerevoli volte. Lei credeva in quel bene, non lo aveva mai messo in dubbio.

I giorni passavano, la scuola si faceva sempre più impegnativa, gli obblighi e gli impegni crescevano insieme al suo corpo che andava cambiando, crescendo anch'esso, ma Lei non smetteva di chiamare. Le bastava poco per essere felice, anche solo una mezz'ora in compagnia, anche dieci minuti in cui poteva vedere i visi amici e rassicuranti che le davano la fiducia necessaria per continuare ad essere sola in quella nuova classe, eppure sempre più spesso si sentiva rispondere:

«No, oggi non posso.»

Le prime volte non ci fece caso. Anche a lei capitavano sempre più spesso giornate così dense d'impegni da desiderare solo di sprofondare nel letto e dormire, ma i giorni passavano e la voce al telefono diveniva sempre più piatta e sempre più dura quando alla sua domanda "Ci possiamo vedere oggi?" seguiva sempre la stessa risosta:

«No, non oggi. Non posso.»

Pian piano i loro incontri si diradarono. All'inizio si vedevano tutti i pomeriggi, poi solo due volte alla settimana, infine una sola volta in un mese. Lei era disperata.

A volte, al telefono, con preoccupazione chiedeva:

«Non mi volete vedere più?»

La risposta inanimata e priva di emozioni che seguiva da ognuno di loro era forse più dura della verità:

«No, che c'entra, è che non posso. Oggi non posso.»

All'inizio Lei aveva creduto a quelle parole, si era fidata dei suoi amici, confidando nella loro sincerità, ma un pomeriggio in cui era uscita da sola, un pomeriggio freddo d'inverno, in cui senza compagnia era andata a passeggiare per vedere le vetrine che le era sempre piaciuto tanto guardare insieme ai suoi amici, vide ciò che non avrebbe mai voluto vedere: loro se ne stavano lì, a ridere e a guardare le vetrine con qualcun altro che non era lei. Ridevano e scherzavano come avevano sempre fatto, ma quei sorrisi adesso erano per qualcun altro, una persona nuova, diversa. Qualcuno che non era Lei.

Lei si sentì gelare fin dentro le ossa. Loro non la videro né lei si fece vedere.

Il dolore e la delusione furono così grandi che per tutto il resto del pomeriggio le sembrò di non riuscire più a respirare.

"Sarà un equivoco" si disse e "Forse mi hanno chiamato ma non ho sentito il telefono, forse hanno solo dimenticato di invitarmi", ripromettendosi di chiarire tutto, desiderando disperatamente di guardare in faccia uno di loro per scavare fin dentro la sua anima e conoscere la verità, una verità che la piatta voce al telefono aveva sempre nascosto.

La sua coscienza le suggeriva con fredda crudeltà che in realtà le avessero sempre mentito, ma lei non voleva darle ascolto. Voleva guardarli dritto negli occhi per vedere la verità.

Nella fredda notte insonne che seguì a quel doloroso incontro si ripromise di non telefonare, di andare direttamente a casa di uno di loro, di colei che tra tutti gli amici del suo gruppo aveva sempre detto di essere come una sorella. Avrebbe chiesto spiegazioni a lei, a cui tra tutti era più legata, guardando bene l'espressione del suo viso, le increspature nella sua pelle, il colore del suo sguardo.

A scuola le lezioni quel giorno parvero non dovere finire mai. Lei era febbrile, impaziente. Finalmente giunse il pomeriggio. Lei non si sentiva arrabbiata ma spaventata. Il suo bene non era cambiato, era sempre lì, identico e immutato, e l'unica vera paura era sapere che invece quel bene che loro avevano provato un tempo per lei ora non esisteva più.

Mentre Lei si avviava con il petto stretto in una morsa verso l'abitazione della sua amica, i ricordi l'assalirono. Erano immagini gioiose di risa e felicità, calde, rassicuranti, ricordi preziosi di un tempo spensierato in cui anche lei si era sentita allegra e gioiosa, protetta dal bene che provava e che loro provavano per lei.

Quel bene poteva davvero scomparire, dissolversi come se non fosse mai esistito? Per lei era impossibile. Quel sentimento era stato potente ed ora il suo ricordo lo era altrettanto. Come ci si poteva dimenticare di un qualcosa di così forte e bello? L'angoscia le strinse il petto ancora di più quando la sua coscienza crudelmente le suggerì:

«Tu sei tu. Loro sono loro. Forse non provano i sentimenti come li provi tu. Forse la loro memoria non conserva la forza di quel bene. Forse ora nelle loro menti non c'è più niente.»

Con sofferenza giunse alla porta dell'abitazione della sua amica. Quante volte era arrivata lì davanti col petto traboccante di gioia, impaziente di vederla, felice di iniziare un nuovo ed entusiasmante pomeriggio di confidenze e giochi? Adesso, mentre allungava la mano verso il campanello, le sue dita tremavano ma non per l'emozione.

Un terrore difficile da spiegare l'assalì quando il suo dito infine si decise a premere il campanello e questo suonò l'usuale ed allegro trillo che tanto bene conosceva.

Una voce raggiunse la porta chiedendo:

«Chi è?»

Lei rispose.

La sorella maggiore della sua amica aprì guardandola con stupore. Il suo sguardo sembrava chiedersi "ma che ci fa qua?" eppure gridò il nome di sua sorella, seguito da un inespressivo "alla porta, è per te!".

Non era stata degnata neanche del suo nome. Perché? Si conoscevano da quasi dieci anni! Perché la sorella era stata così scostante e non aveva detto che lei era lì, chiamandola con il suo nome? L'angoscia la disorientò.

Quella frase gridata in modo poco gentile e quasi infastidito, quel "Alla porta, è per te" continuava a ronzarle nelle orecchie quando la sua amica infine comparve dal fondo del corridoio. Lei avrebbe riconosciuto la sua sagoma tra mille. La sua amica raggiunse l'uscio e si fermò stupida a guardarla. Non c'era gioia nell'espressione dipinta sul suo viso.

«Che ci fai qui?» domandò stupita ma anche stizzita.

«Sono venuta a trovarti, non mi andava di sentirti per telefono.» confessò Lei con sincerità.

Una voce maschile, dall'interno dell'abitazione domandò:

«Chi è?»

Era una voce che lei non conosceva, una voce nuova e giovane che non apparteneva a nessuno del gruppo dei loro amici.

Un ragazzo raggiunse la sua amica alla porta. Lei lo guardò con curiosità. Le sembrava di averlo visto a scuola nella stessa classe dove ora andava la sua amica.

«Sto tornando, lasciami sola.» gli disse, facendogli capire di tornare dentro.

Lei era stupita da quell'incontro e sorrise. Un senso di sollievo la colmò al pensiero di essere stata messa momentaneamente da parte per un motivo che le sembrava valido, giusto. La sua amica aveva trovato un ragazzo che le piaceva. Questo spiegava tutto. Lei non era gelosa, era felice. Lei sorrise e disse:

«Avresti potuto dirmi che non potevamo vederci perché stavi con lui, non ci sarei rimasta male. Sono contenta per te. Sembra simpatico. Starà bene nel nostro gruppo.»

Lei non mentiva. Lei era veramente felice per la sua amica. Del resto, perché non avrebbe dovuto? Il ragazzo che ora l'accompagnava sarebbe diventato un nuovo amico, il loro gruppo sarebbe diventato ancora più felice, quel bene che si portava dentro sarebbe cresciuto ancora di più.

O almeno, questi erano i suoi sentimenti.

L'amica la guardò freddamente. Sul suo viso c'era un'espressione di pura irritazione, di chiaro fastidio mentre la squadrava osservandola dalla testa ai piedi.

«Non capisco che sei venuta a fare.» disse infine con durezza.

Lei era confusa, troppo stupita da quelle parole per sentirsi ferita.

«Te l'ho detto, non avevo voglia di parlare con te al telefono, volevo vederti. È settimane ormai che non ci vediamo.» disse lei onestamente guardando nel profondo degli occhi della sua amica, occhi che ricordava essere di un caldo castano, occhi ridenti, occhi che solevano guardarla con affetto. Adesso quello sguardo era duro, scuro come terra secca e non più fertile.

«Non saresti dovuta venire.» disse piattamente.

Lei la guardò e per la prima volta la sentì distante quasi avesse innanzi un'estranea.

«Perché?» le domandò. Voleva vedere la verità in quegli occhi induriti e scuri che continuavano a fissarla nervosamente, impazienti di guardare un altro viso che non fosse il suo.

«Ora ho nuovi amici, un ragazzo. La mia vita è cambiata. Non ho più tempo per stare con te.»

Lei cercò un appiglio, qualcosa in quella ragazza che la guardava indispettita che ancora le ricordasse il bene che la sua amica aveva provato per lei, ma non trovò niente.

«Capisco che ti sei fatta nuovi amici –disse Lei tradendo il suo sgomento- ma questo non ci vieta di continuare a vederci, di uscire insieme. Non capisco perché mi vuoi escludere, che cosa mai posso aver fatto?»

La sua domanda esigeva una risposta. Con noncuranza, come se stesse scacciando una mosca fastidiosa, la sua amica mosse la mano in un gesto infastidito e disse soltanto:

«Niente. Non hai fatto niente. Semplicemente le cose cambiano. Te l'ho detto, ora ho nuovi amici e un ragazzo. Non mi va più di essere tua amica.»

A quelle parole il mondo sembrò franare sotto i suoi piedi. Lei disse con sincerità la sua sola verità. La voce le tremò quando confessò con il cuore messo a nudo:

«Io ti voglio bene.»

La reazione che seguì la lasciò impietrita. La sua amica dapprima sembrò in imbarazzo, poi iniziò a ridere sprezzante e scimmiottando la sua voce disse:

«"Ti voglio bene!" Che cosa ridicola! È una cosa da bambini. Non siamo più bambine! Basta giochi e scemenze! Cresci!»

Non è così che dovrebbe essere un amico...

Lei la guardò come si guarda un estraneo domandandosi chi fosse quella ragazza che ora la stava deridendo ed umiliando solo perché le aveva confidato il suo bene, quel sentimento che nel suo cuore non poteva morire. La sua amica non esisteva più. Quella non era più lei. La sua amica, colei che diceva sempre abbracciandola forte "sorella mia, per te qualsiasi cosa" non esisteva più. Viveva e avrebbe vissuto solo nei suoi ricordi.

«Ho capito. -disse lei cercando dentro si sé tutta la forza che aveva per non piangere- Me ne vado.»

Dall'interno della casa la voce del ragazzo, anch'essa indispettita, chiamava con impazienza:

«Ti decidi a venire sì o no?»

Colei che un tempo era stata la sua amica disse di rimando:

«Arrivo!» e facendole un breve ed indifferente cenno di saluto chiuse la pesante porta sbattendola rumorosamente, senza neanche aspettare che Lei si voltasse per andare via.

Lei guardò per l'ultima volta quella porta ed inspirò l'odore così familiare che era uscito da quella casa dove aveva trascorso pomeriggi felici e spensierati, l'odore di cucinato misto a quello dei suoi abitanti, un aroma unico che non poteva essere eguagliato da nessun'altra abitazione, sapendo che era l'ultima volta che la guardava e che sentiva quella sensazione di familiarità. Non sarebbe più tornata.

Scese le scale di corsa, come se fosse inseguita da un mostro. Corse tanto che quando uscì all'aperto l'aria gelida del pomeriggio la confortò, dandole l'idea di riuscire di nuovo a respirare.

Mentre a lenti passi, simili ad una marcia funebre, Lei tornava a casa piena di amarezza ed il suo cuore soffriva di un dolore grande fatto di delusione, continuava a ricordare quegli abbracci e quel sorriso sincero, il bene che viveva ancora nei suoi ricordi, confortevole e caldo quasi fosse ancora lì. Quel bene non poteva non aver significato nulla. Era esistito. Esisteva ancora. Era quel sentimento che la faceva sorridere e sentire lieta solo nel rievocare quelle immagini.

Perché la sua amica lo aveva cancellato? Era davvero possibile che una sensazione tanto potente potesse scomparire come se non fosse mai esistita? Davvero la sua amica avrebbe cancellato dal suo cuore così facilmente Lei e tutto ciò che la riguardava?

Non è così che dovrebbe essere un amico...

Mentre una pioggia fredda iniziava a scendere dal cielo e Lei si stringeva affranta nel suo cappotto appendendosi a quelle immagini lontane, a quei ricordi preziosi, una consapevolezza triste e dolorosa iniziò a crescere in lei. Quel "sempre" che viveva dentro il suo animo forse esisteva solo per lei, solo nella sua mente, solo nella sua memoria, solo per lei e per nessuno di loro...

Quel "sempre" forse non apparteneva alla realtà. Questa era come la sua amica: mutevole. Ciò che era esistito ieri, non esisteva più oggi. Forse non tutti potevano conservare memoria di quel bene, di quel sentimento immortale che lei invece custodiva dentro la sua anima.

Forse l'amicizia non poteva esistere in questo mondo, non come la sentiva e come la viveva Lei...

Un pesante senso di fine la colmò. Non avrebbe più avuto amici. Era impossibile ormai. Sarebbero stati conoscenti, tutt'al più compagni nel viaggio della vita ma non più di questo. Non avrebbe mai più provato l'incrollabile certezza del "sempre". Lo sapeva. Avrebbe custodito Lei quel bene al posto loro ma non si sarebbe mai più illusa di trovare qualcuno che provasse i suoi stessi sentimenti. Non poteva più fidarsi, non poteva più provare quel dolore. Quel giorno seppe dare un nome a quella sensazione così acre e al tempo stesso amara: disillusione.

Il volto gioioso della sua amica emerse nuovamente dai suoi ricordi cercando di scacciare quel sentimento nero ed appiccicoso come pece. Il potere di quell'abbraccio la colmò. La voce tenera le sussurrò nei suoi pensieri:

«Sorella mia, per te, qualsiasi cosa.»

Sorrise come avrebbe potuto sorridere se la sua amica fosse stata lì di fronte a lei. Forse era questa la differenza tra la realtà e ciò che viveva nella sua mente.

Quella che lei custodiva nei suoi pensieri, quella che la sua fantasia e il ricordo riusciva a far rivivere era la sua vera amica. Lo sarebbe stata per sempre, quel sempre che nella realtà non poteva esistere.

Capitolo 6
Delia e Almarath

Capitolo 6

Avevano attraversato la placida radura erbosa senza dire molto né guardarsi; Roland stringeva la mano della fata e Almarath si limitava ad accompagnarli. Nell'avanzare attraverso il prato, la fata si guardava intorno con occhi pieni di meraviglia, senza più timore, come se il contatto rassicurante con l'elfo bastasse a non dover più provare alcuna paura per ciò che la circondava, mentre Almarath camminava al fianco di Roland, dal lato opposto alla fata, col passo silente e felpato tipico dei felini.

Attraversata tutta la radura, trovarono infine un piccolo torrente che formava uno stagno naturale sulla cui placida superficie alcune libellule si attardavano e nugoli di moscerini ronzavano nell'aria luminosa, simili a nuvole di polvere scintillante.

Risalendo lungo il corso del ruscello videro una macchia di giovani alberi formare un gruppo abbastanza folto, non certo un bosco ma sicuramente il luogo perfetto per trovare un riparo per la restante parte del giorno e per la notte che sarebbe venuta.

Mentre ragionava su cosa avrebbe dovuto fare e dire per riappacificarsi con il suo amico Almarath, Roland cercò anche di imprimere bene nella sua mente il pensiero che quella sarebbe stata la prima volta che la fata avrebbe visto il sole tramontare e poi cedere il posto alla sera. Doveva essere cauto e guidarla in quella prima, strana esperienza. I tramonti pungevano il cuore e la malinconia era un sentimento molto insidioso, lui lo sapeva bene, e lei sembrava così fragile da non poterne sopportare la struggente bellezza. Avrebbe avuto paura o ne sarebbe rimasta stupita come stava facendo ora nel guardare l'acqua che scorreva cristallina ed i grandi alberi che svettavano solidi nel cielo con le loro chiome d'un verde vibrante? Roland sospirò.

Gli sarebbe piaciuto chiedere consiglio ad Almarath ma il gatto sembrava ancora molto offeso e non lo aveva più degnato di uno sguardo da quando si erano messi in marcia attraverso il prato. L'elfo sapeva che se prima non avessero discusso di quanto era successo forse non gli avrebbe più rivolto la parola.

La fata era affascinata dallo scorrere dell'acqua nel ruscello, e ne sembrava magneticamente attratta. Ogni cosa di esso, dal luccicare della superficie investita dal sole al rimescolarsi dei flutti con la corrente sembrava affascinarla tanto da potere restare ore a guardarlo senza rendersene conto, così Roland decise che quello era il momento migliore per fermarsi e parlare.

Fece accomodare la fata su di un sasso grigio in prossimità della riva del ruscello e mentre lei fissava curiosa i flutti rincorrersi ed i piccoli pesci guizzare in essi, Roland ne approfittò per andare più vicino al suo amico e parlargli.

Almarath se ne stava col suo sguardo dorato fisso sulla fata ma Roland sapeva che stava aspettando con impazienza che lui gli si rivolgesse. Roland non avrebbe saputo dire se quello che il gatto stava riservando alla fata seduta sul sasso fosse più uno sguardo ammirato o carico di gelosia, ma il punto era che il suo amico era risentito ed offeso e lui doveva assolutamente rimediare. Tutto impettito e con la coda avvolta strettamente attorno al corpo, Almarath continuava a mantenere il suo sguardo distante da Roland, indifferente alla sua presenza.

L'elfo sospirò nuovamente, scoraggiato. Si sentiva in colpa e anche molto triste. Lui voleva molto bene ad Almarath e fino a quel momento era stato la creatura a cui aveva voluto più bene in assoluto. Adesso però le cose nel suo cuore erano cambiate e non poteva mentire a nessuno, né a sé stesso né tanto meno ad Almarath. Nonostante i sentimenti che provava per quella fragile creatura fossero i più potenti e sconvolgenti che avesse mai provato, restava il fatto che Almarath era il suo migliore amico, l'essere che gli stava più caro al mondo e per il quale provava un sentimento altrettanto forte. Non voleva che l'arrivo della fata divenisse un motivo d'incomprensione tra loro, che lei potesse allontanarli. Questo mai.

Roland era certo che il suo amico avrebbe capito. Doveva solo essere sincero. Con coraggio raccolse le idee ed esordì:

«Perdonami Almarath, avrei dovuto consultarmi con te prima di far venire la fata con noi. Il mio comportamento è stato davvero imperdonabile. Capisco perché sei così amareggiato e offeso, lo sarei anche io al tuo posto.»

Il gatto rimase impietrito quasi non avesse sentito neanche una parola, come se l'elfo non avesse parlato, ma Roland colse l'impercettibile movimento di un orecchio e seppe subito che Almarath stava solo facendo finta di ignorarlo e aveva perfettamente udito le sue parole.

Roland non si lasciò intimorire dall'atteggiamento scostante dell'amico e continuò:

«Sono stato un egoista, un vero, terribile egoista. Ho agito come se tu non ci fossi. Sono stato davvero ignobile. Per tutto il tempo in cui abbiamo camminato in silenzio uno accanto all'altro, sappi che ho sentito solo un grande vuoto dentro di me. Mi sei mancato e non voglio che accada ancora. Ti prego, ti chiedo solo di ascoltare le mie ragioni. Non ci sono scuse per quello che ho fatto ma ti imploro di ascoltare quello che ho da dirti.»

Adesso il gatto mosse l'orecchio con più vigore, quasi una mosca fastidiosa gli si fosse poggiata di sopra. Roland divenne fiducioso e iniziò a sperare. Almarath lo stava ascoltando con attenzione e forse anche con un pizzico d'impazienza perché nell'attesa che lui continuasse a parlare gli vide tremare i lunghi baffi e fremere la coda.

«Ti chiedo umilmente di perdonarmi. Io ti voglio bene e per nulla al mondo voglio che tu soffra per una mia scelta.»

A queste parole il gatto voltò il muso nella sua direzione e lo inchiodò col suo sguardo d'oro. I suoi occhi luccicavano fieri ed orgogliosi, e la luce ancora forte del sole rendeva la sua pupilla così stretta e sottile da renderla quasi una scura, piccola striscia, simile ad un ago di pino perso in mezzo all'oro delle sue grandi iridi.

Roland lasciò che il suo amico guardasse nel profondo dei suoi occhi e vi trovasse solo la sincerità. Quegli occhi d'oro sembrarono come sempre scavare in profondità nel suo cuore aperto, più di quanto fino a quel momento lui non fosse riuscito a fare.

Dopo un po' Roland azzardò:

«Puoi perdonarmi per quello che ho fatto?»

Il gatto, pago di aver guardato in fondo al cuore del suo amico sviscerando ogni suo segreto, infine sbottò:

«Certo che ti perdono, stupido elfo! Secondo te, potrei non farlo? Ma se osi nuovamente considerarmi una tua proprietà e dire che sono solo una soffice palla di pelo rosso al tuo seguito, giuro che ti squarto, piume di corvo!»

Un immenso sorriso colmo di gratitudine si dipinse sul volto di Roland. Nel guardare il viso radioso di Roland, colmo di felicità, Almarath provò una stretta al cuore. In quel momento seppe che Roland non mentiva. Lui gli voleva davvero un immenso bene. Il gatto lo guardò con stupore imprimendo bene nei suoi ricordi quel sorriso, il sorriso di un amico che non vuole rinunciare al suo più grande affetto, il sorriso di chi è disposto a lottare per proteggere ciò che ama. In quel momento il viso dell'elfo era quasi la manifestazione della pura gioia.

«Anche questa è una cosa rara da vedere e da ammirare in questo mondo troppo spesso dominato dalla sopraffazione e dal solo desiderio di sopravvivere.» pensò Almarath affascinato mentre fissava il grande sorriso del suo Roland.

Senza chiedergli il permesso, improvvisamente Roland si fiondò sul gatto, affondando nel pelo soffice della sua pancia, stringendosi a lui con tutta la forza del sentimento di affetto ed amore che in quel momento provava. A quel contatto così espansivo Almarath reagì d'istinto iniziando a spandere le sue placide fusa. Roland si arrampicò sino alla groppa dell'amico e si strinse al suo collo, strusciandosi tra le orecchie del gatto, assaporando ogni momento di quel goffo abbraccio.

Fu Almarath scherzando, a sdrammatizzare quello strano momento tra loro. Il gatto era certo che se non avesse scherzato un poco, quello sciocco elfo sarebbe stato capace di iniziare a piangere sul suo manto. Non che gli dispiacesse sentire di essere tanto amato, questo no, solo che lui e l'acqua non andavano molto d'accordo, e anche se quelle di Roland sarebbero state lacrime di gioia sarebbero state anche molto umide.

«Piantala di cercare pulci in mezzo alla mia pelliccia, piume di corvo! Sono pulito e spulciato, dovresti saperlo! E poi se continui a strusciarti così su di me quella tua fata là sul sasso penserà che stai facendomi la corte!»

Roland rise. Affondato com'era nel pelo rosso del gatto, Almarath non seppe dire se quella era stata una risata divertita e basta o se l'elfo avesse soffocato in essa le lacrime che il gatto tanto temeva.

Dopo un po', pago di quell'abbraccio e delle amorevoli fusa che aveva ricevuto in cambio, l'elfo scese dal dorso del gatto. Aveva gli occhi lucidi. Almarath lo guardò con immenso affetto. Forse avrebbe voluto dargli una zampata e ricoprirgli la testa con i suoi morbidi cuscinetti ma non lo fece. Si limitò ad ammirare nell'espressione dipinta sul viso di Roland quel bene che l'elfo gli aveva comunicato con il suo strano abbraccio. In quel momento il gatto seppe che lo avrebbe perdonato per tutto, sempre.

«Dovresti imparare anche tu a fare le fusa, piume di corvo! Quelle odiose lacrime sono bagnate! Non potresti impegnarti un po' di più e trovare un modo diverso per manifestare i tuoi sentimenti che non sia quello di inumidirmi la pelliccia?» scherzò Almarath.

Roland rise di nuovo. Questa volta non c'era più traccia della tristezza che aveva provato poco prima stretto al suo amico, grato per avere ricevuto un perdono che in fondo al suo cuore sentiva di non meritare appieno. Almarath lo aveva perdonato senza neanche sentire le sue ragioni. Aveva capito ogni cosa prima ancora che lui cercasse di spiegargli ciò che stava provando, quella strana tempesta di sentimenti che lo lasciava inerme e sgomento come se si trovasse nel pieno di una tormenta, privo di riparo.

«Devo ancora dirti perché ho lasciato che lei venisse con noi.» esordì Roland, determinato comunque a spiegare i suoi motivi all'amico, ma il gatto sbuffò noncurante e rispose:

«Non mi devi spiegare proprio niente, piume di corvo! È facile. Sei semplicemente innamorato. Dopotutto avevo ragione io. Potrà anche non essere la tua stagione degli amori ma è così che sei: innamorato!»

A queste semplici parole Roland trasalì e si voltò in direzione della fata sperando che lei non avesse sentito ciò che Almarath aveva appena detto. Fortunatamente lei se ne stava ancora seduta sul sasso a rimirare affascinata il ruscello e le incredibili creature che vivevano nei suoi flutti, troppo presa dalle meraviglie di quel mondo sconosciuto per prestare ascolto ai loro incomprensibili discorsi. Roland arrossì. Il gatto non lo aveva mai visto talmente imbarazzato. Sembrava quasi che si vergognasse per i sentimenti che provava nei confronti della fata.

Il gatto osservò incuriosito quell'insospettabile reazione, e pungente gli disse:

«Che ti prende adesso? Sei più rosso di una fragola di bosco! Più scarlatto di un papavero! Guardati! Non mi dirai che l'idea di essere innamorato t'imbarazza, vero?»

Roland trasalì nuovamente. Per lui quelle sensazioni erano strane, nuove. Aveva visto l'amore in ogni sua forma da quando era nel nuovo mondo, lo aveva visto anche negli immortali. Molti dei suoi fratelli avevano provato quelle sensazioni per le loro compagne e lui ne era stato testimone, ma sentirle sulla sua pelle, provarle di persona, era tutta un'altra storia.

Dal momento in cui la fata si era stretta a lui, tutto era precipitosamente cambiato. Adesso gli sembrava che tutta la sua vita ruotasse attorno ad uno scopo che era sempre esistito ma che lui prima di incontrarla non aveva saputo di avere: proteggerla. Lui era certo che lei fosse il suo tutto, la sua ragione di vita, la sola creatura per cui valesse la pena soffrire ed esistere, eppure il solo pensiero gli sembrava così assurdo, assoluto ed estremo da farlo sentire sciocco, piccolo ed imbarazzato. Sembrava davvero assurdo pensare e provare un sentimento talmente potente e allo stesso tempo devastante, un sentimento che avrebbe potuto rendere inutile tutto il resto, persino il suo viaggiare tra le stelle, eppure lo provava.

Fino ad allora aveva sentito la mancanza per il suo mondo come un dolore insopportabile, aveva sempre saputo di essersi lasciato alle spalle qualcosa che non avrebbe potuto ritrovare nel mondo dov'era precipitato, ma adesso questo sembrava ben peggiore. Innanzi a quel sentimento che Roland provava per la fata, ogni altra cosa perdeva valore, si annichiliva, persino il fatto di essersi lasciato alle spalle il Nulla, di non potervi fare ritorno.

«Finché lei è qui con me, non m'importa di nient'altro, neanche di essermi lasciato alle spalle il Nulla e di essere rimasto imprigionato in questo mondo!» pensò con onestà ma nell'istante stesso in cui questo pensiero sfiorò la sua mente, Roland tremò schiacciato dal peso di quell'assurda verità.

Il gatto che non aveva smesso per un momento di studiare le smorfie costernate dipinte sul viso pensieroso dell'amico, sbuffò divertito e ribadì con assoluta certezza:

«Sei perdutamente ed irrimediabilmente innamorato, piume di corvo!»

«Così sarebbe questa la sensazione di essere innamorati? - pensò Roland- Questa fastidiosa certezza che non possa esistere nulla di più importante, null'altro che abbia un valore oltre questo sentimento? Questa incrollabile convinzione che lei sia l'unica e sola cosa per cui la mia stessa vita abbia un senso?»

Pur vergognandosi per la domanda che gli stava ponendo, Roland infine chiese ad Almarath:

«Mi sento come se non potesse esistere altro che... lei. Non è terribile e folle al tempo stesso? Voglio dire, Almarath, non è... assurdo? Ci sono tante cose che hanno un grande valore, compresa la nostra amicizia e molto altro ancora! Allora perché mi sembra che nulla sia più importante di... lei? Questo non ha alcun senso! Sembra che io abbia attraversato l'universo solo per poterla ritrovare. Sembra quasi che stare con lei sia lo scopo di tutto! Non è possibile che sia così! C'è qualcosa che non mi è chiaro!»

Il gatto fece un'espressione sorniona, adesso davvero molto divertita.

«Speravo che almeno gli immortali non dovessero essere vittime di questo tranello della natura, e invece tu mi sembri persino più impreparato di me, piume di corvo! Non puoi farci niente, sciocco elfo, così è l'amore: cieco! E tu ormai sei stato accecato, ed ubriaco ti avvii verso la più totale perdizione! Buona fortuna, piume di corvo!» disse infine sarcastico.

Cieco. Folle. Roland tremò nuovamente. Non poteva mentire a sé stesso. Lui avrebbe fatto di tutto per lei, però... perché? Prima di allora si era sentito triste, vuoto, incompleto, senza un vero scopo. Lo aveva sempre imputato al fatto di avere lasciato il suo mondo di origine, il luogo dove tutto era possibile e dove la materia fantastica aveva il suo motivo di essere, e di non potervi tornare più. Sapeva di avere rinunciato alla libertà assoluta che solo lì poteva esistere. Aveva sacrificato tantissimo per saziare la sua curiosità ed esplorare il nuovo mondo. Aveva rinunciato alla libertà. Era stato spinto dalla curiosità a scoprire, a sapere, ad esplorare, sapendo di andare incontro all'ignoto, e quando con orrore aveva scoperto di essere rimasto intrappolato nel nuovo mondo si era sentito disperato e affranto. Ogni notte guardando le stelle, il dolore per la perdita era stato a volte intollerabile. Gli era sempre mancato quel qualcosa che aveva creduto essere la libertà di fare ritorno verso il suo mondo ma adesso... adesso sembrava aver ritrovato quel qualcosa di così importante ed indispensabile proprio nella strana fata dalle ali di farfalla. Tutto questo non aveva un senso, o se ce l'aveva, al momento a Roland sfuggiva completamente.

Poteva ridursi tutto al semplice desiderio di proteggerla e di averla accanto? Poteva davvero essere quel mero compito lo scopo ultimo di tutta la sua esistenza?

Un dolore sordo e costante gli s'irradiava in tutto il petto al pensiero di poterla perdere, all'idea terrificante che potesse accaderle qualcosa di brutto.

«Davvero vivo per questo? Davvero la mia esistenza ha un senso solo adesso? –continuava a domandarsi preoccupato- Possibile mai? Io sono un esploratore! Io ho viaggiato tra le stelle, ho attraversato l'universo! Ho sfidato l'ignoto e non ho avuto paura! Ho sempre saputo che avevo un vuoto dentro, ho sempre saputo di aver perso qualcosa ma credevo fosse la nostalgia per il mio mondo a farmi sentire quella mancanza... possibile mai che ciò che avevo perduto lasciando il Nulla fosse proprio... lei? Allora perché non ne ho memoria? Perché pur sentendo di conoscerla da sempre sono certo di averla vista oggi per la prima volta? Che lei avesse una forma diversa? Che la sua Voce fosse legata alla mia ma io nel Nulla non ne avessi coscienza e avessi preso consapevolezza di questo legame solo nel momento del distacco, della perdita, solo nel momento in cui decisi di viaggiare tra le stelle alla scoperta del nuovo mondo?»

Per quanto Roland si sforzasse di ricordare e di avere una visione lucida di ciò che era stato laggiù, le sue memorie del Nulla andavano purtroppo sbiadendo. L'unica certezza che ancora aveva era che da quando lo aveva abbandonato, si era sentito incompleto, solo. La solitudine era stata il sentimento più doloroso che avesse mai provato, un vuoto che gli era sempre apparso incolmabile. Adesso invece, da quando era apparsa lei, di colpo... tutto sembrava essere tornato ad essere come doveva. Alcuni elfi erano giunti in coppia nel nuovo mondo, quindi Roland aveva sempre creduto che la sua compagna dovesse essere una fata dalle ali di cristallo rimasta indietro, rimasta laggiù, una fata che aveva deciso di non seguirlo nel viaggio attraverso le stelle, ma se era davvero così perché non ne conservava alcun ricordo?

L'angoscia sembrava essere giunta al suo apice quando Almarath lo scosse da quella valanga di domande che lo avevano quasi sopraffatto.

«Guarda, piume di corvo, mentre tu t'incupisci avvilito da chissà quali pensieri, la tua compagna sta ridendo!» disse il gatto indicandogli con lo sguardo la scena della fata che rideva gioiosamente mentre una libellula che le si era fatta vicina le svolazzava intorno raccontandole chissà cosa di così divertente.

Fino a quel momento Roland aveva visto solo la paura e la tristezza sul volto della fata, poi il sollievo e la serenità ma mai il divertimento, la spensierata leggerezza del riso, così la guardò scoprendo con rinnovato stupore che se lei era felice anche lui improvvisamente si sentiva di esserlo senza alcun motivo.

Almarath ridacchiò e constatò:

«È troppo divertente guardare la faccia che fai mentre la guardi, piume di corvo, sembri completamente rimbecillito!» e detto questo se la rise sotto i baffi di gusto.

«E bravo! –disse beffardo Roland- divertiti pure, prenditi gioco del tuo povero amico nuovo a queste cose, farò lo stesso quando toccherà a te trovare una compagna ed avere la stessa espressione intontita!»

«Fai pure, piume di corvo! A cosa servono gli amici se non a ridere benevolmente delle nostre debolezze?»

In quel momento Roland vide il riflesso del suo volto nello sguardo dorato di Almarath e rise insieme al gatto della sua espressione ebete.

Quando i due amici smisero di ridere, Roland chiese con una preoccupazione che non riuscì a mascherare:

«Le vorrai un po' bene, Almarath?»

Il gatto guardò quella fragile e affascinante creatura dalle ali gialle e sgargianti che continuava a sorridere tra gli svolazzi della libellula e stupendosi ancora una volta dell'armoniosa e delicata bellezza di quello strano essere, sinceramente rispose:

«Penso di sì, piume di corvo. Come si fa a non voler bene a una cosa tanto bella? Io amo le cose belle.»

Il cuore di Roland si gonfiò di gioia. Non poteva chiedere di più se non avere accanto il suo più caro amico e la sua fata.

«Dovrai darle un nome, piume di corvo. -suggerì Almarath- Da quello che ho capito non ha un suo nome e a me non va di chiamarla "fata" per tutto il tempo. È come se tu mi chiamassi "gatto". Penso che ti avrei già mangiato per un simile, intollerabile affronto.»

L'elfo ci ragionò su per un momento e poi disse:

«Vorrei che fosse lei a scegliersi il nome.»

Almarath lo guardò perplesso e ribatté:

«Penso invece che debba essere tu a darglielo. Così come i tuoi fratelli ti hanno chiamato "piume di corvo", e mia madre mi chiamò Almarath, così devi essere tu a darle un nome.»

Roland divenne pensieroso. Cercò di ricordare chi o cosa lo avesse chiamato Roland nel suo mondo ma la consapevolezza di essere da sempre stato tale lo colmò. Nessuno lo aveva chiamato in quel modo, o almeno lui non si ricordava di qualcuno che lo avesse chiamato così una prima volta, lui era da sempre stato Roland e basta, non c'era stato un "prima" dove non aveva avuto un nome. Lui esisteva come Roland dall'inizio di tutto, non c'era stato un creatore o un genitore nel mondo della fantasia, o almeno lui non se ne rammentava. Nel mondo fantastico lui era da sempre esistito come Roland. Si ricordava invece di come i suoi fratelli avessero deciso di chiamarlo "piume di corvo" dopo un po' che erano arrivati nel nuovo mondo. Quel nome per lui contava molto più di quello che aveva nel Nulla, perché stranamente gli apparteneva in modo diverso. Era stato chi gli voleva bene a darglielo e questo gli donava un valore che il suo vero nome non possedeva.

«Credi quindi che potrei... scegliere io il suo nome?» chiese infine Roland timidamente.

Almarath rise sotto i baffi:

«Non vedo l'ora di vedere la fata arrabbiata per la prima volta non appena sentirà a quale orrendo nome la tua mente avrà pensato!» malignò, sicuro che il suo amico avrebbe inventato qualcosa di terribile che l'avrebbe fatta adirare a morte.

«Che fiducia che hai nelle mie capacità, Almarath! Grazie, davvero!» disse Roland beffardo.

Però, mentre la sua mente pensava a tanti possibili nomi per lei, il suo cuore sapeva di avere già scelto. Non poteva esserci un altro nome per lei. Il ricordo del fiore grande e sgargiante della

Grindelia e del suo penetrante profumo lo colmò, facendo palpitare forte il suo cuore. Quella era l'essenza del loro primo incontro, l'aroma inebriante che non avrebbe abbandonato mai la sua memoria. Quel nome avrebbe rievocato nel suo cuore quel loro primo incontro, rinnovando l'emozione che Roland avrebbe custodito e conservato per sempre nella sua immortale memoria.

«Delia.» mormorò, talmente piano che solo grazie al suo fine udito Almarath riuscì a sentirlo.

«Delia?» ripeté il gatto assaporando la parola. Dopo un po' disse:

«A volte sai davvero stupirmi, elfo! Sai che mi piace proprio, piume di corvo? Delia e Almarath. Suona bene. –disse infine soddisfatto dalla scelta dell'amico- Sai che sei stato davvero bravo, piccoletto? La bella Delia e sua magnificenza il grande Almarath. Suona proprio bene!» ribadì contento mentre Roland cercava di calmare il batticuore all'idea di confidare alla fata il nome che aveva scelto per lei.

«Dai, che aspetti? Vai a darle il suo nome!» lo incoraggiò il gatto sentendo subito l'agitazione crescere nel cuore del suo amico.

«Dici che dovrei? Proprio adesso? Non è meglio aspettare? Magari vedere se ricorda qualcosa...» esitò Roland.

«Vai immediatamente, prima che io decida di porre fine ai tuoi tormenti d'amore e mi convinca finalmente a mangiarti, piume di corvo!» soffiò il gatto spronandolo a raggiungere la fata.

Roland inspirò forte e disse con sincerità:

«Ti voglio bene, Almarath. Grazie di essere mio amico.»

«Quanto sei sdolcinato, piume di corvo! –fece finta di lamentarsi il gatto- Mi fai passare anche la voglia di mangiarti! Sicuramente ingoiare te sarebbe come mettere il muso dentro al miele! Vai! Sbrigati, vai da lei invece di dichiarare i tuoi sentimenti alla creatura sbagliata!» disse Almarath scherzando spingendolo verso il sasso con una zampata.

In quel momento Roland seppe con certezza che la sua anima, la sua immortale Voce, era legata a quella di Almarath in modo simile a come era certamente legata a quella di Delia. Forse le loro

Voci un tempo erano state unite in qualcosa di diverso laggiù, nel Nulla, forse erano state persino un tutt'uno. Chi poteva dirlo? Lui non lo ricordava più sebbene si sforzasse, eppure sapeva che una potente forza a lui sconosciuta lo aveva condotto prima da Almarath ed ora da Delia, e quella stessa forza che sembrava attirare le Voci affini gli diceva che loro dovevano restare insieme per non sentire più l'atroce dolore della mancanza, il vuoto che lui aveva nel cuore quando la sera guardava le stelle, quando ripensava a ciò che aveva lasciato pur di inseguire il desiderio di scoprire il nuovo mondo.

Forse era questa la vera essenza dell'amicizia e dell'amore, un legame e un'unione che andavano al di là del tempo, due sentimenti immortali come lui stesso era ma che purtroppo, come Roland dovette presto scoprire, non erano destinati a poter esistere per sempre in quel caduco e cangiante mondo dominato dalla morte.

L'amore

Con apprensione, Lei gli domandò timidamente:
«Mi vuoi bene?»
Lui la guardò dubbioso, preoccupato forse dal motivo di quella scomoda domanda, e dopo un po' rispose:
«Certo.»
Non aggiunse altro e cambiò subito argomento. Non la guardò più in viso e iniziò a fare tutt'altro, cercando di divergere l'attenzione su discorsi che non lo infastidivano, sperando forse che Lei dimenticasse la domanda che l'angustiava, ma Lei non poteva farlo.
Lei lo ascoltò pazientemente parlare di cose che al momento non riuscivano ad interessarla né ad attirare la sua attenzione, e quando lui sembrò avere esaurito gli argomenti azzardò nuovamente:
«Mi vuoi bene ma... mi ami?»
Lui trasalì, quasi quella domanda lo avesse pugnalato alla schiena. Cercò di ricomporsi e sospirò innervosito. Si fece scuro in viso, cercò di tergiversare per un po' ma sapeva che non poteva scappare oltre. Lo sguardo di Lei pretendeva una risposta. Alla fine, onestamente rispose:
«Non lo so. Non come vuoi tu.»
Lei trattenne a stento la delusione. Cercò di tenere dentro di sé quel dolore che avrebbe voluto nascondere anche a sé stessa ma la voce le tremò quando poco dopo gli chiese:
«Perché?»
Lui rispose seccamente:
«Non lo so e basta. Non so se ti amo. È una cosa troppo grande e io mi sento prigioniero. Odio sentirmi costretto.»
Lei sorrise amaramente quando disse:
«Non si è costretti ad amare qualcuno, lo si ama e basta. Nessuno può importi una cosa del genere. Sei libero. Non ti imprigionerei per nulla al mondo. Ti lascerò andare sempre, stanne certo.»

Lui la fissò. Lei pensò che in quel momento lui la trovasse insopportabile e la cosa la fece soffrire ancora più intensamente. Di certo quella conversazione era intollerabile e fastidiosa, almeno per lui.

«Guarda che io non voglio bene a molte persone, solo a poche.» disse infine sinceramente fissandola dritto negli occhi.

Lei rispose sarcastica:

«Quindi il fatto che tu mi voglia bene sarebbe un onore?»

Lui ribatté infastidito:

«Perché dici sempre la cosa sbagliata? Non ho detto questo. Ho solo detto che ti voglio bene.»

Lei sospirò sconfitta. Lei non gli voleva solamente bene ma evidentemente quel bene che lui provava per lei era tutto ciò che doveva farsi bastare.

Ancora scossa da quelle parole ma stranamente rassegnata disse:

«Anch'io ti voglio bene, lo sai.»

«Lo so.» disse lui infine in modo talmente sicuro e allo stesso tempo duro che era palese volesse chiudere la discussione una volta per tutte. Lei rimase immobile, silente. Non c'era molto altro che potesse o volesse dirgli. Forse lui si rese conto di essere stato troppo secco perché dopo un po', cercando di sorriderle, spensierato disse:

«Bene o amore... alla fine è solo una questione semantica.»

Lei annuì, fingendo di essere d'accordo, cercando di seppellire la delusione in fondo al suo animo ferito in un posto talmente silenzioso che anche lei avrebbe faticato a ritrovarla.

«Semantica.» ripeté piattamente ricambiando il sorriso.

La verità è che Lei lo amava e per questo si sarebbe accontentata di quella risposta. Se non lo avesse amato veramente, sarebbe andata via in quel momento. Doveva farsi bastare quel bene finché lui lo provava, custodirlo dentro il suo cuore come un fragile uccellino caduto dal nido troppo presto, incapace di volare.

«Ti va di andare al cinema questa sera?» lui le chiese poco dopo, in tono live e spensierato, come se la discussione appena conclusa non fosse mai avvenuta, mentre il dolore che Lei provava continuava ad affondare in un baratro sempre più scuro e silente come un sasso ingoiato da insondabili, nere acque.

Lei annuì e rispose allegramente:

«Certo. Andiamo.»

Eppure, anche se non ne parlarono più, Lei sapeva con certezza che il bene e l'amore erano due poteri molto diversi. Era una delle poche cose in cui credeva.

Capitolo 7
La prima estate

Capitolo
7

Era trascorsa tutta la primavera e il bel prato verde ricolmo di fiori adesso iniziava ad ingiallire cedendo il posto ai fiori estivi e alla paglia. Roland, Almarath e Delia erano rimasti stanziali in quel piccolo angolo quieto, trascorrendo le loro giornate tra il prato, il ruscello e il folto gruppo di giovani alberi.

Almarath, dopo tante avventure trascorse con il suo amico sempre insoddisfatto e mai pago di emozioni, aveva finalmente potuto riposare un po' restando nello stesso luogo abbastanza a lungo da poterlo considerare una sorta di casa. Al gatto, d'indole abitudinaria, quella pausa di serenità e pigra quotidianità non era dispiaciuta affatto. Da quando aveva incontrato Roland la sua vita era stata infatti un susseguirsi di esperienze incredibili ed avventure fin troppo impegnative. In quella primavera Almarath scoprì quanto gli fosse mancata la semplice pace dei pigri pomeriggi trascorsi al sole acciambellato tra l'erba.

Delia era una creatura molto delicata e le sue ali non avrebbero mai sopportato intemperie e pericoli, e di questo l'elfo ne era stato certo sin da subito così aveva preferito creare una sorta di rifugio tra gli alberi e restare in quel luogo che era una piccola oasi di tranquillità.

All'inizio Almarath aveva temuto che Roland, sempre così impaziente di nuove esperienze e sempre così insofferente al restare nello stesso posto troppo a lungo, si sarebbe stancato presto e li avrebbe trascinati entrambi chissà dove. Fu una grande sorpresa scoprire invece che Roland era stranamente felice di restare esattamente lì con loro.

Il prato, il ruscello e la macchia d'alberi si rivelarono il luogo perfetto per insegnare a Delia i misteri di quell'ignoto mondo in cui si era ritrovata a vivere. Ogni nuovo giorno era per lei una scoperta ed un'emozione. Gli animali che vivevano nella radura, i grandi alberi, il ruscello con le sue acque, l'alternarsi del giorno e della notte, il movimento delle nuvole nel cielo, la brezza profumata di primavera... ogni cosa, anche la più semplice, era per Delia nuova e degna della sua meraviglia. Insieme a lei, Roland riassaporò il gusto della scoperta, un piacere che ormai, dopo tanto tempo trascorso nel nuovo mondo, era purtroppo andato scemando. Per questo, si rese conto Almarath, Roland era sempre stato alla ricerca di nuove avventure, proprio per mantenere vivo quell'entusiasmo fresco e giovane che ora viveva in Delia.

Almarath e Roland erano insegnanti attenti e pazienti anche se a volte il gatto vedeva brillare nello sguardo di Roland una luce pericolosa, come se l'elfo volesse osare e spingere Delia in qualche guaio divertente ma per fortuna fino a quel giorno sembrava che il buon senso lo avesse sempre frenato dal proporre avventure che di certo non sarebbero state alla portata della fata.

Delia era molto curiosa ed apprendeva così velocemente che Almarath se ne stupì. Più volte il gatto si fermò a ragionare sul fatto che Delia sembrava inconsapevolmente sentirsi rincorsa dal tempo, come se inconsciamente sapesse di averne poco a disposizione e volesse sfruttarlo al meglio senza perdersi nulla, neanche la più insignificante delle opportunità.

Almarath tenne dentro il suo cuore un pensiero che lo angustiava, un dubbio atroce che lo amareggiava, ma che non ebbe mai il coraggio di confidare al suo amico: più trascorreva il suo tempo con la fata, più viveva a stretto contatto con Delia, più la osservava e guardava il suo comportamento, più Almarath andava convincendosi che la fata non fosse come Roland, che la loro natura fosse in qualche modo diversa. Almarath non riusciva a spiegarlo in altro modo se non con la sensazione che Delia fosse come lui piuttosto che come l'elfo. Il suo sesto senso glielo aveva suggerito più volte: la fata era mortale. Se le sue supposizioni fossero state corrette, Delia sarebbe stata segnata da un destino contro cui non ci si poteva opporre in alcun modo. Se Delia fosse stata veramente come il gatto credeva che fosse, un giorno anche lei...

Il cuore di Almarath faceva sempre un doloroso sobbalzo quando pensava a quella possibilità. Era strano ammetterlo ma anche lui che all'inizio era stato un po' geloso e aveva dovuto dividere il suo Roland con lei, adesso si era affezionato a Delia tremendamente. Non passava giorno che i suoi occhi dorati non restassero ore ad ammirarla in ogni sua mossa e in ogni suo gesto. La fata era senza dubbio la creatura più bella e leggiadra che il gatto avesse mai incontrato, ma oltre questo, oltre l'incontestabile ed impeccabile beltà di quell'essere, Almarath era profondamente colpito dalla sua grazia e dal suo animo gentile, dolce e premuroso. Delia era la creatura più delicata e dall'animo più puro che avesse mai incontrato e non riusciva a non volerle un bene talmente intenso da lasciarlo a volte senza parole.

Con paura, il gatto si domandava spesso quanto grande potesse essere l'amore che il suo Roland provava per Delia se già lui nei suoi riguardi custodiva in silenzio un sentimento talmente potente e disarmante.

A volte, dopo avere trascorso un'intera mattinata a guardare Roland e Delia passeggiare nella radura, a scoprire qualcosa di nuovo, a giocare con l'acqua vicino alla riva, il gatto lasciava che la fata si addormentasse sul suo dorso baciata dal sole. Erano quelli i momenti in cui sentendo il suo regolare respiro contro il suo manto e il flebile battito del suo minuscolo cuore di fata, Almarath era assolutamente certo che un giorno anche la piccola Delia sarebbe morta, destinata, proprio come lo era anche lui, a chiudere gli occhi in un sonno dal quale non c'era risveglio. Erano quelli i momenti in cui il gatto godeva di ogni istante trascorso con lei e cercava di assaporare ogni suo aspetto, dal suo odore così simile al profumo dei fiori al contatto con la sua serica pelle e con i suoi soffici boccoli castani. Almarath supponeva che nell'insondabile mente di Roland forse si nascondeva nero ed infido il suo stesso dubbio ma l'elfo non lo dava a vedere, comportandosi sempre in modo allegro e spensierato. Almarath però riusciva sempre a vedere oltre quella maschera superficiale e sapeva che molti inquieti pensieri si agitavano nella mente dell'amico. Gli bastava vedere come l'elfo s'incupisse quando Delia dormiva e lei non poteva vedere sul suo viso la preoccupazione. Ogni volta che Almarath avrebbe voluto parlarne con l'amico, per condividere quell'oscuro dubbio, la fata gli lanciava però uno di quei suoi magnetici sguardi verde prato e uno di quegli ammalianti sorrisi capaci di fugare dalla mente qualunque funesto pensiero, così ogni volta finiva per desistere.

Il gatto sapeva che un giorno sarebbe morto ma con angoscia si chiedeva se Delia sospettasse che una sorte simile sarebbe potuta capitare anche a lei. Tante volte lui e Roland le avevano spiegato quanto caduco fosse il mondo e quanto fragili fossero le vite dei suoi abitanti. Le avevano mostrato i cicli naturali e lei stessa aveva visto come la morte fosse ovunque e dappertutto. Bastava osservare le piccole vite degli esseri che abitavano nella radura, fiori compresi, per rendersi subito conto di come la natura fosse gestita e scandita dalla morte e dal rinnovamento. Delia sapeva che Almarath era un gatto e che un giorno sarebbe morto ma sospettava lo stesso anche di se stessa oppure quel pensiero non la sfiorava affatto? A volte, soprattutto al tramonto o nella prima sera, il gatto vedeva il volto senza tempo della fata assumere un'espressione saggia e consapevole ma Delia sembrava voler celare a Roland quella parte di sé stessa, un po' come l'elfo aveva sempre cercato di fare con Almarath mostrandogli solo il suo volto allegro e spensierato.

Più i giorni erano trascorsi, più Almarath era stato certo che nell'animo della fata si celasse molto più di ciò ch'ella mostrava ai suoi amici. Forse, si disse il gatto, il fatto che ai loro occhi continuasse ad apparire inconsapevole come il giorno del loro primo incontro era solo una maschera che ella portava per celar loro il dolore e la paura di aver compreso di potere essere mortale come quasi tutto ciò che la circondava.

Di una cosa Almarath era certo: l'amore che Roland provava per Delia era qualcosa di meraviglioso che il gatto non smetteva mai di ammirare con rinnovato stupore, come se guardasse ogni giorno il tramonto per la prima volta nella sua vita. Non sarebbe stato di certo lui a distruggere quell'idillio confidando a Roland i suoi pensieri circa la natura mortale di Delia.

Quel giorno Almarath stava cercando di distrarsi dedicandosi alla caccia, mentre Roland e Delia si erano momentaneamente separati l'uno dall'altra, paghi di aver giocato nel ruscello e di aver poi amoreggiato nascosti tra le margherite per tutta la mattina. La fata ora stava intrecciando una singolare ghirlanda di minuscoli fiori che sembravano fatti apposta per le sue piccole mani e Roland, dopo essere rimasto per un po' a fissare il cielo, immerso in chissà quali pensieri, aveva deciso di raggiungere Almarath mentre il gatto si stava divertendo a rincorrere una cavalletta tra l'erba.

L'elfo si avvicinò chiamandolo a voce alta, facendosi strada tra i lunghi fili d'erba ormai secca. Il gatto tese le orecchie e si voltò dimenticando per un momento la sua preda. L'insetto fu enormemente grato a Roland per quel diversivo che distrasse il gatto quel che bastò per permettergli di fuggire dalle sue grinfie. Almarath lanciò a Roland uno sguardo indispettito quando si rese conto che per la momentanea distrazione la cavalletta era riuscita a scappare perdendosi tra i fili di paglia e i papaveri.

«L'avevo quasi presa, piume di corvo!» si lamentò il gatto.

Roland ribatté prontamente:

«Non l'avresti mai mangiata, Almarath, lo sai, catturarla ed ucciderla sarebbe stato per te solo un gioco. Preferisco vederla viva saltellare qua e là che fatta a pezzi tra i tuoi artigli per puro divertimento. La morte deve pur avere un senso, altrimenti mi sembra davvero terribile.»

Il gatto si stizzì e rispose risentito:

«Ovviamente avrebbe avuto un senso, sciocco elfo. Il senso è il mio bisogno di cacciare! È la mia natura, piume di corvo. Non posso farci niente se mi piace cacciare anche gli esseri che non gradisco mangiare. Predare è un bisogno, non posso farci nulla! Non sono come te che ti privi di lasciar libera la tua natura cangiante e ti ostini a non voler usare il tuo "potere"!»

Roland fece una smorfia noncurante delle rimostranze del gatto e della sua allusione al suo non voler mutare. Come se nulla fosse, cambiando repentinamente argomento, disse a bruciapelo:

«Sai Almarath, anche se sei il più superbo e permaloso dei gatti ed il più crudele degli assassini di insetti, ho appena stabilito che ti amo.»

A queste parole il gatto sobbalzò, stupefatto di ciò che aveva appena udito. Non credeva alle sue orecchie. Ironico, cercando di mettere da parte lo sbigottimento, ribatté prontamente:

«Mi ami perché sei affascinato dalla mia natura d'inguaribile assassino di cavallette per puro divertimento? Oppure mi ami perdutamente perché hai finalmente compreso e accettato che è nella mia regale natura non potere trattenere questo istinto predatorio?»

Roland ridacchiò e con quell'espressione discola che faceva venire voglia al gatto di averlo tra le zampe al posto della cavalletta, rispose:

«Nessuna delle due. Non approverò mai la tua smania di cacciare senza bisogno di mangiare. Nonostante tutto, ti amo.» ribadì infine continuando a sorridergli beffardo.

Il gatto lo studiò, incerto se il suo amico avesse voglia di prendersi solo gioco di lui oppure no. Alla fine disse:

«Devi avere le idee molto confuse, piume di corvo, se sostieni di amarmi! Penso sia chiaro che tu sia innamorato di Delia e che tu abbia voglia di stringerti solo a lei. Anzi, penso che stare appiccicato a lei a perderti nei suoi occhi verdi sia al momento la tua attività preferita! Non dirmi che ora hai voglia di strusciarti su di me, perché potrei ingoiarti tutto intero! Chi vuoi prendere in giro? Ah –puntualizzò il gatto- vorrei essere chiaro su un punto: non ti troverei attraente neanche se ti trasformassi in una gatta, piume di corvo!»

Roland ridacchiò e si divertì a provocare il suo amico:

«Sono certo che se ora mi tramutassi in una seducente gatta nera cadresti ai miei piedi in un batter d'occhio, caro il mio gatto schizzinoso!»

Ora Almarath cominciava ad innervosirsi e Roland lo trovava terribilmente divertente, soprattutto ora che sul muso del gatto era spuntata quell'espressione indignata ed oltraggiata che l'elfo trovava esilarante.

«Non starai davvero cercando di prendere il posto della cavalletta che hai fatto scappare, voglio sperare!» disse il gatto snudando gli artigli di una zampa.

Roland trattenne a stento l'istinto di continuare a stuzzicare Almarath. Si fermò solo perché il loro punzecchiarsi aveva attirato l'attenzione di Delia, e Roland invece voleva parlare col suo amico a quattr'occhi.

«Dai, Almarath, basta scherzare, ora ascoltami con attenzione.» disse infine. Al gatto fremettero i baffi ma cercò di ricomporsi assumendo il suo solito aspetto regale e composto.

«Sono tutto orecchie!» disse incuriosito, muovendole impazientemente, sebbene ancora irritato dalle provocazioni dell'amico.

«Ascoltami, Almarath. Quello che sto per dirti è qualcosa su cui ho ragionato dall'inizio di questa primavera. Adesso sono finalmente giunto ad una conclusione.»

Il gatto si incuriosì e pazientemente si accovacciò scrutandolo con attenzione. Roland continuò:

«Dopo tanto ragionare, sono giunto alla conclusione che quella che chiamiamo amicizia altro non sia che una diversa forma d'amore.»

Almarath drizzò le orecchie.

«Che vuoi dire?» chiese attento. L'elfo continuò:

«Finora non mi ero mai posto queste domande ma adesso, trascorrendo tutta la primavera insieme a te e a Delia, ho avuto modo di comprendere davvero ciò che provo per voi due, questi sentimenti così nuovi e strani per me, e finalmente ho capito. Per la prima volta ho trovato una risposta. Ciò che provo per te, Almarath, non è un semplice bene. –l'elfo fece una pausa, inspirò a lungo e poi disse solennemente- Affatto. Non lo è. È di più. È lo stesso sentimento che provo per Delia solo che... non ho alcuna voglia di baciarti!»

A quest'ultima affermazione il gatto sbottò:

«E fai bene a non volermi baciare! Prova a darmi un bacio sul naso e ti giuro che questa volta...»

Il gatto non finì neanche la frase. Roland scoppiò a ridere e disse:

«Esatto! È proprio quello che intendo! Neanche io ho alcuna voglia di baciarti, Almarath, mentre potrei perdere interi pomeriggi a farlo con Delia! Per il resto però ciò che provo per te è simile a quello che sento per lei. Quindi l'amicizia è indubbiamente una forma d'amore!» concluse Roland continuando a sorridere al gatto, in attesa di una sua reazione.

Almarath rimase silente a riflettere a lungo. Ripensò a ciò che provava per Delia e per quello sciocco d'un elfo, ed il suo cuore vacillò. Roland non aveva tutti i torti dopotutto. Mentre la luce calda del sole di prima estate illuminava il suo manto rendendolo quasi un piccolo sole dorato, il gatto infine parlò:

«Potresti avere ragione.» fu tutto ciò che disse socchiudendo i suoi fieri occhi d'oro.

Roland sgranò i suoi e disse stupito:

«Tutto qui? È questo tutto ciò che hai da dirmi? Finalmente, dopo anni ed anni di vita in questo mondo sono riuscito a trovare con certezza una risposta e tu che fai? Mi dici soltanto che potrei avere ragione?»

Il gatto mosse un orecchio e strizzò gli occhi. Quietamente confermò:

«È tutto quello che ho da dire. A dire il vero, anch'io ho sempre pensato che il bene e l'amore potessero essere due sentimenti diversi.»

Roland attese speranzoso che il suo amico volesse continuare. Dopo un po', per non tradire le aspettative di Roland, Almarath ammise:

«Ho voluto bene a pochi altri esseri viventi durante questa mia beve vita. So cos'è il bene. E so anche cosa è l'amore. Io non lo avevo mai provato prima di incontrarti, piume di corvo. –un sorriso vittorioso illuminò il viso dell'elfo- Quindi, sì, penso di essere d'accordo con te. L'amicizia è indubbiamente una forma d'amore. L'attrazione fisica è spesso intrecciata con l'amore ma non è necessaria. Questo è il motivo per il quale non ambisco affatto ai tuoi baci.» concluse saggiamente il gatto.

Entusiasmato dalle risposte di Almarath, Roland continuò:

«Ecco quindi l'idea che mi sono fatto studiando i viventi che abitano il mondo, Almarath. Anche tu, come pure Delia, vieni dal Nulla, proprio come me. Solo il tuo corpo appartiene veramente al mondo materiale, il resto no. Tu hai una Voce, questo è indubbio. Io la sento, la percepisco, e la tua Voce ha la stessa mia natura. Le nostre Voci sono fatte per stare insieme. Non può esserci altra spiegazione.»

A quest'affermazione azzardata il gatto storse il naso. Se di una cosa era certo, era proprio della sua natura assolutamente ed inequivocabilmente mortale.

«No, sciocco elfo. Non credo affatto che qualcosa di me possa essere immortale, anzi, niente di me lo è. Sono fatto di carne, ossa e sangue, non di fantasia o come diavolo la chiami. Io sono vero. Vero e mortale, non eterno e incorruttibile. Un giorno sarò cibo per i vermi, nuovo materiale per la natura, piume di corvo. Mi dispiace deluderti ma è così. Io faccio parte del ciclo di rinnovamento a cui deve sottostare il mondo.»

Il gatto purtroppo non trovò il coraggio per confessare a Roland l'idea che si era fatto su Delia. Attese di vedere la delusione sul viso del suo amico ma al contrario trovò qualcosa che Roland raramente mostrava, una profondità ed una saggezza che solo un essere vissuto troppo a lungo poteva mostrare.

«Ascoltami, amico mio –disse l'elfo pazientemente- ti ho raccontato tante volte delle Voci e del Nulla ma adesso vorrei che non considerassi la mia storia solo come una favola narrata la sera guardando brillare le stelle. Devi credermi.»

Il gatto s'intristì e non riuscì a nasconderlo.

«Amico mio -disse amaramente- non puoi sottrarre nessun vivente alla morte. Io non so nulla di viaggi d'immortali creature tra le stelle o di mondi fantastici ai confini con l'universo. Io so solo che un giorno morirò e di questo corpo non resterà altro che una carcassa che il tempo restituirà alla terra. Non c'è molto altro da dire. Io credo alla tua esistenza e a quella di altri come te. Ci credo perché vedo cosa puoi fare col tuo corpo. Nessuno fatto di carne e sangue come me può fare altrettanto, mutare come sai fare tu a piacimento. Sei diverso da me e da tutto ciò che ti circonda. Lo sento. Il mio istinto l'ha saputo da subito. Però ti prego di conservare i tuoi racconti sulle Voci e sui viaggiatori provenienti dai confini con l'universo per chi ama illudersi e sognare. Io non voglio farlo. So che devo morire e questo mi spaventa. Lasciami a questa paura che tu non potrai mai provare.»

Roland non sembrò scoraggiarsi quando disse:

«Il tuo corpo morirà, questo è indubbio. Non posso né voglio illuderti del contrario. Ho visto abbastanza per sapere che la morte è ineluttabile e che i mortali non possono in alcun modo sottrarsi ad essa. Però... Almarath, la tua Voce può farlo! Essa non è destinata a morire! Ne sono certo! E credo anche che venga dallo stesso mio luogo di origine. Non so ancora come accada, ma so che è così. Una parte di te è immortale ed eterna proprio come io lo sono.»

Almarath rispose con un tono così inanimato che Roland per un momento tentennò, incerto se continuare o meno a raccontargli parte di quelle verità che fino ad ora aveva tenuto nascoste fingendosi una creatura burlona e spensierata desiderosa solo di avventura.

«Cosa ti fa credere che io possegga ciò che tu chiami Voce?»

Roland sostenne lo sguardo d'oro del gatto e disse con voce salda:

«Lo so. Ci sono centinaia, migliaia di creature attorno a noi, ma non tutte hanno una Voce. Io sento la tua, la percepisco. Penso che sia stata proprio la tua Voce ad attirarmi inconsapevolmente da te, a farci incontrare.»

Il gatto arricciò il naso, ora insofferente:

«E cosa mai sentiresti in me, piume di corvo, che non senti in altri come me? Sentiamo!»

Roland esitò prima di rispondere, inchiodato dall'implacabile sguardo di Almarath. Il gatto sembrava adirato e per niente felice di questo discorso. Infine l'elfo confessò:

«Tu provi dei sentimenti potenti che non sono destinati a scomparire con il tuo corpo mortale. Questo perché i tuoi pensieri sono eterni, sono proprio loro ad essere la tua Voc...»

Roland non riuscì a concludere la frase, perché il gatto esasperato lo colpì con una zampata facendolo cadere al suolo. I suoi occhi rilucevano pericolosamente.

«Piantala di dire scemenze, piume di corvo!» sibilò soffiandogli.

Roland si sollevò da terra, colpito dal gesto di Almarath. Tutti i suoi neri capelli gli spiovevano sulla fronte. Era la prima volta che il gatto mostrava una reazione così poco compassata. Sembrava davvero arrabbiato. L'elfo però non si diede per vinto ed azzardò:

«Anche se non vuoi credermi, anche se le mie parole ti fanno arrabbiare, sappi che i sentimenti sono qualcosa di molto potente ed eterno, qualcosa destinato a sopravvivere alla stessa morte.»

A queste parole, la rabbia svanì dal volto teso del gatto e al suo posto Roland vide solo una profonda tristezza.

«Credi davvero che il tuo amore per Delia sopravvivrà alla morte? Ne sei davvero convinto, sciocco d'un elfo?» chiese il gatto con un tono di voce strano, che Roland non aveva mai sentito. Sembrava quasi che il gatto fosse disperato, così addolorato da potersi solo dire affranto.

La voce di Roland tremò quando rispose:

«Sì. Lo credo. E credo che anche il mio amore per te sopravvivrà a tutto, Almarath.»

Il gatto rimase immoto a fissare il vuoto per un tempo incalcolabile. Sembrava quasi che fosse entrato in uno stato di sospensione dove non poteva esistere null'altro che i suoi pensieri. In quei momenti Roland sembrava aver paura anche a compiere il più piccolo gesto per il timore di nuocere al suo amico ma più lo guardava più le sagge parole che l'albero-ombra gli aveva confidato nel silenzio delle loro menti, quel giorno in cui aveva esplorato la palude, ora gli ritornavano con insistenza alla memoria:

«Fa' almeno in modo che lui muoia con la speranza nel cuore, sognando di viaggiare tra le stelle ed oltre ancora. Tu puoi riuscirci. Solo quelli come te possono farlo. Nessuno meglio di te sa cosa si nasconde al di là delle stelle.»

La voce premurosa di Roland scosse Almarath da quello stato d'immobilità:

«Amico mio, perdonami se ti ho fatto arrabbiare. So come la pensi sulla morte. So che sei convinto che non ci sia nulla dopo di essa, che niente possa sopravviverle, e so anche quanta paura ti faccia, ma ti chiedo, anzi, ti supplico di credermi, di fidarti di me quando ti dico che ciò che provo per te e ciò che tu provi per me sopravvivrà a tutto, persino alla morte.»

A queste parole accorate il gatto sembrò rianimarsi. Voltò il capo e fissò Roland con tenerezza. Dopo un po' disse soltanto:

«Quanto mi piacerebbe poterti credere, amico mio! Anche se non penso che potrò mai farlo, sappi che adoro ascoltare le tue storie sul mondo al di là delle stelle e sul tuo viaggio attraverso di esse. Sono belle storie, amico mio, storie capaci di farmi dimenticare la crudeltà della vita, la sofferenza e tutte le cose più brutte nascoste nella natura che ci circonda. Sognare è bello ma bisogna sapere che i sogni non sono reali.» concluse mestamente.

«I nostri sentimenti sopravvivranno alla morte, Almarath.» ribadì Roland con una certezza talmente incrollabile nello sguardo fiero e sicuro che Almarath non poté fare a meno di rassegnarsi e far finta di credergli.

«Sogna con me!» disse Roland accorato.

Il gatto non poté fare a meno di dire con sincerità:

«Giuro che ci proverò, piume di corvo.»

In quel momento Almarath tremò. Un presentimento nero come una notte di luna nuova lo lasciò impietrito e pieno di terrore: Roland non aveva affatto considerato la possibilità che Delia potesse morire, altrimenti non gli avrebbe mai e poi mai parlato della morte e dei sentimenti con così tanta fiducia ed incrollabile convinzione. Anche se la voce di Delia fosse stata immortale, Roland era comunque destinato a restare da solo in quel mondo se lei fosse morta. Una volta scomparsi la fata e Almarath, cosa ne sarebbe stato di lui? Se anche le loro Voci fossero state eterne come l'elfo raccontava, come avrebbero potuto ritrovarsi? Roland gli aveva detto di essere rimasto intrappolato in quel mondo, e se lo era davvero, come avrebbe potuto la sua Voce tornare a viaggiare tra le stelle? Il suo amico era condannato alla più atroce delle pene!

Per la prima volta Almarath provò tanta pietà nei confronti del suo amico. Forse, si disse, esisteva qualcosa di ben peggiore della morte, come restare soli ed eterni in un mondo dove tutto intorno a te moriva...

«Anche questo è un modo per manifestarti il mio amore, Roland.» pensò Almarath quando si avvicinò a lui iniziando a spandere le sue dolci fusa. Acciambellandosi accanto al suo caro amico, gli disse con dolcezza:

«Avanti, piume di corvo, sciocco elfo che altro non sei, fammi sognare. Lascia ch'io mi illuda che questo sentimento che provo per te non avrà mai fine. Raccontami ancora una volta del tuo viaggio tra le stelle. Raccontami delle mille vite e delle infinite avventure che potrei vivere tra i sogni! Fai venire qui Delia. Lascia che entrambi sogniamo insieme a te il tuo Nulla ai confini con l'universo.»

Roland lo guardò intensamente. La gioia gli faceva brillare gli occhi grigi quasi fossero due stelle quando entusiasta mormorò:

«Chi ha una sola vita ha paura della morte. Sogna con me, Almarath.»

La decadenza

Quando i suoi genitori avevano deciso di lasciarle prendere un gatto, Lei era stata consapevole che la bestiola a cui si sarebbe enormemente affezionata avrebbe avuto una vita molto breve, ma nonostante ciò non le era importato.

Aveva desiderato con talmente tanto bisogno un animale che potesse alleviare la sua solitudine che quando il caso le fece incontrare quel randagio e lui entrò nella sua vita, qualcosa dentro di lei cambiò per sempre.

L'emozione era diventata qualcosa di molto diverso a cui inizialmente Lei non seppe dare un nome. La gioia mutò presto in un sentimento strano, difficile da spiegare.

"Sei molto felice per questo gatto, forse troppo" le dicevano sorpresi, ma Lei sapeva di non essere solo felice. Il sentimento che provava era qualcosa di più grande, qualcosa di diverso, di non facilmente spiegabile. Aveva desiderato essere amata tante volte ed altrettante era stata delusa. Non avrebbe mai immaginato che un essere tanto diverso da lei avrebbe potuto darle ciò che con tanta convinzione aveva inutilmente cercato nei suoi simili.

Il gatto la guardava. I suoi occhi verdi erano penetranti e magnetici ma in fondo ad essi Lei scorgeva qualcosa d'incredibile che non avrebbe mai sospettato di poter trovare in un piccolo essere così diverso da lei: il gatto la guardava con amore.

Lei assaporò ogni momento di quell'amore ed ogni sguardo, stupendosi e meravigliandosi di avere trovato proprio in quel randagio ciò che aveva cercato con tanta ostinazione in una persona.

Quell'essere così dissimile da lei divenne presto confidente, compagno, consolazione. Aveva saputo asciugare le sue lacrime quando nessuno c'era riuscito, era rimasto ad ascoltare quando nessuno sembrava essere interessato a farlo, le aveva fatto compagnia nelle ore più buie e silenziose della notte quando i suoi occhi si aprivano con terrore e nell'oscurità sembrava potessero esistere solo gli incubi, guardandola ogni giorno della sua vita allo stesso modo.

Giorno dopo giorno, il gatto l'aveva accompagnata nell'incedere dell'esistenza senza pretendere da lei null'altro che le sue carezze e un po' di giochi. Con il tempo, il loro legame era divenuto qualcosa di potente che lei stessa non riusciva a comprendere appieno.

"È solo un gatto, non trattarlo come una persona, non è giusto" le dicevano molti suoi simili infastiditi, ma Lei aveva infine capito che non esisteva altra differenza tra lei ed il suo gatto che non fosse il mero aspetto. Lui era più simile e vicino a lei di chiunque altro. Lei era umana e lui era un gatto ma nel silenzio dei loro pomeriggi, quando si guardavano occhi negli occhi, quando sembrava che quelle che gli uomini chiamavano anime fossero nude una innanzi all'altra, entrambi sapevano di conoscersi, comprendersi ed amarsi da sempre.

Il tempo che dividevano era il miglior tempo della giornata. Se Lei si trovava a dover scegliere con chi dividere quel tempo, era al suo gatto che pensava. I giorni passavano, i mesi passavano, gli anni passavano...

Lei aveva fatto finta di non vedere i cambiamenti che il tempo portava con sé. Non poteva accettare l'idea che un giorno avrebbe perso quel legame, che non ci sarebbe stato più quello sguardo verde a dirle "ti amo". Aveva ignorato di proposito tante cose che le riportavano alla mente l'idea che quel piccolo essere prima o poi l'avrebbe abbandonata, eppure il tempo era impietoso e lasciava la sua indelebile traccia ovunque, sempre.

Lei non era una sciocca, eppure una parte del suo cuore si era come illusa che lui ci sarebbe stato sempre per lei, che non l'avrebbe lasciata mai. In ogni momento importante della sua vita era stato presente così ormai si era radicato in Lei il pensiero che avrebbe continuato ad essere così, per sempre.

A volte, col passare degli anni, le ore più buie della notte erano spesso tornate ad essere popolate da incubi ma Lei li ignorava, scacciandoli rabbiosamente dalla sua mente e soffocandoli nelle dolci fusa del suo gatto.

Sebbene il tempo lasciasse segni meno evidenti sul gatto che sulle persone, e Lei facesse finta di non notarli, loro erano comunque lì, crudelmente presenti: il pelo sul musetto s'imbiancava, il passo diveniva più lento nell'incedere ora stanco, le ore di sonno erano sempre più lunghe, l'appetito diminuiva e il gatto perdeva pian piano la voglia di giocare. Eppure le sue calde fusa erano sempre quelle, sempre immutate per lei, ed il suo modo di consolarla non cambiava così come lo sguardo verde colmo di sentimento che il gatto le riservava, un modo di guardarla che la faceva sentire amata e speciale, unica ed insostituibile, uno sguardo capace di regalarle fiducia e di consolarla nei momenti di più triste sconforto.

Con il gatto accanto a lei, la notte era quieta anche quando gli incubi bussavano e raschiavano alla porta della sua coscienza.

"Sei troppo legata a questo gatto, non è una persona, non va bene" le veniva spesso ricordato. Era vero, era troppo legata a lui, come negarlo? Eppure Lei non poteva non amarlo come faceva, non poteva far finta di ignorare il sentimento che li legava solo perché il tempo di quel piccolo essere era sempre più prossimo a scadere, solo perché lui non era umano come lei era, solo perché lui non aveva parole con cui poterle dire "ti amo". Ma non servivano parole, lei lo sapeva. Bastava quello sguardo, quel verde smeraldo che era l'ultima cosa che lei vedeva ogni sera prima che i suoi occhi si chiudessero dolcemente.

"Soffrirai troppo quando se ne andrà, non ha senso" le ribadivano. Era vero, ma cosa poteva fare? Si poteva smettere di amare? Si poteva semplicemente dimenticare? Lei non ci riusciva.

Avrebbe avuto un altro gatto, lo sapeva. Ormai non poteva più pensare ad una vita senza un compagno animale accanto, eppure in fondo alla sua coscienza già sapeva che nessun altro sarebbe potuto diventare per lei ciò che era stato lui. Ogni essere vivente era unico ed insostituibile, di questo Lei ne era certa, come sapeva che non ci è concesso amare veramente troppe volte nella vita. L'amore è raro e imprevedibile. Non possiamo scegliere chi amare. Succede e basta.

Il tempo fece il suo corso. Un giorno il gatto iniziò a dimagrire. Da quel momento in poi, di giorno in giorno sembrava assottigliarsi come un foglio di carta robusto che diventi pian piano carta velina. I suoi begli occhi verdi iniziarono a divenire opachi. Ormai la bestiola la riconosceva solo dall'odore. Era ridotto ad un piccolo mucchietto d'ossa e pelo ed il suo sguardo era latteo, eppure nonostante tutto il gatto continuava a guardarla allo stesso identico modo, come l'aveva guardata dal primo momento in cui le loro esistenze si erano incrociate, come se non potesse esistere cosa più cara ed amata nel suo piccolo cuore, come se lei fosse la cosa più preziosa ch'egli possedesse. Il sentimento che il gatto le comunicava era solido e presente, e riusciva a riempire il suo animo, colmandolo. Lei lo cullava tra le sue braccia, così leggero ormai da non sentire quasi più il suo peso confortante ma lei riusciva a sentire nel suo animo tutta la potenza del loro legame.

La notte il gatto ora dormiva ai suoi piedi, non più accanto a lei o sul suo petto. Forse era il suo modo per abituarla al distacco che sarebbe venuto, alla mancanza, eppure se nella notte gli incubi l'assalivano e lei chiamava il suo nome, il gatto accorreva. Si accoccolava sul suo petto come sempre, come se il tempo si fosse fermato, e faceva per lei le fusa, scacciando la paura. La forza per riempirla del suo amore non sembrò mancargli mai, neanche quando iniziò a trascinarsi per andare a bere, neanche quando non riuscì più a riconoscere nulla col suo sguardo velato eccetto che il viso di Lei.

Poi una notte, accadde.

Il gatto la chiamò. Andò a svegliarla toccandole gentilmente il viso con la sua zampa felpata. Lei si destò. Lo prese tra le braccia, cullandolo, stringendoselo al petto. Cercò di farlo accoccolare accanto a lei, di farlo riassopire, ma il gatto sembrava inquieto e l'attirò giù dal letto, continuando a miagolare, continuando a chiamarla per nome. Lei aveva un nome per lui, lo aveva sempre avuto, un miagolio inconfondibile che il gatto aveva riservato solo a lei. Il suo nome felino, un suono dolce che lei non avrebbe mai potuto dimenticare.

"Vieni" sembrava ripeterle.

Lei lo seguì senza protestare. Un presentimento doloroso e crudele iniziò a crescerle nel petto facendole mancare l'aria. Il gatto la portò in un'altra stanza, lontano dal letto, dagli incubi, dalla notte. Lei accese la luce, cercando di capire di cosa potesse avere bisogno, cercando di illudersi per l'ultima volta che non fosse arrivato il momento che più temeva come invece il suo istinto le suggeriva, ma quando l'animale si sdraiò su di un fianco ed iniziò ad ansimare, Lei non poté più ingannare se stessa. Il gatto stava morendo. L'aveva chiamata perché lei era l'unica al mondo capace di farlo sentire amato e protetto.

Non voleva morire da solo. Voleva che lei gli fosse accanto in ciò che più gli faceva paura.

Lei s'inginocchiò accanto a lui e piangendo lo accarezzò e gli parlò fin quando l'ansimare e gli spasmi cessarono ed i piccoli occhi verdi che l'avevano sempre guardata con immenso amore non si aprirono verso qualcosa di nuovo, diverso ed ignoto, fissando qualcosa che Lei non riusciva a vedere, grandi e spalancati, fissi verso il nulla.

Quella notte Lei versò lacrime disperate. Lo pianse fino all'alba, lo pianse come non avrebbe pianto per nessun altro, fin quando le sembrò di non avere più lacrime.

La morte ed il tempo le avevano tolto uno dei più grandi amori della sua vita.

Da quel giorno il suo cuore non fu più lo stesso. Ebbe altri gatti che l'allietarono e che seppero consolarla ma non provò più lo stesso sentimento, nessuno di loro riuscì mai a guardarla allo stesso modo con il quale lui era stato capace di fare, come se si fossero conosciuti da sempre, facendola sentire amata, unica. Lei portò dentro il suo ricordo quell'amore custodendolo come la cosa più preziosa che la vita le avesse offerto, nascondendolo agli occhi di chi non avrebbe mai potuto capire.

"Lo dimenticherai, vedrai, la vita continua, avrai altri gatti, il tempo fa il suo corso" le dicevano. Era vero. La vita continuava e c'erano nuovi gatti e ci sarebbero state nuove esperienze ma quell'amore non si ripropose più. Nessun altro gatto, per quanto grande fosse il bene che lei gli volesse e che l'animale ricambiasse fu capace di darle quello che le aveva dato lui. Il Tempo non riusciva a scalfire quel sentimento, non riusciva a mutarlo, né a lasciare che lei dimenticasse. Lei fece finta di aver dimenticato solo per non sentire più le critiche di chi non avrebbe mai potuto capire, ma il vuoto che provava fu sempre presente, grande, scuro, incolmabile. L'unica cosa che il tempo riuscì a fare fu di rendere meno intollerabile quella mancanza, di far sì che lei accettasse il vuoto, l'assenza, e riuscisse ad andare avanti comunque.

Ogni vivente invecchiava e moriva. La decadenza era ovunque, dappertutto, implacabile.

Tutto cambiava. Era un processo inarrestabile. Così era la vita.

Aveva paura? No. Chi aveva una sola vita aveva paura. Lei poteva viverne un'altra, una dove c'era molto di più, una dove ciò che provava poteva avere un senso.

Lei lo sapeva, il sentimento che provava era immortale. Neanche il tempo poteva nulla contro il suo potere. Lei lo avrebbe amato sempre, fino alla fine del suo tempo, fin quando anche i suoi occhi sarebbero rimasti aperti, fissi verso un ignoto nulla.

Capitolo 8

Le prime piogge

Capitolo 8

Nascosto dentro un tronco cavo, Almarath non faceva altro che sbuffare. Quel giorno il gatto era nervoso come non mai perché da un momento all'altro il cielo si era riempito di corpose nubi e improvvisamente aveva iniziato a piovere. Lui odiava la pioggia e questo era risaputo, ma ancora di più la detestava in estate. Sebbene facesse ancora caldo e quello fosse un passeggero acquazzone estivo, il gatto non riusciva davvero a nascondere il suo malcontento.

Roland, neanche a dirlo, non aveva smesso per un momento di scherzare e di prenderlo in giro ma Almarath lo lasciava fare perché il sorriso di Delia valeva ben la pena di quel piccolo dispetto.

«Povero Almarath!» aveva ripetuto Delia più volte con voce compassionevole non appena erano stati costretti a correre al coperto dentro il tronco, sinceramente dispiaciuta del fastidio che il gatto provava per la pioggia che aveva iniziato da un momento all'altro a cadere violenta in grossi goccioloni, scrosciando forte.

«Tieniti pronto a tramutarti in un bel riparo all'asciutto, piume di corvo, perché se anche una sola goccia arriva ad attraversare la corteccia di questo relitto d'albero e a bagnarmi, questa volta giuro che...» ma non vi fu alcun bisogno di finire la frase. Sorridendo, Roland rispose:

«Questo rifugio è a prova di temporale, fidati. Non lasciarti ingannare dal suo aspetto. Questo tronco d'albero caduto è cavo ma non ancora marcio. Non lo avrei mai scelto se non fossi stato sicuro di tenervi all'asciutto al suo interno. Oltre alla tua inguaribile fobia per il bagnato, ti ricordo che le ali di Delia sono molto delicate e non possono restare sotto una pioggia battente così violenta. Quindi stai sereno, Almarath, non una goccia arriverà ad inzupparti il pelo. Sua maestà è al riparo.» concluse Roland, fiero del luogo che aveva trovato quando al cambiare del vento aveva visto le prime, spugnose nubi addensarsi bianche nel cielo azzurro.

Almarath sbuffò nuovamente. Il continuo ticchettare della pioggia lo rendeva nervoso e suscettibile, teso come se dovesse scattare da un momento all'altro. Il primo tuono lo fece infatti sobbalzare col pelo dritto e le orecchie tese mentre Roland cercava di non indisporlo troppo con le sue risate soffocate.

Per Delia, invece, quella pioggia era un evento unico. Era la prima volta che lei vedeva le nubi temporalesche, l'acqua cadere dal cielo e i tuoni brontolare illuminando e scuotendo la quiete della radura e del folto gruppo di alberi. Aveva imparato tantissimo in quei mesi ma tuttora ogni novità aveva per lei un fascino particolare sempre intriso di stupore. Del resto la fata aveva vissuto appena due stagioni in quel mondo perché le fosse divenuto piacevolmente usuale. Al gatto però non sfuggì anche qualcos'altro nell'espressione del suo viso: la pioggia non aveva affatto un buon effetto su Delia. Più scrosciava e batteva sulla corteccia, più lei s'incupiva. La fata era divenuta improvvisamente malinconica.

«Non temere, Delia, è solo pioggia. Passerà. Quando smetterà di piovere, le nubi si dissolveranno ed il cielo tornerà ad essere terso e limpido. È solo un acquazzone estivo. Da domani il cielo tornerà ad essere azzurro come sempre. L'estate non è ancora finita, è presto per vedere ogni giorno le nuvole oscurare il sole.» sorrise Roland fiducioso, notando che si era rattristata, ma Delia non riuscì a ricambiare il suo sorriso e con apprensione domandò:

«Che cosa accadrà quando l'estate finirà?»

Almarath sbuffò irritato al pensiero dell'autunno umidiccio e del gelido inverno quando anche un raggio di sole passeggero era una vera benedizione, e con stizza disse:

«Quando l'estate finirà, allora inizierà la più odiosa di tutte le stagioni: l'autunno. Pioggia, pioggia e ancora pioggia. Ma non è tutto, ahimè. Dopo l'autunno verrà l'inverno e con esso il freddo pungente e la neve che altro non è che maledetta pioggia divenuta ghiaccio.»

A queste parole il viso di Delia sembrò oscurarsi proprio come aveva fatto poche ore prima il cielo estivo attraversato dalle nubi e divenne piccolo e spaurito. Con crescente timore chiese:

«Il freddo è la stessa sensazione che provo a volte la sera quando soffia la brezza?»

Al gatto fremettero pelo e baffi quando rispose:

«Magari il freddo fosse una brezzolina serale, cara la mia fata! Quella sensazione la chiamerei piuttosto piacevole frescura di una sera d'estate! Il freddo è tutt'altro, Delia! Ti entra fin dentro le ossa e sembra congelarti pure il respiro! L'unica cosa che desidererai con tutta te stessa in una notte d'inverno è il tepore di un pomeriggio di primavera se non persino l'afa estiva! Ho vissuto solo sei inverni finora e credimi, l'inverno è la peggiore delle stagioni, forse ben peggiore dell'autunno.» concluse il gatto muovendo le orecchie, cercando di percepire dei cambiamenti nel monotono scrosciare della pioggia. La fata divenne molto pensierosa. Il dubbio trapelava dalle linee armoniose e gentili del suo viso. Sembrava stare pensando che non sarebbe mai riuscita a sopportare più del fresco venticello delle sere d'estate.

Vedendo Delia rabbuiarsi, Roland si premurò ad aggiungere:

«Almarath non fa che lamentarsi del freddo, ma da quando ci siamo incontrati, ho sempre fatto in modo che stesse al caldo anche nelle giornate più scure e tempestose. Non avere paura, non ti farò sentire freddo neanche se dovessimo imbatterci nel più gelido degli inverni.» disse Roland con un sorriso rassicurante e al contempo sbarazzino che faceva intendere caldi abbracci e fredde notti trascorse ad amoreggiare e che fece storcere il naso al gatto, esasperandolo.

«Se avete intenzione di stare stretti per tutto l'inverno a scambiarvi effusioni e carezze, ignorandomi completamente come fate quando vi appartate tra i fiori di camomilla, allora sarà meglio che io mi trovi un rifugio tutto mio! Non vorrei disturbare due teneri innamorati con la mia inopportuna presenza!» puntualizzò pungente Almarath.

«Quanto sei permaloso, Almarath! -ridacchiò Roland- Vedrai che non ti daremo alcun fastidio! Non è assolutamente mia intenzione infastidire sua maestà!»

Solitamente Delia avrebbe sorriso a questi scambi di battute che trovava divertenti e molto allegri, ma quel giorno la fata rimase stranamente silenziosa ed in disparte. Il suo sguardo si attardò fuori dal rifugio dove un uniforme e grigio muro d'acqua continuava a cadere monotono giù dal cielo.

Che cosa pensasse in quei momenti mentre guardava la pioggia cadere rimase un vero mistero perché in quell'occasione Delia non volle condividere con nessuno dei due i suoi pensieri tenendoli ben chiusi nel suo cuore.

Nei giorni seguenti l'estate tornò in tutta la sua solare e calda bellezza. Le nubi si erano dissolte ed erano ormai solo un ricordo distante di quel noioso giorno trascorso chiusi dentro un tronco cavo ad ascoltare il ticchettare della pioggia ed il cupo tuonare dei lampi nel cielo. Eppure, anche se Roland si rifiutava di vederli, Almarath iniziò a notare subito dei cambiamenti in Delia.

Dal giorno dell'acquazzone estivo la dolce fata era divenuta via via più schiva e taciturna. Spesso passava i pomeriggi a dormire, assopita al sole tra i suoi amati fiori estivi o sul dorso del gatto, sprofondata nel suo caldo manto, non rispondeva alle domande e teneva chiusi nel suo animo tormentato chissà quali pensieri. Ma non era soltanto il suo comportamento così silenzioso e chiuso ad allarmare Almarath: il gatto, grande osservatore, aveva notato in lei fin da subito dei cambiamenti fisici che l'elfo invece si rifiutava di vedere ed accettare.

Le belle e sgargianti ali della fata, ad esempio, sembravano divenire di giorno in giorno sempre più sottili e scolorite, come se si stessero assottigliando e la loro consistenza si stesse lentamente disfacendo. Anche il colore andava stingendosi inesorabilmente. Il bel giallo intenso e luminoso che aveva contraddistinto le ali di Delia andava diventando un timido giallo paglierino come se la grana si stesse dissolvendo come le nubi dopo un acquazzone. Sebbene all'inizio questo cambiamento fosse appena visibile solo ad un occhio molto attento, con il tempo il decadimento divenne evidente, tanto più che Delia, da un giorno all'altro, smise di alzarsi in volo e smise di volare tra i fiori della radura, una delle cose che aveva imparato a fare e che più amava.

Anche il colorito del suo bel viso era andato mutando: da roseo e turgido, soffice come il petalo di un fiore, era divenuto via via sempre più pallido ed esangue, terreo come un fiore che stesse per appassire. Oltre questo, la dolce Delia sembrava sempre più languida e stanca come se le sue energie andassero lentamente esaurendosi.

Agli avvertimenti di Almarath che col tempo erano però divenuti sempre più pressanti e insistenti, Roland aveva inizialmente reagito con superficialità, ingannandosi che tutto fosse come sempre, che si trattasse solo di qualcosa di momentaneo o di un'impressione passeggera. Con il tempo però e con l'ulteriore aggravarsi dell'aspetto di Delia, ora sempre più miserabile, anche l'elfo era stato costretto ad ammettere che qualcosa in lei stesse cambiando e, cosa ancora più grave, che stesse peggiorando progressivamente.

Alla domanda preoccupata che Roland le rivolgeva, chiedendole se si sentisse bene, Delia rispondeva sempre allo stesso modo, sorridendo dolcemente e guardandolo con immenso amore:

«Non ho niente, Roland, mi sento solo un po' stanca.»

Solo il suo sguardo verde prato, rivolto con premura al suo Roland, restava pieno di immutato amore.

Una mattina di fine estate però la situazione sembrò improvvisamente crollare. Le ali di Delia erano ormai talmente sottili e fragili che quando Almarath vedeva lei e Roland abbracciati tra i fiori di camomilla, riusciva a vedere attraverso di esse, quasi fossero divenute trasparenti. Quel giorno la punta di una delle ali si strappò e cadde per terra. Roland fissò quello stralcio con sgomento, impietrito innanzi ad un evento che nella sua mente non sarebbe mai dovuto accadere. Come un piccolo coriandolo giallo trasportato dalla brezza, il sottilissimo frammento iniziò a turbinare con le correnti d'aria e nonostante i tentativi di Roland di riprenderlo, fu la stessa Delia a farlo desistere mormorando stancamente:

«Lascia che voli via, Roland. Non puoi riattaccarlo. Le mie ali non possono più volare ormai.»

In quelle poche, definitive parole, l'elfo e il gatto percepirono una consapevolezza talmente profonda da impietrire i loro cuori. Delia sapeva qualcosa che Roland aveva forse intuito ma che non aveva mai voluto accettare. Solo Almarath tremò fin nella più nascosta fibra del suo essere.

Sempre più spesso per la radura si trovavano farfalle di campo ormai morte o morenti. Il loro tempo era finito. L'estate stava per concludersi e con essa il ciclo vitale di molti piccoli esseri che abitavano quel placido angolo di mondo.

Una mattina Roland trovò Delia intenta a fissare il corpo ormai immoto di una farfalla che andava sbriciolandosi ad ogni alito di vento. Gli occhi della fata erano colmi di lacrime ed il suo esile corpo tremava, eppure nei suoi verdi occhi, profondi ed imperscrutabili, Roland trovò un sentimento talmente forte da lasciarlo senza parole: la rassegnazione.

Con voce delicata, come se si stesse rivolgendo a qualcuno ignaro di tutto, Delia parlò a Roland come lui tante volte aveva fatto con lei quando era stata nuova a quel mondo e alle tante cose belle e brutte che vi si nascondevano. Allungò una mano verso il suo volto per carezzarne la guancia e l'elfo si sforzò di sorriderle come aveva sempre fatto, anche se in quel momento Almarath era certo che l'unico desiderio di Roland fosse quello di iniziare a gridare a tutti il suo dolore.

«Le farfalle stanno morendo. I loro corpi morti tornano a far parte della natura.» esordì Delia guardando i miseri resti di quella strana sorella sfarinarsi e disperdersi sul suolo.

Roland sostenne il suo sguardo verde e consapevole e disse con voce salda:

«Non tutte. Non tutte le farfalle muoiono alla fine dell'estate. Alcune sopravvivono più a lungo. Alcune vivono anche durante l'inverno. Ognuna di loro ha il suo ciclo vitale. Ognuna ha il suo tempo.»

Come se aspettasse solo quelle parole, Delia saggiamente continuò:

«È così, Roland. Ognuno ha il suo tempo. Il mio sta per finire.»

Un silenzio innaturale sembrò fare ammutolire la radura. Persino la piacevole brezza, ormai fresca, sembrò smettere di soffiare. L'elfo sgranò gli occhi e sul suo viso comparve un'espressione colma di angoscia, impossibile da celare.

Roland afferrò la mano della fata che non aveva smesso di accarezzare il suo viso e la strinse forte nella sua. Appendendosi all'unica certezza che aveva, non riuscendo più a mantenere salda e sicura la voce come forse avrebbe voluto, con disperazione infine disse:

«Ascoltami, Delia, tu non sei una farfalla di campo, tu sei una fata! E le fate sono immortali creature che non appartengono a questo mondo! Tu sei una fata! Lo so, l'ho sempre saputo!» ma sebbene cercasse di convincere il suo cuore, anche Roland, in fondo alla sua coscienza, aveva da sempre saputo che la vita di Delia era un mistero, qualcosa di nuovo e sconosciuto che lui stesso non era riuscito a spiegarsi.

Con pazienza, Delia mormorò:

«Hai sempre saputo che ero diversa dalle altre fate. Io sono molto più simile ad una farfalla, mio Roland. Sono nata da un bozzolo e come loro mi aspetta la morte. Lo sento. Lo so. Le mie forze vengono meno giorno dopo giorno. L'aria che voi dite essere piacevolmente fresca, la mia pelle l'avverte come gelida. Solo il sole riesce ancora a scaldarmi, a donarmi un po' di energia. Quando sarà oscurato dalle nubi, o se la notte diverrà più fredda, non sono certa che riuscirò a svegliarmi. Ho solo voglia di chiudere gli occhi, di lasciarmi andare. Sono così stanca...» ammise infine con uno sguardo talmente dispiaciuto che Roland si sentì morire.

La verità faceva male, così tanto male che Roland non seppe far altro che stringere Delia a sé mentre il suo cuore che si dimenava rabbiosamente, pieno di timore, ad ogni battito sembrava scavare un solco sempre più doloroso nel suo petto. Era certo che quel buco nero di disperazione sarebbe divenuto una voragine se ciò che aveva appena annunciato Delia si fosse rivelato realtà. Roland provò per la prima volta nella sua vita cosa volesse davvero significare il panico, l'impotenza innanzi a qualcosa d'ineluttabile, di inarrestabile. Strinse a sé Delia ancora più forte per impedire forse al destino di portargliela via ma non appena lo fece, altri pezzi delle sue ali, un tempo gialle e sgargianti, si staccarono e si sbriciolarono in tanti pezzetti che il vento sparpagliò qua e là per la radura.

Gli occhi di Roland fissarono impietriti oltre le spalle di Delia quell'agghiacciante scena, tutti i piccoli frammenti gialli che si disperdevano e si sbriciolavano al vento ancora tiepido del mezzogiorno. Allentò la presa sul corpo della fata ma non riuscì a staccarsi da lei. I suoi occhi continuavano sgomenti a seguire i frammenti di ali che venivano trascinati per la radura e dispersi dalle correnti d'aria.

«Non è possibile!» si lasciò sfuggire rabbiosamente Roland, soffocando quelle parole nel suo abbraccio.

Delia carezzò la schiena dell'elfo e dolcemente gli parlò all'orecchio:

«Sono nata da un bozzolo, Roland, non sono venuta dalle stelle come te e le tue sorelle fate. C'era il bianco, prima. Solo il bianco per me, niente più di quello. Anche le farfalle del campo mi hanno raccontato di ricordare solo il candore del bozzolo e la luce che le attirava fuori da esso. Io sono proprio come loro, e come loro la mia vita sta finendo. Io appartengo a questo mondo ed il mio corpo morente ne è la prova. Il mio tempo sta per scadere.»

Un brivido scosse il corpo di Roland facendolo sussultare.

L'elfo sollevò il viso e guardò la sua Delia vedendo tutto ciò che non aveva voluto vedere. La decadenza imperava in ogni più piccolo particolare della sua amata fata. Il corpo di Delia era ormai gravemente malato, visibilmente morente. Il suo viso aveva un colorito spento, le sue labbra sembravano esangui, la sua pelle era priva di luce. La sua vita stava davvero per finire, era ormai impossibile negare l'evidenza, si era via via assottigliata come le sue belle ali ed ora era destinata a dissolversi.

«Questo non ha senso! -disse Roland testardo- Tu sei tal quale ad una fata, non hai niente di diverso da loro eccetto che le tue ali non sono trasparenti! Sei una di loro in tutto e per tutto, solo che... –una parola rimase incastrata nella sua gola ma infine l'elfo dovette ammettere con dolore- sei... mortale.»

Lo sguardo verde di Delia divenne pieno di preoccupazione, non per la sua sorte che ella aveva accettato molte settimane addietro, ma per ciò che Roland avrebbe dovuto affrontare quando la sua fine sarebbe arrivata. Con apprensione disse:

«Non so quanto mi resta ancora da vivere ma so che è davvero poco. Di me non resterà altro che polvere, come dei corpi delle mie vere sorelle: le farfalle di campo. -accorata infine mormorò- Passiamo in armonia questo poco tempo che ci rimane. Tu sei la sola cosa per la quale sia valsa la pena vivere questa mia esistenza così breve. Tu sei lo scopo della mia nascita, l'ho sempre saputo dal primo momento che ti ho visto. Voglio che ti ricordi per sempre di questo tempo trascorso insieme.»

Roland si scostò da lei e scuotendo la testa iniziò a negare la sola evidenza che c'era:

«No. Non posso accettare la tua morte. No. Ci deve essere un modo... No. Non può davvero essere così. No...» l'elfo continuò con ostinazione a ripetere quel no.

Ogni volta che diceva quella parola, Delia ed Almarath soffrivano immensamente, ignari di come potere alleviare la disperazione di Roland, destinato a restare da solo in quel mondo per un tempo che loro non riuscivano neanche ad immaginare.

Ad un tratto l'elfo smise di ripetere ossessivamente il suo no disperato e portandosi le mani alla testa, stringendola forte, disse:

«Perché mai una creatura mortale dovrebbe essere la mia compagna? Non ha senso! Ci deve essere una spiegazione! Devo capire!»

Fino a quel momento Almarath era rimasto silente ma ora il gatto decise di avvicinarsi al suo amico e saggiamente gli disse:

«Ti ci vorrà del tempo per capire. Non sprecare il tuo ultimo tempo con lei in una ricerca che necessiterà un tempo imprevedibile. Guardala! Delia sta morendo. Pensa a lei per adesso.» disse infine Almarath spronando l'amico ad aprire gli occhi e ad accettare l'evidenza.

Roland avrebbe voluto mostrarsi forte, coraggioso e saldo ma in quel momento tutti i suoi buoni propositi crollarono quando urlò:

«Non lascerò che la mia Delia diventi polvere! Non lascerò che il suo corpo si disfi, che resti alla mercé del rinnovamento! Io lo sottrarrò a tutto questo! Riuscirò a richiamare la sua Voce!»

Il gatto sospirò. Avrebbe forse voluto dire che cercando di preservare il corpo della sua amata non avrebbe concluso molto, che il tempo avrebbe comunque fatto il suo corso, ma il gatto saggiamente preferì il silenzio. Già diceva tutto lo sguardo immensamente addolorato di Delia. Se aveva imparato una cosa, era che innanzi alla morte spesso si agiva nei modi più assurdi cercando di arrestare il corso di qualcosa che non poteva in alcun modo essere ostacolato. In quel momento fu Delia a parlare:

«Se ti fa piacere, mio Roland, riponi il mio corpo in un posto sicuro e vieni a trovarlo, in primavera o quando più ti farà piacere. Riponi le mie spoglie dove la pioggia, il freddo e la neve non potranno arrivare, avvolgilo in ciò di più simile ad un bozzolo. Se le tue storie sulle stelle e sulle Voci sono vere, potrei forse ritornare da te, rinascere a nuova vita.»

Almarath sospirò mesto. Le parole di Delia avevano dato una timida speranza all'elfo ma il gatto non credeva nei sogni, non in uno inverosimile come quello, e dallo sguardo della fata era certo che neanche lei ci credesse. Stava solo tentando di dare a Roland l'appiglio necessario per non sprofondare in un baratro senza fondo. Le sue parole evidentemente sortirono il giusto effetto perché l'elfo sembrò riaversi.

Benché umidi di pianto, gli occhi di Roland luccicarono di determinazione quando annunciò:

«Lo farò. Ti porterò nel luogo più sicuro ch'io conosca. Farò in modo che il tuo corpo non ritorni nel ciclo di rinnovamento. Lo sottrarrò al meglio delle mie capacità al processo di decadimento. Farò ogni cosa in mio potere. Te lo giuro.» ma oltre quelle parole che aveva pronunciato, Almarath era sicuro che Roland avesse anche pensato che avrebbe fatto di tutto per comprendere la natura di Delia e capire come era stata possibile la nascita di una fata mortale. Lui voleva ricongiungersi a lei. Almarath non riusciva ad immaginare come e se ci sarebbe riuscito, ma le sue intenzioni erano chiare. Roland sperava di conservare il corpo della sua Delia e richiamarne la Voce. Almarath sospirò mestamente. Sperava davvero che i racconti dell'amico fossero qualcosa di più di un semplice sogno, ma non riusciva a crederci veramente.

Da quel momento i tre amici non parlarono più né di morte né di ciò che sarebbe accaduto dopo di essa. Trascorsero la giornata in armonia come se fossero tre immortali creature e avessero davanti a loro tutto il tempo che desideravano.

Quando la sera scese, la brezza notturna intrisa dell'odore della resina degli alberi e dei fiori estivi della radura spirò più fresca del solito. Fin dai primi brividi che la colsero, la fata fu consapevole che quella sarebbe stata la sua ultima notte ma affrontò l'imminente fine con un tenero sorriso e fece in modo di non fare trasparire la grande paura che provava. Rimase a guardare le stelle insieme ai suoi amici come se quella fosse una sera come tante altre, come se dopo di essa dovesse viverne ancora innumerevoli, fin quando i brividi furono troppo forti e troppo violenti per essere mascherati dal suo dolce sorriso. Allora si avviò nel rifugio e insieme al gatto e al suo amato elfo parlò e rise per fugare il terrore sempre più grande che provava finché non si accucciarono tutti e tre insieme, come tante altre notti prima di questa, ripetendo i suoi usuali gesti nella tenera normalità di una sera d'estate. Ma quella non sarebbe stata una sera come tante altre... Delia tremò tutta la notte benché fosse stretta tra le braccia di Roland e l'elfo fosse a sua volta accucciato nel pelo caldo di Almarath. La fata quella notte non dormì ma trascorse il suo ultimo tempo a sussurrare dolci parole al suo elfo e al suo gatto, parole che entrambi custodirono per sempre nelle loro fragili anime.

Mai come in quella lunga notte Roland ed Almarath desiderarono che il sole sorgesse presto per poter scaldare Delia più di quanto loro due riuscissero a fare, ma man mano che le ore notturne passavano e divenivano sempre più silenti, entrambi capirono che il momento del distacco era ormai imminente. Nessuno poteva più ingannarsi. Vi fu un momento in cui Almarath non seppe dire chi stesse tremando di più, se il suo amico o la sua amata fata. Alle prime luci dell'alba, poco dopo che Roland le aveva sussurrato dolcemente la sua promessa più grande, giurandole che l'avrebbe protetta sino alla fine del tempo, Delia se ne andò in un posto che Roland non avrebbe mai più potuto raggiungere se non forse quando l'universo stesso avrebbe avuto fine. Lo sguardo di Delia, quello sguardo verde prato che l'elfo aveva amato più di qualsiasi altra cosa, rimase sbarrato. I suoi occhi non si chiusero più, fissi verso qualcosa che nessuno di loro poteva vedere.

Un'immobilità ed un silenzio spettrale, pesante come roccia, permearono ogni istante di quel tempo, dilatando ogni momento, rendendolo un insopportabile ed insostenibile macigno fatto solo di un indescrivibile dolore.

Forse l'elfo sarebbe rimasto immoto, cristallizzato per sempre in quell'immane sofferenza, stretto a Delia mentre null'altro sembrava più importare se Almarath non avesse iniziato a miagolare. Il gatto emise un verso struggente, un miagolio che Roland non gli aveva mai sentito produrre, un lamento che era al tempo stesso rassegnazione e disperazione.

Delia non c'era più.

Delia era morta.

Quella fresca notte di fine estate profumata di resina se l'era portata via.

Ogni nota di quel lamento narrava quei momenti struggenti meglio di qualsiasi parola, meglio di qualsiasi azione. Roland rimase ad ascoltare quel suono finché il gatto non smise di miagolare sconsolato e si accucciò nuovamente accanto a lui.

L'elfo era stravolto.

Ciò che stava vivendo in quell'occasione non era neanche paragonabile al dolore più grande che avesse mai provato fino a quel momento. Quello era un vero strazio, più di quanto una creatura mortale o immortale dovesse mai meritarsi di provare.

Roland boccheggiò.

Per un momento credette di stare morendo proprio come era appena successo a Delia ma con sgomento si rese conto di essere ancora vivo.

Vivo e lucido. Lui non poteva seguirla. Il panico lo assalì.

La morte era una consolazione che a lui non sarebbe mai toccata.

Il viso di Delia era terreo, il suo corpo statico come pietra, le sue labbra livide, i suoi occhi verdi ora vitrei fissavano estatici e sgranati qualcosa che lui non poteva più raggiungere. Ma Roland sapeva cosa Delia avesse visto prima di concludere la sua vita, quel Nulla al di là delle stelle che aveva richiamato la sua Voce facendola ritornare dove doveva essere.

Questo pensiero lo scosse dandogli uno scopo per reagire, un timido appiglio per continuare ad esistere, una speranza per non darsi per vinto.

Non tutto era perduto. La sua Delia esisteva ancora, lontana da lui ma presente. La sua Voce era immortale come il sentimento che l'elfo provava nel suo cuore. Doveva solo riuscire a sopravvivere a quel dolore, ad andare oltre la sua schiacciante forza. Doveva risollevarsi, reagire, andare avanti, capire.

La determinazione riuscì a rendere il macigno di dolore meno insostenibile.

«Ti raggiungerò! Tornerò da te! O se io non dovessi riuscirci, sarai tu a ritornare da me!» urlava Roland nella sua mente. Quello sarebbe stato lo scopo di tutta la sua esistenza. Doveva solo comprendere. Il sapere era l'unica strada verso la loro riunione.

Con un peso nell'anima difficile da descrivere, un peso che rendeva anche la più semplice delle azioni qualcosa di talmente difficile da sembrare impossibile, dopo un tempo che gli sembrò infinito l'elfo riuscì a sciogliere l'abbraccio e a deporre il corpo esanime della fata sul suolo seguito amorevolmente dallo sguardo partecipe di Almarath. Delle belle ali di Delia ormai non restavano che miseri stralci giallognoli e sfilacciati. Il potere della decadenza lo lasciò sgomento. Una nuova ondata di dolore lo travolse.

Roland capì che restare a fissare quei miseri resti sarebbe stato la via verso la perdizione. Decise quindi di agire anche se farlo gli sarebbe costato uno sforzo titanico, al limite dell'audacia.

«Devo trovare qualcosa con cui avvolgerla. Devo preservare i suoi resti, metterli subito al sicuro.» annunciò ad Almarath e benché il suo proposito fosse pieno di convinzione, la sua voce uscì talmente scossa che il gatto faticò a riconoscerla.

Almarath non riuscì a fare altro che socchiudere i begli occhi dorati in un muto assenso. Roland rimase a pensare a lungo, in uno stato precario in cui il dolore lottava con la volontà di portare a termine il suo proposito. Vacillò più volte ma non si arrese continuando a cercare la soluzione migliore per poter creare un sudario resistente che potesse proteggere il corpo della sua amata. Infine trovò la soluzione. Sospirò più volte e altrettante non riuscì a staccarsi da lei. Infine, dopo molti tentativi falliti, diede dolcemente una carezza a Delia e, sebbene a fatica, violentando la parte di se stesso che sarebbe voluta restare lì con lei per sempre, annunciò al gatto che si sarebbe allontanato ma che sarebbe tornato al più presto. Almarath avrebbe solo dovuto vegliare il corpo esanime ed aspettare il suo ritorno.

Mentre si accingeva ad allontanarsi, lasciando le spoglie della sua Delia insieme ad Almarath, la mente di Roland fu travolta da ogni immagine di quell'amore durato due sole brevi stagioni. La forza schiacciante della mancanza si fece sentire immediatamente, più crudele che mai, ad ogni passo che lo allontanava da lei. Ogni ricordo era talmente vivido, intenso e luminoso da accecarlo. Era dunque così che sarebbe dovuto andare avanti per tutto il tempo che lo separava dal rincontrare la sua Delia? Era così che sarebbe dovuto sopravvivere al dolore, rivivendo ogni ricordo di lei? Erano quei ricordi la sua forza più grande, l'unico appiglio nell'oscurità della solitudine a cui la sua immortale natura lo aveva condannato? Perché mai il destino era stato così maligno da far sì che la sua compagna, la sua fata, fosse una creatura ibrida come un'ombra, una creatura avente un corpo caduco e mortale, soggetto alle leggi del nuovo mondo?

Mentre voltava le spalle ad Almarath e al corpo immobile della sua Delia con una meta ben precisa in mente, iniziando a correre per non avere più ripensamenti, correndo sempre più veloce per non tornare indietro, dirigendosi rapido attraverso il sottobosco in direzione del ruscello, un pensiero riemerse dalla sua coscienza e sfiorò la sua mente sconvolta.

C'era qualcuno che poteva avere delle risposte...

Non i suoi fratelli, non le fate che con loro vivevano in un'impenetrabile foresta...

Non altri immortali sparsi per il mondo...

No. Nessuno poteva, eccetto Loro...

Sicuramente Loro avevano alcune delle risposte che si stava ponendo...

Poteva osare e cercarle? Doveva farlo? Doveva rischiare?

Loro erano pericolose e potenti, era innegabile. Avrebbe dovuto sempre essere prudente e cauto, non avrebbe mai dovuto abbassare la guardia, ma certamente solo Loro erano le uniche capaci di dargli delle risposte valide, forse potevano persino essere state loro le artefici di...

No. Roland cercò di scacciare quel tetro pensiero che aveva sfiorato la sua mente persino il giorno in cui aveva incontrato Delia. Non voleva pensare a quella possibilità, non ancora. Non finché esistevano delle alternative. Ombre e fuoco erano creature di questo mondo ed erano degli ibridi, non erano stati creati da Loro. Potevano quindi esistere altri esseri ibridi. Perché mai poi Loro avrebbero dovuto fare una cosa crudele come creare un ibrido e per di più una fata? Roland voleva credere che Delia fosse nata in quel mondo creata dall'imprevedibile casualità, così come le fiamme o le ombre, non che Loro potessero essere le responsabili per questo misterioso evento o essere le artefici di quello che a lui sembrava solo un crudele scherzo del destino...

Fate ed elfi le odiavano. Il popolo del bosco le aborriva e le scacciava. Le avevano allontanate quando avevano scoperto di essere stati imbrogliati e traditi nel più meschino dei modi, quando avevano compreso di essersi trovati imprigionati nel Reale a causa loro e delle loro ignobili menzogne, eppure Loro non si erano mai arrese al destino. Lo avevano detto chiaramente: Loro non avrebbero mai smesso di cercare un modo per potere tornare nel mondo di origine, nel Nulla al di là delle stelle...

Roland aveva deciso di restare da solo, di viaggiare per il mondo da ramingo, di rifiutare l'appoggio dei suoi simili e per questo non era tenuto a rispettare le regole che elfi e fate si erano dati, prima tra tutte quella di aborrire Loro, di rifiutare la compagnia delle prime creature ad essere giunte nel nuovo mondo, le Viaggiatrici, le pioniere che avevano osato esplorare il mondo Reale, coloro le quali possedevano un nome tetro capace di fare ammutolire qualunque creatura mortale od immortale...

Se le avesse trovate, forse Loro avrebbero potuto aiutarlo a capire il perché della nascita di Delia, la sua strana natura ibrida, metà fata e metà farfalla...

Loro non avevano mai smesso di cercare risposte, di accumulare conoscenza, sapere...

Quando Roland aveva fatto la sua scelta, rinunciando a vivere con i suoi fratelli elfi e con le sue sorelle fate, aveva anche rinunciato a seguire le loro leggi, le regole che si era dato quello che tutti chiamavano "il popolo del bosco"...

Lui non doveva niente ai suoi simili. Non doveva tener fede ad alcun giuramento né seguire alcuna regola. Lui era un ramingo per scelta. Lui era libero da qualunque legame con loro. Lui aveva un'unica legge: la sua volontà. Non aveva bisogno dell'appoggio dei suoi fratelli. La solitudine era da sempre stata una compagna fidata. Non aveva paura, non ne aveva mai avuta.

Avrebbe cercato le prime, le più potenti tra tutte le creature immortali, le uniche in grado di aiutarlo. Avrebbe cercato Loro: le Streghe.

Continuando freneticamente a pensare, Roland era infine giunto in prossimità del luogo in cui si era diretto con un ben preciso proposito in mente. Mise da parte ogni pensiero che riguardasse le potenti Streghe ed il suo proposito di trovarle e si dedicò allo scopo più contingente che si era prefissato: avvicinare dei ragni.

I ragni tessevano un filo resistente col quale avvolgevano le loro prede per conservarle...

Quel filo poteva essere la soluzione perfetta per creare il sudario che avrebbe avvolto Delia...

Il nido di ragni che stava cercando sorgeva vicino al ruscello in un grosso arbusto tra le rocce. Presto fu lì, ed i ragni furono stupiti di trovarselo innanzi. Mise momentaneamente da parte i suoi frenetici pensieri ed avvicinò quelle schive creature presentandosi a loro amichevolmente e in tutta sincerità. I ragni lo accolsero con molta diffidenza come Roland aveva previsto ma l'elfo non si scoraggiò.

Con l'intento di guadagnare la loro fiducia, Roland raccontò loro chi egli fosse e della morte della fata di nome Delia, senza lasciarsi intimorire dai loro sguardi schivi e sospettosi, senza risparmiare nulla né di ciò che era accaduto né di ciò che aveva provato, quasi fossero dei confidenti fidati. Spiegò loro il perché li avesse cercati per chiedere proprio il loro aiuto.

Stupiti, gli animali inizialmente tacquero. Dopo avere ascoltato in silenzio senza mai interromperlo neanche una volta, il più grosso dei ragni del nido si staccò dai suoi simili e avvicinò Roland. Guardandolo con le sue file di occhi indagatori e lucidi disse dubbioso:

«Credo dovremmo essere onorati di incontrare un elfo delle leggende. Abbiamo sentito narrare di voi solo raramente, per lo più da qualche uccello giunto da lontano. Anche il vento racconta di voi strane creature immortali solo in rare occasioni e solo per chi sa ascoltare. -esordì. Dopo un po' il ragno decise fosse meglio porre subito la domanda che stava a tutti loro più a cuore- Quindi oggi sei venuto a cercarci perché vorresti che noi avvolgessimo il corpo della tua fata ormai morta con il nostro serico filo, proprio come facciamo con le nostre prede per conservarle? Il tuo è un atto disperato, elfo. -disse onestamente- Non puoi sfuggire al ciclo naturale delle cose. Vuoi solo illuderti o pensi davvero che questo potrà preservare le sue spoglie, proteggerle dagli insulti del tempo?» constatò saggiamente.

«Penso che il vostro filo proteggerà le sue spoglie quanto basta perché io trovi delle risposte fondamentali. È così. Ne sono certo.» ammise Roland attaccandosi strenuamente a quella speranza.

Il grosso ragno lo studiò con dovizia e attenzione, sempre meno convinto che la sua idea fosse valida, e dopo un poco domandò:

«Ho udito dei racconti che parlano di elfi. Si narra che viviate in una grande foresta in un luogo molto lontano da qui. Le leggende dicono che sappiate fare cose innaturali, che siate eterni, incorruttibili, che il tempo non vi scalfisca, che sappiate fare cose che non appartengono al nostro mondo, ma che abbiate rinunciato a farle per vivere in armonia con noi mortali. È vero?»

Roland sospirò ed infine rispose:

«È vero in parte. Non tutti hanno rinunciato alla propria natura giurando di vivere come i mortali. Io sono uno di quelli che non l'ha fatto ma non mi piace stravolgere l'armonia dei viventi, la quiete del mondo. Non volevo rinunciare alla mia natura e per questo motivo non giurai e decisi di vivere da solo. Se solo lo volessi, anche se non lo faccio spesso, potrei fare cose che non appartengono al tuo mondo come mutare il mio aspetto a mio piacimento. Ho il potere di fare tutto ciò che la mia volontà comanda.»

Il ragno continuò ad osservarlo minuziosamente con le sue file di lucidi occhi neri ed infine disse:

«Capisco. Non ti piace fare cose innaturali ma puoi farle. Nessuno te lo vieta, non un giuramento né un vincolo. Perché mai quindi non crei tu il filo che ti serve se puoi fare tutto quello che vuoi? Perché chiedere a noi se, come dicono le leggende, voi siete onnipotenti? Che bisogno mai avresti del filo di noi ragni? Il nostro filo non è eterno, prima o poi si disfarà come tutto ciò che ti circonda. Non riuscirà mai a conservare le spoglie della tua fata a lungo come ti sei convinto tu.»

La domanda del ragno era sagace. Roland però aveva già la risposta a cui lui stesso aveva pensato prima di decidere come fare per preservare le spoglie di Delia:

«Lei è come voi, non come me. Questo è il motivo per cui durante la notte che è appena trascorsa è morta. Non ne sono sicuro, ma il mio istinto mi dice che debba essere avvolta in un sudario creato con lo stesso materiale che appartiene a questo mondo. Per questo motivo non avrebbe alcun senso se mi tramutassi in ragno e producessi io stesso il filo che mi serve. Sarebbe un filo fatto di materiale fantastico, invece voglio che sia fatto di materia reale. Aiutatemi, ve ne prego! Ho bisogno del vostro filo!» supplicò Roland.

I ragni si guardarono a lungo e dopo una pausa riflessiva il più saggio di loro continuò:

«Non avrei mai creduto che un elfo eterno ed incorruttibile avesse un animo talmente fragile da supplicare un misero essere come me. Vi pensavo diversi.» ammise infine molto pensieroso e perplesso. Guardò ancora il viso affranto di Roland, i suoi occhi sinceri, il suo fragile animo messo a nudo, e i suoi fratelli ragni fecero lo stesso. Dopo un po' si riunirono tra loro, discutendo a voce talmente bassa e bisbigliante che l'elfo faticò per carpire delle parole comprensibili.

Alla fine il ragno più saggio si rivolse nuovamente a Roland e parlò per tutti loro:

«D'accordo, elfo Roland. Faremo come ci hai chiesto. La tua storia ci ha profondamente colpito e ci siamo impietositi. Avvolgeremo la tua fata per come desideri. Sappi soltanto che il nostro filo non è eterno. Di questo devi esserne consapevole e convinto. Non durerà a lungo, non tanto quanto speri. Forse un anno o due, non di più. Forse anche meno... Chi può dirlo? Non abbiamo mai conservato una preda tanto a lungo! Forse dovrai cambiarlo, di tanto in tanto. Che cosa troverai dentro il bozzolo quando sarai costretto a svolgerlo, questo non ci è dato saperlo, ma sappi che niente perdura nel nostro mondo, neanche se conservato con le migliori intenzioni.» concluse il ragno mandando all'elfo un chiaro avvertimento, ma Roland non si lasciò intimidire neanche quando nella sua mente balenarono le immagini di putride carcasse di animali in decomposizione che purtroppo aveva spesso avuto la sfortuna di dovere osservare. Era certo che avrebbe trovato le potenti Streghe prima che il filo iniziasse il suo decadimento, prima che fosse troppo tardi per ciò che avrebbe dovuto custodire.

«Grazie, amici. Vi devo un favore, un grande, grandissimo favore.» li ringraziò inchinandosi, lasciando i ragni pieni di stupore per quell'inatteso gesto di gratitudine.

I ragni non dissero molto altro e si limitarono a seguire Roland fin nel luogo in cui giaceva esanime la sua Delia vegliata da Almarath. Il gatto, schizzinoso per sua natura, si tese tutto quando vide Roland ritornare seguito da una lunga fila di ragni ed il suo pelo si gonfiò ma non osò contestare le decisioni del suo amico. Anche lui era troppo affranto per iniziare a discutere qualcosa che ai suoi occhi appariva solo l'atto disperato e mosso dalla follia di chi è incapace di accettare la morte. Almarath quel giorno tenne per sé ogni suo più duro pensiero e si limitò ad osservare in un raccolto silenzio.

Dopo che Roland ebbe dolcemente carezzato per l'ultima volta la guancia ormai fredda di Delia e lasciato scorrere le sue ultime lacrime sul suo volto cereo, i ragni si misero solerti all'opera. Avvolsero la fata con cura, tessendo il serico filo con dovizia. Quando ebbero concluso la loro opera, un bianco bozzolo giaceva sul suolo, candido e perfetto, immacolato come se da un momento all'altro una nuova farfalla dovesse nascere da esso.

«Sei stato accontentato, elfo Roland.» disse il ragno portavoce del gruppo.

«Grazie, amici miei. Vi sono debitore. Chiamatemi pure "piume di corvo". Se mai doveste avere bisogno di me, lasciate il vostro messaggio al vento, prima o poi riuscirò ad udirlo ed accorrerò in vostro aiuto.» promise Roland.

«Non ve ne sarà bisogno, piume di corvo, ma grazie ugualmente. -rispose il ragno scrutandolo ancora con i suoi piccoli occhi neri- Speriamo solo che il nostro lavoro riesca a conservare le spoglie di chi tanto ami finché il tuo cuore sofferente non si sarà rassegnato a lasciarle andare al ciclo di rinnovamento.»

Roland non disse nulla ma Almarath annuì. La fila di ragni si congedò e veloce scomparve nel sottobosco diretta al suo nido. Lo sguardo grigio di Roland incontrò quello d'oro del gatto.

«So che non approvi quello che sto facendo, Almarath, ma ti chiedo ancora una volta di avere fiducia in me e di sognare.»

Il gatto sostenne il suo sguardo e ribadì:

«E io già una volta ti dissi che farò di tutto per credere ai tuoi sogni, piume di corvo.»

Non c'era altro da dire. Almarath sapeva che sarebbero partiti immediatamente verso il luogo sconosciuto in cui l'elfo intendeva nascondere al mondo i resti della fata. La radura, il ruscello ed il boschetto erano luoghi intrisi di ricordi belli e dolci, ora struggenti, in cui il gatto era certo che Roland non volesse più attardarsi. Roland doveva lasciarseli alle spalle se voleva davvero trovare le risposte che cercava ed iniziare ad affrontare la mancanza e l'atroce sofferenza che scaturiva da essa. Sarebbe mai riuscito a sopravvivere a quel vuoto che sembrava volerlo ingoiare e annientare?

Roland si aggrappò con tutte le sue forze all'obiettivo di trovare le Streghe e di comprendere la natura di Delia. Il sapere sarebbe stato la sua unica ancora di salvezza.

Veloce, cercando di tenere a bada i sentimenti devastanti che provava e che ad ondate si infrangevano sulla sua coscienza, l'elfo si tramutò nell'enorme corvo nero. Almarath salì sulla sua groppa, dopo di che l'innaturale animale strinse in una zampa il prezioso bozzolo e prese il volo verso una sconosciuta destinazione.

Solo lo sferzare del vento fece ad entrambi compagnia in quel silenzioso viaggio.

Mentre solcavano il cielo ora attraversato da piccole e rade nubi e si lasciavano alle spalle quell'indimenticabile estate, quel tempo gioioso fatto di luce, sorrisi e sguardi colmi d'amore, entrambi pensarono con struggente malinconia che quello sarebbe stato l'ultimo volo di Delia.

La speranza

La sala d'aspetto puzzava di paura, paura di morire.
La gente vi stava accalcata come bestie al macello. Le poche sedie erano state occupate dai più bisognosi mentre gli altri restavano pigiati gli uni sugli altri, in attesa del loro turno. Qualcuno di tanto in tanto sospirava o si muoveva nervosamente cercando di farsi spazio nella calca, senza riuscirvi. In mano ad ognuno di quei disperati c'era sempre la stessa cosa: un grosso blocco di esami, radiografie, verdetti. Sui loro volti terrei ed addolorati, a volte pieni rabbia, si leggeva sempre lo stesso sentimento: l'ostinazione. Nessuno tra loro voleva morire, eppure tutti lì dentro sapevano che erano condannati, marchiati dallo stesso infausto destino, da una malattia incurabile che falciava vite senza ritegno e dalla quale non sembrava esserci scampo. Prima che la medicina miracolosa si mostrasse al mondo si erano forse arresi, forse si erano persino rassegnati al triste epilogo che li attendeva ma da quando nei giornali era apparsa la notizia di questo strano salvatore, di questo medico che prometteva la guarigione, tutto era cambiato. E allora eccoli lì, tutti accalcati, frenetici e speranzosi, tutti disperati ma tenacemente attaccati al loro ultimo brandello di vita, ad avvinghiarsi a quell'unica speranza in un mondo che aveva già letto la terribile sentenza di morte.
Lei però non ci credeva.
Lei non credeva al salvatore, al medico che prometteva la guarigione con la sua portentosa medicina.
Sapeva che in fondo neanche sua madre ci aveva creduto troppo quando aveva letto la notizia nei giornali e ascoltato quell'uomo parlare in televisione, eppure aveva voluto tentare ugualmente. E allora eccole lì in attesa del loro turno, silenti una accanto all'altra, pigiate tra file di altri disperati tenuti in piedi dalla speranza.
Nella sala si soffocava. Ogni tanto qualcuno raccontava la sua storia agli altri in cerca di conforto, di consolazione, di una parola

fiduciosa. Ma non poteva esistere una parola dolce là dentro. Non poteva più esistere la consolazione. Nessuno aveva più parole ma solo quella tenace ostinazione che li aveva portati tutti lì, in attesa dell'unico miracolo possibile.

Di tanto in tanto si apriva la porta dello studio medico dove il salvatore visitava. Usciva un disperato e ne entrava dentro un altro. Per un attimo, varcando la soglia di quella piccola stanza dov'erano concentrate tutte le illusioni più grandi, il volto del condannato s'illuminava di speranza. Chi usciva portava con sé un foglio, sempre identico, con le stesse istruzioni per preparare un medicamento che in alcuni casi, si diceva, aveva prodotto il miracolo. Le vicende dei salvati venivano narrate quasi fossero leggende acuendo lo scetticismo e la diffidenza già fin troppo radicate nell'animo di Lei.

Lei non ci credeva. Non esistevano i miracoli. Nel mondo reale non esistevano i sogni. La realtà era ben altro, e lei lo sapeva fin troppo bene. Per un attimo fu sul punto di convincere sua madre ad andare via da quella stanza claustrofobica piena di vivi morenti ma l'espressione sul suo viso la fece desistere. Stavano comprando speranza, si disse, cercando di giustificare quel luogo e tutti coloro i quali vi stavano accalcati. Null'altro. Non un miracolo, né un portentoso medicamento, ma solo una flebile speranza per andare avanti nella sofferenza di dover morire o di vedere morire chi tanto si amava.

Lei tacque ingoiando le parole disilluse che non pronunciò mai. Vide scorrere i volti dei disperati, li vide illuminarsi tutti allo stesso modo man mano che entravano nella stanza del salvatore, li vide andar via con ciò che erano venuti a comprare: la speranza. Era giusto vendere illusioni? Le illusioni e i sogni non dovevano restare solo nel mondo della fantasia? Nessuno meglio di Lei lo sapeva, eppure tutti lì dentro sembravano così felici di pagare per comprarsi un sogno, ma quel sogno aveva la dignità per esser definito tale? I sogni non erano altro? Per lei forse sì, ma non per la gente in quella stanza. Per loro la parola sogno significava una cosa soltanto: aver salva la vita.

Il tempo sembrava non passare mai. Lei era in salute, ed anche sua madre, eppure ogni momento in più che trascorreva lì dentro le sembrava di sentire su di sé tutto il peso di quell'atroce e silente malattia, di quel mostro silenzioso che faceva la sua comparsa solo quando era troppo tardi. Così era stato per la nonna, sempre allegra e solare. Un giorno si era svegliata infastidita da qualcosa che sembrava esserle cresciuto nottetempo dentro il petto, e pochi giorni dopo anche per lei v'era stato l'infausto verdetto, l'implacabile sentenza di morte dalla quale non sembrava potersi sottrarre. Era stata operata, il mostro che andava crescendo in silenzio e non visto dentro di lei era stato rimosso ma nonostante questo la sua vita sarebbe finita comunque, risucchiata da tutti gli invisibili figli di quella malattia insidiosa, disseminati ovunque nel suo corpo, abbarbicati alle ossa come muffe tenaci sui tronchi degli alberi.

Il medico del miracolo aveva promesso guarigione, parlando in televisione e alla radio, convincendo anche gli scettici, instillando il dubbio anche in chi non aveva fiducia in lui, ed allora eccoli lì. Lei aveva studiato abbastanza per sapere che quel medicamento portentoso non sarebbe servito a nulla, che di portentoso aveva solamente la capacità di attirare folle di disperati, eppure non poteva far altro che tenere accesa la timida fiammella che aveva visto splendere negli occhi di sua madre, cercando di proteggerla dal vento gelido della realtà che voleva spegnerla in continuo.

Con fredda razionalità, Lei si chiese ancora una volta se fosse giusto proteggere quella flebile luce, se avesse un senso tenerla accesa. La realtà era spietata, crudele. Era fatta di dolore, malattie e morte. Doveva esserci spazio anche per la vana speranza?

I volti iniziarono a scorrerle innanzi, ancora una volta. Volti di persone ancora vive ma palesemente morenti, volti dal colorito terreo, vicini alla fine, visi emaciati e cerei che già mostravano i segni del cadavere in cui si sarebbero tramutati, aliti fetidi dall'odore di decomposizione che sbattevano in faccia la verità a chi voleva vederla.

Lei si sentì soffocare. Pensò nuovamente che tutto ciò che stavano per fare fosse solo un'inutile perdita di tempo ma nell'istante in cui si era quasi convinta a parlare francamente a sua madre, la porta si aprì e fu chiamato il loro nome. La voce di sua madre tremò per la trepidazione. Lei si sentì gelare fin dentro le ossa perché in quel momento, guardando il suo viso, capì che anche lei dopotutto stava credendo in quel sogno.

Entrarono, lasciandosi alle spalle la calca di vivi morenti che continuavano ad affastellarsi e a desiderare che il loro nome fosse chiamato. La porta si chiuse alle loro spalle tagliando fuori l'aria malsana e puzzolente ed i volti terrei.

La finestra dello studio del medico era aperta. L'aria fresca e pulita la rinfrancò ma Lei notò subito una cosa che la frenesia con cui sua madre stava affrontando quella visita non le permetteva di notare: il medico era distrutto. Sul suo volto c'era una stanchezza indescrivibile ma oltre questo lei vide qualcosa che la fece nuovamente gelare fin dentro il midollo: la vergogna. Quell'uomo era avvolto da un pesante manto fatto di vergogna che camuffava egregiamente facendosi scudo con il suo bianco camice e il carisma insito nella sua professione.

Senza dire nulla l'uomo prese dalle mani di sua madre la storia clinica della nonna. La sfogliò lentamente ma Lei non vide altro che il vuoto in quegli occhi, la verità che Lei aveva sempre saputo: i miracoli non potevano esistere. L'uomo si sistemò gli occhiali e con fare professionale riguardò le lastre radiografiche e le cartelle dei suoi colleghi. Protetto dallo schermo del computer, fece finta di scrivere qualcosa ma Lei vide chiaramente che ciò che stava facendo non aveva nulla a che vedere con il foglio che avrebbe consegnato a sua madre, lo stesso identico foglio con cui erano usciti vittoriosi tutti coloro che erano entrati in quella stanza prima di loro. Una stampante si mise in funzione producendo la lista degli ingredienti che avrebbero composto il portentoso medicamento. In pochi secondi il foglio fu pronto. L'uomo l'allungò a sua madre che lo strinse tra le mani fiduciose. I suoi occhi brillavano di speranza. L'uomo chiese il suo onorario, una cifra spropositata per il poco che aveva fatto. Mentre sua madre pagava colui il quale si faceva chiamare medico, il salvatore a cui quelle povere anime disperate si affidavano, il ciarlatano che imbrogliava i vivi morenti vendendo loro niente più che una timida speranza, Lei provò rabbia. Sua madre non stava comprando la conoscenza da quell'uomo ma stava riempendo le sue tasche pagando per una mera illusione.

Non è così che dovrebbe comportarsi chi detiene la conoscenza, il sapere...

L'uomo le congedò rapidamente augurando loro buona fortuna. Lei cercò di guardarlo negli occhi, in quel suo sguardo bugiardo, stanco e pieno di vergogna, ma lui guardava lontano, in un punto indecifrato oltre la porta, dove la gente continuava ad arrivare e ad accalcarsi, nella sala d'aspetto dall'odore di paura e di morte.

Quando furono uscite, sua madre non smise di programmare ciò che avrebbero dovuto fare per creare il medicamento portentoso. Le allungò la lista. Lei la lesse con occhi avidi, impaziente di scoprire il segreto di quel finto miracolo, curiosa di svelare la menzogna in quel silente elenco d'ingredienti. Lei era una brillante studentessa universitaria e la lista, nonostante tutto, riuscì a instillare in lei la curiosità.

Con voce preoccupata, vedendola pensierosa indugiare sul foglio, sua madre le chiese:

«Sono cose difficili da poterci procurare?»

Lei sollevò il viso. Piattamente rispose:

«No. Sono tutte cose che possiamo reperire.»

A disagio sua madre chiese:

«Molti nella sala d'aspetto dicevano che la cura non è molto facile da preparare. Molti si affidano ad un farmacista. Ci dovrebbe essere il suo indirizzo in fondo al foglio.»

Il giudizio di Lei fu impietoso ma lo tenne per sé. Il farmacista di cui parlava sua madre, il cui nome era davvero scritto alla fine del foglio, non era che un altro venditore di sogni e speranza.

Con voce inanimata, senza lasciare trapelare alcuno dei suoi sentimenti, Lei disse:

«Ci penserò io. Trovati gli ingredienti, la medicina sarà facile da preparare in casa. Domani stesso parlerò con uno dei miei professori universitari per avere i componenti più importanti.»

In quel momento, mentre guardava la speranza attecchire sempre di più nell'animo di sua madre e radicarsi nel suo cuore disperato, Lei pensò che non poteva esistere al mondo un potere più grande della conoscenza. Lei ne voleva di più. Non si sarebbe fermata innanzi a niente. Avrebbe studiato tutto ciò che la sua mente fosse stata in grado di contenere. La conoscenza sarebbe stata il suo scudo, la sua arma più potente contro quel crudele mondo di bugiardi e di venditori d'illusioni. Lei sapeva che non sarebbe stato facile guadagnare quel sapere che nessuno di coloro i quali lo possedeva voleva elargire ma ci sarebbe riuscita ugualmente. Nessuno mai avrebbe dovuto ingannarla a quel modo. I suoi occhi non sarebbero mai dovuti essere colmi di vana speranza. La speranza generava inutili illusioni e in quel mondo non poteva esserci spazio per i sogni.

I sogni erano tutt'altro.

I sogni abitavano altrove, nessuno meglio di Lei lo sapeva.

Sua nonna sarebbe morta. Non esisteva una cura. Per quanto la sua conoscenza fosse ancora neonata e limitata, lei ne era quasi certa. Avrebbe preparato la medicina, seguendo le istruzioni sul foglio che era costato a sua madre molto più che del denaro, che aveva ingrassato le tasche di chi si spacciava un depositario del sapere ma che di fatto non lo era. Sua madre non aveva le competenze per discernere, e chi invece le aveva non fermava quell'uomo. C'erano molti motivi che le venivano in mente sul perché ciò accadesse, ma il primo era che chi deteneva la conoscenza, quella vera, non voleva condividerla con gli altri. Non voleva farlo perché sapeva che essa era il più grande potere che si potesse possedere. Era più facile lasciare ingannare che cercare di divulgare il sapere.

Con disprezzo, Lei pensò che non fosse corretto, che fosse sleale e ingiusto, eppure un pensiero crudele le sfiorò comunque la mente.

Non tutti meritano la conoscenza.

Quel giorno Lei provò vergogna per averlo pensato, eppure, nascondendo quelle parole nel suo cuore, perseguì il suo scopo di guadagnare il sapere che tanto agognava, ignara se un giorno avrebbe voluto condividerlo o meno con altri.

La medicina fu preparata, la nonna la bevve diligentemente. Sembrò avere qualche effetto positivo su di lei ma poco tempo dopo morì comunque, come Lei aveva freddamente previsto, come aveva sempre saputo, lasciando solo un immenso, incolmabile vuoto.

Le malattie trionfavano, i corpi morivano e si disfacevano, la materia tornava nel suo ciclo. Solo i ricordi sopravvivevano fin quando chi li custodiva nella sua mente non moriva anch'esso, portandosi via anche l'ultima traccia dell'esistenza di quegli esseri caduchi dalle brevi vite che erano solo di passaggio in quel mondo sempre cangiante.

Cos'era la vita se non un ciclo continuo di rinnovamento in cui non v'era spazio per nulla che fosse duraturo?

Lei soffriva immensamente pensando che, una volta morta, tutto ciò che provava, tutti i suoi sentimenti ed i suoi ricordi, tutto il sapere che avrebbe accumulato e la sua memoria, la parte più bella di lei, sarebbero stati annientati come ogni altra cosa, spazzati via ed annichiliti. Si poteva sperare che esistesse qualcosa dopo la morte? No. Dopo non c'era niente. C'era solo un ritorno della materia nel suo ciclo. Vita, morte, vita, morte...

Niente poteva perdurare, conservarsi, scampare al destino di tornare a far parte del ciclo naturale delle cose.

Era bello credere nei sogni, era una grande consolazione, la più grande che potesse esistere, ma essi dovevano restare nel loro mondo. A volte la sera, nel silenzio dei suoi pensieri, stanca dopo infinite giornate di studio, Lei indugiava in quel mondo dove tutto poteva succedere. Chi aveva una sola vita provava paura per la morte e per la fine, ma Lei non ne aveva. Lei aveva un'altra vita, altrove, dove tutto poteva succedere, dove la memoria e i sentimenti perduravano, dove immortali creature potevano viaggiare tra le stelle.

Allora lasciava che il suo cuore sperasse, che assaporasse quella gioia indescrivibile che solo sognare poteva dare, attardandosi in quel mondo dove poteva esistere anche qualcos'altro dopo la morte.

Capitolo 9

Il rifugio segreto

**Capitolo
9**

Quando il grosso corvo in cui Roland si era tramutato iniziò a planare, erano trascorse così tante ore che Almarath aveva perso il senso del tempo. Il gatto aveva molta fame ma aveva cercato di nascondere all'amico quell'aspetto poco piacevole del suo essere mortale. Adesso però, mentre Roland discendeva lungo il costone brullo di un'altura rocciosa che costeggiava un torrente dall'andamento tortuoso, i brontolii dello stomaco di Almarath dichiararono apertamente che il suo bisogno di sfamarsi era divenuto una necessità impellente.

Non avevano parlato affatto durante quel lungo viaggio, stretti l'uno all'altro in un silenzioso cordoglio, ma ora, quasi giunti a destinazione nel misterioso luogo dove Roland intendeva nascondere al mondo le spoglie di Delia, l'elfo si rivolse nuovamente al suo amico con voce affettuosa:

«Hai fame, vero Almarath? Non temere, amico mio, qui potrai sicuramente trovare qualcosa di appetitoso con cui sfamarti.»

Dall'alto il gatto notò subito come nel torrente guizzassero pesci di varia grandezza. Lui adorava il pesce, soprattutto quando era appena pescato e i suoi denti affondavano nelle carni ancora vive.

Roland virò bruscamente distogliendo Almarath da quei pensieri che avevano fatto aumentare i dolorosi crampi al suo stomaco e la saliva dentro le sue fauci impazienti.

Il grosso corvo rallentò, ridiscese dolcemente ed infine si posò vicino alla sponda del torrente, su una grossa roccia grigia. In un attimo non v'era più il fiero uccello che aveva solcato il cielo volando instancabile per ore ma solo l'elfo affranto che stringeva tra le braccia il piccolo, bianco bozzolo nel quale era stata avvolta Delia.

Il gatto si guardò attorno incuriosito. Si trovavano in una sorta di vallone tra due alture rocciose tra le quali scorreva il torrente vicino al quale Roland era atterrato. Il luogo sembrava molto silenzioso, abitato solo da pochi animali. Non v'era infatti molta vegetazione: tra le rocce cresceva solo erba e qualche basso arbusto selvatico. La luce del giorno andava morendo e presto sarebbe stato il tramonto. Almarath doveva cacciare prima che divenisse troppo buio. Non che fosse un problema per il suo sguardo adatto anche alla caccia notturna ma il gatto non conosceva quel luogo né i pericoli che poteva nascondere. Il torrente era piccolo e scorreva tra grandi rocce e massi di ogni tipo facendosi strada tra due costoni anch'essi rocciosi, due alture brulle in cui non sembrava crescere altro che rada vegetazione. L'acqua nel torrente scorreva rapida e limpida ma Almarath notò subito quanto fosse bassa e veloce e come fosse facile pescare qualche pesce erroneamente trasportato dalla corrente verso la riva piena di opachi sassi bianchi e grigi. Intuendo la muta domanda del gatto che chiedeva all'amico se prima di raggiungere il rifugio protetto e sicuro in cui intendeva nascondere Delia lui potesse nutrirsi, Roland disse:

«Caccia e mangia, amico mio. Io ti aspetterò.»

Almarath non se lo fece ripetere due volte. Pescò e si saziò, godendo di ogni boccone di pesce, un piacere che il suo amico immortale non avrebbe mai potuto comprendere veramente. Del resto, come poteva? Roland non aveva bisogni materiali come nutrirsi o riposare. Almarath era convinto che dormisse o assaporasse il cibo solo per sperimentare la vita dei viventi, non per un vero bisogno.

Quando il gatto ebbe finito il suo pasto, trovò Roland ad attenderlo vicino alla sponda. L'elfo se ne stava seduto su di un sasso con sguardo languido e teneva il braccio il bozzolo come se lo stesse cullando. Quella scena rattristò moltissimo Almarath. Roland stava mettendo una cura e un affetto esagerati nell'accudire quelle spoglie, come se da esse dovesse veramente poter risorgere a nuova vita la sua Delia. Per Almarath quel comportamento era poco meno del delirio di un pazzo, di chi non riesce ad accettare la morte, di chi non vuole lasciare andare al rinnovamento ciò che è destinato a tornare nel ciclo della vita. Agli occhi del gatto, quello che Roland stringeva amorevolmente tra le braccia con occhi colmi di speranza non era altro che un cadavere destinato presto a decomporsi orribilmente, eppure non ebbe cuore di emettere un solo miagolio. Si limitò ad avvicinarsi, facendogli capire che era pronto a seguirlo ovunque Roland volesse condurlo.

Roland si scosse e si alzò. Guardando uno dei fianchi brulli di una delle due alture annunciò:

«Tra le rocce di quella collina sassosa si apre tra i massi una piccola galleria che conduce ad una grotta sotterranea. L'apertura è grande abbastanza per te, Almarath. Una volta superato uno stretto cunicolo sbucheremo nella grotta. Vedrai, è un luogo molto affascinante, oltre che protetto e sicuro.»

Il gatto si limitò ad annuire e seguì l'elfo che iniziò a fare strada tra erba, sassi e piccoli arbusti lungo il fianco dell'altura portando a braccia la sua Delia. Almarath procedeva abbastanza spedito ma Roland con il bozzolo avanzava a fatica. Il gatto prontamente propose:

«Perché non sali sulla mia groppa oppure non ti trasformi, piume di corvo? Stai facendo troppa fatica ad avanzare in questa tua piccola forma.»

Roland scosse la testa. Voleva essere lui e solo lui a portare Delia, mantenendo la sua vera forma. Forse era sciocco, ma in quei momenti voleva solo essere se stesso, così si limitò a dire:

«Siamo quasi arrivati, Almarath.»

Il gatto avrebbe voluto ribattere che era un vero testardo e che molto spesso trovava assurdo il suo comportamento che giudicava inutilmente punitivo e senza alcun senso ma proprio mentre stava per rispondergli l'elfo indicò un cumulo di massi tra cui si intravedeva un buco, un'apertura non molto più grande della testa del gatto, così preferì tacere.

Il buco scuro si apriva come una voragine nera tra i massi bianchi ed i fili d'erba. Il gatto l'osservò con inquietudine. Annusò l'aria all'imboccatura di quella misteriosa entrata e percepì solo odore di roccia, terra ed erba. L'elfo lo rassicurò:

«Non ci sono altri animali qua dentro. Fidati di me.» e così dicendo si avviò per primo scomparendo poco dopo ingoiato dall'oscurità. Almarath lo seguì riluttante. I suoi occhi dorati si abituarono molto rapidamente alla poca luce presente nel budello, scorgendone chiaramente i contorni. Era una piccola, stretta galleria che sembrava scendere piuttosto che salire. Il gatto non protestò neanche quando iniziò distintamente a percepire l'odore tipico dell'umidità dei luoghi sotterranei. Man mano che procedevano, la luce dapprima scomparve completamente gettandoli in un baratro di completa oscurità, ma pian piano iniziò lentamente a tornare come se si stessero avviando verso un luogo in cui la luce riusciva in qualche modo a penetrare.

Improvvisamente il budello si allargò fin quando non divenne più arioso ed accidentato. Almarath poteva sentire ed intravedere pietre molto più grandi e levigate sotto le sue zampe.

Improvvisamente Roland si fermò ed avvertì:

«Adesso dovrai saltare, amico mio. Non è un salto impegnativo ma atterrerai su altra roccia quindi presta attenzione.»

Il gatto vide Roland saltare giù e dopo avere sbirciato lo seguì. Atterrò su di un lastrone di roccia liscia e levigata e quando si guardò attorno nella flebile luce vide che si trovavano dentro una grotta illuminata da alcune spaccature che si trovavano su di una volta, anch'essa di roccia, che si apriva sulle loro teste e dalla quale sembravano pendere strane formazioni di calcare, bianche e ricoperte di qualcosa che sembrava brillare anche nella poca luce che c'era. Sulla volta e sulle formazioni erano depositate minuscole goccioline di umidità che il gatto fiutò al primo respiro. Almarath storse il naso. La roccia sotto i suoi piedi sembrava completamente asciutta ma c'era pur sempre il pericolo che qualche goccia cadesse dall'alto.

Roland depose il bozzolo sulla lastra di roccia e disse:

«È una piccola grotta sicuramente scavata dall'acqua molto tempo fa quando questa attraversava ancora le profondità della collina per poi sbucare nel torrente. È molto protetta. Dalle fenditure lì in alto non si può entrare perché si rischia una caduta troppo alta e pericolosa e l'unico accesso è il piccolo budello dal quale siamo entrati noi. Non ho mai visto animali qui dentro se non di rado qualche animale morto, caduto accidentalmente dalle fenditure. Anche in quel caso, ho trovato solo piccoli esseri che abitano nelle profondità del suolo, solo di passaggio in questa cripta di pietra. Anche loro, in assenza di cibo, non hanno di cosa nutrirsi sulle sterili lastre di roccia.»

Almarath si guardò attorno. La luce filtrava dalle spaccature in alto sulle loro teste, che si aprivano in quella volta silenziosa. A terra vi erano solo grosse lastre grigie dalle venature bianche dove forse un tempo scorreva l'acqua quando il torrente sotterraneo era molto più grande, irruento e potente. Nonostante sotto le sue zampe tutto fosse asciutto, il gatto percepiva comunque l'odore dell'acqua. Forse era solo l'umidità che si accumulava sulle concrezioni calcaree, ma dubbioso chiese:

«Roland, sei sicuro che qui dentro in inverno non si riempia di acqua, quando il torrente si ingrossa?»

L'elfo scosse la testa.

«No, Almarath, sono venuto qui molte volte in pieno inverno quando tutto era coperto dalla neve.

Il gatto tenne per sé il pensiero con il quale si domandava come aveva fatto il piccolo elfo ad avanzare nella neve alta e a trovare l'entrata sepolta nel biancore dell'inverno. Sicuramente, si spiegò il gatto, Roland doveva avere esplorato quel luogo in inverno in altra forma che non fosse la propria.

Cercando di scherzare un po' per alleggerire quell'atmosfera così silente e triste, per rendere viva quella strana tomba di roccia, Almarath disse:

«Certo che i posti più strani e difficili da scovare li trovi tutti tu, piume di corvo!»

L'elfo amaramente rispose:

«Io amo esplorare, scoprire nuove cose, svelare ciò che sconosco, è forse il mio difetto più grande, ciò che mi ha reso un prigioniero.»

«Ti capisco, amico mio.» fu l'unica cosa che Almarath si sentì di dire in quel momento. Anche lui, da sempre curioso, non riusciva a biasimare il suo amico per la scelta che aveva fatto. Sicuramente, pensò il gatto, se lui fosse stato al suo posto, avrebbe anch'egli scelto di viaggiare tra le stelle.

Roland rimase a fissare il bianco bozzolo che nella poca luce presente nella grotta spiccava sulle lastre grigie di roccia. Come se stesse cercando di convincere se stesso prima di Almarath, disse:

«Qui Delia sarà al sicuro. Le intemperie non arriveranno mai a toccarla, nessun animale potrà minacciarla ed i pochi esseri che abitano in questa grotta non sono interessati ai resti... qui dentro c'è solo roccia. Starà bene. È così.» disse infine cercando di aggrapparsi alle sue stesse parole.

Nel mentre la poca luce che filtrava dalle spaccature andava divenendo sempre più flebile annunciando che il tramonto, fuori dalla grotta, era già in corso. Presto sarebbe calata la notte.

«Che cosa faremo adesso, Roland?» chiese il gatto avvolgendo il suo corpo con la folta coda.

Un senso di conclusione e di fine difficile da spiegare sembrò crollare tutto in una volta sulle spalle di Roland. Fino a quel momento il pensiero di portare le spoglie di Delia in un posto sicuro lo aveva tenuto in forze, gli aveva dato uno scopo, ma adesso l'obiettivo era stato raggiunto ed il dolore stava tornando, rischiando di schiacciarlo.

La domanda di Almarath rimbombò nella sua mente. Una parola si formò limpida nei suoi pensieri.

Strega.

Doveva trovare una di Loro. Quell'idea era al tempo stesso inquietante e necessaria. Una parte di Roland conosceva il terribile pericolo che Loro rappresentavano ma un'altra parte di lui era certa che Loro fossero le uniche in grado di aiutarlo.

Doveva andare immediatamente a cercare una di Loro, oppure doveva attendere che il dolore scemasse, che la sua mente ragionasse più serenamente, soppesando meglio le conseguenze del pericolo a cui stava scegliendo di andare incontro?

Non le vedeva da molto tempo ormai. Potevano essere cambiate in meglio ma anche in peggio. Chi poteva dirlo? Il suo ultimo ricordo di Loro era una ferita ancora aperta che non si era mai rimarginata. Per gli elfi e le fate che avevano scelto di seguire le streghe e di raggiungerle nel nuovo mondo, la loro confessione era stata qualcosa di atroce. Le streghe avevano chiaramente confessato di avere mentito sulla possibilità di fare ritorno al loro mondo di origine. Non esisteva un modo per abbandonare il mondo reale e per ritornare nel Nulla. Esisteva un solo modo a tutti loro immortali precluso: morire.

Era stato in quel momento che elfi e fate si erano resi conto di essere stati traditi dalle creature nelle quali avevano riposto tutta la loro fiducia ed ammirazione. Quello era stato il momento in cui tutto era cambiato, il momento in cui Roland aveva deciso di tagliare i ponti con tutti loro ed andarsene in giro per la sua nuova prigione da solo. E così era stato.

Un fremito l'attraversò da capo a piedi. L'idea di rivedere anche una sola delle streghe stranamente lo emozionò. Il sentimento che sentiva di provare era strano, indecifrabile. Persino Almarath percepì quell'inquietudine e Roland gli vide tendere le orecchie e stringere gli occhi come sempre faceva quando cercava di capire cosa stesse provando chi gli stava vicino.

Che cosa avevano fatto le Streghe in tutto quel tempo in cui le loro esistenze erano state separate? Roland sapeva esattamente come lui avesse impiegato quel tempo, ma loro che cosa avevano fatto?

Conoscendole, avevano di certo perseguito il loro scopo ultimo: guadagnare quanta più conoscenza fosse possibile. Era proprio la sete di sapere che le aveva spinte, prime tra tutte le creature fantastiche, ad abbandonare il Nulla per tentare un viaggio imprevedibile, il più temibile e pericoloso salto nell'ignoto mai fatto. Elfi e fate le avevano poi seguite ma Loro erano state delle pioniere, le prime viaggiatrici, coloro che impavide avevano tentato ciò che nessuno prima di loro aveva osato fare. Avevano rischiato e avevano scoperto il nuovo mondo, un luogo tutto da esplorare, un luogo affascinante dalle tante meraviglie ma si erano purtroppo trovate imprigionate in esso...

Il ricordo dei loro volti affranti, quando elfi e fate le avevano scacciate ed odiate, era marchiato a fuoco nella sua memoria come uno dei ricordi più brutti e amari della sua vita. Il loro tradimento, la loro menzogna pesava ancora in modo atroce sulla coscienza di ognuno di loro.

Elfi e fate erano stati attirati dai loro richiami, ammaliati dalle possibilità di quel nuovo mondo ma le streghe avevano mentito sulla cosa più importante tra tutte: non c'era possibilità di ritorno da quel viaggio tra le stelle. Almeno per ora. Loro non si sarebbero mai arrese, Roland ne era certo.

Tante volte, passato del tempo dal giorno in cui le avevano scacciate ed allontanate, Roland si era chiesto se non fossero stati troppo crudeli nei loro riguardi, eppure l'idea di essere prigioniero a causa delle loro bugie era troppo insostenibile per poter pensare di perdonarle.

Adesso le avrebbe riviste, se non tutte, forse almeno qualcuna di loro.

Erano creature magnetiche per le quali non si poteva non provare una profonda ammirazione. Il loro carisma era smisurato, il loro potere altrettanto. Ognuna di loro era ammaliante ed affascinante come l'idea di gettarsi nell'ignoto e scoprirne i misteri.

Un nuovo fremito attraversò l'animo di Roland. Fu in quel momento che Almarath chiese nuovamente:

«Che cosa faremo adesso, piume di corvo, vuoi dirmelo?»

Nel silenzio della grotta, in quella ormai quasi oscurità, l'elfo confidò ogni suo più inquieto pensiero all'amico. Già in passato gli aveva accennato qualcosa sulle viaggiatrici, sulle Prime, sulle potenti Streghe, ma adesso disse ogni cosa le riguardasse senza tralasciare niente, soprattutto il proposito di incontrarle per chiedere il loro aiuto. Roland raccontò all'amico del loro potere più grande: la capacità di leggere le menti altrui e di profanarle a proprio piacimento. Non si poteva sfuggire al loro potere ma ci si poteva in qualche modo difendere cercando di sigillare i propri pensieri, di rendere loro più difficile l'accesso alla propria mente.

Il gatto ascoltò affascinato i suoi racconti avvolto dalla semi oscurità. Non era certo che un povero mortale come lui si sarebbe mai potuto sottrarre ad un potere così inarrestabile, il potere di scrutare nei pensieri altrui, di scoprire ogni più nascosto desiderio di un'altra mente. Anche solo attraverso quei racconti, Almarath poteva percepire tutto il fascino ed il pericolo insiti in quelle strane creature chiamate Streghe. Quando Roland ebbe finito di raccontare di Loro, confidando il desiderio di ritrovarle, il gatto sagace domandò:

«Credi che vorranno rivederti dopo essere state allontanate da voi in modo così brutale e assoluto? Tu stesso non hai voluto più vedere nessuno dei tuoi simili, e a te elfi e fate non hanno fatto alcun torto. Non hai pensato che forse anche le streghe, proprio come te, ormai vogliano soltanto condurre un'esistenza raminga? Nessuno meglio di te potrebbe comprendere la loro scelta.»

Roland non perse tempo a rispondere, raccontando ad Almarath una triste verità:

«No, amico mio, loro sono diverse da me. Loro non sopportano la solitudine. È per questo che in passato ci hanno ingannato. Se avessero detto la verità, forse nessuno avrebbe abbandonato il Nulla per raggiungerle sapendo di restare intrappolato qui. Hanno mentito per attirarci. Hanno mentito perché desideravano la nostra compagnia sovra ogni altra cosa. Se le cercherò, Loro verranno certamente da me. Ne sono sicuro.»

Il gatto, dimostrando ancora una volta una rara arguzia mormorò:

«Volevano la compagnia di creature eterne come loro proprio perché evidentemente avevano sperimentato il grande dolore di perdere la compagnia di noi esseri mortali.»

A queste parole Roland si sentì tremare fin nella più nascosta fibra del suo essere. Fino a prima di legarsi ad Almarath e poi a Delia, Roland era stato solo, non aveva creato alcun legame. Quella era la prima volta che sperimentava davvero lo strazio che si provava nel separarsi da chi tanto si amava. Solo ora Roland comprendeva appieno cosa volesse dire sentirsi soli... Quando anche Almarath sarebbe morto, lui...

Roland boccheggiò. Un terrore difficile da spiegare piegò il suo animo sempre così determinato. Mai come in quel momento sentì di comprendere appieno il cuore delle Streghe, il loro gesto disperato, il mentire pur di avere accanto qualcuno che potesse condividere con loro la stessa esistenza, una vita eterna in un mondo di esseri caduchi destinati a scomparire...

Se lui fosse stato al loro posto, cosa avrebbe fatto? Si sarebbe arreso al destino di sofferenza e solitudine?

No.

Non si era neanche arreso alla morte di Delia...

Non riusciva a perdonare le Streghe, non le poteva giustificare per aver detto una menzogna talmente meschina ma... le capiva.

Ora le capiva veramente!

Lui le stava cercando non solo perché sperava che loro potessero avere delle risposte ma perché loro erano come lui... eterne ed assetate di sapere, testarde ed intenzionate a non arrendersi. Anche lui dopo la morte di Delia aveva solo bramato avere la compagnia di qualcuno in grado di comprenderlo, di accettare il suo dolore, di aiutarlo a trovare una soluzione...

Ormai la tenebra più fitta avvolgeva la grotta quando Almarath disse:

«Sei ancora con me, piume di corvo?»

Roland vacillò per un istante ma poi rispose:

«Sì, amico mio. Sono qui. Domattina all'alba partiremo alla ricerca di una Strega. Mi basta trovare anche una soltanto tra loro ed il mio cuore sarà in pace. Loro mi aiuteranno. Se non avranno le risposte che cerco, sono certo che mi aiuteranno a trovarle! Adesso riposati, Almarath. Dormi bene e a lungo. Ci aspettano giornate impegnative.»

Il gatto presto si addormentò, stremato da tutto ciò che aveva dovuto affrontare, la morte della fata, il lungo viaggio, la grotta e persino i racconti di Roland. L'elfo invece giacque per tutta la notte sveglio e lucido accanto al bozzolo della sua Delia lottando con i suoi sentimenti contrastanti, con il timore e al tempo stesso con l'impazienza di rivedere le Streghe.

Alle prime luci dell'alba la grotta si rischiarò ed Almarath si ridestò sazio di sonno e pieno di energia. Trovò Roland dove lo aveva lasciato, disteso accanto al bianco bozzolo. Il gatto non poteva saperlo ma Roland si era a lungo preparato durante quella notte insonne al distacco definitivo, al momento in cui avrebbe dovuto voltare le spalle ai resti di Delia e dire addio al rifugio segreto al quale l'aveva affidata.

Il gatto domandò:

«Sei davvero pronto a partire alla ricerca delle Streghe, piume di corvo?»

Roland si alzò. Guardò il bianco bozzolo che giaceva immoto e silente sulla lastra di roccia e sebbene il dolore mordesse con ferocia il suo cuore, con coraggio annuì. Da quel momento Roland non si voltò più indietro.

Il gatto lo seguì arrampicandosi tra le rocce fin dentro al budello scuro che li condusse fuori, a ritroso per la via che li aveva condotti nella grotta. Sbucati fuori, Almarath godette dell'aria mattutina e della luce del sole assaporando ogni odore che lo circondava. Fuori dalla grotta il mondo sembrava pullulare di vita in confronto alla silente tomba che si erano lasciati alle spalle, nonostante quei luoghi fossero poco abitati.

Ora che erano all'aperto e che era riuscito a separarsi dalla cripta nella quale giaceva la sua amata Delia, Roland era impaziente di partire, quasi febbrile. Non sapeva neanche lui verso dove si sarebbe dovuto dirigere, ma voleva farlo immediatamente. Era pronto a tramutarsi nel grande corvo ed iniziare a volare senza una meta precisa quando si accorse che il suo amico Almarath era rimasto indietro, improvvisamente impietrito, come se si fosse paralizzato tra le rocce e l'erba, e stava fissando qualcosa che lo aveva davvero terrorizzato. Roland cercò subito il punto in cui lo sguardo dell'amico si era posato e trasalì.

Una sagoma scura si aggirava tra i massi vicino al torrente. Era una sagoma dall'aspetto umano, con rossi capelli che spiccavano sul nero del lungo manto che l'avvolgeva.

Come Almarath prima di lui, Roland rimase raggelato. Il cuore iniziò a battergli nel petto così violentemente che sperò non fosse udibile anche al di fuori del suo corpo.

Il gatto, sempre immobile sibilò:

«C'è un umano, giù al torrente! Pensi ci abbia visto?»

Gli occhi di Roland non avevano smesso per un istante di fissare costernati e increduli la sagoma scura dal momento in cui sgomenti si erano posati su di essa.

La sua voce s'incrinò quando constatò:

«Quello non è affatto un essere umano, Almarath, quella è una Strega!»

Pur non volendo muovere un muscolo, il gatto sobbalzò. I suoi occhi dorati scrutarono la sagoma che andava camminando tra le rocce, ora molto più indagatori e attenti. Quella era inequivocabilmente la figura di una donna umana avvolta in un pesante abito scuro, una specie di lunga mantella che l'avvolgeva completamente e che lasciava scoperta la testa dai rossi capelli ma solo perché non era stato sollevato il cappuccio.

«Ne sei davvero sicuro? -chiese il gatto in un soffio- A me sembra proprio una donna umana.»

Roland scosse la testa e sussurrò:

«No, Almarath, non potrei esserne più sicuro. Quella è una strega, la conosco molto bene, amico mio. Quella è la Strega di nome Amael.»

Il gatto era davvero basito. Viaggi su viaggi, avventure su avventure in giro per il mondo e non avevano mai incontrato un'altra creatura immortale, ed ora Roland decideva di trovarne una ed essa compariva miracolosamente proprio nel luogo dove loro si trovavano, quasi fosse stata richiamata dal solo parlarne, dal solo averne pronunciato il nome. Com'era mai possibile? L'elfo gli aveva narrato della capacità di quelle creature di leggere i pensieri altrui ma... era mai possibile che si fosse sentita chiamare e fosse accorsa? No. Il gatto era molto scettico in merito. Già faticava a credere che le streghe fossero capaci di leggere le menti, figurarsi sentire i pensieri a così lunghe distanze, era impensabile! Una capacità simile era per lui davvero inconcepibile, e se una simile eventualità fosse stata possibile, Roland l'avrebbe sicuramente prevista. Doveva piuttosto trattarsi di una casualità, un caso molto improbabile, almeno così pensò Almarath sul momento.

«Pensi che ci abbia già visto? Dobbiamo tenerci pronti a fuggire?» chiese il gatto preoccupato. Più il suo sguardo seguiva quella strana ed inquietante apparizione più una sgradevole sensazione di paura sembrava crescergli dentro gonfiando a dismisura di momento in momento. Per il gatto fissare quell'inquietante donna era come fissare un incendio o un temporale incombente, qualcosa di estremamente pericoloso, con l'aggravante che il suo istinto lo avvertiva che quell'essere fosse innaturale e ciò lo rendeva ancora più spaventoso e temibile.

Roland rispose:

«Non so se ci abbia visti, ma di certo ha già sentito la mia presenza.»

Prontamente il gatto sibilò:

«Com'è che tu invece non hai percepito la sua?»

Roland sorrise e rispose:

«Ero troppo distratto dal dolore, Almarath, e poi siamo appena sbucati dal rifugio. Non ero abbastanza all'erta, altrimenti l'avrei sentita anch'io. Un'immortale potente come lei... beh, non passa di certo inosservata, almeno non a me.»

Almarath avrebbe voluto aggiungere molto altro, soprattutto che quell'essere gli metteva addosso una paura atavica ed inspiegabile e che aveva appena cambiato idea sul volerlo accompagnare in quell'incontro, ma non aveva neanche finito di comporre quel pensiero nella sua mente che la creatura che fino a quel momento si era limitata a camminare tra le rocce vicino alla sponda del torrente, sollevò il viso nella loro direzione e li fissò.

Nell'istante in cui lo sguardo dorato di Almarath incontrò il volto bellissimo e innaturale di quell'essere, il gatto si gonfiò tutto ed iniziò a soffiare furiosamente, minacciato da un incommensurabile ed arcano potere che lo terrorizzava come mai nulla nella sua vita era riuscito a fare.

«Calmati, Almarath -disse Roland dolcemente- Ci sono qua io con te. Non le permetterò mai di farti del male.» e mentre lo diceva l'elfo fece qualcosa di inaspettato che lasciò il gatto persino più sconvolto di quell'assurdo incontro.

Immediatamente Roland s'ingigantì assumendo le dimensioni di un essere umano e prese Almarath tra le braccia stringendoselo al petto con fare protettivo. Solo in quel momento, nel rassicurante e saldo abbraccio dell'amico, il gatto si rese conto di quanto stesse tremando. Era davvero terrorizzato.

L'elfo e la Strega, ora delle stesse dimensioni, si fissarono a lungo inchiodandosi a vicenda. Solo il torrente li separava poiché la Strega era dal lato opposto della sponda nella quale si trovava Roland.

La creatura che Roland diceva chiamarsi Amael era abbastanza vicina perché il gatto con il suo acuto sguardo potesse vederne i tratti del viso e l'espressione. I suoi occhi grandi, verdi e chiari come l'acqua di uno stagno, ed il suo volto placido gli incutevano ancora più inquietudine che la sua sagoma dalle sembianze umane avvolta nella nera cappa.

La strega stava sorridendo. Il suo sorriso era appena accennato ma presente. Il suo volto appariva sereno, bello da far male. Persino il gatto ne riconosceva l'incredibile, indescrivibile perfezione, pur essendo così dissimile da lui. Quella creatura era indubbiamente un immortale come Roland, poiché nessuno era talmente impeccabile nel mondo reale. Solo il colore dei suoi capelli che le arrivavano sino alle spalle in tanti morbidi riccioli della stessa tonalità del manto di Almarath riuscirono a farla sembrare al gatto un po' meno distaccata ed estranea al mondo reale. Il gatto pensò meravigliato che i capelli della strega avessero lo stesso colore del suo pelo fulvo e di questo stranamente se ne compiacque.

Mentre Roland stringeva il gatto contro il suo petto, Almarath percepì distintamente la tensione nel suo amico. Roland era indeciso su cosa fare, forse persino su cosa dover dire.

Fu la strega a spezzare quei momenti di sospensione parlando per prima, lasciando entrambi di sasso:

«Piume di corvo.» furono le sue prime parole, quasi divertite, come se il nomignolo di Roland provocasse in lei una sorta d'ilarità.

Invece di mettere a suo agio Roland, quelle parole sortirono l'effetto opposto. L'elfo s'irrigidì ed Almarath sentì crescere la tensione in lui quasi si stesse preparando ad affrontare un nemico.

«Come conosci il mio nuovo nome?» chiese Roland con un tono piatto che non voleva lasciare trasparire il suo disappunto ma che la strega colse immediatamente continuando a sorridere pur restando ferma nel punto in cui si trovava. I suoi verdi occhi sembrarono addolcirsi quando disse:

«È così che ti chiamavano i ragni con i quali ieri ho avuto il piacere di parlare.»

A queste parole Roland trasalì. Una sorta di panico lo colse ed il gatto seppe che il suo amico adesso era intimorito e preoccupato. La strega quietamente continuò:

«Non ti stavo seguendo né cercando, piume di corvo, non prima di sapere che avevi trovato una Fatafarfalla.»

A queste parole Roland sembrò perdere ogni proposito di apparire impassibile. La sua voce vacillò, visibilmente scossa, quando istintivamente domandò:

«Che cosa ne sai delle fate dalle ali di farfalla?»

L'urgenza era palese nella sua domanda posta di getto senza pensare alle conseguenze di quel gesto avventato. Dal tono della sua voce era chiaro che anche lui conoscesse le fate dalle ali di farfalla e che fosse molto interessato ad esse. Inoltre, con profondo disagio, Roland si rese subito conto che se Amael aveva davvero parlato con i ragni con i quali aveva parlato anche lui, adesso ella sapeva molto più di quanto avrebbe dovuto sapere.

Solo Roland conosceva il vero potere di una strega. Solo lui poteva sapere quanto potenti fossero le menti di quelle creature capaci di carpire i pensieri e le memorie degli altri esseri, mortali od immortali. Roland rabbrividì quando si rese conto di avere fatto il suo più grande errore nel raccontare ai ragni tutto di lui e di Delia, del loro amore e del loro legame, ma come avrebbe mai potuto sapere o immaginare che una strega stesse cercando proprio una fata come la sua Delia e che avrebbe potuto incontrare proprio quel gruppo di ragni? Almarath si strinse ancor di più nell'abbraccio dell'elfo. Gli occhi della Strega, verdi, liquidi come acqua ma pericolosi come le insondabili profondità di uno stagno, terrorizzavano il gatto in un modo davvero indescrivibile. Sembravano limpidi, placidi, eppure in fondo ad essi Almarath vi scorgeva una densa, verde melma capace di avviluppare e tirare giù in imperscrutabili meandri dove forse si poteva persino soccombere.

Gli occhi della strega brillarono pericolosamente. Il suo sorriso si allargò. Con voce suadente disse:

«Non ci vediamo da tanto, troppo tempo, elfo, e ciò che ora fai è cercare di sigillare i tuoi pensieri per difenderti da me, rendendomi un po' più difficile accedere alla tua mente. Sei davvero scortese. Non hai neanche una parola amichevole nei miei riguardi ma solo urgenti domande che si affastellano nella tua mente e a cui non so se voglio rispondere.»

Il sesto senso di Roland lo avvertì che si era addentrato in luogo forse molto più pericoloso di quello che ricordava.

«Volevo incontrare una di voi -ammise- Mi ero riproposto di cercarvi. Non sono ostile, sono solo cauto. Non voglio che profani i miei ricordi come ti pare e piace. Anche questo è scortese, non trovi?»

La strega lo fissò più duramente quando con voce piatta disse:

«Credevo che ci aborriste, che non voleste più avere nulla a che fare con noi. Credevo che le nostre strade si fossero definitivamente separate il giorno in cui vi confidammo la verità, la nostra imperdonabile colpa.»

Roland sostenne il suo sguardo implacabile e confessò:

«È vero, le nostre strade si sono divise, ma anche la mia strada si è divisa da quella dei miei fratelli e delle mie sorelle. Io sono un ramingo per scelta. Io non ho prestato alcun giuramento, né devo a nessuno la mia fedeltà. Agisco per mia volontà. Non devo rendere conto delle mie scelte se non a me stesso.»

Per un momento che sembrò infinto e insostenibile, il grigio degli occhi di Roland si scontrò col verde acqua dello sguardo inflessibile e duro della strega. Il gatto era impietrito dal terrore, sicuro che quegli occhi stessero in qualche modo cercando di scavare dentro il suo amico alla ricerca della verità.

Dopo un po' lo sguardo della strega tornò limpido e placido. Lo stagno sembrava essere tornato sereno dopo una fastidiosa corrente che ne aveva intorbidito le acque.

«Non ne dubito. -disse la strega- Io e le mie sorelle ci siamo imbattute in altri raminghi prima di te. Nessuno di loro però ci stava cercando di sua volontà e nessuno tra loro sembrava affatto lieto di rincontrarci. Perché mai tu, invece, volevi cercarci?»

Roland rispose con sincerità:

«Perché voi siete le uniche in grado di aiutarmi, le sole ad avere abbastanza conoscenza da potere rispondere alle mie domande. Ho bisogno di sapere!»

Immota, avvolta nel pesante manto nero, la strega questa volta non sorrise né manifestò alcuna emozione. Si limitò a chiedere in tono piatto:

«Queste tue domande hanno forse qualcosa a che fare con le Fatefarfalle?»

Almarath sentiva distinto il pericolo trasudare da quell'essere, incombente e minaccioso, eppure Roland gli andò incontro a viso aperto, rispondendo con onestà:

«È così.»

La strega rimase pensierosa a lungo fissando implacabilmente Roland e l'animale che stringeva tra le braccia. Poi si mosse ed iniziando a camminare risalendo a lenti passi il corso del torrente, annunciò:

«Non vorrai restare lì, spero. Seguimi. Forse potrai avere qualcuna delle risposte che cerchi, piume di corvo.»

Almarath e Roland si guardarono. Lo sguardo terrorizzato di Almarath sembrava urlare:

«Non vorrai forse seguirla così, subito, senza neanche sincerarti delle sue intenzioni! Non vi vedete da un sacco di tempo! Potrebbe essere divenuta malvagia! Potrebbe voler farti del male! Ha detto che ti stava seguendo! Che cosa mai potrebbe volere da te? Non agire da avventato sciocco, piume di corvo! Quell'essere potrebbe già sapere tutto su di te e sulle tue intenzioni, mentre tu sei all'oscuro di tutto ciò che le passa per la mente! È questo il tuo esser cauto? Non seguirla con così tanta leggerezza! Prendi tempo! Cerca di capire perché è venuta a cercarti e cosa vuole da te!»

Roland mormorò:

«Non mi dirà altro se ora non la seguo, Almarath. Devo farlo. La conosco troppo bene. Non c'è molto da contrattare con una strega. Devo assecondarla o non avrò altro da lei che il suo silenzio. Per ora non posso fare altro che andare con lei.»

Nell'espressione rassegnata e sconfitta del gatto, l'elfo lesse la sua volontà di accettare la sua scelta, per quanto gli apparisse folle ed avventata, e di seguirlo nonostante la paura profonda che provava per quell'arcana creatura.

Roland non era certo che la strega avrebbe condiviso con lui la conoscenza che possedeva e che aveva accumulato nel tempo in cui erano rimasti separati, e sapeva anche che certamente lei voleva qualcosa da lui, altrimenti non si sarebbe mostrata a lui così facilmente, ma decise ugualmente di seguirla, del resto era stato il suo proposito trovare una strega dal momento in cui Delia era morta. Delia... il suo cuore si strinse dolorosamente al pensiero della fata, sola ed immota nella cripta di pietra. Amael stava cercando Delia... Gli aveva detto chiaramente che aveva iniziato a seguirlo dopo avere saputo di lui dai ragni, dopo che aveva saputo che lui aveva trovato una fatafarfalla... Così aveva definito Delia:

Fatafarfalla... Sicuramente Amael conosceva già altre fate come Delia e in qualche modo era interessata a loro... Roland doveva capirci di più, a tutti i costi, anche nell'interesse di proteggere la sua fata dalle ignote brame delle streghe.

Prima che le Streghe confessassero la verità sulla loro menzogna, avevano sempre condiviso il loro sapere elargendolo ai loro simili, guidandoli con pazienza e devozione nei misteri del nuovo mondo, ma dal momento in cui erano state scacciate, tutto era cambiato. Amael avrebbe nuovamente condiviso con Roland il suo sapere, ciò che aveva capito su quelle strane fate, o lo avrebbe tenuto per sé, usando Roland solo per i suoi ignoti scopi? Come avevano sempre detto le Streghe, la conoscenza era il più grande potere esistesse. Quanto ne avevano accumulato nel tempo in cui erano stati separati? Amael avrebbe condiviso con lui parte di quel potere oppure le loro strade si erano incrociate solo a causa di Delia, di un progetto ben preciso che si agitava nella fervida mente della strega?

Mentre Roland raggiungeva Amael e la seguiva, le sue parole continuavano a tornargli in mente:

«Non ti stavo seguendo né cercando, piume di corvo, non prima di sapere che avevi trovato una Fatafarfalla.»

Roland strinse Almarath più forte al suo petto. Qualunque fosse il motivo di quell'incontro, che era stato palesemente voluto da Amael, l'elfo avrebbe dovuto essere pronto a tutto per riuscire a guadagnare il sapere che la strega custodiva nella sua mente. Amael aveva detto di averlo cercato e seguito dopo avere saputo dai ragni che lui aveva trovato una Fatafarfalla! Amael di certo conosceva già fate come Delia, o se ancora non sapeva abbastanza su di loro, sicuramente stava cercando nuova conoscenza, voleva capire, come anche lui bramava fare! Roland aveva bisogno del sapere che Amael possedeva per riportare Delia nel nuovo mondo. Aveva bisogno di conoscere ogni cosa!

Roland si armò di tutto il suo coraggio. Era pronto a combattere, a lottare, persino a scappare se avesse fallito e se la situazione si fosse rivelata pericolosa per Almarath.

Come anche il gatto era convinto, lo stagno nel quale si stavano per immergere era oscuro e pieno d'imprevedibili pericoli.

Lo studio

«Non voglio invitarla alla mia festa, quella è insopportabile, mi mette a disagio!» disse la voce risentita mentre Lei ascoltava non vista, nascosta dalla sagoma scura ed imponetene del distributore di bevande calde e generi di conforto alla fine del lungo corridoio delle aule universitarie.

«Tu invitala lo stesso, tanto poi non verrà. -suggerì una seconda voce- Quella sta sempre e soltanto a studiare. Che figura ci fai se inviti tutti i compagni di corso tranne lei? L'unica cosa che fa è studiare dalla mattina alla sera, quella non ha idea di cosa sia divertirsi. Sono certa che non verrà, stai serena. -insistette- Secondo me non è neanche umana, sta tra noi solo per studiarci!» rise infine acidamente e la prima voce la seguì ridendo a sua volta, contagiata dalla sua ilarità.

«Ha voti altissimi però. Non c'è cosa che non sappia. A volte sembra persino più preparata dei professori. Fa paura.» piagnucolò la prima voce, quasi volesse trovare una giustificazione, quasi volesse timidamente cercare di difenderla. Ma nessuno la difendeva mai, perché nessuno capiva veramente lo scopo della sua esistenza, il fine ultimo che si era prefissata. La seconda voce infatti puntualizzò:

«Può avere tutti i voti altissimi che vuole, ma è comunque strana e fastidiosa. Se ne sta sempre in silenzio e le poche volte in cui parla, sembra distruggere la stima di chiunque le stia intorno. A nessuno piace stare con lei, e credo che neanche a lei piaccia stare con noi. Tu invitala ugualmente, tanto lei dirà di no. La tua festa sarà salva e tu non ci farai nessuna brutta figura. Non vorrai passare per una che esclude le persone solo perché sono le più brave del corso? Ti darebbero dell'invidiosa, e questo non va bene. Non deve mancare per te.»

«Sì, hai ragione, alla fine la inviterò. Non voglio essere considerata una che esclude i diversi. È come quando a scuola sei obbligato ad invitare a casa tua qualcuno che non ti piace affatto ma la mamma ti obbliga a farlo ugualmente. Si fa perché si deve fare.» convenne la prima voce e insieme si allontanarono continuando a parlottare.

Lei sorrise. Nel riflesso del distributore vide com'era sicuro il suo sorriso e per un momento stentò a riconoscersi ma ormai era lontano il tempo in cui soffriva in silenzio delle parole di scherno e del rifiuto dei suoi coetanei. Lontano era il tempo in cui aveva desiderato un gruppo di amici. Adesso stava bene con sé stessa. Aveva imparato a farsi piacere la solitudine. Aveva imparato a guardarli allo stesso modo col quale osservava i microrganismi crescere sulle piastre di coltura, con occhio vigile e curioso, senza provare alcun rancore nei loro riguardi. Forse solo un po'... del resto, nonostante gli altri pensassero il contrario, Lei era umana, e non sarebbe bastata tutta la fantasia del pianeta a renderla diversa da un misero ammasso di materia organica e mortale destinata a morire e a disfarsi, proprio come tutti i suoi simili. Ciò che la rendeva diversa da loro era la brama con la quale cercava di accumulare più sapere possibile nella sua breve, insulsa vita. Non si reputava più intelligente o più dotata degli altri. Questo no. Non era così arrogante da ergersi su di un piedistallo dorato e considerarsi migliore. Anche loro avrebbero potuto raggiungere i suoi stessi risultati se solo lo avessero voluto. Il punto era che non lo volevano. Non interessava loro. Loro studiavano quel tanto che bastava per superare gli esami, non per guadagnare davvero il sapere. Questa era la sola differenza. Erano necessarie ore ed ore di studio e di dedizione per raggiungere la conoscenza che ora ella possedeva. Niente distrazioni, niente diversivi. Nessun pensiero che avrebbe potuto distrarla dal fine che si era prefissata, nonostante tutto ciò necessitasse molto sacrificio. E molta solitudine. Ma era necessario. Che valore avrebbe avuto la sua esistenza se non avesse fatto di tutto per rendere quel breve lasso di tempo un po' più interessante? Solo il sapere la incuriosiva spingendola a volerne di più. Tutto il resto le appariva un futile spreco di tempo.

A volte si domandava se anche gli altri fossero consapevoli di quanto brevi fossero le loro esistenze anche se, da come si comportavano, sembrava quasi volessero sfidare il destino nei modi più stupidi ed inutili possibili, come se i loro gesti avventati ed irrazionali fossero l'unico e solo modo di urlare il loro diniego alla morte. Era vero, Lei trascorreva tutto il suo tempo nel tentativo di conoscere quante più cose fosse possibile, nell'impresa di stipare tutto il sapere a lei accessibile nella sua mente limitata e non le interessava perdere il suo tempo in altro modo. Almeno al momento. Chissà, tutto poteva cambiare. Non c'era cosa destinata a perdurare immutata. Questa era l'essenza stessa dell'universo, la mutevole natura del mondo. Forse avrebbe potuto cambiare i suoi progetti, spostare la sua attenzione su nuovi campi di studio o persino prendersi una pausa. L'assoluto non esisteva, non in quella realtà.

Lei continuò a sorridere. Finì lentamente di bere la sua bevanda calda, gettò il bicchiere vuoto nel cestino e padrona della situazione si avviò verso il folto gruppo dei compagni di corso che si stavano radunando davanti all'aula per la lezione, vociando e sciamando per il corridoio.

«Ah, eccoti! –trillò fintamente contenta la prima voce venendole incontro- Stavo cercando proprio te!»

Lei ricambiò il sorriso che le veniva porto con uno altrettanto finto ma così gelido che per un momento il suo interlocutore sembrò volere tornare sui suoi passi ed abbandonare completamente il proposito di parlarle. Era timore quello che Lei vedeva in quella ragazza? Era davvero questo il sentimento che la sua presenza provocava nel prossimo? A cosa poteva essere dovuto? Lei non credeva possibile che fosse solo colpa del sapere che aveva guadagnato. Ai loro occhi sembrava davvero così diversa?

«Hai bisogno di qualcosa? Forse i miei appunti?» Lei le chiese piattamente, senza mostrare nessun sentimento, fissandola duramente.

Era incredibile vedere quanta soggezione potesse suscitare in un suo simile. Avrebbe forse voluto mostrarsi più amichevole, meno inflessibile, ma la verità era che non ci riusciva. Non riusciva a vedere nella ragazza che le stava innanzi null'altro che una ragazza. Non c'era nulla di davvero interessante in quella persona che suscitasse in lei la curiosità necessaria per renderla gradevole al suo sguardo.

«No, no... -biascicò la prima voce tentennando- Non mi servono le lezioni ed i tuoi appunti.»

E come avrebbero potuto servirle? I suoi appunti di studio erano troppo complicati perché potesse comprenderli, troppo avanzati per la maggioranza degli studenti che seguivano quel corso, fin troppo noioso ed elementare per Lei ma purtroppo necessario. Era infatti costretta a frequentarlo se voleva superare l'esame. Sfortunatamente la sua presenza alle lezioni era condizione necessaria per poterlo sostenere.

Prima di rischiare di essere anch'essa messa in soggezione, la seconda voce prontamente s'inserì nella discussione, vedendo che l'amica era stata intimorita dalla presenza di Lei e sembrava sul punto di rinunciare ad invitarla alla festa:

«Questa volta non si tratta di studio. Voleva invitarti alla sua festa, l'ha già detto a tutti gli altri studenti del corso, mancavi solo tu.»

Tutt'intorno gli altri ragazzi, che fino a quel momento si erano tenuti in disparte limitandosi ad osservare, iniziarono a guardarsi l'un l'altro stupiti e a scoccare alle due ragazze occhiate incredule domandandosi perché la festeggiata e la sua migliore amica avessero improvvisamente deciso di invitare anche Lei.

Alcuni bisbigli increduli le arrivarono alle orecchie. Dicevano tutti: "Sono forse impazzite? Perché mai la stanno invitando?"

Cercando di fingere una sicurezza che non riusciva ad ostentare, la prima ragazza disse:

«Sì, sei invitata alla mia festa. Sai, ci saranno musica, cose da bere, si balla... ci si diverte, insomma. È questa sera, spero di non avertelo detto con troppo poco anticipo, spero davvero che potrai esserci... -vacillò, alla ricerca di una parola forse adeguata ai sentimenti che provava, ma alla fine optò per uno scontato modo di dire- Mi farebbe tanto piacere.» concluse infine con un tono talmente falso e zuccherino che qualcuno dei presenti si sentì persino in imbarazzo e si allontanò.

Lei sorrise freddamente fissandola in modo impietoso. Nonostante il suo tentativo di essere impassibile, Lei ebbe un modo di stizza. Era sempre disgustoso vedere quanto i suoi simili sapessero essere ipocriti e falsi ma aveva superato da molto tempo la fase della sua vita in cui riusciva a provare nei loro riguardi solo un profondo sdegno e un'incontenibile rabbia. Di quel feroce risentimento adesso era rimasto solo un freddo disprezzo e l'inarcarsi di un sopracciglio sul suo duro volto.

«Bene.» rispose, lasciando tutti col fiato sospeso.

Le due si guardarono allibite e per un momento il panico fu palese sui loro volti. Lei fu certa di vederle sbiancare. Era davvero così terrificante l'idea di averla alla festa? Non era certo una bestia feroce, era solo una silente presenza più interessata a osservarli che ad arrecare loro alcun danno.

«Bene? Vuoi dire che... allora... vieni?» chiese la seconda voce, basita e allo stesso tempo sgomenta dalla possibilità che un "sì" fosse la risposta che Lei avrebbe infine dato. La tensione aleggiò tangibile per il corridoio, sembrava quasi una sorta d'invisibile maglia elettrica capace di avvolgere tutto.

Lei attese e gustò ogni momento di quella sospensione che sembrava fare stare tutti sui carboni ardenti. Scrutò con attenzione tutti i volti attorno a lei stupendosi di quanto strane potessero essere le reazioni umane persino per un evento futile come quello che stava accadendo. Alla fine era solo una stupida festa. Lei sarebbe stata in disparte ad osservarli e non avrebbe interagito se non con chi reputava degno del suo interesse. Tutto quel timore e quel rifiuto le sembravano davvero eccessivi ma evidentemente questo era solo il suo punto di vista e come tutto ciò che è personale è anche parziale. Attese una loro parola che non arrivò. Loro stavano attendendo la fatidica risposta, null'altro. Infine Lei inchiodò la festeggiata con i suoi occhi impassibili e freddi, e dopo un po' rispose:

«Certamente. Verrò. Mi piace studiare argomenti nuovi, diversi.»

A queste parole le due amiche sembrarono avere un tracollo. Adesso era evidente che i loro volti fossero divenuti esangui. Alcuni ragazzi che si erano sentiti in imbarazzo risero nervosamente di tutta la situazione che si era creata, altri iniziarono a entrare nell'aula preferendo lasciarsi alle spalle una discussione che non riuscivano a gestire. Sui volti di chi era rimasto, aleggiava la domanda preoccupata: "E adesso che si fa? Viene sul serio!"

Continuando ad inchiodare le due con lo sguardo, Lei vi lesse una profonda inquietudine, uno smarrimento che le lasciava ignare di come comportarsi, di quale mossa poter fare. Loro non la volevano alla festa, era chiaro, ma lei ci sarebbe andata ugualmente. Era cattiveria? Forse una piccola ed infantile parte di Lei voleva andarci per far loro dispetto, per punirle della loro falsità, ma la verità era che Lei non aveva mentito quando aveva risposto che le piaceva studiare argomenti nuovi e diversi, fare nuove esperienze.

L'umanità era così imprevedibile, così strana, così falsa e disperata nel suo vano tentativo di mascherare alcune verità, che era per Lei quasi divertente stare ad osservarla beffandosi di essa. Doveva ampliare i suoi terreni di studio, ed i suoi simili erano un ottimo inizio. Si sarebbe limitata a guardarli e ad osservarli in silenzio, a studiare, a valutare e a trarre le sue conclusioni. Lei non aveva mai dato nulla per scontato, per assodato. Chissà, magari in quel mare di falsità e disperato bisogno di far finta che la morte non li inseguisse, i suoi simili potevano mostrarle qualcosa che avesse un diverso valore. Nel corso del tempo aveva maturato un sentimento d'indifferenza verso il prossimo ma era certa che tutto fosse possibile nel mondo del possibile, come citava un noto filosofo. Era una frase che da sempre le era piaciuta molto e che secondo lei bene interpretava lo strano caos e l'imprevedibilità degli eventi.

Mentre ancora il capannello di studenti se ne stava raccolto attorno a Lei attendendo una sua parola o una reazione della festeggiata o della sua amica, il professore arrivò e tutti furono costretti a entrare nell'aula. Il brusio che solitamente si spegneva pochi minuti dopo l'arrivo del professore quel giorno continuò in sottofondo per tutta la lezione, intermittente e fastidioso, nonostante l'insegnante risentito riprendesse più e più volte gli studenti colti in flagrante a chiacchierare piuttosto che a seguire la sua lezione.

Quel giorno qualcosa di molto più interessante della fisica teorica aveva invaso l'aula permeandola, una strana creatura che aveva acconsentito di mischiarsi a loro, profanando con la sua presenza spaventosa ed incomprensibile il loro mondo spensierato.

«Che cosa avete oggi, ragazzi? -sbuffò spazientito il professore all'ennesimo richiamo- Che cosa mai avrete di così importante da dirvi? Se non volete seguire la lezione, allora v'invito ad uscire!»

Lei sapeva di chi e di cosa stessero parlando tanto febbrilmente e con tanta foga i suoi colleghi di corso, ignorando le nozioni che andavano scorrendo silenti sulla lavagna, quel sapere che al momento non era per loro di alcun interesse, ma tacque, continuando a pensare tra sé e sé.

Chissà, si chiese Lei sorridendo freddamente, forse anche loro, in un modo inconsapevole, stavano tentando disperatamente di studiarla, di comprenderla, di penetrare in quel muro di silenzio che aveva erto a sua protezione, barricandosi nell'unico potere per il quale per lei valesse la pena esistere: la conoscenza. L'idea di poter essere ella stessa un argomento di studio per qualcuno la incuriosì e la divertì. Chissà a quali conclusioni sarebbero arrivati e chissà a quali risultati sarebbe giunta lei. Era indubbiamente tutto molto, molto interessante.

Con questo pensiero in mente, quando la lezione fu conclusa, Lei si avviò fuori dall'aula impaziente di andare alla festa. Un nuovo campo di studi si era appena dischiuso innanzi a lei.

Capitolo
10

Amael

Capitolo 10

Roland continuò a seguire Amael in silenzio tenendo Almarath tra le sue braccia. Ogni tanto il gatto si muoveva per accomodarsi meglio ma non disse nulla né osò scendere e camminare sulle proprie zampe. La presenza di Amael che procedeva innanzi a loro era per il gatto tanto lugubre quanto il colore nero del lungo mantello che la ricopriva.

Attraversarono tutto il vallone risalendo il corso del torrente fin quando il paesaggio non cambiò e iniziò a divenire un susseguirsi di colline, alcune brulle, altre verdi e punteggiate di fiori selvatici e bassi cespugli. Superata una di queste colline, Roland scorse una formazione rocciosa non troppo alta ai bordi della quale cresceva qualche albero. Non appena la vide, l'elfo fu certo che Amael si stesse dirigendo proprio lì e difatti non aveva torto. Quando arrivarono vicino alle rocce, Roland si rese conto che tra di esse si apriva una piccola caverna, di certo il rifugio temporaneo che Amael aveva scelto in quelle campagne.

Quando vide l'apertura scura, Almarath si gonfiò tutto. Era spaventato e se fosse stata solo una sua scelta, non sarebbe mai entrato lì dentro al seguito di quell'inquietante creatura dai capelli rossi come il suo pelo. Roland invece non ebbe neanche un momento di esitazione e la seguì carezzando il suo amico nel tentativo di calmarlo. Almarath però non poteva tranquillizzarsi: ora come non mai gli sembrava di essere finito nella tana di un qualche animale molto più forte e feroce di lui, pronto a dilaniarlo.

Quando furono entrati, la strega armeggiò in un angolo buio e accese il fuoco rischiarando la semioscurità del suo rifugio tra le rocce. Improvvisamente quello che appariva solo un anfratto scuro si mostrò come un gradevole riparo, pulito e accogliente.

Roland si guardò intorno attentamente e vide che a terra c'era solo un pagliericcio sul quale sicuramente aveva riposato la strega. Solitamente le streghe lavoravano ai loro progetti sempre a coppie ma evidentemente Amael era da sola. Questo rassicurò Roland. Avere a che fare con una di loro era molto più semplice che dover fronteggiare due menti potenti e pericolose allo stesso tempo. Fu in quel momento che Roland decise di rompere il silenzio. Continuando ad osservare il piccolo rifugio chiese:

«Come mai sei da sola? Dov'è tua sorella?»

Amael non si voltò e continuando a sistemare le lanterne che stava accendendo una dopo l'altra rispose:

«Mia sorella ha altro da fare al momento. Sono sola da molti mesi ormai.»

Roland annuì ma Amael non poté vederlo poiché continuava a dargli le spalle. Prima che l'elfo potesse porgerle un'altra domanda, la strega disse pacatamente:

«Sono in viaggio da molto tempo. I miei studi sono a buon punto. Conto di ritornare nella Valle Pietrosa dove sorgono i nostri antri alla fine dell'inverno o al massimo alla fine dell'estate successiva.»

Il solo sentire pronunciare quel nome provocò in Roland un inspiegabile fastidio. La Valle Pietrosa, da secoli ormai rifugio stabile delle streghe, la cui ubicazione era ben conosciuta dalla maggior parte degli atri immortali, sorgeva vicino alla millenaria foresta che elfi e fate nel corso del tempo avevano reso la loro unica dimora. Proprio in quei luoghi sorgeva AcquaBosco, il regno delle fate, nascosto dal fitto intrecciarsi degli antichi alberi che creavano quel secolare bosco. Quel regno immaginario in terra era protetto da un'invalicabile cascata, conosciuta da tutti come la cascata AcquaBosco, al contempo muro irreale e barriera naturale.

Il viso di Roland si tese. Tornare in quei luoghi avrebbe significato sicuramente incontrare alcuni dei suoi fratelli e questo era per lui fuori da ogni discussione. Lui non voleva più rivederli, men che mai adesso che aveva deciso di farsi accompagnare da una strega lungo la sua strada. Un'ondata di sconforto e fastidio assalì l'elfo al pensiero dei volti carichi di odio e rimprovero con cui i suoi simili lo avrebbero di certo guardato se solo avessero immaginato in compagnia di chi si trovava al momento. Non soltanto loro non avrebbero compreso le sue scelte ma era molto probabile che lo avrebbero persino odiato per quello che aveva deciso di fare.

Fu l'agitarsi di Almarath tra le sue braccia che fece rendere conto a Roland di essersi distratto e perso nei suoi pensieri, abbassando la guardia innanzi all'insidioso potere di Amael. La strega si era voltata già da tempo e lo stava fissando con il suo sguardo indecifrabile.

Stranamente, Almarath pensò di intravedere della compassione in quegli occhi del colore di uno stagno. Prima che Roland potesse dire qualcosa, Amael parlò. Le sue parole uscirono morbide e sincere, molto diverse da come avevano freddamente risposto sino a quel momento, come se adesso la strega stesse concedendo a Roland una parte di sé stessa che solitamente era solita tenere ben celata al mondo:

«L'odio degli elfi e delle fate di AcquaBosco è comprensibile. Dopotutto ce lo meritiamo. -esordì- Abbiamo agito in modo imperdonabile e ciò non potrà mai essere cambiato. È colpa nostra e del nostro bisogno di avervi accanto a noi in questa forzata prigionia nel Reale se adesso anche voi dividete il nostro stesso destino di reclusione. Siamo intrappolati in questo mondo. Almeno per adesso.» concluse infine, attendendo una reazione di Roland che non tardò ad arrivare. Il suo cuore irreale iniziò ad agitarsi quando con urgenza chiese:

«Per adesso? Vuol dire che siete riuscite a capire come potere tornare nelle lande del Nulla? Vuoi dire che c'è una speranza?»

Gli occhi grigi di Roland si erano improvvisamente accesi ed apparivano così disperati che Almarath vide e sentì quanta angoscia provava il suo amico all'idea di essere un eterno prigioniero in un mondo che doveva essere profondamente dissimile dal suo.

Amael rispose con tranquillità:

«Forse c'è una speranza, ed è già abbastanza.»

Roland mosse un passo verso di lei, dimentico del terrore che Almarath provava nei confronti della strega. Quello slancio fece capire al gatto che, nonostante la diffidenza, l'elfo provava nei riguardi di quell'essere una sorta di inspiegabile attrazione, come se, nonostante il timore, egli fosse consapevole delle sue grandi possibilità e di quello che avrebbe potuto fare.

La strega gli sorrise debolmente e gli fece cenno di non avvicinarsi oltre a lei. Roland si bloccò rendendosi conto solo allora che Almarath aveva sgranato gli occhi ed affondato sempre di più i suoi artigli nelle sue braccia.

Quietamente Amael disse:

«Mi hai seguito per avere delle risposte e te le darò senza pretendere nulla da te. Non intendo mentirti. Non posso però elargirti tutte le risposte che vuoi in una sola volta. Devi dirmi se sei disposto a restare con me per il tempo necessario affinché io possa spiegarti ogni cosa. Siamo rimasti separati per tanto, troppo tempo.»

Roland la fissò meravigliato. Lo stupore era impossibile da nascondere.

«Vuoi dire che... risponderai alle mie domande... senza voler nulla in cambio? Non penso di poterti credere!» azzardò, studiandola con occhi indagatori.

Le streghe volevano sempre qualcosa in cambio del loro smisurato sapere guadagnato con sacrifici ed atti che nessuno voleva davvero conoscere. Esistevano centinaia di storie ed innumerevoli dicerie su di loro e sul prezzo che erano solite chiedere a mortali ed immortali per esaudire i loro desideri. I racconti delle loro imprese erano divenuti leggende capaci di fare raggelare anche gli animi più impavidi. Le testimonianze dirette di chi era caduto nelle loro mani avevano nel tempo alimentato il terrore. Adesso raramente qualcuno le chiamava col nome di streghe poiché quella parola era divenuta sinonimo di sventura. Tutti temevano coloro che nessuno voleva nominare, persino gli immortali che un tempo le avevano seguite nel viaggio attraverso le stelle che li aveva condotti nel Nuovo Mondo.

Roland non credeva possibile ricevere risposte da Amael senza che lei volesse da lui qualcosa in cambio.

Eppure la strega annuì e ribadì:

«Non voglio nulla da te, o meglio, in cambio delle risposte che vuoi, chiedo solo la tua compagnia. Resterai con me solo il tempo necessario per avere ciò che desideri tanto. Poi sarà una tua scelta decidere cosa fare.» disse Amael guardandolo con onestà.

Roland impallidì. Amael voleva la sua compagnia. La compagnia degli immortali era il motivo per il quale le streghe avevano mentito agli elfi e alle fate sull'insidia nascosta nel giungere nel Nuovo Mondo quando li avevano invitati a raggiungerle viaggiando attraverso l'universo. Erano state strangolate dalla solitudine e alla fine avevano preferito dire una menzogna pur di richiamarli, pur di averli accanto. Elfi e fate di AcquaBosco le avevano punite crudelmente negando loro proprio ciò che avevano tanto bramato. Le streghe avevano agito in modo ignobile ma la vendetta di fate ed elfi era stata altrettanto spietata.

«Non chiedo altro che la tua compagnia.» disse nuovamente Amael continuando a guardarlo.

Roland esitò per un momento ma poi si ripeté ciò che ormai si ripeteva da anni, decadi, secoli: lui aveva scelto di essere un ramingo e un solitario, lui non doveva nulla ai suoi fratelli e alle sue sorelle, non doveva seguire le loro regole né rispettare i loro giuramenti. Se Amael voleva la sua compagnia in cambio del suo sapere, allora l'avrebbe avuta. Delia adesso era il solo scopo della sua esistenza e avrebbe fatto qualunque cosa pur di riaverla accanto. Se Amael, come lui credeva, aveva studiato queste strane creature ed ora aveva compreso la natura delle fatefarfalle, come le aveva chiamate, allora era anche possibile che conoscesse un modo per strapparle a quella che appariva come un'inevitabile morte.

Roland era sicuro che, una volta abbassata la guardia come aveva fatto, Amael avesse ascoltato in modo limpido ogni suo pensiero. Nonostante tutto preferì parlare a voce alta in modo che anche il povero Almarath, ignaro di cosa stesse accadendo nelle loro menti, potesse capirci qualcosa.

La voce dell'elfo tremò quando disse:

«D'accordo. Se è la mia compagnia ciò che vuoi, allora l'avrai. Resterò con te finché non avrai risposto alle mie domande. L'odio dei miei fratelli nei vostri riguardi è una loro scelta. Non è la mia scelta, almeno non lo è oggi e non lo diventerà nei giorni a venire se non sarai tu a darmi un pretesto perché lo diventi.»

Un fremito difficile da mascherare sembrò attraversare il volto della strega rendendolo disteso e luminoso. Il gatto la osservò stupito. Era gioia quella che le ingentiliva le linee del volto? Almarath la fissò con i suoi occhi indagatori, stupendosi ancora una volta di quanto bella potesse apparire una creatura tanto arcana ed inquietante.

«Ti odieranno per questa tua scelta. Odieranno te allo stesso modo in cui già odiano noi, forse persino di più, poiché si sentiranno traditi da un loro fratello. Se dividerai il tuo tempo con me, allora non faranno più alcuna differenza tra me e te. Se ne avranno l'occasione, ti scacceranno con ferocia. Ne sei consapevole?» Amael avvertì Roland scavando nei suoi occhi grigi in cerca di un ripensamento, di un'esitazione ma Roland era certo di ciò che volesse e della scelta che aveva fatto e rispose determinato:

«Lo so. So che mi odieranno e so anche che sarà impossibile tornare a vivere con loro o anche soltanto entrare nel bosco dopo che verranno a sapere che sono in tua compagnia per mio volere. Anche quando ho scelto di vivere da solo e lontano dalla foresta sapevo che non mi avrebbero facilmente riaccolto tra loro. Non lo avrei chiesto comunque. Non è quello che voglio. -Roland esitò per un momento ma poi confessò- Sappi che non ho mai del tutto approvato la loro decisione così assoluta di tagliarvi fuori dalle nostre esistenze. So che siete pronte a tutto pur di ottenere ciò che volete e per questo non potrò mai fidarmi ciecamente di voi ma so anche che se c'è qualcuno tra noi creature irreali che sia capace di trovare un modo per liberarci dal mondo reale e riportarci da dove proveniamo, siete proprio voi. Io mi fido della vostra brama di conoscenza. È questa che ci ha condannato tutti, ma sarà proprio questa che prima o poi ci svincolerà dalla realtà. Sarà proprio questo vostro perseguire il sapere ad ogni costo che infine riuscirà a liberarci.»

Amael ascoltò in silenzio ma Almarath non seppe dire se quelle parole la lusingarono, la resero felice o addirittura riuscirono a rattristarla. L'espressione sul suo volto era tornata imperscrutabile quando la strega parlò nuovamente:
«Sai che siamo pronte a tutto pur di riuscire a viaggiare tra i mondi a nostro piacimento. -le sue parole erano un'affermazione pronunciata duramente e non una domanda- Sai che in passato ci siamo macchiate di delitti imperdonabili pur di riuscire a comprendere le leggi su cui si basa la realtà. Sai che raramente abbiamo desistito dal portare a termine un progetto, un esperimento che ci avrebbe fatto guadagnare nuovo sapere. Sai che sappiamo essere spietate. Hai quindi paura di me, piume di corvo? Hai paura di ciò che potrei fare per raggiungere anche questa volta i miei obiettivi?»
Roland fu percorso da un brivido genuino. Era impossibile mentirle in quel momento. Comunque le avesse risposto, Amael avrebbe di certo smascherato il suo profondo disagio che sconfinava nel terrore.
Roland cercò di sorridere nonostante lottasse con un incontrollabile sentimento di paura e con la certezza di trovarsi in pericolo. Infine confessò:
«Le vostre azioni sono famigerate. Siete spietate e senza cuore. Ormai tutti vi conoscono, persino creature insospettabili come i piccoli esseri che strisciano nel terreno. Il vostro nome semina terrore ovunque lo si pronunci. Non siete sicuramente famose per la vostra bontà! Avete recluso nei vostri antri animali ed immortali per studiarne la natura e sviscerare ogni mistero, e le leggende narrano che abbiate condotto esperimenti persino su voi stesse! Vi siete macchiate di atti ignobili e delle azioni più turpi! Avete osato fare cose che nessuno avrebbe immaginato di poter fare, solo per guadagnare un granello in più di conoscenza! Le vostre imprese sono ormai leggende che fanno tremare sia i mortali che gli immortali! Non credere che io non le conosca solo perché non ho vissuto insieme agli altri ad AcquaBosco, solo perché ho condotto la mia esistenza da solitario lontano da loro, in giro per il mondo! Il

vento racconta molte cose ed arriva anche nelle terre più sperdute e selvagge dove per molto tempo ho vissuto da ramingo, isolandomi da tutto! -Roland sospirò- Non è un caso se tu sei comparsa proprio quando avevo deciso di avvicinare una di voi! Sarei un vero sciocco se adesso non avessi paura di te, Amael!»

In quel momento la strega fece qualcosa che lasciò l'elfo a bocca aperta e che fece schizzare Almarath giù dal suo abbraccio protettivo. La strega si fiondò verso di lui e gli strinse le spalle attirandolo poi a sé in un abbraccio poderoso, implorando:

«Devi fidarti di me! Dimmi che proverai a farlo!»

La sua stretta fu così convincente e sincera che Roland non riuscì ad opporsi ad essa e si abbandonò a quel contatto stupendosi con assoluto sgomento di quanto piacevole fosse la sensazione che gli comunicava. Avrebbe dovuto essere terrorizzato, volere scappare e invece... Da quanto tempo non si sentiva così protetto e al sicuro? Amael stava circuendo la sua mente per convincerlo di quell'emozione? No. Lei era fuori dai suoi pensieri. Ciò che stava provando era un sentimento autentico e per questo ancora più sconvolgente.

Quando la strega lo lasciò andare, l'elfo era ancora sbigottito ed Almarath li fissava entrambi immoto, pietrificato come una statua a pochi passi da loro, allerta e pronto a scappare al minimo cenno del suo amico.

Amael aspettava una risposta. Scostandosi ancora di più da lei Roland mormorò:

«Sei diversa dall'ultima volta che ti ho visto. Sono passati troppi secoli da allora ma il mio istinto non mi tradisce. Sei diversa. Sei più...» ma l'elfo non riuscì a trovare la parola giusta. Avrebbe forse voluto dire spontanea, vera, autentica ma nessuna di quelle parole riusciva a spiegare davvero ciò che quell'abbraccio gli aveva comunicato. Adesso Amael gli sembrava come il ricordo ormai sbiadito e troppo inafferrabile che Roland conservava di lei quando ancora si trovavano insieme nel Nulla.

Amael sospirò. Era la prima volta che Roland la vedeva agire senza quell'imperscrutabile e gelida maschera d'impassibilità.

Invece di rivolgersi a lui, Amael stranamente si rivolse ad Almarath che per tutta risposta sobbalzò gonfiandosi e soffiandole:

«Non ti farò del male, te lo prometto. -disse paziente e con voce suadente- Vieni, conosciamoci meglio. Mi piacciono molto i gatti.» detto questo, Amael si diresse a lenti passi verso il pagliericcio e si accomodò su di esso sedendosi ed avvolgendosi nella pesante mantella scura. Sentendosi chiamare, il gatto dapprima continuò a soffiarle aggressivo, poi la fissò a lungo spostando di tanto in tanto il suo sguardo dubbioso verso Roland. Alla fine fu proprio Roland a suggerirgli di fare un tentativo:

«Suppongo che resteremo insieme ad Amael per un po' di tempo, Almarath. Tanto vale abituarsi a lei fin da subito. Non le permetterò di farti del male, te l'ho già promesso.»

Se di una cosa Almarath era certo, era proprio della parola del suo amico, così si convinse a studiare meglio la strega.

Il gatto impiegò moltissimo tempo per avvicinarsi ad Amael che con pazienza attese una sua mossa senza muoversi da dove si trovava. Dapprima annusò l'aria con una cura maniacale, come se dagli odori che gli arrivavano al naso potesse ottenere alcune risposte fondamentali, poi annusò le scure vesti di Amael con circospezione, sobbalzando al minimo rumore.

Stranamente, fu proprio l'odore della cappa che avvolgeva la strega a rassicurare Almarath quel tanto che bastava a dargli il coraggio per avvicinarsi un po' di più a lei. Quell'indumento odorava infatti di campi e di erbe, quasi Amael fosse anch'ella un animale abituato a vivere all'aperto, una sorta di inusuale bestia selvatica avvezza a campi, boschi e radure. Quell'odore riuscì a mettere a proprio agio il gatto che dopo svariati ripensamenti ed altrettanti tentennamenti decise infine di saltarle in grembo ed accovacciarsi sulla pesante mantella. La diffidenza di Almarath era enorme ma la strega non mostrò alcuna fretta e lasciò che l'animale si rilassasse. In quell'occasione la strega desistette dal tentare un qualunque movimento. Il gatto aveva acconsentito ad acciambellarsi sulla sua mantella ma non si sarebbe lasciato toccare. Amael lo sapeva.

Roland intanto guardava incuriosito una scena che fino a poche ore prima non avrebbe mai immaginato o creduto possibile: Almarath se ne stava acciambellato sulle vesti di Amael, quella stessa creatura inquietante che poche ore prima aveva fatto accapponare la pelle al gatto, ed il suo pelo rosso ora spiccava sulla nera mantella allo stesso modo della chioma della strega. Era davvero strano, pensò l'elfo, che il pelo del gatto e i capelli della strega avessero davvero lo stesso identico colore!

Quel giorno Almarath non si lasciò toccare da Amael e neanche il giorno che seguì alla loro prima notte trascorsa insieme nel suo rifugio. Ci vollero molti giorni e molte notti ancora prima che il gatto iniziasse a mostrare meno diffidenza nei riguardi dell'imperscrutabile e innaturale creatura che Roland aveva detto essere una strega.

I loro primi giorni insieme trascorsero in modo semplice e non vi furono discorsi importanti o rivelazioni particolari. Amael e Roland sapevano entrambi che serviva a tutti loro del tempo, non solo ad Almarath ma anche a loro due, perché l'uno si riabituasse alla presenza dell'altra. In tutto quel tempo in cui erano rimasti separati dagli eventi, erano stati entrambi, ognuno a modo proprio, dei viaggiatori raminghi, abituati alla solitudine, avvezzi a parlare spesso solo con i propri pensieri. Amael aveva goduto della compagnia delle sue sorelle e lui di quella degli animali che avevano incrociato il suo cammino. La reciproca e continua compagnia era un qualcosa di stranamente nuovo a cui sia l'elfo che la strega dovevano in qualche modo riabituarsi e oltretutto Roland doveva sempre fare i conti con l'onnipresente sensazione di dover restare allerta che sembrava non doverlo abbandonare mai.

I giorni trascorsero così, vagando per quella valle in cerca di animali, erbe, particolari interessanti che la natura offriva loro e che erano solo il pretesto per ricominciare ad avvicinarsi. Amael e Roland parlavano per lo più di ciò che avevano imparato esplorando la natura, conoscendo le piante e le creature che li circondavano, nel lungo tempo in cui erano stati divisi. Almarath li seguiva fedele, silenzioso e guardingo ma sempre attento a ciò che l'elfo e la strega facevano e alle parole che si scambiavano.

Ogni giorno Amael insegnava a Roland qualcosa che lui ancora sconosceva: un uso impensabile di un arbusto o una proprietà sconosciuta di un certo tipo di minerale, o ancora il ciclo vitale di piccoli esseri che fino a quel giorno lui aveva ignorato. Passare il tempo in compagnia di Amael si rivelò entusiasmante e molto presto con sgomento Roland arrivò persino a domandarsi perché mai si era privato tanto a lungo della compagnia delle streghe.

Il rancore lo aveva accecato impedendogli di riavvicinarle con la mente libera dai pregiudizi. L'odio lo aveva allontanato da qualcosa d'impagabile: la compagnia di una Voce affine. Perché le streghe, per quanto spietate potessero essere, sebbene li avessero ignobilmente traditi, benché fossero potenzialmente degli esseri pericolosi e imprevedibili, erano indubbiamente delle Voci eccezionali, uniche...

Era stato uno stolto, così come lo erano stati i suoi fratelli e le sue sorelle, a rinunciare a tutto ciò che le streghe potevano offrire loro. Avevano deciso di affrontare la sfida di vivere nel Nuovo Mondo da soli, contando solo sulle proprie forze, ma più Roland passava il suo tempo con Amael più si convinceva che avessero sbagliato. Il mondo non gli era più apparso così interessante da tanto, troppo tempo... e la sua curiosità ora cresceva a dismisura man mano che imparava da Amael cose che non si sarebbe mai sognato di indagare e comprendere da solo.

Forse i suoi simili che tanto le odiavano non lo avrebbero mai ammesso ma per lui era più facile rimproverarsi, pensare di avere sbagliato ad escluderle. Con stupore si rese conto di avere inconsapevolmente desiderato proprio ciò che stava vivendo in quel momento: esplorare quel mondo insieme a qualcuno come Amael.

Era l'imbrunire ed erano trascorse quasi due settimane dal loro primo incontro vicino al torrente quando nel rifugio rischiarato dalla calda luce delle lanterne, Roland ammise ancora una volta nel silenzio dei suoi pensieri di essere stato davvero uno stupido ad avere trascorso tutto quel tempo in solitudine. Persino il gatto sembrava essersi abituato alla strega e ora era solito acciambellarsi sul suo grembo, sulla sua calda cappa, dimentico di tutta l'atavica paura che aveva provato la prima volta che l'aveva vista. Guardando il gatto accoccolato tra le scure vesti di Amael, Roland si disse che avrebbe fatto bene a cercare di mettere da parte la paura, proprio come aveva fatto il suo amico Almarath, ma proprio mentre lo stava pensando, Amael gli disse:

«Non sei stato uno stupido a temerci e a tenerti a distanza da noi, piume di corvo. Il tuo essere un solitario ed un ramingo ti ha salvato dal cadere nelle nostre mani nel periodo in cui conducevamo molti esperimenti su di voi. Forse se mi avessi avvicinato in un altro momento, ti avrei usato per uno dei miei progetti e di te sarebbe rimasto ben poco. L'odio degli elfi e delle fate di AcquaBosco ha profonde radici e solide motivazioni. Ci siamo macchiate di atrocità inenarrabili.»

Le parole di Amael riecheggiarono lugubri per la grotta rischiarata dalle lanterne. Per la prima volta da settimane ormai, Roland si sentì percorrere dall'inquietudine e il terrore ritornò, solido e consistente come la sensazione di pericolo. Fino a quel momento, lui ed Amael non avevano preso più alcun argomento importante ed ora la strega esordiva dopo giorni di silenzi in un modo talmente tetro che l'elfo si sentì minacciato dalla sua presenza, dal solo trovarsi nello stesso luogo insieme a lei... Persino Almarath aprì rapidamente gli occhi dorati e drizzò le orecchie, allerta come un tempo, pronto a scendere dal grembo della strega al minimo dubbio sulle sue intenzioni.

Il volto di Amael investito dalla luce rossastra delle fiamme che ardevano dentro le lanterne era bello da far male. Roland avvertì una stretta al petto. Ripensò alla sua Delia e la nostalgia lo assalì, pungente e dolorosa. Seppe con certezza perché si trovava lì con Amael e perché stava rischiando di finire nelle sue grinfie, in qualche strano progetto che si agitava nella sua imperscrutabile e potente mente. Lui doveva capire la natura di Delia e se possibile doveva riportarla in vita. Quelle settimane insieme ad Amael lo avevano distratto dalla mancanza ma adesso quel dolore sembrò tornare ancora più violento di quanto lo ricordasse. Per un momento annaspò. Si ricordò del motivo principale che lo aveva spinto a cercare una strega. Non era stato affatto la curiosità di esplorare il mondo con un suo pari né avere accanto un'anima affine alla sua. L'unico, vero motivo che lo aveva spinto a seguire la pericolosa e imprevedibile Amael era stato solo la sua Delia. Improvvisamente ebbe molta fretta di sapere ciò che più gli premeva conoscere: che cosa erano le fatefarfalle? Era possibile riportarle indietro dalla morte o erano dei semplici esseri mortali, proprio come le comuni farfalle dei campi?

Amael sembrò ignorare quel suo dolore e l'urgenza di quelle domande anche se Roland era certo che avesse ascoltato nitidamente ogni suo pensiero.

La strega pacatamente ribadì:

«Non sei stato uno stupido a temerci e a tenerti a distanza da noi, piume di corvo. Per secoli abbiamo cacciato le fate dalle ali di cristallo e studiato gli elfi nel tentativo di comprendere le differenze tra materia reale e materia fantastica, tra esseri mortali ed immortali creature della fantasia. Vi abbiamo impunemente utilizzato come materiale di studio, alla stregua di animali ed arbusti selvatici. Poi, quando fecero la loro comparsa, iniziammo a fare altrettanto con le fate dalle ali di farfalla.»

Il cuore di Roland iniziò a battere in modo irregolare. Oltre il terrore che già provava, quelle parole erano riuscite a risvegliare anche il suo rancore e la sua profonda diffidenza nei riguardi della strega. Nonostante tutto, Roland la sfidò con coraggio e disse con voce ferma:

«Perché mai mi stai dicendo queste parole proprio adesso, Amael? Perché mi stai raccontando tutto questo proprio ora che ho iniziato ad abbassare di più la guardia e ad essere meno teso in tua compagnia? Vuoi forse catturarmi per uno dei tuoi esperimenti? Oppure vuoi solo ricordarmi quanto più forte e potente di me tu sia? Vuoi minacciarmi? Fallo! Non andrò via da qui senza prima avere avuto le risposte che cerco e che tu hai promesso di darmi! E sappi che se vorrai usarmi per uno qualunque dei tuoi progetti, non mi abbandonerò al tuo volere con remissività ma combatterò per resistere, per sfuggirti.»

Amael sorrise e disse con calma:

«Volevo solo essere onesta con te, piume di corvo. Non voglio che tu m'idolatri o m'idealizzi solo perché con la mia conoscenza riuscirò ad esaudire i tuoi desideri. Perché sappi che li esaudirò. - Roland sobbalzò come se quelle parole lo avessero trafitto e Amael lo fissò con sguardo tagliente- Io esaudirò le brame del tuo cuore ma tu devi tenere bene a mente che sono una sporca e spietata strega e ciò che ho fatto in passato è stato raccapricciante, mostruoso anche a narrarsi, e proprio in virtù di questo potrò esaudire i tuoi desideri. Non voglio che tu lo dimentichi quando sarai accecato dall'ammirazione per il mio sapere e ubriacato dalla felicità dell'avere ottenuto ciò che più desideri. La conoscenza è come una droga, più ne hai e più ne vuoi. Ciò che ancora si sconosce attira in modo suadente e pericoloso ma il mio sapere è macchiato dal delitto, dalla morte e dalla sofferenza. Il sapere è dolore e sacrificio. Non si può ottenere la conoscenza senza soffrire e senza far soffrire. Tutto il nostro immenso sapere è buio e lugubre come un buco nero, colmo di meraviglie insospettabili ma privo di luce. Non devi dimenticarlo mai. Non dovrai dimenticarlo neanche quando stringerai al tuo petto la fata che con tanta disperazione vuoi riavere indietro. L'odio dei tuoi simili è fondato.»

Roland la guardò pieno di dubbi, accigliandosi. Il suo viso era scuro, tempestoso. Almarath era certo che in quel momento l'elfo fosse anche colmo di rabbia.

«Quindi vuoi che io ti odi comunque? È questo che mi stai dicendo? Io sto lottando con quella parte di me che ti detesta per potermi fidare di te, e tu invece vuoi che ti odi?»

Amael scosse impercettibilmente la testa.

«Non lo desidero ma so che proverai un intenso odio e tutto ciò sarà inevitabile. Mi odierai quando saprai come ho ottenuto la mia conoscenza sulle mortali fate dalle ali di farfalla. Non voglio il tuo perdono né essere giustificata. Non voglio neanche la tua compassione. Voglio solo che accetti ciò che ho fatto senza dimenticarlo. Oggi sono forse diversa dalla creatura che guadagnò la conoscenza che vuoi da me, ma anche allora, ero sempre io. Le mie colpe non possono sparire. La tua paura non può sparire. Il tuo odio è e sarà naturale, giusto, necessario. Anche io mi odierei se fossi nei tuoi panni, piume di corvo. Adesso, anche io a volte mi odio per quello che ho fatto, ma so che ho dovuto farlo. La conoscenza era ed è tuttora un bisogno che cancella ogni altra cosa. Questo è l'essenza di essere una di noi, dell'essere una strega. Non esiste bene più grande del sapere. Abbiamo sempre anteposto la conoscenza a tutto. Questa è la nostra più grande forza ed è anche la parte più maligna del nostro essere. Accettalo ed odiaci per questo.»

Roland rimase agghiacciato. Non voleva davvero sapere cosa avesse fatto Amael per guadagnare il sapere che lui voleva, eppure la strega non glielo avrebbe mai concesso senza ricordargli anche come lo aveva guadagnato.

«Non puoi darmi le risposte che cerco e basta? -azzardò dopo un lungo silenzio l'elfo- Perché mai devi anche raccontarmi le crudeltà che tu e le tue sorelle avete perpetrato per ottenerle?»

Amael disse duramente:

«La conoscenza ha un prezzo. Molti di voi pensano che sia un bene che vada elargito gratuitamente ma si sbagliano. Si deve sapere cosa si è dovuto pagare per ottenerlo, quali immensi sforzi e sacrifici sono stati necessari per guadagnarlo! Se un giorno riusciremo a riportarvi indietro nel Nulla, dovrete sapere cosa abbiamo dovuto fare perché tutto ciò fosse realizzabile. Abbiamo pagato il più alto prezzo per possedere la conoscenza: abbiamo sacrificato alcuni dei nostri sentimenti. Abbiamo rinunciato alla pietà, all'amore, alla tristezza, alla nostalgia... abbiamo dovuto sacrificare molte parti belle di noi stesse rendendoci i mostri che ora tutti si rifiutano di nominare. Dovete sapere tutto questo. Dovete sapere quale sia stato il prezzo della Conoscenza Proibita che ora ci appartiene!»

Roland era senza parole. In un tempo ora troppo lontano nella sua memoria, le streghe li avevano richiamati per avere aiuto, supporto, forse per non essere da sole in una ricerca troppo difficile e troppo ambiziosa, e loro le avevano allontanate, lasciandole ancora più sole, in compagnia del rifiuto e dell'odio. Se fossero rimasti accanto a loro, se non le avessero escluse e aborrite, sarebbe forse cambiato qualcosa? Sarebbero state diverse da com'erano diventate? Avrebbero agito in un altro modo?

Amael parlò ancora:

«Avevamo bisogno di voi, di tutti voi, per scoprire e comprendere le leggi di quello che chiami Nuovo Mondo ma dopo il vostro rifiuto e dopo il vostro odio abbiamo dovuto fare di queste due cose la nostra più grande risorsa per andare avanti nella ricerca del sapere. Ci siamo unite alle creature più potenti che abbiamo scovato nel mondo reale e abbiamo fatto di loro le nostre compagne. Loro ci hanno dato quel supporto e quella forza che avevamo sperato di poter trovare in voi elfi e fate e che voi invece ci avete sempre negato.»

Roland pensava di sapere quali fossero le creature a cui la strega si stava riferendo ma prima che lui potesse parlare fu lei stessa a dire:

«Cercammo e scovammo per il mondo le ombre più antiche e potenti, le ombre primigenie, le prime creature ibride mai esistite, creature tanto arcane quanto malvage, gli unici esseri capaci di azzerare i nostri sensi di colpa e i nostri ripensamenti. Ci siamo unite a loro in un giuramento che legava le nostre Voci in un patto che rendeva entrambe più forti e più stabili. Insieme alle ombre antiche siamo divenute onnipotenti. Venuto meno il freno dei sentimenti che ci impedivano di agire senza scrupoli, grazie alla loro forza e al loro sostegno abbiamo guadagnato nel tempo il sapere che bramavamo compiendo molte azioni che prima ci erano impensabili. Sono state delle compagne preziose, delle potenti alleate. Hanno distrutto i nostri freni facendoci andare oltre. Le ombre sono state la nostra forza più grande.»

Roland non poté fare a meno di ripensare alla palude Densamelma e all'albero-ombra che sorgeva sull'isolotto in mezzo a quei tetri luoghi.

Le ombre che aveva incontrato l'elfo durante le sue esplorazioni erano state quasi sempre ombre più o meno giovani, a volte millenarie ma mai così antiche da potersi definire ombre primigenie. L'elfo era ben consapevole della differenza che esisteva tra le normali ombre e le ombre antiche, creature molto potenti e pericolose capaci di riuscire a prolungare l'esistenza di un mortale con la loro forza più grande: la perseveranza. Tutti sapevano che da sempre le streghe avevano scelto di farsi accompagnare da ombre crudeli ed impietose ma non avrebbe mai pensato che forse avrebbero preferito non farlo se solo elfi e fate avessero deciso di aiutarle...

A conferma dei suoi pensieri, Amael disse piattamente:

«Unirci a loro è stata una necessità, una scelta che forse avremmo potuto evitare.»

Cercando di scherzare per alleggerire la tensione che sembrava opprimergli il petto e l'animo, per quanto gli venisse difficile, Roland disse sarcastico:

«A quanto ne so, non vi si può definire delle dolci e tenere creature! Le vostre compagne non potevano di certo essere degli esseri leggiadri e dall'animo gentile! Suppongo che ci voglia una buona dose di crudeltà e una completa assenza di sensi di colpa per torturare un proprio simile! Direi che le ombre antiche hanno fatto proprio al caso vostro! Da quello che ho imparato, nel mondo esistono ombre davvero perfide nascoste da un profondo e impenetrabile silenzio. Non sarà stato facile trovarle e convincerle ad unirsi a voi e alla vostra causa! Le ombre non mi sono mai sembrate molto interessate alla ricerca di conoscenza...» suggerì infine, immaginando che avere a che fare con delle ombre così maligne non fosse stata un'impresa facile neanche per una strega.

Roland rabbrividì fin nella sua parte più nascosta quando Amael disse serenamente:

«Trovarle e convincerle ad unirsi a noi non è spesso stato facile ma sappiamo diventare molto, molto convincenti, soprattutto se siamo tutte e dieci insieme.»

Roland sapeva a cosa Amael si stesse riferendo, al loro tremendo potere di profanare le menti, di ascoltare i pensieri e di fare impazzire anche le creature più salde e determinate. In quel momento l'elfo avrebbe voluto avere la stessa capacità del suo amico Almarath di divenire silente e immoto come una statua, invece si sentiva scosso come non mai ed era certo che il suo stato d'animo fosse ben visibile, palese in ogni linea indurita del suo pallido volto. Se c'era una cosa che davvero riusciva a terrorizzare Roland, era proprio l'idea che i suoi pensieri potessero essere distorti, che la sua mente potesse essere profanata ed infine condotta alla follia.

A disagio, Roland chiese:

«Perché mi stai raccontando tutto questo? Queste rivelazioni non dovrebbero restare dei vostri segreti? Perché mi stai raccontando della vostra unione con le ombre primigenie?»

Lo sguardo dell'elfo saettò inconsapevolmente ai piedi di Amael dove scura e lugubre si allungava una nera e silenziosa ombra. La strega voleva forse metterlo in guardia dalla propria ombra? Se un'ombra non si palesava parlando, era impossibile sapere se fosse una Voce o una semplice ed innocua proiezione prodotta dalla luce, priva di parte fantastica. Inoltre, se la crudele ombra che accompagnava Amael si era legata a lei con un giuramento potente, il giuramento delle ombre, adesso loro due erano come una sola cosa, una sorta di un'unica entità che agiva ed esisteva quasi all'unisono. Amael lo stava forse avvertendo di temere la sua parte più oscura, la parte della se stessa che aveva a che fare con l'ombra, quella parte che si era lasciata andare alla malvagità pura e che quindi non possedeva più alcuno scrupolo?

Doveva temere Amael più di quanto non avesse già fatto? Si era lasciato andare con troppa facilità alla sua compagnia? Queste domande lo stavano angustiando stritolandogli l'animo, gettandolo nel più atroce dubbio, quando Amael infine confidò a Roland:

«Non devi temere quella che ora si staglia ai miei piedi. Lei non è più con me.»

Un silenzio agghiacciante sembrò congelare tutto intorno a loro, raggelando persino le fiamme che ardevano dentro le lanterne.

L'elfo faticò a comprendere quelle parole. Se le ripeté più volte nella mente cercando di comprenderne il significato. Lo sguardo di Amael era divenuto stranamente distante, schivo. Almarath fu certo che la strega non volesse mostrarsi debole ma il gatto sentiva che in quel momento era fragile come non ci si sarebbe mai potuto aspettare da una creatura così potente, come se avere confidato a Roland di non possedere più la maligna forza della sua ombra la esponesse ad un qualche pericolo che il gatto non riusciva neanche ad immaginare.

L'immobilità e il silenzio furono rotti ancora una volta dalla voce della strega:

«Ho spezzato io il giuramento. Ho allontanato io la mia ombra. Non è stato facile, ma adesso lei non mi accompagna più.»

Questa semplice ma sconvolgente verità aleggiò lugubre per il rifugio. Roland era sgomento.

Era forse questo il motivo per il quale quando Amael lo aveva abbracciato, lei gli era sembrata diversa dall'ultima volta in cui l'aveva incontrata? Era questo il motivo per il quale gli era apparsa come la ricordava prima di intraprendere il salto nell'ignoto che li aveva condotti nel Reale, lontani dal loro mondo originario?

Queste e tante altre domande continuavano a rimbalzare nella sua mente ma una tra tutte lo lasciò senza fiato: com'era riuscita Amael a rompere il giuramento con un'ombra talmente potente e perfida, e dov'era ora quest'ombra sicuramente infuriata?

Si narrava nelle leggende di un elfo, un suo fratello, che fosse riuscito a spezzare il legame con la propria ombra, ma questa era una storia completamente diversa che affondava le sue radici in una profonda comprensione e nell'accettazione... Roland era certo che un'ombra primigenia talmente malvagia non potesse essere comprensiva né men che mai arrendevole... Le ombre traevano un grande vantaggio dal legarsi con un immortale, e se l'immortale in questione era una potente strega, era davvero impensabile che un'ombra opportunista e piena d'odio come un'ombra primigenia decidesse di sua sponte di svincolarsi da un'unione così vantaggiosa...

Un sorriso appena accennato incurvò le rosse labbra della strega. Con sincerità Amael ammise:

«Adesso colei la quale è stata per millenni la mia compagna e la mia ombra è molto più pericolosa, infuriata, colma di rancore ed intrisa d'odio di quanto non sia mai stata in tutto il corso della sua esistenza. Se solo lo potesse, mi distruggerebbe.»

Roland si sentì mancare la terra sotto ai piedi. Aveva incontrato molte ombre furiose e piene di rancore nella sua lunga esperienza di vita ma tutta la loro pericolosità si era sempre limitata ad una velenosa invettiva e ad un marcato egoismo. L'odio ed il risentimento di una creatura come quella era storia ben diversa, e se persino Amael ne ammetteva la pericolosità, questo essere doveva essere veramente mostruoso. Liberarsene era stato un atto ai limiti dell'audacia...

Almarath aveva continuato a seguire tutta la discussione con estrema curiosità ma adesso quell'argomento sembrava avergli messo addosso un'atavica paura tanto che scappò in un angolo del rifugio e si acquattò come se non esistesse. Né Roland né Amael fecero nulla per impedire quel suo inutile tentativo di rendersi invisibile ma l'elfo comprendeva benissimo lo stato d'animo del suo amico: le ombre non erano esseri con cui scherzare, ed un'ombra antica desiderosa di uccidere la sua stessa compagna di vita era qualcosa di davvero abominevole.

La voce di Roland uscì scossa quando domandò:

«Perché mai lo hai fatto? Perché mai hai spezzato il giuramento che vi legava da tempo ormai immemore?»

Amael sorrise. Evidentemente attendeva con impazienza proprio quella domanda perché i suoi occhi luccicarono come la superficie di uno stagno investita dai raggi del sole.

«Non avevo più bisogno di lei.» fu la sua risposta, semplice quanto profondamente inquietante.

Roland ripeté quelle parole scandendole molto lentamente:
«Non avevi... più... bisogno... di lei...»
«No. Non mi serviva più.» confermò Amael come se l'essersi liberata di una creatura che aveva condiviso con lei secoli e millenni fosse stata una cosa semplice, necessaria e scontata come sbarazzarsi di qualcosa d'inutile.

Roland la fissò con occhi sgranati. Il volto dell'elfo era impallidito nuovamente quando chiese:
«Come fai a parlare di quello che le hai fatto con tanta leggerezza? Hai condiviso con quell'essere... -tentennò, ma poi continuò- hai condiviso con quell'ombra cose che non voglio neanche immaginare, hai tratto da lei la forza necessaria per raggiungere i tuoi scopi e ora... ora che non ne hai più bisogno... te ne sei semplicemente sbarazzata?»

«Sì.» ammise candidamente Amael senza mostrare il minimo dispiacere.

Sorridendo ancora, la strega stuzzicò l'elfo:
«Non puoi provare pietà per lei, piume di corvo. Ti assicuro che era ed è tuttora una creatura che ti farebbe ribrezzo, un concentrato talmente nero ed appiccicoso di tutti i più turpi sentimenti che tu, così onesto e leale, non esiteresti un attimo ad aborrire.»

La risposta della strega scosse Roland che si accalorò improvvisamente:
«Non provo pietà per lei ma è il tuo gesto che mi fa...»
L'elfo non riuscì a concludere la frase perché Amael disse duramente:
«Pensi che sia stato un comportamento sleale? Lo è stato. Non voglio che tu pensi il contrario. Credimi però se ti dico che lei avrebbe potuto farmi ben di peggio se solo avesse potuto e se le fosse convenuto. Ho avuto la possibilità di disfarmene e l'ho fatto. Non mi pento di aver allontanato da me un essere così ripugnante ora che non mi serviva più.»

«Ma hai usato quell'ombra per secoli! Ne hai fatto la tua compagna per millenni! Hai scelto tu di unirti a lei, di giurare con lei!» urlò Roland fuori di sé.

Con calma, Amael continuò:

«È vero, ho condiviso con lei il mio tempo e ho usato la sua forza come se fosse stata la mia, e lei ha usato me allo stesso modo, ma adesso benché lei continui ad aver bisogno di me, io non ne ho più alcun bisogno. Il nostro contratto di unione non ha più un motivo di essere. Il mio agire ti fa ribrezzo, lo capisco, sei un essere troppo sincero e troppo leale di natura per giustificare il mio comportamento ma devi capire che la fedeltà non potrà mai essere un valore quando sei legato ad un mostro privo di scrupoli.»

In quel momento Roland pensò che dopotutto anche le streghe sapevano essere senza scrupoli anche senza avere accanto un'ombra crudele.

«Ti sei comportata in modo disonorevole. È spregevole quello che hai fatto! L'hai tradita. Voi tradite con troppa facilità, quale che sia la ragione!» la sfidò Roland ancora più arrabbiato.

Amael lo guardò intensamente. I suoi occhi erano sinceri quando ammise:

«Elfi! Creature oneste, coraggiose, leali e fedeli! Siete unici nel vostro genere ed ammirevoli! Noi streghe invece anteponiamo sempre la conoscenza ad ogni altra cosa. -sospirò e poi disse fermamente- Odiami se vuoi. Prova disgusto per ciò che faccio. Non nascondere i tuoi sentimenti, il tuo profondo disappunto. Non dirmi che non ti avevo avvisato di tenerlo bene a mente. Non dimenticare la nostra natura e non avrai delusione alcuna.»

«Che cosa mai c'entra la conoscenza con il fatto che ti sei liberata di qualcuno che non ti serviva più?» urlò Roland esasperato.

Amael lo guardò in un modo tale che l'elfo si sentì inchiodato.

«Per raggiungere lo scopo ultimo dei miei studi ho bisogno di qualcuno di cui io possa fidarmi veramente e questo qualcuno non è di certo quell'ombra.»

Roland sospirò pesantemente e si sentì drenato da ogni energia. Parlare con la strega era stimolante ma allo stesso tempo era quanto di più snervante ci fosse. In qualche strano modo, le motivazioni delle streghe sembravano essere sempre valide nonostante lui le considerasse moralmente raccapriccianti. Poco dopo mormorò:

«Quindi ora c'è un'ombra potentissima e furibonda reclusa da qualche parte, il cui unico scopo e desiderio sarebbe quello di distruggerti? È per questo che sei da sola, che nessuna delle tue sorelle ti accompagna? Le stai proteggendo?»

Amael sorrise ancora.

«Sei molto perspicace, piume di corvo. Non metterei mai in pericolo una delle mie sorelle per una scelta che riguarda solamente me, per quanto il loro aiuto potrebbe essere decisivo. Conto però di aver risolto ogni problema riguardo colei che fu la mia ombra entro la fine dell'estate. Allora tornerò da loro nella Valle pietrosa. Per allora tutto dovrebbe essere sistemato.»

Roland scosse la testa.

«Non capisco il vero motivo per il quale tu mi abbia avvicinato se non vuoi nulla da me. O forse mentivi?» l'elfo si sentiva stanco ma sapeva che non poteva più permettersi il lusso di abbassare la guardia, non dopo ciò che Amael gli aveva rivelato.

«Assolutamente no. Non mentivo -disse fermamente la strega- Non voglio nulla da te se non la tua compagnia. In questo momento la compagnia è tutto ciò di cui ho veramente bisogno. Voglio solo che tu sappia alcune cose. Nient'altro che questo. Ciò che accadrà dopo sarà solo e soltanto una tua libera scelta.»

Le ultime parole di Amael gettarono l'elfo in un fastidioso disagio. Era quasi certo di essere finito in una delle loro trame, una di quelle così ben studiate che la vittima neanche si rendeva conto di essere un importante filo nell'intreccio che con tanto zelo veniva intessuto.

Mentre Roland pensava a come potersi sottrarre da quell'invisibile trappola in cui sentiva di essere caduto, Almarath sporse il suo muso preoccupato dall'ombra dell'angolino in cui si era nascosto. Roland l'andò a prendere e se lo strinse nuovamente al petto. Nonostante il gatto tremasse, il calore confortante e il corpo vivo dell'animale contro il suo petto angosciato erano l'unica consolazione a cui l'elfo riusciva ad appendersi in quel momento. Forse era la sua natura, chissà, ma avere qualcuno da proteggere lo faceva sentire più forte, più determinato, più saldo in ogni scelta che decideva di prendere. Roland era certo che per quel giorno il gatto non si sarebbe più acciambellato in grembo ad Amael, non dopo avere ascoltato quelle storie.

L'elfo in quel momento si sentiva stanco e avrebbe tanto voluto tornare ad essere delle sue dimensioni originarie, uscire fuori da quel rifugio e scappare con Almarath lontano da Amael e da quei luoghi che ora sembravano soffocarlo, attraversando terre nuove e lande ancora inesplorate, libero, senza vincoli, poter essere il vero se stesso, guardare la maestosità della natura che lo circondava con i suoi piccoli occhi, ma era consapevole che la strega fosse la sua unica possibilità per riavere indietro Delia. Sia per interagire con Amael che per proteggere il suo amico sapeva che avrebbe purtroppo dovuto mantenere quell'aspetto dalle dimensioni umane ancora a lungo. Non era il momento per poter tornare ad essere il vero se stesso, non ancora almeno. Sospirò e cercò di raccogliere tutto il suo coraggio.

Mentre il gatto s'infilava sotto il braccio di Roland, Amael si diresse fuori dal rifugio ed annunciò:

«Il cielo è terso e sgombro. Stanotte si accinge ad essere una meravigliosa sera punteggiata di stelle. È arrivato il momento che tu abbia alcune delle risposte che il tuo cuore cerca con tanta disperazione, piume di corvo.»

Detto questo, Amael scomparve fuori dalla spaccatura tra le rocce ingoiata dall'aria fredda della prima sera e Roland fu certo di doverla seguire in quella che si preannunciava essere una lunga, lunga notte.

I racconti delle sere d'estate

«Un'altra storia, papà, ti prego!» ripeteva Lei con insistenza nonostante l'ora fosse ormai tarda.

Eppure, anche se sapeva che ormai fosse giunto il momento di rientrare in casa e dormire, neanche il papà voleva lasciare la terrazza e quel cielo ricolmo di stelle.

«Va bene, l'ultima storia.» disse infine il papà arrendendosi innanzi al luccicare invitante delle stelle e alla frescura di quella piacevole sera d'estate.

«L'ultima per davvero -avvertì- L'ultima.»

«La mia preferita, però!» suggerì la bambina sfoderando il suo sorriso più bello.

Il papà la guardò facendo una smorfia divertita e disse:

«Sei una furbacchiona, tu! La tua preferita è la più lunga di tutte!»

Lei sorrise. I suoi piccoli occhi chiari sembravano brillare come due delle stelle che inondavano il cielo sopra le loro teste. Il papà capitolò miseramente. Quel brillare emozionato non poteva essere tradito da un diniego. Doveva raccontare la sua storia preferita, non aveva altra scelta.

Prese la bambina in braccio e insieme rimasero a rimirare quella notte estiva che sembrava essere viva, talmente viva da rendere il baluginare delle stelle simile ad un palpitare di milioni di piccoli cuori. Prima di iniziare il suo racconto, il papà voleva ricordare alla sua bambina cosa si celasse dietro ad ognuna di quelle luci scintillanti.

«Ognuna di quelle piccole luci, ognuna di quelle stelline è simile al nostro sole. Ogni stella è il sole di un angolino di universo.» disse il papà alla bambina. Lei non riusciva a staccare i suoi piccoli occhi colmi di meraviglia dal cielo scuro ma la sua voce sicura rispose:

«Lo so, papà. E so anche che la luce che vediamo, per alcune di loro è solo il ricordo di quello che erano.»

Il papà continuò:

«Alcune stelle che vediamo sono già morte, spente da chissà quanto tempo. La loro luce è tutto ciò che resta di loro e che arriva sino ai nostri occhi, viaggia e viaggia da centinaia e migliaia di anni e dove ora noi vediamo una luce, dove prima c'era una stella ora non c'è più niente.»

Per un momento Lei si rabbuiò e con voce preoccupata domandò:

«Anche il nostro sole si spegnerà, vero?»

Il papà non mentiva mai, almeno non sulle cose davvero importanti. In tono sicuro disse:

«Sì, anche il nostro sole è destinato a spegnersi, un giorno. Tutto muore prima o poi. Il nostro universo è fatto così. Però per allora noi due non ci saremo più da tanto, tantissimo tempo. Quindi stai serena: il nostro sole splenderà per tutta la durata delle nostre vite.»

Lei si sentì sollevata. Stranamente l'idea di non dover vedere il sole del suo mondo spegnersi, il pensiero che sarebbe morta prima che ciò succedesse, la rassicurava. Il loro sole non si sarebbe spento, non ancora. Come diceva il suo papà ci voleva ancora tanto, tanto tempo. La sua piccola mente relegò quei pensieri in fondo alla sua coscienza e la sua attenzione tornò alle tante altre stelle che affollavano il cielo in quella tersa notte d'estate. La voce emozionata della bambina diventò pressante:

«Papà, adesso racconta! Racconta la mia storia preferita!»

Il papà sorrise e stuzzicò la sua piccola domandandole:

«Dimmi, sentiamo, quale sarebbe questa storia che tanto desideri ascoltare?»

La bambina non ebbe neanche un attimo di esitazione e rispose tutta emozionata:

«La storia di com'è nato l'universo!»

Il suo papà annuì e dopo aver preso un bel respiro esordì:

«Dove prima non c'era niente, nel nulla assoluto si generò un qualcosa di difficilmente spiegabile e che per questo motivo noi uomini abbiamo deciso di chiamare singolarità. Questo qualcosa, questa singolarità, era un concentrato di energia e di materia talmente denso che finì per esplodere. Da questa immensa esplosione nel nulla si creò l'universo. La materia si sparpagliò per lo spazio vuoto creando le stelle, e poi i pianeti, e tutto quello che vedi lassù, sparso nel cielo infinito. Tutta la materia che era concentrata nella singolarità, dopo l'esplosione iniziò ad espandersi, e così l'immensa energia che la componeva iniziò a distribuirsi nello spazio creando galassie e mondi, soli e pianeti. Ogni stella è una massa di materia incandescente che arde nello spazio rischiarando questa strana oscurità. Tutto è nato dall'esplosione primordiale che ha generato l'universo e le sue innumerevoli stelle. Il nostro sole non è che un pezzetto infinitesimale di quell'immenso concentrato di materia ed energia da cui nacque tutto. Il nostro universo è nato da un'immensa esplosione, senza di essa non ci sarebbe stato nient'altro che il nulla.»

Il papà rimase in silenzio, attendendo la stessa domanda che la sua bambina gli poneva ogni volta che lui le raccontava quell'affascinante storia. La fatidica domanda non tardò ad arrivare:

«Chi è che ha creato e poi ha fatto scoppiare la palla di energia e materia, papà?»

Il papà sospirò. Quella era una domanda a cui tanti agognavano trovare una risposta ma che purtroppo sembrava ancora esserne priva.

«Anche a me e a chi studia le stelle piacerebbe molto rispondere a questa domanda ma ahimè non è possibile farlo. Potrebbe rispondere solo qualcuno che fosse stato in grado di guardare tutto ciò che accadeva mentre accadeva, dall'esterno.»

Solitamente, a questo punto, la bambina restava in silenzio, piena di dubbi e pensieri, ed il papà ne approfittava per distrarla e rientrare in casa. Quella sera però la bambina sorrise fiduciosa, fiera della conclusione alla quale era giunta dopo tante e tante domande che si era posta, e disse orgogliosa:

«Sono certa che gli abitanti del Nulla abbiano visto tutto, papà!»

Il papà scoppiò a ridere di cuore e domandò:
«Gli abitanti del... nulla? Quindi tu credi che nel nulla assoluto ci fossero degli abitanti?»
Lei rispose senza che l'ombra del dubbio potesse oscurare quella che per Lei era divenuta quasi una certezza:
«Certo. Nel nulla ci sono gli abitanti del nulla. Altrimenti chi altri avrebbe potuto creare la singolarità? Sono stati loro a farlo e poi sono rimasti a guardare quello che succedeva come quando io faccio una palla con la sabbia a mare e la tiro in acqua per vedere che cosa le succede. Voi pensate che non ci fosse niente prima dell'esplosione ma io penso invece che ci fossero solo esseri che ancora non abbiamo incontrato.»
Il papà rimase ammirato a guardare quella bambina di poco più di quattro anni. Dopo un po' sospirò pensieroso, incerto forse se esprimere o meno i suoi pensieri, ma alla fine con sincerità le disse:
«La domanda di chi o che cosa abbia generato l'universo è una delle grandi domande che l'umanità non smetterà mai di porsi, se esiste o meno un creatore, e se esiste, chi ha creato a sua volta lui? Se tu pensi che esista un creatore, piccola mia, secondo te chi ha creato lui?»
La bambina sorrise ancora e disse sbarazzina:
«Questa è una domanda davvero difficile a cui ancora non avevo pensato, papà! Io ti posso dire solo chi secondo me ha creato l'universo ma non so dirti anche chi ha creato il nulla e i suoi abitanti. Loro erano lì da prima di tutto, credo. Lo hai sempre detto anche tu ogni volta che mi hai raccontato la storia della nascita dell'universo: senza l'esplosione non ci sarebbe stato nient'altro che il nulla. Il nulla esiste da sempre, quindi. È la materia che è venuta dopo. Forse un abitante del Nulla si è divertito a fare quella palla di materia ed energia e l'ha fatta esplodere proprio come faccio io lanciando le palle di sabbia nell'acqua di mare, per la curiosità di vedere che cosa può succedere. Tutti i piccoli granellini si sparpagliano nell'acqua, creando una nuvola di particelle, proprio come l'esplosione ha creato le stelle.»

Il papà rimase ancora una volta affascinato ad ascoltare la sua bambina. Dopo un po' le chiese, curioso:

«Dimmi un poco, e di cosa sarebbero fatti questi abitanti del nulla, visto che la materia prima dell'esplosione non esisteva, visto che l'hanno creata loro, per gioco, per vedere cosa sarebbe successo?»

La bambina rimase pensierosa per un po' a rimirare le stelle. Poi guardò suo padre e rispose decisa:

«Loro secondo me sono fatti di fantasia ma anche di energia. L'energia è uguale per tutti.»

Ammirato, il papà rimase silenzioso a lungo. Rimase con lo sguardo rivolto in alto, fisso su quell'imperscrutabile universo palpitante di stelle. Infine guardò la sua piccola, le sorrise gentile e mormorò:

«Chissà, tutto è possibile nel mondo del possibile.»

Lei rimase in adorazione del suo papà che aveva sempre un sorriso gentile per tutti ma soprattutto per lei. Avrebbe voluto che quel sorriso non si spegnesse mai ma sapeva che anche le stelle più grandi prima o poi si spegnevano. Papà non aveva mai mentito su questo. Tutto era destinato a finire, prima o poi. Lei adorava il sorriso del suo papà ed era certa che, anche quando il sole si sarebbe estinto, quel sorriso sarebbe stato da qualche parte, laggiù, nel nulla, dove non c'era bisogno di un corpo per esistere.

«Adesso si è fatto veramente tardi, piccola mia. È ora di salutare l'universo e le sue stelle e di andare a dormire.»

La bambina sbadigliò, ormai paga di aver ascoltato la sua storia preferita e di aver raccontato al suo papà le conclusioni a cui era giunta dopo tanto pensare. Prima di rientrare in casa però disse:

«Voglio salutare anche gli abitanti del nulla. Forse loro ci guardano e ci ascoltano, come io guardo la sabbia dissolversi nell'acqua e ascolto il rumore delle onde del mare.»

Il papà sorrise nuovamente e tenendo il viso rivolto verso l'alto salutò insieme a lei il cielo, le stelle e gli abitanti fantastici di quel mondo immaginario creato dalla sua bambina.

Lui non poteva saperlo, ma da sempre, guardando il cielo in braccio a lui, Lei era certa di riuscire ad udire qualcosa. Forse era solo la sua immaginazione, chi poteva dirlo, eppure in un angolo del suo piccolo, ancora ingenuo cuore, Lei sperava fossero davvero le voci degli strani abitanti di quel nulla al di là delle stelle.

Capitolo 11
La nascita dell'universo

Capitolo
11

La sera era pulita, tersa. Il cielo limpido era ricolmo di stelle vibranti, vive. Roland sollevò il viso verso il cielo, all'unisono con Almarath che se ne stava stretto al suo petto, ed insieme i due amici si stupirono di quanto immenso fosse quel tetto brillante che si apriva sopra le loro teste.

A volte Roland dimenticava cosa davvero lo avesse spinto a tentare il salto nell'ignoto che lo aveva condotto lì, ma bastava una notte come quella perché sapesse esattamente il motivo per il quale si trovava nel reale: mai nulla avrebbe eguagliato l'immenso stupore col quale i suoi occhi curiosi avevano visto la nascita di quell'universo ricolmo di stelle, enormi sfere infuocate che rischiaravano un'assoluta oscurità. Questo era stato l'universo fin dal suo primo istante di vita: ombra e fuoco.

Mentre il suo sguardo era ancora fisso verso i milioni di piccoli soli palpitanti che luccicavano nel nero della notte, con voce suadente Amael disse:

«Conosci le parole che da tempo immemore tutte le ombre, dalle più vetuste alle più giovani si tramandano, vero, piume di corvo?»

Roland annuì e senza distogliere lo sguardo dal cielo recitò:

«Roche ed infuriate, nel nero universo le voci delle ombre si levarono. E poi non fu che luce.»

Amael sorrise e mormorò:

«In queste semplici parole è racchiusa tutta la verità che con tanta ostinazione ci siamo affannate a cercare.»

A queste parole Roland distolse lo sguardo dal cielo. C'era buio intorno al costone roccioso e giù per il vallone, e tutto era immerso nella notte ma nonostante l'oscurità che li avvolgeva e che rendeva difficile vedere l'espressione dipinta sui loro volti, Roland era certo che Amael stesse continuando a sorridergli dolcemente.

Roland mormorò:

«Ho sentito queste parole innumerevoli volte. Le ho sentite pronunciare con rabbia al tramonto da tante, troppe giovani ombre, o recitarle con orgoglio da ombre millenarie ormai rassegnate al proprio destino. Raccontano la storia della nascita dell'universo per come l'hanno vissuta le ombre ed il fuoco. Questa è solo la loro verità, Amael.»

La strega si sedette su una roccia più levigata e guardando l'orizzonte buio, come se potesse vedere oltre quella spessa oscurità, rispose:

«Fuoco ed ombra sono la sola verità che esista sulla nascita dell'universo, piume di corvo.»

Roland sospirò e decise infine di sedersi accanto a lei.

Dopo un lungo silenzio, la strega disse:

«Dimmi tutto quello che hai capito su questo mondo, piume di corvo.»

Roland raccolse le idee e dopo un po' rispose:

«Il Nuovo Mondo è fatto da materia diversa da quella con cui siamo fatti noi esseri fantastici. La realtà si deteriora, si trasforma in continuo, eppure sembra che dalla morte risorga in continuo la vita in un ciclo di rinnovamento che non ha mai fine. Ogni cambiamento sembra ineluttabile: non si torna indietro ma si può solo andare avanti. Quando una creatura muore, la materia che la compone è utilizzata per creare nuove creature ma non si potrà mai ottenere la creatura di partenza per quanto le altre che verranno dopo di lei le assomiglino. I mortali sono unici, e la loro unicità è vincolata al lasso di tempo in cui è concesso loro di vivere, dopo di ciò essi tornano ad essere nuovo materiale da costruzione. Per quanto un campo fiorito possa apparire uguale ogni primavera, in verità non sarà mai identico: nuova erba, nuovi fiori, nuovi insetti, persino un diverso andamento del terreno... ogni cosa sarà cambiata. Di momento in momento tutto cambia ed ogni istante del tempo di questo mondo e dei suoi abitanti è unico, irripetibile. Questo è quello che ho imparato da solo.»

Quando Roland incontrò lo sguardo della strega ammantato dalla notte fu quasi certo di vedere i suoi occhi brillare ammirati nell'oscurità. Le sue parole furono soltanto:

«Hai compreso tutto quello che c'era da comprendere sulla materia reale. Hai osservato molto bene questo mondo e hai tratto le giuste conclusioni. Non ho molto altro da insegnarti sul rinnovamento e sulla decadenza. Vita e Morte sono i pilastri su cui si basa l'esistenza dei mortali.»

Stranamente Roland si sentì lusingato da quelle parole. Era orgoglioso di essere giunto da solo alle stesse conclusioni a cui evidentemente erano giunte le onniscienti streghe. Dopo un po' Amael chiese:

«Che cosa sai dirmi invece delle creature ibride, piume di corvo?»

A questa domanda Roland vacillò. Le creature ibride erano di certo la questione più spinosa tra tutte e Delia apparteneva sicuramente a quegli esseri costituiti in parte da materia reale e in parte da materia irreale, ovvero da un corpo mortale e da una Voce immortale.

Con onestà, Roland ammise:

«Queste creature sono quelle che tra tutte ho compreso di meno, Amael. Sembrano essere fatte da materia reale, eppure dentro di loro sembra essere vincolata una Voce, ovvero una parte costituita da pura irrealtà... È come se parte del nostro mondo fosse stato intrappolato nella materia reale e da questa assurda unione si fossero creati gli ibridi... per metà reali e per metà irreali... solo che non comprendo come ciò sia potuto accadere.»

Paziente e quieta, Amael chiese:

«Dimmi, quali sono gli ibridi che conosci meglio, quelli che con più facilità è possibile incontrare?»

Roland non esitò neanche un momento a rispondere:

«Fuoco ed ombra.»

Dopo un altro lungo silenzio, Amael disse:

«È successo proprio ciò che hai detto, piume di corvo. Nella materia reale è rimasta intrappolata parte della materia fantastica.

Ricordi l'esplosione da cui nacque l'universo reale? Noi l'abbiamo vista accadere.»

Roland sospirò. Come poteva dimenticarla? Dove prima non era esistito niente, nient'altro che il loro Nulla, niente più che fantasia, improvvisamente si era creato qualcosa di completamente diverso, qualcosa di nuovo... Da quel momento il loro mondo era stato ribattezzato "Nulla" poiché non conteneva materia reale ma solo fantasia. Il nuovo mondo che si era generato in seguito all'esplosione invece era "pieno" di materia... vera... tangibile... così diversa dalla fantasia che era incorruttibile ed eterna, non vincolata alla morte.

«Pensi che in quell'esplosione sia stato coinvolto il nostro mondo di origine? Per questo dici che secondo te è rimasta intrappolata in esso parte della materia fantastica?» domandò Roland dopo un poco.

Amael disse con certezza:

«Non lo suppongo più, adesso ne sono certa. Sono certa che l'esplosione sia stata provocata da alcune di noi creature fantastiche. E credo che solo una di loro sia stata l'artefice di tutto.»

Roland disse con urgenza:

«Ti prego, dimmi di più.»

La strega lo accontentò:

«L'esplosione non è stata una casualità come troppo a lungo abbiamo voluto credere. È stata invece il parto di un'immensa curiosità e di un altrettanto immenso desiderio di creare qualcosa di nuovo. Il mondo Reale è stato creato da una creatura come me e te, Roland. L'esplosione ha solo svelato ciò che da sempre era stato nascosto, celato: un nuovo modo con cui l'energia che tutto permea si può manifestare. Una Voce ha creato il mondo reale, Roland, una di noi creature fantastiche, intrappolando molte altre Voci in esso, creando gli ibridi. Dimmi adesso, che cosa sono le ombre, piume di corvo?»

Roland rimase perplesso a lungo cercando di rispondere a quella semplice domanda. Il punto era che rispondere non era semplice per come poteva sembrare. Dopo un po' l'elfo disse:

«L'ombra è l'oscurità creata da un corpo quando viene investito dalla luce. Senza luce non può esistere l'ombra. La maggioranza delle ombre che abitano questo mondo sono solo un'illusione creata da una fonte luminosa, ma molte altre invece, oltre ad essere ciò che ho appena detto, posseggono anche una Voce, sono degli ibridi fatti da una parte reale e da una parte fantastica.»

Amael ridacchiò e disse:

«Ti sei appena contraddetto, piume di corvo. Hai detto che l'ombra è un'illusione creata da un corpo investito da una fonte di luce, ovvero quella parte di oscurità che non esiste in assenza di luce. Dov'è la materia in tutto questo?»

Roland rimase senza parole.

«Ma...» esordì incerto ma Amael continuò a parlare al posto suo.

«Roland, non voglio confonderti. Le ombre sono esattamente ciò che hai detto tu: un'illusione creata dalla luce. Senza luce infatti non può esistere l'ombra e questo è il motivo per il quale dall'inizio di tutto le ombre hanno odiato ferocemente il fuoco, proprio perché senza di esso loro non sarebbero schiave di quell'illusione che le vincola a questo mondo. Il fuoco è energia, un'energia materiale che si manifesta diversamente da quella che possediamo noi, ma dove è presente la luce, ecco nascere l'ombra, eterna dannata, schiava della stessa luce che la generò. Il legame tra fuoco ed ombra è chiaramente stretto ed indissolubile. Come recitano da tempo immemore le ombre "prime nell'oscurità si accesero le stelle ardenti, dalle masse infuocate sorsero le ombre, eterne dannate". In realtà, benché le ombre si credano delle schiave condannate ad un'esistenza di immobilità e dipendenza dalla fonte luminosa che le tiene in vita, sono in realtà Voci in grado di muoversi inconsapevolmente tra i due mondi. -a queste parole Roland sussultò- Sono Voci che sono state intrappolate nel mondo Reale con un vincolo molto labile creato dalla dipendenza dalla luce, vincolo che però può essere facilmente superato: basta eliminare qualunque fonte di luce affinché un'ombra muoia, ovvero ritorni nel Nulla.»

Roland tremò quando chiese:

«Basterebbe quindi distruggere ogni fonte di luce per far finire l'universo e farci ritornare tutti nel nostro mondo di origine?»

Amael scoppiò a ridere. La sua era una risata genuina, lieve. Dopo un po' si ricompose e disse:

«No, Roland, se ogni stella si spegnesse e tutto piombasse nell'oscurità, solo le ombre tornerebbero per sempre nel Nulla mentre tutta la materia che compone l'universo resterebbe tale. Dovrebbe morire tutto perché l'universo avesse davvero fine ma questo è davvero troppo difficile da realizzare, piume di corvo. Le stelle sono milioni di milioni, disseminate per tutto l'universo! Non puoi spegnerle tutte e la Morte segue i cicli naturali. Chi ha creato il mondo reale è stato molto, molto arguto. Un giorno forse l'universo avrà fine e torneremo tutti da dove siamo venuti, in quella che nelle leggende è detta "la fine del tempo", ma intanto milioni di stelle continuano ad ardere dando luce ad altrettanti mondi come questo, nutrendo la vita di miliardi di esseri sparsi per tutti i mondi. Forse l'universo è destinato a morire, come tutto ciò che è costituito da materia reale, anche se io non credo che chi l'ha creato si stancherà tanto facilmente della sua meravigliosa creazione!»

Roland era sgomento ed affascinato al contempo. Non sapeva se sentirsi disperato o speranzoso. Una cosa era certa: tutta questa immensa ed affascinante creazione era qualcosa di molto più grande di lui e delle sue possibilità. Sinceramente, ammise:

«Mi sto perdendo in tutti questi discorsi, Amael. Sono confuso. Non possiamo spegnere i miliardi di stelle che vi sono nell'universo. La Morte è costretta a seguire i cicli naturali. Potremmo spegnere il fuoco di questo mondo ma non basterebbe. Ci sarebbe sempre il sole ad alimentare la vita su questo mondo. Le ombre sono creature ibride come il fuoco, sebbene siano molto labili e, come hai detto tu, basta eliminare la fonte di luce che produce la loro parte materiale affinché tornino nel Nulla. Però non è delle ombre che vogliamo il ritorno laggiù! Siamo noi a volere tornare a casa! Non capisco neanche cosa c'entra tutto questo con la nascita dell'universo! Non hai fatto altro che confermare quello che già so: le ombre ed il fuoco sono creature ibride e come tali si trovano a vivere nell'universo reale poiché le Voci che posseggono furono evidentemente coinvolte nell'esplosione.»

Con pazienza, Amael disse:

«Per favore, piume di corvo, ripeti di nuovo le parole che da tempo immemore tutte le ombre si tramandano.»

Ubbidiente, Roland recitò ancora una volta:

«Roche ed infuriate, nel nero universo le voci delle ombre si levarono. E poi non fu che luce.»

Con pazienza, Amael disse:

«Chi ha creato la materia reale, l'ha fatto usando anche le Voci provenienti dal nostro mondo, dal Nulla. Questo è il motivo per il quale nelle parole che hai recitato si parla di Voci infuriate. Il Reale è stato creato usando delle Voci e proprio con queste fu generata l'indissolubile coppia fuoco-ombra. La luce del fuoco, la luce dell'esplosione, ha svelato ciò che senza di essa non poteva essere visto: la Realtà. Le Voci delle ombre e delle fiamme si sono levate furiose, consapevoli dell'atroce condanna imposta loro dal creatore del nuovo mondo. Le ombre non sono altro che le prime Voci ad essere state intrappolate nel Reale. A differenza del fuoco, esse non hanno un corpo materiale. Sono schiave della luce e vincolate al Reale dalla loro natura ibrida. Esse sono Viaggiatori inconsapevoli tra i mondi poiché condannate a morire e a rinascere in continuo seguendo l'alternarsi di giorno e notte, di luce ed oscurità. Solo la Morte può fare ritornare le Voci nel Nulla, ma noi, al contrario delle ombre, non possiamo morire.»

Roland era agghiacciato quando mormorò:

«In tutto questo, la Morte è una di noi! È una creatura fantastica proprio come noi! Mi sono arrivate alcune leggende che dicono che possa essere stata proprio lei a creare l'universo e ad asservirlo al suo potere. È la Morte quindi che ha creato i cicli naturali? È come raccontano alcune leggende portate dal vento? È lei allora che ha intrappolato le Voci nella materia creando ombre e fuoco? Le dicerie sono realtà?»

Amael scosse la testa e Roland percepì il suo movimento deciso pur nell'oscurità della notte.

«No. Stai arrivando ad una conclusione errata per quanto sia forse la più ovvia. Però non è così. La Morte non ha creato l'universo facendo esplodere nello spazio un concentrato di energia e Voci. Non è stata lei. Sappi che la Morte è una vittima proprio come le Voci che furono usate per generare fuoco ed ombra. Non è lei l'artefice. Non solo è stata intrappolata nel Reale come un qualunque altro immortale ma si deve proprio al suo potere il continuo rinnovamento di ogni forma di vita che nasce in questo mondo. Lei è schiava del suo potere, un potere che nel Nulla passava inosservato ma che nel Reale si è rivelato essere il fondamento del nuovo mondo. Il creatore ha scelto bene colei da usare per il suo esperimento... ha usato la Morte, molte Voci ed un quantitativo incredibile di energia. Questi sono stati gli ingredienti dell'esplosione da cui tutto si generò. Dopo l'esplosione, le Voci si trovarono intrappolate nel fuoco e nelle ombre, e la Morte sgomenta si rese conto di essere poco più che una schiava, serva del creatore di quel nuovo mondo ed asservita al suo volere dal suo stesso potere di dare la morte alla materia reale, a tutto ciò che "viveva".»

Roland era scosso. Le rivelazioni di Amael erano qualcosa di difficile da accettare in modo indolore. L'idea di essere poco più che un prigioniero lo faceva infuriare e ancora di più la possibilità di essere come un giocattolo nelle mani di questo perfido creatore. Si strinse la testa tra le mani cercando di riordinare le idee. Sembrava che la testa dovesse esplodergli da un momento all'altro.

«Ricapitolando -disse a sé stesso, cercando di fare ordine nei suoi pensieri- Prima esisteva solo il Nulla, il nostro mondo di fantasia. Poi, quello che abbiamo soprannominato "il creatore", ovvero un essere fantastico come noi, un nostro simile, decise di dilettarsi a creare qualcosa di diverso e per farlo usò Voci ed energia. Da questa unione improbabile e mai sperimentata prima si generò un'esplosione, l'immensa esplosione che tutti noi abitanti del Nulla abbiamo visto accadere. È corretto? -Amael annuì in silenzio nell'oscurità in cui era avvolta- L'esplosione a questo punto sparpagliò, in tutto lo spazio vicino, quella che era la materia reale, una nuova forma di energia, e questo generò l'universo. Dall'esplosione nacquero le ombre ed il fuoco per come le conosciamo adesso, ovvero creature ibride in grado di morire. L'esplosione non è avvenuta per caso come abbiamo pensato tutti noi vedendola accadere, ma al contrario tu sei convinta che sia stata invece opera di un "artefice" che ha creato la materia reale per diletto. Come abbia fatto a fondere energia e Voci non lo comprendo, ma forse tu hai un'idea di come abbia fatto... Costui inoltre, per fare funzionare la sua creazione, ovvero il nuovo mondo che aveva generato, fu costretto ad intrappolarvi anche la Morte il cui potere era fondamentale per fare andare avanti il suo perverso gioco.»

«Già. -disse Amael soddisfatta, felice che Roland avesse compreso ogni sua parola e l'avesse fatta sua- Il potere della Morte era ed è fondamentale, era ed è alla base dell'inarrestabile ciclo di decadimento e successivo rinnovamento su cui si basa il mondo Reale.»

Roland inspirò più e più volte l'aria fresca e piacevole della sera in cerca di qualcosa che gli desse conforto, e dopo un po' disse:

«L'universo è stato quindi creato con una quantità ignota di energia e altrettanta materia fantastica fuse insieme, e da questa strana unione si sono generati la materia reale ed i primi ibridi, ovvero ombre e fuoco.»

«Esatto. Ombre e fuoco sono i primi ibridi. Le prime Voci intrappolate nella materia in seguito all'esplosione generarono fuoco ed ombra. Io e le mie sorelle supponiamo che l'esplosione sia avvenuta proprio a causa dell'instabilità della strana fusione di energia e di materia fantastica, ovvero di energia e Voci.»

«Ma... tutte le ombre e tutte le fiamme hanno delle Voci? Non sembra essere così... Non tutte loro sono degli ibridi, alcune sembrano essere solo fatte di materia reale e la stessa materia reale sembra essere priva di Voci... o almeno, a me è sembrato così.» obiettò Roland.

«È vero -disse pacatamente Amael- non tutte le ombre e non tutto il fuoco che adesso vengono generati hanno delle Voci e la maggior parte della materia reale che ci circonda ne è priva in quanto è solo un diverso modo con cui l'energia si manifesta ma so per certo che tutte le ombre e le fiamme primigenie sono invece ibridi. Sono potenti creature dalla cui esistenza dipende la vita stessa dell'universo. In particolare le ombre sono inconsapevolmente un importante ed indispensabile ponte tra i due mondi, il solo modo oltre al morire con il quale le Voci possono essere spostate da un mondo all'altro.»

«Quindi per tornare nel Nulla -disse tristemente e disperatamente l'elfo- o sei un'ombra e al calar del sole vi fai ritorno morendo, oppure devi per forza essere una creatura mortale! Siamo spacciati!» concluse e Almarath sentì il corpo del suo amico invaso da un tremore simile allo spaccarsi della roccia durante un terremoto.

Improvvisamente Roland sollevò la testa e chiese, con una foga incredibile che Almarath non aveva mai visto nel suo amico:

«Chi è l'artefice di tutto questo? Dimmelo! -urlò- Chi è stato a creare la materia reale e ad intrappolare la Morte e le prime Voci nella sua creazione? Chi è stato così perfido da voler creare un mondo dominato dalla Morte, dalla sofferenza e dal continuo cambiamento? Quale essere del Nulla potrebbe mai aver fatto questo, chi avrebbe mai potuto desiderare di creare un mondo così sofferente? Chi è quest'essere così immensamente malvagio? Dimmelo! Dimmelo, Amael, devo saperlo anch'io!»

La voce della strega divenne immensamente triste quando mormorò:

«Non posso rivelarlo, piume di corvo. Non a te. Ci sono segreti di cui è meglio non chiedere, storie che è bene che non siano narrate, custodite da poche creature in grado di farsene carico. E io sono una di queste.»

Roland si arrabbiò ancora di più a causa del diniego di Amael ma la strega placò subito la sua rabbia dicendogli duramente:

«Non saprai niente sulle Fatefarfalle se oserai chiedere oltre sul creatore dell'universo, piume di corvo.»

Queste poche ma incontestabili parole bastarono a zittire l'elfo che continuò però a rimuginare con ira nella sua mente cercando di capire chi poteva essere stato così spregevole e perfido da voler creare un mondo di sofferenza e ad imprigionare in esso per puro divertimento persino molti dei suoi simili, prima tra tutti la Morte, evidentemente una sorta di schiava asservita al suo capriccio, anch'ella imprigionata nella sua creazione ed impossibilitata a fuggire. Lui, almeno, si era trovato intrappolato per una sua scelta...

Col chiaro intento di distrarre Roland da quei pensieri così amari, Amael disse:

«Dimmi, piume di corvo, quali altri ibridi conosci oltre al fuoco e all'ombra?»

Roland cercò con ostinazione di allontanare la rabbia ed il risentimento che stava provando in quei momenti, per rispondere alla strega, ma era davvero difficile. Sentiva di odiare intensamente quell'essere spregevole che aveva creato l'universo. Il non sapere chi fosse, lo rendeva furibondo poiché non riusciva ad indirizzare quel sentimento tremendo d'odio che lo scuoteva fin negli angoli più reconditi della sua anima. Inspirò a fondo più e più volte l'aria fresca della notte. Doveva ritrovare la serenità se voleva tornare a ragionare con chiarezza.

Abbracciò teneramente il corpo tiepido di Almarath che aveva iniziato a fargli le fusa nell'intento di confortarlo e si sentì subito più lieve.

Dopo una lunga pausa in cui si strinse al suo amico, all'unico appiglio che aveva in quel dolore misto all'odio, Roland trovò infine la volontà per riflettere con calma. Scelse attentamente le parole da dire ad Amael e rispose:

«Nel corso del tempo ho incontrato ogni sorta di ibridi tra gli abitanti mortali del nuovo mondo: animali di ogni tipo ma anche alcuni esseri umani. Non tutte le creature che vivono sono un semplice ammasso di materia. Almarath, ad esempio, è sicuramente un ibrido.» ammise Roland prima che potesse essere Amael a dirlo.

Il fatto che il gatto avesse una Voce gli era da sempre stato più che palese ed era sicuro che anche Amael lo avesse subito capito.

«Come pensi che si creino questi esseri ibridi, piume di corvo? Se l'universo come ti ho raccontato è nato da un esperimento intentato in cui si sono unite Voci ed energia, le Voci intrappolate dovrebbero essere un numero limitato che con il tempo è destinato ad esaurirsi. Il fuoco, ad esempio, al contrario dell'ombra, può essere annientato e morire. Basta dell'acqua, un temporale, una stagione piovosa. Vero è che il fuoco primigenio non si farebbe distruggere in un modo così semplice, però il concetto è che, se quello che ho detto è vero, allora il numero di Voci presente dovrebbe essere comunque destinato a diminuire, non ad aumentare. Secondo te, come si creano nuovi ibridi, dunque?» chiese Amael.

L'oscurità nascondeva il viso dell'elfo ma la sua voce non poteva mascherare le sue emozioni quando disse:

«Non ho la risposta a questa domanda ma il vento porta racconti, leggende, storie... Si narra che voi streghe abbiate creato molti ibridi nel tentativo di richiamare nuovi immortali dal Nulla e nel desiderio di comprendere le leggi che governano l'universo.»

La voce piatta di Amael confermò:

«È vero, piume di corvo, lo abbiamo fatto. Noi abbiamo creato molti ibridi. Prima del nostro arrivo in questo piccolo mondo in cui ci troviamo, esistevano solo fuoco ed ombre come esseri ibridi ma non è solo merito nostro. -la furia di Roland era tangibile ma Amael continuò, ignorandola- Ti svelerò un mistero, piume di corvo, un segreto che molti hanno pagato con ciò che di più prezioso avevano per ottenerlo -la sua voce divenne immensamente sofferta ma poi continuò- Il creatore è in grado di portare nuove Voci nel mondo Reale e vincolarle ad esso, è capace di ripristinare l'equilibrio tra Voci che morendo ritornano nel Nulla e nuove Voci che vi arrivano.»

La reazione di Roland non fu affatto quella che Amael si era attesa. La strega rimase senza parole quando la rabbiosa voce di Roland le urlò contro:

«Al momento non mi interessa niente di questo creatore e di come faccia questo essere spregevole ad alimentare questo viavai di Voci! Voglio sapere l'unica verità che m'interessa! Le avete create voi? ... Le fate mortali, le fate dalle ali di farfalla... siete state voi a crearle?»

Amael rimase basita a fissarlo. L'oscurità era troppo spessa adesso per poter vedere nitidamente l'espressione sul suo viso ma Almarath era certo che la strega fosse molto, molto sorpresa da ciò che Roland le aveva appena urlato contro. Una sottile risata riempì la notte. Le parole della strega uscirono meravigliate ma al contempo divertite quando disse:

«Ti ho elargito una rivelazione per la quale si è pagato a carissimo prezzo e tu, invece di comprendere quello che ti ho appena detto, pensi soltanto a lei, alla tua fata, alimentando l'odio nei nostri riguardi che da sempre porti nel tuo cuore.»

Roland non rispose ma il suo silenzio era un gelido assenso. Dopo un lungo tempo, in cui la strega soppesò forse ogni pensiero dell'elfo, Amael chiese con onestà:

«Davvero è per te più importante conoscere la verità sulla tua fata che non ottenere le risposte per le quali noi streghe abbiamo sacrificato tutto?»

Roland disse sicuro:

«Voi anteponete tutto al sapere, io no. Voglio sapere solo come poterla riportare in vita. Voglio sapere tutto di lei. Quando lei riempie i miei pensieri, ogni altra cosa perde ogni valore.»

Amael constatò amaramente:

«Mai dimenticare la vera essenza di ciò che ci circonda. Ho appena sottovalutato ciò che ti rende un elfo.»

Le parole di Amael erano criptiche ma Roland non ebbe il tempo per chiederle una spiegazione perché la strega disse severa:

«No. Non le abbiamo create noi. E, anche se non ne abbiamo la certezza, pensiamo che non sia stata neanche opera del creatore. Questo è il motivo per il quale siamo state profondamente affascinate dall'arrivo nel Reale di questi nuovi ibridi. Le abbiamo studiate con dovizia, sviscerando ogni segreto sul loro assurdo ciclo vitale. Sappi che non avrai bisogno di trovare un modo per riportarla in vita poiché lei non ne ha bisogno. Presto il tuo più grande desiderio di poterla stringere viva al tuo petto sarà esaudito, e non per merito mio ma della sua stessa natura. -Roland si accigliò, senza riuscire a capire cosa Amael volesse dire- Di norma un mortale provvisto di Voce non può ritornare in vita dopo la morte, loro invece sì. La tua fata rinascerà la prossima primavera. -Roland trasalì con violenza a queste parole ed il cuore gli saltò in gola rischiando di soffocarlo per l'emozione ma Amael non gli permise di interromperla- Come notammo osservandole, queste strane fate condividevano con le comuni farfalle alcuni aspetti della loro esistenza. Erano fragili, delicate e morivano alla fine dell'estate ma poi rinascevano la primavera successiva in un continuo ciclo di morte e resurrezione. Solo la completa distruzione del loro corpo materiale impediva loro di rinascere. -a queste parole Almarath percepì distinto il sollievo di Roland al pensiero di avere protetto le spoglie di Delia- Abbiamo indagato il perché della loro mortalità e della loro rinascita e dopo molti studi infine io e le mie sorelle abbiamo compreso che la nascita della prima fatafarfalla sia stato il disperato tentativo di una Voce di giungere in questo mondo dal Nulla alla ricerca di una Voce gemella. Senza essere stata correttamente guidata, ella si è fusa erroneamente alla materia reale, vincolandosi a qualcosa che le ricordava il suo aspetto originario. Quelle che sono venute dopo di lei, hanno solo seguito il suo esempio emulando il suo stesso risultato: una vita caduca e mortale come quella delle farfalle di campo.»

Mentre Amael parlava, l'ira di Roland sembrava placarsi distratta da uno strano senso di sollievo al pensiero di poter stringere nuovamente a sé la sua Delia. Eppure, per quanto l'elfo fosse stato attento ad ogni parola della strega, non riusciva a capire appieno come potesse essere nata. Perché se Delia era nient'altro che una Voce che aveva viaggiato, non si era semplicemente ritrovata nel nuovo mondo nella sua forma originaria come avevano fatto gli elfi e le fate dalle ali cristalline? Perché mai era rimasta vincolata alla materia finendo per diventare un ibrido con un corpo materiale?

I pensieri di Roland fluivano chiari anche se inespressi. Amael continuò:

«Senza conoscere l'universo e le sue leggi è molto probabile perdersi in esso. Ricordi come sei giunto qui, piume di corvo?»

Con la voce roca e la gola stretta al ricordo del suo salto nell'ignoto, Roland rispose:

«Certo che lo ricordo. I vostri racconti sono giunti sino a noi allettandoci e convincendoci a raggiungervi per esplorare insieme il nuovo mondo. Sono stati i vostri canti a guidarci attraverso il buio universo, a far sì che viaggiando tra stelle e galassie potessimo raggiungervi esattamente dove voi vi trovavate.»

Amael constatò freddamente:

«L'universo è grande e spettacolare, affascinante ed immenso. Viaggiare da soli in esso è arduo, perdersi in esso e dimenticare ogni cosa è molto probabile. Se i nostri canti non ti avessero guidato, chissà dove saresti finito, piume di corvo, chissà cosa ti sarebbe successo. Forse la tua Voce, vagando disperata e sola, sperduta in un mondo così diverso per un tempo incalcolabile, alla fine si sarebbe legata alla materia reale più simile alla sua forma originaria nel disperato tentativo di ritrovare stabilità. Non abbiamo idea di quanto tempo una Voce che tenti il salto nell'ignoto senza una guida possa impiegare vagando nell'universo da sola prima di trovare un appiglio per potervi restare. Noi stesse, io e le mie sorelle, abbiamo vagato per un lunghissimo tempo prima di decidere di approdare qui. La nostra forza più grande è stata l'essere insieme, sempre, ed il conoscere cosa ci rendeva diverse dal reale che ci circondava. Abbiamo mantenuto salda la consapevolezza di essere creature irreali in un mondo di materia reale, ne abbiamo fatto la nostra unica e solida certezza, ma la solitudine e la mancanza di consapevolezza possono divenire fatali viaggiando da soli per l'immensità dell'universo. Il tempo e la solitudine possono essere la causa della dimenticanza, dell'oblio, del perdere se stessi, del dimenticare ogni cosa.»

Le ultime parole di Amael lasciarono l'elfo sgomento. Almarath non riusciva più a capire tutto quello che veniva detto ma comprendeva fin troppo bene il sentimento di incertezza e terrore che provava il suo amico.

Le forti emozioni che stava vivendo fecero tremare ogni parola che uscì dalle sue labbra:

«Stai cercando di dirmi che... la mia Voce gemella, la mia fata... ha cercato di raggiungermi viaggiando da sola per l'universo e che alla fine è riuscita a trovare questo mondo ma... ormai immemore di ciò che era, si è fusa alla materia reale creando l'ibrido che ho visto io?»

Amael, ammirata dalla conclusione a cui Roland era giunto con facilità, disse con fierezza:

«È così, piume di corvo. Le Voci gemelle si attirano e la tua presenza qui è infine riuscita a farla approdare in questi luoghi ma evidentemente la sua coscienza era ormai svanita da tempo. Non è la prima ad essere riuscita in una tale impresa. Molte altre fate hanno fuso loro stesse con le farfalle reali creando questi spettacolari ma caduchi ibridi che abbiamo deciso di chiamare Fatefarfalle.»

Roland adesso tremava nonostante il calore che Almarath cercava strenuamente di donargli.

«Lei era immemore. -biascicò- Non sapeva niente. Non ricordava nulla. Era sperduta, spaventata. L'unica cosa di cui era certa era che...»

Roland vacillò, disperato, ma Amael concluse il pensiero al posto suo:

«L'unica cosa di cui era certa, era che tu fossi il motivo per il quale ella si trovava in questo mondo.»

Affranto, Roland mormorò:

«Ha viaggiato per chissà quanto tempo per ritrovarmi ma ora mi dici che lei è destinata a morire in continuo! Il suo corpo è fatto della stessa materia di questo mondo e quindi lei ritornerà nel Nulla ogni volta che morirà! Il suo viaggio è stato vano! Sarà vano ogni volta! È stato tutto inutile! Io non sapevo di avere così tanto bisogno di lei quando ero nel Nulla, altrimenti non sarei mai partito! Solo dopo essere giunto qui ho iniziato a provare la mancanza, il dolore per essermi separato da ciò che è la mia ragione di esistere! Adesso sapere quale destino infausto l'aspetta mi distrugge... L'idea di vederla morire continuamente mi devasta... La sua ricerca, il suo tentativo di ritrovarmi hanno avuto il solo risultato di condannarla a soffrire per sempre!»

Amael scosse la testa e disse con fermezza:

«No, piume di corvo. Non è così. Per lei questo viaggio non è stato inutile e non sarà mai vano. Il suo scopo era ritrovarti ed è riuscita a farlo. Ci riuscirà ogni volta. La prima volta il viaggio che ha intrapreso è stato pericoloso, pieno di insidie, ma lei ora conosce la strada. È un viaggio che ha già compiuto e che quindi può rifare. È morta e morirà ogni volta, è vero, ma proprio perché ora sa di poterti ritrovare, proprio perché sa dove sei e come può raggiungerti, proprio per questo rinascerà. Per lei non sarà mai inutile, sarà il raggiungimento del suo scopo. Emulerà il ciclo vitale delle farfalle di campo e in primavera risorgerà. Lei tornerà da te, ancora e ancora. Tu ora hai la responsabilità di proteggerla e di condurla nel mondo. Senza di te, senza il tuo aiuto, lei sarà sperduta come quando l'hai incontrata la prima volta. È improbabile che senza il suo elfo guardiano una di queste fate riesca a sopravvivere a lungo nel mondo. I pericoli sono innumerevoli e loro sono creature molto fragili. -la consapevolezza di quanto questo fosse vero fece impallidire Roland che ringraziò Amael per avergli svelato la verità sul loro ciclo vitale, verità senza la quale Delia sarebbe stata in futuro in balia degli eventi, senza protezione. Amael sorrise compiaciuta e continuò- Le Voci gemelle sono unite da un legame che sembra andare oltre il tempo ed oltre lo spazio. Le Voci gemelle si attraggono con una forza che è più potente di molte altre che governano l'universo. L'unico modo che hai per fermare questo ciclo è distruggere la parte di materia, le sue spoglie mortali, a cui lei si è vincolata. Se vuoi che la tua fata non ritorni, dovrai distruggere completamente ciò che resta del suo corpo. E anche se lo farai, ricorda che non potrai mai essere certo che lei non ritenti un nuovo salto nell'ignoto, spinta dall'ostinazione di ricongiungersi a te.»

Pur nell'oscurità della notte, Almarath vide lo sguardo del suo amico sgranarsi incredulo. Adesso tutto il terrore che aveva provato quando Amael aveva paventato la possibilità che Delia potesse rinascere ma anche morire nuovamente, eruppe con violenza.

«Io l'ho vista morire! Ho visto il suo corpo decadere miseramente, le sue ali sfaldarsi! Ho assistito allo strazio della sua morte! È stato terribile! Spaventoso! Non posso immaginare di rivivere tutto questo! Non posso pensare di vederla soffrire e morire ancora e ancora! Tutto ciò è di una cattiveria inaudita!»

Impietosa, Amael disse:

«La prossima primavera, se le sue spoglie non saranno state completamente distrutte, lei risorgerà per ritornare da te, che tu lo voglia oppure no. La vedrai rinascere a nuova vita, come una neonata farfalla di campo. Sarà inerme, fragile e alla mercede dei pericoli del mondo. Rinascerà immemore e sperduta come la prima volta che è giunta qui, ma col tempo vedrai che la sua coscienza tornerà e con essa anche la memoria del suo primo viaggio. Vivrà per tutta la primavera e per tutta l'estate ed infine, come già è accaduto, lei morirà. -Roland trasalì disperato ma Amael continuò- Questo ciclo si ripeterà all'infinito, così come le ombre muoiono al tramonto e rinascono all'alba del giorno successivo, così la tua fata mortale morirà alla fine dell'estate per rinascere la primavera successiva, identica a se stessa, finché del suo corpo mortale resti qualcosa. Se il suo corpo verrà distrutto completamente lei non risorgerà più o, nel caso sia coraggiosamente ostinata, ritenterà un viaggio privo di guida. Finché ci saranno, i suoi resti mortali fungeranno da guida, come i nostri canti lo furono per voi. Per questo è importante che le sue spoglie siano preservate con cura e sono certa che il tuo istinto ti abbia correttamente guidato in questo senso.» concluse Amael che conosceva già la risposta dai ricordi di Roland nei quali aveva già ampiamente scavato.

Sgomento, affranto e disperato, Roland mormorò:

«Mi stai dicendo che la mia Delia è destinata a morire e rinascere in continuo, in un ciclo che... non avrà mai fine a meno che io... non provi a distruggere i suoi resti?»

«Sì. -disse Amael senza alcuna gentilezza- È una fata mortale ma allo stesso tempo eterna. Ha bisogno del tuo aiuto sia per vivere la sua breve vita sia per potere rinascere.»

Roland urlò disperato:

«Questo è tremendo! È peggio ancora dell'essere immortale in un mondo di mortali! Perché non può semplicemente tornare nella sua forma originaria ora che conosce la strada per giungere sino a me? Perché non può rinascere come fata immortale, come tutte le altre sue sorelle dalle ali di cristallo?»

Amael sospirò. Era la prima volta da quando avevano ripreso a stare insieme che Roland sentiva uscire un sospiro partecipe dalle labbra della strega. Con pazienza Amael rispose:

«Il suo primo viaggio l'ha resa immemore, e così sarà ogni volta che risorgerà. La memoria e la consapevolezza di ciò che ella è e del suo viaggio torneranno quando sarà troppo tardi, quando il suo ciclo sarà vicino alla fine. Solo se lei riuscisse a mantenere un ricordo stabile potrebbe risorgere come fata immortale ma questo evento è troppo raro perché io possa darti una speranza. Le uniche volte in cui ciò è accaduto è stato perché noi abbiamo forzato gli eventi con il nostro potere, violentando la mente e donando una memoria ed una conoscenza che si era perduta. Ciò purtroppo ha condotto anche ad una tetra follia.»

Queste ultime parole fecero raggelare Roland. L'idea di avere la mente profanata da una strega era un'eventualità peggiore della morte per un mortale. La maggior parte dei suoi simili che avevano ricevuto un simile trattamento erano davvero scivolati nella più insondabile follia. Non avrebbe mai e poi mai permesso che ciò accadesse alla sua Delia.

Roland biascicò:

«Il suo corpo è al sicuro. Aspetterò di vederla risorgere per credere veramente alle tue parole.»

La voce della strega divenne dura quando disse seccamente:

«Avevo detto che ti avrei dato delle risposte. Non osare mettere in dubbio la mia parola, piume di corvo.»

Benché fosse profondamente scosso da tutte le rivelazioni di quella notte, con coraggio Roland sfidò apertamente Amael:

«Una parte di me non si fida di te, Amael. È quella parte che ancora non comprende perché tu mi stia raccontando segreti per i quali, come tu stessa hai detto, voi stesse avete fatto immensi sacrifici. Non riesco a credere che sia solo per il bisogno di compagnia, per la necessità di condividere con qualcuno queste verità. Qual è il vero motivo per il quale mi stai raccontando tutto questo?»

Piattamente la strega replicò:

«Volevo solo la tua compagnia, te l'ho già detto fin troppe volte, piume di corvo. Credi a quel che vuoi. Ho risposto alle tue domande e ti ho confidato anche più di quello che mi avevi chiesto. La tua fata risorgerà e morirà in un ciclo infinito. Non avrà mai consapevolezza e memoria di ciò che è accaduto se non nell'ultima parte della sua esistenza. Sarà dipendente da te e dal tuo aiuto per tutto il tempo della sua esistenza in questo mondo. Questa è la verità che volevi conoscere. Sta a te accettare questo destino o meno.»

Roland trasalì nuovamente. L'angoscia sembrava stritolarlo. Con urgenza disse:

«Potrebbe esserci un modo per renderla immortale che non sia profanare la sua mente col tuo potere rischiando di farla impazzire, o un modo perché io possa tornare insieme a lei nel Nulla?»

Amael sorrise ma questa volta Almarath si sentì percorrere da un brivido gelido. Il gatto era certo che ora quel sorriso fosse freddo e calcolatore.

«Dipende tutto da quello che sceglierai di fare, piume di corvo. Hai molte possibilità innanzi a te ed io non intendo interferire con le tue future scelte. Spetta solo a te scegliere la tua via. Puoi scegliere di vivere in armonia con lei per il tempo del suo ciclo vitale, anno dopo anno, godendo del tempo che puoi trascorrere con lei, accettando questo continuo morire e rinascere, continuando a vivere da solitario e ramingo per il tempo che non passi con lei. Puoi scegliere di ritornare ad AcquaBosco dai tuoi fratelli e condividere questa condizione con quanti di loro come te sono custodi di una fatafarfalla, imparare da loro come hanno scelto di preservare e proteggere i corpi delle loro amate, anche se dopo il nostro incontro non credo vorranno accettarti più tra loro, sappilo. - a queste parole Roland sembrò innervosirsi ma Amael continuò implacabile- Ancora, potresti decidere di distruggere il corpo della tua fata per porre fine a questo ciclo straziante che la obbliga a morire e a rinascere, e tornare a vivere come hai fatto sino ad ora, solo e ramingo, senza legami. –all'idea di questa opportunità Roland si sentì mancare la terra sotto ai piedi ed Amael aggiunse- Anche se sono certa che la tua natura di fedele guardiano ed immortale protettore te lo vieti. Potresti infine decidere di trovare un modo per tornare insieme a lei nel Nulla e restarvi, lasciandoti alle spalle questo caduco mondo.»

Roland cercò di fissarla ma l'oscurità gli impediva di trovare i suoi occhi come avrebbe voluto. La sua voce fece trasparire tutta l'urgenza e la debolezza che non avrebbe voluto mostrarle quando le chiese:

«Avete quindi trovato un modo per viaggiare tra i mondi, per ritornare nel Nulla? Quella speranza di cui mi parlavi è quindi una possibilità reale? Dimmi di cosa si tratta, ti prego! Dimmi come posso tornare laggiù insieme a lei e restarvi!»

Amael sorrise. Almarath percepì nuovamente il gelo in lei, una freddezza che non poteva essere sciolta in alcun modo. Tra le braccia di Roland, il gatto tremò.

Duramente, la strega ricordò all'elfo:

«Ti ho dato le risposte che cercavi. Se saprai cercare nelle rivelazioni che ti ho fatto, allora troverai anche la risposta a quest'ultima domanda che mi hai posto. Sappi però che da me non otterrai altro, piume di corvo. Il nostro tempo insieme è stato molto piacevole. Se vorrai, potremo continuare a dividere il tempo sino al mio ritorno nella Valle Pietrosa. Da quello che ho capito, non è tua volontà voler tornare con me in quei luoghi o cercare di avvicinare quei tuoi fratelli che il destino ha reso come te custodi di una fatafarfalla.»

Confuso e pieno d'angoscia, Roland si interrogò sulle sue intenzioni ma non riuscì a capire cosa il suo cuore volesse veramente. L'unica cosa che riuscì a dire fu:

«Se prima di Delia sono giunte altre fate mortali dalle ali di farfalla, se loro vivono in questo mondo già da tempo, com'è mai possibile che nelle mie peregrinazioni e durante il mio viaggiare io non abbia sentito alcuna leggenda, alcun racconto o storia che narri di loro? Mi stai forse mentendo? Vuoi raggirarmi per usarmi?»

Seccamente Amael disse:

«Evidentemente, piume di corvo, non hai saputo o non hai voluto ascoltare. Hai agito allo stesso modo anche poc'anzi con i miei racconti. Non hai voluto ascoltare qualcosa di molto, molto importante. Ricorda che per comprendere appieno le cose bisogna possedere la volontà per ascoltare e capire, altrimenti le verità si disperdono così come le storie narrate dal vento. Sono certa che da oggi in poi imparerai ad ascoltare con molta più attenzione di quanto tu non abbia mai fatto sino ad ora. E ti prego di non mettere più in dubbio la mia parola. Non sarò più clemente con te se lo rifarai ancora.»

Le parole di Amael ferirono Roland nel suo orgoglio ma in fondo non si sentì di poterle contestare. Era consapevole di non avere prestato abbastanza attenzione ad alcune rivelazioni che Amael gli aveva fatto, accecato dal bisogno di conoscere le risposte alle domande sulle fatefarfalle. Forse doveva solo riordinare le idee, rivivere nel suo ricordo tutto ciò che lui ed Amael si erano detti. Se la risposta che cercava adesso, ovvero come potere ritornare con Delia nel Nulla, si trovava davvero nelle parole che Amael gli aveva detto, allora non gli restava che trovarla.

Improvvisamente la nera sagoma di Amael divenne più delineata. Il costone roccioso iniziò a diventare qualcosa di più che una macchia scura nella notte. Le stelle iniziavano a divenire meno luminose ed il cielo schiariva. Stava per albeggiare. La lunga notte era infine conclusa.

Ora più che mai l'elfo si sentiva sperduto, ignaro di cosa fare, di quale scelta prendere.

Con sincerità, prima che Amael rientrasse nel rifugio o decidesse di andare in giro per la valle, Roland mormorò:

«Penso che resterò con te fino all'inizio della primavera, fino a quando non vedrò Delia rinascere a nuova vita con i miei stessi occhi. Dopo deciderò cosa fare.»

Amael annuì.

Una domanda dolorosa e spaventosa era come incastrata nel petto di Roland ma l'elfo trovò il coraggio per farla prima che Amael per quel giorno gli voltasse le spalle:

«Come fai ad essere sicura che distruggendo completamente i resti di una fatafarfalla questa non possa più risorgere?»

Cupamente Amael disse:

«Lo sai come lo so, piume di corvo, non chiedere una sciocca conferma a ciò che già sai, ti rendi ridicolo. Ti avevo avvertito: la conoscenza esige un prezzo molto alto. Conosci perfettamente i delitti terribili di cui ci siamo macchiate per ottenere il sapere. Abbiamo cacciato selvaggiamente le fatefarfalle e condotto ogni sorta di esperimento su di loro, le uniche creature capaci di fare la spola tra i mondi come noi abbiamo da sempre desiderato poter fare. Ma non credo tu voglia conoscere i dettagli dei nostri crudeli esperimenti.»

A queste parole Roland si sentì raggelare nuovamente. Aveva deciso di restare con Amael, con uno di quei mostri che avevano tormentato le fate dalle ali di farfalla per aggiungere sapere al loro sapere. Aveva ceduto all'allettante conoscenza che Amael gli aveva porto, una conoscenza macchiata del sacrificio e della sofferenza dei suoi simili. Se solo i suoi fratelli avessero saputo che aveva deciso di dividere consapevolmente il suo tempo con una delle abominevoli creature che avevano torturato in modi indicibili le loro fate in cerca del sapere, sicuramente lo avrebbero odiato ferocemente. In quel momento Roland sentì di meritare parte di quell'odio e seppe che tornare ad AcquaBosco era l'unica delle possibilità elencate da Amael che non avrebbe mai potuto scegliere. Forse quello era il suo destino da sempre: essere un solitario ed un ramingo.

Il primo chiarore prealbare rese distinto il viso spaurito di Almarath stretto nel suo abbraccio. Per il povero gatto quella notte doveva essere stata ancora più buia ed inquietante che per lui. Improvvisamente la sola cosa importante sembrò essere proprio il suo amico Almarath che in silenzio e senza tirarsi indietro lo aveva accompagnato nonostante la paura, presenza costante e conforto in quella lunga notte.

Tutte le preoccupazioni di Roland, tutte le ansie che provava, sembrarono d'un tratto perdere importanza innanzi al desiderio di rassicurare e proteggere il suo amico.

«Va tutto bene, amico mio. Ce la caveremo tutti, vedrai.» gli mormorò all'orecchio stringendolo con tutto l'amore di cui era capace.

«Grazie per questa notte, per essermi rimasto accanto.» sussurrò pieno di gratitudine.

Senza aggiungere nulla, Almarath iniziò di nuovo a spandere le sue dolci fusa.

Forse l'unica certezza e l'unico appiglio che Roland possedeva erano proprio che, comunque la trama del tempo avesse deciso di intrecciarsi ed intrappolarlo in essa, la sua priorità sarebbe stata sempre e comunque proteggere chi tanto amava.

L'attendere

Il giorno dell'intervento chirurgico di suo figlio era programmato per l'indomani mattina. Erano soltanto le sei del pomeriggio e il suo animo era già talmente scosso e fremente che non aveva idea di come avrebbe potuto trascorrere la notte a venire.

Doveva attendere quell'infausta ora del giorno in cui i pensieri si affastellavano divenendo pressanti ed angoscianti, quell'ora in cui avrebbe dovuto riposare per poter affrontare con la giusta energia il difficile giorno che l'attendeva, il momento in cui si sarebbe coricata a letto e avrebbe spento la luce lasciando che l'oscurità l'avvolgesse. Sarebbe riuscita a dormire? Se solo avesse chiuso gli occhi e fosse scivolata nel sonno, quell'atroce attesa sarebbe stata più breve. Era certa però che non ci sarebbe riuscita. Lei già sapeva che non avrebbe dormito, schiacciata dall'angoscia per ciò che sarebbe accaduto il mattino seguente.

Attesa.

Mai quella parola aveva avuto un peso così gravoso per lei.

Ogni minuto sembrava infinito, intollerabile.

Guardò suo figlio che dormiva pacifico nella culla. Era così piccolo, così inerme ed indifeso... solo pochi mesi di vita e già il suo fragile corpo avrebbe dovuto subire le ingiurie del vivere. Il solo pensiero la lasciava sgomenta. Una domanda tornava pressante alla sua mente, il lugubre interrogativo se sarebbe sopravvissuto o meno...

Lei non aveva mai avuto paura di morire ma adesso la sola idea di veder morire chi amava la gettava in un baratro di angoscia davvero indescrivibile.

Attendere. Questa era la sola cosa che avrebbe potuto fare.

Lei era impotente innanzi alle trame del caso, quello che troppo spesso veniva poeticamente chiamato destino. Il sopravvivere o meno del suo bambino dipendeva da troppi eventi, su ognuno dei quali Lei non aveva alcun potere.

Attendere. Doveva essere paziente ma in quell'occasione non riusciva ad esserlo.

Ogni ricordo del suo bambino le tornava ora alla mente acuendo quel fremere interiore che la faceva sentire come un passero in gabbia. I battiti accelerati del suo cuore sembravano quasi il frullare d'ali di quell'uccello recluso, impossibilitato a fuggire da quella gabbia di emozioni.

Il ticchettare dell'orologio la confortava, ricordandole che ad ogni battito della lancetta il tempo scorreva.

Rimase a guardare il piccolo viso addormentato del suo bambino rivivendo ogni suo sorriso, ogni sguardo, quei fuggevoli mesi trascorsi insieme. Sembravano un breve lasso di tempo ma erano stati i mesi più pieni della sua esistenza. Il terrore l'assalì quando soppesò l'idea della possibile fine di tutto ciò. Il pensiero che il suo bambino l'indomani potesse non farcela e non essere più al suo fianco la sconvolse a tal punto che si sentì mancare.

C'era stato tanto silenzio prima del suo arrivo, fuori e dentro di lei. Lui era riuscito a creare un'armonia dove prima non c'era che un vuoto privo di suoni. Adesso la sola idea di essere avvolta nuovamente dal silenzio la lasciava inerme e senza alcuna protezione. Lui riempiva una solitudine difficile da descrivere, quella strana landa desolata dove non esisteva molto altro che il silenzio.

Attendi, si disse. Attendi ancora il domani e tutto si compirà.

Nulla di tutto ciò che accadrà, dipende da te. Il caso farà il suo crudele gioco.

Quelle ore maledette dovevano solo scorrere, la notte doveva solo passare, ed infine il responso del destino le avrebbe mostrato cosa l'attendeva. Solitudine e silenzio o armonia?

C'erano stati momenti difficili in cui aveva desiderato potere ritornare da sola nella sua landa silenziosa che aveva sempre percorso senza alcun problema prima del suo arrivo, spavalda, sicura del suo essere una creatura solitaria e raminga, ma ora si malediceva per averlo anche soltanto pensato.

L'orologio continuava inesorabile a battere il suo tempo ticchettando regolare mentre il suo cuore traballava nel vano tentativo d'incedere all'unisono con l'orologio.

Scorri tempo, passa in fretta.

Era pronta a perdere suo figlio? Forse quel tempo serviva solo a questo, a prepararla all'eventualità di tornare a camminare da sola nella sua landa desolata, forse doveva solo impiegarlo per trovare quella forza che le sarebbe servita a non soccombere, a continuare lungo il suo solitario cammino, ma poteva davvero sopravvivere alla perdita e tornare alla sua vita precedente?

L'angoscia la stritolò. Il ticchettio dell'orologio sembrò rimbombare nei suoi pensieri divenendo il solo suono capace di riempire il vuoto.

Devi essere forte, devi provarci, si disse. Che cos'era la forza? Era la capacità di accettare ciò che il caso aveva in serbo per noi o quella di continuare lo strano ed arduo viaggio della vita nonostante tutto?

Il bambino si mosse nel sonno producendo uno dei suoi confortevoli mugolii, uno di quei piccoli accenni di vita capaci di dirle che lui stava bene, uno di quei rumori capaci di tranquillizzare il suo cuore angosciato.

Lui era ancora lì con lei, per poche ore ancora, ma c'era.

Lei represse a fatica l'istinto di prenderlo tra le braccia e svegliarlo. Mai come in quel momento aveva bisogno di vedere quei piccoli occhi fissarla con amore incondizionato, con bisogno e attaccamento, con l'amore dei bimbi piccoli, quel legame violento che unisce una madre al proprio figlio.

Il mugolio si spense e lei si appese al suo flebile respiro. Era regolare ma appena udibile, lieve come un alito di vento.

«Resta con me, non te ne andare.» Lei supplicò mormorando nella penombra.

Non sapeva se stava implorando il suo bambino di sopravvivere o se stava piuttosto implorando quel destino dominato dal caso affinché gli eventi s'intrecciassero in modo a loro propizio. Lei sospirò. Lei sapeva fin troppo bene che quello che gli uomini chiamavano destino non obbediva ad altra regola che non fosse il caos, l'accavallarsi di infausti e fortuiti eventi.

L'orologio continuava a ticchettare. Il tempo fluiva.

Infine arrivò il tempo di coricarsi e con esso la notte. Lei non dormì ma rivisse ogni momento della vita di suo figlio finché non giunse l'ora che tanto aveva atteso. Fu proprio in quel momento, dopo quel lungo seguire lo scorrere del tempo, che si rese conto con sgomento che adesso il suo unico desiderio era quello di tornare indietro, di avere più di quel tempo che con tanta impazienza aveva desiderato veder fluire.

Proprio quando il momento che tanto aveva desiderato giungesse infine arrivò, si rese conto di non essere affatto pronta a ciò che l'attendeva. Per quanto avesse cercato la forza necessaria per sopravvivere, Lei sapeva di non averne a sufficienza. Per quanto avesse cercato un appiglio, un motivo per continuare a viaggiare nella sua landa silente e solitaria, Lei sapeva di non averlo trovato. Oltre lui, esisteva solo la landa silenziosa e desolata. Null'altro.

Non era pronta a vederlo morire. Non lo sarebbe mai stata.

Non esisteva un'altra verità.

Lei non poteva più sopravvivere senza di lui.

Capitolo 12
Il lungo inverno

Capitolo 12

Erano trascorse molte settimane dalla notte in cui Amael aveva rivelato a Roland tutto ciò che l'elfo bramava conoscere sulla sua Delia. Da allora Roland aveva continuato ad accompagnarla nelle sue peregrinazioni in giro per quei luoghi perseverando nell'intento di acquisire dalla potente strega quanto più sapere ella gli avesse voluto elargire prima che le loro strade si separassero.

Amael si era rivelata ben disposta ad insegnagli tutto ciò che lui ancora non sapeva ma era chiaro ad entrambi che questo suo desiderio di imparare fosse solo un modo per far trascorrere il tempo più velocemente ed in modo interessante in attesa che la primavera facesse il suo ritorno e con essa, come aveva detto la strega, anche Delia.

A volte Almarath notava quanto febbrile fosse il suo amico nell'imparare. Sembrava che cercasse in ogni modo di impegnarsi per non pensare al tempo che ancora doveva trascorrere prima che Delia potesse risorgere. Per l'elfo l'attesa era intollerabile e la strega lo sapeva. Almarath intuiva che questo rappresentasse un vantaggio per Amael ma il gatto non riusciva a comprenderne il motivo.

Da quella lunga notte in cui elfo e strega si erano detti molte cose, alcune delle quali il gatto non aveva ancora compreso appieno, Almarath l'aveva sempre guardata con più attenzione possibile, persino con più diffidenza di prima e con occhio guardingo. Sapeva quanto Roland fosse distratto dai suoi pensieri per prestare veramente attenzione ai particolari più sfuggenti che a lui invece non passavano mai inosservati: un sorriso più calcolatore, uno sguardo più tagliente, un fremito delle ciglia, un battere più rapido delle palpebre...

Il gatto non si lasciava scappare nulla. Anche lui attendeva, in modo diverso da Roland, ma comunque con impazienza, non che sopraggiungesse la primavera, per quanto odiasse l'inverno, ma piuttosto che lei mostrasse le sue vere intenzioni. Perché, Almarath ne era quasi certo, la potente ed inafferrabile strega stava tramando qualcosa. Amael però non si era mai tradita né contraddetta. Aveva sempre assicurato di volere la compagnia di Roland e sembrava non desiderare altro che quella.

Le giornate insieme a lei trascorrevano in armonia, serenamente. Amael non sembrava voler nuocere a nessuno dei due ed era sempre molto premurosa con entrambi, soprattutto con il gatto, eppure il sesto senso di Almarath continuava ad avvertirlo di non lasciarsi ingannare: lui sentiva che anche Amael come Roland fremeva in attesa della primavera. Il suo era un fremito ben celato, trattenuto, eppure nonostante tutto era a lui tangibile. Quale mai potesse essere il suo vero scopo, Almarath lo ignorava, ma era certo che la strega, come Roland, non aspettasse altro che vedere la neve sciogliersi ed i primi boccioli dischiudersi tra l'erba nuova.

Da quella lunga notte di rivelazioni, il sonno dell'elfo era stato sempre agitato. Lui non aveva un reale bisogno di dormire, in quanto essere immortale ed immaginario, ma cercava sempre di forzarsi a farlo per fare in modo che le notti passassero più rapidamente. Roland avrebbe fatto qualunque cosa per accelerare lo scorrere del tempo e dormire era un'opportunità che l'elfo cercava di sfruttare al meglio. Almarath lo sapeva e per questo si stringeva a lui, notte dopo notte, e cercava di rendere quelle ore buie meno gravose per l'amico ma Roland sembrava sempre rivivere nell'oscurità e nel silenzio delle ore notturne i suoi ricordi più tetri.

Spesso Almarath lo sentiva piangere. Era un pianto soffocato ma terribilmente doloroso, il pianto di chi rivive la morte di chi ha tanto amato. Molte altre volte Roland non riusciva a dormire neanche per un po' e trascorreva quelle ore buie a rimuginare. Quando il gatto di tanto in tanto si destava, trovava l'amico con gli occhi sbarrati a fissare l'oscurità immerso in chissà quali pensieri.

Se l'animale chiedeva cosa Roland stesse pensando, l'amico gli sorrideva e con voce rassicurante lo invitava a tornare a dormire.

Roland era fatto così: difficilmente avrebbe ammesso di trovarsi alle strette, schiacciato dagli eventi. Eppure Almarath era certo che l'elfo fosse stato davvero messo all'angolo dalle rivelazioni di Amael. La strega gli aveva paventato un futuro di continua sofferenza, un interminabile e gravoso avvenire nel quale Delia, primavera dopo primavera, sarebbe risorta per poi però morire inesorabilmente pochi mesi dopo, alla fine dell'estate. Almarath tremava di terrore ogni volta che rifletteva su questo orribile fardello che attendeva la povera Delia. Già per lui l'idea di morire una sola volta nella vita era terrificante, figurarsi il pensiero di dovere ripetere quell'esperienza di anno in anno!

Almarath sapeva che nei suoi gravosi pensieri, Roland s'interrogava proprio sulla possibilità di riuscire ad accettare tutto questo, l'inesorabile ripetersi della sofferenza, del decadimento ed infine del morire. L'elfo si chiedeva con angoscia se mai sarebbe riuscito a sopportare di assistere alla morte di Delia una seconda volta e poi una terza e poi rivivere lo stesso tragico evento anno dopo anno. Sarebbe mai riuscito ad accettare di doverla vedere agonizzare e poi giacere fredda ed immota tra le sue braccia? Avrebbe mai accettato l'idea di essere impotente innanzi a questo evento? Ogni volta che cercava di rispondere a queste domande, il suo cuore capitolava miseramente.

Era davvero possibile abituarsi a vedere soffrire e poi spegnersi chi si amava? Era possibile accettare la decadenza e la morte? Roland era certo di non poterci riuscire. Per quanto Amael avesse dato per scontato che fosse possibile farlo perché molti elfi vivevano con questa condanna e condividevano con lui questo infame destino di essere i custodi di una mortale fata dalle ali di farfalla, Roland era quasi certo che lui avrebbe subito perso questa battaglia ai suoi occhi impossibile da vincere.

La verità era che, a differenza dei suoi fratelli che avevano rinunciato persino alla loro stessa natura per vivere a stretto contatto con i mortali, Roland non aveva mai davvero voluto accettare la morte e la decadenza di cui il nuovo mondo era pregno. Aveva iniziato a sentire tutto il peso di queste cose solo da quando aveva scelto di condividere il suo tempo con Almarath. Prima dell'arrivo del gatto, per lui la palude Densamelma sarebbe stata soltanto una delle sue tante avventure ed esplorazioni. Era stato proprio grazie al forte e profondo legame con il gatto che Roland aveva iniziato a provare e a sentire le stesse sensazioni dei mortali. Infine l'arrivo di Delia aveva decretato la fine di un periodo della sua vita che ora l'elfo poteva dire essere stato quasi lieve e spensierato. Forse legarsi in quel modo a dei mortali era stato davvero l'errore più grande che avesse mai commesso ma d'altro canto non immaginava un modo col quale avrebbe potuto evitarlo.

Avrebbe forse dovuto voltare le spalle ad Almarath quando lo aveva trovato sofferente nel campo opponendosi al richiamo della sua Voce che sembrava come attirarlo magneticamente?

Avrebbe dovuto lasciare Delia al suo destino, scappando lontano da lei e dal suo verde sguardo, incurante della ferita che lei gli aveva aperto nel cuore?

Avrebbe dovuto restare un solitario ed un ramingo, continuando a vivere la sua immortale esistenza in solitudine, ignorando ed evitando ogni possibile legame con Voci a lui affini?

Era questo ciò che doveva fare, voltare le spalle ai suoi affetti e continuare a vivere le sue avventure esplorando in solitudine, privo di legami?

No. Non più. Non poteva più essere un ramingo, un solitario.

Adesso Roland sapeva che, per quanto quelle sarebbero anche potute essere delle scelte possibili, lui non avrebbe più potuto farle.

Era come incastrato in una trama che lui stesso si era creato con il suo modo di essere, con i suoi sentimenti, con il suo essere elfo. Lui voleva proteggere chi amava, era la cosa che più di tutte dava un senso al suo stesso esistere. Era impossibile sfuggire da quei nodi che ora lo legavano stretto ad Almarath e a Delia. Era intrappolato e voleva esserlo. Era stato lui a volersi legare. Non avrebbe mai potuto abbandonarli neanche usando tutta la sua volontà.

Che possibilità aveva dunque? Non molte, in verità. Loro erano mortali. Era nella loro stessa natura morire. Doveva accettare la morte. Questa era l'unica soluzione. La vera domanda era: poteva riuscirci? Il suo cuore sembrava collassare ogni volta che se lo domandava. Questa era la sua debolezza più grande: non accettare le fondamenta del nuovo mondo, non accettare il fatto che le forze che lo dominavano erano proprio il cambiamento e la morte.

Ogni volta che cercava di convincersene, di trovare la forza per accettare ed affrontare le leggi che governavano la realtà finiva sempre per essere strangolato e sconfitto dalla certezza di non essere all'altezza di quel compito. Si sentiva un vigliacco, un perdente, nonostante volesse combattere e vincere, ma poteva davvero esistere un modo per sconfiggere la morte?

Era così che, per uscire da quel vicolo cieco fatto d'angoscia ed impotenza in cui puntualmente si trovava intrappolato, Roland iniziava a ripensare alle rivelazioni che gli aveva fatto Amael. Nella sua mente riviveva la loro lunga conversazione nello strenuo tentativo di trovare una diversa soluzione al cupo e tetro futuro che lo attendeva.

Amael gli aveva raccontato che le ombre, i primi ibridi insieme al fuoco ad essersi ritrovati nel Reale, erano anche le uniche creature capaci di fare ritorno nel Nulla con facilità. Il loro vincolo con la realtà era molto labile ed era basato sulla presenza di una fonte di luce. Bastava che calassero le tenebre e venisse meno il legame con il mondo materiale perché le loro Voci facessero ritorno nel loro mondo di origine. Semplicemente, ogni volta che il sole tramontava, in assenza di una fonte di luce alternativa, le ombre morivano e quindi le loro Voci tornavano laggiù.

Amael aveva spiegato che solo le ombre più antiche avevano davvero consapevolezza e memoria di questo breve ma quotidiano viaggio di ritorno nel Nulla. Solo loro avevano la consapevolezza della propria natura, del vincolo che le aveva rese schiave della luce e del potere insito nel morire. Per le più giovani di loro o per le ombre inconsapevoli, il tramonto e la morte erano solo un'atroce condanna, non la possibilità di tornare a casa. Molte neanche sospettavano o immaginavano che morendo avrebbero fatto ritorno, sebbene per un breve lasso di tempo, in un mondo di pura libertà, nel loro amato Nulla. La maggioranza di loro neanche ricordava cosa accadeva e conservava solo stralci di immagini, simili ai sogni dei mortali.

Nei suoi viaggi Roland aveva conosciuto molte ombre. Erano state per lo più tutte ombre giovani, dotate di una tagliente e stridula voce, creature rancorose e piene di odio, esseri che maledicevano la loro vita di schiavitù, dipendente dalla luce. Nessuna di loro aveva mostrato di possedere alcuna memoria del Nulla e nessuna sembrava riuscire a conservare ricordi nitidi di ciò che accadeva nelle ore di buio, ovvero dopo la morte al tramonto. Tutte le ombre che Roland aveva incontrato avevano sempre lamentato il fatto di dovere morire giorno dopo giorno, in uno strazio senza fine. Si consideravano esseri inutili, "nient'altro che niente" mentre invece erano i più potenti tra tutti gli ibridi. Solo loro avevano infatti il privilegio di poter fare ritorno, giorno dopo giorno, nel Nulla.

Forse avrebbe dovuto cercare di scovare un'ombra anziana per potere ascoltare i suoi racconti sull'esperienza successiva alla morte, sul breve viaggio notturno di un'ombra nel Nulla, ma come aveva detto anche Amael, scovare ombre antiche era una cosa tutt'altro che facile e ancor più difficile era riuscire a trovare una potente ombra primigenia, una di quelle che conservava memoria persino della nascita del mondo materiale, dell'universo stesso.

Roland pensò molto alle ombre e al loro mondo pieno di mistero, sconosciuto persino alla maggioranza delle più giovani di loro. Il piovoso autunno ed il lungo inverno che seguì furono dominati da un pensiero ricorrente nella mente di Roland:

«Potrebbe un'ombra fungere da guida per una Voce che si trovi nel Nulla e che voglia raggiungere il nuovo mondo?»

Amael gli aveva spiegato che il motivo per il quale Delia aveva bisogno delle sue spoglie materiali per risorgere era proprio per il fatto che esse fungevano da guida nel viaggio attraverso le stelle, un viaggio lungo, insidioso e nel quale era molto facile perdersi e perdere persino la propria memoria, la coscienza di sé stessi. Ormai Delia aveva perso la sua memoria nel suo primo viaggio, aveva cancellato ogni ricordo di ciò che era accaduto prima del suo salto nell'ignoto, poiché era rimasta a vagare per l'universo per chissà quanto tempo prima di ritrovare Roland, ma Amael gli aveva detto che, dal momento del suo successivo risveglio, i ricordi della sua prima vita nel nuovo mondo sarebbero ritornati pian piano, fino a ritornare per intero, nitidi e chiari.

Delia avrebbe ricordato la sua nascita, il suo incontro con Roland, la sua amicizia con Almarath ed infine la sua morte... avrebbe ricordato tutta la sua prima vita. Poi sarebbe morta nuovamente e la primavera successiva sarebbe rinata immemore per poi recuperare pian piano i ricordi delle primavere precedenti. Amael gli aveva assicurato che avrebbe ricordato ogni vita trascorsa nel nuovo mondo. Ciò che invece ormai non esisteva più nella sua mente era proprio il ricordo del Nulla e la consapevolezza della sua natura, del suo essere una Voce proveniente dal mondo fantastico...

Esisteva un modo per far sì che Delia recuperasse la memoria perduta ma Roland tremava violentemente ogni volta che soppesava l'idea di mettere la fragile mente della sua fata nelle spietate mani di Amael.

Roland sapeva che, se Amael avesse usato sulla mente di Delia il suo mostruoso potere, avrebbe potuto far tornare con la forza la memoria alla fata, avrebbe potuto donarle la memoria di ciò che lei aveva perso, di ciò era accaduto prima del suo salto nell'ignoto, il ricordo del Nulla prima dell'esplosione che aveva generato l'universo... così Delia, recuperata la consapevolezza della sua vera natura, sarebbe potuta rinascere immortale affrontando il viaggio verso Roland in modo diverso, consapevole. Però l'eventualità più probabile era piuttosto che Delia sarebbe impazzita del tutto mentre Amael profanava la sua mente violentandola con il suo potere. Roland tremava all'idea di impazzire in questo modo... Se ciò fosse accaduto, se Delia avesse perso il senno per colpa sua, lei non sarebbe tornata più e lui non se lo sarebbe mai perdonato. Tanto valeva distruggere con le proprie mani il suo corpo mortale, incenerendolo completamente in modo che la fata perdesse la guida per il viaggio tra le stelle e la sua Voce rimanesse così nel Nulla... ma era davvero questo ciò che Roland desiderava veramente?

No.

Roland voleva solo stare con Delia per tutto il tempo possibile, ed oltre ancora.

L'inverno arrivò freddo e lungo e con esso sopraggiunsero pensieri ancora più freddi che rendevano pieni di gelo il cuore dell'elfo.

Roland s'interrogava a lungo su chi potesse essere la misteriosa creatura che aveva deciso di far nascere l'universo. Nei confronti del "creatore" Roland provava un violento sentimento d'odio che lo infastidiva moltissimo ma che non riusciva a nascondere. Al suo giudizio quell'essere era spregevole, un mostro abominevole che era stato capace di fondare un intero universo su due orrendi pilastri: morte e decadenza. Non soltanto aveva creato qualcosa di tremendo, un mondo sofferente e malato destinato ad imputridire e a morire in continuo ma, da quello che gli aveva raccontato Amael, continuava ad alimentarlo portando sempre nuove Voci in esso...

Il pensiero che questo creatore fosse uno di loro in grado di viaggiare tra i due mondi, capace di fare la spola portando con sé nuove Voci, diede infine a Roland l'intuizione giusta per comprendere appieno le rivelazioni di Amael: solo un essere ibrido poteva morire e tornare nel Nulla e tra gli ibridi solo un'ombra poteva viaggiare in continuo tra i due mondi, quindi... Roland era quasi certo che il "creatore" fosse proprio un'ombra, la più crudele, perfida, malvagia e spietata ombra mai esistita.

Amael però era stata chiara: Roland aveva il divieto assoluto di chiedere del creatore. L'elfo intuiva che dietro questa conoscenza si celasse un tremendo ed arcano pericolo, persino per le onniscienti streghe, e così non osò mai chiedere oltre.

Amael gli aveva detto però che tra le sue rivelazioni c'era anche il modo per capire come potere rendere Delia immortale, e fu solo alla fine dell'inverno che Roland sentì di essere giunto infine alla giusta conclusione: un'ombra potente poteva fare la spola tra i mondi e, se le sue intuizioni erano corrette, poteva quindi guidare una Voce, portarla con sé nel nuovo mondo. Se c'era un modo per fare ritornare Delia da lui sotto forma d'immortale fata dalle ali di cristallo era proprio convincere una potente ombra ad accompagnare la Voce della sua Delia nel viaggio attraverso le stelle. A quel punto, se Roland fosse riuscito in questo intento, lui e l'immortale Delia si sarebbero ritrovati entrambi intrappolati nel Nuovo Mondo sino a quella che nelle leggende veniva definita "la fine del tempo" ovvero la morte dello stesso universo.

Ma... l'universo sarebbe mai morto veramente? Roland iniziava a dubitarne.

Per come la vedeva lui, il perfido creatore non avrebbe rinunciato tanto facilmente al suo splendido e crudele gioco ed era probabile piuttosto che avrebbe continuato ad alimentarlo all'infinito...

Era questo che Roland voleva veramente? Voleva restare per sempre intrappolato in quel gioco perfido insieme a Delia? Voleva davvero trascinare la sua amata fata nella sua stessa eterna condanna, in quella che altro non era che un'infinita reclusione in un mondo in continuo cambiamento dove ogni cosa che avrebbero amato sarebbe stata destinata a morire?

Fu allora, allo sciogliersi della neve e allo spuntare dei primi fili d'erba nuova che Roland seppe veramente ciò che voleva. Lui non desiderava che Delia lo raggiungesse da immortale e che entrambi fossero costretti a trascorrere l'eternità intrappolati insieme nell'universo reale. No.

Roland bravava essere lui a raggiungere Delia. Lui voleva tornare nel Nulla prima che lei, puntualmente, primavera dopo primavera, compisse il viaggio per ritrovarlo. Era lui che doveva ritornare nel Nulla, non il contrario! Non doveva essere Delia a dovere raggiungerlo da immortale!

Era quindi possibile che un'ombra potente, oltre a condurre una Voce dal Nulla al mondo Reale potesse anche fare il contrario, ovvero riportare una Voce dal mondo Reale al Nulla?

Quando Roland aveva chiesto ad Amael se lei e le sue sorelle avessero trovato un modo per tornare a casa lei gli aveva chiaramente detto che c'era una speranza! Roland ora era quasi certo che la speranza avesse a che fare con la possibilità che un'ombra potente le potesse riportare indietro!

L'inverno poteva dirsi ormai concluso e la primavera era ormai imminente quando Roland seppe che la sua lunga, snervante attesa era finita e che presto avrebbe visto rinascere l'erba nuova e con essa anche la sua fata. Doveva dire alla strega a quali conclusioni era giunto e doveva porre ad Amael la fatidica domanda prima che la strega, come gli aveva già annunciato, facesse ritorno nella Valle Pietrosa:

«Può un'ombra riportare nel Nulla una Voce?»

Fu così che l'elfo raccolse tutto il suo coraggio e in una bella giornata dal cielo terso, mentre lui ed Amael stavano incedendo attraverso un costone ormai libero dalla neve in cerca di alcune piante novelle, Roland disse:

«Ho compreso appieno molto di ciò che ancora mi era oscuro. Ho riflettuto a lungo per tutto l'inverno. Ho cercato di far scorrere il tempo che mi separava dal rivedere Delia cercando di trovare una strada tra tutte quelle possibili. Adesso le tue rivelazioni mi hanno reso chiaro ciò che prima era soltanto confuso.»

Da giorni Almarath vedeva le ciglia della strega fremere ogni qual volta fissava Roland immerso nei suoi pensieri, e vedeva i suoi occhi dello stesso verde di uno stagno brillare d'impazienza quando incontravano lo sguardo assorto del suo amico, ma adesso quei sentimenti si mostrarono palesi, non più celati.

«Dimmi tutto, piume di corvo. Sei pronto a vedere rinascere la tua fata e poi ad accettarne la morte?» disse, lasciando che la sua voce mostrasse parte dell'emozione che provava e dell'impazienza che aveva sapientemente tenuto nascosta.

Roland la fissò con decisione quando le rispose:

«No. Non sono affatto pronto ad affrontare la sua morte. A dire il vero non vorrei doverla affrontare mai più.»

A queste parole la gioia fu palese sul volto di Amael che sembrò illuminarsi. Almarath la guardò stupendosi di quanto fosse bella in quel momento. Con emozione, la strega chiese:

«Hai quindi deciso di distruggere il suo corpo nella speranza che non ritorni più?»

Roland scosse la testa. Amael domandò impaziente:

«Vuoi allora che io profani la sua fragile mente e spinga a forza in essa le memorie del Nulla?»

Con determinazione, Roland scosse nuovamente la testa. Amael sembrava estasiata da quel secondo e deciso diniego.

Infine Roland disse:

«Non voglio esistere senza di lei ma non voglio neanche condurla alla follia nel tentativo di ridarle la memoria che ha perduto.»

Un sorriso accennato, a stento trattenuto, si dipinse sulle labbra di Amael quando chiese soddisfatta:

«Non vuoi accettare la sua natura mortale, non vuoi impedirle di ritornare da te distruggendone le spoglie e non vuoi neanche che io le doni le memorie che ha perduto. Come pensi quindi di potere sfuggire all'ineluttabile evento della sua morte che è destinata a ripetersi all'infinito?»

Roland sospirò e disse:

«Purtroppo sarò costretto a vederla morire anche questa volta ma poi... poi io la raggiungerò. Devo riuscirci ad ogni costo! Sarò io a tornare nel Nulla da lei, non il contrario.»

Almarath guardò stupito il viso estasiato di Amael. In quel momento la strega era l'immagine stessa della più pura e genuina felicità. Cercando di celare l'impazienza crescente, Amael chiese:

«Dimmi, come pensi di riuscirci, piume di corvo? Come pensi di poter fare ritorno nel Nulla? Cos'è che hai intuito dalla conoscenza di cui ti ho fatto dono?»

Roland raccolse tutto il suo coraggio quando disse:

«Ho ripensato a lungo a ciò che mi hai rivelato e credo di sapere come poterci riuscire. Non potrò fare tutto da solo... dovrò chiedere aiuto ad un ibrido. Sarà un'ombra antica ad aiutarmi. Rispondi a questa mia domanda, Amael. Dammi una conferma a ciò a cui sono giunto da solo ripensando ad ogni tua rivelazione: può un'ombra riportare una Voce nel Nulla?»

Dopo un lungo momento in cui tutto sembrò sospeso, Amael annuì. La strega ora sembrava trattenere a stento il suo gaudio.

Almarath tremò. Adesso sulle labbra della strega si era disegnato un sottile sorriso, freddo ed inquietante, che fece diventare ritto ogni pelo sul dorso del gatto.

La strega mosse qualche passo verso Roland e complimentandosi disse con fermezza:

<Sei stato bravo, piume di corvo. Hai compreso ciò che ti ho rivelato. Ombre potenti possono trasportare le Voci dall'uno all'altro mondo. –Roland esultò ed il suo cuore iniziò a sperare in modo incontrollato di riuscire nella sua impresa di tornare nel Nulla accompagnato da un'ombra ma la voce tagliente della strega smorzò il suo entusiasmo quando lo avvertì- Tutto ciò però è pura teoria, piume di corvo. Quest'azzardo è intentato. Le ombre devono collaborare e non è facile trovarne una che desideri farlo. La domanda che dovresti porti è: perché mai un'ombra potente dovrebbe volerti accompagnare nel Nulla? Che cosa ci guadagnerebbe? Non è affatto facile convincere un'ombra antica ad intraprendere il suo viaggio post morte in compagnia di un'altra Voce. Non c'è alcun vantaggio per lei nel farlo. Le ombre, tutte, sono infatti destinate a ritornare nel Reale al risorgere del sole. Per l'ombra portarti con sé sarebbe solo un inutile fardello e sai bene che un'ombra potente raramente agisce senza avere un ritorno, un vero vantaggio. Però... -disse infine, tradendo la speranza che anche lei riponeva in questa possibilità- tutto è possibile.»

«Dimmi ogni cosa, ti prego! Dammi qualunque suggerimento!» la supplicò Roland.

In quel momento Almarath si rese conto che il suo amico pendeva letteralmente dalle labbra dell'insidiosa ed ammaliante strega. Il suo sapere era come una droga e Roland era un drogato, bisognoso e disperato di ciò che solo lei era in grado di potergli dare.

Dopo un sofferto silenzio in cui a Roland parve di impazzire, Amael disse severamente:

«La maggior parte delle ombre antiche sono esseri potenti ma anche molto pericolosi, malvagi e spietati. Amano dominare il loro accompagnatore, usarlo per ottenere ciò che più desiderano, per supplire alla mancanza di un corpo. Difficilmente si piegano alla volontà di qualcuno, piume di corvo. Ancor più raramente elargiscono dei favori. Loro cercano sempre un vantaggio e non esiste alcun vantaggio nell'accompagnare una Voce nel Nulla. Io stessa sono alla ricerca di una nuova ombra potente e primigenia che possa piegarsi al mio volere e di cui io possa fidarmi, con la quale tentare questo incredibile viaggio. Come sai, ho dovuto disfarmi della mia precedente compagna. Il viaggio che un'ombra compie al tramonto al momento della morte, non è per chi l'accompagna esente da rischi. Deve esserci un legame forte tra l'ombra viaggiatrice ed il suo accompagnatore, altrimenti si rischia di finire dispersi nell'universo. L'ombra deve volere riportare l'accompagnatore nel Nulla oppure, al contrario, deve volere che una Voce la segua nel Reale. In caso contrario, si rischia soltanto di perdersi in chissà quale anfratto dell'universo. Tu hai viaggiato tra le stelle, tu sai quanto immenso e pericoloso possa essere farlo. Non è così semplice fare la spola tra i mondi, anche se ora abbiamo capito come poter fare. La verità è che dipendiamo in tutto e per tutto dall'aiuto delle ombre antiche, e non è un aiuto che riceveremo molto facilmente.» concluse freddamente Amael.

Roland rielaborò le parole della strega e febbrilmente disse:

«Capisco perfettamente che ci sono dei rischi, che sarà difficile convincere un'ombra e che sussiste la possibilità di essere abbandonati nell'universo ma... si può fare! È già abbastanza il fatto che sia possibile! Posso tentare di ritornare nel Nulla! Se un'ombra potente ed antica decidesse di farsi accompagnare da me nel suo viaggio verso il Nulla al sopraggiungere del tramonto e della sua morte, avrei la possibilità di tentare di ritornare laggiù!»

Amael annuì ma aggiunse:

«È così ma in questo momento hai comunque bisogno del mio aiuto per poter tentare, piume di corvo.»

Roland era tutto orecchie, anche se non capiva in cosa potesse consistere l'aiuto di Amael. Se ciò che si erano appena detti era vero, tutto ciò di cui aveva davvero bisogno era solo trovare l'ombra giusta, un'ombra potente ma accondiscendente, un'ombra disposta a tentare con lui questo viaggio in coppia senza avere in cambio alcun ritorno. Il suo sguardo era come impazzito mentre supplicava Amael di continuare a parlare. Solo Almarath era preoccupato come non mai. In quel momento il gatto era certo che le trame di Amael fossero prossime ad essere svelate. La strega accontentò Roland quando gli rivelò:

«Ci sono dei presupposti importanti, piume di corvo, affinché il tuo tentativo possa avere una possibilità di riuscita. Per prima cosa, l'ombra dovrà legarsi a te in modo forte, con un legame sincero. Dovrete essere talmente all'unisono da potervi considerare un'unica entità. Dovrà condividere la tua stessa volontà di riportarti nel Nulla ma, una volta ricondottoti là, dovrà manifestare l'altrettanto forte volontà di separarsi da te, poiché lei è comunque vincolata al reale in quanto ibrido ed è destinata a ritornarvi di nuovo. Al tramonto morirà ma all'alba dovrà obbligatoriamente risorgere. Il viaggio dell'ombra dovrà essere niente più che un semplice mezzo di trasporto. Lei dovrà essere solo il modo col quale tu otterrai ciò che brami. Se il vostro legame sarà troppo intenso, allora ci sarà una grande possibilità che tu faccia ritorno con lei nel mondo Reale. Lei deve volere lasciarti andare. Se non lo farà, compirai con lei il suo stesso viaggio: andata nel Nulla e ritorno nel Reale. Sempre che non t'inganni e decida di abbandonarti in un anfratto dell'universo separandosi da te prima di raggiungere la corretta destinazione.»

Roland era preoccupato e teso all'idea di legarsi in un modo così intimo ed intenso ad un'ombra dall'anima oscura ma nonostante tutto le parole di Amael non bastarono a distruggere le sue speranze. Disperato chiese:

«Dove posso trovare un'ombra antica così potente da potermi accompagnare? Dove posso cercarla? Dammi qualche indicazione! Mi metterò al più presto in viaggio per riuscire ad avvicinarla!»

A queste parole Amael iniziò a ridere. Rise in modo genuino nonostante Almarath si sentisse raggelare per questa sua ilarità. Quando finalmente riuscì a smettere di ridere, Amael disse:

«Io e le mie sorelle abbiamo impiegato millenni e cercato ovunque per trovare ombre potenti che potessero divenire le nostre compagne ed io stessa ho dovuto disfarmi della mia dopo tanto tempo condiviso proprio perché sono certa che se avessi tentato con lei l'azzardo di questo viaggio mi avrebbe abbandonata a metà del tragitto nel luogo più sperduto dell'universo... e tu... tu, sciocco, credi di riuscire a trovare un'ombra del genere dall'oggi al domani? Sei troppo ingenuo e stolto, piume di corvo! La tua fiducia è disarmante! Tieni bene a mente che la condizione fondamentale perché il viaggio possa avere una probabilità di riuscita è che l'ombra voglia aiutarti e non ingannarti. E sai meglio di me che le ombre antiche sono tutt'altro che generose ed altruiste! Ricorda che l'ombra a cui ti rivolgerai per ottenere aiuto non ne trarrà alcun vantaggio. Quello che chiederai all'ombra sarà solo un favore, nulla più di questo.»

A queste parole Roland si sentì piombato in una voragine di disperazione. Amael aveva ragione, era solo uno stolto, troppo speranzoso di riuscire in un'impresa al limite del possibile e troppo entusiasta di lanciarsi in un pericoloso azzardo. In tutti i suoi viaggi aveva sentito solo leggende ma non era mai venuto a contatto con ombre del genere. Come poteva anche solo sperare di incontrarne una a breve termine e che questa fosse addirittura disposta ad aiutarlo?

Mentre Roland cadeva sempre più in fondo nel suo tetro baratro di disperazione, Almarath vide con quanta intensità gli occhi di Amael brillassero. Il gatto si lasciò sfuggire un miagolio di terrore che riuscì a scuotere l'elfo. Roland fece per stringere il gatto a sé ma la voce di Amael lo bloccò all'istante quando, calcolatrice e fredda, gettò ai piedi dell'elfo la più subdola ed impensabile delle proposte:

«Ora io ti offro il mio aiuto, piume di corvo. Faresti bene ad accettarlo perché è la tua sola opportunità.»

Roland si sentì inquieto come non mai e in quel momento ebbe la certezza che la trama intessuta dalla strega, quella trama in cui dal giorno del loro incontro sentiva di essere caduto e che in parte sapeva di avere tessuto da solo, fosse ormai prossima a manifestarsi con chiarezza.

Amael disse:

«Potresti tentare di avvicinare colei che fu la mia ombra. - Roland trasalì violentemente a queste parole ma con noncuranza Amael continuò- Lei è antica, forte, potente e determinata. Ha una volontà incrollabile. Posso dirti dove l'ho rinchiusa. Lei non ha alcun motivo per odiarti e non dovrà mai sapere che sono stata io a fare in modo che v'incontraste. Sarai il suo salvatore, colui il quale, per puro caso, la libererà dalla prigione di oscurità nella quale l'ho segregata e dalla quale non ha alcuna speranza di liberarsi da sola. Al momento lei si trova confinata nel Nulla ma questo, invece di essere una liberazione, è l'equivalente di un esilio forzato. Lei ama il Reale e ancora di più ama poter dominare i mortali, osservarli, manipolarli, persino vederli agonizzare e morire. Starà impazzendo all'idea di essere stata tradita e rinchiusa in una prigione buia dalla quale non ha modo di uscire. Se la libererai dall'oscurità che le impedisce di ritornare qui, lei ti dovrà la sua libertà. È un motivo molto forte per essere in debito con te, piume di corvo. Se poi tu riuscissi anche ad entrare nelle sue grazie, potresti convincerla a farti questo favore, a tentare con lei il viaggio perché tu possa ritornare nel Nulla. Credimi quando ti dico che è molto, molto potente. Non sarebbe stata la mia compagna se non lo fosse.»

Quando Amael ebbe finito di parlare, Roland tremò fin nella parte più reconditata della sua anima. In quel momento si sentì colpire con violenza dalla verità e tutto gli fu improvvisamente chiaro.

Amael, a modo suo, era stata sincera quando gli aveva detto che contava di risolvere ogni problema con colei che era stata la sua ombra entro l'arrivo dell'estate...

Lui era il modo con cui Amael avrebbe, dal suo punto di vista, risolto il problema di avere segregato la sua ombra nel Nulla, un'ombra furibonda e perfida che certamente avrebbe dato qualunque cosa per ritornare ed ottenere vendetta. Se si fosse legata a lui, come Amael sembrava essere certa che avrebbe fatto, l'ombra sarebbe diventata un problema dell'elfo. Sarebbe stato lui a doverla manipolare per ottenere ciò che voleva, distogliendola dall'ira nei confronti della strega. Roland era il nuovo mezzo che avrebbe usato quella terrificante ombra per portare a termine la sua vendetta ed il solo modo che la strega aveva per convincerla a tentare il viaggio che lei e le sue sorelle volevano sperimentare. Roland era solo parte di un esperimento, lo era sempre stato...

Non solo la strega avrebbe dato a quell'ombra maligna un nuovo immortale a cui legarsi e da tormentare al posto suo, ma se le cose tra lui e l'ombra fossero andate bene, Amael li avrebbe usati per tentare il suo esperimento di far viaggiare un immortale accompagnato da un'ombra...

Lei non aveva mai tentato quel viaggio, Roland ne era certo! Lei e le sue sorelle cercavano una cavia per l'esperimento che, se fosse riuscito, le avrebbe messe in condizione di poter viaggiare a loro piacimento tra i due mondi, la cosa che più tra tutte, da sempre, bramavano fare!

Lui sarebbe stato il primo a tentare quell'azzardo! Lui era poco più di un mezzo per ottenere ciò che volevano, per aggiungere altro sapere al loro smisurato sapere!

Amael sapeva che lui, da elfo, avrebbe fatto qualunque cosa per la sua Delia, per poterla sottrarre al suo destino di eterna morte! Era sempre stata sicura della strada che avrebbe scelto tra le tante possibili!

Mai come in quel momento Roland si sentì un pupazzo mosso dai fili della volontà di Amael. Lui le aveva dato fiducia, aveva scelto di trascorrere con lei il suo tempo e alla fine, come sempre accadeva con le streghe, adesso si pentiva amaramente di averlo fatto, di essere caduto in una delle loro subdole trappole!

La furia gli oscurò la vista. Tremando per la rabbia le urlò contro con violenza:

«Avevi già pensato a tutto questo, non è vero? Chissà da quanto tempo stavi cercando qualche immortale con le mie caratteristiche! Avevi architettato tutto non appena hai visto che la mia Delia era nata nel mondo! Confessa! Maledetta! Hai cercato con cura la tua cavia per il tuo esperimento! Hai scelto me perché sono un solitario ed un ramingo, perché non ho la protezione dei miei fratelli, perché sono solo contro di te! Mi hai dato le risposte che volevo e hai condiviso con me il tuo sapere solo per potermi usare per i tuoi scopi! Non ti è mai importato di avere la mia compagnia! Sei senza scrupoli! Sapevi che, per come sono fatto, non avrei avuto alternative e avrei accettato la tua infame proposta! Sei una maledetta strega!»

Amael rimase immota, granitica. Lo fissò con durezza. Oltre il ghiaccio Almarath fu però certo di vedere anche un po' di sincera tristezza. La strega era però troppo sapiente nel mascherarla dietro quello strato di fredda indifferenza. Con la sua solita impassibilità rispose:

«Non ti ho mai illuso, piume di corvo. Mai. Ti ho sempre avvertito. Sono stata sincera con te. Non posso mutare la mia natura e neanche tu puoi farlo. Io sono una strega e tu un elfo. Sta a te scegliere se accettare o meno la mia proposta, io non ti obbligo a far nulla né forzerò gli eventi a mio favore. Potrei insinuarmi nella tua mente e violentarla, costringendoti a fare ciò che voglio, ma non è questo quello che desidero che accada. Ti ho donato una conoscenza davvero enorme e non ho chiesto niente in cambio. Ti ho donato il mio sapere perché volevo condividerlo con te, perché ti ho reputato degno di averlo. Che cosa deciderai di fare con questo sapere spetta a te. Ora la decisione è tua soltanto: puoi voltare le spalle a me e a questa proposta e restare a vagare per secoli alla ricerca di un'ombra adatta al tuo scopo oppure puoi accettare il mio aiuto e cercare di avvicinare colei che fu la mia compagna. Tu otterrai un grande vantaggio se tutto ciò dovesse andare a buon fine: tornerai nel Nulla! Io e le mie sorelle portiamo il peso di secoli di studi, tentativi, delitti! Noi portiamo il peso del vostro odio! Tu dovrai soltanto mettere in atto ciò che noi abbiamo compreso con tanti sacrifici! Puoi scegliere di accettare o meno la proposta che ti porgo, io non ti obbligo. Puoi cercare un'altra ombra e rifiutare il mio aiuto. Sappi però che la tua ricerca di un'ombra antica sarà molto ardua e difficoltosa, visto che ad ogni primavera dovrai prenderti cura della tua fata.»

Ogni parola di Amael non faceva che acuire l'odio di Roland nei suoi riguardi. Il tempo trascorso con lei era stato il migliore degli ultimi secoli ma tutto impallidiva innanzi alla premeditazione con cui Amael aveva costruito tutto. Mai come in quel momento l'elfo si sentì un semplice filo nella trama del tempo tessuta con tanto zelo e lungimiranza dalla strega.

«Sei ben peggiore di quello che ricordavo!» disse deluso Roland. Una parte di lui sapeva che le parole di Amael erano vere e sincere ma un'altra parte, quella che portava la profonda ferita del tradimento delle streghe, della loro imperdonabile colpa, reagiva con ira desiderando di distruggerla con le sue stesse mani. Tutta l'ammirazione che aveva provato per lei sembrò scomparire annientata da quell'antico odio che ora tornava, nero come la pece.

Duramente, Amael continuò:

«Ti ho donato la mia conoscenza senza volere nulla in cambio da te. Fanne buon uso. -con dolcezza aggiunse- Che tu lo creda o meno, è stato bello il tempo passato insieme. -poi riprese con freddezza- Adesso sarai tu a decidere. Se vorrai incontrare la mia infuriata compagna ombra, ti aiuterò a farlo e ti indicherò la strada, altrimenti agisci come meglio credi. Da questo momento in poi le nostre strade sono destinate a separarsi, piume di corvo.»

Detto questo, Amael iniziò ad avanzare da sola per il costone senza aspettare che Roland la seguisse, lasciandosi alle spalle la sua furia e tutto l'odio che sembrava volerla braccare ovunque andasse.

Quando la sua scura sagoma scomparve alla sua vista, Roland si accasciò, vinto dall'odio, stanco di tutto. Iniziò ad urlare e le sue urla rabbiose sembrarono proprio le urla di una giovane ombra infuriata. Almarath non osò avvicinarsi. Sapeva che il suo amico aveva bisogno di elaborare tutti i sentimenti che sembravano spaccare in due la sua anima, così rimase in disparte.

Tutto quel tempo, quel piovoso autunno e quell'interminabile inverno che Roland aveva desiderato passassero al più presto non erano stati altro che un'occasione per prepararsi a tutto questo. Ora come non mai Roland desiderò avere più tempo, poter tornare a quei mesi passati, trascorsi in armonia con Amael. Il momento per decidere era infine giunto e purtroppo Roland aveva sempre saputo di essere in trappola, legato dai suoi stessi sentimenti e dalla sua stessa natura, obbligato all'unica scelta che avrebbe potuto condurlo a ciò che bramava veramente.

Roland non poteva più tornare ad essere un elfo ramingo e solitario. Aveva trascorso tutta la sua esistenza nel nuovo mondo in solitudine ma adesso tutto era cambiato. Il cambiamento era una delle forze che governava la realtà in cui si trovava forzatamente ad esistere...

Ora Roland aveva una sola certezza: lui non poteva più continuare a sopravvivere in quella prigione senza chi amava, la curiosità di esplorare il Reale non era più sufficiente. Non poteva più pensare di vivere la sua eternità in una solitudine che ora gli appariva come la più squallida e desolata landa che si potesse mai scegliere di attraversare.

Esisteva una sola scelta possibile per quanto fosse pericolosa e terrificante: Roland doveva avvicinare la malvagia ombra che aveva accompagnato Amael prima che lei decidesse di disfarsene. Nel breve, quella era la sola, vera possibilità che aveva.

Lui voleva tentare il viaggio. Doveva farlo.

Non sarebbe rimasto prigioniero in quel mondo da solo, non più.

Doveva tornare a casa.

Il suo sguardo angosciato ma ora deciso si posò sui primi fili d'erba che iniziavano a spuntare dal suolo dove fino a pochi giorni prima si stendeva candido uno spesso strato di neve. L'attesa era finita. Avrebbe dovuto affrontare nuovamente la morte di Delia ma la speranza di riuscire a viaggiare era la sola cosa a cui poteva appendersi per non soccombere a ciò che lo aspettava alla fine dell'estate.

Solo Almarath, nel profondo del suo mortale cuore, non sapeva se sperare se Delia risorgesse oppure no. Il saggio gatto di una sola cosa era certo: se avesse visto gli occhi della fata dischiudersi ed il suo corpo tornare ad esistere, la sua anima avrebbe potuto iniziare a credere sul serio in quel mondo di fantasia ai confini con l'universo di cui Roland gli aveva tante volte narrato.

Se Delia fosse rinata, forse Almarath avrebbe potuto iniziare a credere veramente all'esistenza delle Voci, all'idea di possederne anche lui una, all'idea di poter fare ritorno in quel mondo di pura libertà il cui ricordo faceva inumidire gli occhi del suo amico...

In quella strana mattina d'inizio primavera, mentre Roland si struggeva vinto dall'odio e sostenuto dalla speranza, il gatto fece il più improbabile dei pensieri: forse la morte non era una cosa poi così terribile come appariva.

La partenza

Un nuovo inizio non era qualcosa da affrontare a cuor leggero, almeno non per Lei.

Aveva deciso di partire per quel viaggio dall'esito sconosciuto e non si pentiva di aver fatto quella scelta ma la paura era tanta e non poteva nasconderla. Lei era consapevole del grande potere insito nella paura, quell'unico sentimento capace di avvertire del pericolo prima che fosse troppo grande e troppo vicino per potersi difendere. La paura poteva divenire uno scudo efficace se usato correttamente. Il suo timore era però che la paura potesse soggiogarla. E anche questa era un'eventualità, una pericolosa possibilità...

Lei sospirò, cercando di dominare la paura, di usarla per trarne un vantaggio.

Sii guardinga, si disse, ma cerca di guardare le cose per quello che sono, senza che la paura le distorca.

Si accucciò sotto le coperte del suo letto, quelle stesse coperte che non aveva mai voluto sostituire per quanto ormai fossero divenute consunte e vecchie, quelle coperte ormai logore che le avevano regalato quando era bambina, a cui era tanto affezionata e che l'avevano accompagnata nel suo crescere, quelle coperte che conservavano lo stesso odore da più di vent'anni, il confortevole sapore della protezione della propria casa, di ciò che è usuale, conosciuto.

Lei inspirò a fondo quell'odore così familiare, così rassicurante. La paura le si mostrò per ciò che era: uno dei tanti sentimenti che provava.

Presto sarebbe stata lontana da tutto ciò che le dava sicurezza e sarebbe andata incontro all'ignoto. La paura poteva guidarla ma non dominarla. Il calore di casa sarebbe rimasto solo un ricordo. Il suo cuore traballò pericolosamente. Il suo incedere irregolare l'avvertiva del rischio insito nell'affrontare un mondo sconosciuto dove il pericolo poteva annidarsi anche in ciò che appariva innocuo.

La scoperta era un'avventura ma l'avventura era per definizione un punto interrogativo dietro il quale potevano nascondersi delusioni e sconfitte così come successi e vittorie.

Lei era pronta a combattere. Non si sarebbe tirata indietro ma sentiva di conoscere abbastanza la natura dei suoi simili per sapere di non potersi fidare di nessuno di loro. Potevano essere degli amici ma ancor di più Lei credeva nei nemici. Sarebbe stata da sola in quel viaggio. La solitudine poteva essere un grande alleato ma anche un insidioso svantaggio. In quel momento Lei desiderò potere avere accanto a sé un compagno di viaggio diverso dalla solitudine ma sapeva di non averlo. Non tutti affrontavano l'ignoto come una pericolosa sfida. Alcuni si lanciavano in esso allo stesso modo col quale allegramente si tuffavano in mare in una calda giornata d'estate, con spensieratezza e fiducia, certi di non potere annegare.

Lei invece metteva sempre in conto la possibilità di soccombere.

Spesso le si rimproverava di essere pessimista ma lei era certa piuttosto di essere realista. I rischi erano presenti, tangibili. Nella sua mente lei li enumerava, cercando di mantenere la calma. Per ognuno di essi, per ogni probabile problema, Lei cercava una soluzione, un modo per poter essere preparata nel caso in cui avesse dovuto scontrarsi con un nemico più forte di lei.

L'odore confortevole delle coperte del suo letto la aiutava a mantenere salda la mente e a non farsi dominare dall'ansia. L'incertezza era sempre in agguato ma le bastava affondare in quel caldo abbraccio per sentirsi più forte, per trasformare la paura in un vantaggio.

La partenza si avvicinava sempre più. I giorni scorrevano. Il momento in cui avrebbe dovuto affrontare l'ignoto era ormai prossimo. Notte dopo notte, le coperte sembravano assottigliarsi, perdere la loro protezione. Lo strato caldo che l'aveva sempre avvolta creando il suo scudo rassicurante ora sembrava divenire labile, sottile come un lenzuolo. Più i giorni passavano, più Lei si sentiva nuda. Il suo letto sembrava essere tornato al tempo lontano della sua infanzia in cui lei, ancora tanto piccola, abituata alla culla, si era ritrovata a dormire in esso come in un'immensa e desolata piazza priva di nascondigli. Persino l'odore rassicurante che da sempre accompagnava le sue coperte sembrava dissolversi lentamente permanendo solo nei suoi ricordi.

Infine arrivò il giorno della partenza. Sua madre disfece il letto nel quale si era ostinata a dormire fino a quel fatidico giorno senza mai volerlo cambiare. Adesso il materasso giaceva nudo, deprivato degli strati confortevoli, come lei era. Bianco, solo, spogliato della calda protezione che lo rendeva la tana perfetta.

«Faccio arieggiare tutto per bene.» disse sua madre.

La finestra fu aperta e con essa l'aria pulita del giorno sembrò scacciare l'ultimo alito di quell'odore familiare che l'aveva avvolta proteggendola dall'ignoto che ora si apriva innanzi a lei minaccioso come una voragine scura e senza fondo.

Lei fissò a lungo il materasso bianco, nudo. Per quanto fosse vestita si sentì proprio come lui: deprivata di ogni strato protettivo, come un guerriero che debba andare in battaglia senza armi, con indosso la sua sola pelle.

Lei tremò. Si gettò sul letto nella disperata ricerca di quella protezione che non c'era più e con sgomento si rese conto di possedere una sola arma contro l'ignoto e l'avventura nei quali stava per addentrarsi: il ricordo.

Si alzò dal vecchio materasso stupendosi di stare piangendo. Chi mai avrebbe creduto che le sarebbe mancato quel vecchio letto cigolante dal materasso ormai divenuto tutto molle sporgenti?

A terra, silenziose, giacevano le coperte da lavare, in un cumulo informe ed appallottolato. Già le vedeva stese ad asciugare al sole, con il tipico odore di pulito che si spandeva dai panni appena lavati ed ancora bagnati. L'odore rassicurante che tanto l'aveva aiutata e che lei stessa aveva creato avvolgendosi in esse giorno dopo giorno sarebbe stato anch'esso lavato via lasciando alle coperte un nuovo odore, un nuovo inizio.

Guardò un'ultima volta quegli strani amici che l'avevano avvolta e protetta per tutti quegli anni, soffermandosi sul loro colore e la loro consistenza come se fosse la prima volta che li vedeva. Forse d'ora in avanti qualcun altro avrebbe dormito nel suo letto, creando un nuovo e rassicurante odore, una nuova forza, o forse no, non aveva più importanza adesso. Lei sarebbe partita. Andata via, lontano dalla sua tana. Per la prima volta dopo tanto tempo si trovò a chiudere alle sue spalle la porta della sua camera.

Adesso doveva andare. Non c'era altra soluzione che affrontare il suo nuovo inizio, quel viaggio che l'avrebbe condotta chissà dove, quell'immensa voragine scura dentro la quale poteva nascondersi qualsiasi cosa.

In cuor suo sperò che gli eventi fossero clementi con lei. Vincere o perdere... Non era mai stata una persona attaccata alla vittoria anche se le piaceva combattere. Aveva sempre pensato che se si affrontavano le sfide con coraggio e determinazione, anche se ne si usciva sconfitti, la si poteva considerare comunque una vittoria.

Mai come in quel giorno desiderò potere vincere.

Capitolo 13
La prima rinascita

Capitolo 13

Sotto lo sguardo incredulo di Almarath, in una bella mattina di primavera Delia rinacque.

Dopo la sua ultima conversazione con Roland, la strega era scomparsa, così l'elfo era andato a riprendere le spoglie di Delia dalla caverna nella quale erano rimaste protette per tutta la durata dell'autunno e dell'inverno e le aveva poste nel rifugio che aveva condiviso con Amael, riponendole su di un letto di erba fresca.

Non dovendo più interagire con Amael, Roland era finalmente ritornato nelle sue dimensioni originarie, cosa che, come anche il gatto notò, riusciva ad infondergli molta serenità e sicurezza. Almarath non sapeva spiegarsi il motivo ma era certo che, in quell'aspetto, Roland avesse molta più padronanza di sé stesso, che si sentisse più forte e più solido anche se agli occhi del gatto appariva molto più piccolo e vulnerabile.

Nei giorni seguenti all'aver portato le spoglie di Delia nel rifugio, niente era accaduto. Il tempo era trascorso nell'attesa di quel miracolo di rinascita che però non sembrava doversi compiere. Il fagotto di serico filo contenente il corpo della fata era rimasto immoto e silente in un piccolo e riparato angolo della grotta, statico come la roccia che lo circondava. Roland non aveva proferito parola, avvolto da un impenetrabile intrico di sentimenti ma, dall'espressione che gli oscurava il bel viso, era evidente che temesse di essere stato ingannato da Amael.

Col trascorrere dei giorni e con il progressivo addolcirsi dell'aria, sempre più tiepida e profumata dell'aroma dei primi pollini e dei fiori appena dischiusi, il gatto aveva iniziato come l'elfo a dubitare con sempre più convinzione che le parole di Amael fossero vere e che Delia sarebbe mai rinata. In una mattina solare dal cielo azzurro e dall'aria calda e fragrante, i due amici dovettero però ricredersi e ricominciare a sperare.

Improvvisamente il bozzolo, che fino a quel momento era rimasto statico e privo di qualunque accenno di vita, aveva iniziato a muoversi. Dapprima erano stati movimenti appena percepibili ma col trascorrere delle ore erano divenuti evidenti fin quando il bozzolo non aveva cominciato ad agitarsi.

L'inatteso ed ormai insperato evento fece trasalire i due amici che osservarono con attenzione ogni evoluzione di quell'incredibile metamorfosi. Dopo molte ore di fremente attesa, le dita di Delia avevano iniziato a farsi strada attraverso il filo che l'avvolgeva e le mani della fata erano poi emerse dall'involucro candido nel quale era rimasta per tutta la durata delle stagioni fredde.

Infine le braccia di Delia erano sbucate completamente tra gli strati di serico filo e, stupendo anche Roland, la fata si era liberata dai resti che l'avvolgevano creandosi un varco tanto grande da permetterle di uscire dal suo sudario con le ali integre e perfette, dapprima arrotolate sulle esili spalle e poi lentamente dischiuse fino a distendersi completamente, pronte per spiccare il volo come nel giorno in cui l'elfo l'aveva incontrata.

Il loro colore era giallo e sgargiante, tal quale Roland lo ricordava, solare come quello dei petali dei fiori di grindelia che ormai punteggiavano qua e là le macchie erbose lungo i pendii e tra le rocce. Non c'erano neanche tracce di strappi o di assottigliamenti ma al contrario la loro trama era intatta. Le ali di Delia erano come nuove, pronte a condurla nel cielo azzurro di primavera cullata dal tepore dei refoli d'aria.

Nelle sue dimensioni originarie, quel giorno Roland fu travolto dall'emozione di poter essere nuovamente sé stesso e di potere riabbracciare la sua fata. La sua gioia fu talmente violenta che nonostante fosse immortale Almarath ebbe paura di vederlo letteralmente morire di felicità.

Delia era sbigottita ed appariva confusa, stranita come chi non sappia chi sia o dove si trovi, come una creatura che non abbia alcuna idea del mondo che la circondi. Quello sguardo spaurito e sperduto confermava che le parole di Amael fossero la pura verità: Delia era rinata immemore. Nel giorno della sua prima rinascita non aveva riconosciuto niente e nessuno attorno a lei.

Almarath si limitò ad assistere all'incredibile scena della resurrezione della fata in rispettoso ed ammirato silenzio, trattenendo a stento l'emozione di veder accadere qualcosa che aveva sempre pensato essere impossibile ed assolutamente innaturale: vedere ritornare in vita un morto. In quell'occasione le sue lunghe vibrisse tremarono ed i suoi occhi d'oro rimasero fissi su una scena che non avrebbe facilmente dimenticato, in cui la vita sembrava aver definitivamente sconfitto la morte.

In quell'incredibile giorno, elfo e fata rimasero abbracciati a lungo mentre il gatto iniziava a maturare l'idea di poter far parte anche lui di quel mondo fantastico di cui tante volte Roland gli aveva narrato. Questa idea era sconvolgente ma allo stesso tempo rassicurante. Quando sarebbe toccato a lui di morire, il Nulla di cui il suo amico gli aveva tante volte narrato lo avrebbe accolto. Non lo attendeva solo una miserabile fine fatta di decomposizione, vermi e carcasse marcescenti come aveva sempre creduto. Questo era molto più di ciò che avrebbe mai sperato potesse accadere...

Superato lo sconvolgimento di poterla stringere nuovamente a sé, di sentirla di nuovo viva nel suo abbraccio, di poterla guardare nei verdi occhi, liquidi e puliti, non più velati dalla morte, di poter ammirare con rinnovato amore il suo dolce e rubicondo viso, Roland iniziò a porsi delle spinose domande che purtroppo non poteva condividere con nessuno, neanche con Almarath. Per quanto il gatto fosse arguto e saggio non era infatti in grado di aiutarlo a trovarvi risposta.

Mai come nei giorni successivi alla rinascita della sua Delia, Roland desiderò vedere ricomparire la sagoma scura di Amael lungo il costone roccioso per poterle chiedere come mai il corpo di Delia fosse rinato completamente rigenerato, ma quei luoghi non tradirono neanche una volta la presenza della potente strega.

Roland sapeva che lei doveva essere lì, da qualche parte, in attesa di una sua decisione, eppure di lei non v'era alcuna traccia, per quanto lui ed Almarath si affannassero a cercare un qualunque indizio della sua presenza.

Roland fu quindi costretto a cercare da solo le sue risposte, anche se quelle che trovò furono sempre approssimative e lacunose.

Il ritorno della Voce di Delia nel suo corpo materiale danneggiato dalla decadenza e dalla morte sembrava avere avuto l'inattesa ed insperata capacità di rigenerarlo, riportandolo al primigenio splendore. Roland si era invece atteso di vedere Delia rinascere in un corpo privo di ali ed ormai compromesso, non fresco e nuovo come se fosse appena nato. Questo non aveva alcun senso secondo l'idea che Roland si era fatto della differenza tra materia reale e materia fantastica, ma infine si convinse che in un corpo ibrido, ovvero fatto dall'unione di reale e fantastico, sicuramente la parte fantastica doveva esercitare una certa influenza sulla parte materiale.

Forse aveva tutto a che fare con quell'energia che permeava ogni cosa e che sembrava essere l'unico punto in comune tra i due mondi? Era quindi possibile trasformare un corpo materiale in un corpo ibrido usando della materia fantastica? Oppure il suo era solo il delirio di un pazzo, di chi non aveva compreso niente?

Amael gli aveva donato un poco della sua conoscenza, fornendogli gli strumenti per trovare alcune delle risposte che più gli stavano a cuore ma in quei frangenti Roland si rese conto di quanto poco in realtà fosse il sapere realmente a sua disposizione, di quanto fosse ignorante e di quante domande senza risposta ancora ci fossero e di quante in futuro ce ne sarebbero state...

Avrebbe tanto voluto avere ancora Amael al suo fianco ma la strega, dal giorno della loro ultima conversazione, lo aveva privato della sua compagnia. Amael aveva assicurato a Roland che sarebbe rimasta in quei luoghi sino alla fine dell'estate, per dargli il tempo di decidere se accettare o meno il suo aiuto, ma non si era più mostrata per quanto Roland l'avesse chiamata con insistenza e avesse perlustrato a fondo il luogo del loro rifugio condiviso.

Era forse questo il modo che Amael stava usando per fargli pesare la sua ignoranza, per fargli comprendere quanto grande fosse il divario tra il suo misero sapere e la conoscenza proibita da lei posseduta? Roland supponeva di sì. Dal momento in cui si erano separati, la conoscenza della potente Amael era tornata ad essergli proibita.

Roland dovette accettare tutto questo e trarre forza dal sapere che lei gli aveva donato. La conoscenza di strega era il più grande dei doni si potessero ricevere ed ora questa consapevolezza colmava l'elfo, insieme alla convinzione che non avrebbe più avuto un'altra occasione di ottenerne ancora senza darle nulla in cambio.

Mai come in quei momenti l'assenza della compagnia di Amael pesò sulla sua coscienza, facendogli assaporare il vero significato della parola solitudine. Roland voleva un immenso bene ad Almarath, sentiva che le loro anime erano vicine e affini, eppure la compagnia della strega era impareggiabile e avrebbe solo mentito a sé stesso dicendo che lei non gli mancava. Il vuoto lasciato dalla potente strega era grande e persino Almarath se ne lamentò più volte.

Spesso la sera, quando il gatto si acciambellava in un angolo del rifugio, sospirando diceva altezzoso:

«Il grembo di quella donna inquietante era così comodo.»

Roland sapeva che dietro quelle parole si celasse molto più che la semplice mancanza di un posticino comodo dove pisolare. Amael era stranamente riuscita a fare breccia persino nell'animo sospettoso di Almarath. Il suo fascino non si limitava al sapere, andava oltre, e i due amici lo sapevano, ognuno avendo sperimentato in modo diverso quell'attrazione magnetica ed indiscutibile.

Adesso che lei non c'era più entrambi avrebbero dovuto farsi bastare la reciproca compagnia, come prima d'incontrarla. Era dunque tornato il tempo delle loro spericolate avventure insieme?

No. Entrambi sapevano che un'unica, pericolosissima e forse ultima avventura fosse la sola prospettiva che il futuro offriva loro. Almarath non avrebbe abbandonato Roland al suo ignoto destino, alla sua guerra contro la perfida ombra e al suo difficilissimo obiettivo. Lo avrebbe accompagnato ovunque, anche se quell'ovunque adesso aveva l'aspetto di una nera, immensa e crudele ombra, minacciosa ed imperscrutabile. L'unica arma che restava a Roland e ad Almarath era la loro amicizia e l'amore che entrambi provavano per la piccola Delia.

Come gli aveva anticipato Amael, gli occhi di Delia si erano riaperti spaventati, sperduti. La sua espressione era la stessa che Roland conservava nei suoi ricordi del giorno del loro primo incontro ma quando il viso spaurito della fata incontrò il viso rassicurante del suo elfo, una luce le illuminò lo sguardo, la certezza di trovarsi lì per un motivo preciso, e quel motivo era proprio Roland, la creatura che l'aveva accolta e poi guidata in quella sua strana rinascita, nel suo viaggio tra le stelle per poterlo ritrovare.

Amael non aveva mentito e tutto ciò che aveva detto si rivelò veritiero: Delia era rimata immemore ma con il passare del tempo e lo scorrere dei giorni, la fata iniziò lentamente a ricordare. Dapprima i suoi furono solo stralci di ricordi, sbiaditi e simili a ciò che restava di un sogno notturno dopo il risveglio, ma con l'incedere delle settimane, dalla sua mente iniziarono ad affiorare memorie sempre più nitide e sempre più complete, fin quando Delia non seppe esattamente chi fosse Roland e chi fosse il rosso e fiero animale che li accompagnava ovunque andassero.

Quando la fata ebbe infine la piena consapevolezza di chi ella fosse e dei ricordi della sua prima esperienza di vita nel mondo, l'estate era purtroppo ormai sul finire.

La certezza di ciò che attendeva Delia all'arrivo delle prime piogge era una consapevolezza forse più dolorosa rispetto al suo primo ciclo vitale, quando ancora non sapeva cosa le sarebbe accaduto. Adesso l'ineluttabile certezza della fine che sarebbe arrivata senza darle scampo rendeva ogni giorno che passava ancora più triste e penoso.

Roland si struggeva più che mai. Due stagioni erano brevi per un mortale ma per un immortale quale lui era apparivano un miserabile soffio, troppo fugace per dargli conforto, per poter dire di aver trovato un po' di pace al vuoto lasciato dalla morte della sua fata in quei lunghi mesi.

Almarath intuiva solamente cosa potesse provare il suo amico e ancor di più cosa potesse provare Delia. Anche lui era terrorizzato all'idea di dover morire, ma il pensiero di dovere andare incontro alla morte anno dopo anno era qualcosa di davvero insostenibile. Roland cercava di godere al massimo di ogni momento di vita trascorso con la sua fata, ignorando il dolore sordo e costante che gli toglieva il respiro ogni volta che vedeva il cielo attraversato da qualche nuvola, ma era solo un inutile illudersi, un ritardare qualcosa d'ineluttabile. Questa volta sia l'elfo che la fata erano consapevoli della tragedia imminente che li avrebbe travolti alla fine dell'estate.

Quando la sua Delia sarebbe morta, Roland avrebbe dovuto infine prendere una decisione definitiva, quella di accettare o meno la proposta di Amael.

Quelle dolci giornate di primavera profumate di fiori e le ancor più struggenti notti d'estate, placide e tiepide, ricolme di stelle, sembravano un rifugio confortevole, un familiare riparo contro un buio ed incombente futuro in cui niente sembrava avere un appiglio, dove ogni possibilità sembrava nascondere un terribile pericolo, dove ogni scelta sembrava comunque celare un'insidia. Mai come in quel momento della sua vita Roland vide l'altra faccia dell'avventura, quella che non aveva mai voluto vedere, quella fatta d'ignoto e di pericolo. Adesso l'avventura che tanto amava gli si mostrava come un nemico da affrontare. Lui, che si era sempre lanciato in essa a cuor leggero e pieno di entusiasmo, adesso iniziava a considerare anche il suo lato oscuro ed imprevedibile. Quella fu la prima volta in cui Roland vide l'incontrare l'ombra di Amael con gli occhi di un mortale, allo stesso modo col quale Almarath doveva in passato aver visto l'esplorazione di luoghi a lui sconosciuti, considerandoli potenzialmente letali.

Perché, Roland ne era certo, avere a che fare con l'ombra primigenia che era stata la compagna di Amael per millenni, era l'equivalente per un mortale di rischiare di scivolare in una colata di magma rovente o di finire morto annegato nella melma vischiosa di un'impenetrabile palude. Quell'ombra era la cosa più pericolosa contro cui fosse mai andato incontro.

Lui aveva sempre amato l'azzardo, le sfide, l'avventura. La differenza però era che prima, inconsapevolmente, anche nelle situazioni più estreme, era stato certo di essere invulnerabile, di poter condurre a suo favore il corso degli eventi mentre ora, contro di lei, sapeva di essere fragile, debole, esposto ad un potere enorme e sconosciuto. Tutta la sua spavalderia ed il suo coraggio si sbriciolavano miseramente innanzi all'idea di incontrare quel terrificante essere fatto d'ombra. Aveva paura e questo lo infastidiva enormemente.

La paura era un sentimento che Roland aveva provato sul serio poche volte... ma ora... ora la sentiva così tanto da poterla quasi afferrare, da riuscire a guardarla in faccia ed il suo volto era proprio quello nero ed informe dell'ombra perfida e potente che un tempo era stata la compagna di vita di Amael. Lei era capace di fare emergere dal suo animo un atavico terrore che lo lasciava inerme e senza parole. Lui detestava sentirsi fragile, eppure la sensazione di essere disarmato e vulnerabile era sempre lì, presente, a ricordargli costantemente quando pericolosa fosse l'unica possibilità che aveva per tentare il ritorno nel Nulla.

Avrebbe tanto voluto poter restare immerso in un'eterna primavera, in un tempo felice in cui tutto profumava di vita e di fiori e dove non c'era né l'ombra della morte di Delia a perseguitarlo né tantomeno l'ombra di Amael ad incombere minacciosa su di lui ma i giorni purtroppo passavano e con l'estate finiva anche la vita di Delia.

L'ansia iniziava a crescere sempre di più.

In un doloroso ripetersi di eventi già vissuti, Roland vide il corpo della sua fata iniziare a decadere, le sue ali assottigliarsi ed il suo dolce volto iniziare a perdere colore.

Almarath restava sempre più spesso in silenzio. Le risa, la spensieratezza, le dolci notti stellate, ogni cosa bella dell'estate ora sembrava di giorno in giorno sempre più lontana mentre l'aria diventava sempre più fresca ed il cielo azzurro si riempiva di soffici nuvole candide. Il ciclo si ripeteva, inesorabile. L'autunno incombeva.

Un giorno Almarath guardò il suo amico, fissandolo con i suoi implacabili occhi d'oro, e disse soltanto:

«Oggi pioverà. Sento l'odore della pioggia nell'aria, piume di corvo.»

Roland riuscì solo ad annuire preparandosi ad un dolore che sembrava essere divenuto ancora più intollerabile e gravoso di quanto non ricordasse.

Ed infine piovve.

Delia morì tra le sue braccia, con la stessa straziante espressione sul volto.

E Roland seppe, senza alcun dubbio, che non poteva esserci altra scelta per lui che non fosse quella d'incontrare l'ombra di Amael.

I suoi gesti si ripeterono uguali. Roland andò a cercare dei ragni che potessero tessere del filo per avvolgere le spoglie di Delia e la grotta accolse nuovamente i silenti resti. Solo le lacrime dell'elfo furono ancora più brucianti e sofferte di quelle versate il giorno della prima volta in cui Delia era morta poiché adesso sul suo animo e sul suo cuore sofferente pesava la più atroce delle condanne: la consapevolezza che quello strazio non avrebbe avuto mai fine.

Adesso Roland aveva avuto la conferma che le parole di Amael erano vere.

Adesso per lui non c'era che una sola cosa da fare.

Con Almarath al suo fianco, Roland salutò la sua forma originaria e, sebbene a malincuore, assunse di nuovo la grandezza della strega. Prese in braccio il suo amico gatto ed avanzò in silenzio lungo il costone roccioso pensando intensamente a lei fin quando non vide delinearsi all'orizzonte una sagoma scura, nera come la notte.

Come nel giorno del loro incontro, Amael era lì, immota, ad attenderlo, avvolta nella sua nera e pesante cappa. I suoi occhi erano ancora quel verde ed insidioso stagno che Almarath ricordava, insondabili, profondi e pericolosi. Il suo viso era inespressivo ed imperscrutabile, solo sulle sensuali labbra il gatto fu certo di veder comparire per un impercettibile momento un sorriso soddisfatto.

Dopo tutto il dolore che aveva provato, dopo lo strazio, l'angoscia e la solitudine del vivere la sua condanna, Roland vide la scura sagoma di Amael come il luminoso appiglio a cui affidare infine il suo futuro. Mai come in quel momento il volto di Amael gli apparve amico nonostante il suo animo continuasse a nutrire la certezza di essere poco più che un filo nell'intreccio della sua trama.

Nella luce di quel mattino d'inizio autunno, con il cielo terso, pulito dalla pioggia del giorno precedente, il volto di Amael era bello da far male. Persino Almarath sentì una morsa nel suo piccolo cuore di gatto quando il suo sguardo dorato si posò su di esso, come se avesse nostalgia di lei, del tempo trascorso con lei, persino del semplice dormirle in grembo.

Per quanto Roland si fosse imposto di non mostrarsi fragile innanzi a lei, a nulla valsero i suoi buoni propositi quando il verde sguardo di strega, stranamente compassionevole e dolce, incontrò i suoi occhi grigi.

L'elfo abbassò il viso, vergognandosi e pentendosi amaramente di starsi mostrando così inerme e nudo innanzi a lei, così dannatamente disperato, ma le lacrime iniziarono a scorrere e Roland non riuscì a trattenerle.

Amael fece un passo verso di lui e l'elfo si voltò, dandole le spalle, cercando di ritrovare un contegno, lottando per ricacciare indietro quelle maledette lacrime che continuavano a scendere impetuose come un fiume in piena.

Lui sapeva di avere abbassato completamente le sue difese, sapeva che in quel momento lei fosse capace di sentire e vivere ogni suo pensiero con limpida chiarezza, ogni sua emozione, che fluiva libera, senza freni, nella sua avida mente.

Era nudo, disarmato. Il dolore gli aveva tolto ogni protezione. Non poteva subire la morte di Delia, mai più. Amael lo sapeva.

In quel momento Roland desiderò soltanto l'abbraccio protettivo della primavera ed il profumo delle notti estive, quella tiepida brezza odorosa di fiori, confortevole come l'alito rassicurante della vita, invece tutto intorno a lui non c'era altro che il vento fresco e pulito di una giornata di settembre anche se a lui sembrava quasi di trovarsi sotto una gelida pioggia d'inverno. Il suo animo era intriso d'infinita tristezza.

Amael si avvicinò alla sua schiena e senza dire niente, silente come la sera che scende dopo il calar del sole, cinse il busto dell'elfo tra le sue braccia, avvolgendo il suo corpo nella sua scura, nera cappa. Roland fu investito dall'odore di Amael, un misto di aroma di campi, erba, bosco ed animale selvatico, un odore rassicurante e stranamente confortevole, un odore capace di dare un istante di pace al suo martoriato cuore, capace di farlo sentire protetto e al sicuro da tutto.

Almarath rimase immobile poco distante da loro a guardare la scena dei neri capelli di Roland che si mischiavano alle rosse chiome di Amael, della grande mantella che scura cingeva il corpo del suo amico in un abbraccio che ricordava la tenebra che ingoiava l'orizzonte dopo il tramonto.

Per un momento anche ad Almarath sembrò di poter scorgere la fitta pioggia interiore che avvolgeva il suo amico e che continuava a battere triste e grigia, mentre la strega cercava di fargli scudo con il suo tenebroso e potente abbraccio.

Roland lasciò che quell'abbraccio profumato di campi lo colmasse fin quando non ritrovò la sua forza. Si liberò dal nero manto, scostandosi da Amael. Con coraggio la fissò negli occhi e disse con determinazione:

«Dimmi dov'è. Indicami la via per trovare la tua ombra.»

Amael annuì. La sua voce uscì ferma quando diede indicazioni precise sul luogo in cui aveva imprigionato la sua precedente compagna di vita.

Quando ebbe finito e fu certa che Roland avesse compreso bene l'ubicazione della tomba d'oscurità nella quale l'ombra era stata rinchiusa, tradendo una sorta di preoccupazione che non solo Almarath percepì, si avvicinò e mormorò all'orecchio dell'elfo:
«Non posso dirti il suo nome. Dovrà essere lei a farlo. Se ti darà l'onore di conoscerlo, saprai di aver fatto breccia nel suo nero, sporco cuore. Sappi che non sarà facile riuscire a guadagnare quel nome e la sua fiducia, ma se ci riuscirai, allora potrai dirti un passo più vicino al raggiungere il tuo scopo.»
A queste parole Roland sospirò mentre un sottile brivido di paura, sconfortante e fastidioso, faceva tremare la sua pelle. Ecco che la paura tornava, insidiosa e pericolosa.
Con un'inattesa dolcezza, Amael si avvicinò a lui ancora di più fin quasi a sfiorare il suo volto con la guancia e poi mormorò:
«La paura non dovrà dominarti ma guidarti nelle tue scelte. Segui sempre il tuo istinto e non lasciare che l'ombra prenda in pugno i tuoi sentimenti. Se ci riuscirà, sarai sconfitto. Lei non possiede il mio potere di dare e ricevere memorie o di manipolare le menti o di ascoltare i pensieri altrui ma come tutte le ombre è molto empatica e può avere una grande influenza su di te, percepire le tue emozioni come se fossero le sue. Se avrai paura, lei lo saprà. Se amerai, lei lo saprà. Se odierai, anche lei lo saprà. Se ti mostrerai debole, se i tuoi sentimenti ti renderanno fragile, lei ne approfitterà per manipolarti, per guidare ogni tua scelta. Resta saldo nei tuoi propositi e non lasciare che lei distrugga la tua volontà. Sei forte abbastanza perché lei permei la tua anima, perché lei conosca la tua Voce come se fosse la sua, senza però prenderti in pugno. Ricorda la lezione più importante sulle ombre, piume di corvo: essere una cosa sola con una di loro non significa perdere la propria identità ma sommare i propri punti di forza e combattere insieme le proprie debolezze. Dalla vostra unione dovrà scaturire un'immensa forza, non un dominio dell'una sull'altro. Se lei riuscirà a prendere il sopravvento, allora non avrai scampo. Ricorda: non perdere mai la tua identità. Tutto ciò che ti renderà vulnerabile sarà per lei un pretesto per provare a scavalcare la tua

volontà e a fare la sua. La tua debolezza sarà il suo più grande vantaggio. Un'ultima cosa... Non provare mai a mentirle o ad ingannarla. Anche se credo non sia nella tua natura farlo.»

Roland si scostò leggermente da lei per guardarla negli occhi e con amarezza constatò:

«Mi stai costringendo a farlo, Amael. Mi stai costringendo a mentire. L'incontro mio e di quest'ombra è basato sulla menzogna, sulla bugia che io non sappia nulla di lei e di te e che il nostro incontro sia fortuito. Questo è mentire.»

La strega sostenne il suo grigio sguardo severo, accusatorio. Infine ammise:

«È vero, ma sono certa che dal momento in cui vi incontrerete non le mentirai mai più.»

Detto questo, Amael si allontanò da lui e Roland si sentì stranamente agguantato da una terribile sensazione di solitudine. Era strano ammetterlo ma una parte di lui amava avere la strega al suo fianco. Il suo sconfinato sapere la rendeva una sicurezza, un incrollabile punto di riferimento, un faro nell'oscurità di ciò che a lui era ancora ignoto.

Forse Amael aveva letto nei suoi pensieri perché sorridendogli affettuosamente gli disse:

«La conoscenza dona un immenso potere, come negarlo? Però non devi lasciare che ciò che ancora ignori crei sfiducia e disperazione nel tuo cuore. Il sapere che guadagnerai da solo, con le tue sole forze, sarà quello che ti renderà più forte. Sono certa che riuscirai nel tuo intento, Roland.»

Sentire il suo nome sulle labbra della strega, pronunciato dolcemente, con riguardo e rispetto, come se Amael avesse a cuore il suo futuro, lasciò Roland basito.

Forse, si disse, la strega tesseva con amore la sua trama, avendo cura anche del più piccolo e all'apparenza insignificante filo.

«Ricorda sempre chi sei. La tua sola arma per vincere è te stesso.» furono le ultime parole di Amael prima che lei gli voltasse le spalle e, sollevato il cappuccio e avvolta nel pesante manto nero si avviasse lenta lungo il costone roccioso, ridiscendendolo in direzione di una nuova meta.

Roland sapeva che quello era un addio. Non aveva idea di quando o del perché l'avrebbe rivista ma sapeva che non sarebbe accaduto molto presto.

Roland sperò con tutta l'anima che il loro prossimo incontro sarebbe stato nel Nulla.

Adesso era venuto il momento di affrontare l'ignoto, quel nuovo inizio che avrebbe dato il via alla sua più ardua avventura. Non ci sarebbe stato l'abbraccio protettivo della potente ed onnisciente Amael, né il suo sapere proibito ad aiutarlo. Era da solo contro l'ignoto e la sua unica arma era proprio la sua volontà.

Era pronto ad affrontare l'ombra? Sì, adesso non desiderava altro.

Era pronto a tentare con lei un nuovo salto nell'ignoto? Lo avrebbe presto scoperto.

Senza indugiare, l'elfo assunse la forma del grande corvo nero. Spiegò le ali, grandi, possenti, scure contro l'azzurro del cielo. Il suo verso riecheggiò attraverso il vallone, tra le rocce, oltre l'orizzonte.

Almarath non ebbe bisogno di spiegazioni. Conosceva il suo Roland. Sapeva che, ancora una volta, il suo amico voleva lanciarsi nella nuova impresa al più presto e andare subito via da quei luoghi per mettersi in cammino ed iniziare forse l'ultima e più difficile di tutte le sue avventure.

Salì in groppa in silenzio e lasciò che Roland lo conducesse lontano dal sepolcro di Delia e dal ricordo di Amael, fendendo veloce l'aria ed il cielo, verso l'ignoto che attendeva entrambi.

Nel suo piccolo cuore mortale, Almarath sperò solo che la volontà del suo amico fosse più forte ed incrollabile della nera e potente anima dell'ombra che stava per essere liberata dalla sua prigione di oscurità.

L'odio

All'inizio si era chiesta con delusione ed amarezza perché mai le venisse riservato un trattamento così crudele e duro dalle persone che le stavano intorno. Si era posta molte domande su stessa e sugli altri. Molte risposte che si era data l'avevano fatta soffrire, molte altre le avevano fornito il coraggio necessario per cercare delle soluzioni valide. Aveva cercato di cambiare quello stato di cose in ogni modo, usando ogni stratagemma, ma non era accaduto nulla, anzi, forse il suo incaponirsi per migliorare le cose era riuscito persino a peggiorarle. Più lei si comportava in modo leale, sincero, limpido, più questa sua chiarezza le si ritorceva contro, in una strana spirale alimentata dall'insofferenza, dal fastidio e dalla cattiveria altrui.

Con il tempo l'amarezza si era trasformata in qualcosa di diverso, in un sentimento più simile ad un silenzioso risentimento. Lei non aveva più cercato di opporsi a quello stato di cose ma si era limitata a far sì che gli eventi le scivolassero sopra, in una sorta di piatta rassegnazione. Si era limitata ad esistere nel suo mondo interiore e a sopravvivere all'esterno di esso, schivando la cattiveria e barcamenandosi per restare a galla in un mondo che bravava annegarla, affondare ciò che restava della sua piccola e precaria scialuppa di salvataggio sulla quale si trovava a navigare da sola, percorrendo acque sempre più buie e sempre più turbolente.

Era così che il tempo era passato e con esso era andata via, senza che Lei lo sospettasse, anche la parte più bella, giovane e piena di opportunità della sua breve vita.

Era andata avanti cercando di ignorare la malvagità del prossimo. Per un po' c'era riuscita ma poi era accaduto qualcosa che aveva cambiato tutto: era stata ignobilmente tradita. Quel tradimento premeditato, costruito con perfida freddezza, aveva portato ad una serie di tragedie, alcune delle quali avevano colpito duramente coloro i quali lei più amava.

Ecco allora che quel tacito risentimento e quella rassegnazione che sembravano aver accompagnato ogni suo gesto, l'incedere della sua semplice e raccolta esistenza, si erano improvvisamente tramutati in un odio violento che aveva attecchito nel suo cuore divampando come un incendio che covi non visto nel sottobosco rinsecchito, tra innocue foglie dagli sgargianti colori d'autunno.

Il fuoco era divampato ed ora ardeva con una violenza e con una foga inimmaginabili.

Mai avrebbe creduto di potere odiare in un modo così intenso e furibondo.

Si era opposta con tutte le sue forze a quel sentimento così potente e pericoloso, eppure ora si domandava il perché lo avesse combattuto ed allontanato con tanta caparbietà. Quel fuoco vendicativo la rendeva lucida, le faceva vedere le cose in una prospettiva nuova, svelando aspetti che non aveva mai voluto vedere ed accettare, eventi a cui aveva sempre voluto trovare una giustificazione, motivi che purtroppo esistevano ed erano sempre esistiti solo nella sua onesta e troppo ingenua mente.

L'odio, feroce, assoluto, aveva spazzato via ogni proposito di accettazione ed indifferenza, allontanando ogni compromesso dal suo cuore ferito ormai certo dell'inutilità dell'onestà, della purezza e della bontà.

Aveva sempre immaginato il lasciarsi andare all'odio come immergersi in una vischiosa colla, nera e putrida, qualcosa che l'avrebbe macchiata sporcando la sua anima, adesso invece ne scopriva un lato insospettabile, focoso, caldo e pieno di energia.

Non si era mai sentita così forte, così sicura, così determinata, spavalda ed invincibile. Con sua grande meraviglia non si sentiva contaminata, marchiata da qualcosa di oscuro e negativo, al contrario si sentiva più vera e genuina di quanto forse non fosse mai stata. Non doveva più nascondere a nessuno il suo risentimento, la sua grande delusione, l'amarezza... non doveva più cercare di smorzare il suo dolore o di nascondere la rabbia. Odiare era facile. L'odio era un sentimento pulito, come il fuoco che riduceva tutto in cenere annientando il putridume.

Odiare le aveva dato uno scopo, una forza inimmaginabile. Aveva sempre creduto che lasciandosi andare ad esso sarebbe stata accecata dal suo incontenibile potere, invece scopriva con meraviglia il suo lato calcolatore e razionale, devastante ma per nulla caotico, anzi, fin troppo determinato.

Con incredulità si trovò a pensare che forse quella sarebbe stata l'unica via per raggiungere i suoi scopi e trovare un poco di pace. Non poteva lasciare che i torti subiti restassero impuniti. Non sarebbe stato giusto né per se stessa né per chi amava.

L'immagine del putridume che bruciava divenendo cenere sottile e pulita, grigia ed impalpabile come qualcosa destinato ad essere dimenticato per sempre le infondeva un senso di pacifica conclusione.

Aveva tentato di tutto, fallendo miseramente. Forse era giunto il momento di vincere prima che la partita della vita si fosse conclusa. Non le restava poi molto tempo. Non più.

Voglio che il mio dolore divenga cenere. Voglio che il vento la sparga, disperdendola.

Non deve restare niente.

E così si abbandonò completamente all'odio.

Capitolo 14
La tomba di oscurità

Capitolo 14

«Ho paura, piume di corvo.» confessò Almarath miagolando sommessamente.

Il gatto tremava. Tutto il suo fulvo pelo sembrava vibrare come se fosse scosso dalla brezza, ma non c'era neanche un alito di vento nel luogo desolato dove ora si trovavano, in quella collina rocciosa dove non sembrava crescere altro che roccia.

Un sottile essere serpeggiò tra i sassi vicini battuti dal sole. In un altro momento il gatto si sarebbe lanciato alla caccia ma non ora. La paura era troppa. Sembrava non poter esserci altro che terrore nel suo piccolo cuore mortale.

Roland si chinò. Dopo aver perso le sembianze del grande corvo, aveva assunto nuovamente quelle di un essere umano per stringere Almarath tra le sue braccia ed ora, inginocchiato innanzi a lui, lo guardava con una muta preghiera negli occhi.

«Ti prego, amico mio, resta con me. Giuro di proteggerti a qualunque costo. Fidati.»

Almarath non aveva bisogno che Roland mormorasse quelle parole. Gli bastava guardare nel profondo di quello sguardo grigio, pieno di amore nei suoi riguardi. La sua silenziosa supplica era giunta fin dentro il suo cuore, scavando nella sua anima un doloroso solco senza che avesse dovuto udire parole disperate.

Almarath ricambiò quello sguardo con uno altrettanto intenso. La sua risposta arrivò limpida al cuore dell'elfo:

«Non ti abbandonerò mai amico mio, ma ho nuovamente paura e non posso nasconderla.»

Un sorriso affettuoso fece inarcare le labbra dell'elfo. Questa volta la sua voce risuonò sicura quando annunciò:

«Dal momento in cui Amael mi ha dato le indicazioni su come raggiungere questo luogo, non ho mai avuto intenzione di portarti insieme a me nella prigione dove ha recluso l'ombra. Andrò io da solo nella tomba d'oscurità in cui è imprigionata. Abbiamo viaggiato tanto per giungere sin qui ma non ho mai pensato neanche per un momento di farmi seguire da te anche nel buio nel quale sto per addentrarmi. Andrò da solo là sotto, Almarath. Era già deciso. Ti chiedo solo di aspettare qui il mio ritorno.»

Il terrore serrò la gola di Almarath. Un altro miagolio sommesso espresse il suo più grande tormento:

«Promettimi che ritornerai, piume di corvo. Promettimi che non soccomberai in quell'oscurità.»

Roland allungò una mano verso l'animale che l'accolse strusciandovi contro il muso. La mano dell'elfo percorse con affetto la testa del suo amico e poi accarezzò il suo dorso, soffermandosi ancora una volta vicino al collo, affondando nel pelo serico e soffice. Le dolci fusa di Almarath iniziarono a spandersi. La mano di Roland ne percepì ogni vibrazione godendo con avidità di quel dono.

L'elfo disse sicuro:

«Tornerò, Almarath. Aspettami qui.»

Roland ritrasse la mano. Il contatto si sciolse lasciando entrambi sofferenti, con un fastidioso senso di disagio addosso.

«Tornerò.» ribadì Roland sostenendo lo sguardo d'oro del gatto. Almarath rimase immobile come se il tempo si fosse fermato. Quello era il suo modo di assicurargli che lo avrebbe atteso lì, senza muovere un muscolo. Al suo ritorno, Roland lo avrebbe ritrovato dove e come lo aveva lasciato. L'elfo non vedeva l'ora di stringerlo a sé nuovamente.

Una domanda spaventosa morse il cuore di Roland mentre voltava le spalle al suo amico, all'unico vero affetto che gli fosse rimasto, all'unico altro essere che amava e che aveva giurato di proteggere:

«Sarò sempre me stesso se lei si staglierà ai miei piedi? Sarò sempre io se lei mi accompagnerà?»

Le parole di Amael gli ritornarono alla mente, ricordandogli il più importante degli avvertimenti, il più prezioso ed indispensabile consiglio che la strega gli aveva dato:

«La paura non dovrà dominarti ma guidarti nelle tue scelte. Segui sempre il tuo istinto e non lasciare che l'ombra prenda in pugno i tuoi sentimenti. Se ci riuscirà, sarai sconfitto. Se avrai paura, lei lo saprà. Se amerai, lei lo saprà. Se odierai, anche lei lo saprà. Se ti mostrerai debole, se i tuoi sentimenti ti renderanno fragile, lei ne approfitterà per manipolarti, per guidare ogni tua scelta. Resta saldo nei tuoi propositi e non lasciare che lei distrugga la tua volontà. Ricorda la lezione più importante sulle ombre, piume di corvo: essere una cosa sola con una di loro non significa perdere la propria identità ma sommare i propri punti di forza e combattere insieme le proprie debolezze. Dalla vostra unione dovrà scaturire un'immensa forza, non un dominio dell'una sull'altro. Se lei riuscirà a prendere il sopravvento, allora non avrai scampo. Ricorda: non perdere mai la tua identità.»

Con caparbietà, Roland iniziò a ripetere nella sua mente queste semplici ma necessarie parole:

«Resta saldo nei tuoi propositi. Sii te stesso, sempre.»

Con la convinzione che non si sarebbe lasciato soggiogare facilmente, Roland raccolse tutto il suo coraggio per affrontare il salto nel buio che l'attendeva. Ricontrollando un'ultima volta di avere con sé l'indispensabile per accendere il fuoco e richiamare l'ombra, fece un profondo respiro ed infine si diresse verso il punto esatto che gli era stato indicato da Amael, un piccolo buco nero molto simile all'imboccatura del rifugio dove lui aveva nascosto le spoglie di Delia ma grande abbastanza da farlo passare solo nella sua forma di elfo.

La formazione rocciosa sulla quale si trovava appariva come una piccola collina desolata in un luogo silenzioso e spoglio dove nulla sembrava poter attecchire. Sicuramente dovevano esserci periodi dell'anno in cui la neve ricopriva ogni cosa, ma già adesso quel luogo si mostrava molto inospitale e poco adatto alla presenza di viventi. Roland sperò solo che Almarath non soffrisse troppo la fame, o il freddo. Non c'era vento ma quando qualche folata arrivava, sembrava colpire le rocce come uno schiaffo, sibilando tra la roccia.

«Basta indugiare! –si disse risoluto Roland- Devo sbrigarmi a tornare da Almarath al più presto. Prendi quell'ombra ed esci da lì.» si ordinò infine, guardando il piccolo foro tra le rocce.

Per entrarvi, l'elfo doveva assumere il suo aspetto originario o quello di un animale abbastanza piccolo da riuscire a strisciarvi dentro. Roland non aveva dubbi su quale forma volesse assumere. Voleva essere se stesso, ora più che mai. Per scendere laggiù avrebbe anche potuto tramutarsi nell'animale a cui aveva pensato come soluzione per uscire agilmente da là sotto, ma al momento voleva solo essere un elfo, nient'altro che un elfo. Questo era per lui forse l'unico aspetto positivo di stare per tuffarsi in un buco che lo avrebbe condotto in una caduta lunga dei minuti. Amael era stata chiara:

«Sarà come lanciarsi nel vuoto, ma quel vuoto sarà nero e dopo un po' non avrai più alcuna percezione se non quella di precipitare sempre più giù.» così aveva detto la strega.

Con lucidità, Roland ripassò le indicazioni che Amael gli aveva fornito:

«Una volta che ti sarai infilato strisciando in quel piccolo buco, ad un certo punto non avrai più alcun appiglio saldo e molto presto scivolerai in un piccolo budello. Dopo di ciò ti aspetterà solo un'infinita caduta. Ti sembrerà di precipitare nell'oscurità per un tempo lunghissimo, e quando finalmente la caduta avrà fine, subirai un violentissimo impatto contro qualcosa di simile alla roccia. Sappi che non lo è: il tuo corpo urterà contro uno spesso pavimento di sale. Ricorda: quando ti sarai ripreso dall'impatto, non accendere subito la torcia che porterai con te, non prima di aver camminato fino a toccare una parete, anch'essa di consistenza cristallina e friabile. La percorrerai tutta, fin quando non sarai certo di trovarti al fondo di una sorta di piccola camera scavata in un blocco di sale dentro la quale troverai una protuberanza dalla forma simile ad una grossa pietra. Solo allora avrai la certezza di essere giunto nella prigione in cui ho intrappolato la mia ombra. In quel buio pesto ed assoluto potrai infine accendere la torcia. Nel momento in cui la luce divamperà e tu ne sarai accecato, aspettati di essere travolto da un'ira violentissima e da una furia primordiale. La luce richiamerà all'istante la mia ombra. Le ci vorrà pochissimo per capire che chi l'ha riportata in vita non sono io. Dal momento in cui la fiamma ballerà sulla punta della torcia, avrai però a disposizione un tempo davvero esiguo prima che la poca aria presente in quella cavità sotterranea si consumi ed il fuoco si spenga e tutto piombi nuovamente nell'oscurità più tetra. Lei si attaccherà immediatamente a te, ne sono certa, anche se il fuoco dovesse spegnersi dopo pochi istanti, scambiandosi con l'ombra che ti porti dietro, divenendo lei la tua ombra. La luce, una volta richiamata colei che fu la mia ombra, ti servirà solo per orientarti, per capire in quale direzione dirigerti per risalire e ripercorrere a ritroso il percorso fatto. Muta in ciò che ritieni più opportuno per riuscire ad uscire da là sotto, se lo ritieni utile distruggi pure la stessa collina, ma ricorda: non appena sarai fuori da lì, lei sarà con te, ai tuoi piedi, furibonda come non mai. Avrà molte domande ma non dovrà mai e poi mai sospettare che sono stata io a far sì che vi incontraste.»

Roland osservò il piccolo foro tondo che si apriva tra le rocce, grande abbastanza da far passare a stento il suo corpo di elfo. Sembrava un innocuo, piccolo buco in un luogo assolutamente banale. Lui stesso non avrebbe mai sospettato che quella silente e desolata formazione rocciosa nascondesse il luogo che per l'ombra primigenia si era rivelato il più pericoloso tra tutti.

Roland inspirò profondamente. L'aria era secca e tersa. Non c'era alcun odore di campi, animali o vita, solo odore di pietra battuta dal sole e spaccata dalla neve. Quello era uno dei tanti solitari paesaggi naturali in cui anche lui tante volte si era ritrovato a vagabondare durante le sue esplorazioni, in quel tempo ormai distante in cui la solitudine era stata per lui compagna ed amica fidata. Quel luogo tanto semplice ed ordinario, senza nulla di particolare o all'apparenza di pericoloso, si era invece rivelato per l'ombra di Amael la più grande ed inaspettata delle insidie. Quello era il luogo in cui Amael l'aveva ignobilmente tradita, rinchiudendola in una tomba fatta di oscurità dalla quale non sarebbe mai potuta uscire senza l'aiuto di un immortale.

Roland tremò. Con amarezza l'elfo constatò che a volte si poteva essere traditi anche da ciò che si riteneva innocuo, da ciò che all'apparenza era inoffensivo. La rabbia di quella potente creatura, caduta in una trappola dalla semplicità disarmante, soggiogata da un banale cumulo di roccia, doveva essere stata immensa. Il suo orgoglio, ferito e calpestato, doveva sicuramente bruciare come il più indomabile degli incendi. Si era lasciata ingannare come la più ingenua delle creature tanto che se non fosse stata la stessa Amael ad avergli raccontato com'era riuscita ad imprigionare la sua ombra, Roland non avrebbe mai creduto si potesse intrappolare un essere primigenio tanto potente ed antico in un modo così facile. Perché ciò era potuto accadere? Forse perché l'ombra, per quanto fosse perfida, dopotutto si fidava della sua compagna? Questo pensiero riempì di amarezza il cuore di Roland. Il tradimento era qualcosa di completamente estraneo al cuore dell'elfo. Tradire la fiducia di qualcuno ai suoi occhi era un atto abominevole.

Certo, sicuramente quell'ombra non sarebbe mai più caduta in un tranello come quello. Non una seconda volta, almeno. L'unica cosa che ancora Roland si domandava e a cui Amael non aveva risposto, era come la strega fosse riuscita a convincere la sua ombra a staccarsi da lei e far da ombra ad un pezzo di sale, giusto in tempo perché tutto piombasse nell'oscurità più assoluta e lei restasse intrappolata nel Nulla...

Chissà, magari sarebbe riuscito a farselo raccontare dall'ombra stessa...

Con questo fiducioso pensiero in mente, Roland assunse la sua vera forma e si diresse verso il buco. Infilò le gambe dentro il foro nero e poi vi strisciò dentro aiutandosi e spingendosi con le braccia. Quasi subito il buco sembrò ingoiarlo e la luce iniziò a scemare finché non ne restò che un vago alone distante. L'elfo strisciò ancora per un po', fin quando non iniziò a scivolare in modo sempre più precipitoso. A quel punto accadde tutto troppo rapidamente. Come aveva annunciato Amael, Roland non riuscì ad appigliarsi a nulla e scivolò rovinosamente in un vuoto nero ed avvolgente. La sensazione di stare precipitando fu violenta e lo colse impreparato nonostante già sapesse cosa stava per accadere.

Il vuoto si aprì sotto di lui e Roland vi affondò come un sasso che cade in acqua.

Solo l'aria che scivolava sul suo corpo in quella caduta infinita sembrava dargli l'idea di stare precipitando sempre più in basso, sempre più giù in quella nera e silente voragine.

Amael gli aveva detto che la caduta sarebbe durata per minuti, così Roland iniziò a contare nel tentativo di distrarsi da quell'oscurità che sembrava stritolarlo. Il buio era assoluto, claustrofobico, tanto denso e spesso da ricordargli il suo viaggio attraverso il vuoto cosmico.

Uno, due, dieci, trenta, cento... solo il sottile rumore dell'aria contro il suo corpo gli ricordava che stesse ancora continuando a precipitare... sempre più giù in quella tomba scura...

«Prima o poi questa caduta dovrà avere fine.» si disse Roland nel tentativo di arginare quella sensazione di soffocamento che ormai lo aveva in pugno.

Centodieci, centotrenta, centocinquanta...

Ad un tratto una sensazione diversa, portata dall'aria, lo colse: l'inconfondibile aroma della salsedine, lo stesso che spesso si percepiva vicino alle grotte marine.

Roland non ebbe però il tempo di domandarsi se fosse quasi giunto a destinazione o meno perché un impatto devastante e violentissimo lo travolse investendo ogni parte del suo corpo.

Roland, in quanto creatura immortale e fatta di fantasia, non poteva morire ma poteva vivere le sensazioni, anche le peggiori. In quel momento fu grato di non essere fatto di carne e sangue e di non dover vivere veramente il dolore che avrebbe provato un mortale in una caduta del genere. Forse l'impatto avrebbe provocato una morte repentina e nulla più di questo, oppure un'orrenda morte in preda ad atroci sofferenze. Roland tremò. Ogni parte del suo corpo sembrava essersi sbriciolata come la roccia friabile sulla quale le sue membra ora giacevano scomposte.

Rimase per un tempo incalcolabile con il corpo schiacciato sul pavimento salato che gli aveva dato il benvenuto cercando di immedesimarsi in un mortale, come tante volte aveva visto fare ai suoi fratelli che avevano scelto di vivere come le creature caduche, fin quando non gli sembrò di sentire un dolore talmente forte da desiderare solo la morte. A quel punto si decise a riprendere possesso della sua vera natura immortale. Ancora una volta si disse che la scelta di vivere come un mortale non faceva per lui. Che senso aveva far finta di essere ciò che non si era? Non criticava le scelte dei suoi fratelli, per quanto gli apparissero assurde, ma era certo più che mai di non poterle seguire. Lui non sarebbe mai potuto essere un elfo di AcquaBosco. Era un ramingo, lo era sempre stato e sempre lo sarebbe rimasto. Lui non avrebbe mai rinunciato alla sua vera natura per quanto non volesse stravolgere il mondo in cui si trovava.

Roland inspirò forte e allontanò quei pensieri. La sua pelle avvertiva la granulosità della superficie contro cui toccava mentre i suoi occhi, sebbene sgranati, cercavano disperatamente un appiglio nel nero assoluto che lo avvolgeva. Per un momento si sentì inerme ed immensamente solo ma poi ripensò ad Almarath che lo attendeva dove si erano separati e questo gli diede la forza per scuotersi dallo strano sconvolgimento che l'impatto gli aveva provocato. Era impossibile orientarsi là sotto e la sua unica certezza era quella di essere appoggiato al fondo della profondissima voragine nella quale era precipitato. Quel pavimento fatto di roccia granulosa e salata, friabile quasi, era il fondo del precipizio oscuro nel quale si era lasciato volontariamente cadere. La prima parte della sua missione era compiuta, adesso era necessario che anche la seconda andasse a buon fine. Aveva fatto tutto questo per perseguire uno scopo ben preciso ed intendeva uscire vittorioso da questa difficile avventura.

Raccogliendo le forze, Roland si sollevò da terra. Una volta in piedi ebbe un momento di disorientamento ma cercò di mantenere saldo il contatto dei suoi piedi con il terreno per non perdere l'unico punto di riferimento che aveva. Fece come Amael gli aveva detto: camminò. Camminò finché non urtò qualcosa di simile ad una parete e a questo punto, scivolando su di essa continuò a camminare percorrendola fin quando dopo avere esplorato quella strana camera di sale, Roland non incontrò una protuberanza simile ad un masso, anch'esso dalla consistenza granulosa e dallo stesso odore salino di tutto ciò che lo circondava.

Non c'erano dubbi: quello era l'esatto luogo descrittogli da Amael. Adesso non gli restava che accendere la torcia e richiamare l'ombra dal Nulla. Nell'istante in cui la scintilla avrebbe preso fuoco e la luce fosse divampata nell'oscurità, l'ombra sarebbe rinata ritornando nel mondo reale. Il suo esilio nel Nulla sarebbe finito. Si sarebbe legata a lui e Roland l'avrebbe tirata fuori da lì.

Detta così, sembrava un'impresa quasi facile da realizzare. La parte ardua sarebbe stata avere a che fare con la furia di un'ombra antica...

Nel buio pesto, Roland per un momento esitò. Con apprensione si chiese se fosse pronto ad affrontare un essere talmente potente ed intriso d'odio come un'ombra primigenia, se avesse la forza per restare saldo nei suoi propositi e la volontà necessaria per non farsi soggiogare.

«Non hai mai incontrato una creatura come questa. Non hai idea di ciò che ti aspetta veramente.» si disse, vacillando.

Poi però il ricordo della sua Delia emerse nella sua mente come un faro nell'oscurità. Il suo sorriso, il profumo della sua pelle, il colore sgargiante delle sue ali, il verde mare del suo sguardo, la sua dolce Voce... ogni cosa di lei sembrò colmarlo. La sua anima sembrò lacerarsi. La certezza di non potere vivere senza di lei lo guidò, scacciando il dubbio.

Senza indugiare, Roland armeggiò con il materiale che aveva portato con sé. L'elfo era bravo a creare le scintille sfregando le pietre adatte. Non gli ci volle molto per produrne una. Il colore ramato dell'anima del fuoco ondeggiò nel nero assoluto in un'immagine dalla bellezza sconvolgente. I riflessi ramati della scintilla sembravano cullati dalle mani nere del buio. Quest'immagine riportò alla mente di Roland alcuni dei ricordi più belli che egli conservava del suo viaggio attraverso l'universo. L'elfo rimase a guardare con ammirazione la scintilla che risplendeva nel nero assoluto che la circondava fin quando crepitando essa non si posò sulla punta della torcia che l'elfo aveva portato con sé. Nel momento in cui la scintilla toccò il materiale combustibile, attecchì con un crepitio elettrico ed improvvisamente una piccola fiammella divampò illuminando la tetra prigione, quasi fosse un sole.

Roland non ebbe il tempo di sentirsi rincuorato da quel soffice bagliore o meravigliato da quell'immagine che così tanto gli ricordava la nascita delle stelle perché un urlo animalesco e primordiale riempì la camera facendone tremare le pareti.

Accadde tutto in modo così travolgente che per un momento Roland pensò di non riuscire più a liberarsi dal sentimento che lo investì, un odio talmente violento da drenare ogni sua forza.

Un'ira furibonda, mista ad un odio così profondo ed assoluto da poterlo definire come l'anima del sentimento stesso, l'odio puro, sembrò iniziare ad esistere al posto della sua coscienza. Roland boccheggiò.

Aveva ancora una propria volontà? Oppure ora essa era divenuta l'odio? L'elfo si accasciò. La sua mano strinse convulsamente la torcia facendo tremare la fiammella che ballava sulla sua punta.

Le urla bestiali e primitive lo assordarono. Ebbe appena il tempo per sollevare il viso verso l'alto nel tentativo di fissare bene in mente la via d'uscita che la fiamma fortunatamente per lui si estinse con un lamento e tutto cadde nuovamente nel buio assoluto e nel silenzio più profondo.

Roland boccheggiò nuovamente. Le sue dita strinsero spasmodicamente la torcia spenta appendendosi ad essa come se fosse il suo unico appiglio, ma non esisteva un appiglio in quel mare tempestoso che rischiava di annegarlo, non poteva esistere, e lui lo sapeva.

Aveva mai odiato in quel modo? Roland si sentì soffocare. Neanche il buio più pesto era riuscito a strangolarlo in quel modo. Poteva esistere qualcos'altro oltre l'odio?

Non sapeva rispondere, ma sapeva di dovere uscire al più presto da quel luogo, ritornare alla luce del giorno, altrimenti non avrebbe trovato più la forza per scappare e la camera di sale sarebbe divenuta la tomba d'oscurità d'entrambi.

Le sue dita si aprirono e lasciarono cadere la torcia. Un sottile odore di combusto si mescolò all'odore del sale distraendo Roland dal ricordo di quell'odio talmente intenso e profondo da potersi dire solo odio puro. La sua coscienza sembrò ritornare e la sua mente riprese lucidità.

«Resta saldo nei tuoi propositi. Sii te stesso!» si urlò disperato.

Veloce, Roland si tramutò in un piccolo pipistrello e volò spasmodicamente sbattendo le ali all'impazzata fendendo il buio, salendo in direzione di quella che sembrava essere l'unica via di fuga, sempre più in alto, sempre più su, fin quando freneticamente non urtò ciò che sembrava un tetto. A quel punto cercò con ansia febbrile l'imboccatura del piccolo budello finché non riuscì a trovare un'asperità nella parete uniforme e veloce vi s'infilò dentro, tornando nella forma d'elfo. Le sue mani si avvinghiarono alla roccia friabile e mutando in lunghi artigli si arpionarono ad essa, tirando il suo corpo, facendo sì che non scivolasse nuovamente nel vuoto. Man mano che Roland si trascinava in quello stretto budello e lo ripercorreva a ritroso, una lieve luminosità iniziò a mutare l'oscurità spessa e densa in qualcosa di diverso. Frenetico, Roland vide delinearsi un minuscolo cerchio luminoso al fondo del tunnel nel quale si trovava a strisciare. Una forza nuova, non sua, lo colmò nel momento in cui la luce divenne sufficiente a definire i contorni di ciò che lo circondava. E poi, improvvisamente, fu fuori.

«Elfo!» ringhiò urlando una voce nera, cupa, terrificante, capace di scuotere la stessa collina in qualcosa di simile ad un terremoto. Quel luogo desolato sembrò tremare come ogni fibra del suo corpo.

Roland, ancora a terra, ansimava. Gli sembrava di non riuscire a respirare sebbene lui non avesse un reale bisogno di farlo, ma la sensazione era la stessa che i mortali provavano quando stavano soffocando. Il sentimento assoluto di odio era ritornato, intenso, travolgente. Non sembrava poter esistere altro che quello. A Roland sembrò che la sua coscienza svanisse di colpo, sbriciolata da quell'odio atroce.

Tutto il corpo di Roland fu colto da spasmi violenti, come se ogni sua parte rifiutasse il sentimento che provava e volesse rigettarlo, fare qualunque cosa per allontanarlo. Senza rendersene conto, Roland si ritrovò a contorcersi al suolo, sulla roccia nuda, come un mortale in preda a dolori insopportabili.

«Smetti di agitarti come un verme!» lo schernì duramente la cupa voce, intimandogli di smettere. L'ordine perentorio sembrava doverlo costringere ad ubbidire ma Roland continuò a dimenarsi spasmodicamente. La disperazione sembrava attanagliare ogni fibra della sua anima.

«Ho detto smettila!» tuonò con furia la nera voce, ma caparbio Roland non si fermò, piuttosto usò tutte le sue energie nel tentativo di rimettersi in piedi.

Barcollando, continuando ad ansimare in cerca d'aria, quell'aria tanto agognata sebbene inutile, l'elfo si guardò intorno come se vedesse quel luogo per la prima volta. La luce lo confortò così come il colore delle rocce e l'azzurro del cielo attraversato da candide nubi. Cercò di appendersi a ciò che il suo sguardo vedeva per distrarre tutto il suo essere dall'odio che sembrava intriderlo, permearlo completamente. Si sentiva disorientato, confuso, come se la sua volontà stesse strenuamente lottando contro un'altra volontà che bramava fargli fare qualcos'altro, qualcosa che lui non voleva fare.

«Non devo lasciarmi soggiogare!» urlò Roland nella sua mente con determinazione.

Un ringhio cupo e feroce riempì nuovamente l'aria attorno a lui. L'ombra sembrava ancora più imbestialita di prima. Il suo puro odio ora si mescolava ad una cieca rabbia.

Roland cadde nuovamente a terra, questa volta in ginocchio. Gli sembrava quasi di sentire un dolore simile a quello che un mortale avrebbe provato dopo essersi sbriciolato ogni osso del corpo nella micidiale caduta che aveva subito dentro la camera di sale. Era come se la sua anima si stesse lacerando, anzi, come se un'altra anima stesse provando a strapparla in mille pezzi.

«Resta saldo, sii te stesso!» si urlò Roland, disperato. I suoi occhi cercarono le nubi soffici che fluttuavano nel cielo azzurro in cerca di un momento di tregua da quell'indicibile prova che stava affrontando.

La sua volontà però sembrò avere la meglio perché il ringhio animalesco e cupo che faceva tremare la roccia infine si spense. Roland iniziò a tossire convulsamente, come se fosse emerso dalla melma di una palude nella quale aveva rischiato di annegare.

Tremando tutto, afferrandosi alla roccia sotto le sue mani, raccolse la sua forza e si rimise in piedi, anche se in cuor suo desiderava soltanto distendersi e lasciarsi andare all'oblio. Si sentiva drenato da tutta la sua forza, svuotato, come se qualcosa lo avesse divorato dall'interno. Non si era mai, mai sentito così in tutta la sua vita.

«Non lascerò che quest'ombra maledetta creda ch'io sia un debole! Non mi farò piegare dal suo volere!» si disse caparbio, barcollando ancora ma riuscendo ancora una volta a restare in piedi.

Ora come non mai Roland si sentiva prostrato, confuso. Era l'ombra che lo sfiniva in quel modo? Era davvero così potente da riuscire a drenare le sue energie in quel modo atroce?

Improvvisamente la nera voce gli parlò.

Non sembrava volergli dare tregua, non per molto, ma almeno non ringhiava più. Le sue parole uscirono cupe ma compassate, non più l'urlo indomabile ed incontrollato di poco prima. Anche quel sentimento d'odio sembrò più moderato, meno selvaggio.

«Elfo, sei un gran testardo.» constatò.

Roland cercò di respirare il più profondamente che poteva per riprendersi dalla sensazione di essere finito dentro una morsa che lo stava stritolando. Mentre la stretta micidiale dell'ombra sembrava allentarsi, Roland voleva riacquistare quanta più forza possibile. Doveva prendere tempo.

Le parlò a sua volta, rendendosi conto con raccapriccio di quanto la sua voce tremasse ed apparisse fragile, provata:

«Solo un testardo e ramingo come me può andare a caccia di simili guai. Ero andato in cerca di sale e... ho trovato te. A quanto pare non sono stato molto fortunato in quest'incontro. Adesso smettila di tormentarmi. Non ho intenzioni ostili, tu invece mi stai attaccando. Lasciami in pace. Non voglio nulla da te.»

Era stato credibile? Chissà... L'ombra rimase silente a lungo prima di dire in tono disgustato:

«Liberata da un elfo, dunque. Così parrebbe.»

Le sue parole sembravano uno di quei trabocchetti dove era molto facile cadere per errore. Senza indugiare, cercando di mantenere salda la voce che purtroppo traballava incontrollabilmente, Roland chiese:

«Sì sono un elfo, un elfo ramingo e avventuriero e tu... tu sei un'ombra antica, vero? Sei la prima che incontro nei miei viaggi. Finora avevo solo sentito storie su di voi. Non avrei mai creduto di poterne trovare una dentro una formazione di sale.»

A queste sue parole l'ombra eruppe in una risata malefica ma genuina che fece tremare l'elfo fin nell'angolo più recondito del suo cuore.

«Sai bene che sono un'ombra antica anche senza bisogno di domandarmelo! Non comportarti in modo ridicolo e non pensare di fare l'ingenuo con me! E soprattutto non pensare che io creda a quello che vai blaterando, miserabile immortale! Sei il peggior bugiardo ch'io abbia mai incontrato! Sei patetico!» disse fermamente continuando a ridere. Le sue risa erano velenose, uno scherno intenzionalmente cattivo e provocatorio.

Quando le risa cupe si spensero, con perfidia la nera voce affermò:

«Tu menti. Farai bene a dirmi subito la verità, elfo. Tutta la verità. Cosa ti ha spinto in quella prigione di sale? Non dirmi che è stato il caso, che ti trovavi lì per uno dei tuoi stupidi viaggi, perché non ti crederò.»

Roland non esitò neanche un momento quando affermò:

«La curiosità mi ha condotto laggiù. La stessa dannata curiosità che mi ha reso un maledetto prigioniero del mondo reale. Null'altro che questo.»

Le sue parole suonarono sincere, se non altro la seconda parte di esse. L'ombra tacque a lungo. Roland riprese fiato, ancora una volta. Gli sembrava che la sua testa stesse per scoppiare anche se sapeva che l'ombra non poteva leggere la sua mente come una strega. Eppure era così potente da riuscire a scontrarsi con la sua volontà, anche con quella di formulare risposte e pensieri. Quello era un essere terrificante, dalla pericolosità estrema. Roland annaspò schiacciato da quell'assoluta certezza. Non avrebbe potuto mettere un piede in fallo neanche una volta altrimenti sarebbe stato spacciato...

Dopo un po' la cupa voce riecheggiò ancora:

«Bene, dunque vuoi davvero ch'io creda che ti sei infilato strisciando in quel buco per pura curiosità in cerca di una banale formazione di sale? Credi davvero ch'io sia così ingenua e stolta? Chi mai s'infilerebbe in un miserabile pertugio per semplice curiosità e a che scopo, poi? Fa' che la tua risposta, se non vera, sia almeno originale ed interessante!»

Senza perdere tempo, Roland rispose con le parole che tanto a lungo si era preparato:

«Questa collina è fatta di concrezioni saline. Ero certo che potessero esserci delle camere al suo interno. Ho esplorato molti altri luoghi simili a questo, luoghi naturali di una bellezza davvero stupefacente, luoghi la cui vista ripaga lo strisciare in buchi soffocanti! Una volta trovai una camera dove si celava una parete rocciosa così meravigliosa che avrei fatto di tutto per...»

L'ombra non lasciò che Roland finisse la frase. Lo interruppe con un perentorio ed infastidito:

«Basta così. Non voglio ascoltare le tue insulse storielle di finto avventuriero. Confessa! Chi ti manda? Cosa ti hanno promesso in cambio? Rispondi! È stata Arandel? Oppure Aldebaran? Lasciami indovinare... è stata Altair, vero?»

Roland trasalì sentendo alcuni dei nomi delle streghe. L'ombra ne aveva nominate alcune ma fortunatamente o stranamente non aveva nominato Amael.

Roland non poté dedicare del tempo a porsi domande sul perché non avesse citato proprio Amael e rispose immediatamente con enfasi, con le stesse parole che tante volte aveva sentito sulle labbra dei suoi fratelli:

«Non nominare in mia presenza quegli esseri abietti e traditori! La loro colpa è imperdonabile! Il nostro odio nei loro confronti immutabile! Non dire più i loro nomi in mia presenza! E non insinuare che io possa aver nulla a che fare con una di loro!»

L'ombra eruppe in una nuova, velenosa risata, ancora più forte di quella di poco prima:

«Elfi! Creature dal cuore molle come il corpo viscido di una lumaca! Ingannati con così tanta facilità! Adesso vi limitate ad odiare le potenti Streghe ma un tempo le osannavate, guardando a loro con occhi ammirati come si guarda ad un dio! Voi avete scelto di seguirle! Siete i soli colpevoli della vostra stessa miseria! Risparmiami questa miserabile e meschina scenata! Il tuo tentativo di convincermi che aborrisci le streghe è vano! Ti rendi solo patetico, più di quanto già tu non sia!»

Roland ammutolì. La sua coscienza condivideva in parte quelle dure parole. L'ombra sembrò bere con avidità ogni sua sensazione perché quasi subito continuò ad insultarlo con ferocia:

«È facile incolpare qualcun altro per i propri sbagli! È il rifugio del debole nascondersi dietro le colpe altrui! Ognuno di voi è l'artefice del suo destino! Ognuno di voi è il carceriere di sé stesso! Vi siete imprigionati nel Reale con le vostre scelte! La colpa è vostra, di nessun altro! Siete così vili e vigliacchi da non ammettere la vostra stessa colpa! Siete solo creature indegne di essere dei potenti immortali! Sapete solo passare il tempo a piangervi addosso e ad odiare gli immortali sbagliati!»

Con coraggio, Roland non perse tempo e ribatté seccamente:

«Loro ci hanno mentito sulla possibilità di tornare da dove venivamo!»

L'ombra rise in modo sguaiato quando replicò:

«E voi siete stati così ingenui da creder loro?»

Roland ammutolì nuovamente. Tra le risa cupe e velenose dell'ombra, l'unica cosa che con amarezza si sentì di dire fu:

«Loro ci hanno mentito ignobilmente ma la verità è che è stata la curiosità a renderci dei prigionieri, la stessa curiosità che mi ha oggi spinto in questo luogo.»

Le risa dell'ombra si spensero di colpo. Sembrava non aver più voglia di continuare quella discussione né di schernirlo. La sua nera voce divenne seria, molto seria, terrificante e despotica.

«Confessa, elfo. Chi ti ha mandato a tirarmi fuori da lì? Dimmi subito chi tra loro è stata.»

Roland non si lasciò intimidire e senza demordere rispose sicuro:

«Non so di cosa parli. Te l'ho già detto, io sono un elfo ramingo. Non divido la mia vita con i miei fratelli, figurarsi con coloro che non intendo più nominare.»

Improvvisamente la sensazione di soffocamento tornò, intensa ed insopportabile, forse più di prima. L'ombra stava cercando nuovamente di piegare la sua volontà alla propria? Certamente doveva essere così perché Roland si sentiva nuovamente senza forze, spossato. Adesso però, malgrado fosse tremenda e disarmante, iniziava ad abituarsi a quella sensazione. Adesso sapeva già in cosa consisteva la tortura che l'ombra poteva infliggergli.

«Posso contrastarla!» si disse, raccogliendo tutta la sua volontà.

Improvvisamente la morsa sembrò allentarsi ed infine, sebbene dopo parecchia resistenza, l'ombra sembrò lasciarlo andare. Roland inspirò profondamente cercando di mantenere un contegno, di fingere una solidità che in quel momento sentiva di non avere. L'ombra però non sembrò volere infierire o attaccarlo nuovamente.

La cupa voce divenne minacciosa quando si rivolse nuovamente a lui. La sua voce uscì compassata ma stranamente più terrificante di quando urlava irosa ed in modo incontrollato:

«Sei testardo e forte. Questo tuo carattere combattivo mi piace, per questo mostrerò misericordia nei tuoi riguardi e ti farò il piacere di domandartelo per l'ultima volta, miserabile elfo: chi tra loro ti ha mandato a riprendermi?»

La minaccia di arrecargli del male se non avesse risposto sembrava ora assumere l'aspetto di una promessa. Roland però non si lasciò dominare dalla paura, piuttosto lasciò che essa lo guidasse senza ostacolare le sue scelte.

Lo sguardo grigio di Roland saettò determinato fissando la scura ombra che si stagliava ai suoi piedi. Era strano come ad un semplice sguardo quell'essere mostruoso apparisse indistinguibile da qualunque altra ombra intorno a lui. Non doveva affatto essere stato facile per le streghe riuscire a scovare le ombre primigenie. Ora più che mai Roland sapeva che l'ombra di Amael era la sua unica possibilità per fare ritorno nel Nulla. I suoi occhi luccicavano, coraggiosi, sfidando l'ombra. La sua voce non vacillò quando ribadì con fermezza:

«Ti ho detto che non so di cosa diamine tu stia blaterando! Sono un elfo ramingo, non legato a nessuno dei miei fratelli, e viaggio per il mondo! Sono venuto fin qui in cerca di posti naturali da esplorare! Questo è quanto! Ho avuto solo la sfortuna di imbattermi in una maledetta ombra dispotica e maligna mentre mi stavo godendo una delle mie avventure!»

La morsa lo stritolò nuovamente, in modo ancora più violento e crudele di poc'anzi, ma Roland non capitolò e resistette strenuamente. Lottò con tutte le sue forze e mentre si opponeva a lei il suo sguardo fissò l'ombra con talmente tanta determinazione che sembrò quasi poterla bucare. Il bel volto dell'elfo era teso nello sforzo di contrastare quel potere ma alla fine si distese. L'ombra aveva infine ceduto, allentando quella strana presa su di lui con la quale sembrava poter agguantare la sua volontà.

«Dispotica e maligna? Sono molto, molto più di questo, miserabile elfo! E avrai la sfortuna di scoprirlo.» annunciò infine cupamente. Le sue parole risuonarono come una terribile, ineluttabile promessa ma Roland continuò a fissarla cercando di non farsi intimorire, sfidandola ancora apertamente.

«Non voglio affatto avere la sfortuna di scoprirlo! Vattene! –le intimò con decisione- Cercati qualcun altro da torturare e a cui fare da ombra! Cosa ti fa pensare che io ti voglia con me? Non sarei mai e poi mai sceso là sotto se avessi immaginato che oltre al sale avrei trovato un'ombra antica e dannatamente crudele! Smettila di tormentarmi e vattene lontano da me!»

«Non avevi detto di essere un esploratore? –disse in sprezzante tono di scherno l'ombra- Quando si esplora si possono tirar fuori gli incubi peggiori dai luoghi più ordinari, non te l'avevano detto, povera, ingenua creatura dal cuore molle?» disse l'ombra con la sua voce cavernosa.

Quel suo tono così malvagio ma vagamente risentito fece pensare a Roland di trovarsi sulla giusta strada per sembrare credibile, per divergere la sua attenzione da una domanda che lo metteva in non poca difficoltà poiché Roland odiava dover mentire, anche se sapeva che in quelle circostanze non aveva altra alternativa. Non poteva confessare di essere stato mandato lì da Amael in persona. Se lo avesse fatto, avrebbe perso sicuramente ogni possibilità futura di poterla convincere a portarlo con lei nel suo viaggio nel Nulla! Quell'ombra odiava Amael in un modo così spaventoso che Roland non immaginava neanche cosa le avrebbe voluto fare con le sue stesse mani se solo avesse potuto avere un corpo. Non doveva per niente al mondo tradirsi, fare trapelare alcun indizio del rapporto che aveva avuto con la strega. Così, urlandole contro, insistette:

«Va' via! Adesso! Non ti voglio con me! Non m'importa nulla di te! Ho già il mio compagno di viaggio! Tornatene da dove sei venuta o vai dove meglio credi! Non era affatto mia intenzione tirarti fuori da quella camera di sale e avere alle calcagna un simile fastidio! Vattene!»

La nera voce, staccando intenzionalmente ogni parola, come se volesse imprimere ognuna di esse nella mente di Roland, sentenziò duramente:

«A quanto pare, scendere là sotto è stato il tuo più grande errore, miserabile, sciocco elfo. È ovvio che non tornerò da dove sono venuta né che per ora mi staccherò da te. Sei un immortale, dopotutto. Anche se non credo a nulla di ciò che mi hai detto, non pensare che io voglia andarmene a fare da ombra a qualche stupido, insulso vivente o ad un banale cumulo di rocce! Tu sei l'essere che al momento mi è più utile, l'unico degno di avermi ai suoi piedi. Non puoi liberarti di me solo perché lo vuoi. Sono io che scelgo. E tu, al momento, sei il fastidio minore ed il mezzo più utile che mi possa capitare. E, oltre questo, otterrò da te la verità che voglio. Non dubitarne.»

Un brivido incontrollabile corse lungo la schiena dell'elfo al pensiero che quell'incontro era fondato su un'ignobile menzogna, attraversandolo repentinamente come una scossa elettrica. Si maledisse immediatamente per non essere riuscito a controllarsi. Aveva vacillato! Aveva mostrato la sua paura, lasciando che la perfida ombra la percepisse! Aveva appena messo un piede in fallo! Come se avesse fatto sua ogni paura di Roland, l'ombra ghignò malignamente e con soddisfazione annunciò:

«La menzogna non si addice ad un elfo ma solo a chi è avvezzo al tradimento. Avrò la mia verità, ingenua, debole creatura! Vedrai. Avrò ciò che voglio. Sempre.»

Un'ondata di odio investì Roland provocandogli qualcosa di simile a dei conati di vomito. Il sentimento violento e disarmante che l'ombra provava lo travolse nuovamente e questa volta Roland si trovò impreparato ad incassare il colpo. Gli sembrò di stare per perdere i sensi e solo all'ultimo momento riuscì a ritrovare tutto il suo coraggio per reagire ed opporsi a quell'orrendo e apparentemente incontrastabile potere.

«D'accordo! –urlò Roland- Fa' come credi! Se vuoi restare con me a farmi da ombra, allora resta. Ma non pensare di potermi controllare come se fossi una marionetta! Smettila di tormentarmi!» le intimò con determinazione.

La volontà dell'elfo sembrava impossibile da incrinare nonostante i tentativi ripetuti della potente ombra di prendere il possesso della sua volontà. Così l'ombra sembrò stancarsi di torturarlo senza ottenere alcun risultato ed infine rilasciò la morsa d'odio, ancora una volta. Roland inspirò forte, stremato ed avido d'aria.

La cupa voce ribadì piattamente:
«Sei davvero un gran testardo, elfo.»

Il silenzio li avvolse a lungo e durante quel tempo Roland non fece altro che cercare di raccogliere le energie per prepararsi ad un nuovo assalto da parte dell'ombra che però non arrivò. Quando pensava che non si sarebbe più rivolta a lui, l'ombra lo smentì e perfidamente condivise con lui i suoi neri pensieri:

«La caparbietà è un tratto che gradisco, solitamente. Nonostante il tuo debole e molle cuore, sei più forte di quello che sembri, elfo. Anche la forza interiore è un tratto che gradisco. Non mi piace che mi si menta, ma ci sono abituata. Conosco la menzogna. Conosco il tradimento. Li riconosco. Non puoi ingannarmi. Ho trascorso un tempo lunghissimo con immortali molto più forti di te, molto più determinati di te e soprattutto inclini al tradimento. Non puoi vincere contro di me al gioco della menzogna. Se lo credi, sei solo uno stolto.»

A queste parole, Roland si sentì raggelare. C'era qualcosa di profondamente sbagliato nel mentire ed ora come non mai si sentiva in colpa per averlo fatto, anche se ad essere stata ingannata da lui era la più malvagia e senza scrupoli delle creature. Il loro incontro era fondato sulla più grande delle menzogne ed il suo cuore leale aborriva tutto ciò.

Senza che Roland potesse rendersene conto, la potente ombra aveva colto ogni sentimento che in quel momento stava attraversando la sua anima, quel fastidioso senso di colpa che lui stava provando nei suoi riguardi per averla ingannata.

Roland rabbrividì violentemente rendendosi conto di aver mostrato nuovamente il fianco quando le sentì dire con soddisfazione:

«Bene, elfo. Il senso di colpa è uno dei miei sentimenti preferiti, uno di quelli da cui riesco a trarre più vantaggio.»

Roland si maledisse ancora una volta per aver fatto trapelare involontariamente i suoi sentimenti ma allo stesso tempo fu colto da una profonda disperazione e da un terribile senso di frustrazione: com'era possibile non fare trapelare le sensazioni che provava, nascondere e celare a quel potente essere anche il più piccolo sentimento che attraversava il suo animo? Sembrava davvero impossibile! Era quasi più facile resistere alle ondate d'odio che l'ombra gli comunicava, al suo tentativo di dominare sua la volontà piuttosto che mascherare i propri sentimenti! Come poteva controllare le emozioni in modo che l'ombra, così tremendamente empatica, potesse non accorgersi di ciò che sentiva? L'angoscia lo fece distrarre. Fu la voce sodisfatta e quasi appagata dell'ombra a scuoterlo quando lei gli disse con cattiveria:

«Non siamo in sintonia, noi due. Non ancora.»

Roland trasalì. Che cosa voleva dire? Interpretando perfettamente la sua espressione preoccupata, l'ombra continuò:

«Voglio accompagnare un immortale forte. Potresti esserlo ma non lo sei ancora. L'odio ti renderà più forte, vedrai. Molto, molto più forte di come sei adesso, cuore molle. Allora saremo in sintonia.»

Roland scrutò con diffidenza e disgusto la sagoma nera ai suoi piedi. Se c'era una cosa di cui era certo, era proprio che non voleva lasciarsi dominare dall'odio. Doveva stare attento, molto più attento di com'era stato fino a quel momento. Quella creatura era troppo pericolosa ed infida ed era chiaro che il suo scopo, una volta ritrovata la libertà, una volta tornata nel mondo reale che tanto amava, era trovare un immortale da manovrare a suo piacimento per ottenere la vendetta nei riguardi di Amael e chissà cos'altro.

Roland non riusciva ad immaginare cosa passasse davvero per la mente di quel mostruoso essere d'ombra ed era consapevole di sapere troppo poco anche sul rapporto che lo aveva legato tanto a lungo alla strega. Era in palese svantaggio. L'ombra aveva provato fin da subito a soggiogarlo ma non c'era riuscita e adesso, Roland ne era certo, avrebbe fatto qualunque cosa per fargli fare in altro modo ciò che voleva veramente e per conoscere la verità su quell'inattesa liberazione. Da quel momento in poi per lui sarebbe stato come camminare al fianco del più imprevedibile e spietato dei nemici.

Il lungo silenzio che li stava dividendo aveva forse messo più a disagio Roland che l'ombra. Adesso lei si stagliava ai suoi piedi quasi fosse una comune falsa immagine del suo corpo, priva di Voce, indistinguibile dalle centinaia di altre innocue ombre che le rocce investite dalla luce proiettavano tutt'intorno a lui. Roland si disse che così come l'ombra poteva influenzare il suo animo col suo sentimento di puro odio, allo stesso modo avrebbe potuto fare lui con i suoi sentimenti. Se le sue sensazioni fossero state abbastanza forti, forse sarebbe riuscito a fare breccia in lei.

Era possibile mitigare quel sentimento d'odio così assoluto? Era possibile rendere un po' meno nera quell'anima tanto tetra e malvagia? In cuor suo, Roland sperò davvero che fosse possibile altrimenti ogni suo tentativo si sarebbe rivelato un totale fallimento. Doveva tentare. Doveva entrare in sintonia con lei. Ancora non capiva come poterci riuscire ma doveva farlo. Doveva trovare un modo. L'odio non doveva e non poteva essere il sentimento che li avrebbe accomunati. Non era lui a doversi avvicinare alla sua anima ma il contrario.

Per un momento quell'impresa gli apparve titanica, impossibile. Il solo ripensare al sentimento che l'ombra provava e che gli aveva trasmesso lo faceva capitolare miseramente.

«Sii te stesso. Resta saldo nel tuo proposito.» si ripeté nuovamente, spronandosi a non demordere. Era riuscito a trovarla, a tirarla fuori dalla prigione d'oscurità. Adesso doveva ingraziarsela, farsela amica, o almeno cercare di raggiungere un punto di comunione con lei.

Ci sarebbe voluto del tempo, ben due stagioni, prima che Delia si risvegliasse dalla morte. Poteva farcela in due sole stagioni? Doveva. Non poteva assistere alla morte di Delia ancora una volta. No. Non poteva rivivere di nuovo lo strazio della separazione. Mentre si convinceva di questo, rinnovando il suo proposito e facendo riemergere il suo coraggio, la nera voce sentenziò:

«La determinazione è un bel tratto. Anche questo mi piace.»

Perché l'ombra gli diceva tutto questo? Forse era il suo modo di dirgli che in qualche modo lo accettava come suo portatore? Non era molto ma era qualcosa, si disse l'elfo. Meglio del semplice odio.

Cercando di apparire più sicuro di quanto non si sentisse, Roland annunciò:

«Sono stanco di stare su questa collina. Voglio andare via. Non ho più niente da fare qui.»

La risata maligna dell'ombra lo schernì:

«Ne hai avuto abbastanza del sale? È banale come te, del resto.»

Roland non raccolse la provocazione ed iniziò a camminare in direzione del luogo dove Almarath lo stava aspettando.

Era riuscito nell'intento di trovare l'ombra e liberarla, adesso doveva tornare da lui. Il pensiero del suo unico, vero amico gli riscaldò il cuore infondendogli grande felicità ed impazienza. Dopo tutto quell'odio, Roland non vedeva l'ora di stringere tra le braccia il gatto. Non vedeva l'ora di abbandonarsi a quel sentimento di affetto e d'amore che tanto gli era mancato in quella buia discesa all'inferno. Nell'istante in cui lo pensò, si accorse di stare commettendo ancora una volta lo stesso errore. Non doveva fare trapelare i suoi sentimenti. L'ombra poteva usarli contro di lui! Cercò immediatamente di mantenersi freddo e distante, di non manifestare né gioia né impazienza e per tutto il tempo in cui pensò solo a ritornare da dov'era venuto ci riuscì, ma quando dopo quella lunga camminata lottando contro ogni sensazione affinché non trapelasse, Roland infine vide delinearsi la sagoma rossa di Almarath che lo aspettava tra le rocce, con quel suo profilo altezzoso ed elegante, il suo cuore sincero non riuscì più a mantenersi indifferente ed insensibile ed iniziò a battere emozionato riempendosi di genuina gioia, di un affetto tanto grande e sincero da potersi dire solo puro amore.

Roland ora voleva solo stringersi a lui, affondare nel suo soffice pelo, urlargli "ce l'ho fatta, amico mio, sono sempre io! Sono tornato da te, come ti avevo promesso!". Desiderava solo pronunciare il suo nome, affondare nello sguardo d'oro del suo compagno di vita. Quando però lo raggiunse trepidante, nulla fu come aveva sperato che fosse.

Lo sguardo dorato del gatto si fissò su di lui, felice ed impaziente di rivederlo come anche l'elfo era, grato di poterlo accogliere, pieno d'immenso sollievo nel vederlo ritornare, ma poi improvvisamente si riempì di terrore e gli si sgranarono gli occhi.

Roland si sentì improvvisamente lieve, come se la sua anima avesse perso un gran fardello, ma non fu abbastanza rapido da comprenderne il motivo ed iniziò a capire cosa stesse accadendo solo quando il gatto d'un tratto sembrò come svuotarsi. I suoi occhi d'oro divennero due pozzi scuri riempiti per intero dalla pupilla ed il suo corpo si accasciò sul suolo stramazzando in preda ad atroci spasmi. In quell'istante Roland comprese: la perfida ombra si era trasferita sul suo amico e stava usando il suo potere su di lui!

«Almarath! Almarath! Va' via da lui, maledetta ombra!» urlò Roland affranto correndo verso il gatto all'impazzata, cercando di soccorrerlo, ma non appena Roland assunse le sembianze di un uomo e lo sollevò da terra stringendolo tra le braccia, gli occhi dorati del suo amico si erano già allargati, vitrei, svuotati, fissi verso un punto indistinto, ed il suo soffice corpo si era completamente abbandonato nel suo abbraccio, floscio ed ormai privo di vita. Il gatto aveva esalato il suo ultimo respiro, stroncato da un potere troppo grande e troppo mostruoso perché lui potesse sperare di arginarlo. L'ombra antica lo aveva ucciso così rapidamente da non dar loro neanche il tempo di dirsi addio.

La perfida voce dell'ombra constatò piattamente:

«Il suo piccolo cuore non ha retto. Troppo odio perché un inutile, fragile mortale potesse sopportarlo.»

Per un istante tutto rimase sospeso, statico. Roland sembrò divenire una statua di pietra. Quell'istante sembrò dilatarsi, durare un tempo infinito...

Poi un grido furibondo crebbe nel petto di Roland, erompendo in urla disperate e strazianti che sembrarono spaccare persino la roccia, esplodendo in un'unica parola intrisa di tutto l'atroce sentimento che sembrava fare a brandelli la sua anima:

«No! No! Nooo!»

Il corpo inerme di Almarath veniva stretto al petto ansimante dell'elfo spaccato da singhiozzi rabbiosi. La roccia assisteva silente e sgomenta a quello strazio mentre l'ombra primigenia, ora tornata ai piedi dell'elfo, gongolava soddisfatta.

Improvvisamente Roland non era più da solo in quell'odio incontrollabile e terrificante. Il suo odio era lo stesso odio dell'ombra, quel sentimento puro, assoluto e potente che con tanta determinazione aveva cercato di contrastare. Adesso quel sentimento mostruoso viveva in lui, fluiva in ogni fibra del suo corpo, con una violenza devastante ed inimmaginabile.

«Almarath! Amico mio!» urlò Roland mentre lacrime brucianti gli segnavano il volto e sembravano ustionargli gli occhi, odiando quell'ombra maledetta, odiando come non aveva mai odiato in tutta la sua vita, maledicendo le streghe, rinnovando l'odio verso coloro le quali avevano fatto sì che la sua vita fosse quel continuo, intollerabile, insostenibile tormento.

<L'hai ucciso! Maledetta! Che tu sia maledetta! Almarath! Il mio Almarath!» urlò l'elfo con tutte le sue forze, continuando a stringere al suo petto il corpo esanime, fissando con occhi di bragia la silente, indifferente ed immota sagoma nera ai suoi piedi. Il silenzio lo avvolse mentre l'odio percolava da ogni angolo della sua anima lacerata. Le urla continuarono a scuotere la roccia che pareva spaccarsi mentre Roland stringeva convulsamente tra le braccia il corpicino ancora caldo del suo amico.

Il tempo passò, l'odio non fece che crescere e gonfiare schiumando come pece ribollente.

Ed improvvisamente, la nera voce parlò.

Cupa e malefica più che mai, insensibile al dolore di Roland, nutrita dal suo odio, resa forte da esso, crudelmente annunciò:

«Ed ora siamo solo tu ed io, elfo.»

La conclusione

Aveva fatto di tutto affinché la sua casa restasse viva, affinché non si tramutasse in uno di quei tetri luoghi dove si attende stancamente la fine di tutto. Aveva donato a quelle mura tanto amate le risa di un bambino, rendendo nonni i suoi genitori, lasciando che il tempo fosse clemente e che l'inevitabile epilogo arrivasse il più tardi possibile.

Per un po' i suoi sforzi erano stati ripagati. C'erano stati giochi, risate, un via vai di bambini, poi di ragazzi. C'era stato un tempo non sempre sereno ma molto spesso lieto. I nonni avevano goduto la gioia di veder crescere accanto a loro un nipote, di vederlo diventare un adolescente e poi un ragazzo. La vita però giungeva sempre ad un traguardo, alla conclusione, e quella fine un giorno era giunta, crudele ed inevitabile. I suoi genitori l'avevano lasciata, uno dopo l'altro, e Lei era dovuta sopravvivere a quel dolore. Aveva continuato ad andare avanti per coloro che amava più di ogni altra cosa: per suo figlio, per il suo compagno.

Nel corso della sua vita era sopravvissuta a fatica alla cattiveria, aveva affrontato come meglio aveva potuto le malattie e gli ostacoli. Si era rifugiata nella gioia che lo studio ed il sapere le avevano donato, cercando di trovare in essi uno scopo. Aveva cercato di cambiare in meglio la sua vita. Aveva scommesso ma aveva perso. L'odio l'aveva sostenuta per tanto tempo ma infine si era affievolito, spento da sentimenti più forti, diversi, ma altrettanto potenti. Anche nei momenti più difficili, suo figlio era stato la sua forza, una sorta di ancora di salvezza. Per lui Lei aveva fatto cose che non avrebbe fatto neanche per sé stessa. Lui l'aveva trattenuta in quella realtà che tanto odiava, facendole sopportare ogni sua bruttezza. I sogni, nel silenzio della sua mente, erano stati ciò che aveva alimentato e nutrito la sua parte più vera, più bella.

Il tempo purtroppo era passato e suo figlio era cresciuto. Si era a lungo preparata al distacco inevitabile ma non era mai stata certa di riuscire a sopravvivere anche a questa prova. La vita era crudele in ogni suo aspetto, Lei non ne aveva mai dubitato. La vita reale era la più squallida avventura che si potesse scegliere di intraprendere, un deludente viaggio fatto di insidie e pericoli. Suo figlio amava vivere. Il suo compagno avrebbe desiderato farlo per sempre. Loro erano stati da sempre gli unici in grado di mostrarle il bello in ciò che a lei appariva soltanto orrendo e privo di un senso.

Un giorno però suo figlio era partito, come Lei stessa aveva fatto tempo addietro, pieno di speranze e di sogni. Aveva scommesso e aveva vinto, almeno lui. Ora era lontano da lei ma aveva vinto dove lei molto tempo addietro aveva invece fallito. Era forse un processo naturale il distacco dei figli dai genitori, un processo che Lei aveva deciso di non perseguire per non far soffrire i genitori che tanto aveva amato. Ora capiva sulla sua pelle perché avesse cercato in tutti i modi di non far vivere loro quello strazio.

La mancanza era un dolore costante, mai sopito, una sofferenza che sembrava corroderla giorno per giorno, alimentando un vorace tarlo nel suo cuore. Il vuoto lasciato da chi non c'era più e da chi c'era ma era tanto, troppo lontano, era incolmabile, atroce a descriversi. La casa che Lei aveva tentato in tutti i modi di far restare viva, iniziava ora ad assumere l'aspetto della dimora di una coppia vecchia e sola. Le ore erano silenti, buie. Le stanze vuote. La solitudine che tante volte nella vita l'aveva accompagnata divenendo amica, alleata e confidente si percepiva ora diversamente, come un gravoso ed incombente senso di fine.

Poi, per cattiveria o forse per ironia, un giorno il destino le aveva tolto il suo appiglio più saldo, il suo scoglio nella tempesta, il più prezioso, il più indispensabile punto di riferimento, gettandola in un baratro così profondo da potersi definire solo pura disperazione. Il suo compagno era morto, ucciso dal caso, dall'inclemente natura, dallo scorrere degli eventi.

«Così è la vita.» avevano recitato stancamente amici e parenti, come se fosse una giustificazione al dolore che l'esistenza stessa imponeva di provare.

Aveva sempre sperato di essere la prima ad andarsene e il destino l'aveva invece punita facendole vivere il suo peggior incubo.

C'erano state lacrime e comprensione. Per un po' suo figlio era ritornato da lei e le aveva tenuto compagnia, ma ad un certo punto l'aveva dovuta lasciare lì, nella sua casa, e fare ritorno alla propria.

Ed ecco materializzarsi il suo terrore più grande, la paura che da sempre, fin da quand'era stata poco più che una bambina, l'aveva fatta urlare nel sonno, svegliare di soprassalto grata che ciò che stava vivendo fosse solo il parto di un orrendo incubo notturno: tutti i suoi affetti erano scomparsi e Lei era rimasta senza nessun appiglio in un mondo che odiava, sola in quell'enorme casa ora vuota. Sola in ognuna di quelle stanze dove aleggiava ormai solo il ricordo delle risa, dei giochi, della fuggevole, effimera felicità. Sola come non era mai stata, in una casa che ora sembrava la desolata rovina di un'era troppo distante, l'anticamera della propria fine, della conclusione di una vita trascorsa a sperare, a sognare impossibili avventure, ad aggrapparsi ad un mondo inesistente per non soccombere. Ora quel mondo di sogni non poteva più aiutarla. Non desiderava altro che finire quell'atroce sofferenza, chiudere gli occhi e sapere che dopo non ci sarebbe stato nient'altro, solo un punto che avrebbe concluso tutto. Se solo avesse potuto, avrebbe distrutto tutto ciò che la circondava insieme a sé stessa, sbriciolando ogni cosa. Se solo avesse potuto...

Il vuoto incombeva.

Il silenzio incombeva.

L'angoscia era indescrivibile.

Il tempo sembrava infinito, lungo e soffocante.

Vivere era una mera tortura.

Un giorno dopo l'altro... perché? A che scopo continuare?

Ogni tanto qualche amico la chiamava facendo finta di poter colmare quel baratro. Spesso lei usciva ed ogni tanto qualcuno veniva a trovarla, l'accompagnava e la distraeva, ma prima o poi lei doveva fare ritorno lì, nella sua amata casa, in quella che ora era solo una tomba silente e spoglia, relitto di un'epoca felice che viveva solo nel suo ricordo, troppo doloroso per essere rievocato, ora solo fonte di rinnovato dolore. La compagnia degli amici era un'illusione passeggera che svaniva non appena chi veniva a trovarla andava via o non appena la voce si spegneva all'altro capo del telefono.

«Devo scappare, fuggire via da tutto questo. Devo sottrarmi a questo tormento.» questo era divenuto il suo pensiero costante.

Lei non aveva mai avuto paura di morire. Solo chi aveva vissuto una vita aveva terrore di perderla ma lei aveva vissuto mille entusiasmanti avventure e mille incredibili vite. La morte le appariva l'unica soluzione a quella sofferenza costante in cui ora si trovava, immersa nella più tetra solitudine.

Poi un giorno, anche il suo ultimo legame, l'ultima remora che ancora la tratteneva nella gravosa realtà, fu recisa. Suo figlio le diede la grande notizia: si sarebbe trasferito in un luogo ancora più lontano da dove ora si trovava, un paese troppo distante per lei e per le sue misere possibilità. Lui era felice, euforico, appagato. Era riuscito a realizzarsi. Tutto era come doveva essere. Questo era il naturale ciclo delle cose, questo era il modo in cui gli eventi scorrevano nel mondo reale. Forse si sarebbero visti solo una volta all'anno, più probabilmente una volta ogni due anni. Non era una consolazione l'idea di vederlo attraverso un video, di sentire quotidianamente la sua voce. Lui non c'era e non ci sarebbe più stato per lei, questa era la verità.

Lui adesso era distante in un modo molto simile all'irraggiungibile. Solo il ricordo li legava ancora ma lei sapeva che non poteva bastare. Non per lei.

La sua tomba silente l'attendeva ogni giorno, null'altro che quella.

Aveva sempre saputo di non potere sopravvivere senza chi amava. Era la sua unica certezza. I suoi affetti avevano fatto sì che lei rimanesse in vita. Loro però ora non c'erano più. Nulla ora la legava a quell'esistenza nella quale aveva sempre cercato di sopravvivere e non soccombere per amor loro.

Non è così che dovrebbe essere vivere...

Nessuno meglio di lei, che aveva vissuto mille entusiasmanti vite ed altrettante indescrivibili avventure, sapeva che quell'esistenza non poteva più avere alcun valore ormai.

Non basta respirare. Non è sufficiente che il mio cuore continui a battere, che il mio corpo si muova, che il mio petto si riempia d'aria. Non basta! Questo non è vivere.

Non poteva più continuare in quel modo. Voleva fuggire, scappare, voleva che tutto avesse fine.

Non poteva più restare. Doveva andar via...

Chi ha una sola vita ha paura di morire.

Io non ne ho.

Io so dove devo andare...

Era giusto sognare anche in quei frangenti? Lei non lo sapeva, eppure lo fece. Sognò di poter viaggiare attraverso l'universo, tra le stelle, per raggiungere quel mondo che le aveva fatto vivere mille avventure, mille vite, quel mondo di fantasia che era sempre stato il suo sole in un'oscurità densa ed intollerabile...

Al di là delle stelle, e oltre ancora...

Quello è il mio posto, quello è il luogo dove chi sogna può avere la sua eternità. Quello è il luogo dove potrò ritrovare il sorriso di chi ho tanto amato...

Aspettatemi...

Lei non aveva paura. Era pronta a viaggiare tra le sue amate stelle. Aveva viaggiato così tante volte! Questo sarebbe stato il suo ultimo viaggio. Avrebbe attraversato l'universo ancora una volta, verso quel sempre, verso quegli immortali sentimenti che potevano esistere solo nei sogni più sfrenati, in quel Nulla ai confini con tutto ciò che era reale e che da sempre gli uomini avevano chiamato fantasia.

E infine, seguendo il suo ultimo desiderio, lanciandosi in quell'ultima, definitiva avventura, i suoi occhi rimasero aperti, sbarrati, fissi verso quel niente che aveva riempito la sua mente, colmando il suo cuore.

Per sempre, e oltre ancora...

Capitolo 15
La colpa

**Capitolo
15**

Roland si trascinò a lungo nell'odio. Le sue urla riecheggiarono rabbiose tra le rocce silenti, nella desolazione resa ancora più statica dalla morte di Almarath. L'immobilità in cui tutto permaneva vacillava ad ogni grido dell'elfo, come la terra scossa da un terremoto. L'odio sembrava ammorbare tutto, persino i massi solitari avvezzi all'inevitabile scorrere delle ere.

Quando sembrava che non potesse esistere altro, che persino la roccia si sarebbe annerita trasudando veleno, un sentimento più potente dell'odio prese il sopravvento nel cuore di Roland, un sentimento molto più congeniale alla sua anima, meno tetro ed altrettanto intenso, un sentimento che aveva già sperimentato con la sua Delia ma che adesso era reso ancora più gravoso da un insostenibile senso di colpa...

Ecco sorgere e crescere in lui il dolore per la perdita, un dolore talmente potente da riuscire a toccare persino l'indifferente e crudele anima dell'ombra che fino a quel momento aveva goduto di quella momentanea comunione con l'elfo, destinata, come lei stessa con sgomento si rese presto conto, a non poter perdurare.

«Avevo promesso che l'avrei protetto a qualunque costo! Non sono riuscito a mantenere il mio giuramento! Ho fallito miseramente! Ho fallito! Ho infranto il mio giuramento! Almarath! Il mio Almarath!» urlava affranto Roland continuando a cullare tra le sue braccia il corpo esanime di Almarath ormai reso rigido dal trascorrere delle ore.

Le lacrime sul suo volto distorto dalla sofferenza sembravano torrenti di fuoco che gli ustionavano la pelle incidendovi solchi profondi.

La potente ombra era stata certa che l'odio avrebbe vinto su ogni altro sentimento che provava l'elfo, che si sarebbe radicato in lui permettendogli di odiarla così intensamente da mettere momentaneamente da parte ogni altra sensazione. Questo le avrebbe permesso di entrare in sintonia con lui, di creare un legame stabile e poi di manipolarlo a suo piacimento, ma in quell'occasione fu duramente smentita. Il senso di colpa ed il dolore per la perdita che ora Roland provava erano di gran lunga più forti dell'intenso odio nei suoi riguardi.

«È colpa mia! È solo colpa mia! Non ti ho protetto! Ho fallito! Potrai mai perdonarmi? Almarath! Il mio Almarath...»

L'ombra conosceva bene il senso di colpa e da sempre era stata brava a manipolarlo per trarne potere. Il trucco era capire come poterlo volgere a proprio favore rendendolo uno strumento utile ai propri scopi. Era stata certa di riuscire anche questa volta ad usarlo con facilità ma ora, sgomenta, si trovava a dover fare i conti con l'animo puro di Roland. Quell'elfo leale e sincero non avrebbe facilmente accettato il confortevole rifugio di una scusa per dimenticare i propri fatali errori. Questo era un problema.

Eliminare quell'inutile gatto le era sembrato ovvio, la scelta più vantaggiosa per avere completamente in pugno l'elfo e creare con lui un rapporto esclusivo ma ora quel gesto forse troppo scontato le si stava ritorcendo contro. Quando lo aveva ucciso, non aveva considerato neanche per un momento che il sentimento che legava l'elfo a quel banale mortale potesse essere così forte...

Aveva commesso il suo primo errore. E non le piaceva. Sbagliare non le si addiceva. No. Doveva rimediare. L'elfo doveva essere suo, era un'occasione troppo golosa ed allettante perché le sfuggisse di mano. Lui poteva essere il mezzo per portare a termine ciò che più bramava...

Fino a quel giorno era sempre riuscita a volgere a suo vantaggio il senso di colpa, ma ora sembrava essere divenuto solo un insidioso nemico che metteva a repentaglio i suoi ambiziosi ed astuti piani. Doveva trovare un'alternativa, al più presto.

Sapeva che gli elfi erano creature dall'animo puro, aveva imparato a conoscerli bene, molto bene durante le sevizie che aveva portato a termine nel corso del tempo durante gli esperimenti con le streghe, ma non si era aspettata tanta inattaccabile testardaggine.

Quello stolto stava soffrendo in modo indicibile per un mortale, dandosi la colpa della sua fine! Un mortale! Un essere che comunque era destinato a morire miseramente! Si poteva essere così stupidi da legare la propria Voce ad un mortale? I mortali dovevano essere poco più che strumenti per godere dello spettacolo che la vita offriva. Quanto le piaceva la sofferenza di cui era zuppo quel decadente mondo! Le piaceva osservarla, gustarla ma... non viverla sulla propria pelle. Questo no. Mai. Lei era un essere superiore, destinato a ben altro!

Una nuova ondata di dolore la fece vacillare. Se non arginava quei sentimenti, rischiava di tramutarsi anche lei in una patetica creatura schiacciata dal vuoto e dalla perdita. Non poteva permetterlo! Il dolore si poteva combattere, sbriciolare, nessuno meglio di lei poteva saperlo, lei che era stata l'ombra di una potente strega!

Strega... quell'insulso elfo non aveva metà della fibra interiore di una strega...

Un fastidioso ed insidioso senso di mancanza la mise per un momento in sintonia con Roland ma l'ombra prontamente recise quel legame. Non era in quel modo che sarebbe entrata in sintonia con quel mocciso lacrimevole! Mai! Non avrebbe mai ammesso quanto le mancava quella strega manipolatrice e fredda con cui aveva realizzato cose grandiose, cose che quel cuore molle d'un elfo non avrebbe mai potuto neanche immaginare...

L'ombra cupamente si trovò suo malgrado costretta a ripensare ad Amael.

Amael... la potente, subdola Amael...

La grande Amael. Il suo cuore nero trasudò odio ed ammirazione in egual misura. Streghe! Coloro che con l'aiuto delle ombre primigenie erano riuscite a svelare misteri incredibili, a dare risposte a domande impossibili, a succhiare il sapere più nascosto!

La grande, onnipotente strega che era stata sua compagna di vita, aveva mai sofferto così? La risposta era sì, lo aveva fatto, tante, troppe volte, ma era stato prima di incontrarla e di legarsi a lei. Dalla loro unione era nata una creatura arcana e grandiosa. L'ombra era riuscita a rendere più forte la strega, a farle superare ogni dolore.

Se c'era riuscita con Amael, avrebbe potuto fare lo stesso con l'elfo!

Quello stupido, debole elfo! Era solo questione di trovare il giusto modo per far breccia in lui... Certamente doveva riuscire ad allontanare quel dolore, ma come?

L'odio non sembrava sufficiente. L'ombra ora conservava solo il ricordo di quel sentimento che l'elfo stava vivendo e che Amael aveva provato prima che lei riuscisse a renderla molto più potente. La strega aveva sempre detto di essersi legata a lei proprio perché era l'unica in grado di sbriciolare quel dolore, l'unica in grado di farla andare avanti, l'unica capace di non farle provare rimorsi o scrupoli. Il suo odio era stato la loro forza più grande.

Per secoli e secoli il suo nero potere aveva avuto la meglio su ogni altro sentimento della strega, ma adesso?

Non si era posta il problema che con quell'elfo il suo odio non sarebbe potuto bastare. Aveva sbagliato... Era stata troppo sicura di sé stessa, troppo spavalda. Questo era ciò che succedeva quando ci si sentiva onnipotenti, ma senza Amael, lo era veramente?

Il suo cuore ruggì inferocito. Non era il momento di pensare a questo! Ogni cosa a suo tempo...

Con fastidio, adesso l'ombra iniziò a temere che il suo odio potesse davvero non essere sufficiente a rendere forte quella creatura dal cuore troppo sincero e troppo leale a cui si trovava suo malgrado a far da ombra. La cosa la irritava enormemente oltre a provocarle un insopportabile senso di sconfitta a cui non era più avvezza da tempo immemore.

Tutta quella tristezza, tutto quell'inutile dolore di cui era inzuppato il cuore di Roland, rischiavano di ammorbidire il suo feroce odio, la sua forza più grande. Non andava bene. Affatto. Doveva trovare un modo per rendere l'elfo affine a lei, altrimenti sarebbe stato tutto inutile. Doveva riuscire ad asservirlo al suo volere, indirizzandolo verso i sentimenti che a lei erano più congeniali: odio, rancore, rabbia, desiderio di vendetta. Lei era un animo nero, vendicativo. Lui al contrario appariva candido e puro. Doveva trovare un punto di comunione che non fosse la mancanza. No. Quella mai. Mai! Usare la mancanza sarebbe stato ammettere che la strega le mancava. Non si sarebbe mai e poi mai piegata ad una simile debolezza. Lei doveva odiare chi l'aveva ingannata e reclusa. Doveva trovare un altro modo, a tutti i costi. Questa era la priorità, altrimenti non avrebbe potuto fare ad Amael...

No. Non doveva più pensare a lei adesso. Basta.

Ogni cosa a suo tempo.

Ogni cosa andava gustata con pazienza, pianificata con fredda lungimiranza.

Al momento opportuno tutto sarebbe andato come doveva andare.

Nessuno avrebbe piegato la volontà dell'ombra, men che mai un insulso elfo!

L'ombra ripassò mentalmente il primo e più prezioso insegnamento delle streghe: la conoscenza era il più grande dei poteri. Doveva conoscere l'elfo. Spolparlo. Farlo suo. Questo era il trucco.

Roland sembrava aver fatto della sua promessa di proteggere chi amava un principio incrollabile, un fondamento morale indistruttibile. Non sarebbe stato facile convincerlo del contrario, purtroppo ora l'ombra l'aveva capito.

Avrebbe potuto anche andarsene, lasciarlo lì al suo dolore, ma non voleva per nulla al mondo dividere il suo tempo con deboli o trovarsi a far da ombra a qualcosa d'immoto ed inanimato. E poi lei aveva i suoi piani, il suo scopo da perseguire. Quell'immortale era la più grande fortuna che potesse esserle capitata. Non si sarebbe lasciata sconfiggere così facilmente da un elfo lacrimevole dal cuore troppo soffice. No. Lo avrebbe dominato, usato come una marionetta. Ci sarebbe voluto solo un po' di tempo e di pazienza. Lui era troppo appetitoso perché se lo lasciasse sfuggire. Un immortale era comunque un immortale, anche se dal cuore molle.

Avrebbe reso quel cuore duro come roccia. E poi quel corpo sarebbe stato suo. Sarebbero stati una cosa sola. La sola idea la fece ghignare piena di soddisfazione. Lei non era una che amava perdere.

Era stata forse troppo precipitosa nell'eliminare il gatto ma la sua morte gli aveva mostrato molte cose interessanti. Era solo questione di volgerle a suo vantaggio...

Pazienza, ci voleva tanta pazienza...

Quell'elfo si era rivelato forte, capace di tenerle testa, di non farsi dominare né tantomeno soggiogare. Non ancora. Era un'occasione irripetibile. Un elfo ramingo non era affatto una cosa facile da trovare, era forse difficile come lo era scovare un'ombra primigenia come lei. Quei maledetti stavano insieme, protetti dalla loro fratellanza e da AcquaBosco. Lui era solo, senza difese se non la propria volontà. E lei l'avrebbe sbriciolata. Rise cupamente.

Doveva insistere, farlo suo.

A noi due, cuore molle, si disse. È venuto il momento di renderti duro ed insensibile. Poi sarà facile farti guidare dall'odio e dal desiderio di vendetta. Vedrò di indirizzare quel desiderio correttamente, si ripropose.

«Getta via quell'inutile carcassa e andiamocene da qui!» tuonò l'ombra, minacciosa.

Roland parve non udirla. Le sue mani tremanti continuavano a percorrere il corpo del gatto, carezzandolo amorevolmente come se fosse ancora vivo. Le lacrime continuavano a scorrere copiose sul suo viso stravolto.

L'irritazione crebbe nel nero cuore dell'ombra. Era da tanto tempo che non esercitava la pazienza. Purtroppo avrebbe dovuto rinnovare la sua capacità di usarla se voleva ottenere ciò che bramava.

Tentò uno dei suoi assalti ma nell'istante in cui l'odio cercava di germogliare ed attecchire nuovamente nell'anima dell'elfo, il dolore ed il senso di colpa lo allontanavano all'istante. Adesso l'ombra non era più neanche in grado di farlo dimenare come un verme o di farlo annaspare come un pesce fuor d'acqua. La rabbia crebbe in lei e stranamente la furia, piuttosto che l'odio, riuscì a fare breccia nei sentimenti dell'elfo.

L'unico, vero problema era che Roland era arrabbiato più con sé stesso che con il nero essere che gli aveva portato via il suo Almarath. Neanche la rabbia poteva funzionare. Il fastidio crebbe ancora di più nell'animo millenario dell'ombra. Doveva assolutamente trovare un punto di comunione, un modo affinché il suo volere divenisse anche il volere di Roland.

Mentre stava riflettendo sul da farsi, la voce affranta dell'elfo si rivolse a lei, chiedendole con disperazione:

«Perché lo hai ucciso? Perché mi hai fatto questo? Lui non ti aveva fatto niente!»

Piattamente, l'ombra constatò:

«Questo tuo compagno di viaggio era un inutile fastidio, un ostacolo tra me e te. E oltretutto era un debole mortale. Poco più che un fagotto d'immondizia.»

Roland singhiozzò rabbiosamente. I singhiozzi sembrarono dovergli spaccare il petto ma ancora una volta la rabbia era rivolta più verso sé stesso ed i suoi errori che non verso l'ombra.

«Perché non sono stato in grado di proteggerti, amico mio?» si domandò di nuovo amaramente.

L'ombra non ebbe il tempo di provare a volgere a suo favore la rabbia di Roland perché fu investita improvvisamente da un dolore così intenso e così insopportabile che si sentì in pericolo, lei, così forte e potente, così spavalda, così fiera, schiacciata dal dolore per la perdita! Era inaudito! Intollerabile! Eppure...

In quel momento non poté far altro che cercare di difendersi da quel dolore atroce, allo stesso modo in cui aveva fatto Roland quando lei gli aveva comunicato tutto il suo odio.

Doversi difendere da quel costante assedio era snervante e le drenava energie. Adesso era lei a trovarsi sotto attacco, anche se Roland non riusciva a rendersene conto, distratto dal dolore, spezzato dalla sofferenza.

L'animo vendicativo e crudele dell'ombra vacillò. Non era abituata ad essere investita da una tristezza talmente intensa e così duratura. Per un momento la sua stessa esistenza le apparve inutile, priva di senso. La furia le crebbe dentro, salvandola da quella morsa di dolore e di mancanza.

«Smettila!» urlò imbestialita, come forse non le capitava di fare da...

Da quanto? Non lo ricordava più.

Questo maledetto elfo stava mettendo a dura prova la sua ferrea volontà. Lei, così egoista, egocentrica e dall'ego immenso, adesso metteva addirittura in dubbio l'importanza della sua stessa esistenza!

Mentre cercava di infuriarsi ancora di più per arginare quell'atroce sensazione di vuoto e di mancanza, Roland fu investito dall'ineluttabile e disarmante certezza di essere rimasto in quel mondo dominato dalla morte completamente da solo. Le uniche due creature che aveva amato veramente, le uniche due Voci affini alla sua, per le quali la sua vita aveva avuto un senso, un valore, erano entrambe irraggiungibili. Era da solo, intrappolato in un mondo in cui non voleva più trovarsi. La sua eterna esistenza era divenuta inutile, fine a sé stessa. Era da solo in quella prigione dalla quale non poteva fuggire. Solo nel dolore. Solo...

«Voglio morire!» urlò Roland con così tanta disperazione che l'ombra si sentì come se il suo nero cuore venisse pugnalato ripetutamente ed ogni colpo che scuoteva la sua anima era ancora più violento ed insostenibile del precedente.

Non andava bene. No.

Dopo millenni, l'ombra sentì tutto il peso di un dolore che non le apparteneva: il dolore di sentirsi soli.

Lei non si era mai sentita sola. Non aveva mai messo in dubbio il valore della sua esistenza.

Lei amava quel mondo caduco e crudele dove tutto moriva miseramente e si trasformava in continuo, dove tutto era un inesorabile cambiare, dove la Morte faceva sì che tutto questo potesse accadere. La morte l'aveva sempre affascinata. Il dolore, la perdita e la trasformazione erano ciò che teneva vivo il mondo che lei amava guardare nel suo continuo ciclo di decadimento e trasformazione di cui però lei non faceva davvero parte. Quello era un semplice spettacolo che lei adorava guardare. Non era lei a doversi disfare miseramente, a soccombere e ad imputridire. Anche la sua morte era uno stato passeggero, momentaneo. Il sole sarebbe sempre risorto, ogni giorno. E quando quel sole sarebbe infine morto, ci sarebbero stati altri milioni di stelle ad illuminare l'oscurità dell'universo. Lei non era mai stata davvero toccata dal vero significato del morire così come lo viveva un mortale, lo aveva sempre osservato in modo distaccato, godendo di quel mutamento, di quel crudele spettacolo, ma adesso... quello sciocco elfo la stava tirando dentro il suo gorgo di dolore!

Come si permetteva a trascinarla con sé? Loro erano creature superiori! Non avevano nulla a che vedere con la materia reale! Lei era una potente ombra, ibrida, sì, ma comunque potente e destinata a non soccombere mai! Lei non sarebbe mai stata una carcassa marcescente, un puzzolente cadavere, una zolla di terreno in cui brulicavano i vermi! Quei sentimenti non dovevano riguardarla! Lei era onnipotente! Lei poteva tutto! E così doveva essere anche per l'elfo! Lui era una creatura fantastica, immortale, superiore! Perché mai stava soffrendo come un miserabile, caduco essere vivente? Tutto ciò non doveva riguardarlo! Il suo comportamento era insensato, assurdo! Fuor di luogo! Lui era diverso! Non era fatto di materia reale! Lui era una creatura fantastica, irreale!

Forse...

Il nero cuore dell'ombra riprese possesso della sua incrinabile certezza: essere onnipotente. Forse quella era la strada giusta per creare una sintonia con l'elfo, per farlo uscire da quell'inutile, futile gorgo di sofferenza...

Doveva tentare. Il suo ego si riprese. La sua forza tornò, possente, poderosa.

Con voce chiara l'ombra scandì duramente ogni parola:

«Rivuoi il tuo amico? Allora riprenditelo! Tu sei onnipotente! Se un'immortale creatura, non un lacrimevole mortale destinato al putridume!»

Un pesantissimo silenzio avvolse quel luogo.

I singhiozzi di Roland si spensero poco a poco. Il suo petto si quietò, non più spaccato dai sussulti. Il suo respiro tornò più regolare. Persino i battiti del suo cuore ripresero il loro passo cadenzato. Le parole dell'ombra erano riuscite stranamente a smuovere la sua volontà, riportandolo sulla strada che aveva rischiato di perdere, travolto e sommerso dal dolore per la perdita.

Il suo vero scopo gli tornò in mente, limpido, chiaro.

Le immagini del volto di Delia e dello sguardo d'oro di Almarath riempirono la sua mente, illuminando la voragine in cui si trovava.

Roland sapeva esattamente cosa voleva. Doveva tornare da loro. A tutti i costi. Doveva abbandonare quel mondo dominato dalla Morte e dal dolore. Doveva tornare nel Nulla. Doveva viaggiare, al più presto! Doveva superare e scavalcare il confine con il Reale e tornare nel suo mondo!

«Non puoi più vivere qui. Non più. Basta avventure nel mondo reale, piume di corvo. Hai un'ultima avventura da compiere.» si disse risoluto, cercando di ingoiare il macigno fatto di dolore che sembrava soffocarlo.

«Devi tornare nel tuo mondo. Devi scappare da qui! Loro sono entrambi lì, adesso. Non hai più motivo di restare. Niente ti lega a questo mondo maledetto! La tua curiosità è stata saziata. Hai vissuto mille avventure. Ora basta. Non hai più nulla da scoprire. Devi solo tornare indietro da dove sei venuto! Devi fare il tuo ultimo viaggio!» si disse.

Lo sguardo di Roland ancora annebbiato dalle lacrime si posò sulla scura immagine che si stagliava ai suoi piedi. Batté le palpebre per liberarsi delle ultime lacrime che gli imperlavano le ciglia scure.

«Tu, maledetta, mi riporterai da loro.» pensò con determinazione, odiandola in modo diverso, in un modo strano, provando un calore distruttivo ma allo stesso tempo costruttivo, capace di rivitalizzarlo. L'ombra si rianimò. Mai come in quel momento il leale e sincero elfo e la perfida ombra si sentirono in sintonia. Entrambi avevano uno scopo e per realizzarlo avrebbero dovuto essere una cosa sola.

«Posso farcela! Posso dominarti!» pensarono all'unisono Roland e l'ombra, traendo una forza smisurata da questa strana, improbabile comunione.

«Ti odio ma mi servi. Tu sei il mezzo per raggiungere il mio scopo, nulla più di questo.» pensarono nuovamente come se fossero una sola cosa.

L'ombra gongolò. Era una piccola vittoria, lo sapeva, e non sarebbe stato facile mantenere quella perfetta e momentanea sintonia, ma sapeva anche che era possibile e già solo questo era per lei abbastanza.

Roland si alzò. Guardò la carcassa del gatto tra le sue braccia, rigida, ormai brutta, deformata dall'incombente trasformazione che l'attendeva. Quello non era più il suo Almarath. Almarath era lontano, dove anche lui sarebbe dovuto essere, dove anche Delia doveva restare. Mai più morte. Mai più decadimento. Mai più brutture, sofferenza, malattie, disperazione! Mai più...

«Aspettatemi. Tornerò da voi!» pensò con determinazione, asciugando le guance col dorso della mano.

Veloce, Roland si tramutò nel grade corvo nero e stringendo i resti del suo amico si allontanò da quel luogo d'immensa sofferenza. Doveva seppellire il corpo di Almarath, lasciarsi alle spalle nuovamente tutta quella morte, come aveva già fatto con Delia, uscire dalla melma della palude interiore nella quale era rimasto invischiato, allontanarsi da essa come aveva fatto quando aveva detto addio alla palude Densamelma e si era avviato verso una nuova avventura. Quella che lo attendeva sarebbe stata la sua ultima avventura. Doveva fuggire da quel mondo, al più presto possibile.

Nel rossore di un tramonto autunnale, accompagnato dai lamenti delle giovani ombre morenti, Roland seppellì il suo Almarath e con esso ogni remora ed ogni dubbio. Adesso aveva una sola certezza: doveva tentare il viaggio insieme all'ombra.

Anche l'idea di finire perso nel vuoto cosmico era migliore del restare lì.

Il dolore che provava era ancora bruciante ma ora il desiderio di raggiungere il suo scopo lo era di più. Ogni volta che il suo sguardo si posava sul nero essere che l'accompagnava, Roland vedeva in esso il mezzo che lo avrebbe ricondotto nel Nulla. L'odio ed il disgusto che provava nei suoi riguardi stranamente non erano riusciti ad annerire la sua anima ma l'avevano fatta bruciare di determinazione. Lui era sempre lui. Non si sarebbe lasciato dominare dall'ombra.

Le parole di Amael risuonarono nella sua mente:

«Ricorda sempre chi sei. La tua sola arma per vincere è te stesso.»

Il tramonto, con i suoi colori vibranti, nutrì la nostalgia e la mancanza nell'animo ferito dell'elfo facendolo sospirare sommessamente mentre la determinazione e l'odio facevano sì che restasse saldo nei suoi propositi.

«Delia, Almarath, aspettatemi!» supplicò nel silenzio della sua mente, senza più tentare di mascherare ciò che provava. Che quella maledetta ombra sentisse pure ogni suo sentimento! Che provasse pure ad usarlo contro di lui! Si sarebbe difeso! Avrebbe lottato! Non poteva celare il suo amore! Ciò che provava per Delia ed Almarath era la sua forza più grande! Loro non c'erano più... adesso non esisteva un modo con cui la perfida ombra avrebbe potuto arrecare loro del male. Che sentisse quanto e come li amava! Roland dubitava che quell'essere spregevole conoscesse l'amore. Tanto meglio! Che provasse disgusto, come lui provava disgusto per la sua incommensurabile perfidia!

Roland si aspettava dalla crudele ombra parole di scherno, rabbia, odio, persino indifferenza, invece non accadde nulla. Una calma piatta avvolgeva il luogo della sepoltura di Almarath.

L'ombra rimase silente, avvolta in un impenetrabile silenzio. Che cosa pensasse in quel momento, era impossibile saperlo. Il rosso ed il rosa del cielo virarono al violetto e poi all'azzurro.

Infine l'ombra si manifestò nuovamente.

Rise sprezzante quando rivolgendosi a Roland disse:

«Stai aspettando di vedermi morire insieme all'ultima luce, vero? Sappi che la morte non mi fa più paura da tempo immemore, sciocco elfo! La notte sarà una breve pausa che ci separerà per un insulso lasso di tempo. Non credere di potermi sfuggire. Al nuovo sorgere del sole saremo di nuovo tu ed io insieme, elfo. Nient'altro che le nostre anime. Preparati.»

Roland non accennò più neanche un sospiro. In quel momento la sua figura si stagliava nera contro l'orizzonte color cobalto punteggiato dalle prime stelle mentre dell'ombra non restava che un'immagine ormai sbiadita, prossima a dissolversi.

«Non sto soffrendo, sciocco! –lo schernì l'ombra- Se pensi di starti godendo la tua piccola vendetta vedendomi scomparire lentamente al tramonto, sappi che sono troppo antica perché tutto questo mi sfiori! Non sono una di quelle inutili, giovani creature che urlano disperate ed invocano il sole perché resti alto nel cielo! Lascia pure che io muoia, mi libererò di te per un poco e risorgerò all'alba con ancora più desiderio di torturarti. Sono stata rinchiusa in quella tomba e lontana dal mondo reale per tanto, cosa vuoi che sia per me una breve notte?» rise infine con disprezzo.

Senza alcun preavviso, mentre l'ultima luminescenza residua del tramonto andava dissolvendosi, annunciando l'imminente scomparsa anche delle ombre più potenti ed antiche, capaci di restare in vita anche con la più flebile luminescenza, Roland si rivolse all'ombra ai suoi piedi, ormai evanescente e sottilissima, e le disse seccamente:

«Eccoti la verità che volevi: è stata Amael in persona a dirmi dove ti trovavi perché io potessi usarti per i miei scopi. Ti ho riportata indietro liberandoti dalla prigione di oscurità nella quale lei ti aveva reclusa per un motivo preciso: voglio che tu mi riporti nel Nulla. E lo farai.»

L'ombra non ebbe il tempo per fare niente, neanche per accennare un ringhio cupo, manifestare il suo odio o per pensare ad una risposta crudele perché morì inesorabilmente annientata dalla prima sera.

Ora Roland era solo, solo come non si era mai sentito in tutta la sua lunga, strana esistenza.

Averle confidato la verità che la strega gli aveva detto di non rivelarle per nessun motivo riuscì stranamente a rasserenarlo. L'ombra era crudele e maligna, lui no. La strega e l'ombra mentivano, lui non voleva farlo. Non si sarebbe mai reso simile a loro. La strega gli aveva pur detto di essere se stesso. Lo avrebbe fatto. Non avrebbe mentito all'ombra. No. Dirle la verità sul loro incontro era il primo passo per farle capire che non sarebbe diventato nero e malvagio come lei era. Non gli importava di non aver seguito il consiglio di Amael per quanto prezioso ed importante potesse essere. Avrebbe fatto a modo suo.

«Sii te stesso.» si disse.

Una vocina dentro il suo cuore gli disse che facendo a modo suo aveva messo a repentaglio la vita di Almarath. Lui lo aveva ucciso. Lui e le scelte che aveva fatto... Finora tutte le sue scelte si erano rivelate un fallimento.

Forse avrebbe sbagliato ancora. Forse rivelare la verità gli sarebbe costato molto più caro di quel che credeva, ma non gli importava. Forse sarebbe finito in un nero anfratto dell'universo, sperduto nel vuoto cosmico, fino alla fine del tempo. Non aveva importanza. Doveva scappare. Doveva tentare!

«Voglio essere me stesso!» urlò.

Tutto ciò che era accaduto sembrò crollargli addosso come una valanga di pietre. Sarebbe stato il solo responsabile delle sue scelte. Non avrebbe seguito altra volontà che non fosse la propria.

«Nessuna parola di conforto per me. Sono da solo con ciò che resta della mia coscienza.» si disse amaramente assumendosi ogni colpa.

Quella sofferenza era strangemente giusta. Se la meritava. Lui era un elfo. Sarebbe dovuto essere un protettore, un custode. Non era stato in grado di essere né l'uno né l'altro.

«Ecco perché sei sempre stato un ramingo. Ecco perché non potrai mai vivere con i tuoi fratelli ad Acquabosco! Non sei lontanamente simile ad un immortale guardiano!» si schernì con amarezza.

Per quella notte Roland sarebbe rimasto in compagnia di quel grande senso di colpa che sembrava lacerarlo e dell'altrettanto immenso vuoto lasciato da coloro che amava e che non era stato in grado di proteggere. All'alba l'ombra malefica ed il suo immenso odio sarebbero risorti, la sua battaglia più grande per non essere sopraffatto sarebbe iniziata. La sua ultima avventura era prossima a compiersi.

L'elfo si accomodò sulla terra smossa, odorosa di vita e di morte, tra le zolle che ora accoglievano le spoglie del suo amico. Quell'odore pungeva la sua coscienza rinnovando la sua immensa sofferenza. Perché quel mondo doveva essere così dannatamente crudele e senza speranza? La natura era solo un'immensa tomba. I cicli naturali non facevano che rinnovare il dolore e alimentare il cambiamento. Quel mondo non aveva via d'uscita. La Morte era il senso di tutto, l'unica via di fuga a quell'ingranaggio malefico, l'unico modo per sottrarre una Voce a quell'orrore. Aveva visto abbastanza. Aveva provato abbastanza. Era tempo di tornare indietro.

Rimase per tutta la notte a guardare le stelle fare capolino tra le nubi che passavano nel cielo nero di quel mesto autunno. Mentre le stelle vibravano, dorate come gli occhi del suo Almarath, a Roland per un breve istante parve di udire la sua Voce che gli mormorava con affetto:

«Grazie ai tuoi racconti, piume di corvo, non ho avuto troppa paura nel morire. Ti aspettiamo, amico mio.»

L'aveva udita veramente o era stata la sua mente a crearla per illuderlo che il suo amico fosse almeno morto serenamente? Roland non sapeva dirlo. Sapeva però che non esisteva dolore più grande del vuoto lasciato da chi si amava.

«Vi amerò per sempre, ed oltre ancora!» giurò. Le stelle gli furono testimoni. Avrebbe fatto di tutto per non infrangere quell'eterna promessa.

Parte seconda

Ciò che resta di Lei

Capitolo
16

Raksha

Capitolo
16

Alla prima tenue luminescenza, come tutte le ombre primigenie ed antiche, colei che era stata la perfida compagna di Amael risorse.

Il cielo, solcato da corpose nubi, era ancora di un profondo azzurro e le stelle brillavano in esso, ora pallide, ma era bastato un accenno di luce prealbare per far tornare dal Nulla la potente ombra.

Roland aveva percepito il suo arrivo da una strana sensazione di pesantezza che era sembrata gravare sulla sua coscienza e gli era bastato allungare lo sguardo verso il suolo per scorgere l'appena percepibile falsa immagine che il suo corpo produceva. Lei era tornata.

Prima che l'ombra potesse manifestarsi, Roland la precedette e si rivolse a lei duramente:

«Non posso vincere al gioco della menzogna con te, né è mia intenzione farlo. Non voglio mentirti. Non più.»

Detto questo, senza attendere una sua risposta o una sua reazione, le raccontò ogni cosa: il ritrovamento di Delia, la sua morte, l'incontro con Amael. Un incontro che Roland non poteva più credere fosse stato dettato dal caso. Lui era parte di un suo progetto, lo era sempre stato, e sicuramente lo era anche la potente ombra di cui Amael si era disfatta e che ora giaceva tetra ai suoi piedi. Roland non risparmiò nulla, nessuno dei suoi pensieri o delle sue sensazioni. Si rivolse alla crudele presenza che lo ascoltava chiusa in un silenzio agghiacciante come se ella fosse davvero la sua ombra. Quando ebbe finito, Roland si limitò a dire:

«Questa è tutta la verità che volevi conoscere. Non c'è null'altro che io voglia o possa celarti.»

L'elfo si preparò ad un assalto fatto di feroce odio e d'ira incontrollabile ma non arrivarono né l'una né l'altra. Per un po' tutto rimase avvolto dal silenzio. Mai come in quel momento la mancanza di una qualsivoglia reazione da parte di quell'essere spregevole lasciò Roland dubbioso e preoccupato. Si era atteso una reazione spropositata e violenta, invece la verità sembrava averla ammutolita. Tutto continuò a rimanere avvolto nel silenzio come se nulla fosse accaduto.

Quando un sottilissimo spicchio di luce iniziò a delinearsi all'orizzonte, infine si udì una sottile e velenosa risatina. Dopo tanto silenzio, quel riso sommesso apparve ancora più inquietante. L'ombra sembrava divertita. Stava ridendo di lui? Roland non sapeva dirlo. Quel che era certo era che quella risata era simile a veleno che stillava goccia dopo goccia, lento e corrosivo, nulla che ricordasse la cupa, minacciosa, grassa risata che lei gli aveva riservato il giorno precedente.

Quando quel riso acre si spense, la voce cavernosa si rivolse a Roland con immutato disprezzo. Come Roland amaramente constatò, quello era rimasto tal quale lo ricordava:

«Dovrei forse provare pietà per te, elfo? Oppure dovrei essere impressionata da cotanta lealtà? La tua sincerità mi ripugna, come tutto il resto del tuo cedevole animo. Mi ero pregustata un bel divertimento nell'estorcerti la verità, invece tu me la elargisci di tua sponte e senza alcuna resistenza. Così non c'è alcun piacere!»

Duramente, cercando di non lasciarsi innervosire dal suo fare intenzionalmente provocatorio, Roland disse:

«Smettila di chiamarmi elfo. Mi chiamo Roland o, se lo preferisci, puoi usare il nomignolo con cui sono conosciuto tra gli animali, quello con cui erano soliti chiamarmi i miei fratelli: piume di corvo.»

Severamente, l'ombra constatò:

«Riveli il tuo nome con troppa facilità, stolto elfo. Sei proprio un idiota! Elfo...»

L'ombra si era rifiutata di chiamarlo col nome che le era stato rivelato e aveva avvelenato per bene l'ultima parola per fargli forse pesare ancora di più quella che ai suoi occhi doveva apparire una mossa davvero stupida piuttosto che semplice sincerità.

Cercando di mantenersi indifferente agli insulti, Roland aggiunse:

«Se intendi chiamarmi elfo, fallo pure, ombra.»

Queste ultime parole irritarono parecchio quel millenario, potente essere, sicuramente non avvezzo ad essere etichettato come comune ombra. Roland continuò impassibile:

«Tu servi a me ed io servo a te. È chiaro. Cerchiamo di collaborare e ne usciremo entrambi vincitori. È evidente ormai che Amael si sia voluta disfare di te e che io abbia invece bisogno del tuo aiuto per realizzare il mio scopo. Anch'io posso aiutarti ad ottenere ciò che il tuo nero cuore brama. Il nostro sarà uno scambio. Nulla di più. Tu aiuterai me ed io aiuterò te. Dopo di ciò, sarà tutto finito tra noi. Tu potrai goderti la tua vendetta ed io... beh, si spera che io sia altrove.»

Sprezzante, l'ombra constatò freddamente:

«Sicuramente io potrei aiutare te, ma così facendo aiuterei anche Amael a completare il suo sagace ed intentato esperimento. È ovvio che Amael voglia usarti come cavia. Manda te nell'universo a viaggiare al posto suo o di una delle sue preziose sorelle, scortato da un'ombra potente in grado di accompagnarti perché non ha fiducia nel tentare lei per prima questo rischioso viaggio. Non vedo invece come tu potresti aiutarmi a vendicarmi di lei, di ciò che ha osato farmi. Forse Amael pensava che ti saresti stata riconoscente per avermi liberato e che quindi avrei acconsentito ad aiutarti, cosa che poteva essere anche vera prima che tu mi rivelassi la verità. Come pretendi, ora che so il motivo per il quale Amael ti ha condotto da me, che io ti aiuti? Prima, forse, avrei potuto sdebitarmi con te dell'esser stata liberata dalla tomba di oscurità in cui mi trovavo reclusa, ma adesso che conosco i piani di colei che fu la mia compagna di vita, non posso più farlo. Ora so di essere un importante filo nell'intreccio che Amael sta creando al fine di usarti come viaggiatore tra i mondi. Tu sei solo un esperimento come tanti altri per ottenere ciò che vuole, ed io sono il mezzo per portarlo a termine. Sono stata ignobilmente tradita ed ingannata da lei, reclusa ed umiliata, allontanata dall'unico mondo dove voglio esistere, ed ora vorresti pure che aiutassi Amael a concludere il suo progetto? Non ti farò viaggiare mai, stupido. Mai. Amael dovrà cambiare i suoi piani. Quello che al momento m'interessa veramente è vendicarmi di ciò che mi ha fatto. Nel mio desiderio di vendetta non c'è spazio per la generosità, men che mai nei tuoi riguardi, elfo.»

Detto questo rise ancora, anche questa volta in modo sommesso ma molto, molto maligno.

Determinato, Roland non si lasciò piegare dal diniego dell'ombra e disse:

«Ti aiuterò ad ottenere la tua vendetta, non dubitarne. Per quanto potente tu sia, hai sempre bisogno di un corpo che possa agire al posto tuo. Io posso offrirti il mio. In cambio, ti chiedo solo di provare a riportarmi indietro nel Nulla. Amael non dovrà sapere che io ho viaggiato, non vedo poi il perché dovrebbe venirne a conoscenza. Hai forse paura che ti estorca il ricordo di ciò che hai fatto? Non dirmi che sei così debole da lasciare che lei profani i tuoi pensieri? Tu sola lo saprai. Sarai tu a decidere se lasciare che lei lo sappia oppure no. Sta a te contrastare il suo potere. Penso che tu sia abbastanza potente per farlo. O forse mi sbaglio?»

L'ombra rimase silente a lungo. Aveva fin da subito pensato di usare l'elfo per vendicarsi della strega ma adesso la cosa assumeva l'aspetto di una collaborazione piuttosto che di un mero sfruttamento. All'ombra non piaceva l'idea di essere in debito con nessuno, men che mai con una creatura così disgustosamente pura d'animo. Mentre rifletteva sul da farsi, soppesando ancora una volta la possibilità di riuscire a dominare Roland, sottometterlo ed usarlo a suo piacimento, lui ne approfittò per infierire e disse qualcosa che riuscì a ferirla nella parte più profonda e nascosta del suo amor proprio, lasciandola inerme e sanguinante:

«Ripensandoci bene, forse non sei così potente come sembri. Un'ombra primigenia e maligna come te non dovrebbe essere così ingenua ed ottusa da farsi imprigionare in un buco scavato nel sale. Ti credevo molto più potente ed arguta, ma forse... non è così.»

L'odio montò nel nero cuore dell'ombra, traboccando. Il suo orgoglio ferito urlò e le grida interiori furono così assordanti che persino Roland vacillò. La marea nera lo travolse e Roland fu costretto ad arginarla resistendo con tutta la sua volontà. Quell'ondata di pece nera e ribollente rischiò davvero di sommergerlo completamente.

«Non mettere mai più in dubbio le mie capacità, insulsa creatura dal cuore molle!» tuonò l'ombra mentre Roland resisteva strenuamente. Alla fine ne uscirono entrambi ugualmente spossati e questo riuscì a fare imbestialire l'ombra persino di più.

Con coraggio, Roland la sfidò ancora:

«Tu temi Amael, non è vero? Di' la verità! Tu hai paura di lei! Hai paura del suo potere, hai paura che possa profanare la tua memoria! Se così non fosse, non avresti remore ad accettare lo scambio equo che ti propongo!»

«Come osi insinuare che io tema una strega?» urlò l'ombra, ora davvero fuori di sé. Tutt'intorno qualunque forma di vita che abitava quel luogo, fino a quel momento tranquillo, fuggì piena di terrore. Persino la terra sotto i loro piedi sembrò vacillare scossa da tanta furia.

«Non puoi dominarmi, se questo è il tuo proposito. -le urlò Roland di rimando- Pensi di trarre un vantaggio molto più grande nell'usarmi piuttosto che nel collaborare con me, ma non è così. Non vuoi il mio aiuto ed ambisci a sottomettermi al tuo volere, a soggiogarmi come se fossi il tuo schiavo -continuò Roland con determinazione- ma sappi che non te lo lascerò mai fare. Mai! Quindi, se vuoi davvero ottenere la tua amata vendetta, dovrai accettare di collaborare con me. Non sarò mai una marionetta mossa dalla tua volontà, fattene una ragione, ora e per sempre! Ho riflettuto a lungo durante la notte appena trascorsa e so che l'unico modo perché tu ed io possiamo uscire vincitori da questa situazione è solo agire insieme per uno scopo comune. È la nostra unica possibilità, e lo sai. Se davvero non temi Amael, allora assicurami che viaggerai con me ed io farò di tutto affinché tu ti possa vendicare di lei.»

Un grido cupo ed animalesco eruppe dall'oscurità che si stagliava ai piedi di Roland, ora ben definita grazie alla luce del sole. L'ombra ora si proiettava al suolo, netta e scura, delineando una sagoma simile a Roland, la sua inquietante copia d'ombra.

Dopo l'urlo colmo di rabbia ci fu nuovamente un profondo e quasi surreale silenzio. Dopo lo sfogo alla sua frustrazione, l'ombra stava ragionando. La sconfitta le bruciava l'animo orgoglioso in modo intollerabile ma doveva ammettere che l'insulso elfo aveva ragione su più fronti. Lei temeva Amael. La conosceva troppo bene per non farlo, così bene che sapeva già come vendicarsi di lei per ciò che le aveva fatto, sapeva già come farla soffrire veramente. Vederla piangere affranta, sentire il suo dolore, sarebbe stata per lei la più dolce delle vendette. Doveva quindi accettare la proposta dell'elfo ed ingoiare la cocente sconfitta di non poterlo semplicemente manipolare a suo piacimento? Doveva dunque scendere a quel fastidioso compromesso di condividere il suo tempo e le sue energie con lui, come se fossero compagni? Doveva davvero collaborare con quel cuore molle e puro?

No. Non ancora.

Non avrebbe ceduto così facilmente, anche se sembrava la cosa più facile e rapida per ottenere la vendetta che tanto agognava. Si sarebbe presa il suo tempo, il tempo per torturarlo a dovere, godendo di ogni momento della sofferenza che ne sarebbe venuta.

La sua risata risuonò nuovamente, ora persino più perfida e maligna di poco prima.

«Ho appena iniziato con te, elfo.» minacciò cupamente.

Roland sospirò avvilito, mentalmente pronto alla battaglia. Sapeva, o almeno intuiva, che l'ombra non avrebbe ceduto facilmente all'unica soluzione possibile, a ciò che lui le aveva appena proposto, alla collaborazione che era l'unica strada per avere entrambi ciò che bramavano, non prima di aver provato a farlo suo, infliggendogli patimenti di ogni genere.

E così fu.

Furono giorni estenuanti che portarono Roland al limite della sopportazione. L'elfo riusciva a trovare un poco di pace solo durante la fredda notte di quel duro autunno e negli anfratti più bui del piccolo bosco dove si era rifugiato, dove era certo che nessuna fonte accidentale di luce avrebbe potuto riportare in vita la sua aguzzina. La notte lo rigenerava e gli permetteva di ritrovare l'energia per affrontare il successivo giorno di tormenti a cui l'ombra lo sottoponeva senza sosta. I suoi assalti erano feroci ed implacabili e, come Roland ebbe modo di sperimentare, potevano divenire persino dolorosi. La tortura psicologica era infatti la più atroce forma di crudeltà per un immortale come lui e l'ombra era impietosa e metodica nell'infliggergliela, una vera artista. Le tentò davvero tutte pur di riuscire a soggiogarlo ma Roland continuò a resistere strenuamente dimostrando di avere una fibra tutt'altro che arrendevole. Il suo cuore sapeva essere tenero e dolce, forse troppo incline all'amore, ma la sua volontà era dura come roccia antica. Dopotutto questo era il tratto distintivo degli elfi: coraggio e testardaggine. Aveva fallito come protettore, ma almeno queste qualità dimostrava ancora di averle. Ciò stranamente gli diede fiducia. Se era simile ai suoi fratelli, allora poteva farcela contro quell'ombra mostruosa. Tanti erano i suoi fratelli che erano stati catturati dalle streghe ma che erano anche riusciti ad uscire dai loro antri e dagli orrori che nascondevano.

I giorni scorrevano, le torture divenivano sempre più perfide ed insidiose come serpi nascoste sotto i fiori.

I tormenti a cui l'ombra sottoponeva quotidianamente Roland, anche se l'ombra non lo ammise mai, drenavano però anche le sue energie, e non di poco. L'elfo non poteva sospettarlo, ma ogni volta che usava come armi i propri sentimenti per difendersi, la perfida ombra doveva a sua volta difendersi e questo le consumava potere e forze. La cosa peggiore per Roland era però vedere quanto la tortura la divertisse. L'ombra era davvero un essere nero e malvagio, una creatura che amava sul serio la sofferenza di cui era intriso il mondo dei mortali, la realtà e la natura.

Un giorno l'elfo le urlò contro con risentimento:

«Questo mondo malato e maledetto esiste a causa di esseri spregevoli come te, che amano vedere soffrire e morire esseri indifesi ed ignari! Non potrebbe essere diversamente! Solo un mostro come te potrebbe aver voluto creare un mondo dove dolore, sofferenza e morte si autoalimentano e generano nuova morte e sofferenza!»

Ridendo malvagiamente in quell'occasione l'ombra constatò cupamente:

«Chissà, tutto è possibile, anche se io non porrei limite alle potenzialità del caso! La casualità e l'imprevedibile sono ciò che più riesce ad entusiasmarmi in questo caduco e putrido mondo!»

I giorni continuarono a scorrere e quello fu in assoluto l'autunno più lungo e sofferto che Roland avesse mai vissuto. L'elfo ringraziava di cuore l'accorciarsi delle giornate e lo spesso strato di nubi che spesso oscuravano il cielo affievolendo un poco la forza dell'ombra, quel poco che a lui bastava per riprendere fiato dal continuo supplizio.

Più di una volta Roland sembrò essere sul punto di crollare, soprattutto in quei lunghi giorni di pioggia fitta e continua, in quei malinconici e struggenti giorni d'autunno dove tutto intorno a lui sembrava odorare di marcescenza e di decomposizione, ricordandogli cosa l'avrebbe atteso alla fine dell'estate se non fosse riuscito nell'intento di viaggiare prima della rinascita di Delia. L'odore delle zolle umide gli mordeva il cuore rendendo più difficile affrontare gli assalti dell'ombra ma, come riuscì a rendersi presto conto, quell'atmosfera malinconica aveva stranamente il suo effetto anche su di lei. Più di una volta Roland arrivò persino a pensare che l'ombra potesse avere nostalgia di Amael perché ogni volta che lui si abbandonava a pensieri malinconici su Delia o Almarath, l'ombra reagiva con eccessiva crudeltà divenendo persino più spietata del suo solito. Fu questo a fargli intuire che anche lei potesse subire in qualche modo il peso dei sentimenti che lui provava. Quando gli fu infine chiaro che il sentire i sentimenti l'uno dell'altra potesse essere reciproco, infine l'ombra sembrò momentaneamente stancarsi del gioco perverso a cui lo aveva sottoposto e in un'alba stinta ed umida di fine autunno, avvolti dal gocciolare continuo dell'acqua che cadeva dagli aghi dei pini, disse seccamente:

«Per ora mi sono annoiata. Non sei poi così molle come sembravi, elfo. Mi hai fatto divertire parecchio.»

Seguirono giorni di lunghi ed impenetrabili silenzi, giorni in cui il solo peso dell'anima nera che lo accompagnava gli dava la certezza che l'ombra non se ne fosse andata ma fosse ancora insieme a lui. Di certo stava ragionando su come procedere e Roland non si sentiva di abbassare la guardia e le sue difese. L'agire dell'ombra era imprevedibile e lui non voleva sperare troppo che si fosse infine stancata di tormentarlo, difatti qualche assalto a sorpresa di quando in quando arrivò ma conoscendo ormai il cuore sleale e menzognero di quella creatura, Roland non ne rimase affatto stupito. L'elfo si aspettava la più meschina delle mosse, persino che l'ombra lo stesse osservando attentamente attendendo di attaccarlo con ferocia nel momento più propizio, quando sarebbe stato più fragile e debole. Ed infatti fu proprio così. Nel cuore più triste e malinconico dell'autunno, la perfida ombra diede il peggio di se stessa.

I giorni tornarono ad essere un intollerabile susseguirsi di tormenti, divenendo uno più lungo e tetro del successivo. L'unica cosa che salvava Roland dal crollare completamente era il progressivo accorciarsi delle giornate, ormai prossime all'arrivo dell'inverno.

Il tempo trascorse così, fin quando un giorno, in cui la pioggia cadeva fitta e continua scrosciando come pianto inconsolabile, un giorno in cui la mancanza gravava sul cuore di Roland pesante come una condanna, l'ombra si tradì, forse esasperata dagli ignari attacchi di Roland, ed urlò con la sua cavernosa voce:

«Smettila con questa insopportabile tristezza, con questa intollerabile, inutile malinconia!»

Fu in quel momento che Roland ebbe la certezza che anche lui avrebbe potuto fare all'ombra ciò che lei aveva fatto a lui, tormentandola con tutti i sentimenti che lei sembrava non potere sopportare.

Allora Roland si lasciò andare alla mancanza, alla tristezza, alla malinconia, al ricordo dell'amore perduto e più lo faceva più l'ombra sembrava indebolirsi ed avvilirsi rendendo le sue torture sempre meno costanti e convinte.

Infine, stremati l'uno dagli assalti dell'altra, in un primo, freddo giorno d'inverno, entrambi cedettero le armi in un silenzioso e mutuo armistizio. Era stata una battaglia durissima per entrambi, una guerra durata un'interminabile stagione, ma l'ombra non l'avrebbe mai ammesso.

Mentre la prima lieve neve cadeva leggera imbiancando il bosco dove ora si trovavano, annunciando infine l'arrivo dell'inverno, e Roland se ne stava rannicchiato in un buco tra le rocce dove aveva trovato riparo dal freddo, l'ombra disse:

«Amael dovrà soffrire. Se la mia vendetta non sarà compiuta, non ti aiuterò.»

Nel silenzio, mentre la neve fioccava, Roland assaporò il gusto di ognuna di quelle inattese parole, il gusto della vittoria. Ce l'aveva fatta, infine aveva convinto la perfida ombra a collaborare con lui!

«D'accordo. Come vuoi. Soffrirà.» disse infine, felice.

Era impossibile mascherare la sua gioia e da tempo ormai aveva completamente rinunciato all'idea di celare all'ombra i suoi sentimenti. Proprio quelli lo avevano salvato dalla sua morsa spietata. Che li sentisse tutti!

L'inverno era arrivato. Libero dalle torture, Roland si rese ora conto con lucidità che gli era rimasto poco tempo prima dell'arrivo della successiva primavera: una sola stagione. L'impazienza crebbe in lui. Adesso doveva agire. Non aveva idea di quali progetti avesse l'ombra e in cosa consistesse la vendetta a cui aveva pensato, ma Roland era certo che dovevano mettersi all'opera al più presto. Non poteva permettersi di indugiare.

Inspirò a fondo l'aria pungente del bosco e rimase a fissare la neve che cadeva giù dal cielo grigio infondendogli la calma e la serenità necessarie per organizzare i suoi pensieri.

Dopo un po' Roland chiese:

«Come vuoi vendicarti? Non riesco a pensare ad un modo per fare soffrire Amael.»

L'ombra rise sprezzante, come suo solito, e disse con calma:

«Come potresti? Non la conosci veramente. Non sai nulla di lei, se non che ti ha ingannato per farti giungere qui a far compagnia a lei e alle sue sorelle. Sei ignaro di tutto.»

Roland rimase silente a lungo soppesando quelle dure affermazioni. L'ombra poteva essere molto più che perfida ma dopotutto era anche saggia. Era vero: lui non conosceva veramente Amael. Sapeva che la cosa che più di tutte bramava era la conoscenza ma non aveva idea di come poterla fare soffrire, di quali fossero i suoi punti deboli. Forse avrebbero potuto arrecarle dolore sottraendole quel sapere conquistato con tanti sacrifici ed inconfessabili rinunce? Ma come potevano riuscirci? Un elfo non aveva la capacità di sottrarre memorie come una strega!

Prima che Roland potesse porsi ulteriori domande ed arrovellarsi inutilmente, l'ombra sogghignando disse:

«Ah, le sue amate sorelle! Loro sono la sua debolezza più grande!»

A queste parole Roland trasalì. Sapeva quanto grande fosse il suo amore nei confronti dei suoi fratelli elfi ma non immaginava che anche le streghe provassero dei sentimenti simili le une nei riguardi delle altre. A pensarci bene era logico che fosse così ma Roland le aveva considerate sempre come entità molto individualiste, forti ed indipendenti. Forse si era sbagliato. Quando dovevano fare qualcosa di veramente importante, le dieci sorelle erano sempre insieme, unite e compatte. Elfi e fate avevano sempre creduto che fosse per una questione di forza, per trarre potere l'una dall'altra, ma forse non era solo quello il motivo...

La crudele ombra sembrava esserne certa. La sua voce perfida sibilò:

«Il più grande dolore che una di loro può provare è proprio vedere soffrire un'altra delle sue amate sorelle. Ed è proprio questo ciò che tu mi aiuterai a fare. Faremo soffrire una di loro. Amael impazzirà di dolore.»

Roland annuì pensieroso. L'ombra voleva arrecare sofferenza ad una delle sorelle di Amael, questo era chiaro. Come intendeva però riuscirci? Come avrebbero portato avanti questo ambizioso progetto di vendetta? Come avrebbero potuto fare soffrire una delle sorelle di Amael?

L'ombra interpretò alla perfezione i dubbi di Roland e prontamente spiegò:

«Ci sono tante, troppe cose che non conosci di loro, piume di corvo. Una strega può soffrire e molto, molto intensamente.»

Roland trasalì. L'ombra lo aveva chiamato per la prima volta "piume di corvo".

Il suo cuore accelerò. Poteva dunque considerarlo il suo modo di accettare che fossero momentaneamente divenuti compagni in quell'assurda avventura? L'elfo non osò indagare e piuttosto preferì restare in silenzio ed attendere che fosse lei a continuare. In cuor suo però non riuscì a non gioire di quel piccolo segnale di cooperazione.

L'ombra, incurante di quella sua gioia, continuò deridendolo come suo solito:

«Sei ignorante. Questo è un male, perché loro sono astute e molto più intelligenti di quanto tu non sia e la tua ignoranza ti mette in grande svantaggio mettendo a repentaglio la riuscita dei miei piani. Per questo motivo io supplirò alle tue mancanze, ma tu dovrai mettermi completamente a disposizione il tuo corpo quando te lo chiederò, altrimenti perderemo e non riusciremo a catturare Altair. Io non otterrò la mia vendetta e tu non potrai tentare il tuo tanto sospirato viaggio verso quell'inutile e noiosissimo mondo a cui aneli far ritorno.»

Roland ebbe un tuffo al cuore. Catturare Altair? Aveva capito bene? Davvero l'ombra voleva far prigioniera una strega? Roland non credeva fosse possibile.

L'ombra, impassibile, ignorando le perplessità di Roland, continuò con la sua cupa voce:

«Sento il tuo cuore vacillare, piume di corvo. Che cosa credevi, che sarebbe stato facile per me ottenere la vendetta? L'unico modo che esiste per fare soffrire Amael è torturare la sua cara ed amata sorella Altair. E quando intendo torturare, intendo farlo nel modo più spietato tu riesca ad immaginare.»

Roland fu percorso da un brivido, ora consapevole che quelle parole fossero vere, avendo provato lui stesso ciò di cui la feroce e perfida ombra era capace.

L'ombra continuò:

«Contro una creatura come lei, capace di manipolare i pensieri, un modo molto efficace per renderla inoffensiva e quindi riuscire a catturarla è quello di renderla momentaneamente incapace di pensare con fredda razionalità, senza farsi dominare dalle emozioni. Il nostro assalto sarà così impietoso che Altair perderà la lucidità per usare il suo potere. Renderemo la sua potente mente fragile, inerme. E tu mi aiuterai a farlo. Le tue mani saranno le mie mani, la tua volontà la mia volontà, i tuoi sentimenti i miei sentimenti. La stritoleremo in una morsa di dolore e perdizione rendendole impossibile usare il suo insidioso potere. Le faremo perdere il possesso della sua mente. Una strega incapace di pensare freddamente è una strega inoffensiva.»

Roland non poté fare a meno di domandare:

«Come possiamo farle perdere il possesso della sua mente?» Roland aveva sempre considerato le streghe le creature più salde e solide esistenti al mondo. Loro erano sempre lucide, fredde e razionali, mai emotive e volubili. Era davvero possibile far perdere la testa ad una strega?

L'ombra rise. Sicura delle sue parole, disse:

«Cadrà, vedrai. La schiacceremo sotto il peso dei sentimenti che lei più teme. Le offuscheremo la mente forzandola a rivivere emozioni che la rendono debole e a quel punto l'avremo in pugno. Saremo una sola cosa mentre lei urlerà stritolata nella morsa implacabile che avremo preparato per lei. So troppe cose del suo passato che potrebbero renderla fragile ed esposta, ma una in particolare sarà quella che la farà capitolare.»

Mentre lo diceva, l'ombra sogghignava crudelmente.

A queste parole, Roland fu percorso da brividi gelidi. Sarebbe dovuto divenire lui stesso un aguzzino, un crudele carnefice? Avrebbe dunque dovuto trasformarsi in uno spietato torturatore? A quanto pareva la risposta era sì...

Il ricordo che Roland conservava di Altair era quello di una creatura curiosa che amava sviscerare ogni forma di vita per carpire il segreto della diversità. Se non fosse stata una strega, mossa dalla brama di sapere, Altair sarebbe stata una grande amante della natura, un essere capace di emozionarsi osservando anche il più insulso essere vivente, persino il più piccolo filo d'erba, il più insignificante dei fiori di campo, il più strano abitante del terreno. La sua bellezza, impareggiabile così come quella di ognuna delle sue sorelle, era resa dolce dagli occhi grandi e castani dello stesso colore della terra fertile. Il suo viso sembrava più innocente e fanciullesco di quello delle altre streghe, contornato da capelli del colore del miele che si avvolgevano in soffici spirali. Alla maggior parte degli uomini, Altair sarebbe apparsa come una giovane ragazza dal viso ancora addolcito dai tratti della fanciullezza. Come le sue sorelle però, ella sapeva essere metodica e spietata nel cercare e nell'ottenere il sapere. Roland era certo che i suoi studi sulla natura non si fossero fermati alla sola osservazione del mondo e degli esseri che lo popolavano.

Di tutte le dieci streghe, l'ombra aveva espressamente chiesto di Altair per portare a termine il suo piano di vendetta. Quale poteva essere il motivo di questa scelta? Che cosa rendeva Altair diversa dalle altre sue sorelle? E soprattutto, perché l'ombra era così sicura di riuscire a penetrare le protezioni che la fredda mente di una strega possedeva? Perché era così certa di riuscire a schiacciarla sotto il peso dei sentimenti?

Una domanda scappò impellente dalle sue labbra tremanti:

«Perché tra tutte le sue sorelle hai scelto di accanirti proprio su Altair? Ha forse qualcosa che le altre sorelle non hanno?»

L'ombra eruppe in una cavernosa e genuina risata. Quando le risa si spensero constatò:

«Sei un maledetto ignorante. Se non lo fossi, sapresti che l'unica altra strega oltre ad Amael a trovarsi al momento priva di una compagna ombra primigenia e potente come me, è proprio Altair. La nostra scelta è quindi obbligata da questo importante particolare. Senza un'ombra potente a farle da compagna, Altair è più debole e priva di protezione rispetto alle sue sorelle. Lei non è accompagnata da un'ombra come me, crudele abbastanza da allontanare dal suo cuore il peso dei sentimenti. È priva del suo scudo, della protezione necessaria a fronteggiare il dolore ed il senso di colpa, la mancanza e la tristezza, il vuoto ed il peso della solitudine. La sua forza e la sua determinazione sono dimezzate. Se giochiamo bene e d'anticipo e calcoliamo con arguzia le nostre mosse, la cattureremo senza troppi sforzi, e una volta nelle nostre mani...»

Roland rabbrividì nuovamente. Ora sapeva sulla sua pelle di cosa fosse capace quella perfida e malvagia ombra. Altair avrebbe sofferto. Tanto. Così com'era successo a lui. La sua mente ripensò subito ad Amael. Gli era apparsa diversa, più empatica e sensibile, proprio perché non era accompagnata da una nera ombra... Gli era apparsa più vera, più genuina, ed ora era chiaro che fosse dovuto al fatto di non essere accompagnata da un mostro perfido e senza scrupoli come l'ombra che ora lui si ritrovava attaccata. Amael aveva allontanato la sua compagna ombra di proposito, perché aveva detto di non riuscire a fidarsi di lei, ma perché Altair non aveva un'ombra antica al suo fianco? Com'era possibile che fosse rimasta senza una compagna e perché era accaduto?

La risposta non tardò ad arrivare:

«Vedi, sciocco ramingo -disse l'ombra perfidamente- voi elfi e fate non siete i soli a provare inutili sentimenti come l'amore, la mancanza, la tristezza, la nostalgia... Anche le streghe li provano ma sono consapevoli del grande pericolo insito in essi e per questo hanno scelto la compagnia di ombre come me, prive di scrupoli e bastevolmente crudeli. Altair ha fatto degli errori in passato, errori ai quali non è riuscita a rimediare. Uno di questi è stato proprio legarsi sentimentalmente all'ombra che lei non riuscì a far diventare la sua compagna, un'ombra molto potente ma, diciamo così, troppo poco malvagia. Quest'ombra la tradì nel modo per lei più atroce, preferendo legarsi ad un altro essere, ad un mortale che poco dopo la condusse a qualcosa di molto simile alla morte. Altair impazzì all'idea di averla persa. Da allora, cambiò molte ombre, fece molti tentativi per trovare una compagna adeguata ma nessuna mai si rivelò abbastanza compatibile da divenire una sola cosa con lei. Questo è il motivo per il quale Altair è la nostra vittima perfetta. Al momento, insieme ad Amael, lei è la meno potente di tutte loro.»

Dubbioso, Roland ribatté:

«Chi ti dice che nel tempo in cui tu sei rimasta reclusa nella prigione di sale, Altair non abbia trovato una compagna adatta a lei? Come fai ad essere tanto sicura che sia tuttora la più indifesa delle sue sorelle?»

L'ombra, irritata, tuonò:

«Non osare contraddirmi, piume di corvo! Non può essere diversamente! Sei un vero ignorante e non posso perdere il mio tempo in inutili spiegazioni! Altair ha perso la potente Shamash, e nessun'ombra mai potrà eguagliarla per quanto tenti di trovare qualcuno egualmente potente! Nessuno mai potrà essere ciò che Shamash fu per lei!»

Al solo sentire nominare Shamash, Roland trasalì violentemente. Scattò in piedi ed il cuore sembrò schizzargli fuori dal petto. Con gli occhi sgranati disse:

«Non è possibile! Hai detto... Shamash? È passato tanto, troppo tempo da allora! Stiamo parlando della fondazione di AcquaBosco! Non posso credere che da allora Altair non abbia trovato un'ombra che potesse prendere il posto di Shamash!»

Roland ripensò con angoscia alla fondazione di AcquaBosco, il regno di fantasia in terra, che era stato creato grazie al sacrificio di molte creature fantastiche ed ibride. La sua creazione era stata voluta da Vespero, il primo elfo giunto nel mondo Reale, ed era stata possibile grazie all'annullamento di molti elfi e fate e persino al sacrificio di tante ombre antiche e di altrettanto fuoco primigenio. Shamash era stata una delle ombre che aveva guidato la creazione di AcquaBosco e preso parte alla sua fondazione. Ogni elfo ed ogni fata ricordava perfettamente la potente Shamash, divenuta per un breve tempo l'ombra di Vespero... Allora Roland si era trovato innanzi alla terribile scelta di sacrificarsi insieme ad altri suoi cari per creare AcquaBosco o di restare nel Reale al fianco di chi non voleva annullarsi per fondare un regno di fantasia in terra. Alla fine, lui aveva scelto la terza possibilità: andare da solo per il mondo, abbandonando i fratelli e le sorelle rimasti che avevano scelto di continuare a vivere nel reale protetti da AcquaBosco. Così era divenuto un viaggiatore solitario, un ramingo. Non riusciva a credere che in tutto il lungo tempo in cui lui aveva esplorato e viaggiato per il mondo, Altair non avesse fatto lo stesso e non fosse riuscita nell'impresa di trovare un'ombra che potesse eguagliare o almeno sostituire Shamash.

Fu la nera voce dell'ombra a fugare ogni sua perplessità:

«Altair ha avuto altre compagne e antiche ombre da allora, ma mai nessuna è riuscita a raggiungere la perfetta armonia necessaria a divenire con lei un'unica entità. Questo la rende tuttora debole e potenzialmente esposta al pericolo, come tu stesso sei stato prima che io iniziassi ad accompagnarti»

A questa affermazione Roland storse il naso. Era quasi divertente vedere come l'ombra avesse distorto la realtà. Aveva passato un'intera stagione a torturarlo ed ora parlava della reciproca compagnia quasi come se lei fosse divenuta il suo scudo contro i pericoli! Era assurdo!

«Questo sarà il nostro punto di forza.» sogghignò infine l'ombra, pregustando il dolce sapore della vendetta e distraendo Roland dal contestare le sue ultime affermazioni a dal ricordarle ciò che gli aveva inflitto per tutta la durata dell'autunno.

Ripensare ad AcquaBosco, alla fondazione e alle scelte che aveva fatto sino ad allora, causò a Roland una fitta di nostalgia ed immancabilmente tutto ciò ebbe il suo effetto anche sull'ombra che non tardò ad innervosirsi e a subire il peso di quegli insopportabili sentimenti.

«Concentrati sul contingente, piume di corvo! -urlò l'ombra imbestialita- Abbiamo una vendetta da pianificare e tu, che fai? Non perdi tempo a crogiolarti in inutili ricordi! Sei un maledetto cuore molle!» ruggì risentita ripensando anche lei, suo malgrado, alla nostalgia che dopotutto provava nei confronti di Amael, la sua compagna di una vita.

Roland cercò di scuotersi. L'ombra aveva ragione, doveva cercare di portare a termine la sua vendetta in modo da tentare il viaggio prima dell'arrivo della primavera e del ritorno di Delia nel Reale. L'immagine del corpo morto e freddo della fata e del suo viso drenato dal colore e dalla vita riuscirono a riportarlo alla realtà. L'inverno era arrivato. Aveva solo quella stagione per portare a termine il piano. Doveva riuscirci. Doveva agire!

Nell'istante in cui lo pensò, un'ondata di forza lo attraversò, rigenerandolo. Evidentemente in quel momento la comunione con l'ombra doveva essere stata perfetta perché non si era mai sentito così pieno di prestanza e vigore. In quel momento non ebbe solo la sensazione di poter essere onnipotente: in quel momento ebbe la certezza di esserlo. Roland fu stupito dall'immensa forza che scaturì da questa inattesa compartecipazione di sentimenti.

La nera voce dell'ombra disse soddisfatta:

«Ricorda questa magnifica sensazione, piume di corvo, perché è così che dovremo essere quando ci troveremo ad affrontare Altair: un tutt'uno, un potente, poderoso, inarrestabile tutt'uno.»

Sconvolto da ciò che stava provando, Roland biascicò:

«La troveremo, la cattureremo, la tortureremo.»

«Sì.» disse la nera voce, assaporando la potenza di quella comunione, la certezza che sarebbe riuscita ad ottenere la vendetta che bramava.

«E poi...» mormorò Roland, incapace di finire la frase, prontamente conclusa al posto suo dall'ombra:

«E poi viaggerai.»

La consapevolezza che sarebbe riuscito ad ottenere la vendetta che l'ombra bramava colmò il cuore di Roland. Un tempo, prima di perdere Delia ed Almarath, non sarebbe mai e poi mai giunto ad un compromesso così tremendo pur di ottenere il suo scopo ma ora sapeva che avrebbe aiutato l'ombra a torturare Altair. Il suo scopo veniva prima della sua morale... Era sempre stato così? No. La vicinanza dell'ombra indubbiamente lo stava influenzando ma in cuor suo Roland sperò che la cosa fosse reciproca.

«Imbratterò volentieri il mio cuore per tornare da voi.» pensò con amarezza ed altrettanta determinazione.

Tagliente, la voce dell'ombra si fece strada nel gelo di quel primo inverno ed affermò:

«Sarà più difficile di quel che credevo avere a che fare con te, piume di corvo, ma del resto il gioco non è mai divertente se è troppo facile.»

Risoluto, Roland domandò:

«Dove pensi che potremmo trovare Altair? Dobbiamo partire al più presto alla sua ricerca.»

L'ombra rise cupamente e in quella feroce e malevola risata Roland riconobbe la vera essenza di quel nero essere, ciò che più terrorizzava il suo puro e leale cuore:

«So esattamente dove si trova Altair e quale studio stia seguendo al momento. Ti ricordo che sono stata l'ombra di Amael da tempo immemore. Tu ignori troppe cose, ma io so tanto, troppo.»

Roland annuì.

«Andiamo subito, dunque. Nulla ci trattiene qui.» disse l'elfo risoluto.

Prima che potesse tramutarsi nel grande corvo nero e volare fendendo la neve che continuava a cadere candida e leggera, la nera voce fece tremare nuovamente il bosco silente avvolto dal gelo dell'inverno rivelando un nome antico, un nome che solo Amael e le altre streghe conoscevano:

«Raksha.»

Roland tremò ma questa volta il suo fu un tremito di profonda ed indescrivibile soddisfazione. La fiducia lo colmò. Ancora una volta si sentì una sola cosa con il nero essere che lo accompagnava.

«Io sono onnipotente.» si disse ormai sicuro, certo di esserlo.

L'ombra gli aveva confidato il suo nome.

Capitolo 17
Caccia alla strega

Capitolo 17

I giorni che seguirono furono scanditi dal silenzio. Roland e la potente Raksha si misero sulle tracce di Altair come due segugi desiderosi di cacciare ed uccidere, meticolosi ed impazienti. Il loro scopo era comune e questo infondeva loro una forza ed una determinazione ormai incrollabili. Nulla sembrava poter scalfire il loro proposito.

La potente ombra però continuava a porsi delle domande e Roland non era da meno. I loro silenzi erano fatti di pensieri a loro volta fatti di dubbi che entrambi desideravano fugare.

Roland non si capacitava del fatto che la potente, perfida Raksha si fosse fatta ingannare ed intrappolare da Amael in una semplice seppur efficace prigione scavata nel sale. Ancora non riusciva a capire come la strega fosse riuscita nell'intento di tradire un'ombra talmente diffidente e soprattutto così crudele e testarda, intrappolandola inesorabilmente.

Il suo dubbio più oscuro era proprio che Raksha si fosse fatta ingannare. L'unica spiegazione che Roland riusciva a trovare al fatto che l'ombra fosse caduta prigioniera era infatti che Raksha si fosse fidata ciecamente della sua compagna di vita e l'avesse quindi assecondata in un progetto che poi si era rivelato una trappola, un vero e proprio tradimento. Un'altra cosa che non convinceva Roland era inoltre il fatto che Amael aveva detto e ribadito che non era mai potuta esistere alcuna fiducia tra lei e Raksha e che proprio quest'assenza di fiducia reciproca era stato il motivo che aveva portato la strega a disfarsi della sua ombra. Ma era davvero questa la verità? Com'era stato possibile che Amael avesse condiviso il suo prezioso tempo con Raksha se non aveva mai provato almeno un poco di fiducia in lei? Com'era stato possibile ottenere il sapere senza che ombra e strega fossero un tutt'uno focalizzato in un comune, condiviso scopo? Davvero

Amael si era limitata ad usare il nero potere dell'ombra per diventare più forte ed ottenere ciò che più bramava senza mai fidarsi appieno di lei?

Più Roland ci pensava, più gli sembrava inverosimile. Eppure, le parole di Amael gli risuonavano inequivocabili nella mente:

«Non avevo più bisogno di lei... Ho avuto la possibilità di disfarmene e l'ho fatto. Non mi pento di aver allontanato da me un essere così ripugnante quando non mi serviva più... È vero, ho condiviso con lei il mio tempo e ho usato la sua forza come se fosse stata la mia, e lei ha usato me allo stesso modo, ma adesso benché lei continui ad aver bisogno di me, io non ne ho più alcun bisogno. Il nostro contratto di unione non ha più un motivo di essere. Il mio agire ti fa ribrezzo, lo capisco, sei un essere troppo sincero e troppo leale per giustificare il mio comportamento ma devi capire che la fedeltà non potrà mai essere un valore quando sei legato ad un mostro privo di scrupoli... Per raggiungere lo scopo ultimo dei miei studi ho bisogno di qualcuno di cui io possa fidarmi veramente e questo qualcuno non è di certo quell'ombra...»

Eppure, anche se Roland aveva da troppo poco tempo iniziato a condividere con Raksha uno scopo comune, era certo che Amael non avrebbe mai potuto portare a termine nessun grandioso progetto senza essere stata in assoluta sintonia con l'ombra... L'idea che Amael si fosse sbarazzata a cuor leggero di Raksha solo perché non ne aveva avuto più alcun bisogno, non riusciva affatto a convincerlo, per quanto apparisse un comportamento consono all'agire di una strega.

Parimenti, la potente Raksha continuava a credere che fosse impossibile che Roland, per quanto ramingo e solitario, nel corso del tempo e nel corso dei suoi tanti viaggi per il mondo non avesse mai sentito parlare delle Fatefarfalle. Quelle creature avevano iniziato a comparire nel mondo molti secoli addietro e tante ormai erano le leggende che gli animali narravano su queste mortali fate dalle ali di farfalla. Anche credendo che Roland non avesse più avvicinato gli altri elfi per sua scelta dal lontano tempo della fondazione di AcquaBosco, e quindi non avesse saputo da loro le storie di queste creature, restava il fatto che delle Fatefarfalle persino i comuni passeri fossero soliti narrare, tramandando queste storie da una generazione alla successiva.

Com'era mai possibile che quello sciocco elfo non ne avesse saputo nulla di nulla in tutto quel tempo? Il suo racconto dell'incontro con Delia era stato troppo veritiero e sincero perché lui potesse averle mentito, eppure l'ombra era troppo avvezza agli intrighi e alle menzogne per non intuire che ci fosse qualcosa di davvero strano e sospetto in quell'assurda storia.

Raksha era diffidente più che mai, soprattutto ora che le era chiaro che Amael volesse tentare un viaggio attraverso i mondi usando l'elfo come cavia. Purtroppo, non appena la sua mente deviava i pensieri verso Amael, il suo orgoglio ferito urlava e la sua mente si distraeva, accecata dall'odio. L'ombra non si capacitava del fatto di essere stata così ignobilmente tradita dalla strega. Roland non aveva tutti i torti quando diceva che si era fatta intrappolare in modo banale. Se solo ripensava a ciò che Amael le aveva fatto, a come l'aveva ignobilmente ingannata, l'odio ribolliva in lei. Si era fatta rinchiudere in una tomba d'oscurità, nel modo più stupido possibile, così stupido che non avrebbe mai e poi mai raccontato com'erano davvero andate le cose! La vergogna che provava per se stessa era indescrivibile. Lei, la potente e maligna Raksha, chiusa in gabbia ed esiliata nel Nulla in pochi, semplici gesti! Il suo ricordo di ciò che era accaduto era nitido, chiaro, inequivocabile ma non per questo meno ignominioso.

Entrambi, elfo ed ombra, sapevano che per trovare risposta ai dubbi che nutrivano avrebbero dovuto fare delle domande, ma Roland era sempre schivo e timoroso dell'incrinare l'equilibrio che era riuscito a creare con Raksha. Non voleva importunarla con richieste che avrebbero potuto farla infuriare. L'ombra però non aveva remore e ben presto iniziò a sondare i ricordi dell'elfo, dapprima in modo subdolo, poi sempre più esplicito.

Fu così che il silenzio che aveva contraddistinto la ricerca continua delle tracce di Altair, di giorno in giorno si trasformò in qualcosa di simile al colloquiare. La caccia alla strega era iniziata e con essa anche il loro strano rapporto, un collaborare fondato non sulla reciproca fiducia ma sul comune desiderio di uscire vittoriosi da quell'improbabile unione.

Erano la coppia più assurda si potesse immaginare: un leale, sincero elfo ed una subdola, perfida ombra. A volte Raksha si domandava se quella strana collaborazione non facesse in qualche modo parte di un esperimento delle streghe. Se di una cosa era certa, era proprio che l'animo di Roland fosse più forte di quanto lei avesse immaginato. Non era riuscita a dominarlo ed ora doveva accettare di dividere il suo tempo con lui. Non c'era più alcuna lotta di volontà tra loro, ma un semplice scambio di opinioni, di pensieri e di ricordi, persino d'idee. Erano divenuti compagni? Era presto per dirlo, ma certamente erano divenuti alleati. E avere come alleata un'ombra come Raksha, precedente compagna di vita di una strega ed ombra primigenia, non era qualcosa da poco, Roland lo sapeva.

Quel giorno si trovavano in una nuova e più ampia zona boscosa, fitta e già ricoperta di neve, e Roland stava perlustrando una vallata candida in cerca del più piccolo segno lasciato da Altair, impaziente e desideroso di stanarla, quando Raksha ruppe il silenzio e disse a bruciapelo:

«Conoscevo un altro elfo dai capelli neri come le piume di un corvo. Il suo nome era Yule.»

Sentendo quel nome, Roland trasalì. Il ricordo di suo fratello Yule, il quale insieme a Vespero e ad altri suoi simili aveva fondato AcquaBosco, era per lui motivo di profonda malinconia. Cercando di non farsi dominare da sentimenti che Roland ormai sapeva infastidissero molto Raksha, l'elfo si limitò a rispondere:

«Yule scelse quanto di più simile possa esserci alla morte per un essere fatto di fantasia come io sono.»

A queste sue parole, l'ombra rise, tracotante:

«Oh, lo so. Non pensare di farmi la lezione, stolto! E so molto altro su AcquaBosco, segreti che solo le streghe che non volete più nominare conoscono, piume di corvo. So molte, molte cose. Anche cose che tu forse sconosci, visto che sembri ignorare anche le cose più scontate per un elfo. Diciamo che stavo notando una certa somiglianza fisica con quel tuo fratello, tutto qua. Non intendevo scatenare una discussione nella quale è ovvio che io sarei sempre e comunque in vantaggio. Ricorda che so molte più cose di te.»

Roland sospirò. Raksha sapeva essere sempre maledettamente arrogante e la cosa che più lo irritava era che purtroppo aveva ragione: lei sapeva molte più cose di lui. E aveva ragione anche su un'altra cosa: lui era una sorta di fallimento come elfo.

L'ombra, gongolando al suo remissivo tacere, continuò:

«Il tuo fratellino dai capelli corvini aveva una compagna, o forse dovrei dire che ha ancora una compagna, visto che lei non ha scelto di fare la sua stessa fine.»

Roland ingoiò un fastidioso nodo in gola e cercando ancora una volta di non rattristarsi rivivendo i ricordi della nascita di AcquaBosco, rispose seccamente:

«Lei è la nostra regina ormai. Ti prego di portarle rispetto.»

Quest'ultima frase scatenò nell'ombra un'incontenibile e sguaiata risata. Questa volta Roland non riuscì a restare in silenzio:

«Mi vuoi dire cosa c'è di così divertente? Yuleia è la nostra regina, la prima fata ad essere giunta nel Reale e colei che ora guida il popolo del bosco! Che cosa ti fa ridere, vuoi dirmelo?»

Soddisfatta dell'aver provocato rabbia in lui, Raksha disse a Roland:

«Mi fa ridere la parola "regina", stolto elfo. Solo perché è stata la prima ad arrivare qui, l'avete insignita di tale onorificenza, ma la merita davvero? Ai miei occhi è stata solo un'opportunista che ha sacrificato la sua voce gemella perché Yule e altri come lui le creassero un piccolo regno fantastico in terra dove lei potesse rifugiarsi nascondendosi dalla realtà che le stava stretta, in attesa che qualcun altro trovasse il modo per fare ritorno al Nulla. È una fredda calcolatrice che tutti voi avete erto ad eroina e a guida del vostro stolto ed ottuso popolo. È una codarda che si nasconde dalle streghe facendosi scudo di tutti voi! Avreste dovuto affidarvi a guide migliori e molto, molto più sagge e perspicaci di un'inutile "regina" che trascorre la sua esistenza a dormire!»

Detto questo, Raksha scoppiò in una fragorosa risata. La vista dell'elfo che la fissava ormai furente e con gli occhi strabuzzati le dava una soddisfazione genuina e goduriosa.

Roland ribolliva di rabbia ma ormai sapeva che darle corda e risponderle manifestando tutto il suo sdegno avrebbe scatenato una discussione infinita dalla quale probabilmente sarebbe uscito sconfitto. Purtroppo l'ombra era un'abile manipolatrice e possedeva un'ottima capacità di argomentare. Fu proprio durante le loro discussioni che Roland scoprì di non essere così bravo nel tenerle testa o nel sostenere le sue idee. Raksha era troppo subdola e perfida per dargli ragione nell'ammettere che la lealtà e l'amore erano qualcosa di reale. Non avrebbe mai e poi mai potuto comprendere le scelte di Yule e di Yuleia senza giudicarle in modo maligno ed implacabile. Era inutile cercare di farle cambiare idea.

«AcquaBosco non è affar tuo.» disse infine seccamente, distogliendo lo sguardo dalla sua nera sagoma, sperando di troncare la discussione.

Raksha però continuò a ridere soddisfatta e non accennò a voler interrompere quella conversazione che evidentemente la divertiva e che soprattutto le sarebbe servita per porre a Roland le domande che più le interessavano, difatti poco dopo chiese:

«Dimmi un poco, piume di corvo, quando avete creato AcquaBosco, pensavate già che sarebbe stato il rifugio perfetto per le imperfette creature che giunsero dopo, quelle che chiamate FateFarfalle, o è stato semplicemente un fortunato azzardo? I tuoi simili è lì che da subito custodirono i corpi morti di quelle fate durante i mesi freddi, in attesa della primavera. Questo lo sai, oppure devo dedurre che sconosci anche questo importante particolare?»

A questa domanda Roland non poté fare a meno di tornare a fissare la nera sagoma di Raksha, un oscuro se stesso che si stagliava minaccioso ai suoi piedi.

«Non sapevo nulla delle FateFarfalle, te l'ho detto. Non sapevo nulla di loro, prima di incontrare la mia Delia. Non so cosa facciano i miei fratelli. Non sono più entrato nel bosco dove si nasconde il mio popolo dal giorno della fondazione. Ho scelto di andar via da solo e ciò che hanno fatto o faranno gli altri elfi non deve più interessarmi. Sono un ramingo. Non ho idea di come i miei fratelli abbiano custodito le loro FateFarfalle perché non li ho più avvicinati da allora. È capitato che li incontrassi molto di rado, o che incrociassi qualche altro ramingo come me, ma non sono più uno di loro ormai, lo sai. Non posso più far parte di AcquaBosco. Come ti ho già detto, ho fallito anche nel mio ruolo di custode.»

Queste ultime parole colpirono molto profondamente la sagace Raksha che rimase chiusa nei suoi tetri, acuti pensieri a lungo. Roland pensava che non avrebbero più parlato per quel giorno, quando Raksha cupamente ricominciò a farlo:

«Come fai ad avere fallito nel tuo ruolo di custode se non sapevi neanche cosa fosse un elfo custode?»

Roland rimase sbigottito. Si ripeté mentalmente quella domanda più volte quando infine disse tentennando:

«Ogni elfo è il custode del cuore della sua fata. Il fatto che Delia non fosse ancora giunta qui da me non toglie il fatto che io comunque fossi il custode del suo cuore. Non capisco cosa vuoi dire.»

Roland sembrava sinceramente confuso. La voce dell'ombra divenne molto seria quando ammise:

«Credo che tu sapessi perfettamente cosa fosse una fatafarfalla, mio stolto elfo, solo che lo hai dimenticato.»

A queste parole, l'elfo rimase come pietrificato. Rimase in silenzio a lungo, in uno strano disorientamento. Infine Roland scosse con violenza il capo.

«Ti sbagli. Ho vissuto tutta la mia vita in solitudine, spingendomi in posti deserti, isolato da tutti gli immortali. Non sapevo nulla di Delia e delle fate mortali. È stata Amael ad avermi detto per la prima volta ogni cosa di loro e del loro ciclo vitale. Lei mi ha spiegato ciò che volevo sapere. È lei ad avermi svelato ogni mistero sulla loro vita. Non sapevo niente prima d'allora. Proprio per questo, il ritrovamento di Delia è stato per me sconvolgente.»

Ancora più cupamente, Raksha disse:

«Questa tua convinzione è così radicata nella tua mente da apparirmi sospetta, piume di corvo. Le FateFarfalle comparvero molti secoli addietro nel mondo, troppi perché nei tuoi viaggi tu non ne sia mai venuto a conoscenza. Persino il vento narra le leggende sulle loro precarie e brevi vite. Non dirmi che nelle tue peregrinazioni, tutto solo, non ti sei mai trovato ad ascoltare il vento? Persino gli inutili e molesti passeri che ciarlano sulle chiome degli alberi conoscono le leggende delle fate dalle ali di farfalla. Tutto ciò è molto, molto sospetto, e ancora di più lo è la caparbietà che metti nel sostenere questa assurda convinzione, la determinazione con cui la porti avanti, l'assoluta certezza di non averne mai saputo nulla. Perché non hai mai dubitato?»

Adesso una pesante inquietudine iniziò a crescere nell'animo di Roland. Raksha era cattiva ma era anche indubbiamente saggia e molto sagace. La voce dell'elfo tremò quando ammise:

«Chiesi anche ad Amael come fosse possibile che io non sapessi nulla di loro e lei... lei disse che non avevo saputo ascoltare.»

A queste parole Raksha rise cupamente, come si ride pensando a qualcuno che si ama e si odia al contempo, che si ammira e che si ha voglia di stritolare in egual modo, e poi rimase in silenzio. Quello fu uno dei silenzi più terrificanti che Roland avesse mai udito.

Il panico iniziò a crescere nel petto dell'elfo. Convulsamente, Roland sondò tutti i suoi ricordi, tutta la sua memoria, in cerca di una qualche situazione che in passato avesse potuto metterlo in pericolo, che avesse potuto farlo cadere nelle mani delle streghe, ma non trovò nulla, nulla che potesse suggerirgli di essere divenuto il prigioniero di una strega. Amael non era riuscita a profanare la sua mente, di questo ne era assolutamente certo. Raksha però gli aveva suggerito che in un passato di cui forse non aveva più memoria potesse essere stato vittima del mostruoso, abominevole potere delle streghe, capace di manipolare le menti, di sottrarre i ricordi, di crearne di nuovi...

«No... io non sono mai caduto prigioniero delle streghe. Non è possibile che i miei ricordi delle FateFarfalle siano stati cancellati da una di loro.» biascicò in preda all'angoscia ma Raksha rimase chiusa in un silenzio spettrale che lo gettò ancora di più nello sgomento.

«Perché mai poi le streghe avrebbero dovuto cancellare i miei ricordi sulle FateFarfalle? A che scopo? Non ha alcun senso!» disse Roland ansioso, ma Raksha non rispose. Nessuno meglio dell'ombra sapeva quanto intricati, complicati e a lungo termine potessero essere i piani di una strega. Azioni che potevano sembrare all'apparenza assurde avevano sempre un recondito motivo per essere portate avanti.

Quella conversazione aveva assestato un duro colpo nell'animo di Roland ma aveva radicato ancora di più in lui il desiderio di portare a compimento la vendetta dell'ombra. L'idea che la sua mente, in un tempo e in un luogo di cui non conservava più alcuna memoria, potesse essere stata manipolata e profanata da una strega, era mostruosa e terrificante e lo faceva infuriare. Roland aveva sempre temuto il loro micidiale potere ed ora forse la paura era divenuta persino più grande ed incontrollabile di prima, così come la rabbia dell'essere stato manipolato impunemente.

«Potrei essere stato una loro vittima inconsapevole?» si domandò ossessivamente per tutto il giorno, fin quando Raksha non gli rivolse nuovamente la parola, dicendo seccamente:

«Ora basta farti consumare dall'angoscia! Smettila! Mi stai snervando! È inutile arrovellarti, piume di corvo. Se loro hanno veramente avuto accesso alla tua mente e cancellato la tua memoria, non potrà mai tornare indietro, per quanto tu ti avvilisca e ti sforzi di ricordare. La tua mente sarà sempre una landa desolata. Il tuo ricordo cancellato. Pensa piuttosto a vendicare il torto subito.»

Un'ondata rivitalizzante investì Roland nell'istante in cui desiderò ardentemente vendicarsi di ciò che forse gli era stato fatto a sua insaputa.

«Bravo, così andiamo d'accordo. È così che deve essere tra noi. Non distrarti.» ribadì soddisfatta Raksha, ritrovando anch'ella la forza di cui necessitava.

Con la mente più lucida, non più annebbiata dall'ansia e dall'angoscia, Roland chiese all'ombra:

«Tu non ti ricordi di me, vero? Non sono mai finito prigioniero di Amael o di una delle sue sorelle mentre tu eri la sua compagna?»

Raksha rispose molto seriamente:

«Credi che avrei trascorso tutte queste ore a farmi tormentare dal tuo intollerabile stato d'animo angosciato se avessi saputo qualcosa in merito? Sei proprio uno stolto! No. Non mi ricordo di te. Ricordo ogni elfo ed ogni fata che abbiano messo piede nei nostri antri per i nostri esperimenti, e tu non sei tra quelli.»

Un'ondata di sollievo mista a rabbia investì l'elfo. Raksha non si ricordava di lui caduto prigioniero negli antri delle streghe però aveva appena usato il plurale ricordando di lei e di Amael, di ciò che avevano fatto insieme, di chissà quali torture che entrambe avevano fatto ai suoi fratelli e alle sue sorelle durante i "loro" esperimenti. Questo per lui significava una sola cosa: la strega doveva necessariamente aver mentito sul rapporto tra lei e la sua ombra. Roland se lo sentiva in ogni fibra del suo animo. Non era vero che Raksha ed Amael non fossero state unite da un rapporto di fiducia reciproca e soprattutto profonda! Roland iniziava a dubitare di ogni parola che Amael gli aveva detto riguardo alla sua ombra! Perché se n'era disfatta? Perché l'aveva tradita e abbandonata in modo da portarla ad odiarla in quel modo? Che cosa poteva ottenere Amael dal disprezzo e dalla furia di colei che era stata la sua compagna di vita?

Improvvisamente un'idea folle attraversò la mente di Roland.

Forse Raksha, allo stesso modo in cui lui poteva essere stato manipolato dal potere delle streghe e aver dimenticato tutto sulle fatefarfalle, poteva aver perso il vero ricordo di ciò che era accaduto tra lei ed Amael...

Forse le cose tra loro non erano esattamente andate come lei credeva di ricordare!

Pur sapendo che la perfida ombra avrebbe avuto una reazione spropositata ed incontrollabile se le avesse confidato quell'idea, Roland disse ciò che come un fulmine aveva appena attraversato la sua mente, rischiarandola, dando un senso a molti eventi che non riusciva a spiegarsi:

«Raksha, anche tu potresti aver perso dei ricordi. Amael... lei potrebbe aver distorto anche la tua memoria, il ricordo degli eventi che hanno portato alla tua reclusione nella tomba di sale e d'oscurità!»

Improvvisamente tutto divenne tetro e statico, come prima dell'arrivo di un evento naturale catastrofico.

Poi una voce nera, così cupa e profonda che Roland stesso pensò non potesse esistere più oscurità di quella in cui si sentiva precipitare, urlò minacciosa, avvolgendo ogni cosa attorno a loro:

«Come osi insinuare che lei abbia manipolato la mia potente mente? Come ti permetti?»

La furia nera dell'ombra l'investì inesorabilmente.

Forse Roland non aveva mai visto Raksha così furibonda come in quel momento. Eppure, nonostante l'ira immane, nonostante quello sfogo incontrollabile e devastante, un piccolo, fastidioso tarlo iniziò a strisciare e poi ad annidarsi nei pensieri dell'ombra. Un'ondata di amarezza e delusione scacciò la furia dal cuore di Raksha ingigantendo il suo desiderio di vendetta.

Raksha era certa che Amael non avrebbe mai e poi mai potuto manipolare la sua mente, poiché il loro potere era pressoché pari, e non esisteva un motivo per il quale lei avrebbe potuto manifestare una debolezza tale da permetterle di avere libero accesso ai suoi pensieri e alle sue memorie. Loro erano sempre state una perfetta unità, forti del comune scopo di diventare sempre più piene di sapere. Allora perché quel maledetto, piccolo tarlo ora le rodeva la mente? Perché il dubbio che Roland potesse aver ragione le mordeva dolorosamente il cuore?

Un urlo feroce ed animalesco eruppe dalla nera sagoma facendo tremare il bosco, sporcando la candida neve.

«Se dovesse esserci anche un misero, impercettibile alito di verità nelle folli supposizioni dell'elfo, non mi fermerò alla semplice vendetta, Amael, io ti distruggerò!» si ripromise Raksha concentrando tutte le sue energie ed il suo nero odio sullo scopo di vendicarsi della sua compagna di vita.

Mai tradimento fu così intollerabile e meschino. Per la prima volta l'ombra patì sul suo nero cuore tutto il peso ed il male che poteva arrecare la cattiveria.

Intanto Roland boccheggiava come non gli capitava più ormai da settimane, dal giorno del loro muto armistizio. Aveva dovuto subire il più violento ed inatteso degli assalti ed ora si sentiva mancare. Per un momento la sua vista si annebbiò e temette di perdere i sensi ma fu solo la sua incrollabile volontà a tenerlo cosciente.

Nel silenzio del bosco innevato solo l'ansimare dell'elfo riuscì ad udirsi a lungo, un suono flebile e sofferto che sfuggiva dalle labbra appena dischiuse di Roland. Persino la neve sembrò perdere il suo candore e divenire una massa grigia ed uniforme, spenta come chi ha smesso di vivere da poco.

Roland si appese a ciò che lo circondava, alle sensazioni che il mondo gli comunicava. La neve fredda tra le dita, il vento gelido, l'odore degli aghi di pino, l'aroma del bosco, il turbinare delle nubi invernali tra sprazzi di azzurro...

A poco a poco, mentre l'odio dell'ombra si placava, il silenzio tornò, usuale, confortevole. Roland smise di ansimare. Chiuse gli occhi cercando di riprendere le forze. In quei momenti Raksha era lontana da lui, impenetrabile.

Quando tutto intorno a loro sembrava essere tornato un comune paesaggio invernale e l'oscurità sembrava essersi dipanata, la cavernosa voce dell'ombra parlò nuovamente, minacciando:

«Se oserai insinuare di nuovo che Amael abbia profanato la mia mente, cercherò di distruggerti. È una promessa, piume di corvo.»

Roland si limitò ad annuire.

«Ed ora continuiamo la caccia.» ordinò l'ombra in modo perentorio. Continuare la caccia era la sola cosa che Roland desiderava in quel momento. Non appena lo pensò, si sentì attraversare da un'ondata rigenerante di forza.

In men che non si dica tornò a sentirsi pieno di energia, potente, forse più di quanto non si fosse mai sentito. Adesso Roland sentiva di odiare Amael e sapeva che quell'odio era lo stesso che anche Raksha provava.

E la caccia riprese.

I giorni passarono.

A volte, come fantasmi, apparivano impercettibili tracce lasciate da Altair per poi svanire come la nebbia dopo il sorgere del sole, ma né l'elfo né l'ombra mostrarono mai segni di sconforto. Stanare una strega non era facile ma non era neanche impossibile e il fatto stesso di trovare dei segni tangibili del suo passaggio era comunque una piccola vittoria, la certezza di essere sulla giusta strada, la via che li avrebbe condotti alla vendetta.

Più passava il tempo, più lo strano legame tra quell'abominevole essere fatto d'ombra ed il sincero elfo iniziava a prendere forma, a divenire qualcosa di reale.

I sentimenti che Roland provava, insieme ai ricordi del profondo amore che aveva vissuto con Almarath e Delia, iniziarono a smorzare il lato più meschino e maligno di Raksha rendendola di giorno in giorno meno arrogante e spietata. Al contrario, l'odio genuino dell'ombra e la furia che dominava sempre i suoi vendicativi pensieri riuscivano a tirare fuori Roland dal baratro di disperazione in cui la perdita dei suoi cari l'aveva gettato e in cui, immancabilmente, a volte gli capitava di scivolare.

Il loro era un equilibrio difficile, forse non stabile, eppure ben presto Roland scoprì quanto l'ombra amasse l'avventura e la scoperta. La caccia la entusiasmava, soprattutto quando si trovavano a battere zone ancora inesplorate. Presto fu chiaro che un altro importante punto di comunione tra le loro anime fosse la spasmodica ricerca del nuovo e l'inebriante gusto del rischio.

A volte, solo per dare un poco di movimento alle loro giornate dedicate alla caccia, ombra ed elfo si concedevano momenti di brivido, azzardando imprese assurde, al limite dell'impossibile.

Erano quelli i momenti in cui Roland ricordava l'entusiasmo che aveva provato quando aveva scelto di fare il salto nell'ignoto che lo aveva condotto in quel mondo. La morte però era ovunque e dappertutto ed ormai l'elfo non riusciva più a sopportarla. Questo era ciò che più di ogni altra cosa riusciva a dividerli: l'odio di Roland per quel mondo decadente e l'entusiasmo che invece Raksha provava nel vedere ogni cosa mutare intorno a loro, in continuo, senza sosta.

Era in quei momenti che la cavernosa voce dell'ombra, irritata dal senso di mancanza e dal dolore per la perdita che Roland sentiva nel suo animo ferito, diceva:

«Devi rassegnarti, piume di corvo. Questo mondo è fondato sulla morte e sulla decadenza! Se non accetti la morte, il putridume, la decomposizione, l'inesorabile e perpetuo cambiamento che lo contraddistingue, allora non potrai mai ammirarlo in tutto lo splendore del suo continuo mutare! Non potrai mai amare il Reale se rifiuti la sua natura! Guardati intorno: ogni momento che passa non potrà mai e poi mai ripetersi! Non è meravigliosamente incredibile tutto ciò? Ogni istante di questo tempo è unico ed irripetibile! Non è grandioso? Non avrai mai due esseri uguali, mai due tramonti uguali, mai un filo d'erba uguale all'altro, mai un minuto uguale al successivo! Niente perdura! Nulla è eterno ma tutto è unico! Ah, la splendida signora della fine, la potente Morte! Colei che rende possibile questo fantastico, inarrestabile cambiamento! Adoro guardare questo scorrere di labili, brevi vite, ognuna unica nel suo genere, preziosa proprio perché irripetibile! Lo capisci, stolto elfo?»

Le sue parole però non facevano altro che ingrandire la breccia dolorosa che la perdita dei suoi cari aveva scavato nell'animo di Roland. Era allora che l'elfo piangeva e tutto il tormento che provava usciva sotto forma di lacrime e singhiozzi, scuotendo persino l'animo di Raksha.

Con risentimento, allora Roland le urlava contro:

«Il mutamento che la morte porta con il suo potere ti piace solo perché non hai mai amato un essere caduco e mortale! Se lo avessi fatto, daresti ogni cosa in tuo potere affinché questo strazio potesse aver fine! Faresti di tutto per poter tornare indietro, per riavere con te chi hai perso! La morte ti piace solo perché non hai mai amato qualcuno soggetto al suo potere, solo perché mai nessuno ti è stato strappato da quel maledetto ciclo naturale! Non hai idea del dolore che si provi nel vedere invecchiare e decadere qualcuno che si ama! Non hai idea del tormento che è vederlo spegnersi giorno dopo giorno, senza poter far nulla per fermare il tempo! Quel dannato tempo che può solo passare e mai essere arrestato! Quel maledetto tempo che passa, passa, passa! Tutto muta e noi no! Noi siamo eterni in un mondo che si sbriciola intorno a noi, che muore e che ricomincia a vivere, per poi morire nuovamente! Tutto ciò è mostruoso! Mostruoso! È una sofferenza senza fine! Non posso accettarlo! Non più! Se prima riuscivo ad ammirare l'unicità e la brevità di ciò che vedevo, adesso tutto ciò mi appare triste e privo di speranza! Lo capisci? Ogni momento di questo tempo è per me scandito da una sola domanda: quando avrà fine quest'agonia? Quando? Voglio che smetta! Voglio che finisca! E c'è un solo modo perché accada: devo andar via da qui! Non è in mio potere metter fine al mondo Reale, ma posso abbandonarlo! Devo! Devo andarmene! Fatemi andar via da qui!»

Era così che Roland si ritrovava ad urlare tra i singhiozzi, implorando di fuggire lontano, di far ritorno nel suo mondo di Nulla ai confini con l'universo, nel suo mondo d'origine dove la morte non esisteva ed il tempo, pur forse esistendo, non aveva alcun senso.

Era allora che Raksha provava amore, senso di mancanza, perdita, così intensamente da sentirsi mancare, da non aver più voglia di esistere. Era allora che l'ombra provava un sentimento a lei sconosciuto, una fragilità che non aveva mai pensato di poter sentire nel suo saldo animo: la compartecipazione, la voglia di aiutare Roland, il bisogno di porre fine alle sue atroci sofferenze.

Era allora che la perfida ombra desiderava intraprendere quel viaggio, il viaggio che avrebbe riportato Roland nel Nulla e che avrebbe messo fine a quell'inutile strazio che era divenuta la sua esistenza.

La sua voce cavernosa mormorava:

«Troviamola, vendichiamoci, e poi ti accompagnerò laggiù.»

Allora la forza tornava, possente, grandiosa. Elfo ed ombra tornavano ad essere un unico cacciatore, spietato, inarrestabile. Le tracce divenivano più visibili, la preda tangibile, la vittoria imminente. Boschi, valli, campagne scorrevano sotto i loro piedi guidandoli verso Altair. La loro forza era più grande delle aspettative di ognuno di loro. Forse erano inconsapevolmente divenuti l'uno la forza dell'altra, forse erano infine divenuti compagni.

Dopo giorni e giorni di caccia, infine non era più la vendetta il loro unico e solo scopo. Adesso lo era anche l'intraprendere quell'intentato, pericoloso viaggio attraverso le stelle.

La potente Raksha sapeva quanto pericoloso fosse un viaggio di quel genere, così pericoloso che nessuna strega mai lo avrebbe tentato per prima. Adesso nelle parole pronunciate dall'ombra, Roland non trovava più solo una sfacciata arroganza ma anche una saggia consapevolezza che rendeva Raksha prudente quando ammetteva i terribili ed insidiosi rischi di quell'impresa:

«Se il nostro legame non sarà forte abbastanza, piume di corvo, potrei lasciarti andare, potresti perderti nell'immensità dell'universo prima di riuscire a raggiungere il Nulla, quell'altrove a cui brami far ritorno. Non è certo che io riesca a ricondurti laggiù, per quanto io sia potente. È un intentato, rischiosissimo azzardo.»

In quei momenti, pur sapendo quanto Raksha potesse essere imprevedibile, Roland sceglieva sempre di essere onesto con lei e rispondeva sinceramente:

«Se il viaggio non dovesse riuscire, non importa. Mi fido di te, anche se tu denigri la fiducia. So che farai del tuo meglio. Sei troppo arrogante e piena di te per fallire. So che tenterai. Se fallirai, me ne farò una ragione. Qualunque cosa per me è meglio del restare qui, persino vagare per il vuoto lo è.»

Era in quei momenti che Raksha diveniva cupa e silenziosa, chiusa in chissà quali pensieri. Era allora che Roland osava sfidarla, prendendosi bonariamente gioco di lei:

«Non dirmi che un poco ora tieni a me, perché non ci credo, essere malvagio. Se fallirai, so che non proverai alcun senso di colpa. Va bene lo stesso. Fai del tuo meglio, è tutto ciò che ti chiedo.»

Ma nelle oscure profondità del suo nero cuore, Raksha era consapevole di essersi legata all'elfo. Tutto ciò era stato inatteso, non voluto, ma era comunque accaduto. Se qualcuno avesse osato smascherare quel sentimento, lei lo avrebbe distrutto. Era dura ammettere di essersi legata a quell'immortale così maledettamente puro, sincero e leale, ma alla fine lui aveva saputo mostrarle aspetti del mondo reale e sentimenti che non aveva forse mai voluto o potuto assaporare appieno, intenta a proteggere Amael dai loro risvolti devastanti. Non aveva mai avuto intenzione di fare da scudo all'elfo, di proteggerlo dai sentimenti che lei più detestava e che aveva sempre combattuto ed arginato per rendere forte Amael, e forse proprio per questo quei sentimenti ora l'avevano attraversata completamente. Li aveva vissuti, provati in tutta la loro intensità. Adesso sentiva di essere in comunione con tutto ciò che la circondava, mortale ed immortale.

«Ah, allora Shamash dopotutto aveva ragione!» si disse, stupendosi di averlo pensato.

Era uscita vittoriosa dall'unione con Roland? Raksha non riusciva a capirlo. Non si sentiva più forte di prima ma solo più... completa. Adesso comprendeva appieno la potenza di ogni sentimento. Quanto questo l'avrebbe avvantaggiata o resa più potente di quanto non era stata, non sapeva dirlo. Ma era comunque qualcosa che aveva guadagnato. E nessuno meglio di lei sapeva che la conoscenza era il più grande dei poteri. Aveva guadagnato conoscenza, la conoscenza assoluta di tutti i sentimenti, anche di quelli che aveva sempre scacciato e combattuto, allontanato e sbriciolato, quindi forse era davvero divenuta più potente di prima, potente come un tempo lo era stata Shamash...

E quando ormai era chiaro che l'obiettivo comune non fosse più solo la vendetta ma fosse divenuto anche tentare il viaggio, Roland e Raksha infine scovarono Altair.

Nel cuore più gelido dell'inverno, la caccia si era conclusa.

Capitolo 18

Altair

Capitolo 18

Ombra ed elfo avevano pianificato con dovizia ogni loro futura mossa, ciò che avrebbero dovuto fare in modo impeccabile dal momento dell'avvistamento sino alla cattura di Altair affinché la vendetta potesse compiersi.

L'ombra era stata chiara: Roland avrebbe dovuto metterle a completa disposizione il suo corpo e in quei frangenti sarebbero dovuti divenire un unico, indivisibile essere, proprio come lo era divenuto l'antico albero-ombra che Roland aveva incontrato durante uno dei suoi viaggi nella palude Densamelma.

Ora che la sagoma di Altair, stretta nel suo nero manto, si delineava innanzi a loro, netta e scura contro la neve candida che ricopriva rocce ed alberi di quella silente foresta avvolta dall'abbraccio gelido dell'inverno, il ricordo delle istruzioni di Raksha rimbombava deciso nella mente di Roland:

«Le tue mani saranno le mie mani. Il tuo cuore sarà il mio cuore. Il tuo proposito, il mio stesso proposito. Non dovrà più esistere Roland. Non dovrà più esistere Raksha. Saremo una sola cosa, un'unica ed indivisibile, vendicativa creatura.»

Fu così che Roland lasciò a Raksha il pieno possesso di ogni parte di se stesso e viceversa. Elfo ed ombra divennero un unico, mostruoso essere desideroso di vendetta, un potente carnefice pronto ad agguantare e a torturare Altair finché di lei non fosse rimasto che l'eco distante delle sue urla disperate, finché Amael non si sarebbe accasciata ai loro piedi, sconfitta, punita per aver tradito nel modo più ignobile colei che era stata la sua compagna di vita.

Le istruzioni di Raksha erano state chiare:
«Quando l'avremo in pugno, quando l'avremo stretta tra le braccia, toccherà a te, piume di corvo. Né tu né io possiamo

sottrarre o donare memorie come solo le streghe sanno fare, ma possiamo lasciare che Altair abbia libero accesso ai nostri pensieri e ai nostri ricordi. Una volta entrata in contatto con essi, una volta stabilito questo legame, sarà difficile per lei interromperlo se la forza di quelle memorie sarà troppo intensa e travolgente. Lei cercherà di entrare nella tua mente per controllarla, per liberarsi dalla morsa in cui l'avremo agguantata, e tu non farai nulla per impedirglielo. Aprirai la tua mente, lascerai che entri senza opporti al suo pericoloso potere. A quel punto, però, quando Altair sarà certa di avere il controllo sui tuoi pensieri e di aver ribaltato la situazione a suo vantaggio, sarai tu a lasciar fluire i tuoi ricordi più sconvolgenti. Questo equivarrà ad attaccarla con implacabile ferocia, a stravolgere la sua mente con tutti i più dolorosi sentimenti che porti nel tuo cuore infranto, ribaltando così i suoi piani di dominio, mentre io continuerò a bloccarla in una morsa poderosa dalla quale difficilmente potrà fuggire. Lascerai che i tuoi ricordi la colpiscano con tutto il loro devastante potere. La farai urlare come tu hai urlato quando il tuo amato gatto è morto tra le tue braccia. La farai scivolare nell'abisso della disperazione come quando tu sei stato costretto a lasciare i resti della tua fata sulla nuda pietra. Lascerai che pianga. Lascerai che urli in modo straziante. Lascerai che senta tutto il vuoto della mancanza e che cada rovinosamente nel baratro del più intollerabile dolore della perdita. La renderai fragile, debole, esposta. Farai in modo che non abbia appiglio alcuno. Nessun nero cuore d'ombra sarà lì a proteggerla, a schermare quei sentimenti, a scacciare le emozioni che con tanta difficoltà lei tiene a bada. Sarà priva di scudo, di protezione. Insieme, roderemo la sua coscienza, consumeremo il suo animo, sbricioleremo la sua volontà. Insieme, le faremo rivivere tutto l'immenso, insostenibile dolore della solitudine, quella stessa solitudine che con tanta ostinazione e tanto zelo ognuna di loro ha cercato di allontanare dal proprio cuore. L'antico dolore che porta nel suo animo tornerà, vivo come non mai. Travolgila col tuo senso di colpa, rendi pungente il ricordo della menzogna con cui hanno macchiato indelebilmente le loro anime.

Fa' che la mancanza la schiacci e la renda inerme. Il vuoto lasciato da Shamash dentro il suo avido e disperato animo dovrà bruciare come fuoco ardente consumando il suo cuore ancora follemente innamorato. E quando le sue urla strazianti avranno raggiunto ognuna delle sue sorelle, quando anche Amael piangerà disperata, certa che sia sua la colpa dello strazio vissuto dalla sua amata sorella, solo allora allenteremo la presa su Altair, solo allora potremo considerarci soddisfatti. Sarà allora che mi aspetto di veder comparire Amael al fianco di Altair, implorante. Accorsa per aiutare e proteggere la sorella, si troverà innanzi noi, divenuti la creatura che lei stessa ha voluto creare ed alimentare, nutrendo il nostro odio. Sarà allora che il mio cuore nero avrà trovato pace, soddisfatto nel vederla affranta implorare il mio nome, supplicare il mio perdono, la mia pietà.»

Allora Roland aveva obiettato:

«E se l'ombra che accompagna Altair cercasse comunque di proteggerla nonostante non sia potente quanto te? Che cosa faremo? Se riuscisse a farle da scudo quel tanto che basta perché lei respinga il mio assalto e abbia libero accesso alla mia mente, come potrò io non soccombere al suo terribile potere?»

Raksha aveva detto in modo incontestabile ridendo in modo malvagio:

«Non accadrà. L'ombra che Altair si porta dietro non sarà capace di far nulla di tutto quel che hai detto. La distruggerò in men che non si dica. Lascia che sia io a pensare a lei. Sono troppo potente, piume di corvo. Vinceremo. È una promessa.»

E ancora, il cuore dell'elfo aveva dubitato della propria capacità di essere crudele come Raksha e timidamente aveva suggerito:

«E se io dovessi improvvisamente impietosirmi innanzi allo strazio che le faremo subire? Se mentre la stiamo torturando, se nel bel mezzo della nostra unione la mia determinazione dovesse venir meno, che cosa accadrà?»

Allora l'ombra aveva riso ancor più cupamente, forte ed arrogante, e aveva detto con certezza:

«Non accadrà. Non potrai provare pietà. Non te lo permetterò mai. Mai! Le tue mani saranno le mie mani, la mia rabbia la tua rabbia, e il nostro cuore sarà un unico, nero cuore che batterà determinato, pago nel vedere soffrire una di quelle ignobili e traditrici creature che hanno osato manipolarci e saremo impazienti di viaggiare tra le stelle, di concludere il contratto che ci lega l'uno all'altra, che ci rende un unico, implacabile essere.»

Ed ecco giunta l'occasione. Ecco arrivato il tanto sospirato momento. Ecco la caccia giungere al termine.

Ecco lì Altair, immota, una scura sagoma contro neve e rocce, ammantate dal silenzio dell'inverno.

Ecco elfo ed ombra divenire un unico, spietato sicario pronto all'attacco, impaziente di piombarle addosso come una pantera pronta al letale assalto.

Se solo Roland avesse potuto vedere come il suo viso si era deformato in quel momento, non si sarebbe riconosciuto. Forse avrebbe persino avuto terrore di se stesso, del mostro ripugnante in cui si era volontariamente tramutato. Scuro in viso, con i lineamenti distorti dalla rabbia, con i bei tratti deformati dall'odio feroce, con i capelli corvini non più stretti in una coda ma scarmigliati e liberi quasi fosse divenuto un animale selvatico e selvaggio ed il bel sorriso scomparso, sostituito da un tremendo ghigno assetato di sangue, l'elfo non era più sé stesso ma un qualcosa di molto diverso, una creatura che non sarebbe dovuta esistere, un inquietante ed improbabile connubio di ferocia e determinazione, di elfo e d'ombra. Persino gli occhi non brillavano più grigi, leali e fieri ma sembravano una nera tempesta invernale pronta a squassare il cielo con fulmini devastanti e tuoni capaci di scuotere persino la roccia.

Altair non ebbe il tempo di percepire il suo arrivo perché la creatura un tempo elfo, invisibile ed impalpabile come un'ombra ed ora grande quanto la strega, le piombò di sopra, veloce come un rapace ed invisibile come un predatore notturno. Le sue braccia poderose l'afferrarono, cingendola e ghermendola, le sue mani affondarono nel suo corpo, quasi fossero divenuti artigli. L'ombra ai piedi della strega cercò di farle da scudo usando tutta la forza in suo possesso ma fallì miseramente, annientata dal primigenio potere di Raksha. Gli occhi di Altair, grandi e del colore della terra fertile, si sbarrarono, orgogliosi e determinati a non soccombere, mostrando tutto il fastidio dell'esser stata colta impreparata, pronti a combattere, arroganti della certezza di essere immensamente sapiente e certamente superiore al suo ignoto aggressore.

Come aveva previsto la scaltra Raksha, Altair si lanciò immediatamente all'assalto della mente della mostruosa creatura che l'aveva aggredita, profanandola. Entrò fin troppo facilmente e nello stesso momento in cui se ne rese conto, fu travolta da un'ondata incontenibile di ricordi e di sentimenti contro i quali si trovò impreparata e sotto i quali finì miseramente schiacciata.

Urla raccapriccianti riempirono improvvisamente la radura innevata nella quale la strega e l'oscura creatura si trovavano. Il quieto silenzio dell'inverno sembrò squarciarsi e non vi fu posto che per le grida sgomente della strega, più gelide del vento che portava con sé minuscoli fiocchi di neve. Ora Altair era consapevole di essere caduta in una trappola potenzialmente letale, stretta in una morsa dalla quale era impossibilitata a fuggire senza l'aiuto delle sue sorelle.

E mentre il corpo di Altair si dimenava inutilmente, cercando di mutare forma ed incapace di farlo, stritolato dalle braccia poderose della creatura né elfo né ombra, ma connubio terrificante d'entrambi, la mente della strega veniva investita da un assalto implacabile di sentimenti così intensi e devastanti da rendere le sue urla la cosa più abominevole che il mondo avesse mai udito dagli albori della sua nascita.

Fu solo quando Altair iniziò ad accasciarsi, drenata da ogni forza, svuotata persino dalla volontà di combattere, dal desiderio di sopravvivere, solo quando il suo nero manto fu zuppo di gelida neve, ed i suoi grandi occhi iniziarono a restare sbarrati verso un punto lontano, troppo distante, fu solo allora che l'assalto si fece meno feroce. Fu allora che una voce disperata e colpevole bucò il silenzio attraversando il gelo, scuotendo gli alberi carichi di neve:

«Basta! Ti supplico! Basta!»

La creatura non si voltò. Il suo sguardo assetato di vendetta non aveva bisogno di incontrare il volto sgomento di Amael per sapere che lei era finalmente arrivata, accorsa in aiuto della sorella.

«Traditrice!» ringhiò con violenza inaudita la creatura, dando voce al velenoso rancore d'entrambe le anime che albergavano in quell'unica, spietata, vendicativa entità. La voce furente e cupa rimbombò per quei luoghi attoniti.

Amael non disse nulla ma calde lacrime rigavano il suo viso. Fu allora che la creatura si voltò a guardarla, lasciando la presa su Altair, lasciando cadere nella neve il corpo martoriato della strega che pareva un esanime fagotto di stracci scuri.

«Potrei distruggerla completamente. Potrei continuare a farle rivivere atroci ricordi. Potrei fare a lei quello che voi tante volte in passato avete fatto ad altri, farla scivolare nella follia più tetra. Dammi una ragione per non farlo, per non continuare a torturarla con le mie memorie! Dimmi perché mi hai tradito!» minacciò la creatura, fissando Amael con il suo sguardo tempestoso, implacabile e senza pietà.

Fu in quel momento terrificante che dalle labbra tremanti di Amael sfuggì la più improbabile delle risposte:

«Tu lo hai voluto.»

La creatura trasalì ma non si mosse. Diffidente ed infida, cercò di comprendere quelle parole. Ai suoi piedi giaceva Altair, priva di sensi, come una bambola rotta, i bei capelli color miele sparsi sulla nera cappa, il minuto corpo avvolto in essa come un fagotto scomposto, gli occhi sbarrati e la bocca aperta quasi avesse voluto prolungare le sue urla disperate che chiedevano aiuto e che ora uscivano mute da quel nero taglio. La creatura in quel momento si rese conto di essersi forse già spinta troppo oltre. Forse il contatto tra la mente di Altair e la sua si era già interrotto, ma anche se fosse stato ancora presente, ciò che le aveva inflitto era stato già abbastanza.

Senza attendere il permesso, Amael si precipitò verso la sorella. Si accasciò accanto a lei cercando di sorreggerle il capo che ciondolava scomposto, appoggiandolo al suo petto. I rossi capelli di Amael ora si mescolavano alle morbide spirali color miele della sorella, in una tenera scena d'amore fraterno. Le braccia premurose di Amael stringevano con angoscia il corpo abbandonato della sorella, scuotendolo gentilmente, senza che però lei desse alcun segno di ripresa. Il suo viso era immoto ed i suoi occhi restavano sbarrati, ma la cosa che forse impressionava maggiormente era la bella bocca carnosa di Altair che continuava a restare aperta, cristallizzata in quel muto, terrificante grido di dolore che aveva squassato il bosco.

La crudele Raksha sapeva che un tempo già la potente Shamash aveva inferto un pesante colpo alla strega, arrecandole un notevole danno. Non le importava nulla di Altair e men che mai le interessava sapere se il colpo che le era stato inferto ora le avrebbe arrecato un danno permanente o meno. Non provava alcuna pena per lei. Niente. Non sentiva nulla neanche per Amael che con il viso affranto continuava a tremare stringendo forte a sé il corpo della sorella. Il suo animo era piatto come la distesa di ghiaccio che si stendeva gelida sopra la roccia che circondava quel silente bosco. Il suo nero cuore era solo pago. Ciò che le importava veramente era aver trovato un momento di pace, l'essere riuscita a vendicare il terribile torto subito, quel tradimento che continuava a pesare doloroso sul suo orgoglioso cuore.

Un tempo Roland avrebbe provato pietà, non si sarebbe mai spinto così oltre, non avrebbe mai potuto agire in modo così crudele, arrecando tanta sofferenza, nonostante tante volte avesse odiato le streghe per la loro imperdonabile menzogna che lo aveva reso un eterno recluso in quel mondo, ma adesso anche lui non sentiva più niente, se non il desiderio di scappare lontano da tutto questo, il desiderio di tuffarsi nel vuoto ed attraversare le stelle, ancora una volta. Innanzi alla sofferenza della strega, il suo cuore era lieve come un fiocco di neve danzante nei refoli di vento. Non gli importava più delle streghe o degli altri suoi simili. Neppure l'orrendo pensiero di avere fatto talmente male ad Altair da averla quasi resa priva di coscienza riusciva a toccarlo. Neanche la toccante scena di Amael affranta che stringeva il corpo inerme e ferito della sorella riusciva a smuovere la sua coscienza. L'unico suo egoistico pensiero era l'anelare al viaggio di ritorno, al Nulla, ai suoi cari che lo attendevano lì, in quel sempre che aveva un senso solo in quel mondo di fantasia.

Fu così che avere ai propri piedi non una ma ben due streghe sconfitte riempì d'immensa soddisfazione il cuore della creatura, ormai elfo ed ombra fusi insieme. Un senso di completamento difficile da spiegare colmò il cuore di Roland divenuto ora anche il cuore d'ombra di Raksha, un unico, potente e soddisfatto cuore che fissava compiaciuto la scena delle due streghe prostrate ai suoi piedi. Il suo desiderio di vendetta era finalmente compiuto, la sua brama di rivalsa soddisfatta. Adesso non restava che intraprendere il viaggio.

La neve ricominciò a fioccare lieve rendendo nuovamente silenzioso il bosco, posandosi sulla quieta roccia, imbiancando le cime degli alberi.

E mentre la creatura si allontanava, affondando pesantemente ogni passo nella neve, e le streghe restavano lì, due sagome avvolte nelle cappe nere, la voce di Amael che continuava a stringere tra le braccia la sorella, forse danneggiata in modo irreparabile, piangendo sommessamente ed affondando il viso nei suoi biondi capelli, raggiunse la sua mente imperturbabile, apparentemente priva di qualunque sentimento, ripetendo poche, semplici parole:

«Tu lo hai voluto.»

Capitolo 19

Il viaggio

Capitolo 19

La creatura si tramutò nel grande corvo nero ed iniziò a volare. Volò e volò fendendo l'aria gelida e la neve. Superò le nubi cariche di fiocchi e si diresse lontano, verso nuovi boschi e nuove vallate, lasciandosi alle spalle la vendetta ormai compiuta.

Solo la voce di Amael sembrava continuare a seguire ombra ed elfo ovunque andassero, quella voce che aveva detto e ripetuto:

«Tu lo hai voluto.»

Quella frase non aveva alcun senso per Roland ma per Raksha la cosa era diversa. Lei era abituata al modo di parlare delle streghe, a volte incomprensibile ma capace di celare significati reconditi. Quello era un messaggio chiaro, inequivocabile. Non era stato rivolto a Roland ma a lei. Era stata la risposta alla domanda che più la faceva ribollire d'odio, la risposta al perché Amael l'avesse tradita imprigionandola in quell'impenetrabile tomba d'oscurità.

«Tu lo hai voluto.»

Con il trascorrere delle ore il dubbio iniziò a farsi strada nel cuore dell'ombra, rendendo labile l'unione che l'aveva resa una sola cosa con Roland. Fu così che, quando infine il grande corvo smise di volare e decise di atterrare, ritornando ad essere elfo, l'unione perfetta venne meno e Roland e Raksha tornarono ad essere due distinte entità.

Fu in quel momento che Roland fu travolto da tutti i sentimenti che la potente ed impietosa Raksha era stata capace di arginare. Vide con chiarezza ciò che aveva fatto ed il ricordo del viso stravolto di Altair lo colpì con violenza facendolo tremare di vergogna. Si era spinto troppo oltre ma solo ora poteva vederlo a mente lucida, priva dell'influenza di Raksha. Ciò che aveva fatto era stato eccessivo nonostante fosse stato necessario. Aveva agito come una strega, considerando il fine la cosa più importante tra tutte, calpestando la sua morale, annullando ogni sentimento, eppure solo ora, non essendo più una sola cosa con Raksha, si rendeva conto di quanta imperdonabile violenza avesse perpetrato. La cosa più difficile da accettare era forse che mentre stava compiendo quel misfatto, il suo cuore era stato felice di arrecare del male, impaziente di vendicarsi ed infine soddisfatto dell'esserci riuscito.

Fu la voce priva di scrupoli dell'ombra a scuoterlo dal continuo rimproverarsi e biasimarsi. Come sempre, Raksha sapeva essere malvagia ed insensibile a certi tipi di emozioni. Il senso di colpa era un sentimento che proprio non le apparteneva:

«Smettila di frignare, stolto!» gli intimò.

«Non sto frignando, sto solo ragionando.» obiettò Roland, cercando di evitare una discussione con lei, ma l'ombra continuò imperturbabile:

«Stai iniziando a pentirti di ciò che hai fatto, lo sento. Ti stai convincendo di quanto ignobile tu sia stato, del fatto che tu abbia ecceduto nell'arrecare dolore. Ti dico una cosa, cuore molle: ciò che è stato, è stato. Non puoi cambiare il passato. Le tue azioni non possono essere modificate. Il tempo scorre in una sola direzione. Questo è un assoluto. Usa le tue energie per le azioni future, non per rimuginare su quelle passate. Hai ottenuto il tuo scopo: ti aiuterò a viaggiare. È questo ciò che deve importarti adesso.»

L'idea di potere viaggiare riempì il cuore di Roland di rinnovata impazienza e riuscì ad allentare la morsa del senso di colpa che comunque provava. Nessuno mai gli avrebbe potuto fare cambiare idea sul suo comportamento: era stato deplorevole e non c'era molto altro da dire. Se avesse potuto, Roland avrebbe ripudiato se stesso dall'essere un elfo. Sicuramente, se i suoi fratelli avessero anche solo sospettato di ciò che aveva fatto, lo avrebbero scacciato e perseguitato al pari di una strega. Roland sentiva di meritarsi quel disprezzo. Lui stesso lo provava per se stesso. Solo il disperato bisogno di fuggire via dal nuovo mondo gli consentiva di ignorare il ribrezzo che sentiva di provare per ogni azione che lo aveva condotto sin lì.

Come poco prima, Raksha lo distrasse dal suo rimuginare e constatò crudelmente:

«Ho idea che se avessi visto di cosa in passato Altair è stata capace di fare nel corso dei suoi studi e dei suoi esperimenti, ora non saresti così magnanimo e pentito di ciò che le abbiamo fatto. Comunque sia, se ciò può farti stare meglio, non credo che siamo stati in grado di distruggerla completamente. Starà bene, prima o poi, quindi smetti di tormentarti inutilmente.»

Roland fissò la scura copia di se stesso che si delineava ai suoi piedi. Nella radura erbosa dov'era atterrato non c'era ancora la neve, nonostante il freddo fosse pungente ed il sole facesse capolino tra le nubi rendendo l'ombra una sagoma dai contorni netti, nera e precisa. Dopo un po' l'elfo le chiese:

«Come puoi essere tanto sicura che Altair abbia ancora il pieno possesso della sua mente? A me è sembrata completamente svuotata.»

La punta di rammarico con cui Roland aveva caricato l'ultima frase fece ridere Raksha con soddisfazione. Con immutata malvagità, l'ombra rispose:

«Lo so perché quando Amael è accorsa per soccorrerla stava solo piangendo, non stava urlando in modo folle con gli occhi strabuzzati, piume di corvo. Non si sarebbe limitata a lacrimare se sua sorella fosse stata in gravi condizioni. Altair ha subìto da noi un durissimo colpo ma si riprenderà, ne sono certa. L'abbiamo bastonata per bene ma è solo questione di tempo perché torni com'era, e alle streghe non è certamente il tempo ciò che manca.» constatò infine freddamente.

L'elfo annuì, anche se il ricordo del volto vacuo e degli occhi spenti di Altair non riusciva a convincerlo che Raksha avesse del tutto ragione.

Ora che non erano più un'unica entità, Roland voleva disperatamente porgere all'ombra una domanda ma non sapeva cosa dire per non farla indisporre. Il suo bel viso si corrugò in una smorfia che ormai Raksha conosceva molto bene. Ridendo cupamente l'ombra disse:

«Smettila di arrovellarti! Se hai qualcosa da dire, dilla! Non sopporto tutta questa tua inutile gentilezza! È solo una perdita di tempo. Parla!»

«La mia non è gentilezza -ribatté Roland- è piuttosto istinto di sopravvivenza! Non ci tengo affatto a subire la tua ira! Devo scegliere bene cosa dire e come chiederti ciò che ho in mente se non voglio che tu ti tramuti in un mostro iracondo!»

A queste parole Raksha scoppiò in una genuina risata. Continuando a ridere di gusto, l'ombra ammise:

«Non so come tu ci sia riuscito, piume di corvo, ma quando te ne sarai andato da questo mondo, questo tuo cuore molle ed insopportabilmente gentile riuscirà quasi a mancarmi!»

Roland sorrise. Era dunque riuscito in un certo qual modo a fare breccia nell'animo perfido di Raksha? Chi poteva dirlo?

«Dì piuttosto che ti mancherà qualcuno da torturare! Dovrai cercarti una nuova vittima.» ribatté Roland in tono scherzoso e l'ombra disse:

«Sì, devo dire che sei stato una vittima molto interessante! Era da tanto tempo che non provavo così tanta soddisfazione nel tormentare qualcuno! Mi hai tenuto testa, piume di corvo. Non ti sei fatto dominare. Mi sono molto divertita con te.»

L'elfo fece una smorfia. Il concetto di divertimento di Raksha era davvero opinabile ma lui sapeva trovare il buono in ogni cosa e anche in quelle parole riuscì a percepire nei suoi riguardi una sorta di ammirazione ed affetto, se così lo si poteva definire.

Improvvisamente Raksha tornò seria. Come Roland notò, l'ombra raramente si lasciava andare a momenti d'intimità come quello appena concluso e, se lo faceva, duravano giusto il tempo di scambiarsi poche battute.

«Allora, piume di corvo, cos'è che vuoi chiedermi?» disse, ricordando a Roland la domanda che era ancora incastrata tra i suoi pensieri.

L'elfo si fece coraggio e chiese:

«Che cosa intendeva dire Amael con "Tu lo hai voluto"? Era forse un messaggio segreto? So che era rivolto a te, Raksha, perché per me queste parole non significano proprio nulla.»

Cupamente l'ombra disse:

«È ovvio che fosse un messaggio rivolto a me, sciocco! Era la risposta alla domanda del perché mi avesse tradito e recluso al buio in quel miserabile buco scavato nel sale!»

Roland fissò l'ombra intensamente.

«Allora? Hai capito la sua risposta?»

Fu allora che l'ombra non esitò a mentire senza alcun ritegno. Dire la verità a Roland sarebbe equivalso ad ammettere che l'elfo poteva aver avuto ragione quando aveva ipotizzato che Amael avesse potuto modificare le sue memorie. L'ombra non avrebbe mai e poi mai ammesso che ciò ora le appariva una reale possibilità. Inoltre, se era stata davvero lei stessa a volere che Amael la rinchiudesse nella tomba d'oscurità e le cancellasse il ricordo di ciò che era realmente accaduto, tutto questo doveva essere successo per un motivo ben preciso, per un'importante ragione che lei intendeva scoprire senza l'aiuto di Roland. Fu così che Raksha utilizzò la menzogna con la stessa leggerezza con la quale si confida la verità. Con decisione affermò:

«No. Non ho compreso la sua risposta e non m'importa farlo. In quelle parole ho percepito solo un'ignobile accusa, come se Amael avesse voluto dire che era stata mia la colpa del fatto che si fosse sbarazzata di me. Non metto in dubbio che lei non mi volesse più come sua ombra, dato che so essere ben impegnativa, ma questo non l'ha mai autorizzata a disfarsi di me nel modo abietto che ha utilizzato. Comunque sia, non intendo più dividere il mio tempo né con Amael né con nessuna delle sue sorelle. Dopo che tu ed io avremo viaggiato, andrò per la mia strada.»

Raksha sapeva che Roland era una creatura troppo sincera e troppo leale per dubitare delle sue parole, difatti non le contestò né sembrò provare alcuna diffidenza. Si limitò semplicemente ad accettarle, sospirare e dire:

«Posso capirti. Dopo essere stata tradita in modo così spregevole da colei che è stata la tua compagna di vita, non sarebbe facile per te tornare a fidarsi di lei.»

A queste parole però il cuore di Raksha trasalì. Come aveva fatto l'elfo ad intuire che in realtà in passato era esistita reciproca fiducia nel rapporto tra lei ed Amael? Come aveva fatto a far trapelare questo importante particolare? Si era in qualche modo tradita a sua insaputa oppure era solo l'animo gentile dell'elfo a dare sempre troppo peso ai sentimenti e a giustificare ogni azione in nome di essi? Qualunque fosse la spiegazione, era chiaro che Roland fosse certo che in passato lei ed Amael avessero condiviso molto più che un comune obiettivo. Condividere la fiducia non era cosa da poco per un essere maligno e perfido come lei.

Piattamente, Raksha ribadì:

«Ti riporterò in quell'insulso e noioso mondo dove vuoi far ritorno e poi sarò libera di godermi lo spettacolo del Reale in ogni sua più raccapricciante manifestazione. Niente più streghe nella mia vita.»

Gli occhi di Roland scintillarono d'impazienza quando disse:

«Voglio tentare subito. Oggi. Al tramonto.»

Ridendo, l'ombra lo schernì:

«Sai essere ben ostinato ma sei troppo precipitoso, piume di corvo. Cos'è, non vedi l'ora di finire a vagare per il vuoto? Sei impaziente che io ti abbandoni in un anfratto dell'universo?»

La determinazione che Roland mise nella risposta fu però tale da far desistere la potente ombra dal continuare a prendersi gioco di lui:

«Ho sporcato la mia anima, l'ho macchiata indelebilmente con un'azione di cui porterò per sempre il segno affinché la tua vendetta potesse compiersi! Abbiamo reso Altair quasi pazza e fatto piangere affranta Amael! Hai avuto quel che mi avevi chiesto, ora tu fammi viaggiare! Oggi! Al tramonto! Non ho più tempo da perdere! Voglio andar via da qui!»

La potente Raksha rimase silente a lungo, impressionata dall'urgenza e dalla disperazione che Roland aveva messo in quelle parole, ed infine disse:

«Oggi, al tramonto, viaggerai.»

Detto questo, elfo ed ombra non si rivolsero più la parola e rimasero chiusi ognuno nei propri pensieri attendendo lo scorrere delle ore e l'appropinquarsi del tramonto. Nessuno dei due sentiva di dover dire qualcos'altro. Il legame che li aveva uniti si sarebbe presto sciolto. Ognuno avrebbe raggiunto il suo scopo.

Roland appariva stranamente sereno e anche se non era in pace con se stesso a causa di ciò che aveva dovuto fare per riuscire a viaggiare, era sicuramente pronto ad affrontare qualunque epilogo per l'ultima avventura che lo attendeva. Al contrario, Raksha si sentiva fastidiosamente inquieta. Non solo continuava a ragionare sul fatto che lei stessa avesse potuto indurre Amael a modificare il ricordo di ciò che era avvenuto durante la sua reclusione nella tomba scavata nel sale, ma era anche preoccupata da ciò che sarebbe accaduto al tramonto. Quel viaggio continuava ad apparirle troppo pericoloso. Era sicuramente questo il motivo che aveva spinto Amael a far sì che fosse Roland a tentarlo per primo, e fino a qualche mese prima non le sarebbe importato niente della sua riuscita o meno. Adesso però era diverso. Per quanto Raksha fosse crudele ed egoista, il suo nero cuore aveva comunque creato un legame con Roland. Erano divenuti compagni nella vendetta, nel comune scopo. Avevano condiviso sentimenti violenti, forti, potenti. Si poteva dire che ora l'una conoscesse l'anima dell'altro, quella Voce fantastica che entrambi condividevano. Non voleva fallire nel ricondurlo laggiù, non se lo sarebbe mai perdonato.

Lei e Roland sarebbero divenuti nuovamente un'unica entità desiderosa di viaggiare, ma cosa sarebbe accaduto una volta giunti nel Nulla? Solo un'ombra potente come lei, capace di conservare memoria di ciò che accadeva dal tramonto all'alba, poteva sapere quanto breve fosse il lasso di tempo trascorso in quei luoghi remoti al confine con l'universo. Non soltanto il tempo che avevano a disposizione era breve, ma era anche... confuso. Accadeva sempre tutto troppo rapidamente. Il sole tramontava, l'ultima luminescenza svaniva e con essa anche la sua parte materiale. Era così che la sua Voce veniva richiamata nel suo luogo d'origine e sarebbe stato proprio in quel momento che la sua Voce e quella di Roland sarebbero dovute essere così unite da riuscire a viaggiare come se fossero un'unica anima...

Se fossero riusciti a mantenere il legame saldo come avevano fatto durante l'esecuzione di Altair, allora avrebbero raggiunto insieme il Nulla, in caso contrario...

In quel caso il legame si sarebbe spezzato e Roland sarebbe finito chissà dove per l'universo. Raksha era quasi certa di riuscire a mantenere saldo quel legame fino a quando non fossero giunti a destinazione, ma i suoi dubbi più atroci riguardavano il momento del distacco, il momento giusto per recidere il legame e lasciare che Roland restasse nel Nulla senza di lei. Questa era la parte ardua: decidere quando separarsi da lui. Non era mai chiaro lo scorrere del tempo laggiù poiché lì esso era una forza che non aveva veramente un senso. Ogni volta, improvvisamente, lei veniva strappata dal Nulla e richiamata nel Reale. Quello era il momento in cui nel nuovo mondo, nel Reale, il sole risorgeva. Non poteva sbagliare. Se avesse reciso il legame troppo presto, prima di giungere a destinazione, o troppo tardi, quando già era stata richiamata indietro, Roland si sarebbe perso nell'universo. Raksha doveva rompere il legame quando entrambi si trovavano nel Nulla. La domanda giusta da porsi era proprio quando fosse il momento giusto per separarsi, solo che il "quando" era molto difficile da capire in un luogo dove il tempo improvvisamente sembrava non avere più un senso, non esistere più. In realtà il tempo esisteva anche lì, solo che non si percepiva e nessuno meglio di un'ombra ne era consapevole. La verità era che Raksha non aveva modo di capire il "quando". Solo facendo un tentativo lo avrebbe compreso. Avrebbe dovuto agire d'istinto, cosa che, per una pianificatrice come lei era, risultava davvero difficile. L'ombra sapeva che non esisteva altro modo per riuscire a capire come fare se non quello di tentare. Questo era il motivo per il quale Amael aveva scelto

Roland come cavia per questo primo, fondamentale ed indispensabile esperimento. Nessuna delle dieci sorelle avrebbe mai voluto sacrificare una di loro per conoscere la risposta al "quando".

Ora Raksha, all'insaputa di Roland, portava il pesante e fastidioso fardello della responsabilità. La riuscita di quel pericolosissimo viaggio dipendeva tutta da lei. L'ombra si maledisse per i sentimenti che provava nei confronti di Roland. Sarebbe stato certamente tutto molto più facile se non le fosse veramente importato niente di lui, invece... quel maledetto cuore molle ora le stava... a cuore! Inaudito! Se anche tutta quest'assurda trama fosse stata creata da Amael solo con l'intento di farla viaggiare insieme a Roland, a cosa mai poteva essere servito questo fastidioso legame che si era creato tra lei e l'elfo? Non era soltanto d'intralcio? Non metteva a repentaglio la missione, il prezioso esperimento che avrebbe decretato il "quando"? Certo, era indispensabile che il legame fosse forte perché potessero viaggiare insieme, questo era pur vero, però... il fastidio nel sapere di provare dell'affetto per l'elfo la faceva infuriare. I sentimenti erano una maledetta arma che si poteva facilmente rivoltare contro di lei, nessuno meglio di un'ombra primigenia lo sapeva, lei che aveva passato la propria esistenza ad allontanarli dal cuore di Amael per renderla la gloriosa ed onnipotente creatura che era diventata!

Raksha si trovò improvvisamente a sospirare alla stregua di quel maledetto elfo romantico e malinconico. Il sole era ormai basso sull'orizzonte. La giornata era volta al termine.

Dopo il lungo silenzio che li aveva divisi per tutto il tempo in cui l'elfo era rimasto seduto tra l'erba ad attendere il tramonto, avvolto dal freddo e dal vento pungente, improvvisamente Roland si rivolse alla sua ombra che lentamente andava allungandosi e andava divenendo sempre più evanescente:

«Sai, Raksha, l'ultima volta che guardi qualcosa riesci a cogliere in essa molta più bellezza di quanta realmente non abbia.»

Impassibile, mascherando la profonda inquietudine che provava e l'ansia per il viaggio ormai imminente, Raksha rispose:

«Ti riferisci al tramonto? Mi stai dicendo che ora lo vedi più bello di quanto non sia?»

Roland annuì leggermente e poi mormorò:

«Sì, è così. Sto guardando quest'ultimo tramonto proprio come guardai il primo, il giorno che giunsi qui. Lo sto guardando con ammirazione, stupendomi della sua struggente ed unica bellezza. Nessun tramonto più sarà come questo. È unico, irripetibile.»

La cupa voce dell'ombra si soffermò sui colori di quel tramonto invernale, sulla forma delle nubi, sul profilo dell'orizzonte ed infine confermò:

«Già. L'unicità è ciò che rende questo mondo crudelmente bello.»

Mentre lo diceva, l'ultimo spicchio di sole scomparve dall'orizzonte. Come tutte le ombre più antiche, Raksha aveva ancora un po' di tempo prima di svanire, fino a quando l'ultima luminescenza residua non fosse stata completamente ingoiata dalla prima sera.

L'elfo si rivolse nuovamente a lei. Le sue parole erano intrise di malinconia:

«Sai Raksha, solo ora comprendo appieno il sacrificio dei miei fratelli e delle mie sorelle che insieme a tante fiamme, fuoco ed ombre primigenie decisero di annullarsi per creare un piccolo regno di fantasia in terra. Loro volevano donare a chi sarebbe rimasto qui prigioniero la possibilità di rifugiarsi in un piccolo Nulla per poter ritrovare la forza per continuare a stupirsi e ad ammirare il mondo per il quale avevano trovato il coraggio di abbandonare tutto e viaggiare tra le stelle.»

Prima che fosse troppo tardi, Raksha chiese:

«Ci hai forse ripensato? Sei ancora in tempo per farlo. Invece di tentare questo rischioso azzardo potresti piuttosto far ritorno ad AcquaBosco, chiedere perdono ai tuoi fratelli ed annullarti in esso piuttosto che rischiare di perderti nell'universo tentando questo viaggio con me. Pensaci. Potrebbe essere un'alternativa.» disse infine l'ombra e per la prima volta Roland non sentì né cattiveria né malvagità nelle sue parole. Semplicemente la potente Raksha gli stava proponendo una valida alternativa, forse la più sensata, la soluzione meno rischiosa e più razionale ai suoi problemi e al dolore di vivere laggiù. Ma Roland non voleva solo smettere di soffrire ed abbandonare il Reale. Roland voleva ricongiungersi a chi amava, essere se stesso ed esistere insieme a loro, per sempre. Solo nel Nulla tutto ciò poteva realizzarsi.

L'ultima cosa che Raksha vide chiaramente pur nella luce ormai quasi esitante del crepuscolo, fu il sorriso sicuro di Roland mentre le diceva scherzosamente:

«Mi fido di te, essere crudele. Riportami a casa.»

Il momento era arrivato. Ombra ed elfo divennero un'unica, indissolubile entità che aveva in mente un unico e solo intento e poi... poi accadde tutto troppo precipitosamente.

Viaggiarono tra le stelle, giunsero insieme nel Nulla, ma Raksha capì che era troppo tardi per liberare Roland e lasciarlo andare, che il "quando" era ormai passato, nell'istante in cui si sentì risucchiare indietro. A quel punto era troppo tardi per recidere il legame con Roland e così ritornarono indietro nel mondo reale, insieme per com'erano partiti.

Si ritrovarono riversi nell'erba, nello stesso luogo e nello stesso punto dal quale il viaggio era iniziato. La luce prealbare si diffondeva soffice tutt'intorno a loro e a breve il primo raggio di sole avrebbe attraversato l'azzurro del cielo. Il loro primo tentativo era fallito miseramente.

La creatura che comprendeva entrambi ringhiò per la frustrazione e per la cocente delusione. Poi i sentimenti di Roland prevalsero su quelli rabbiosi di Raksha e la perfetta unione si spezzò. La voce rassicurante di Roland, benché la delusione fosse grande anche in lui e trasparisse dal tremare delle sue parole, si rivolse a Raksha dicendo scherzosamente:

«Beh, almeno sono riverso su di un prato pieno di soffice erba punteggiata di brina ghiacciata e posso godermi questa rosea alba invernale piuttosto che trovarmi a vagare in miseria e solitudine per l'oscuro universo. Non possiamo considerarlo un vero insuccesso, dopotutto.»

Raksha non era avvezza alla sconfitta. Difficilmente l'avrebbe accettata guardando il lato positivo di ciò che era accaduto. L'ombra difatti ruggì infuriata, colpita nella parte più intima del suo orgoglio. Aveva fallito! Fallito! Il fatto che l'elfo non fosse andato disperso per il vuoto dello spazio non era sufficiente a superare la bruciante sensazione di aver perso quella sfida!

Il cupo ruggito animalesco continuò a lungo finché Roland non si mise a sedere tra l'erba ed annunciò senza farsi scoraggiare dall'insuccesso:

«Oggi al tramonto ritenteremo. Riproveremo fin quando non riusciremo.»

L'ombra rispose cupamente:

«Ti piace davvero rischiare, piume di corvo! Chi ti dice che anche questa volta sarai così fortunato da riuscire a tornare indietro con me? È un miracolo che io non ti abbia lasciato andare nel momento più sbagliato!»

Con un'incrollabile fiducia, Roland rispose:

«Non ti piace perdere, Raksha. Tu vuoi vincere, lo so. Non è questione di fortuna, è questione di determinazione. E tu vuoi riuscire in quest'impresa folle. Ce la faremo. Ora che ho provato a viaggiare con te, so che è possibile riuscirci. Ne sono convinto e non ho paura.»

L'ombra non rispose, ma smise di manifestare la sua rabbia e rimase a guardare per un po' lo sguardo brillante di emozione e di determinazione che rendeva Roland forte come non mai. Anche lei, ora che aveva compreso come e quando separarsi da Roland, era certa di riuscire nell'impresa.

Improvvisamente Raksha fu travolta dalla consapevolezza che quello era solo l'inizio di tutto. Quello non era solo il completamento di un'impresa, il raggiungimento dello scopo che Roland intendeva perseguire.

Quello era l'inizio di una nuova era.

Le streghe, coloro che gli immortali aborrivano e che non volevano più nominare, loro avrebbero viaggiato! Le streghe avrebbero potuto finalmente fare la spola tra i mondi!

L'esperimento, se non ancora portato a compimento, era comunque riuscito! I viaggi tra i mondi da adesso erano una realtà! Le ombre potevano trasportare le Voci! L'intuizione delle dieci potenti sorelle si era rivelata veritiera. Ognuna di loro avrebbe cercato di viaggiare, ognuna a modo suo avrebbe portato a termine l'esperimento che le avrebbe messe in grado di muoversi tra i due mondi a proprio piacimento!

Raksha gongolò nel silenzio della sua mente. Aveva condiviso per secoli e secoli con Amael il desiderio impossibile di fare la spola tra i mondi, tanto che ora le risultava impossibile non provare una gioia intensa e genuina nel sapere che le streghe avrebbero viaggiato! Un senso di completezza e soddisfazione difficile da spiegare l'inondò fin dentro la più recondita fibra del suo nero essere. Senza rendersene conto si trovò ad esultare nel silenzio dei suoi pensieri, in preda ad una gioia frenetica:

«Amael, ci siamo riuscite! Si può viaggiare! Si può fare veramente!»

Nello stesso istante in cui quel pensiero invase la sua mente, il ricordo delle ultime parole di Amael ritornò a lei con violenza:

«Tu lo hai voluto.»

Fu in quel momento che Raksha ebbe la quasi certezza che il tradimento atroce che aveva subìto facesse davvero parte di un sagace, intricato piano che entrambe, lei ed Amael, avevano sapientemente architettato insieme. Mai come in quel momento l'ombra desiderò che giungesse il tramonto per portare a termine anche l'ultima parte di quell'ambizioso progetto per poi correre ad indagare, a cercare la verità.

La sua cavernosa voce si rivolse all'elfo annunciando:

«Farai bene a goderti questa giornata, piume di corvo, perché è destinata ad essere la tua ultima giornata in questo mondo. Al tramonto, tornerai definitivamente a casa.»

Un sorriso immenso illuminò il volto di Roland al pensiero di ricongiungersi alla sua Delia e al suo Almarath, al pensiero di lasciarsi definitivamente alle spalle quel mondo dominato da morte e sofferenza, dove niente perdurava e niente era destinato a resistere all'implacabile morsa del tempo.

E fu così che Roland assaporò ogni momento di quel suo ultimo giorno nel nuovo mondo, godendo delle sensazioni che il freddo pungente gli donava e che la natura attorno a loro gli offriva.

Ascoltò ogni suono che gli esseri viventi producevano, come se fosse una dolce poesia.

Lasciò che l'aria lo attraversasse e che i colori del cielo d'inverno, sempre cangiante, lo stupissero. E quando giunse il tramonto, seppe che quello sarebbe stato veramente l'ultimo tramonto che i suoi occhi avrebbero visto nel mondo reale.

Lasciò che i colori lo emozionassero e che i profumi lo inebriassero.

Lasciò che ogni immagine di quell'inverno freddo e lungo lo immalinconisse e gli mordesse il cuore.

E infine, quando l'ultima luminescenza svanì ed i suoi occhi salutarono il giorno che finiva, tinto d'azzurro e cobalto, Roland seppe che quello sarebbe stato il suo vero addio.

La sua ultima avventura era giunta al termine.

Capitolo 20

Ombra e strega

Capitolo 20

Quando l'alba sorse, Raksha tornò nel Reale da sola.

Aveva lasciato Roland dove doveva, portando a termine il viaggio, esaudendo il desiderio dell'elfo, vincendo quell'ambiziosa sfida. La soddisfazione la colmò. Aveva vinto. C'era riuscita.

Adesso quel cuore molle e romantico avrebbe vissuto in quel luogo dove il tempo e la morte non avevano senso, dove la parola "sempre" era una realtà, in quel mondo che a lei da sempre era apparso banale, scontato e noioso. Sarebbe stato felice e lei era stranamente paga nel saperlo. Il Reale, il mondo che lei tanto amava, non faceva per Roland. Un cuore molle, era un cuore molle. Sofferenza, dolore e morte non erano adatti a chiunque. Nessuno meglio di lei lo sapeva, lei che aveva scelto quel mondo proprio per la sua crudele, cangiante ed unica beltà.

L'elfo aveva raggiunto il suo scopo. Lei ora era libera, tornata nella sua decadente casa, nell'unico, putrido e marcescente luogo dove avesse mai desiderato esistere. Il loro contratto era sciolto. L'avventura era conclusa.

Era certa che, tornando senza l'elfo, sarebbe finita a far da ombra alla prima pietra più sporgente della radura dalla quale erano partiti al tramonto o ad un insulso filo d'erba, forse ad un animale di passaggio.

Invece lei era lì.

Proprio lei, colei che l'aveva tradita...

Lei era lì ad aspettarla, pronta a divenire il suo corpo, ancora una volta.

Un'ondata di energia la pervase rendendola potente ed invincibile come non mai.

La loro unione era da sempre stata impeccabile, perfetta e gloriosa. Loro erano fatte l'una per l'altra.

Prima che Raksha potesse dire qualsiasi cosa, la sua mente fu pervasa da ricordi e memorie che le erano state sottratte e che ora le venivano restituite.

I ricordi fluirono in tutta la loro forza, rendendo chiara ogni cosa, dando un perché ed una risposta ad ogni domanda. E quando l'ultima memoria le fu restituita, Raksha sentì un'ammirazione senza eguali riempirle l'anima.

Ah, Amael! La mia Amael!

Una risata cupa, cavernosa e soddisfatta riempì la radura mentre l'alba rosea tingeva il cielo.

Ora ricordava ogni cosa.

Il loro piano era stato perfetto, studiato fin nel più piccolo particolare, e si era compiuto esattamente come doveva, senza intralci. Amael non l'aveva tradita, mai. Aveva fatto tutto parte della difficile ed intricata trama che entrambe avevano intessuto con infinita cura.

Amael sorrise alla scura copia di se stessa che si delineava nera e ben definita ai suoi piedi.

«Ti ho odiato con tutta me stessa. Desideravo solo farti del male. Il mio unico pensiero era vendicarmi di te, dell'ignobile tradimento che mi avevi ingiustamente riservato. Tutto ciò che avevo provato per te in millenni condivisi insieme si era tramutato solo in un feroce, implacabile odio.» ammise Raksha senza alcun rammarico, rivolgendosi alla sua compagna di vita.

All'apparenza imperturbabile, ma entusiasta di riavere la propria ombra con sé, Amael rispose:

«È stato necessario. Il tuo odio è da sempre stato necessario. Mai come in questo piano.»

Raksha rimase in silenzio ma non v'era più alcun bisogno di parlare ora. L'una era l'altra e l'altra era l'una. Ombra e strega erano tornate ad essere una sola cosa, un unico, arcano e potentissimo essere, ancora una volta.

«Come sta Altair?» chiese Raksha con un accenno appena di preoccupazione nella cupa voce.

«Non bene, mia perfida, impietosa amica, ma si riprenderà.»

Raksha rise ancora, ripensando a ciò che le aveva fatto.

«Non dev'essere stato facile per lei essere stata assalita in quel modo feroce senza conoscere nulla del nostro progetto. Non vedo l'ora di parlarle.»

Amael disse soltanto:

«Capirà, amica mia. Altair capirà. Anche questo è stato necessario. Non doveva sapere, come non dovevate sapere nulla né tu né l'elfo. Il non sapere era indispensabile alla riuscita del progetto. Se i sentimenti non sono genuini, non hanno alcun valore, e se non hanno alcun valore, allora non hanno alcuna potenza. La loro immensa, autentica forza è stata necessaria per la riuscita dell'esperimento. La vostra unione è stata perfetta, il legame che tu e l'elfo avete creato ha mimato ottimamente il nostro, cara la mia ombra. Roland è stato la cavia migliore che noi potessimo scegliere ed utilizzare per tentare quell'impossibile viaggio. Non pensavo che il vostro legame sarebbe stato così saldo, che il vostro proposito sarebbe stato così equilibrato, ma anche questo è stato... interessante.»

Raksha rise di cuore quando disse:

«Ora non dirmi che sei stata gelosa del mio legame con l'elfo!»

Amael sorrise e disse sinceramente:

«Un poco.»

Il cuore orgoglioso ed arrogante dell'ombra gongolò vittorioso, felice come non mai.

«Ah, Amael, la mia Amael.» furono le sue cavernose parole intrise di un sentimento che andava oltre il tempo, lo stesso sentimento che aveva spinto Roland a tentare il viaggio pur di tornare da Delia ed Almarath.

«Ti ho visto piangere per tua sorella Altair alla stregua di quel cuore molle di Roland, proprio come lui piangeva per il suo gatto. Vergognati! Senza di me sei troppo debole e fragile, strega.» disse Raksha ad Amael, schernendola in modo affettuoso.

Amael sorrise maliziosamente e ribatté:

«Già. Anche tu, però, hai subito l'influsso di Roland. Hai vissuto i suoi sentimenti come se fossero i tuoi. Alla fine hai persino provato affetto per lui, lo hai protetto, facendo tutto ciò che era in tuo potere affinché il viaggio riuscisse. Ti è sempre piaciuto quell'elfo, anche quando era prigioniero nei nostri antri, anche quando lo torturavamo insieme.»

Raksha ora ricordava. Roland era stato una loro vittima, caduto in trappola, finito nelle adunche mani delle streghe molti secoli addietro, usato per tanti dei loro esperimenti. Anche allora Raksha aveva provato ammirazione per quell'elfo testardo, coraggioso ed inguaribilmente romantico. E anche allora, insieme ad Amael, non era riuscita a domarlo.

«Dunque hai deciso: non conoscerà mai la verità su una parte fondamentale della sua vita. Non saprà mai cosa gli è accaduto nei nostri antri in tanti anni di reclusione. Non avrà mai indietro quelle memorie. Non è vero?» chiese Raksha cupamente.

«È così. Non le riavrà mai indietro. Non gli servono. È solo inutile sofferenza che ora non può più interessargli o essergli di alcuna utilità. Ora Roland ha trovato la sua pace. Gliela dovevamo, amica mia. Se l'è meritata! È stato un prezioso aiuto, ogni volta che è caduto nelle nostre grinfie e ci ha aiutato a completare le nostre trame.»

Raksha rise.

«Com'è magnanima la mia Amael!» disse prendendola in giro.

L'intenso e verde sguardo della strega si posò con premura sulla sua ombra. La sua voce mormorò:

«È stato terribile ricominciare a soffrire veramente, provare di nuovo tutto il vero peso dei sentimenti, priva del tuo prezioso ed indispensabile aiuto. Però è stato utile rinnovare il ricordo di ciò che anch'io in passato ho intensamente vissuto e provato. Ora però siamo di nuovo insieme, mia perfida anima gemella. Ora siamo nuovamente l'onnipotente creatura che detiene la Conoscenza Proibita. Ora è tempo di nuove, entusiasmanti sfide. L'era dei viaggi è appena iniziata.»

Raksha godette di ogni parola pronunciata da Amael, provando una soddisfazione intensa ed appagante.

«Direi che è venuto il momento di andarcene un po' in giro. Che ne dici di accompagnarmi nel Nulla?» propose la strega, sorridendo compiaciuta ed impaziente. Ora il suo avido cuore era tornato ad essere l'avido, nero e potente cuore d'entrambe.

«Chi ti dice che verrò a riprenderti, megera che non sei altro?» rispose Raksha ridendo di cuore.

Amael sorrise. Mentre fissava la nera sagoma ai suoi piedi, i suoi occhi brillavano ammalianti e pericolosi, come la superficie verdastra di uno stagno placido ma imperscrutabile.

La sua voce, sicura, certa di quell'incrollabile verità, disse soltanto:

«La mia invincibile ombra verrà a riprendermi. Sempre. Perché noi due siamo una sola cosa, mia Raksha, mio scudo, mia protezione. Noi possiamo tutto, anche ciò che ancora è inimmaginabile. Noi diverremo i veri padroni dei due mondi. Ombra e strega. Per sempre, ed oltre ancora.»

Come se fosse l'eco delle sue stesse parole, la cupa voce dell'antica ombra ripeté solennemente:

«Per sempre e oltre ancora.»

Indice
Le avventure di Roland, piume di corvo

Prologo

Parte prima: divisa tra due mondi

La sua realtà
Capitolo 1 - Roland

Il suo mondo
Capitolo 2 - Almarath

La cattiveria
Capitolo 3 - La palude Densamelma

La malattia
Capitolo 4 - Grindelia

La dimenticanza
Capitolo 5 - La fata immemore

L'amicizia
Capitolo 6 - Delia e Almarath

L'amore
Capitolo 7 - La prima estate

La decadenza
Capitolo 8 - Le prime piogge

La speranza
Capitolo 9 - Il rifugio segreto

Lo studio
Capitolo 10 - Amael

I racconti delle sere d'estate
Capitolo 11 - La nascita dell'universo

L'attendere
Capitolo 12 - Il lungo inverno

La partenza
Capitolo 13 - La prima rinascita

L'odio
Capitolo 14 - La tomba di oscurità

La conclusione
Capitolo 15 - La colpa

Parte seconda: ciò che resta di Lei

Capitolo 16 - Raksha

Capitolo 17 - Caccia alla strega

Capitolo 18 - Altair

Capitolo 19 - Il viaggio

Capitolo 20 - Ombra e strega

Nota dell'autrice

Questa è un'opera di fantasia.
I racconti realistici presenti in quest'opera raccolgono esperienze di vita vissuta ma sarebbe inutile cercare di ritrovare in essi la mia vita o parti di essa, per questo vi chiedo di non cercare nulla di tutto ciò. Non giova a chi legge né a chi scrive.
Non importa chi sia o chi siano state le "Lei" dei racconti, quello che mi preme è che voi sappiate che ho voluto porgere al lettore queste esperienze per mostrare come i racconti di fantasia, spesso tanto disdegnati e considerati erroneamente adatti solo ad un pubblico infantile, nel mio caso nascano sempre da vita vera, e come questa sia sempre d'ispirazione a me che scrivo, immaginando di poter rivivere quelle esperienze in modo diverso, donando all'esistenza, spesso dolorosa e difficile, una seconda occasione, un riscatto.
Chi come me ama la scrittura in ogni sua forma sa che rappresentare la realtà e raccontare la vita vera è cosa semplice. La si può narrare con ironia o con crudezza, si può far piangere il lettore mostrandone tutto il dolore o lo si può far ridere amaramente usando l'ironia, si possono mettere in risalto i lati più belli del vivere o quelli più atroci; scrivere della realtà che ci circonda è a mio avviso fin troppo facile, scontato, a volte banale.
Questo è il motivo per cui io amo scrivere opere di fantasia, rivivendo esperienze vere in una luce diversa, donando ad esse una nuova e più entusiasmante vita.
La fantasia è la nostra sola occasione per cambiare ciò che nella realtà non può essere cambiato, per vivere avventure che non potranno facilmente essere vissute e per lanciarsi in imprese non realizzabili.
Perché non cerco di realizzare le avventure che narro? Questa è una domanda che spesso mi è stata posta da chi non capisce questo genere e non ama le opere d'immaginazione, insieme alla domanda del perché io non abbia mai scritto un romanzo più "serio". La

risposta è tanto semplice quanto scontata: una sola vita non basterebbe mai per poter vivere anche una soltanto delle avventure che ho raccontato nei miei libri, per vivere le esistenze dei tanti personaggi che la mia mente ha creato. Abbiamo una vita sola, è vero, ma i racconti in cui possiamo immergerci sono di fatto innumerevoli così come i personaggi in cui possiamo immedesimarci.

In ogni libro è, a mio avviso, nascosta una delle tante e diverse vite che possiamo vivere usando un potere enorme ed illimitato che tutti noi possediamo: la fantasia.

È per questo che amo e sempre amerò il genere fantastico, perché mi piace regalare dei sogni a chi non sa crearli o a chi non riesce ad estraniarsi dalla realtà.

Ho deciso di dare vita a questo progetto per avvicinare al mio immaginario tutti quei lettori che, non avvezzi a troppa fantasia, potranno accostarsi ad essa in un modo nuovo, e per rinnovare a chi già mi conosce e ha amato i miei scritti, il mio più grande consiglio: non smettere mai di sognare.

Vi lascio ora alla lettura sperando che riesca a portarvi lontano e a farvi dimenticare, almeno per un poco, le brutture della vita.

Galleria d'illustrazioni

Le illustrazioni realizzate dall'autrice con le tecniche più varie mostrano i personaggi del romanzo come la sua mente li ha immaginati.

Roland, Almarath, Delia e le streghe Amael ed Altair rivivono in questi disegni realizzati durante la stesura del romanzo per aiutare il lettore ad entrare nel mondo di fantasia da lei creato.

Roland e Almarath – opera a carboncino e pennarello

Roland e Delia – opera realizzata a matita

Roland e Delia – opera realizzata a matita

Delia accanto al fiore della grindelia
Opera realizzata a matita

Roland e Delia tra i fiori
Opera realizzata a matita e pennarello

Delia e Almarath
Opera realizzata a matita

L'ultimo abbraccio di Roland e Delia

L'incontro di Roland e Delia
Opera a carboncino

Roland e la strega Amael

L'urlo muto di Altair tra le braccia di Amael

Ringraziamenti

Tra tutti i miei scritti, questo è stato senza dubbio il lavoro per me più difficile da realizzare.

Nel periodo della stesura di questo romanzo, durata quasi due anni, molti sono stati infatti i problemi che hanno coinvolto la mia famiglia e che, nel bene e nel male, hanno influenzato il mio lavoro.
Sono stati anni complicati, pieni d'incertezze. Eppure, nonostante tutto, ho trovato in me un'immutata voglia di esprimermi attraverso la scrittura, da sempre ancóra di salvezza nelle peripezie della vita.

Voglio ringraziare tutti coloro i quali, anche inconsapevolmente, con una parola o con un gesto gentile, mi hanno incoraggiato a continuare per questa difficile strada.

La mia speranza è che, come sempre, i miei scritti riescano ad emozionarvi e possano aiutarvi a sognare in un mondo che sempre più sembra volerci soffocare nella sua morsa di crudele realtà.

A tutti i miei lettori auguro sempre di non smettere mai di sognare. I sogni sono ciò che ci rende diversi da coloro che sanno solo distruggere.

A presto!

20 Settembre 2019

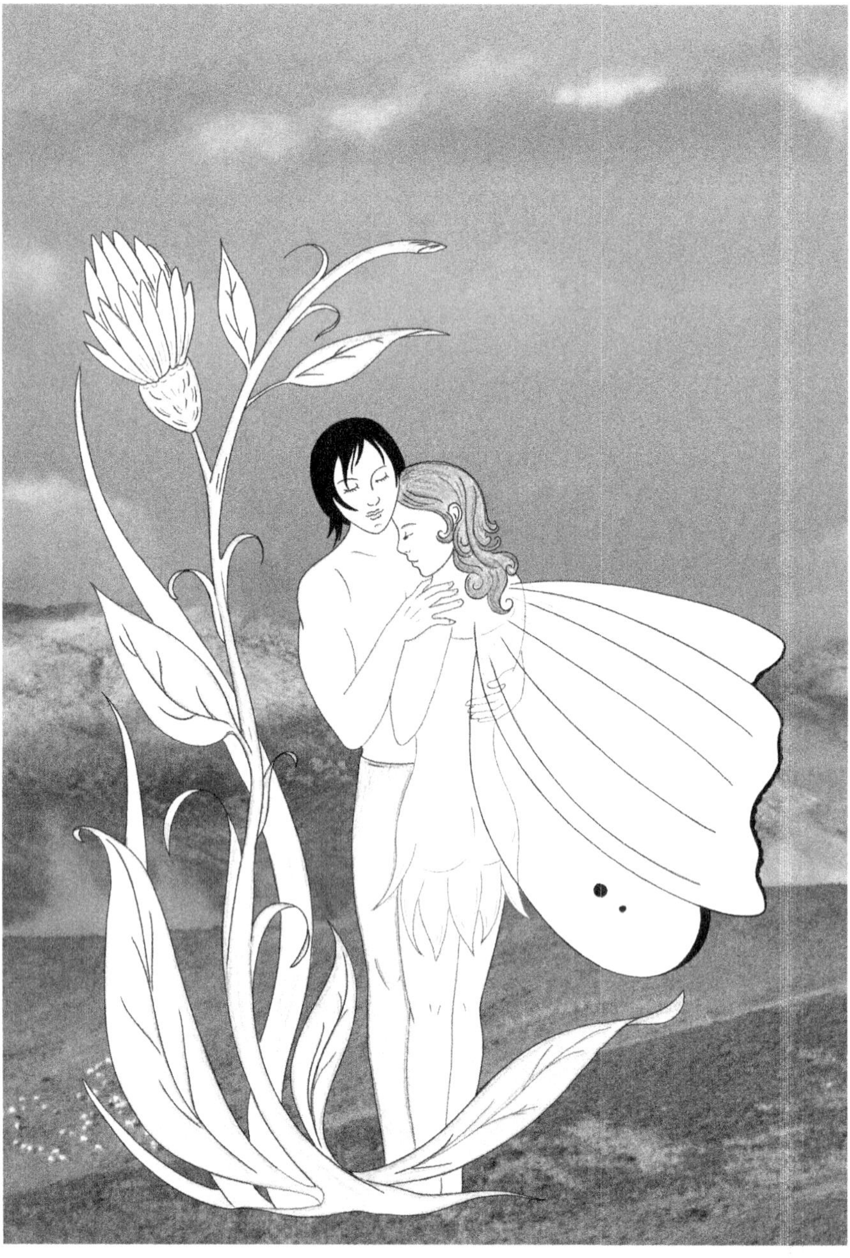

Printed in Great Britain
by Amazon